DAL MONDO

FRANCIA

DELLO STESSO AUTORE PRESSO LE NOSTRE EDIZIONI:

Ninfee nere
Tempo assassino
Non lasciare la mia mano
Mai dimenticare
Il quaderno rosso
La doppia madre
La Follia Mazzarino
Forse ho sognato troppo
Usciti di Senna
La caduta del sole di ferro. N.E.O. Libro uno

TUTTO CIÒ CHE È SULLA TERRA MORIRÀ

Michel Bussi

TUTTO CIÒ CHE È SULLA TERRA MORIRÀ

Traduzione dal francese
di Alberto Bracci Testasecca

edizioni e/o

Edizioni e/o
Via Camozzi, 1
00195 Roma
info@edizionieo.it
www.edizionieo.it

Titolo originale: *Tout ce qui est sur Terre doit périr*
Questo romanzo è stato pubblicato per la prima volta nel 2017 con il titolo *La Dernière Licorne*, con lo pseudonimo di Tobby Rolland.

Art direction: Emanuele Ragnisco
instagram.com/emanueleragnisco

Immagine in copertina © Thierry Sestier

Impaginazione di Martina Perseli

ISBN 978-88-3357-311-3

FSC
www.fsc.org
MISTO
Carta da fonti gestite in maniera responsabile
FSC® C131267

Un diluvio sommergerà la terra per distruggere il seme del genere umano. Tale è la decisione, il decreto dell'assemblea degli dèi [...]. Il settimo giorno, dopo che il diluvio ebbe spazzato la terra e la tempesta ebbe sballottato l'enorme nave sulle acque, aprii una finestra e feci uscire una colomba.

Tavolette sumere, epopea di Gilgamesh, circa 2500 a.C.

Si avvicina il tempo della distruzione dei mondi tramite il diluvio [...]. Devi costruire un'arca ben chiusa. Ci salirai con tutti i diversi semi ben protetti gli uni dagli altri. Mi aspetterai sull'arca, io verrò e avrò un corno sulla testa: da questo mi riconoscerai.

Il diluvio indiano, Mahābhārata, IV *secolo a.C.*

Giove ha deciso di annientare il genere umano sommergendolo sotto le acque [...]. I fiumi traboccano, dilagano sulle terre. Deucalione, salito su una barca con la sua compagna e gli animali, approda nell'unico luogo che il mare non ha ricoperto.

Ovidio, Le Metamorfosi, circa 5 d.C.

Allora Dio disse a Noè: farò cadere un diluvio sulla terra per distruggere tutto ciò che respira sotto il cielo [...]. Le acque sollevarono l'arca e l'arca si alzò al di sopra della terra. Tutti gli esseri che erano sulla faccia della terra vennero sterminati. Rimasero solo Noè e ciò che era con lui sull'arca.

La Bibbia, Genesi, circa 500 a.C.

E Nûh ricevette la rivelazione: costruisci l'arca sotto i nostri occhi e secondo la nostra ispirazione. Non importunarmi più a proposito degli iniqui: saranno inghiottiti. Carica sull'arca una coppia di ogni specie [...]. Ed eccola che li porta via tra onde alte come montagne.

Il Corano, circa 600 d.C.

L'uomo si era ribellato contro i grandi dèi. La terra fu scossa fino alle fondamenta, cadde in pezzi, e le acque che portava in seno sommersero la terra. Fuxi costruì una nave e salì fino in cielo sui flutti scatenati. Là giunto bussò alla porta del signore del paradiso e lo supplicò di mettere fine all'inondazione.

I Ching, Libro dei mutamenti, il diluvio cinese, VIII *secolo a.C.*

Prefazione

Questo romanzo è nato molto tempo fa. Avevo quindici anni quando, dopo aver visto il film *L'uomo che volle farsi re*, mi è venuta voglia di mettere in scena un grande mistero leggendario dell'umanità... e di interessarmi all'arca di Noè.

Anni dopo, finita la prima versione, la storia si è rivelata ben più nera e violenta dei miei soliti romanzi... Così ho deciso di pubblicarla con uno pseudonimo per non disorientare i miei lettori. Inoltre ci tenevo che non comprassero il libro perché l'avevo scritto io, ma perché la storia li attirava. È stato divertente vedere l'accoglienza favorevole di questo "romanzo d'esordio" non inficiata da pregiudizi sull'autore.

Oggi i miei romanzi sono riconosciuti, mi auguro, per la varietà dei generi che esplorano. In occasione dell'uscita dell'*Ultimo unicorno* in edizione tascabile con un nuovo titolo, *Tutto ciò che è sulla terra morirà*, Tobby Rolland può quindi restituirmi il mio posto, tanto più che in futuro spero di pubblicare altre storie su questo filone.

Mi sono documentato molto per scriverlo. Forse vi stupirà, ma tutto è vero in questo libro, che si tratti di testimonianze di cercatori dell'arca, dell'enigma scientifico posto dall'anomalia dell'Ararat o delle rivelazioni sugli animali con un solo corno, sul diluvio universale, sul Libro di Enoch e sugli angeli. Alcune tesi sembreranno forse poco credibili, eppure, a parte il presente romanzo, sono sostenute tanto dagli scienziati più seri quanto dai blogger più strampalati.

Allo stesso modo ho avuto cura che tutti i luoghi citati nella storia esistano e siano descritti con precisione, in particolare il parco dei divertimenti Noah's Ark di Hong Kong, l'Università di Kaliningrad, gli chaheriz del Naxçivan, l'inferno della biblioteca vaticana, le spade della vergogna di Iğdir, la fonte di San Giacobbe e le croci incise nella pietra della gola di Ahora, sulle pendici dell'Ararat. Le uniche cose che ho inventato, per esigenze narrative, sono il Parlamento mondiale delle religioni, il DIRS dell'Università di Tolosa e il palazzo di Ishak Pascià.

Tranquilli, non voglio pretendere che all'alba dei tempi un uomo, che sia Noè, Gilgamesh o Fuxi, abbia radunato su un'arca coppie di animali mentre l'acqua saliva fino a ricoprire le montagne, ma ammetterete che colpisce constatare come su ogni continente l'umanità conservi la memoria di un mito che le ha fornito ispirazione per molti dei suoi migliori capolavori, di cui alcuni compongono le tappe di questa ricerca.

Neanche pretendo di sostenere che il segreto rivelato in questo libro, protetto o ricercato dai miei personaggi, sia un'ipotesi storica seria, tuttavia per quanto ne so finora nessuno ha tentato di formularla. Spero che vi divertirete a sbrogliare la matassa quanto mi sono divertito io a costruirla.

È sempre per spiegare l'inspiegabile e far credere l'incredibile che gli uomini inventano le loro storie più belle.

Michel Bussi
luglio 2019

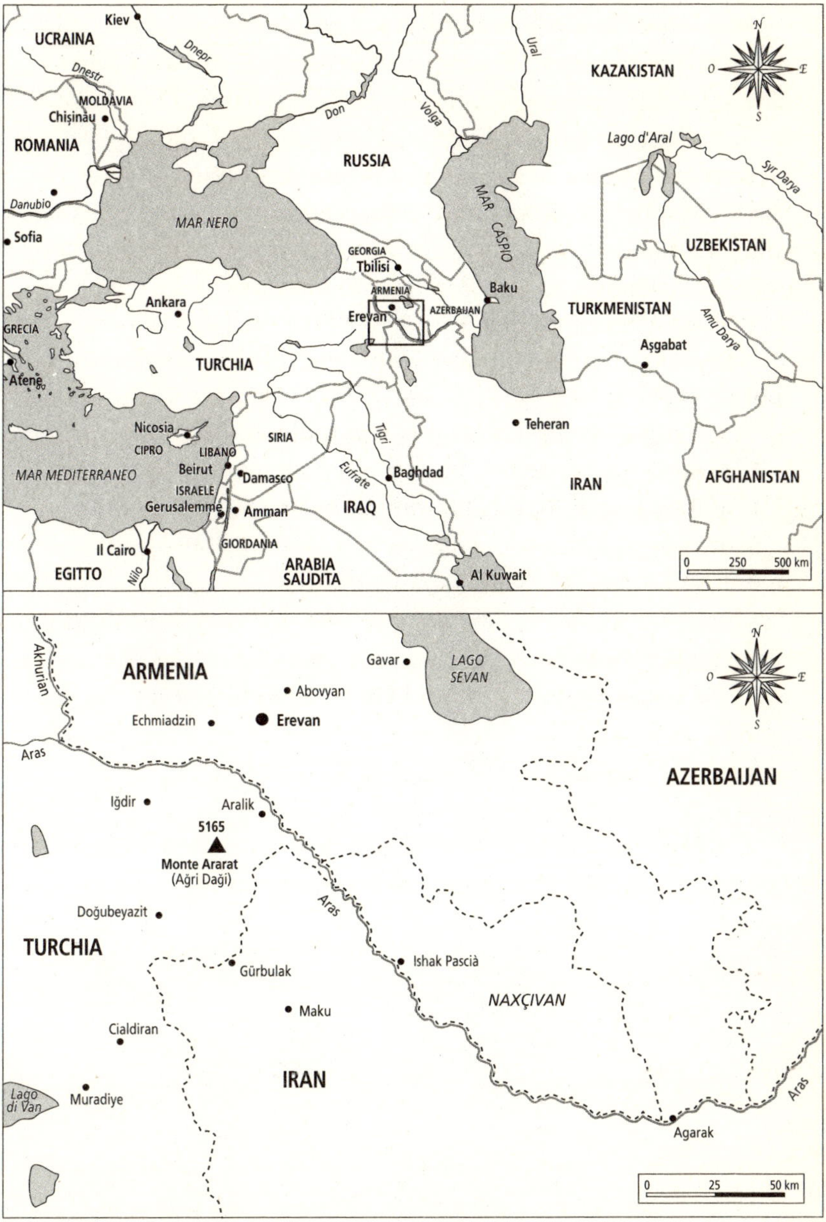

Frammenti di imperi intorno al monte Ararat

Prima corsa
L'arca di Noè

All'interno del volume le citazioni bibliche sono state liberamente riadattate dall'autore per esigenze narrative.

La pianura si estendeva a perdita d'occhio tremila metri più in basso.

Eppure Estêre riusciva a distinguere con precisione stupefacente gli edifici della periferia di Erevan, i camion che dalla frontiera iraniana andavano verso Doğubeyazit, i carri armati turchi fermi alle entrate di ogni villaggio.

Le pendici dell'Ararat erano un belvedere portentoso.

«Vieni qui, Aman».

La bambina si fece avanti un po' timida e goffa, come se non sapesse cosa fare della propria statura, eccessiva per la sua età. Accarezzava Leka con mano tremante affondandole la mano nella pelliccia. Da dieci anni, da quando erano nate a pochi giorni di distanza, quelle due non si erano mai separate.

«Buon compleanno, Aman».

La piccola non sapeva che rispondere. Tra i curdi della loro tribù i compleanni si limitavano a qualche canto, una storia raccontata da un vecchio e talvolta un oggetto riportato in segreto dal mercato di Iğdir: una bambola, un animaletto scolpito, un gioiello...

Estêre posò una mano sulla spalla della figlia per farla sedere.

«Per te».

Poi dischiuse le dita per mostrarle il regalo.

Era una collana, un disco di rame attaccato a un laccetto di cuoio. Sul rame erano incisi due tratti, uno lungo e uno corto, che formavano una croce inclinata verso destra.

Con gesto tenero, la madre la allacciò al collo di Aman.

«Portala sempre» mormorò Estêre. «Tu sola devi conoscerne il significato».

Gli occhi grigi di Aman apparvero turbati. Non capiva. Si mise più vicina a Leka, si riscaldò alla sua pelliccia, le permise di leccarle il braccio nudo.

Estêre rimase in silenzio per un po'. Fissò a lungo la pianura in basso, poi si voltò lentamente verso la cima innevata del monte Ararat, infine prese la mano della figlia e si spiegò.

«Ascolta bene quello che sto per dirti, Aman, e ricorda le mie parole per sempre. È arrivato il giorno! Ormai sei grande, stai per diventare a tua volta guardiana del nostro segreto millenario, il segreto della famiglia e della tribù. E anche il segreto di Leka e del suo gregge, probabilmente quello a cui oggi tieni di più. Sappi, per quanto sia difficile da credere, che da questo segreto dipendono miliardi di vite sulla terra, dipende tutto ciò in cui gli esseri umani credono e per cui vivono, uccidono, saccheggiano o amano».

Aman continuava a non capire. Si rifugiò negli occhi di Leka, che sprizzavano intelligenza. Estêre strinse più forte la mano della figlia.

«È il segreto che ci è stato trasmesso dal nostro antenato più antico».

La bambina osservò a sua volta la montagna, rifugio inviolabile che li proteggeva dal mondo.

«È stato il primo a salire quassù?».

«No, Aman, no... Non è salito sull'Ararat. Ne è sceso!».

1
Cappella Sistina, Vaticano

Terrorizzato, il bambino dai capelli rossi si stringeva alla coscia nuda della madre. Lei non lo degnava di uno sguardo, troppo occupata a tenere in braccio l'altro figlio, un marmocchio di un paio d'anni irrigidito dalla paura, mentre sotto i loro piedi il suolo crepato continuava a ridursi.

La loro unica speranza era un albero spoglio e piegato dalla tempesta che sorgeva sulla collina, al cui tronco si avvinghiava già un'altra donna come una liana in carne e ossa. Il vento le sollevava la tunica fin sulle spalle, infischiandosene del pudore. Anche gli altri guardavano verso l'esile alberello, dodici o tredici persone, difficile contarle con esattezza. Tutti cercavano di sottrarsi all'acqua che divorava la riva. Un uomo aveva la moglie sulle spalle, un altro portava un prezioso fagotto avvolto nella tela, altri ancora un tavolo rovesciato, un baule, un otre, frutta.

Poco più in là venti sopravvissuti tentavano di resistere in una tenda di fortuna che la burrasca minacciava di portare via da un momento all'altro. Un vecchio calvo con la barba bianca e una donna anch'essa nuda tendevano le mani verso i pochi condannati che ancora emergevano dall'acqua. Fatica sprecata. Troppa corrente, troppa distanza, troppo vento.

L'acqua trionfava.

Più lontano, in mezzo al mare, la barca si stava capovolgendo. In un disperato tentativo di salvarsi gli uomini già in acqua trascinavano gli altri nelle onde, ma i loro gesti dettati dal panico li facevano soltanto annegare più in fretta.

Il cataclisma sembrava appena cominciato.

Le nuvole nere si addensavano in fondo alla scena.

Indifferente, l'arca cubica si allontanava.

Alcuni degli ultimi sopravvissuti erano riusciti a issarsi sulla piattaforma e cercavano di penetrare all'interno delle fiancate di legno catramato, ma era un rifugio chiuso, privato, ermetico, e la ridicola scala di legno che maneggiavano serviva a ben poco. Anche loro sarebbero morti.

Zak si massaggiò la nuca e piegò di nuovo il collo verso il soffitto della Cappella Sistina. Scrutò con precisione i quattro gruppi di uomini: la collina in primo piano, l'isolotto roccioso a destra, la barca capovolta al centro e l'arca sullo sfondo. Tra uomini, donne, bambini e vecchi aveva contato sessantadue esseri umani sull'affresco, quasi tutti nudi. Zak notò che rappresentavano quattro comportamenti umani: i rassegnati, che pregavano sotto la tenda; i pazzi, che non riuscivano a staccarsi dai beni materiali; i mascalzoni, che cercavano di salvarsi a scapito degli altri, e i giusti, che fino all'ultimo tendevano la mano.

Chiuse un attimo gli occhi. Buoni e cattivi, egoisti e altruisti, tutti sarebbero morti a causa della stessa calamità.

Senza distinzione. Senza pietà.

Senza che qualcuno facesse una selezione.

«I visitatori sono pregati di passare alla sala successiva...».

La voce della guida lo riscosse. Il centinaio di turisti che affollavano la Cappella Sistina si diresse verso l'uscita. A un gruppo se ne sostituiva un altro secondo un balletto organizzato con metodo. Solo Zak si trattenne qualche secondo in più con gli occhi fissi sulle nuvole.

Tutti sarebbero morti.

Certo, rifletté, il messaggio che Michelangelo comunicava col suo affresco era limpido. Limpido e, a pensarci bene, diabolicamente sovversivo. A differenza delle raffigurazioni classiche del diluvio universale, Michelangelo non aveva dipinto la speranza, il deflusso delle acque, la colomba, l'arcobaleno, Noè e i suoi figli, e neanche aveva rappresentato la natura scatenata, le onde furiose, la pioggia che trascinava via ogni cosa. No, la sua arte si era concentrata sugli esseri umani, ne aveva studiato le reazioni strazianti e contrastanti di fronte al cataclisma. L'affresco non mostrava bestiame condotto al macello, ma una folla di individui, uno diverso dall'altro fino all'ultimo istante.

Eppure tutti dovevano morire.

Tutti tranne una manciata di eletti blindati dietro le porte dell'arca.

Perché?

Perché un tale massacro? sembrava gridare il capolavoro di Michelangelo. Quale ragione, quale delitto, quale odio poteva giustificare un simile sacrificio universale?

«Prego, l'uscita è da questa parte» gli ripeté gentilmente la guida. «Dobbiamo far entrare l'altro gruppo».

Zak abbassò la testa e rilassò il collo, indolenzito dopo che da quasi un quarto d'ora guardava sul soffitto della cappella i nove affreschi che raccontavano la Genesi. Di solito gli sguardi dei visitatori si concentravano sul quarto quadro, il più famoso, quello della creazione di Adamo. Lui invece non era riuscito a staccare gli occhi dagli ultimi tre: il sacrificio di Noè, il diluvio universale e l'ebbrezza di Noè.

Si avviò verso l'uscita guardando l'orologio. Le 12.13, doveva sbrigarsi, aveva solo mezz'ora. Restava la cosa più difficile. Senza smettere di camminare tastò la borsa che portava a tracolla per controllare che non mancasse niente: le calze rosse, la ventosa, l'accendino e soprattutto il pacchetto di sigarette. Nessun oggetto sospetto, niente che potesse attirare l'attenzione di una guardia svizzera.

Si affrettò a lasciare la cappella seguito dall'occhio severo della guida. Eppure non aveva nessuna fretta di raggiungere il luogo in cui avrebbe passato le successive dodici ore: un armadio di un metro per cinquanta, le stesse dimensioni di quello in cui dormiva da un mese.

2
Erevan, Armenia

Le due monovolume grigie Mercedes Classe V procedevano negli ampi viali della capitale armena. L'aurora colorava di rosa intenso le facciate di tufo degli edifici. Il sole era ancora nascosto dietro il monte Ararat, meno di quaranta chilometri a sudest. Brandelli di cielo rosso si sfilacciavano dietro la doppia cima innevata.

"La più grande montagna del mondo" pensò Kyrill Eker. Non la più alta, visto che superava di poco i cinquemila metri. Tuttavia gli avevano sempre detto che misurandone l'altezza non rispetto al livello del mare, ma rispetto alla pianura che lo circondava, il monte Ararat dominava l'Armenia da circa quattromilaquattrocento metri. Il più marcato dislivello del pianeta! Al sorgere del sole l'impressione di un gigante che sovrastava tutto intorno a sé era ancora più strabiliante.

Kyrill dette un'occhiata al GPS sul cruscotto. Ancora venti chilometri prima di arrivare a Echmiadzin. Dovevano uscire da Erevan e attraversare una periferia interminabile. La capitale armena continuava ad allungare i suoi tentacoli in direzione delle cinque colline che la contornavano.

Si voltò verso il sedile del passeggero. Il giovane Morad non riusciva a mascherare l'eccitazione. La sua prima missione. Finalmente si sarebbe tuffato nel grande bagno... di sangue! Dietro di loro sedevano cinque uomini del tutto inespressivi, indifferenti alla miseria delle case che si lasciavano alle spalle. Occhiali da sole, auricolari dell'MP3 nelle orecchie e gomma americana tra i denti, muovevano appena la bocca, concentrati.

Le monovolume costeggiarono gli alti muri della distilleria sui quali spiccava il manifesto di tre metri per cinque del cognac Ararat: le tre stelle dell'Armenian Brandy allineate davanti alla pianura di Echmiadzin e all'inevitabile sagoma del monte Ararat. Visto dal lato armeno, beninteso.

Kyrill fece un sorrisino sprezzante. Sebbene facesse parte della Turchia da più di un secolo, la montagna seguitava a essere il simbolo del minuscolo stato armeno, che la metteva addirittura sulle etichette dei liquori, come uno che brama ciò che non gli appartiene più, che continua a sospirare per la donna che l'ha mollato. Pietoso!

Dette un'occhiata allo specchietto. I cinque uomini nel retro erano calmi. Pure troppo. Conoscevano la missione. Intervenire in una chiesa non era la cosa che preferivano, forse intimoriti da vecchie superstizioni, tuttavia Kyrill si fidava di loro. Aveva scelto i suoi miliziani come se avesse dovuto mettere insieme una squadra di calcio, individuando e reclutando i migliori elementi nei vari campi d'addestramento dell'Asia centrale.

Una quindicina di uomini tra cui c'erano tre armeni, un iraniano, due turchi, un georgiano, un kazako e altri senza patria o con più di una patria. Alcuni erano giovani cani pazzi, come Ahmet, Nouri e Jalil, altri erano militari esperti che avevano combattuto in Nagorno Karabakh, Ossezia o Cecenia. Saccheggiare tombe, uccidere nei luoghi santi, torturare genitori davanti ai figli o viceversa non li spaventava. Ogni squadra ha il suo capitano. Kyrill aveva scelto Zeytin, che guidava la seconda macchina. Difficile capire se sotto la cicatrice che gli sfregiava la cima del cranio pelato fosse andata distrutta una parte del suo cervello, quella delle emozioni.

Infine ogni squadra deve avere una giovane speranza, una mascotte da coccolare. Kyrill l'aveva cercata a lungo, in una ventina di campi. Alla fine aveva trovato Morad in una prigione al confine tra Libano e Siria. All'epoca il ragazzo non aveva neanche tredici anni, ma aveva tagliato la gola all'amante della madre con un coltello da cucina. Il suo stupratore, secondo lui. Morad era un diamante puro su cui Kyrill aveva lavorato mesi e mesi. Meticcio biondo, gracile e spettinato, col fazzoletto rosso intorno al collo, sembrava un po' una versione bastarda del Piccolo Principe di Saint-Exupéry. L'adolescente aveva appena compiuto diciassette anni, e al momento stava accarezzando il manico d'osso del pugnale che aveva tra le gambe. Un sorriso da bambino vizioso gli illuminava il viso.

La strada per Echmiadzin continuava a essere quasi deserta. Le Mercedes superarono una bicicletta, due carretti, qualche puttana e tre vecchie che stavano scaricando casse di verdure. La città sembrava non fermarsi mai. Poi le monovolume passarono davanti a una serie di casinò. Insegne al neon stanche si stavano spegnendo con lo spuntare del giorno. Una triste Las Vegas di periferia, pensò Kyrill, pur sapendo bene che i casinò dei sobborghi di Erevan rendevano una fortuna alla mafia locale. L'Iran era a pochi chilometri da lì, e gli iraniani benestanti non ci pensavano due volte a passare il confine per assaporare il brivido del gioco d'azzardo, vietato a casa loro. Musulmani, cristiani, ebrei: tutti ipocriti!

«Duecento metri» annunciò la voce femminile del GPS.

La cattedrale apparve subito dopo l'uscita della rotatoria di piazza Komitas, in fondo a un viale asfaltato fiancheggiato da lampioni arancioni. Kyrill osservò la facciata di pietra ocra. Così era quella la Santa Sede della Chiesa apostolica armena, il Vaticano bizantino, la prima chiesa del più antico stato cristiano: una chiesetta alta meno di cinquanta metri la cui architettura sembrava arrangiata, riparata senza coerenza dopo ogni catastrofe.

Le due Mercedes parcheggiarono. Erano da poco passate le sei del mattino. Istintivamente Kyrill si guardò intorno. Sul piazzale antistante non c'era ancora nessuno. Era l'ora ideale, con il monte Ararat come unico guardiano dei luoghi.

Kyrill realizzò che non faceva quasi più caso all'immensa montagna. Era così tanto tempo che si aggirava in quella zona, che attraversava i confini di Turchia, Iran, Iraq, Armenia, Azerbaijan e Naxçivan, coriandoli di impero mescolati intorno all'Ararat, che tendeva a scordarsi del gigante. Ma non quel giorno.

Zeytin scese dall'altra monovolume seguito dai sei uomini che erano a bordo con lui e andò verso Kyrill aggiustandosi la tracolla del kalashnikov. Anche lui guardò il monte Ararat.

«È vero quel che dicono, Kyrill? Che da qui i monaci della cattedrale di Echmiadzin vedevano col cannocchiale l'arca di Noè incagliata sulla montagna e per secoli l'hanno mostrata ai viaggiatori?».

«È vero» confermò Kyrill. «Sennonché sappiamo da Navarra che non vedevano l'arca, ma una formazione rocciosa che le somigliava vagamente».

Zeytin sorrise e si accese una sigaretta.

«E la reliquia, allora? Il pezzo di trave dell'arca conservato nella cattedrale?».

«L'unica cosa di cui sono sicuro è che vale una fortuna» rispose Kyrill. «Quanto al resto...».

Alle loro spalle si avvicinò un mercenario. Era Jalil, un armeno.

«È stato san Giacobbe a portarla giù, almeno così mi hanno raccontato da piccolo. Giacobbe era un monaco perso sull'Ararat, morto di sete, a cui è apparso un angelo che ha fatto sgorgare una sorgente e gli ha consegnato un pezzo di legno dell'arca. Giacobbe è sceso e l'hanno fatto santo, poi hanno costruito la cattedrale intorno alla reliquia. La fonte esiste ancora, lassù. Pare che sia l'unico punto d'acqua di tutto l'Ararat». Prima di continuare Jalil sputò la gomma. «L'angelo aveva avvertito Giacobbe: il pezzetto d'arca era una prova che dispensava gli uomini dal salire sull'Ararat. Da allora gli armeni considerano sacra la montagna».

Kyrill fece una smorfia sprezzante.

«Se hai paura di commettere un sacrilegio sarà meglio che resti fuori, Jalil».

L'armeno contrasse le dita sulla canna del mitra e aprì la bocca per farfugliare delle scuse. Kyrill non gliene lasciò il tempo.

«Dall'epoca di Giacobbe sai quanti pazzi sono saliti sull'Ararat a cercare le tracce di quella cazzo di arca? Allora non venire a rompermi i coglioni con le leggende di luoghi protetti dagli angeli per tenere lontani i curiosi! Stiamo solo facendo il nostro lavoro, recuperare quel che rimane dell'arca. Poche reliquie disperse per il mondo. O prove, se preferisci chiamarle così. Ci pagano per radunarle».

«Perché?» chiese Zeytin.

«Vai a sapere. Noi lo facciamo per i soldi. Ti basta?».

«Sì».

«Andiamo».

I quattordici uomini imbracciarono i kalashnikov e percorsero i pochi metri che li separavano dal portone della cattedrale.

3
Biblioteca apostolica vaticana

La Biblioteca apostolica vaticana è la terza al mondo per numero di libri: quasi due milioni di volumi ordinati su più di ottanta chilometri di scaffali. Libri liturgici merovingi, evangeliari medievali, rari esemplari della Bibbia, codici aztechi... tutti tesori che eccitano la curiosità di migliaia di visitatori romani, italiani ed europei, frustrati tuttavia di non avere accesso alle tre sale del famoso archivio segreto del Vaticano creato da Paolo V nel 1610.

Dal 2000 l'archivio segreto era aperto ai ricercatori: pochi accademici, massimo un centinaio al giorno, provvisti delle massime raccomandazioni scientifiche.

Zak aveva impiegato mesi a procurarsi l'autorizzazione. Guardò un'altra volta l'orologio chinandosi distrattamente su un registro di bolle papali del XVIII secolo. Le sale dell'archivio erano aperte solo la mattina, dalle otto all'una. Tra pochi minuti i visitatori sarebbero stati invitati a uscire. Zak osservò la stanza con discrezione strizzando gli occhi, simulando la concentrazione del ricercatore talmente assorto da non notare più l'incredibile bellezza della sala, il magnifico parquet del pavimento, il viluppo di affreschi sulla volta, le pareti coperte da immensi armadi di quercia traboccanti di documenti polverosi.

Un luogo improbabile.

Zak prese un altro registro, quello degli anni 1761-1762, lo tenne un po' fra le mani, poi lo rimise a posto quasi nello stesso punto. Quasi. Uno scaffale al di sopra.

Pur sapendo che né i bibliotecari né gli studiosi avevano notato la manovra, come del resto non l'avevano notata nei giorni precedenti, un brivido gli percorse la schiena. Zak era prudente. Spostava solo un paio di volumi ogni ora, mai di più. Il sudore gli imperlò il collo. Aveva appena cambiato posto all'ultimo volume! Un libro dopo l'altro, nel giro di una settimana era riuscito a liberare nell'armadio uno spazio lungo poco più di un metro per una profondità di cinquanta centimetri. Un innocuo ripiano vuoto tra i chilometri di scaffali nascosti dietro le massicce ante di quercia... Nessun bibliotecario se ne sarebbe accorto.

Una guardia svizzera entrò nella sala e scosse una campanella d'ottone segnalando sobriamente la fine dell'orario di visita. Per qualche secondo in sala ci fu una parvenza di agitazione. Stringendo in mano la ventosa, Zak controllò un'ultima volta la presenza di eventuali sguardi insospettiti. Non temeva la videosorveglianza, aveva avuto cura di scegliere l'unica porzione di armadio non coperta dalle telecamere, nell'angolo nordovest della stanza. Quanto agli allarmi, venivano attivati solo una volta uscito l'ultimo visitatore. I bibliotecari, occupati a mettere a posto le opere consultate in mattinata, gli stavano dando le spalle.

Ora!

Zak si piegò e in meno di due secondi eseguì il movimento in cui si esercitava da un mese: incastrare se stesso nell'angusto spazio senza fare rumore e, con lo stesso gesto, applicare la ventosa sul lato interno dell'anta e chiudersi dentro.

Rintanarsi nel buio totale.

Aspettare.

4
Echmiadzin, Armenia

Armi in pugno, i quattordici mercenari entrarono nella cattedrale madre di Echmiadzin e subito i pochi fedeli smisero di cantare: una dozzina in tutto, per lo più donne anziane, qualche uomo e una madre con due figli.

In fondo alla chiesa, vicino all'altare, il sacerdote e il diacono, in sottana rossa con ricami d'oro, si bloccarono come statue di cera. Il prete contrasse le dita sulla pesante croce di legno davanti a sé. Accanto a lui solo il turibolo d'argento continuava a dondolare in mano al diacono.

«Il Khengargoutioun» disse Jalil indicandolo col mitra. «La cerimonia dell'incenso, l'inizio del rito bizantino».

La voce rauca del prete risuonò nella chiesa.

«Chi siete?».

Kyrill, indifferente al fascino dei mosaici persiani, abbracciò con uno sguardo circolare l'interno della cattedrale. Doveva fare in fretta e non lasciarsi dietro alcun testimone. La sua risposta fu immediata.

«Saremo rapidi. Mi dia le chiavi del reliquiario. Quello che contiene il frammento dell'arca».

Kyrill aveva studiato il piano con precisione. Il reliquiario era nel transetto nord. La voce del sacerdote tuonò di nuovo.

«Siete nella casa di Dio! La chiesa più antica del mondo. La reliquia è...».

Senza aspettare che il religioso finisse di rispondere Kyrill fece un cenno con la testa a Morad. L'adolescente si passò la mano tra i capelli biondi per scompigliarli, strinse l'impugnatura di corno del pugnale e andò verso l'uomo più vicino, un vecchio curvo e rugoso che da quando erano entrati non aveva smesso di mormorare preghiere.

L'uomo capì.

Le sue labbra si mossero ancora più velocemente. Non fece altri movimenti, a parte sgranare su Morad i suoi immensi occhi azzurri e stringere le mani sul berretto di velluto. Un soffio d'aria. Morad fece un gesto come se scacciasse una zanzara, quasi elegante.

La lama del pugnale tagliò di netto la gola del vecchio, che crollò a terra rovesciando tre sedie.

La madre coprì gli occhi dei figli. Una vecchia si fece il segno della croce. Il prete lasciò la croce di legno che cadde nella navata con un fracasso assordante.

«Signore Iddio, siete...».

«Di fretta. Siamo di fretta. Le chiavi del reliquiario, presto...».

Dietro di loro risuonarono dei passi, il rumore di una corsa disperata. Kyrill neanche si disturbò a voltarsi. Se ne incaricò Zeytin. Il fuggitivo usciva da una cappella del deambulatorio nascosta da un pilastro. Doveva avere una cinquantina d'anni, portava un completo grigio logoro, di quelli indossati dai poveri che non hanno ancora venduto la propria dignità. Ebbe appena il tempo di posare la mano sul pesante portone di legno. La raffica lo inchiodò sul posto. Una ventina di pallottole si piantarono indifferentemente nel corpo dell'uomo e nel portone di quercia.

«Poveri pazzi» fece il prete.

Infilò la mano sotto la sottana rossa e tirò fuori un mazzo di chiavi.

«Siate maledetti...».

Accanto a lui le maglie delle catenelle del turibolo, tenuto dalla mano tremante del diacono, sbattevano fra loro con un incessante tintinnio.

«Cominciamo a ragionare» mormorò Kyrill.

Si voltò verso Morad e Zeytin e distribuì gli ordini ad alta voce.

«Cerchiamo di sbrigarci. Morad, taglia la gola al prete e al diacono sull'altare. Zeytin, fai uscire tutta questa bella gente, li fuciliamo dietro la chiesa».

Nella navata, tredici mitra si spianarono sui fedeli impedendo ogni moto di panico. L'armena urlò stringendo a sé i figli. Un uomo si gettò in ginocchio.

«No, vi supplico».

Zeytin gli aveva già puntato il kalashnikov al cuore, pronto a premere il grilletto, ma Kyrill stese il braccio.

«Aspetta...».

L'uomo inginocchiato l'aveva implorato in francese!

Kyrill ragionò. Poteva permettersi di uccidere dodici armeni, donne, bambini, un prete... Il fatto avrebbe sollevato una viva emozione nel paese, ma nel frattempo loro avrebbero attraversato il confine da un pezzo. La comunità internazionale se ne sarebbe fregata, i massacri erano all'ordine del giorno tra quei barbari orientali.

Viceversa se faceva fuori un francese...

Aveva imparato molte cose nei suoi lunghi soggiorni in Europa. I politici occidentali erano prigionieri dei media, i media prigionieri delle emozioni del pubblico, e un francese assassinato in Armenia... Conosceva l'ingranaggio. Un giudice dell'antiterrorismo sarebbe stato incaricato del caso, un presidente della Repubblica ne avrebbe fatto una questione personale, sarebbero scese in campo le associazioni, i giornalisti, la famiglia, avrebbero tirato in ballo la diaspora, e contro il commando sarebbe stato spiccato un mandato di cattura internazionale.

Un affare di stato! E non avrebbero mollato prima di aver trovato un colpevole da dare in pasto all'opinione pubblica.

Kyrill imprecò dentro di sé. Un francese nella cattedrale! Il granello di sabbia imprevisto. Il tipo aveva già visto un armeno sgozzato e un altro crivellato di pallottole. Kyrill non poteva permettersi di farlo assistere al resto del massacro, ma ucciderlo voleva dire caricarsi sul groppone una quantità di rogne.

5
Biblioteca apostolica, Vaticano

Le ore trascorrevano al buio. Zak aspettava paralizzato dai crampi, come sepolto vivo in una bara troppo piccola per lui. Un odore atroce di detergente antimuffa misto a polvere gli affliggeva gola e narici. Era l'unico particolare che non aveva previsto. Quanto al resto, tutto si era svolto con estrema semplicità. Gli era bastata un po' di osservazione. Documentandosi aveva imparato che tutti i numeri di grande illusionismo, dal baule della metamorfosi alla donna segata in due, si fondano sullo stesso principio: la capacità del corpo umano di contorcersi per entrare in uno spazio minuscolo. Era solo questione di allenamento e volontà. Da un mese, nel suo appartamento di via delle Quattro Fontane, Zak dormiva in un armadietto Ikea delle stesse dimensioni dello scaffale della biblioteca vaticana. Col passare dei giorni si svegliava sempre meno indolenzito.

Nascosto già da sette ore nell'armadio, immerso nel silenzio della sala vuota dell'archivio segreto, Zak permetteva alla mente di decollare, e come sempre i suoi pensieri volavano verso l'inferno... Non era forse per varcare le porte dell'inferno che si stava sottomettendo a una tale tortura?

In tutte le grandi biblioteche del mondo "inferno" è il nome che viene dato alla sala, preclusa al pubblico, in cui sono conservate le opere proibite, e di tutti gli inferni quello della Biblioteca apostolica era di sicuro il più affascinante. Su tutti i forum di Internet l'inferno della Biblioteca vaticana veniva descritto come un luogo in cui soltanto il papa era autorizzato a entrare! I numerosi blog che Zak aveva letto fantasticavano sulla stanza più segreta del pianeta in cui si diceva che la Chiesa avesse radunato opere censurate fin dal Medioevo, manuali di magia, bibbie nere, volumi di alchimia...

Ma l'inferno racchiudeva soprattutto i testi apocrifi, cioè l'insieme dei racconti biblici o evangelici che per ragioni diverse la Chiesa non aveva considerato ufficiali. La Bibbia non è affatto scolpita nel marmo, la Bibbia è una compilation di poesie, narrazioni e testi vari selezionati, vagliati e modificati nel corso del tempo, almeno fino all'Ottocento.

Zak si spostò con cautela di qualche centimetro per cercare di alleviare il dolore al gomito, schiacciato contro l'anta di quercia. La maggior parte dei testi apocrifi non era di grande interesse, e del resto era il motivo per cui i canoni cristiani li avevano scartati. Spesso e volentieri, opere cosiddette segrete erano consultabili integralmente digitandone il titolo su un motore di ricerca di Internet.

In teoria...

Chi infatti, ad eccezione dei rari eletti entrati nell'inferno della Biblioteca vaticana, aveva la possibilità di confrontare i testi originali con le traduzioni date in pasto agli internauti? Cosa contenevano in realtà i vangeli di Tommaso, Pietro, Giuda e Filippo, i Testamenti dei dodici patriarchi, i salmi di Salomone?

E, segreto tra i segreti, quale verità si nascondeva nel più bramato testo apocrifo, quello per cui Zak stava soffrendo il martirio da sette ore, quello per cui si stava giocando la vita con un numero da contorsionista architettato da settimane?

Il Libro di...

Trasalì. Aveva sentito chiaramente il rumore di una porta nella sala 2. Ci siamo, pensò con sollievo.

Doveva rimanere concentrato e in assoluto silenzio.

Due uomini si stavano avvicinando. Un passo pesante e un altro più leggero, come previsto.

Nel corso delle sue ricerche Zak aveva capito che le leggende da cui era circondata la sala dell'inferno, per esempio il fatto che solo il papa avesse il diritto di entrarci, erano prive di fondamento. L'inferno era una sala di biblioteca come le altre, e una biblioteca deve respirare, essere oggetto di attenzioni specifiche e professionali tanto più frequenti in quanto i libri da conservare erano antichi, preziosi e fragili. Più che in ogni altra sala era imperativo tenere d'occhio la temperatura e l'igrometria, pulire, areare, restaurare e, data l'era informatica, digitalizzare.

Preservare, vincere il morso del tempo, significava agire spesso e con efficacia. Come le altre stanze della biblioteca, anche l'inferno aveva diritto alle sue cure quotidiane.

I rumori erano ormai vicinissimi, come se qualcuno si fosse fermato davanti all'anta di quercia. Zak si sforzò di non andare nel panico: nella sala vuota i suoni rimbombavano come in una cattedrale, gli addetti notturni erano attivi in tutta la biblioteca e non solo davanti al suo armadio.

Ciò non toglie che non osava più nemmeno respirare.

Eppure la parte più difficile doveva ancora venire.

Tra poche ore sarebbe passato alla seconda fase del piano, di un'audacia a dir poco insolente.

6
Echmiadzin, Armenia

Nella cattedrale il puzzo di urina si mischiava all'odore di incenso. Il francese era davanti a Kyrill col cavallo dei pantaloni fradicio.

«Victor Peyre» lesse Kyrill scandendo ogni sillaba. «Avenue Daumesnil, 5. Parigi».

Si mise in tasca la carta d'identità e dette il portafoglio a Zeytin.

«Levati dai piedi! Ho il tuo nome e il tuo indirizzo. Se prima di un'ora avverti qualcuno, la polizia o chiunque altro, se racconti qualcosa di quello che hai visto, ti ritroveremo. Te o la tua famiglia. Dovunque e in qualsiasi momento. Potrebbe essere tua figlia o tua madre. Hai capito bene?».

Victor Peyre tremava come una foglia. Kyrill gli incollò la canna del kalashnikov sulla fronte.

«È chiaro? Sparisci. E dimentica».

Il mercenario aprì il portone di quercia, poi guardò il francese correre goffo cercando le chiavi, mettere in moto il fuoristrada, un Nissan Patrol rosso, partire a tutto gas nel viale e sparire dopo piazza Komitas.

Quella fuga precipitosa gli suscitò una smorfia di disprezzo.

«Meglio non perdere tempo» disse. «Facciamo pulizia e filiamo».

Il commando di Kyrill aveva solo pochi chilometri da percorrere per mettersi al sicuro in Naxçivan, la repubblica autonoma azera. In teoria il confine tra l'Armenia e l'Azerbaijan era chiuso, ma in quella frontiera dell'impero il potere era di chi se lo comprava, cioè di quelli che gestivano il commercio di ragazze, droga, petrolio, bambini... Quelli che potevano fregarsene dei confini: la virtuosa cerchia dei mafiosi!

«Dài, andiamo a finire il lavoro...».

I dieci fedeli erano in fila contro il muro sul lato nord della cattedrale, invisibile dalla strada: la madre con i due figli, tre vecchie, una donna grassoccia di una quarantina d'anni e tre uomini piuttosto anziani.

Sei mercenari li tenevano sotto mira aspettando solo l'ordine di Kyrill per sparare. Morad e Zeytin erano rimasti nella cattedrale con altri cinque uomini per occuparsi del prete e del diacono, recuperare il pezzo di trave dell'arca e con l'occasione saccheggiare quello che avrebbero trovato: altre reliquie, quadri, sculture...

Kyrill squadrò i condannati. Provava solo disprezzo per quegli sconosciuti, lo stesso che gli aveva suscitato il francese quand'era scappato facendosela addosso. Aggrappati alla loro fede del cazzo, quegli armeni si stavano facendo ammazzare senza neanche protestare. Una madre che non tentava niente per salvare i figli, un uomo che stringeva un rosario senza cercare un'arma di fortuna, una pietra, un bastone, qualcosa: quelle pecore avrebbero avuto ciò che meritavano.

Il mattatoio.

Alzò il braccio per ordinare al plotone d'esecuzione di fare fuoco e mandare quei ruminanti a pascolare per l'eternità nelle praterie del paradiso promesso.

Uno stridio di pneumatici gli fece voltare la testa.

Sentì solo il rumore del motore, ghiaia che schizzava all'angolo della chiesa, frenata brusca, una macchina che accelerava, si avvicinava.

Istintivamente spianò il mitra davanti a sé.

La macchina spuntò da dietro la chiesa. Per un attimo Kyrill credette di sognare.

Impossibile, pensò, non ha il minimo senso.

7
Biblioteca apostolica, sala dell'archivio segreto, Vaticano

Un dito del piede si svegliò, poi un altro.

Zak muoveva ogni suo arto con attenzione, centimetro dopo centimetro, secondo il metodo che gli aveva insegnato il chinesiologo per sciogliere l'indolenzimento. Era l'una di notte, cioè dodici ore che aspettava nell'armadio. Il rumore degli addetti alle pulizie si era un po' allontanato. Zak sentiva il ronzio ovattato di un aspirapolvere in un'altra sala.

Era il momento, la fase più tecnica del piano: un'operazione di trasformismo alla cieca!

Aveva già indosso una parte dell'uniforme. Nello zainetto c'erano soltanto le lunghe calze rosse. Doveva togliersi la camicia e i jeans con accorti movimenti da rettile. Non era poi così difficile, con un po' di allenamento. Procurarsi la divisa era stato molto più complicato. Aveva pagato una fortuna a una specie di losco intermediario che gli aveva procurato un'autentica divisa da ufficiale della guardia svizzera, l'uniforme cremisi, più rara e meno folcloristica di quella con i pantaloni a sbuffo a righe rosse, gialle e blu dei soldati del Vaticano.

A forza di contorsioni silenziose riuscì a infilarsi il tutto. Tra un attimo sarebbe spuntato dal nulla, ma c'era un ultimo dettaglio da sistemare perché la messinscena fosse completa, e non certo il più sgradevole... Infilò la mano nello zainetto e prese una sigaretta dal pacchetto. La luce dell'accendino illuminò di colpo l'oscurità del nascondiglio. Zak sbatté gli occhi. Fumò a lungo, assaporando ogni boccata, già concentrato sul seguito del piano.

Quando la sigaretta fu poco più che un mozzicone tese di nuovo l'orecchio. Gli unici rumori provenivano dalle altre sale. Spinse delicatamente col piede l'anta di quercia. La luce bianca lo abbagliò. Mosse le gambe per disperdere il formicolio residuo, si aggiustò in fretta i pantaloni rossi e camminò in direzione dei rumori sordi nella stanza accanto.

Fece intenzionalmente sbattere le suole sul pavimento dell'immenso corridoio vuoto. Era importante che gli uomini delle pulizie lo sentissero arrivare.

Un visitatore? All'una di notte?

L'effetto sorpresa aveva un ruolo cruciale nel suo folle piano.

Nella seconda sala dell'archivio, sentendo il rumore dei passi, Eugenio e Guido si bloccarono. In tre anni che passavano la notte a fare le pulizie nella Biblioteca vaticana non avevano praticamente mai incontrato nessuno. Neanche le guardie notturne salivano mai in biblioteca. I due uomini non ebbero il tempo di farsi altre domande: l'ombra oscurò per un attimo il vano della porta, poi venne avanti nella luce.

Per prima cosa riconobbero l'uniforme rossa da ufficiale.

Videro l'espressione ostile e, particolare ben strano in quel luogo, il mozzicone di sigaretta che aveva nella mano sinistra.

L'ufficiale squadrò a lungo i due uomini impietriti con la scopa in mano. Mostrando loro il mozzicone disse solo una parola.

«Chi?».

Eugenio e Guido si guardarono increduli. Nessuno dei due aprì bocca.

L'ufficiale aspettò ancora qualche secondo, sospirò e parlò di nuovo con voce stanca.

«Bene, immagino che non ne sappiate niente».

Di fronte a sé continuava ad avere due maschere mute e sbigottite.

«Mi vedo costretto a entrare nei dettagli» proseguì. «Un mese fa, aprendo la biblioteca la mattina, il guardiano della sala 3 ha trovato una cicca di sigaretta nascosta nella bocchetta d'areazione dei bagni del terzo piano. Da allora la stessa cosa è successa altre due volte. Abbiamo svolto qualche indagine, e la spiegazione possibile è una sola: il fumatore agisce di notte ed è abbastanza pratico dei luoghi da non far scattare i rilevatori di fumo. Ora, come sapete, la squadra notturna che provvede alla pulizia di questi piani è una sola».

L'ufficiale fece una pausa prima di continuare.

«Una squadra sola: voi due!».

Ogni frase della guardia svizzera cadeva in un silenzio da oltretomba.

«Non ho bisogno di dirvi cosa significhi fumare nelle sale della Biblioteca vaticana...».

Aggrappati ai manici di scopa, Eugenio e Guido sembravano due pupazzi di stracci. L'uomo con la divisa rossa guardò a lungo il mozzicone.

«L'ho trovato pochi minuti fa, sempre nei bagni, ma al primo piano. Suppongo quindi che il colpevole sia uno solo. A questo punto formulo due ipotesi... Vi chiamate Eugenio e Guido, giusto?».

Pallidissimi, i due annuirono.

«Allora, Eugenio e Guido. Un solo fumatore e due possibilità. La prima è che il non fumatore sia al corrente che l'amico fuma, e in questo caso è tenuto a dirlo; non credo che ciò basterà a salvargli il posto di lavoro, ma diciamo che potrà beneficiare delle attenuanti. La seconda è che quello che non fuma non sappia niente, e in questo caso l'amico farebbe bene a uscire allo scoperto, perché, come avrete capito, se nessuno parla c'è il licenziamento immediato per entrambi. Accompagnato da una sonora denuncia».

Due paia d'occhi fissarono la cicca. Eugenio e Guido sembravano persi nei loro pensieri, come se cercassero di ricordare ogni dettaglio delle lunghe notti trascorse insieme sotto le volte della biblioteca.

Rigido da quant'era indignato, sotto la maschera di ghiaccio Zak intuiva con precisione il percorso mentale dei due uomini delle pulizie. Entrambi sapevano di essere innocenti, quindi entrambi erano convinti che il colpevole fosse l'altro e aspettavano che si facesse avanti.

Guido contro Eugenio.

Due amici che avevano trascorso insieme quasi mille notti.

L'ipotesi che l'ufficiale fosse un impostore non li sfiorava. Non ancora. Espressione severa da istitutore inflessibile, Zak teneva alta la tensione. Il tempo giocava a suo vantaggio. Più i secondi passavano e più l'odio tra i due uomini si insinuava, cresceva, inghiottiva anni di amicizia.

Eugenio contro Guido.

Ognuno dei due era ormai convinto che l'altro fosse uno stronzo che non solo l'aveva messo nei guai fumando di nascosto in biblioteca, che follia!, ma per giunta rifiutava di confessare rendendo responsabile il collega e trascinandolo con sé nel baratro: perdita di un posto di lavoro d'oro e successiva certezza di non trovarne mai più un altro in tutta Roma.

Guido ed Eugenio si studiavano.

Guido tentò di tirare la testa fuori dall'acqua.

«Ma... è sicuro che sia stato uno di noi? È che non mi sembra possibile... Il sistema d'allarme viene disattivato solo nelle stanze in cui passiamo, e lavoriamo insieme quasi tutta la notte, tranne i pochi minuti in cui cambiamo stanza, ma...».

Zak mise il mozzicone sotto il naso dei due italiani e ci soffiò sopra per far riprendere la brace, che illuminò un sorriso da poliziotto sadico.

«Chi altro c'è a quest'ora nei corridoi del Vaticano oltre a voi due?».

Guido chinò la testa.

Zak la sollevò.

«Bene, sistemeremo la faccenda domani. Avete una notte per pensarci e farvi tornare la memoria. Per aiutarvi, sappiate che abbiamo trovato le altre cicche nella sala 5 e...».

Zak fece una pausa calcolata e pregò dentro di sé che non gli tremasse la voce.

«Attenzione: l'altra non è stata trovata nei bagni, stavolta, ma nell'inferno!».

Gocce di sudore imperlarono la fronte di Eugenio.

«E in attesa che la memoria vi torni farò un'ispezione più approfondita...».

Così dicendo tese la mano.

Le chiavi!

Guido non ci pensò un attimo. Mogio mogio porse all'ufficiale il grosso mazzo di chiavi che teneva attaccato alla cintura.

«Grazie. Farò il giro delle sale, e spero per voi di non sentire odore di tabacco e trovare un'altra...».

Zak non terminò la frase. Eugenio e Guido sudavano ormai più che copiosamente.

«Nel frattempo continuate le pulizie!».

Sotto lo sguardo costernato dei due poveretti si allontanò con il mazzo di chiavi trattenendosi dal camminare troppo in fretta. Conosceva a memoria la planimetria della biblioteca, sapeva che l'inferno si trovava in fondo a un labirinto di corridoi, dietro una porta rinforzata.

Doveva muoversi con calma, curiosare in giro, dargliela a bere, non precipitarsi subito verso l'inferno del Vaticano, stanza inviolabile che accoglieva tutti i misteri del pianeta.

Sotto il farsetto cremisi il cuore gli batteva all'impazzata. Zak ancora non ci credeva. Solo contro tutti, aveva vinto.

Dietro quella porta c'erano i segreti del mondo.

Uno in particolare.

Il Libro di Enoch.

8
Echmiadzin, Armenia

La polvere ocra danzò sul sagrato della cattedrale Santa Echmiadzin.

"Non è possibile" urlò mentalmente Kyrill.

Fu questione di un attimo. Sgranò gli occhi, e le palpebre furono gli unici muscoli che ebbero il tempo di muoversi. Il Nissan Patrol rosso bruciò i pochi metri che lo separavano dal mercenario e dai suoi uomini schierati.

L'unico pensiero che travolse il cervello di Kyrill come un torrente in piena fu che aveva appena commesso il primo errore di valutazione della sua vita da mercenario. Il primo e l'ultimo.

Perché cazzo quel francese che si era pisciato addosso scappando a gambe levate era tornato?

Da solo.

Per una frazione di secondo Kyrill ne vide la faccia dietro il volante, una maschera fredda e determinata che non aveva più niente a che vedere con l'espressione dell'occidentale terrorizzato di pochi minuti prima. Quello stronzo aveva fatto la commedia...

L'attimo dopo volò al di sopra del paraurti tubolare. Il fuoristrada lanciato a tutta velocità falciò come birilli i sette mercenari. Strike! Nessuno ebbe il tempo di puntargli contro il kalashnikov. Non fu sparato un solo colpo.

Il sangue gli colava davanti agli occhi. Kyrill sentì che stava irrimediabilmente perdendo il controllo dei propri muscoli. Non riusciva neanche a strisciare. Nell'indeterminazione di un rosso sfocato capì che i dieci armeni, donne, vecchi e bambini, stavano salendo in fretta sul Nissan Patrol.

Si domandò se da dentro la chiesa avessero sentito il rumore del motore, dei corpi travolti. Che cavolo stavano facendo Morad e Zeytin?

Si rifiutava di morire in quel modo, come un manzo destinato al banco del macellaio. Con uno sforzo improbo Kyrill mosse il braccio, si frugò in tasca.

E, forse per la legge di serialità, commise un altro errore, il secondo in meno di cinque minuti, proprio lui che si sentiva infallibile.

Prese il telefonino.

Doppio clic.

Morad avrebbe sentito. Morad sarebbe arrivato. Il braccio di Kyrill si piegò con lentezza. Il polso gli faceva un male cane, ma riusciva ancora a muovere il pollice. Sarebbe bastato.

Il rumore del motore si fece più vicino. L'odore di gomma bruciata aumentò fino a diventare insopportabile. Fu l'ultima impressione che ebbe Kyrill.

Lo pneumatico dentellato del fuoristrada gli si fermò sul braccio. Due tonnellate. In un lampo la portiera si aprì, una mano si chinò e afferrò il cellulare dalla mano immobilizzata.

Poi il Nissan Patrol ripartì.

Quando Morad si precipitò ad aiutare Kyrill il fuoristrada era sparito già da vari secondi. Indifferente ai sei colleghi a terra, morti o resi invalidi a vita, prese tra le sue braccia il corpo del mercenario scosso da convulsioni.

«Tagliamo la corda» urlò Zeytin. «Ho la reliquia».

Morad non si mosse. Il sangue di Kyrill gli macchiava il maglione verde e la sciarpa rossa. Si chinò di più per avvicinare l'orecchio alla bocca del suo comandante. Kyrill Eker parlava con voce roca senza quasi articolare le parole.

«Me... me lo sono meritato. Gli errori si pagano. In contanti. Ricordatene, Morad. Torna in Naxçivan, a Ishak Pascià. Parastou Khan ti proteggerà. È potente. Polizia, esercito e imam non possono niente contro di lui».

Kyrill tossì. La sua gola traboccava sangue.

Alle sue spalle Zeytin si spazientiva, il motore della Mercedes ruggiva. La voce di Kyrill era ormai un mormorio.

«Non credere alle religioni, alle superstizioni e alle leggende, Morad. L'unica cosa che conta è il denaro». Sputò muco rosso prima di continuare. «E non dimenticare mai il teorema di Cortés, è l'unica regola valida. Tu hai talento, Morad, sei rapido e intelligente. Riunisci i pezzi dell'arca, tutti. Con la protezione di Parastou Khan non hai niente da temere. Porta a termine la missione, raduna le prove dai quattro angoli del mondo, ma... ma non dimenticare la cosa più importante».

Bisbigliava. Per sentirlo, Morad dovette chinarsi ancora di più.

«La cosa importante, Morad, è che tutti i pezzi avranno senso soltanto se trovi il testimone... il solo che abbia raccontato la vera storia... l'unico che possa condurci al segreto dell'arca...». Le palpebre del mercenario sbatterono un'ultima volta. «Enoch... Lui solo sapeva. Lui... e quelli con cui ha condiviso il segreto».

Kyrill chiuse gli occhi. La testa gli ricadde all'indietro.

«No!» gridò Morad.

L'adolescente agitò un braccio disperato verso Zeytin, poi frugò rapidamente nelle tasche del suo protettore. Prese la carta d'identità del francese, Victor Peyre, e un selvaggio desiderio di vendetta gli alterò i giovani lineamenti.

Zeytin suonò il clacson. Alzandosi, Morad fu colpito da un oggetto che luccicava sul marciapiede accanto al corpo inerte di Kyrill. Con due dita raccolse una catenina d'oro minuscola, quasi un braccialetto da bambini. Un gioiellino banale, tranne che per il pendente.

Era un unicorno, anch'esso d'oro.

9
L'inferno della Biblioteca apostolica vaticana

Zak si chiuse alle spalle la porta dell'inferno. L'attimo dopo attivò il cronometro dell'orologio regolato a tre minuti. Da settimane aveva previsto il tempo che avrebbe potuto passare nella stanza segreta, aveva ripetuto ogni gesto con la stessa precisione di un cercatore di tesori che si immerga in apnea per rovistare in un relitto. Doveva stare attento a non farsi travolgere dall'ebbrezza di fronte alla profusione di tesori. Il suo stratagemma si basava sull'effetto sorpresa, sull'impatto emotivo. Quanto tempo aveva prima che Eugenio e Guido, due dipendenti modello, cominciassero a farsi venire qualche dubbio?

Tre minuti?

Secondo Zak era la massima durata credibile. Premette l'interruttore. Lampadine a bassa potenza illuminarono l'inferno con una luce livida. Percorse la lunga sala a grandi falcate permettendosi solo qualche sguardo a sinistra e a destra, senza rallentare l'andatura. Gli sembrava di essere in un gigantesco magazzino di anticaglie. Le decine di sculture, tele e opere d'arte varie che vi trovavano posto lasciavano al visitatore solo uno stretto corridoio per muoversi.

Turbato e allo stesso tempo soggiogato, non poté fare a meno di sorridere.

Così la leggenda era vera...

L'inferno del Vaticano non era altro che un immenso museo pornografico!

La quasi totalità di quadri, bronzi e marmi raffigurava

uomini e donne nudi messi dagli artisti in posizioni inequivocabili: preti sodomiti, monaci scambisti, sacre orge, papi priapei... Stando alle fantasticherie degli specialisti l'inferno del Vaticano conteneva la più grande collezione al mondo di opere d'arte e libri erotici, un bottino accumulato con i sequestri che la Chiesa puritana aveva effettuato per secoli.

Ancora due minuti e trenta secondi.

Suo malgrado Zak si fermò.

Su un immenso bassorilievo di marmo era scolpito un girotondo di angeli abbracciati che l'artista aveva dotato di lusinghieri attributi genitali maschili e femminili... palesemente in perfetto stato di funzionamento.

Il sesso degli angeli, pensò. Una prova in più.

Due minuti e quindici.

Zak si scosse. Non doveva cadere nella trappola del mettersi a guardare. Doveva pensare solo all'obiettivo.

Il Libro di Enoch.

A forza di ricerche, conversazioni e letture aveva saputo che il famoso manoscritto apocrifo era conservato nella seconda parte dell'inferno, nel corridoio sudovest. Zak aveva trascorso ore a memorizzare la mappa della leggendaria sala. Si infilò nei corridoi senza esitazioni, come se avesse passato la vita a muoversi in quel labirinto.

Un minuto e cinquanta.

Di colpo si immobilizzò tremando dall'eccitazione.

Era tutto vero!

Il Libro di Enoch lo aspettava nelle viscere dell'inferno posato su un leggio in legno scolpito.

Non c'era un secondo da perdere.

Prese in tasca un paio di guanti di lattice e una microscopica macchina fotografica digitale, un gioiello di miniaturizzazione che gli era costato una fortuna, e si chinò sul libro. I frammenti di manoscritto erano stati incollati con infinita attenzione su un grosso cartoncino beige.

«I frammenti dei manoscritti del mar Morto» mormorò fra sé.

Non era facile maneggiare il piccolo apparecchio, le dita di gomma scivolavano sui minuscoli bottoni. Imprecò.

Un minuto e quaranta.

Lampo del flash.

Si sforzò di voltare la pagina cartonata senza precipitazione. Gocce di sudore freddo gli colavano lungo le braccia. Quanti uomini prima di lui avevano avuto accesso a quel testo? Pochi iniziati, forse una decina.

Altro flash, altra pagina.

Zak lavorava in maniera meccanica, così come aveva previsto, ma non poteva impedire alla mente di vagabondare. Il Libro di Enoch era probabilmente il più famoso testo apocrifo. Enoch era citato nelle prime pagine della Bibbia, nella Genesi. Era il settimo patriarca prima del diluvio universale, padre di Matusalemme e bisnonno di Noè. Scartato dalla Bibbia ebrea e cristiana al Concilio di Laodicea del 364, il Libro di Enoch aveva tuttavia continuato a fare parte dei canoni della Chiesa ortodossa etiope. E proprio dall'Etiopia l'esploratore massone scozzese James Bruce aveva riportato nel 1773 tre esemplari del famoso libro che gli occidentali cercavano da secoli. Da allora gli originali potevano essere consultati alla Bodleian Library di Oxford e alla Bibliothèque Nationale di Parigi, e la traduzione integrale digitando "Enoch" su qualsiasi motore di ricerca! In seguito erano stati trovati ai quattro angoli del mondo, come ad Akhmin, in Egitto, o in Michigan, negli Stati Uniti, altri frammenti in etiope, greco, latino, siriaco e copto che attestavano l'autenticità del testo. Tranne che...

Zak si asciugò la fronte col rovescio della manica.
Quindicesima pagina.

Un minuto e venti.

Zak si tratteneva dal cercare di decifrare le righe che gli ballavano davanti agli occhi. Avrebbe potuto farlo con tutta calma più tardi, a casa sua, al sicuro. Prima doveva concentrarsi sulla missione. Dopo James Bruce il Libro di Enoch, con le sue incredibili rivelazioni, aveva perso lo status di favoloso testo segreto. Tuttavia il manoscritto originale in aramaico era stato considerato perso per sempre... fino alla famosa scoperta dei Rotoli del mar Morto a Qumran nel 1947. Centinaia di pagine tra le quali, tesoro inestimabile, si trovava il primo Libro di Enoch. Il formidabile ritrovamento aveva confermato l'importanza del profeta nella letteratura ebraica fin dall'inizio dell'era cristiana, anche se dal 1947 la Chiesa non aveva mai reso pubblici i frammenti del manoscritto originale, sollevando così una ridda di voci che la stessa Chiesa aveva astutamente relegato al rango di deliri esoterici.

Zak si tamponò la fronte.

Cinquanta secondi.

Era arrivato il momento di uscire, fotografare le ultime pagine e fuggire. Pazienza per la fine del testo.

Sfogliò febbrilmente le pagine. Voleva a ogni costo arrivare al capitolo 58, la mitica Apocalisse di Noè, il testo menzionato dagli antichi la cui esistenza non era mai stata ufficialmente dimostrata.

Ancora qualche flash.

Trenta secondi.

Ora!

Zak posò il libro sul leggio rimettendolo esattamente come l'aveva trovato, poi si allontanò a passi rapidi togliendosi i guanti e rimettendosi in tasca la macchina fotografica. Il cronometro emise un debole segnale sonoro mentre imboccava il corridoio d'uscita. Rivolse un ultimo sguardo agli angeli sporcaccioni, aprì la porta e inalberò sulla faccia l'espressione severa che si addiceva alla sua posizione di ufficiale delle guardie svizzere corrucciato.

«Non ho trovato altre cicche, per fortuna...» disse subito.

Guido era più bianco del marmo del corridoio. Eugenio stava aggrappato al manico della scopa come fosse l'albero di una barchetta in mezzo alla tempesta. Zak con due dita mise il resto della sigaretta in un sacchetto trasparente.

«Domattina alle dieci nel mio ufficio alla Santa Sede!». Sollevò il sacchetto davanti agli occhi dei due uomini e aggiunse: «Spero che non saremo costretti a effettuare il test del DNA... è una cosa che Sua Santità non gradisce...».

Battuta un po' fuori luogo, pensò. Difatti aveva esitato a inserirla nel copione.

Gli altri due si guardarono con una smorfia.

«Abbiamo già perso troppo tempo» concluse Zak uscendo dalla stanza. «Al di là dell'increscioso episodio siete comunque pagati per fare le pulizie, no?».

Sapeva di non avere la minima possibilità di uscire dalla Biblioteca apostolica vaticana durante la notte. Allarmi, guardie, cani: l'edificio era sorvegliato quanto gli appartamenti papali...

Impugnò la ventosa. La prospettiva di passare altre sei ore sull'angusta mensola dell'armadio gli appariva ormai quasi piacevole. Bastava che pensasse alla memory card nascosta nella fodera della tasca. Il segreto più protetto del Vaticano stava in un rettangolino di un centimetro quadrato alto un millimetro.

L'ultima parte del piano si fondava sull'ipotesi che né Eugenio né Guido avrebbero parlato con qualcuno della faccenda prima dell'appuntamento delle dieci. Finivano il turno alle sei del mattino. La biblioteca apriva al pubblico alle nove meno un quarto. A quel punto Zak non avrebbe dovuto fare altro che uscire dall'armadio senza farsi vedere, mischiarsi agli studiosi mattutini e andarsene al più presto.

Prima di tirare a sé l'anta di quercia e tornare a chiudersi nel buio fu percorso da un brivido. Era consapevole che l'avventura era solo all'inizio. La corsa-inseguimento era cominciata. Pochi giorni prima era venuto a sapere degli omicidi nella cattedrale armena Santa Echmiadzin. Gli assassini erano alla ricerca di frammenti dell'arca e probabilmente anche di estratti del racconto di Enoch, di prove, di tutte le prove.

Erano tanti, forti e determinati.

Lui era solo contro un esercito.

Da quel momento in poi la partita si sarebbe giocata contemporaneamente in vari punti del globo, ovunque fosse nascosta una parte del segreto di Noè, a Kaliningrad, a Hong Kong, ovviamente in Naxçivan, ma anche a Melbourne, Palermo, Parigi... e di lì a pochi giorni a Bordeaux.

Prima ancora di essere uscito da quella prigione di polvere si obbligò a pensare alla prossima tappa, il museo d'Aquitania.

Zak non avrebbe potuto trovarsi dappertutto, ma almeno a Bordeaux doveva esserci.

Prima di loro.

Monte Ararat, 4372 a.C., autunno

Otek spezzò il ramo in due, un pezzo lungo e uno corto che infilò nella neve leggermente inclinati perché i due segmenti di legno si incrociassero a formare un angolo retto. Il vento della montagna sollevava la neve in mulinelli, le orme di Otek si cancellavano quasi subito alle sue spalle, come se camminasse in un fiume. I rami gli avrebbero permesso di ritrovare la strada per la grotta.

Annusò l'aria gelida. Ci aveva pensato un bel po' prima di uscire. Faceva troppo freddo per andare a caccia, ma i figli Gana e Bilik non avevano più niente da mangiare, e la moglie Majka non aveva quasi più latte per Alum, l'ultimo nato. Leka trottava al suo fianco con il pelo bianco di neve fiutando l'aria alla ricerca di tracce di vita. Vita da uccidere perché loro sopravvivessero.

Otek alzò gli occhi. Gli antenati gli avevano mostrato fino a dove si estendeva il loro territorio. Certe volte più in basso, ma mai più in alto, mai verso la cima. Sulla montagna Otek conosceva tutti gli dèi della natura e aveva imparato a farseli amici. Si chinò, accolse un fiocco di neve sul palmo e lo guardò brillare malgrado l'assenza totale di sole. Sapeva che ogni tanto le stelle del cielo cadevano sulla terra, restavano un po', poi sparivano, e da sottoterra sorgevano altri dèi ancora più potenti. Dèi dai capelli verdi, capaci di respirare e nutrirsi senza neanche spostarsi, senza cacciare, senza uccidere.

Tali erano i suoi dèi, e Otek li rispettava.

Sapeva anche che più in alto esistevano mostri visibili solo dagli uccelli. Di loro Otek conosceva le immense lingue bianche

che scendevano lungo i fianchi della montagna con una tale forza da spaccare le rocce più grosse, lingue che strisciavano sul loro territorio senza farsi vedere per divorare gli esseri viventi, prenderli in trappola e issarli fino alla bocca del mostro. Benché le lingue bianche fossero lente, lentissime, bisognava stare molto attenti.

A un certo punto Leka si bloccò. Aveva fiutato qualcosa. Otek non si precipitò. Con calma collocò altri due rami a croce. Qualunque cosa succedesse doveva ritrovare la strada e, se non fosse tornato, i rami avrebbero aiutato il figlio Bilik a seguire la sua pista.

Individuò le tracce nella neve, tracce d'orso. Strinse tra le mani la lancia di legno e fece segno a Leka di stare indietro.

L'orso era enorme, alto il doppio dell'uomo. Anche lui aveva fame. Otek pensò che era l'occasione buona, l'orso avrebbe attaccato per primo.

Piantò la lancia a terra, inclinata. Sapeva che non avrebbe avuto la forza di combattere contro il bestione.

Tutto andò molto in fretta. Leka balzò su una roccia sopra di loro. L'orso caricò senza vedere l'asta appuntita posizionata tra lui e la preda incastrata tra le rocce. La lancia gli si conficcò nel petto, l'animale grugnì, ma continuò ad andare avanti.

Otek capì subito. A cose normali l'orso sarebbe scappato portandosi dietro la picca piantata nel cuore e lui l'avrebbe seguito a distanza, guidato dalle tracce di sangue, fino a che la bestia sarebbe caduta per non rialzarsi più.

Non quella volta. L'orso non mangiava da giorni, la fame era più forte del dolore al petto, sentiva l'odore di carne sulla punta degli artigli, sempre più vicino man mano che la lancia gli attraversava il corpo.

Era condannato, ma non lo sapeva.

Otek lo sapeva.

Anche lui stava per morire.

Chiuse gli occhi per rivedere un'ultima volta la figlia, la gra-

ziosa Gana, e il figlio Bilik, ancora troppo giovane per occuparsi della famiglia come un uomo deve fare. E naturalmente Majka, la dolcezza della sua pelle. La sentiva stretta a sé come un'interminabile carezza quando l'artiglio gli lacerò metà del viso. Quasi nello stesso momento un'altra zampata gli piantò cinque frecce nella pancia.

Così quello era morire.

Davanti a lui l'orso vacillava. L'animale lo fissò a lungo, quasi non riuscisse a capire come un essere così inoffensivo avesse potuto fargli tanto male, poi, lentamente, la luce nel suo sguardo si spense. Otek sapeva che le stelline che illuminavano gli occhi dell'orso sarebbero salite in cielo, come del resto le sue di lì a poco. Era così. I vivi dovevano lasciare la terra per popolare il cielo.

E un giorno lontanissimo, dopo tanti e tanti e tanti morti, il cielo sarebbe stato pieno di stelle, numerose e vicine come i fiori nei campi. Allora la notte non sarebbe più esistita.

Le palpebre gli pesavano come pietre. Trovò comunque la forza di ordinare a Leka di tornare alla grotta. Bilik sarebbe uscito, avrebbe seguito le indicazioni dei legni, avrebbe trovato l'orso e la famiglia avrebbe avuto da mangiare per varie lune.

Tutto andava bene.

Otek sentiva il sangue tiepido colargli sulla pelle. Dal tempo della morte delle foglie non aveva mai avuto tanto caldo. Chiuse piano gli occhi. Avrebbe raggiunto le altre stelle, quelle dell'orso, dei lupi e degli uccelli, e vissuto in pace con loro.

Fino alla fine della notte.

SECONDA CORSA
Il teorema di Cortés

10
Porta del Re, Kaliningrad, Russia

Il variopinto Cremlino in miniatura girava su se stesso suonando ostinatamente *Kalinka*, il cui celebre ritornello avrebbe dovuto attirare i rari turisti presenti sulla piazza della Porta del Re.

Non certo quelli lì, pensò Alexei Pionerski osservando diffidente i mezzi parcheggiati pochi metri più avanti. La moto, una rutilante Suzuki GSX-R1000, era in attesa da una decina di minuti; la macchina, una Mercedes 190, si era appena fermata a pochi metri di distanza lungo il marciapiede.

Alcuni gabbiani presero il volo. Il vento del mar Baltico portava i rumori del porto fino al centro città.

D'istinto Alexei Pionerski tornò dietro il tavolo pieghevole da ambulante su cui era posata alla rinfusa la cianfrusaglia da vendere: oltre al Cremlino con carillon c'erano mostrine e stellette dell'Armata rossa, miseri colbacchi di pelliccia sintetica, matrioske, icone ortodosse, medaglie militari false... tutta una paccottiglia post-sovietica che né i russi né i baltici né i polacchi compravano più. Gli unici clienti rimasti erano pochi tedeschi smarriti. Tutta la mercanzia di Alexei stava in una valigia che si scarrozzava per tutta la città.

Proprio davanti a lui il tizio con la moto si tolse il casco. Un'enorme cicatrice gli sfregiava il cranio pelato, come la nervatura di una grande foglia secca. Faccia da assassino, da uomo di mano di un qualche boss locale, probabilmente il tipo nella Mercedes.

Nella provincia autonoma regnavano ormai le mafie. In settantuno anni che viveva a Kaliningrad, Alexei aveva visto di tutto: la repubblica tedesca, il Terzo Reich, il regime sovietico, l'esodo dei tedeschi dopo gli accordi di Potsdam, l'arrivo di ucraini e bielorussi... poi l'apertura dopo il 1989 e il ritorno di interi treni carichi di tedeschi che venivano da Berlino a visitare la città reale prussiana ceduta ai sovietici, a riscoprire Königsberg, il nome da ragazza di Kaliningrad quando era ancora la capitale culturale del Baltico e ospitava la più celebre università d'Europa. Dopo un po' anche i turisti tedeschi si erano stufati. Nel 2004 Polonia e Lituania erano entrate a far parte dell'Europa e la provincia di Kaliningrad era diventata una strana enclave russa in mezzo all'Unione Europea. Putin ne aveva approfittato per far tornare i carri armati, i sommergibili e i missili Iskander. Kaliningrad restava più che mai un luogo surreale, porto e al tempo stesso isola, prigione di miseria per alcuni e crocevia del crimine per altri. Alexei parlava ben cinque lingue, russo, tedesco, polacco, inglese e lituano, cosa che tuttavia non gli evitava di morire di fame.

Il motociclista sfregiato si era avvicinato alla Mercedes. Un particolare curioso colpì il venditore ambulante: sul cofano, la stella della Mercedes era stata sostituita con un piccolo unicorno d'argento.

Una città di pazzi, pensò.

Il suo sguardo si attardò, forse un po' troppo, sull'automobile e i suoi occupanti. La portiera della Mercedes si aprì e il motociclista porse un telefonino al tipo seduto sul sedile del passeggero, di cui Alexei vedeva solo un lungo cappotto nero. La faccia dell'uomo era quasi interamente nascosta da un ampio cappuccio, da un foulard che gli copriva il mento e da occhiali da sole inutili a quell'ora mattutina.

Alexei realizzò che, a parte i gabbiani affamati, era l'unico testimone della scena. La distanza era troppa per sentire quel che l'uomo col cappuccio diceva al telefono, gli giungevano solo frasi sparse quando il vento del Baltico soffiava nella direzione giusta.

«Morad? Siamo a Kaliningrad, come previsto. Tu?».

«In Francia, a Bordeaux, come previsto».

«Com'è la situazione?».

«Abbiamo fatto un giro davanti al museo d'Aquitania, senza farci notare, e studiato in dettaglio su Internet la planimetria della mostra. Mostra che, a parte il pezzetto di trave, non vale niente». Una risata cristallina risuonò nell'apparecchio. «A quanto pare di notte rimangono solo due guardie. Non sono neanche sicuro che ci sia un sistema d'allarme».

«State attenti, comunque» disse la voce sotto il cappuccio. «Pure in Armenia doveva essere un gioco da ragazzi! Siete in suolo francese, e non sarà tanto facile farvi uscire e tornare a Ishak Pascià. L'influenza di Parastou Khan ha dei limiti, tanto più in Francia».

Morad tossicchiò.

«Okay, okay».

«E il rapporto RS2A? Qualche informazione?».

«Ci penseremo dopo Bordeaux. Una cosa per volta. Il laboratorio è a Tolosa, in pieno campus universitario, due ore di macchina da qui. Non credo che si aspettino una nostra visita».

«D'accordo. Prudenza, mi raccomando. Niente testimoni, intesi?».

«Tranquillo, ho imparato la lezione» rispose Morad in tono gelido. «E ho pagato. Imparo in fretta, fidati. Non faremo due volte lo stesso errore. E voi, a Kalin?».

«Domani agiamo. Neanche noi dovremmo avere brutte sorprese, l'università statale Immanuel Kant non è il Cremlino... I mafiosi locali non si danno appuntamento nelle biblioteche. Al più tardi domani sera dovremmo avere tra le mani un altro pezzo del puzzle. Poi rimane solo Hong Kong... E poi...».

«Bingo, si torna a casa!» fece Morad scoppiando di nuovo in una risata adolescenziale.

«Esatto. Da questa cazzo di enclave russa alla nostra enclave, il Naxçivan».

Morad esitò.

«E... come devo chiamarti?».

«Cortés» rispose pronto l'uomo col cappotto nero. «Chiamami Cortés, è più prudente».

«Cortés? Come il teorema?».

«In effetti impari presto. Vai, Morad! E sii prudente».

«Contaci. Abbi cura di te... Cortés».

Riattaccarono. Il motociclista sfregiato chiuse la portiera, guardò intorno a sé la piazza deserta e batté due volte sul tetto della Mercedes. La macchina si allontanò lentamente mentre l'uomo dal cranio sfregiato si infilava il casco e inforcava la moto.

Alexei cominciò a respirare meglio. Si era sforzato di mantenere sempre l'atteggiamento distratto dell'ambulante che lucidava le sue patacche, che osservava i gabbiani in cielo, che non aveva sentito niente, non aveva capito niente e non aveva visto la pelle del tipo sotto il cappuccio. Visione orripilante! Aveva ancora la pelle d'oca.

Alexei era solo un testimone muto. Una tomba.

In lontananza una madre e due bambini camminavano sulla piazza reale. Da ovest, dov'era il porto, la sirena di un portacontainer ruppe il silenzio sovrastando il motore della moto. Alexei sbuffò.

La mano inguantata del motociclista sparì nella tasca del giubbotto di pelle per riapparire l'istante dopo con un'arma in pugno.

Alexei riconobbe subito la forma scura di una Makarov PM, la pistola preferita dell'Armata rossa.

Non era la prima volta che ne vedeva una, in quella città di pazzi.

Fu però l'ultima.

L'istante successivo la pallottola gli perforò la fronte.

11
Museo d'Aquitania, Bordeaux, Francia

Prima di uscire dal congelatore Zak sollevò il coperchio e mise fuori la testa per controllare che non ci fosse nessuno nella stanza. Alla fine, con un po' di coraggio e immaginazione era facile entrare in qualunque luogo vietato.

Improvvisazione totale, stavolta.

Si trovava nel museo d'Aquitania da tre ore. Era entrato poco prima che chiudessero, aveva cercato un luogo nascosto e individuato quello sgabuzzino dietro i distributori di bibite e merendine. Gli ci erano voluti meno di due minuti per staccare la spina del congelatore, svuotarlo dalle scatole che conteneva ed entrarci dentro.

L'attesa era stata breve, soltanto un paio d'ore.

Si aggirò per i corridoi del museo rischiarati dall'illuminazione notturna sopra le porte. Apprezzò la cornice sobria dell'edificio costruito al posto dell'ex convento dei Foglianti: marmo rosa, colonne d'alabastro, soffitti alti. Si lasciò guidare dalle indicazioni *Mostra "Tesori d'altrove"*. Le frecce gialle indicavano il grande salone del primo piano. Camminando rasente i muri non gli era difficile evitare le telecamere di sorveglianza collocate negli angoli delle sale.

Si fermò nel vano della porta.

Tesori d'altrove.

Per Bordeaux, un modo come un altro di riconoscere il proprio passato di porto negriero, pensò Zak. Una scorza di esotismo, una grande mestolata di amicizia tra i popoli e tre pizzichi di sviluppo sostenibile. Esposte sui tavoli, accanto alle maschere dogon c'erano zagaglie canache, bambole inuit, feticci yaka... tutti trofei portati in Gironda da esploratori più o meno famosi.

Tra loro, soltanto uno interessava Zak.

Fernand Navarra.

Non ci mise molto a trovare l'angolo a lui dedicato. L'avventuroso viaggiatore di Bordeaux era presentato da grandi manifesti, sempre gli stessi. Zak riconobbe la famosa pagina del *Paris Match* del 20 ottobre 1956 con l'enfatico titolo "L'uomo che ha ritrovato l'arca di Noè", scoop ripreso da vari giornali internazionali, nonché la copertina del suo libro ormai fuori commercio, *J'ai trouvé l'Arche de Noé*. Un montaggio di fotografie in bianco e nero mostrava Fernand Navarra sull'Ararat, ai piedi del ghiacciaio Parrot, in posa con il figlio Raphaël davanti alla trave segata, più alta del ragazzo. Tutto era deliziosamente desueto nell'abbigliamento da alpinisti dei Navarra: i berretti di tweed, i calzettoni di lana, i pantaloni alla zuava...

Si avvicinò.

Il pezzo di arca era semplicemente posato sul tavolo. In realtà si trattava di una grossa scheggia lunga una decina di centimetri e larga un centimetro e mezzo. Dimostrando un acuto senso degli affari, Fernand Navarra e i suoi eredi avevano diviso la sezione di trave portata dall'Ararat cinquant'anni prima in numerosi fiammiferi destinati a essere regalati a pochi privilegiati o affidati a laboratori o, più raramente, esposti.

Accanto al frammento alcuni documenti timbrati ne attestavano l'autenticità. Zak dette un'occhiata alle perizie dell'Instituto Forestal de Investigaciones y Experiencias di Madrid, della Faculté de Sciences di Bordeaux e del Centro tecnico del legno: tutte certificavano che il legno identificato come *Quercus robur*, una quercia proveniente dalla Mesopotamia, risaliva a tempi molto antichi.

Un venerabile pezzo di trave di cinquemila anni!

Al legnetto era spillato un fil di ferro fissato al tavolo. Non sembrava un dispositivo di sicurezza particolarmente temibile, ma tutto faceva pensare che fosse collegato a un sistema d'allarme. Un breve esame confermò il dubbio: sotto i tavoli correva un intrico di fili elettrici terminanti in un groviglio che Zak non aveva le competenze per sciogliere.

Doveva ragionare. Evitare di farsi prendere con le mani nel sacco.

Fece dietrofront. Sempre evitando le telecamere di sorveglianza tornò al pianterreno. Aveva individuato il gabbiotto dei guardiani all'entrata del museo, di fronte a corso Pasteur. Scese con cautela lo scalone e si appiattì contro il muro. Dal pianerottolo vedeva la guardiola: i due guardiani stavano giocando a carte e avevano l'aria di disinteressarsi completamente dei monitor di sorveglianza alle loro spalle. Poker, a giudicare dalle fiches di plastica che avevano davanti a sé. Zak passò in rassegna qualche soluzione. Strappare il frammento dal fil di ferro e cercare di scappare mentre si attivava l'allarme? Ma sarebbe dovuto passare davanti alla guardiola. Tentare di disinnescare l'allarme? Creare un diversivo? Com...

Il pensiero si bloccò.

Un pallino rosso danzava sul soffitto del gabbiotto, proprio sopra i guardiani.

Zak si sentì gelare il sangue. Si appiattì più che poté contro la pietra fredda del muro dello scalone.

La macchiolina rossa scese lentamente, come un insetto guardingo, fino a fermarsi sulla giacca azzurra di un guardiano, un trentenne bruno, sportivo, con le spalle quadrate, il tipo d'uomo che piace alle donne, che ama vivere di notte, che apprezza le sensazioni forti, che oscilla tra la sua tribù di surfisti atlantici e la voglia di fare un figlio con una bella ragazza. Una vita da mordere davanti a sé. Alzò gli occhi dalle carte, forse a causa dell'espressione del collega, quello che dava le spalle a Zak.

Il collega indicò il pallino rosso.

La detonazione attraversò l'atrio.

L'attimo dopo il cuore del trentenne cessò di battere. Il suo mento si accasciò sulle fiches. L'altro guardiano si lanciò dalla sedia. Il puntino rosso corse per la stanzetta. Altri due spari ruppero il silenzio, due tuoni. Un monitor volò in frantumi. L'altra pallottola si piantò nella spalla dell'uomo a terra, che gridò dal dolore ma riuscì a strisciare ancora qualche metro sotto il tavolo col naso nel sangue dell'amico che sgocciolava a terra. Piegò il braccio per cercare di prendere qualcosa nella tasca della giacca.

Il puntino rosso si fermò subito sopra il suo orecchio destro.

Un terzo sparo. Secco.

Uno zampillo appiccicoso sgorgò dalla tempia grigia del guardiano.

Subito dopo scattò l'allarme.

Il cuore di Zak batteva all'impazzata.

Già gli assassini...

La sirena d'allarme ululava nei corridoi deserti.

Zak ragionò a tutta velocità. Il museo si trovava al centro della vecchia Bordeaux. La polizia sarebbe arrivata nel giro di pochi minuti. Gli assassini non potevano sapere che lui era lì, aveva quindi un breve vantaggio su di loro.

Non c'era un secondo da perdere.

Salì gli scalini due alla volta. Sul pianerottolo del primo piano si nascose dietro l'angolo del muro. Nell'atrio c'erano tre uomini armati di fucile a puntatore laser. Per poco non si tradì sganciando un'imprecazione. In realtà non erano tre uomini, ma due uomini e un ragazzo! A occhio e croce doveva avere poco più di sedici anni, con riccioli biondi e una faccia d'angelo che sarebbe stata più adatta a rimorchiare le ragazze all'uscita del liceo.

Zak si lanciò nel corridoio che portava al salone della mostra, stavolta senza preoccuparsi delle telecamere. Arrivò ai tavoli dell'esposizione con una scivolata sul marmo liscio del pavimento. Brividi elettrici gli percorrevano le gambe dall'alto in basso.

Presto, presto.

Gli assassini non avranno il tempo di salire, pensò per farsi coraggio. Dovranno fuggire per non farsi trovare dalla polizia. Probabilmente non avevano previsto che un guardiano sarebbe riuscito ad azionare l'allarme.

Sulle fotografie Fernand Navarra sorrideva ai piedi del ghiacciaio portando la trave dell'arca come Cristo la croce. Zak strappò il pezzetto di legno dal fil di ferro. Il punto metallico non fece resistenza. Subito si scatenò una seconda sirena, meno potente e più acuta della prima.

E ora?

Si passò la mano sulla fronte madida di sudore.

Scendendo avrebbe incontrato i tre killer. Non poteva fuggire dal portone d'ingresso. Non poteva neppure rimanere lì ad aspettare la polizia o, peggio, gli assassini.

Da una finestra gli sembrò di vedere la luce di un lampeggiante in lontananza, ma il frastuono dei due allarmi gli impediva di distinguere il minimo suono proveniente dalla strada. Tese l'orecchio.

Passi sulle scale!

Se li era immaginati? Era l'eco del suo cuore nel panico? O erano i passi degli assassini insospettiti dalla seconda sirena? Non aveva tempo di porsi altre domande. Guardò la finestra, in un attimo si sforzò di visualizzare mentalmente la facciata del museo d'Aquitania. A che altezza si situava il primo piano rispetto al marciapiede? Quattro metri? Sei?

Alle sue spalle la porta del salone della mostra si spalancò sul corridoio. Si aspettò di vedere su di sé il mortifero pallino rosso da un momento all'altro.

Niente più calcoli.

Colto da ispirazione improvvisa prese dal tavolo accanto una maschera dogon, una *kanaga* a forma di coccodrillo, strinse il pezzetto della trave di Navarra nell'altra mano e corse dritto davanti a sé.

Si calò la maschera sulla faccia nel momento in cui attraversò il vetro.

Stremato, Zak si fermò in quai Louis-XVIII. Gli faceva male la caviglia, aveva un enorme ematoma viola sulla coscia sinistra e qualche taglio sulle braccia, ma tutto sommato aveva avuto fortuna. Nel momento in cui si era rialzato dopo il salto, i lampeggianti della polizia in arrivo da rue Tustal stavano illuminando la cattedrale Saint-André e la torre Pey Berland di una luce azzurra fredda e intermittente.

Era scappato zoppicando.

Nessuna traccia degli assassini! Il Piccolo Principe del crimine e i due complici si erano anch'essi volatilizzati nella notte. Zak fece appello alle energie residue per non cedere alla tentazione di sedersi su una panchina. Doveva andarsene da lì, raggiungere il ponte di pietra e varcare la Garonna. Passando davanti al monumento ai girondini, in place de Quinconces, aveva abbandonato la maschera dogon posandola sulla faccia di pietra della bella ragazza a seno nudo che rappresentava la Dordogna. O forse la Garonna, non se lo ricordava più.

Si armò di coraggio e ricominciò a camminare. Nella tasca, le sue dita accarezzavano il legno rugoso della trave di Navarra. Sorrise soddisfatto alla notte. Aveva portato in salvo la cosa più importante.

Solo contro tutti.

Attraversò il fiume. Grazie al romantico riflesso dei lampioni del ponte di pietra l'acqua della Garonna sembrava agghindata di pagliuzze d'oro.

Zak era già proiettato verso la tappa successiva.

Da Bordeaux il primo treno per Tolosa partiva quella mattina stessa alle 5.26.

La linea A della metropolitana di Tolosa portava direttamente all'università Le Mirail, ai piedi del DIRS, il più grande laboratorio di telerilevamento d'Europa.

La sua prossima destinazione.

Dopo i tre tizi armati di fucile a puntamento laser si accingeva ad affrontare la famosa dottoressa Cécile Serval, una donnina di un metro e cinquantacinque, un genio, a quanto aveva letto. Avrebbe dovuto convincerla a lasciargli ficcare il naso nel rapporto RS2A-2014, impresa in confronto alla quale fotografare il Libro di Enoch in Vaticano era un gioco da ragazzi, stando a quanto aveva saputo sul carattere della dottoressa Serval...

Due innamorati si stavano baciando contro la balaustra del ponte di pietra.

La coscia gli faceva un po' meno male.

12

Parlamento mondiale delle religioni, Melbourne, Australia

Ognuno di voi ha davanti a sé il dossier RS2A-2014. Possiamo cominciare».

Il metropolita[1] Viorel Hunor allontanò le labbra dal microfono della tribuna. Il leggero brusio nell'anfiteatro da un centinaio di posti diminuì d'intensità. I vari rappresentanti presero posto dietro i leggii supertecnologici dotati di touch screen, sistema di voto elettronico e comandi manuali accessibili in una trentina di lingue. Dal comfort quasi intimo del piccolo emiciclo non si intuiva il massiccio apparato che lo circondava, che si trattasse delle decine di interpreti dietro i vetri oscurati o dei servizi di sicurezza all'esterno, lungo i docks. La sede del Parlamento mondiale delle religioni somigliava alla sede dell'ONU a New York, ma con più riservatezza... ed esotismo. Solo un terzo dei rappresentati indossava il classico completo scuro, e il grigio antracite dei loro vestiti creava un netto contrasto con l'arancione del monaco buddhista o col rosso carminio del cardinale, anche se su tutti quanti spiccava lo sciamano animista, che ostentava fierissimo ossa, penne e pelli sul corpo tatuato.

Sulla tribuna Viorel Hunor si limitava a una sobria pianeta nera che lo copriva dalla testa ai piedi e a una croce di legno appesa al collo.

Il metropolita si avvicinò di nuovo al microfono.

[1] Vescovo ortodosso che presiede a varie diocesi. [Tutte le note sono dell'autore salvo dove diversamente indicato.]

«Ai vostri posti, prego».

Alzò gli occhi. Sul muro di fronte era attaccato un ritratto di Jenkin Lloyd Jones, l'uomo che nel 1893 aveva fondato a Chicago il Parlamento mondiale delle religioni. A destra del quadro, targhe di marmo incise riportavano luoghi e date delle precedenti sessioni fino a Melbourne, diventata sede dell'assemblea nel 2009.

Viorel Hunor si schiarì la gola e cominciò.

«Vi do il benvenuto a Melbourne nei nostri locali nuovi di zecca. Alcuni di voi conoscono già da anni la nostra attività, altri siedono fra noi per la prima volta. A tutti ricordo che il Parlamento mondiale delle religioni è solo un'associazione che ha l'intento di far coesistere in pace le religioni del mondo e riflettere insieme sul rapporto tra sacro e profano nella società contemporanea. Se avete seguito i molteplici lavori delle nostre commissioni avrete letto negli ultimi mesi il nostro rapporto sulla bioetica, mentre entro la fine dell'anno sarà pronto quello sullo status delle donne».

Nel pubblico si udì qualche risata. Il cardinale stava scherzando con l'ayatollah seduto accanto a lui. Viorel Hunor alzò la testa e capì. Tra la quarantina di rappresentanti delle religioni del mondo non c'era neppure una donna. Batté col dito sul microfono.

«Per piacere, signori...».

E sotto la barba mormorò qualche parola incomprensibile. Viorel Hunor era stato eletto presidente del Parlamento mondiale delle religioni più di dieci anni prima a Città del Capo. Verrebbe istintivo pensare che le religioni del mondo avessero posto a capo dell'organizzazione interconfessionale un moderato, un uomo del dialogo, una mente aperta al sincretismo, alla conciliazione tra le fedi... Eleggendo Viorel Hunor l'assemblea aveva dato esattamente il messaggio opposto. Viorel Hunor era il metropolita di Moldavia e Bucovina, nel nordest della Romania, al confine con l'Ucraina. Per anni aveva tenuto testa al regime di Ceauşescu senza cedere di un millimetro al dittatore, tanto che aveva passato diciassette anni in una cella di Bucarest. Dopo il 1989 ne era uscito da eroe con la barba più lunga e più bianca, pronto a fustigare i rumeni che si precipitavano nelle chiese liberate con lo stesso entusiasmo col quale si riversavano nei nuovi centri commerciali. Viorel Hunor non era uomo da fare i consueti discorsi ecumenici tranquillizzanti, tipo "Tutte le religioni si equivalgono, in fondo Dio è lo stesso per tutti, le sole differenze stanno nei riti o negli usi...".

Neanche per idea!

Accettare quelle insulsaggini significava abbassare le religioni al rango di superstizioni obsolete. Viorel Hunor era un duro dell'ortodossia. Probabilmente gli altri rappresentanti del Parlamento mondiale avevano pensato che se Hunor era capace di difendere con forza la propria religione, una volta eletto presidente si sarebbe battuto per le altre con lo stesso ardore. La politica del metropolita si basava su due principi: un patto di non aggressione tra le varie religioni del mondo e un atteggiamento di grande fermezza nei confronti del potere secolare, dai progressi della scienza alla liberazione sessuale, dal diktat dell'economia globalizzata all'apologia del successo individuale.

Il metropolita tossicchiò e continuò.

«Signori, per piacere. Vi ricordo l'obiettivo della seduta, fare la sintesi del rapporto che il Parlamento mondiale delle religioni ha chiesto al DIRS di Tolosa, *The Remote Sensing Ararat Anomaly*».

Fece una pausa.

«E naturalmente discuterne le conclusioni».

Un brivido percorse l'assemblea.

13
Campus universitario di Le Mirail, Tolosa, Francia

Le ragazze erano una più bella dell'altra. La più vicina a lui era una bomba sexy chiassosa e bassina inerpicata su tacchi di dieci centimetri, cosa che le permetteva di portare la faccia bucherellata dai piercing più o meno all'altezza della barba sapientemente trascurata del ragazzo, tagliata come un tre quarti di rugby. Nell'atrio dell'università Toulouse-Le Mirail ci si corteggiava già di primo mattino.

Da quasi mezz'ora Zak osservava divertito quei balletti d'amore. Gli studenti non sembravano neanche accorgersi dei muri coperti di scritte, del linoleum logoro e della vernice screpolata; lui invece si chiedeva com'era possibile che locali così mal tenuti ospitassero il Departement International of Remote Sensing, una delle unità di ricerca più quotate al mondo.

Riconobbe subito Cécile Serval.

8.27

Come previsto, era puntualissima!

Stando alle informazioni in suo possesso, la donna prendeva ogni mattina la linea A della metropolitana, attraversava l'atrio dell'università tra le 8.25 e le 8.29 ed era la prima ad aprire i locali del DIRS alle 8.30.

Zak la seguì con lo sguardo. Era colpito dalla differenza di abbigliamento che c'era tra la ricercatrice e le studentesse che tubavano sotto i suoi occhi da mezz'ora. Mentre le ragazze che popolavano l'università rivaleggiavano in fascino, gonne corte, scollature generose e atteggiamenti provocanti, Cécile Serval attraversava il corridoio con un lungo cappotto grigio fuori moda e i capelli raccolti in un austero chignon, curva per il peso di una cartella troppo pesante. Eppure meno di dieci anni separavano la ricercatrice dalle sue studentesse.

Zak la seguì sulle scale stando attento a lasciare un mezzo piano tra lui e lei. Arrivata al quinto piano Cécile Serval, secondo un collaudato rituale zitellesco, aprì la porta del laboratorio del DIRS, appese il soprabito all'attaccapanni, posò la cartella sul tavolo accanto a un immenso monitor, accese la postazione informatica, fece tre passi, riempì d'acqua il bollitore e lo posò sul suo supporto.

La spia rossa si accese. La ricercatrice sedette di fronte allo schermo e digitò la password. Apparve la home page di Yahoo. Cécile Serval si immerse nella lettura delle e-mail.

Per un attimo.

Si voltò di scatto. C'era un'ombra alle sue spalle.

Nel laboratorio.

Un uomo. Figura slanciata.

Zak sorrideva. La ricercatrice lo apostrofò in tono severo.

«Che fa qui? Se sta cercando la segreteria...».

Il sorriso di Zak si allargò.

«Grazie, so perfettamente dove mi trovo. Chi non conosce il DIRS in quest'edificio? Ho fretta, signorina Serval, e non ho tempo di entrare in particolari. Vengo subito al punto. Vorrei una copia del rapporto RS2A-2014, quello che ha appena consegnato al Parlamento mondiale delle religioni».

«Scusi?».

«Ha capito benissimo!».

«Sta scherzando».

«No. So che a prima vista ho un'aria simpatica, ma posso essere... molto persuasivo. La avverto che sono armato».

Il bollitore fischiò.

Cécile Serval si mise a ridere.

«Nientemeno! Non so chi sia e non ci tengo a saperlo, ci siamo divertiti abbastanza, ora si levi dai piedi che ho del lavoro da fare...».

Zak non si mosse. Il bollitore si stava innervosendo, come se si avviasse a scoppiare. Cécile sospirò.

«Lei chi è, un professore? Uno studente fuoricorso?».

«Né l'uno né l'altro. Diciamo che... mi interesso all'arca di Noè».

Cécile si alzò, spense il bollitore ed emise un sospiro insistito.

«Doveva succedere, prima o poi... Gliel'avevo detto ad Arsène che lavorare sull'Ararat ci avrebbe tirato addosso tutti i matti dell'universo...».

«Si riferisce a me?».

Cécile abbracciò con gli occhi la stanza vuota.

«Mi pare che non ci sia nessun altro».

Anche Zak si concesse il tempo di osservare la giovane donna in piedi davanti a lui. Non era così brutta, in fondo: occhi marroni molto accesi dietro piccoli occhiali d'acciaio, viso affilato da maestra su un corpo da bambola, vita stretta, piuttosto sexy. Curiosamente, tutta quell'energia canalizzata in un corpo sottile e tornito faceva venire in mente a Zak la curva di una torre di centrale nucleare, strana miscela di perfezione depurata e violenta esplosione potenziale.

«Grazie del complimento» disse Zak. «Ma ha ragione lei, abbiamo scherzato anche troppo. Vado di fretta. Mi dia quel rapporto, per piacere».

Senza neanche guardarlo, Cécile si versò una tazza di tè e tornò a sedersi davanti al computer.

«Mi dispiace, stamattina sono molto occupata. Lei mi sembra ben informato, quindi saprà quanto me che è un rapporto strettamente confidenziale. Se ne vada prima che chiami la sicurezza».

Zak fece un passo avanti e alzò la voce, pronto a tirare fuori la pistola.

«Allora lei non mi ascolta! Le sto parlando di un pericolo reale. Mortale».

Cécile fece ruotare la poltroncina.

«E visto che è così ben informato dovrebbe anche sapere che il rapporto RS2A-2014 non verte sull'arca di Noè, ma sui ghiacciai dell'Ararat».

Zak guardò l'orologio e si avvicinò alla ricercatrice.

«Li tratta sempre così i suoi studenti?».

«Lei non è uno studente».

«Infatti non l'ho detto, ma lei non mi ha risposto. Li tratta sempre così i suoi studenti?».

«Così come?».

«Be', leggendo le mail mentre qualcuno le parla, con l'aria della donna superimpegnata che se ne frega degli altri».

Cécile ci mise un attimo a reagire.

«Se ne vada o chiamo...».

Zak indietreggiò. Per un istante Cécile Serval credette che se ne andasse, invece lui chiuse la porta del laboratorio e tirò il chiavistello.

«Ma che fa?».

Il timbro di voce della ricercatrice era cambiato. La sua sicurezza di sé sembrava incrinata da un accenno di timore.

«Gliel'ho detto, ma lei non mi ascolta. Sto cercando il rapporto RS2A-2014, o quanto meno le sue principali conclusioni. Non mi costringa a essere più persuasivo. Non è nella mia natura, ma...».

La poltroncina era di nuovo orientata verso il computer. La pagina personalizzata di Yahoo mandava le notizie dal mondo in tempo reale. Di colpo gli occhi di Cécile Serval furono calamitati da un annuncio che occupava mezza pagina: *Massacro al museo d'Aquitania*.

L'urlo le si bloccò in gola mentre fissava la foto sullo schermo. Il panico la travolse.

Il tizio che stava nel suo laboratorio era un assassino braccato da tutta la polizia della regione!

14
Parlamento mondiale delle religioni, Melbourne, Australia

Impressionato, fratello Mosavi fece scivolare il dito sul touch screen incastonato nel ripiano individuale di mogano. Nel suo ambulatorio di Oruro, in Bolivia, nel cuore delle Ande, il solo computer funzionante aveva appena compiuto vent'anni. In Bolivia come altrove, i pastori mennoniti non nuotavano certo nell'oro.

Tutto era andato molto in fretta per lui. Il titolare della rappresentanza dei mennoniti al Parlamento mondiale delle religioni, un pastore svizzero, era crollato una settimana prima su un marciapiede di Zurigo, fulminato da un infarto. Il suo supplente, in Belize, aveva tirato fuori un'agenda fitta di impegni per rifiutarsi di partire per l'Australia su due piedi. Mosavi aveva ricevuto una telefonata da La Paz. Un anno prima si era fatto notare per i suoi scritti impegnati, ed ecco che di punto in bianco gli proponevano di andare a Melbourne! Così, dopo che in vita sua non aveva mai visto specchio d'acqua più grande del lago Uru Uru, si era ritrovato a sorvolare l'oceano Pacifico a bordo di un Boeing 747.

Fratello Mosavi osservò il proprio riflesso nello schermo scuro. Tutto di lui era in contrasto con la maggior parte degli altri rappresentanti clericali, a cominciare dall'aria da seminarista trentenne e dal colorito abbronzato da indigeno andino rischiarato da occhi neri dietro occhiali di tartaruga posati su un naso a becco di condor.

Benché nuovo, non era ingenuo. Aveva una visione chiara del proprio potere in seno a quell'assemblea: i mennoniti contavano non più di un milione di fedeli in tutto il mondo, ma con la particolarità di essere distribuiti sui cinque continenti. Minoritari ovunque, non disponevano quindi di alcun sostegno politico nazionale, ma allo stesso tempo non avevano la responsabilità di alcun conflitto. Era per quello che l'avevano tanto coccolato? Albergo di un lusso sproporzionato, Mercedes di servizio, stretta di mano prolungata del presidente Viorel Hunor...

Sì, si sentiva coccolato... e messo da parte! Come una matricola, un giovane non ancora iniziato.

Non era stato invitato alle riunioni che si tenevano a porte chiuse tra le grandi religioni monoteiste, e in ogni momento aveva percepito complicità, rapporti confidenziali e accordi taciti dai quali si sentiva tagliato fuori, come se le sedute pubbliche del Parlamento fossero soltanto la rappresentazione di uno spettacolo scritto nei corridoi.

Per non parlare di quel rapporto, "The Remote Sensing Ararat Anomaly-2014". Possibile che lo scioglimento dei ghiacci dell'Ararat fosse la principale preoccupazione delle religioni in un mondo in cui tutte le cuciture sociali e culturali stavano saltando?

Strano. Irreale, addirittura.

Fratello Mosavi passò l'indice sull'icona che comandava la traduzione simultanea in spagnolo. Comunque, se il Parlamento pensava di aver invitato una docile comparsa aveva sbagliato persona.

La voce pacata di Viorel Hunor si propagò nell'anfiteatro con una sonorità degna di un tenore dell'Opera di Sydney.

«Siete invitati a consultare il rapporto. Andremo subito al nocciolo della questione. Immagino che siate tutti consapevoli della posta in gioco. Abbiamo chiesto al miglior laboratorio di telerilevamento d'Europa, il Digital Image Remote Sensing di Tolosa, un rapporto sulla glaciazione del monte Ararat. Non sto a tornare sulla storia dell'arca di Noè. Immagino che...».

Si alzò una mano. Tutti si voltarono verso l'impertinente.

«Vi prego di scusarmi» fece una voce sommessa ma sicura di sé. «Sono fratello Mosavi, dalla Bolivia. Faccio parte degli ecclesiastici che siedono qui per la prima volta. Per quanto mi riguarda vorrei invece conoscere tutti i particolari della storia dell'arca».

Il cardinale e il gran rabbino lo squadrarono. Un imam alle sue spalle sospirò. L'avventista, qualche fila più in alto, apparve infastidito. Il volto emaciato di Viorel Hunor, invece, non batté ciglio, a parte una leggera contrazione delle labbra nascosta dalla barba.

«Certamente, fratello Mosavi. È fondamentale che ognuno di noi possieda lo stesso livello di conoscenza, è la base stessa del Parlamento delle religioni. Nel quadro delle sue missioni di riflessione sui legami tra progresso scientifico ed esegesi, la nostra istituzione si è dedicata da vicino alla storia dell'arca. Nelle tradizioni ebraica, cristiana e musulmana Noè è uno dei primi patriarchi biblici. Per punire gli uomini Dio decise di mandare un diluvio universale e...».

Il mennonita scoppiò in una risata genuina e alzò di nuovo la mano.

«Chiedo scusa, presidente, la mia domanda non verteva sulla storia di Noè. Come tutte le persone presenti in sala ho studiato teologia, e le assicuro che conosco la Bibbia. Il diluvio, quaranta giorni di pioggia, la colomba che torna col rametto di ulivo nel becco, l'arcobaleno che saluta il ritorno sulla terra e suggella l'alleanza tra Dio e gli uomini... Tutto il simbolismo... Quella che vorrei conoscere è la storia del monte Ararat, dei cercatori dell'arca».

Alla parola "simbolismo" il rappresentante avventista aveva storto il naso. Viorel accennò un sorriso e lo anticipò.

«Capisco, fratello Mosavi. La sua domanda è legittima. È importante ricordare la storia della conquista del monte Ararat prima di affrontare le conclusioni del rapporto RS2A. Come tutti sappiamo l'arca si sarebbe posata sul monte Ararat, anche se solo la Bibbia riporta in modo esplicito il nome della montagna. Il Corano parla del monte *Al Joudi*, che significa semplicemente "alture"».

Sulla gradinata l'imam annuì.

«Ma torniamo all'Ararat. Sorvolo sul racconto del monaco Giacobbe, sceso dall'Ararat con una trave dell'arca donatagli da un angelo... Date le circostanze attuali...».

Tutti gli sguardi si diressero verso il rappresentante del patriarcato d'Armenia.

«Non credo che sia necessario ricordare in questa sede lo spaventoso delitto commesso qualche settimana fa nella cattedrale armena di Echmiadzin» continuò Hunor con un tremito nella voce. «Un massacro che ci richiama, qualora ce ne sia bisogno, all'urgenza delle decisioni da prendere...».

Tossicchiò, come domandandosi fino a dove spingere le proprie argomentazioni, poi giunse le dita e continuò senza smettere di fissare fratello Mosavi.

«Il racconto che sto per farle le sembrerà strano, fratello, ma i particolari che le fornirò sono rigorosamente esatti...».

E senza consultare appunti Viorel Hunor si lanciò nella storia della conquista dell'Ararat: l'estone Friedrich Parrot era stato il primo a scalarlo, nel 1829, accompagnato da un'équipe scientifica. Dopo di lui le spedizioni sulla montagna si erano moltiplicate, ma l'inglese James Bryce era stato il primo a menzionare la scoperta di una trave dell'arca tra i ghiacci. Il suo resoconto alla Società geografica era stato considerato una ridicola farsa. Nel 1882 l'ultima eruzione vulcanica dell'Ararat, seguita da un terremoto, aveva seppellito la fiancata nordovest della montagna distruggendo l'unico abitato permanente, cioè il villaggio di Ahora e il monastero di San Giacobbe. Nei giorni successivi sulle rovine era intervenuto l'esercito turco, e all'epoca molti giornali occidentali avevano riferito le parole di operai turchi e del glaciologo britannico Gascoyne, coordinatore dei soccorsi, che giuravano di aver avvistato un'imbarcazione intrappolata nei ghiacci. Nessuna prova era stata portata dai testimoni, a parte la loro buona fede, e il *New York Times* si era fatto beffe di quelle testimonianze. Tuttavia l'arca aveva continuato a far parlare di sé. Nel 1883 l'ambasciatore apostolico malabar John Joseph Nouri aveva sostenuto a sua volta di aver scoperto un assemblaggio di travi rosse sull'Ararat. Si era quindi rivolto a un'istituzione nata da poco...

Il metropolita cambiò bruscamente tono. I rappresentanti, che per la maggior parte ascoltavano in modo distratto una storia che conoscevano già, alzarono gli occhi.

«Si rivolge a noi!» tuonò Hunor. «A Chicago, nel 1893, si rivolge al Parlamento mondiale delle religioni! Ottiene dei fondi e propone di organizzare una spedizione scientifica. Il denaro, per fortuna, non è sufficiente». Un sorriso enigmatico apparve sulla faccia del metropolita. «Le autorità ottomane fanno sapere che si opporranno a qualsiasi esportazione di reliquie trovate sull'Ararat... Qualche mese dopo, negli Stati Uniti, John Joseph Nouri subisce un'aggressione. Non perderà la vita, ma ci lascerà la salute mentale e terminerà la sua esistenza in manicomio...».

Hunor fece un respiro prima di continuare, come per consentire al profumo di maledizione di diffondersi nell'emiciclo.

«Ma le autorità ottomane non sono in grado di impedire tutte le spedizioni verso l'Ararat, in particolare quelle aeree. Nel 1916, durante un volo di ricognizione, il famoso pilota russo Vladimir Roskovitsky sorvola l'Ararat e dichiara di aver visto una gigantesca imbarcazione presa tra i ghiacci di un lago gelato a monte della gola di Ahora. Il suo superiore, il capitano Koorbatoff, sorvola a sua volta la zona e conferma le sue parole. Stavolta la testimonianza viene presa sul serio. Lo zar Nicola II invia sul posto un'imponente spedizione scientifica e militare. Testimonianze locali certificano che i russi scalano l'Ararat, trovano il lago gelato, scattano fotografie e prendono appunti. Ma talvolta la storia riserva sorprese». Le labbra del metropolita accennarono un sorrisino ironico. «Poche settimane dopo scoppia la rivoluzione russa! I bolscevichi vanno al potere e ogni traccia della spedizione inviata dallo zar sparisce nella tormenta. Da un secolo tutti i cercatori dell'arca hanno cercato di fare luce sul mistero del rapporto Roskovitsky. Esiste? È stato confiscato dai sovietici? È andato perso? È stato dimenticato? Archiviato? Nascosto? Dieci anni dopo uno dei cercatori dell'arca più tenaci, Eryl Cummings, si procurerà molte testimonianze concordanti di ufficiali russi e contadini curdi, tra cui quella di Jacob Radtke, di sessantadue anni, il quale confermerà che il suo reggimento si è avvicinato a una nave di legno che emergeva da un lago, senza tuttavia riuscire a raggiungerla».

Hunor si versò un bicchiere d'acqua e lo bevve a piccoli sorsi. Osservò fratello Mosavi cercando di valutare il pericolo che poteva rappresentare quel mennonita un po' troppo curioso, un po' troppo furbo, un po' troppo chiacchierone... Istintivamente strinse le dita sulla croce che portava al collo. Per qualche istante la sua pelle conservò l'impronta del legno scolpito, solo un momento, ma sufficiente a dargli il coraggio di proseguire. Soltanto lui conosceva la forza di quella croce, la potenza di fuoco che avrebbe potuto scatenare quando sarebbe venuto il momento, la folgore celeste che si sarebbe abbattuta su chi si fosse avvicinato troppo alla verità.

L'anomalia dell'Ararat.

Il metropolita si asciugò le goccioline d'acqua sulla barba e continuò.

«Anno dopo anno le testimonianze si moltiplicano e concordano. C'è del legno nel ghiaccio! Ma non siamo alla fine delle sorprese, fratello Mosavi. Come vedrà, tutti coloro che si avvicinano all'arca sembrano colpiti da una strana maledizione...».

15
Università statale Immanuel Kant, Kaliningrad, Russia

Nella notte pallida le ombre degli alberi sembravano giganti che danzassero sull'immensa facciata bianca dell'università statale Immanuel Kant. La Mercedes 190 passò sotto timidi lampioni e andò a parcheggiarsi accanto a un tasso centenario. Qualche secondo dopo tre Suzuki si mimetizzarono a loro volta nella penombra del parco. Giubbotti di pelle e pantaloni neri, kalashnikov a tracolla, pugnali fissati alla cintura o alla caviglia, la decina scarsa di uomini si attivò in silenzio.

Zeytin si tolse il casco e aprì la portiera posteriore della Mercedes. La lunga figura scura che ne scese dominava di una decina di centimetri gli altri uomini. Una voce calma ruppe il silenzio.

«Quante guardie ci sono?».

«Di solito tre» rispose Zeytin. «La sicurezza dell'università è affidata a una ditta privata, la Сейф. Abbiamo unto gli uomini in servizio stasera, cinquecentomila rubli a testa. Nessun problema, la Сейф se ne frega dei libri dell'università. Contratti del genere per loro sono bruscolini in confronto alla sicurezza delle installazioni militari di Kaliningrad».

«Speriamo, Zeytin, speriamo. Anche a Bordeaux non dovevano esserci problemi: solo due guardie, niente allarme... e il frammento d'arca di Navarra ci è sgusciato tra le dita».

I passi di Zeytin fecero scricchiolare la ghiaia.

«Morad impara presto, Cortés. Non mollerà la preda.

Finirà il lavoro al DIRS. I locali del laboratorio sono al quinto piano, una vera trappola per topi».

«Speriamo...».

Cortés si aggiustò il colletto sollevato del lungo cappotto. L'ampio cappuccio gli copriva la maggior parte del viso, un foulard di seta beige gli avvolgeva il collo fino al mento e il poco di faccia che rimaneva era nascosto dietro grandi occhiali da sole. Solo intorno alle labbra del miliziano si intravedevano pochi centimetri di pelle. Si rivolse al gruppo.

«Andiamo».

Come previsto non incontrarono guardie mentre si dirigevano verso l'università di Stato. Passarono sotto l'immensa statua equestre di Alberto Federico di Prussia e avanzarono in silenzio sotto il portico di pietra bianca. Zeytin spinse tranquillo la porta dell'edificio principale e fece entrare il resto del commando. L'allarme non scattò.

«La Сейф è un'agenzia di vigilanza su cui si può fare affidamento...».

Penetrarono senza fare rumore. Quasi tutti gli uomini contemplavano stupiti i lussuosi locali dell'università: lastricati, legno lucido, muri laccati, sculture e ritratti di illustri sconosciuti che affollavano corridoi e pareti. Ogni particolare all'interno degli edifici era in netto contrasto con lo stato decadente della città di Kaliningrad, dominata da miseria, rovine e inquinamento.

Salirono in silenzio una larga scala di legno sostenuta da imponenti colonne corinzie. Gli unici in grado di fermare l'intrusione del commando sembravano essere i volti immobili di studiosi morti da secoli. Cortés osservò con disprezzo le indicazioni in cirillico.

«Dare locali del genere in pasto agli studenti russi è come dare caviale ai porci. Ai porci e alle troie. Anche la moglie di Putin ha studiato qui...».

«La biblioteca» disse Zeytin. «Qui di fronte».

La porta di legno cedette sotto le spallate di due miliziani. La sala, alta come la navata di una cattedrale, ospitava migliaia di libri.

«Temo che avremo bisogno di aiuto» commentò Cortés.

Zeytin consultò la planimetria.

«La stanza del bibliotecario è qui di fianco. L'agenzia Сейф ha confermato che dorme sul posto. Le guardie l'hanno soprannominato il fantasma di Königsberg o qualcosa del genere».

«Portalo qui».

Zeytin uscì con due uomini. Cinque minuti dopo tornarono trascinandosi dietro un vecchio con addosso una vestaglia logora. Il bibliotecario sgranò occhi spaventati quando lo misero a sedere su una panca. Zeytin gli porse un paio di occhiali rotti.

«Potrebbe averne bisogno...».

Poi si voltò verso la porta spaccata.

«Abbiamo trovato anche questa».

Un miliziano spingeva davanti a sé una donna un po' più giovane del bibliotecario. Doveva avere una cinquantina d'anni e dai lunghi capelli scarmigliati, dalla rigidità del contegno e dagli occhi chiari che mandavano fulmini si capiva che era stata bella. Aveva il vestito bianco strappato fino a metà coscia e la scollatura slabbrata che rivelava seni pesanti ogni volta che accennava un movimento di ribellione. Il mercenario che le torceva il braccio dietro la schiena la lasciò e la gettò senza riguardi ai piedi degli altri uomini del commando.

Cortés guardò sprezzante la coppia.

«Zeytin, dovremo dire due paroline alla Сейф. L'università di Kaliningrad non è infestata da un fantasma, ma da due. Due piccoli impiegati russi che con tutta probabilità piangono sul loro stipendio da fame».

Cortés fissò il bibliotecario, che cercava di mantenere in equilibrio sul naso gli occhiali rotti.

«Devi odiarli questi nuovi ricchi, eh? I piccoli capobanda che si permettono macchine di lusso, ville con piscina, puttane... Ma il vero privilegiato sei tu, furfante, che vivi in questo palazzo. Guarda la miseria che c'è fuori!».

«Che volete?» balbettò il bibliotecario.

Cortés lo guardò negli occhi.

«Un documento, soltanto uno tra le migliaia di opere presenti. Il rapporto Roskovitsky, del 1917. Un documento ufficiale col sigillo di Nicola II. Sappiamo che è stato mandato qui nel 1951. Lo stato maggiore sovietico adorava questo tipo di strategie contorte: archiviare un rapporto cercato come il Graal da migliaia di ortodossi non al di là degli Urali, non nella Russia profonda, ma da qualche parte tra la Polonia e la Lituania, nella biblioteca di Königsberg, l'ultimo posto in cui un fanatico religioso andrebbe a cercarlo».

«Credo proprio che vi stiate sbagliando, non ho mai sentito parlare di un rapporto del genere».

Senza preavviso Zeytin colpì il mento del bibliotecario col calcio del kalashnikov. Gli occhiali volarono per terra. L'uomo ruotò su se stesso lasciando una scia di sangue sulla pietra bianca del pavimento.

«Dimitri!» urlò la donna.

Zeytin stava per colpire di nuovo il bibliotecario col calcio del mitra, ma Cortés sollevò il braccio per fermarlo.

«Calma, vecchio mio. Sono sicuro che Dimitri è disposto a collaborare e a raccontarci tutto quello che vogliamo sapere».

16
Campus universitario di Le Mirail,
Tolosa, Francia

La home page di Yahoo continuava a riversare sullo schermo il suo mosaico di pubblicità, foto, gossip e sordidi fatti di cronaca. In mezzo a quella sapiente miscela Cécile Serval non riusciva a staccare gli occhi dal titolo in evidenza sullo schermo piatto da trentadue pollici.

Massacro al museo d'Aquitania. Uccisi due guardiani.

Il breve articolo riportava la fuga del sospettato, ricercato da tutte le polizie del Sudovest. La notizia era corredata da una fotografia piuttosto sfocata, il fermo immagine di una telecamera di sorveglianza: un uomo correva nel corridoio del museo pochi secondi dopo il duplice omicidio.

Cécile Serval sentì il freddo raggiungerle ogni centimetro di pelle.

Non c'erano dubbi.

Le tremò la voce.

«È... è lei!».

Zak stava tenendo d'occhio il piazzale di Le Mirail dalle finestre del laboratorio.

«Io cosa?».

«Bordeaux... Il museo d'Aquitania... La persona che ha ucciso i due guardiani è lei!».

Zak si girò, guardò lo schermo del computer e capì.

«No...».

Il viso sottile di Cécile Serval sembrò creparsi mettendo in evidenza piccole rughe come altrettante valli della morte. Un dito piegato indicò la foto grigia di Zak. Lui si avvicinò e storse il naso.

«No. Ero dentro il museo e quello sulla foto sono io, ma non sono l'assassino. Anzi, gli assassini... Sono numerosi e professionisti, e mi stanno cercando. Del resto cercano anche lei. Il DIRS è la loro prossima tappa».

Zak andò di nuovo alla finestra. Sul piazzale vide soltanto studenti, alcuni affrettati, altri oziosi. Nessuna traccia degli assassini.

Poco a poco Cécile Serval riacquistava padronanza di sé.

«Se ne vada. Non la denuncerò, ne approfitti, scappi».

«Gliel'ho detto, non sono io l'assassino».

«E chi, allora?».

«I Nefilim».

La ricercatrice sollevò gli occhi al cielo, costernata.

«Siamo alla follia! Si levi dai piedi o chiamo la polizia».

Zak si staccò dalla finestra e si voltò lentamente. In mano aveva una pistola puntata su Cécile.

Le rughe le si scavarono un po' di più. Erosione da spavento.

«Lei è pazzo... scappato dal manicomio...».

«Non sono affatto pazzo».

Cécile fece ruotare la sedia e cercò di dare alla voce un tono sicuro.

«E chi sarebbero questi Nefilim?».

«Non è facile da spiegare. Diciamo che è un'associazione di residenti del monte Ararat, gente non proprio contenta che si vada a ficcare il naso dalle loro parti, una specie di esercito in difesa dei segreti dell'arca di Noè, con tendenze creazioniste, capito il genere? Mi è già capitato di incrociare la loro strada. Il mondo dei cercatori dell'arca è un piccolo mondo...».

«Capisco... Stessa passione, ma ci sono i buoni e i cattivi».

«Possiamo dire così».

«E il nome? Nefilim?».

«È caldeo. I Nefilim sono gli eroi delle prime righe della Bibbia. "Giganti", secondo la traduzione consueta, ma il termine ha un significato più ampio. D'altronde se...».

«Okay» lo interruppe Cécile. «Ho afferrato il concetto, vada per i Nefilim. E lei chi è, Indiana Jones? Benjamin Gates?».

Sempre con la pistola in pugno, Zak accennò un sorriso.

«Qualcosa del genere... Un appassionato dell'arca. È una storia lunga».

«Ma pacifista».

«Sì».

«Magnifico...».

Zak dette un'altra occhiata dalla finestra prima di ribattere.

«Non scherzi, signorina Serval. I Nefilim sono assassini e ci stanno alle costole. Hanno...».

La domanda zampillò.

«Anche il massacro in Armenia, nella cattedrale di Echmiadzin, è opera dei Nefilim?».

«Interrompe sempre le persone con tanto garbo?».

La ricercatrice ripeté con lo stesso tono:

«Anche in Armenia sono stati loro?».

Zak sospirò.

«Come lo sa?».

«Da sei mesi lavoro giorno e notte sulle immagini satellitari della regione, era difficile che mi sfuggisse un fatto di tale gravità. Ma non mi ha risposto. Sono stati loro?».

«Sì. Anche a Bordeaux. Ed è solo l'inizio del gioco al massacro».

Incredula, Cécile osservò a lungo la home page di Yahoo.

«Naturalmente ora mi dirà che non può raccontare niente alla polizia perché è ricercato e la sbatterebbero in cella prima di farle dire una parola... ma che solo lei può salvare il salvabile, la faccia del mondo, il segreto dell'arca di Noè».

«Esatto, signorina Serval. È esattamente così». Zak abbassò

la pistola di qualche centimetro. «E visto che cita il segreto dell'arca di Noè, su, mi dia una copia del rapporto RS2A-2014 prima che i Nefilim...».

La replica giunse sferzante.

«Il rapporto RS2A-2014 non verte sull'arca di Noè, ma sui ghiacci del monte Ararat, è chiaro? Da quando ho ricevuto quell'incarico sono lo zimbello di tutti i laboratori del pianeta! Quindi preferisco specificare: il Parlamento mondiale delle religioni non ha richiesto altro che una perizia glaciologica a partire da immagini satellitari».

«Bene. Nient'altro che una perizia glaciologica... E le sue conclusioni?».

«Cosa, le mie conclusioni?» esplose la ricercatrice. «Se l'arca di Noè si trovi in cima al monte Ararat, è questa la domanda? Mi ascolti bene, io sono una scienziata: laurea, master e dottorato, a cui può aggiungere qualche anno di post-dottorato in vari laboratori americani! Quindi se ritiene che Noè abbia costruito una nave per ordine di Dio e ci abbia ficcato dentro gli animali del mondo ammassandoli ben bene, una coppia di tutte le centomila specie recensite, compresi canguri, lama, pinguini nonché le specie endemiche di isole inaccessibili, se pensa che l'acqua sia salita fino alla vetta del monte Ararat, a più di cinquemila metri, che l'arca ci si sia posata sopra buona buona e sia ancora lì in attesa che qualcuno la disseppellisca, non sono io la persona giusta da consultare... Sono sicura che c'è un sacco di gente che ci crede, ma non io, chiaro? Non io!».

Zak, mantenendo un occhio verso la finestra, attese con calma che Cécile Serval concludesse la tirata, non diversamente da come si aspetta la fine di un breve acquazzone. Un sorrisino gli apparve all'angolo delle labbra. Aveva una voglia matta di lanciarsi in una discussione con quella scienziata piena di certezze, ma il tempo stringeva.

Guardò di nuovo il piazzale di Le Mirail.

Una scarica elettrica lo percorse.

Gli assassini di Bordeaux!

Zak si incollò al vetro. Dal fondo del viale uno studente più giovane degli altri veniva avanti a passi rapidi. Solo diciassette anni e un'aria da superdotato del campus.

Il Piccolo Principe del crimine.

Lo seguivano due tipi con i cappotti attillati, sicuramente armati. Il terzetto fendeva con determinazione i gruppi di studenti che pascolavano nel piazzale. Zak sapeva che i mercenari non avrebbero esitato un attimo a sparare su una folla di giovani spensierati.

Si voltò verso la ricercatrice.

«Sono arrivati...».

Cécile sgranò gli occhi fissando qualcosa dietro di lui, cercando di articolare una parola che si rifiutava di uscirle dalle labbra.

L'attimo dopo il dolore si diffuse nel cranio di Zak. Qualcuno alle sue spalle l'aveva colpito con un oggetto pesante.

Non ebbe il tempo di vedere l'aggressore. Tutto divenne buio.

17
Parlamento mondiale delle religioni, Melbourne, Australia

Fratello Mosavi era infastidito non poco dai giochini di Viorel Hunor. Per esempio il fatto di fissarlo con aria di sfida come se nell'anfiteatro ci fosse solo lui, mentre gli altri membri del Parlamento ascoltavano distratti la storia dell'arca, o il tono in cui gli si rivolgeva, la mania di toccarsi la croce di legno che aveva intorno al collo ogni volta che si interrompeva per bere un sorso d'acqua, e anche le occhiate che si scambiava con l'assistente, una pakistana bassina che stava dritta come un palo sul lato della tribuna, emissario riservato e docile di segreti condivisi tra iniziati.

Viorel Hunor non lo impressionava. Erano passati più di vent'anni da quando il cantore dell'ortodossia era uscito dalle galere di Ceaușescu... Mosavi non aveva lezioni da ricevere da nessuno. In Bolivia, prima che fosse eletto presidente l'amerindo Evo Morales, quasi ogni giorno aveva offerto il petto alla giunta militare di La Paz per difendere la causa degli indios quechua. Puntò gli occhi sulla tribuna con la ferma intenzione di non abbassarli.

Alla fine fu il metropolita a distogliere lo sguardo, con un sorriso che si perse nella folta barba. Mosavi era un idealista, il che era un classico nei rappresentanti che Hunor non aveva avuto il tempo di informare. Per il momento raccontare in dettaglio la storia dell'arca gli permetteva di guadagnare tempo, e gli ascoltatori erano sempre sbalorditi dagli sconcertanti nuovi sviluppi dell'epopea, ma quando fosse venuto il momento di affrontare il vero argomento della seduta, l'anomalia dell'Ararat e il rapporto RS2A-2014 del DIRS, avrebbe dovuto trovare il modo di far tacere il giovane impertinente.

Viorel Hunor si schiarì la gola.

«Sebbene dopo il 1917 il rapporto Roskovitsky sembri andato definitivamente perduto nei cassetti della burocrazia sovietica, altre testimonianze verranno ad alimentare il mistero della presenza dell'arca di Noè sul monte Ararat. Nel 1936 l'archeologo inglese Hardwicke Knight, andato a esplorare le rovine del monastero di San Giacobbe, sostiene di aver scoperto travi di legno tra i ghiacci della gola di Ahora. Ne raccoglie un pezzo fradicio che gli si sbriciola fra le mani e che alla fine perde. Maledizione! Si ostinerà per oltre trent'anni, ma nonostante una decina di spedizioni non ritroverà più il luogo esatto... Nel 1943 due piloti americani affermano di aver avvistato i contorni di una nave migliaia di metri più in basso. Scattano fotografie, le pubblicano addirittura nell'edizione tunisina di *Stars and Stripes*. Molti testimoni ricordano quelle foto, che però sembrano essersi stranamente volatilizzate, così come tutte le vecchie edizioni di *Stars and Stripes*. Nessuna prova è sopravvissuta! Il mistero si infittisce ulteriormente con George Jefferson Greene, un ingegnere petrolifero che, incaricato dalla compagnia per cui lavora, nel 1952 sorvola l'Ararat in elicottero. Passando sulla gola di Ahora scopre una prua che emerge dal ghiaccio. Si avvicina, scatta un rullino di fotografie secondo lui abbastanza precise da distinguere le tavole dello scafo... Il tecnico razionale si trasforma in un convinto cercatore dell'arca. Sollecita i media, riesce a ottenere fondi negli Stati Uniti e a organizzare una spedizione a piedi, che tuttavia non vedrà mai la luce: viene infatti assassinato nel corso di una missione mineraria in Guyana! I suoi beni personali vanno persi. Malgrado cinquant'anni di assidue ricerche, nessuno ha mai ritrovato le foto di Greene».

Viorel fece una pausa, come per sottolineare lo strano destino che accomunava i testimoni oculari dell'arca di Noè, tutti assassinati, scomparsi, aggrediti o tutt'al più spogliati dei loro beni. Un incredibile cumulo di coincidenze. Eppure il metropolita non si stava inventando niente.

Osservò soddisfatto l'espressione già più turbata del mennonita.

«Come avrà notato, fratello Mosavi, i cercatori dell'arca hanno la malaugurata tendenza a perdersi le prove».

Una risatina serpeggiò tra le file dell'emiciclo. Col sorriso sulle labbra Viorel Hunor riprese la sua esposizione. Per fortuna esistevano testimoni oculari locali, spiegò, tra i quali due erano rimasti famosi. Il primo era un pastore turco di nome Résit che aveva affermato di aver scoperto l'arca e averla mostrata agli abitanti del suo villaggio. Nel 1948 il suo racconto era stato pubblicato in vari giornali locali e occidentali, ma nonostante le indagini nessuno in seguito era riuscito a trovare nella regione dell'Ararat un pastore di nome Résit che acconsentisse a confermare quella versione. Scherzo? Storia inventata di sana pianta? O qualcuno aveva intimato al testimone di tenere la bocca chiusa? Il secondo racconto degno di fede era quello di George Hagopian, un armeno che dopo aver prestato servizio nell'Armata rossa era diventato cittadino americano. Nel 1970 Hagopian aveva raccontato a Eryl Cummings che nel 1908, quando aveva otto anni, lo zio l'aveva portato al di là della gola di Ahora, dopo la fonte di San Giacobbe, per fargli vedere l'arca. Hagopian aveva fornito una descrizione particolarmente precisa della nave, che aveva toccato e perfino cercato di scalfire con la punta del coltello senza riuscirci. Hagopian aveva superato con successo il test della macchina della verità, e aveva anche disegnato a memoria un'arca stranamente corrispondente a quella descritta dagli aviatori che sostenevano di averla individuata in quel punto. Da lui non si era saputo altro. Pochi mesi dopo era morto.

Il metropolita tacque di nuovo. Alla fine il cumulo di informazioni aveva fatto effetto.

Disinformazione. Sparizioni. Morte.

Mosavi non sapeva più cosa pensare. Cos'era realtà e cosa superstizione? Qual era la parte del caso e quella del complotto ordito nel corso degli anni per proteggere un segreto plurimillenario?

Nell'emiciclo la maggior parte degli altri rappresentanti aveva un'aria più distratta che stupita. Molti stavano leggendo avidamente il rapporto RS2A. Mosavi si aggiustò gli occhiali sul naso con gesto meccanico.

Viorel Hunor bevve un bicchiere d'acqua e si passò la lingua sui baffi umidi. Gli era venuta un'idea per far stare zitto Mosavi. Mentre riprendeva a parlare lanciò un'occhiata alla sua assistente, Padma, perché si avvicinasse alla tribuna. Quella ragazza era l'incarnazione della riservatezza.

«Si tranquillizzi, fratello Mosavi, la storia dell'arca di Noè non è conclusa. L'Ararat finirà per svelarci il suo segreto... Lo sviluppo più spettacolare sarà ad opera di un francese, Fernand Navarra. E per la prima volta il testimone non solo sopravvivrà, ma fornirà prove!».

18
Università statale Immanuel Kant, Kaliningrad, Russia

Come un monaco inquisitore, Cortés teneva la faccia nascosta nell'ombra del cappuccio. La biblioteca era la scenografia ideale per un processo di stregoneria. Davanti a lui il bibliotecario tremava sbattendo occhi da gufo miope. La donna era inginocchiata al suo fianco. In un istintivo riflesso di pudore aveva cercato di coprirsi il petto seminudo facendosi scendere sul seno i lunghi capelli biondi.

«Sono sicuro che Dimitri ritroverà in fretta la memoria» ripeté Cortés rivolgendosi a Zeytin e allungando il braccio perché l'altro gli passasse il mitra. «Sempre che noi lo aiutiamo un po'...».

L'attimo dopo il calcio del kalashnikov si abbatté sulla tempia della donna. I suoi lunghi capelli chiari si colorarono di una poltiglia rossa che le scese lungo la guancia.

«No!» urlò Dimitri. «Natasha non sa niente. È solo un'assistente, si occupa di iscrizioni, inventari...».

«Certo...».

Stesa sulla schiena, la donna cercava di indietreggiare verso il compagno. Cortés girò su se stesso e con velocità fulminea le tirò un calcio a bruciapelo sull'inguine. Natasha cacciò un urlo atroce. Il mercenario le mise lo stivale sulla pancia. Lei non osò più muovere un muscolo, come se fosse concentrata solo a trattenere gli spasmi che la scuotevano. Muta. L'unica cosa che si muoveva erano i suoi occhi imbevuti di lacrime: si agitavano febbrili come mosche prese in trappola fino a posarsi imploranti su Dimitri.

«Ora cerca di essere ragionevole, Dimitri» fece Cortés. «A chi tieni di più, ai libri o alla tua troia? Ti scopi l'ex studentessa, eh, furbacchione?».

«Non capisco quello che volete» gemé il bibliotecario. «Non ho mai visto questo rapporto Roskovitsky. Vi state sbagliando, qui ci sono solo libri e manoscritti originali...».

Cortés abbracciò con lo sguardo la sterminata scaffalatura.

«Quali sono i più preziosi?».

«Co... come?».

«Tra le opere conservate qui quali sono quelle che valgono di più?».

«Ce... ce ne sono a decine. Testi medievali, trattati di matematica, medicina, zoologia...».

Lo stivale di Cortés premette la pancia di Natasha. Un filo di sangue le scendeva lungo il collo. Il petto le sollevava la camicia macchiata al ritmo terrorizzato del suo respiro ansimante.

«Devi essere un po' più preciso, Dimitri».

Il bibliotecario si alzò reggendosi il mento ferito e indicò una fila di libri allineati sulla destra.

«I trattati di astronomia di Heinrich Olbers, per esempio». Spalancò gli occhi come se senza occhiali percepisse solo una realtà sfocata. Le parole gli si accavallavano in gola. «I compendi di matematica del Cinquecento sono nell'archivio al piano di sopra. Ho la chiave, se volete. Nella stanza accanto ci sono le raccolte del mineralogista Ernst Neumann. E i libri di Kant, ovviamente, più di un centinaio...».

Cortés fece segno a Zeytin di seguire il bibliotecario. Un quarto d'ora dopo il mercenario, aiutato da altri due uomini, aveva ammucchiato al centro della biblioteca varie centinaia di libri buttati alla rinfusa gli uni sugli altri. Una montagnola sacrilega di circa un metro che Dimitri guardò inorridito. Aveva dedicato la vita alla conservazione di quelle opere preziose, uniche, fragili... che quei selvaggi avevano accatastato come detriti in una discarica. Natasha era riuscita a strisciare fino a lui e, scossa dai brividi, si aggrappava alla sua gamba.

Una contrazione alterò le labbra di Cortés, unica parte visibile della faccia.

«A che ti fa pensare questo mucchio di libri, Dimitri?».

Il bibliotecario non osò aprire bocca.

«Be', non ci arrivi da solo? Sì che ci arrivi. Ti fa pensare a un rogo, vero? A un bel cazzo di rogo!». Poi Cortés sollevò una mano. «Procedi».

Un mercenario rimasto in disparte si tolse lo zaino con un movimento delle spalle, tirò fuori una tanica di plastica morbida e si avvicinò alla piccola catasta di libri antichi. Appena svitò il tappo l'odore di benzina si diffuse nella stanza. Impassibile, innaffiò il mucchio.

Dimitri e Natasha indietreggiarono con un'espressione di paura e disgusto. Il liquido sgocciolava da un libro all'altro, inscuriva le rilegature, arricciava le pagine. Cortés si avvicinò e fermò il braccio del mercenario prima che svuotasse del tutto la tanica.

«Non usarla tutta, Yuri. Se vogliamo sciogliergli la lingua non dobbiamo trascurare nessuno dei tesori cari a Dimitri».

Yuri fece un sorriso sadico, fiero di aver capito gli ordini sottintesi del capo. Si voltò e versò l'ultimo litro di benzina su Natasha, che annaspò terrorizzata stringendo le mani sulla gamba del compagno. Il liquido le colava sulla faccia, sul collo, sui seni, le inzuppava la camicia bianca.

«Siete pazzi...» gemé Dimitri.

«Oh no, Dimitri» rispose Cortés. «Non ti sbagliare. Siamo avidi, forse mostruosi, ma non pazzi. La pazzia è credere in questi libri, passare la vita ad averne cura, essere pronti a perdere tutto per proteggerli. Il rapporto Roskovitsky, per esempio». Guardò con disprezzo il mucchio di libri a terra. «Siamo invece molto razionali. Non crediamo a tutte queste fesserie di religioni, filosofia o astrologia, ma solo al loro valore commerciale. Come vedi, nessuno è più pragmatico di noi. Ma abbiamo parlato abbastanza. Ora devi scegliere, Dimitri».

«Co... cosa?».

«La tua puttana o i libri?».

Natasha lo guardò implorante. I pantaloni di Dimitri erano macchiati di sangue e benzina. Il bibliotecario si obbligò a guardare Cortés in faccia.

«Dare fuoco a questi libri non ha senso. Ha detto che crede nel loro valore commerciale, giusto? Valgono una fortuna. Ognuna delle opere di Kant può essere venduta a vari milioni di rubli».

Cortés non sembrò affatto scosso dall'obiezione.

«E il rapporto Roskovitsky?».

«Sta scherzando? Qui non c'è mai stato niente del genere!».

Con lentezza Cortés prese a caso un libro dal mucchio, strappò una pagina e la arrotolò a cono. Zeytin gli stava già porgendo l'accendino.

«Allora, Dimitri?».

Incapace di dire una parola, il bibliotecario tremava.

«I libri o questa baldracca che probabilmente non ti scopi più da un pezzo?».

La pagina prese fuoco. La luce della fiamma danzò tra le miniature dei libri umidi e la carne bianca di Natasha. Cortés aspettò che la torcia di carta si consumasse fino a lambirgli le dita. Non batté ciglio quando si spense annerendogli le unghie.

Il mercenario scoppiò a ridere.

«Hai fegato, Dimitri. Bravo. Quindi secondo te i manoscritti di Kant valgono milioni di rubli?».

«Sì» balbettò il bibliotecario. «Kant è nato e morto qui. È stato rettore dell'università di Königsberg. Abbiamo tutti i suoi manoscritti. Fanno parte del patrimonio culturale dell'umanità...».

«Qual è il più prezioso?».

La voce di Dimitri ritrovò un po' di sicurezza. Gli sembrò

di vedere una luce in fondo al labirinto, una zattera nella tempesta.

«La *Critica della ragion pura*... Abbiamo le cinque versioni con le annotazioni di Kant. Tutti pezzi unici. Sono i libri in cima al mucchio. Prenda quelli, valgono una fortuna».

Cortés si chinò, prese un libro e lo esaminò.

«Hai ragione. Anche se non è quello che sono venuto a cercare, tutto fa brodo, giusto? Ne tengo uno, questo del 1787». Si voltò verso il luogotenente. «Zeytin, dai fuoco agli altri».

Il mercenario avvicinò l'accendino al mucchio.

Dimitri sgranò gli occhi, sbigottito dall'ordine irrazionale di Cortés. Il capo dei mercenari fece un'alzata di spalle.

«Povero Dimitri, non ci stai capendo più niente, vero? A modo tuo mi piaci, quindi voglio farti un favore, ti spiegherò perché mi chiamano Cortés. Dopo tutto abbiamo tempo. L'intera notte, no?».

Ai piedi del bibliotecario Natasha, che era riuscita a mettersi seduta, gli appoggiò la testa sulla coscia. Dimitri non si mosse.

Cortés si avvicinò ancora.

«Si vede che sei una persona colta, Dimitri. Conosci il teorema di Cortés, quello che Hernán Cortés ha applicato in occasione della conquista del Messico?».

Dimitri scosse la testa. In quel momento gli sembrò quasi che fosse tutta una messinscena per impressionarlo, che il tipo non avesse davvero intenzione di ucciderli né di bruciare i libri...

In obbedienza a un ordine invisibile Zeytin lanciò l'accendino davanti a sé. La fiamma percorse l'aria come un insetto incandescente.

L'attimo dopo i libri ammucchiati presero fuoco come un grande rogo.

19

Campus universitario di Le Mirail,
Tolosa, Francia

Un lampo bianco. Poi, per una frazione di secondo, tutto nero.

Il colpo fece rotolare a terra Zak, che però non lasciò la pistola.

Un intenso dolore gli risuonava nel cervello facendogli ballare stelline luminose intorno agli occhi. Puntò la rivoltella davanti a sé a casaccio.

Minacciato dall'arma, il suo aggressore si immobilizzò. Zak, ancora rintronato, si concentrò per osservarlo: una sessantina d'anni, magro, in completo grigio di lana, con una certa classe quasi britannica, un po' fuori posto. Con aria sconfortata teneva ancora in mano la tastiera del computer con la quale aveva cercato di tramortire Zak.

«Poteva pure colpirlo un po' più forte!».

I due uomini si voltarono verso Cécile Serval. La ricercatrice stringeva i pugni come se rimpiangesse di non aver avuto lei l'occasione di sfondare il cranio a Zak. L'uomo con la tastiera in mano la guardò desolato.

«Mi dispiace, Cécile... Ho improvvisato... Chi è costui?».

«Un pazzo! Ma stia tranquillo, ci sta proteggendo...».

L'uomo con la tastiera in mano sgranò gli occhi.

«Da chi?».

«Da altri pazzi, presumo, a quanto pare più pericolosi di lui».

Zak si alzò ritrovando a fatica l'equilibrio.

«Forse potrebbe presentarsi...» disse barcollando verso la finestra. Il sangue gli pulsava nelle tempie risvegliando il corpo dolorante. I tre assassini erano sempre sul piazzale in mezzo agli studenti! Il più giovane aveva un cellulare incollato all'orecchio. Zak agitò la mano che impugnava la rivoltella. «Presentazioni rapide, se non le spiace. Non possiamo trattenerci qui».

«Sono Arsène Parella» disse il sessantenne. «Professore emerito. Fondatore e direttore del DIRS».

«Complimenti. Molto piacere, Zak Ikabi. Cerchiamo di muoverci...».

Arsène Parella tossicchiò.

«A rischio di sembrarle impertinente vorrei sapere perché si trova nel mio laboratorio con una pistola in pugno puntata sulla signorina Serval...».

Fu Cécile a rispondere in tono distaccato.

«Sta cercando l'arca di Noè».

«L'arca di Noè...». Un sorrisino si disegnò sulle labbra di Parella. «Allora è questo... Buffo, no, Cécile? Quando abbiamo accettato l'incarico dal Parlamento mondiale delle religioni lei mi aveva avvertito che ci avrebbero preso per pazzi... o che avremmo attirato i pazzi...».

Zak guardava dalla finestra, nervoso. L'adolescente biondo era ancora al telefono con i due sicari accanto.

«Sbrighiamoci» disse rivolto a Parella. «Lei mi sembra meno ottuso della sua protetta. Mi serve una copia del rapporto RS2A-2014. Poi dobbiamo sparire tutti».

La voce acuta di Cécile Serval risuonò nella stanza.

«È fuori discussione!».

«Sto parlando col suo capo!».

«Non è il mio capo!».

Zak sospirò.

«Se le sceglie, le dottorande, o gliele impongono, professor Parella?».

«Dipende... Ma Cécile ha ragione, quel rapporto è strettamente confidenziale».

Zak strinse la mano sulla pistola, alzò la voce.

«Ma santo Dio, volete capire o no? Da un momento all'altro i Nefilim saliranno le scale e saremo in trappola, ci faranno fuori...».

L'agitazione di Zak era in netto contrasto con la flemma di Arsène Parella. Il professore emerito si rivolse a Cécile Serval.

«Il signor Ikabi non mi sembra molto pericoloso. Forse un po' esaltato...».

Cécile alzò gli occhi al cielo.

«Lei trova sempre le parole giuste, Arsène. Forse un po' troppo esaltato. La informo che per un leggero eccesso di esaltazione la notte scorsa il signor Ikabi ha ucciso due guardiani del museo d'Aquitania di Bordeaux, e che in questo momento tutta la polizia di Francia lo sta cercando».

Parella divenne paonazzo, gli mancò il respiro, come se il nodo della cravatta fosse diventato di colpo un nodo scorsoio.

Zak esplose.

«Ma se le ho detto che...». Avanzò con l'arma in pugno. «Spostatevi!». Si avvicinò al computer di Cécile Serval prendendo una chiavetta USB dalla tasca della giacca. «Visto che non volete capire... Ci metterò pochi istanti a copiare i dati del suo hard disk. Farò la selezione in un secondo tempo».

Un silenzio pesante calò sulla stanza mentre una parte dei file passava dal computer alla chiavetta. Zak drizzava le orecchie, pronto a captare ogni minimo rumore esterno, tenendo la pistola puntata verso la porta. Cécile invece strizzava gli occhi verso lo schermo nel tentativo di capire quali documenti Zak avesse pescato a caso.

Ma i nomi dei file sfilavano a tutta velocità, illeggibili.

Cécile imprecò dentro di sé per quello stupro. Ikabi stava ficcando il naso in ciò che lei aveva di più intimo, i dati del suo computer, vale a dire l'avatar elettronico di tutte le ore della sua vita, a parte quelle in cui dormiva. Guardò con odio il dispositivo che Zak aveva infilato nel suo computer. Del resto aveva un nome strano.

CIARCEL...

Senza spiegarsi come, intuì che quella parola significava qualcosa di lampante, come un codice infantile dietro il quale era nascosta una verità fondamentale.

CIARCEL.

Un anagramma? Un rebus? Una qualche astuzia letteraria?

Rinunciò a tirare a indovinare, in quel momento aveva la mente troppo confusa per perderci tempo.

Zak estrasse la chiavetta e corse alla finestra.

L'adrenalina gli gonfiò di colpo tutte le arterie.

I tre assassini non c'erano più!

«Tagliamo la corda! Avete una macchina?».

Parella e la ricercatrice, pallidissimi, si guardarono.

«Cécile no. Io sì».

«Bene, professore. Vada a prenderla e ci aspetti dietro l'edificio». Dette un'occhiata panoramica per valutare la situazione. «Là, dietro la siepe. Che marca è?».

«Una Volvo. Blu».

«Okay. Datemi i vostri telefonini».

Arsène Parella e Cécile Serval ubbidirono a malincuore. Davanti ai loro occhi allibiti Zak se ne mise uno in tasca e schiacciò l'altro col tacco della scarpa.

«Vada, professore. Come garanzia che non mi denuncerà, resto con la sua allieva. Ci vediamo alla macchina tra cinque minuti».

«E se mi rifiuto?».

«Sono armato!».

«Non sparerà».

«Questo non è un gioco, professore» disse Zak reprimendo un'imprecazione. «Vediamola in maniera scientifica, allora. Due parole, due ipotesi. O sono il pazzo che ha ucciso le due guardie a Bordeaux, e in questo caso se ci tiene alla pelle non può fare altro che ubbidirmi... O sto dicendo la verità, abbiamo degli assassini alle costole e il suo laboratorio sarà il luogo della loro prossima carneficina».

Gli occhi azzurri di Arsène Parella guardarono con dolcezza e complicità la ricercatrice.

«Quest'uomo non è affatto stupido, Cécile, il ragionamento non fa una grinza, non ho scelta». Poi si rivolse a Zak. «Se le fa del male...».

«Fra cinque minuti dietro la siepe, professore. E tenga la bocca chiusa, mi raccomando».

Parella uscì. Zak attese, poi guardò di nuovo dalla finestra.

«Okay, non lasciamoci niente dietro».

Fece tre passi e, sempre con la pistola in pugno, afferrò il tower del computer di Cécile Serval. I cavi penzolarono inutili nel vuoto.

«Ma che fa?».

Nessuna risposta, solo un movimento da lanciatore del peso.

Il tower si sfasciò contro il muro con un fracasso spaventoso.

20
Parlamento mondiale delle religioni, Melbourne, Australia

Padma si avvicinò alla tribuna e posò sul tavolo davanti a Viorel Hunor un cartoncino bristol, una busta azzurra e una sottile penna d'argento, poi si volatilizzò. Efficientissima.

Il metropolita apprezzò, schivò lo sguardo di fratello Mosavi e si dispose a continuare il racconto.

«Le affermazioni di Fernand Navarra rimangono ancora oggi un enigma. È il primo uomo ad aver scoperto una prova inconfutabile della presenza dell'arca di Noè sull'Ararat o è un geniale impostore? Navarra farà quattro viaggi in Turchia, quasi tutti clandestini. Li racconta con dovizia di particolari in vari libri oggi introvabili. Nel 1955, accompagnato soltanto dal figlio tredicenne Raphaël, compie il terzo viaggio nel corso del quale, con tanto di foto a sostegno, ritiene di aver trovato una trave lunga due metri in una grotta del ghiacciaio Parrot, sulle pendici della montagna. Aiutato dal figlio la tira fuori dai ghiacci, la sega, la mette nel suo zaino e passa il confine in barba alle guardie di frontiera spacciandola per legna da ardere... Tredici anni dopo organizza un'altra spedizione, stavolta ufficiale, a cui partecipano una decina di scienziati con sette quintali di equipaggiamento che viene fatto portare fino al campo base, a più di 4200 metri di quota. Documenta la serietà dei loro lavori con ore di filmati girati sul posto. Dopo sette giorni di esplorazione sullo stesso sito del 1955 estrae di nuovo vari frammenti di legno intrappolati nel ghiaccio. Come per i primi campioni, il legno sarà inviato a vari laboratori di datazione. Quasi tutte le perizie saranno categoriche: il legno delle travi portate giù dall'Ararat appartiene al genere *Quercus*, un legno di quercia pesante e compatto tipico delle regioni mediterranee utilizzato fin dall'antichità per costruire le navi. Le stime assegnano al legno di Navarra un'età di circa cinquemila anni...».

Gli occhi neri di fratello Mosavi mandavano lampi. Sfiorò il touch screen per chiedere la parola. La sua domanda risuonò negli altoparlanti incassati alle pareti.

«Navarra è un uomo degno di fede?».

Davanti alla prospettiva di un dibattito i rappresentanti si riscossero. Il metropolita fece un sorriso enigmatico.

«Degno di fede, fratello Mosavi? Se capisco bene il sottinteso, Fernand Navarra non aveva niente del fanatico religioso, dirigeva un'azienda, era un padre di famiglia... un esploratore avventuroso che nelle sue ricerche sembra aver sempre privilegiato la dimensione scientifica...».

Di fronte all'espressione perplessa dell'esponente mennonita il metropolita aggiunse che nessuno aveva mai messo in dubbio la credibilità di Fernand Navarra. Era ormai chiaro che nessuna delle sue imprese era stata sponsorizzata da un qualche movimento religioso. Del resto la ricerca dell'arca non si era fermata alla sua scoperta. La fondazione Search, che aveva aiutato Navarra in occasione dell'ultima missione, non aveva mai smesso di cercare, anche se con scarso successo. Dal 1970, anche se talvolta molto pubblicizzate dai media, quasi tutte le spedizioni, perlopiù progetti americani finanziati da mecenati vicini alle teorie creazioniste, erano tornate a mani vuote. In compenso avevano portato la CIA e il Foreign Office a interessarsi in maniera riservata alla questione. Oltre alle affermazioni bibliche prese alla lettera da americani influenti, l'Ararat era comunque al centro di una polveriera geopolitica attraverso la quale, in piena guerra fredda, passava una delle linee di contatto tra Est e Ovest.

Viorel Hunor dette un'occhiata furtiva in direzione del rappresentante avventista William Creek, che mostrava chiari segni di impazienza, e si affrettò a continuare.

«Così, un famoso cercatore dell'arca degli ultimi decenni è stato il colonnello James Irwin, uno dei dodici astronauti che hanno camminato sulla luna. Si lancerà all'assalto dell'Ararat dal 1972 al 1982». Il metropolita fece una breve pausa. «Non troverà mai l'arca, così come il bulgaro John Liiby nelle sue otto missioni, Eryl Cummings e Richard Bright... In seguito organizzare spedizioni diventa sempre più difficile e complesso. Fra turchi e curdi scoppia la guerra civile e il monte Ararat, classificato come zona militare, diventa praticamente inaccessibile agli stranieri. Da allora solo le immagini satellitari hanno permesso di spiare l'Ararat... Altri tempi, altre tecniche!».

«Vioreeel!».

Rosso in viso, il pastore avventista si era alzato.

«Vioreeel, hai concluso la storia un po' presto, no? Ti sei scordato di parlare della spedizione del 2007!».

La barba del metropolita nascose un sospiro.

«Ci stavo arrivando, William, ci stavo arrivando...».

Dall'altra parte dell'emiciclo fratello Mosavi approvò. Un inaspettato granello di sabbia veniva finalmente a scombussolare il discorso ben lubrificato di Viorel Hunor.

Il metropolita continuò.

«Nel 2007, dopo la riapertura del monte Ararat da parte delle autorità turche, si verifica un evento che i cercatori dell'arca aspettavano da anni: da Hong Kong parte una spedizione sulle orme di Navarra. Stesso luogo, stesso obiettivo, ma con una tecnologia di cinquant'anni più avanzata. E sotto gli occhi di tutti, via YouTube o Dailymotion. Anche questa spedizione sostiene di aver esumato legno antico dalle grotte del ghiacciaio Parrot, a quasi quattromila metri, ben al di sopra del limite della vegetazione! I campioni sono stati esaminati dal Dipartimento delle scienze della terra dell'università di Hong

Kong, e la perizia non dà adito a dubbi: si tratta di legno risalente a varie migliaia di anni fa... L'unica piccola differenza con Navarra è che la spedizione non era sponsorizzata da un singolo finanziatore, ma dalla Chiesa avventista...».

William Creek, trionfante, batté il pugno sul piano di mogano.

«Esatto! Al momento il frammento dell'arca di Noè è esposto a Hong Kong nel parco dei divertimenti Noah's Ark che abbiamo aperto nel 2009 sull'isola Ma Wan, il primo parco educativo a tema evangelico che...».

Un brusio di protesta percorse l'anfiteatro. Fratello Mosavi stava cominciando a divertirsi. Il metropolita tossicchiò nel microfono.

«Va bene, William, abbiamo capito. Conosci le regole per quanto riguarda il proselitismo in assemblea...».

L'avventista mormorò vaghe scuse, giusto per la forma.

«Come volete» disse. «Una sola precisazione, per dovere di chiarezza. La spedizione del 2007 era sì finanziata dalla chiesa avventista, ma gli uomini che sono saliti sull'Ararat, hanno trovato il legno e l'hanno analizzato non sono né monaci né pastori, ma rinomati scienziati: glaciologi, paleontologi, archeologi...».

Si udì qualche altro sospiro. Il pastore avventista sorrise soddisfatto.

«Naturalmente, William» annuì Viorel Hunor.

E prima di proseguire squadrò fratello Mosavi.

«Allora, per concludere la sorprendente storia della ricerca dell'arca di Noè, siamo più o meno certi che sulle pendici dell'Ararat, tra i quattro e i cinquemila metri di quota, sia stato rinvenuto legno squadrato risalente a qualche migliaio di anni fa».

William Creek annuiva man mano che il metropolita parlava.

«Il che non impedisce tuttavia agli scettici di sviluppare le loro argomentazioni» continuò Viorel Hunor. «Potrebbe trattarsi dei resti di un tempio che sorgeva prima sulla montagna, di antiche reliquie che alcuni credenti hanno issato sull'Ararat secoli dopo, come anche di un'astuta manovra inventata di sana pianta da avventurieri avidi di gloria».

Creek afferrò il microfono.

«O della prova ufficiale dell'esistenza dell'arca di Noè...».

Due terzi dei convenuti sorrisero all'ultima affermazione del pastore avventista, soprattutto i rappresentanti delle grandi religioni monoteiste. Come se fossero in possesso di una verità sconosciuta agli altri, pensò stupito fratello Mosavi.

L'arca di Noè sull'Ararat, una barzelletta!

Viorel Hunor seguitò imperterrito mentre il brusio si sfilacciava in un silenzio sconcertante.

«Grazie, William. Non sta a noi decidere, non in questa sede. Ho colmato le sue lacune, fratello Mosavi?».

Il boliviano annuì.

Che altro rispondere?

Viorel Hunor approfittò della breve pausa per chiamare Padma sulla tribuna. Infilò il cartoncino bristol nella busta e ci scrisse sopra tre parole, *per fratello Mosavi.* Il metropolita era perfettamente in grado di fare un lungo monologo dalla tribuna, di arbitrare le discussioni nell'emiciclo... e allo stesso tempo scrivere senza farsi notare un biglietto destinato ai rappresentanti troppo curiosi. Era consapevole che a partire da quel momento non poteva permettersi stonature. Le cose serie stavano finalmente per cominciare.

Lo spartito era stato provato con cura.

Si portò il pugno alla bocca e tossì tre volte, come a teatro.

«Bene, adesso che ognuno è informato quanto gli altri passiamo al motivo della nostra riunione, l'anomalia dell'Ararat. Stavolta non si tratta più di una trave sul fianco della montagna...». Fece finta di cercare le parole giuste. «Si tratta dei ghiacci eterni che da sempre ricoprono la vetta dell'Ararat. Ottocentomila metri cubi di ghiaccio. E, tanto per andare subito alle conclusioni del rapporto del DIRS, se la comunità internazionale non interviene tra pochi decenni tutto quel ghiaccio non esisterà più».

Un silenzio di tomba calò sull'anfiteatro quando le sue ultime parole furono tradotte in trenta lingue.

21
Università statale Immanuel Kant, Kaliningrad, Russia

Decine di venerabili testi si stavano consumando sotto gli occhi inorriditi di Dimitri. Eppure in quel momento per il bibliotecario non era importante il tesoro che stava finendo in cenere, patrimonio inestimabile della civiltà europea a preservare il quale aveva dedicato la vita come generazioni di appassionati conservatori prima di lui. In quel momento tutta l'energia di Dimitri era concentrata a tirare indietro Natasha, ad allontanarla dal rogo un centimetro dopo l'altro.

La sua compagna era cosparsa di benzina.

Sarebbe bastata una scintilla a trasformarla in torcia umana.

Alcuni libri infuocati caddero dalla pila, uno dei quali scivolando toccò quasi la pelle bianca di Natasha.

La donna cacciò un urlo. Per un attimo ebbe l'impressione che l'intenso calore l'avrebbe bruciata viva.

Dimitri provò ad allontanarla di più, ma Zeytin gli puntò il kalashnikov alla fronte.

«La tua bella rimane qui. Alla distanza giusta perché arrostisca senza abbrustolire troppo in fretta».

Il bibliotecario grondava sudore. Prese la mano di Natasha e la strinse con tutta la forza che gli rimaneva. Il rogo si era stabilizzato e per il momento bruciava come un normale fuoco di legna. La voce cinica di Cortés lo rendeva pazzo.

«Dimitri, Dimitri, mi sto sforzando di insegnarti verità fondamentali, cerca di concentrarti un po'». Cortés si avvicinò.

L'ombra del cappuccio dava l'impressione che avesse un buco spalancato al posto del viso. «In realtà il principio su cui si basa il teorema di Cortés non è difficile, ma per capirlo devi dimenticare tutto ciò che sai di matematica. Prendiamo un oggetto raro, non lo so, diciamo un antico vaso Ming. Immaginiamo che al mondo ne esistano soltanto quattro esemplari e che ogni esemplare valga tre milioni di dollari. Ora applichiamo il teorema di Cortés e rompiamo due vasi: secondo te quanto valgono i due che rimangono?».

Dagli occhi arrossati di Dimitri scendevano lacrime. Non riusciva a distogliere lo sguardo da Natasha, di cui vedeva la pelle avvolta dalle fiamme gonfiarsi in vesciche e lacerarsi.

Un'illusione, si disse per tranquillizzarsi, nient'altro che un'immagine mentale.

Non doveva lasciare Natasha. Non doveva cedere al panico. Era tutta una messinscena per impressionarlo e farlo parlare.

«Rispondi, cazzo!» urlò Cortés.

«Sei» balbettò Dimitri. «Gli ultimi vasi intatti valgono sei milioni».

Cortés scoppiò in una risata da pazzo.

«E invece no! Non hai riflettuto, sei caduto nella trappola. Hai quattro vasi unici: se ne rompi due non devi dimezzare il valore commerciale del bene, ma moltiplicarlo! Al quadrato! Gli ultimi due vasi non valgono più tre milioni l'uno come prima, ma nove. E sai perché, Dimitri? Perché sono diventati più rari, tutto qui. La valutazione dipende solo dalla rarità dell'oggetto. Perché l'oro, l'argento, i diamanti e gli smeraldi costano una fortuna? In fondo sono metalli e pietre come tanti altri, volgari sassi. Valgono solo per la rarità che hanno. Pensaci un attimo. Ci sono persone che vengono pagate milioni perché sono le uniche al mondo a saper fare qualcosa di specifico, qualunque cosa, spedire un pallone in rete, strillare in un microfono, mettersi nude davanti a una macchina fotografica: non importa cosa, quel che conta è l'unicità. Adesso l'hai capito il teorema di Cortés? Gli ultimi due vasi Ming valgono nove milioni ciascuno. Se ne rompo un altro, quanto vale l'unico sopravvissuto?».

Tutto si confondeva nel cervello di Dimitri, il fuoco, la mano umida e molle di Natasha, la canna fredda del kalashnikov, i deliri di quel Cortés. Il bibliotecario fece uno sforzo di concentrazione.

«La... la legge del quadrato. L'ultimo vaso vale il proprio prezzo al quadrato, ottantuno milioni...».

«Bravo! Ottantuno milioni! Un prezzo folle se paragonato al valore di partenza dei quattro vasi, dodici milioni... Ora capisci il perché del rogo? Se restano cinque originali di Kant se ne fregano tutti, ma se possiedo il solo e unico manoscritto di un'opera mitica ho un vero e proprio patrimonio tra le mani. Il potere assoluto. E sai perché quest'equazione fondamentale è stata chiamata "teorema di Cortés"?».

Le guance del bibliotecario erano rigate di lacrime.

«N... no».

«Se ti sei scocciato, Dimitri, possiamo tagliare corto. Mi dici dov'è il rapporto Roskovitsky, noi ce ne andiamo come siamo venuti e tutta questa storia sarà stata solo un brutto sogno».

«Per l'amor del cielo, le giuro che non so cosa...».

Cortés scosse il cappuccio a sinistra e a destra.

«Come vuoi. Continuiamo, allora. Devi sapere, Dimitri, che Hernán Cortés ha inventato il teorema e l'ha sperimentato a grandezza naturale, se così si può dire. Io sono un dilettante in confronto a lui; giusto qualche libro in tedesco o in latino ridotto in cenere... Cortés in pochi mesi ha distrutto civiltà antichissime solo per avidità, solo per desiderio di gloria e ricchezza. Nel giro di poche settimane, puf!, cancellate le civiltà maya e azteca. Sai cos'è successo alla grande biblioteca di quello che ora è il Messico?».

Impercettibilmente Natasha strisciava per allontanarsi dal fuoco aiutata da Dimitri, terrorizzato che la mano della compagna gli scivolasse tra le dita. La mente del bibliotecario ribolliva come lava incandescente.

Che razza di collegamento poteva esserci tra il rapporto Roskovitsky sull'arca di Noè e il fascino morboso per i conquistadores?

«N... no» farfugliò Dimitri.

«Ah, ti interesserà. I maya avevano raggiunto un livello molto avanzato di società, in particolare erano capaci di straordinari calcoli astronomici. Verso il 1500 vengono rovesciati dagli aztechi, ma le due culture si fondono in una sola e gli aztechi si preoccupano di conservare nello Yucatán le migliaia di opere maya, tutta la memoria di un popolo. Secondo te che hanno fatto Cortés e i suoi uomini nel 1521?».

Altri pensieri continuavano a incendiare il cranio del bibliotecario. Poco a poco una strana verità prendeva corpo: c'era un legame tra la leggenda di Noè e quella di Hernán Cortés, un legame semplice e chiaro... ma dalle conseguenze agghiaccianti. Le parole del mercenario gli martellarono le tempie.

«Non è difficile, Dimitri. Per il solito teorema del valore al quadrato Cortés ha distrutto tutto! Assecondato dal monaco cattolico Diego de Landa ha bruciato ogni scritto, ogni traccia della cultura maya. Settanta tonnellate di documenti, a quanto si dice... Pensi che fossero barbari fanatici, individui stupidi convinti di aver a che fare con indigeni ignoranti? Neanche per idea! Hernán Cortés era un uomo colto e Diego de Landa parlava la lingua azteca... ma hanno applicato alla lettera il teorema: hanno distrutto tutto meno un codice, un unico codice che hanno mandato a Carlo V, il re di Spagna. Il codice si trova tuttora al museo delle Americhe ed è conosciuto nel mondo intero col nome di codice di Madrid, quasi l'unica traccia scritta di una delle più brillanti civiltà che la terra abbia prodotto. No, Hernán Cortés non era pazzo, tutto il contrario. Quale regalo più prestigioso avrebbe potuto fare al suo sovrano? Galeoni con le stive cariche di bottino? Certo, ma niente poteva eguagliare in potere, potenza e prestigio il codice di Madrid. Il potere assoluto in un solo e unico oggetto. Ora capisci?».

Noè.

Hernán Cortés.

Il rapporto Roskovitsky.

Natasha con la mano che sembrava sciogliersi nel suo palmo come una bambola di plastica abbandonata sul bordo di un caminetto.

Dimitri non ce la faceva a collegare ulteriormente quegli elementi fra loro.

«S... sì» rispose.

Il mercenario stringeva fra le braccia il volume rosso della *Critica della ragion pura*. Guardò il rogo.

«Un genio, Hernán Cortés...».

Di colpo toccò il falò con lo stivale liberando una spessa voluta di fumo. Una decina di libri cadde dal mucchio. Zeytin avvicinò il kalashnikov a Dimitri per impedirgli di muoversi.

Un lembo del vestito bianco di Natasha prese fuoco.

Con un riflesso disperato la donna si accovacciò e mise entrambe le mani aperte sulle fiamme nascenti, le soffocò mentre il dolore per i palmi bruciacchiati le alterava i lineamenti.

«Cerchiamo di concludere, Dimitri. Allora, il rapporto Roskovitsky?».

Natasha supplicò Dimitri con gli occhi. Era stata una bella donna, lo era ancora e lo sarebbe stata nei mesi e negli anni a venire tra le sue braccia.

«Secondo piano» disse il bibliotecario in tono monocorde. «Sala 302. Quarta fila, terzo scaffale. Una cartella blu. Anonima. Sono l'unico a saperlo. Dentro c'è il rapporto Roskovitsky al completo. Per cinquant'anni nessuno l'ha guardato, neanche io».

Cortés fece un cenno a Zeytin.

Due minuti dopo il miliziano tornò e consegnò al capo un dossier cartonato. Cortés ne verificò il contenuto. Sotto il cappuccio, come cullato dalle fiamme, il volto scuro annuì soddisfatto.

«Un pezzo in più» mormorò. «Almeno questo non ci sfuggirà. Andiamocene, adesso. Appena possibile chiameremo Morad a Tolosa».

Cortés si voltò vero la coppia di bibliotecari. Natasha era strisciata a più di un metro dal falò. Puzzava ancora di benzina e respirava più lentamente, come un tuffatore che riprenda fiato dopo un'immersione in apnea. Dimitri, in piedi accanto a lei, tratteneva la collera guardando Zeytin che metteva il rapporto Roskovitsky nello zaino.

«Vedi che non era così difficile, Dimitri?».

Né il bibliotecario né Natasha videro, in fondo alla manica del lungo cappotto nero, le due dita di Cortés sovrapporsi a formare una croce per una frazione di secondo. Zeytin, cane fedele, stava aspettando il segnale. Il calcio del kalashnikov attraversò lo spazio e colpì con violenza la cima del rogo facendo cadere alcuni libri avvolti dalle fiamme. Natasha non ebbe il tempo di accennare un gesto prima di trasformarsi in torcia umana.

Cortés, Zeytin e gli altri se ne andarono.

Natasha si alzò. Alte fiamme azzurre le divoravano il vestito, il collo, la faccia. Allargò le braccia, croce di fuoco di una setta infernale.

La porta della biblioteca sbatté.

Inebetito, incredulo, Dimitri fissò i gesti disperati della donna. I suoi occhi arrossati guardarono un'ultima volta le immense librerie della stanza, poi il bibliotecario si gettò tra le braccia incandescenti di Natasha e insieme precipitarono sul falò.

22

Campus universitario di Le Mirail, Tolosa, Francia

Due studenti nudi facevano l'amore in modo acrobatico, lei su di lui, incastrati tra i genitori di entrambi addormentati dalle due parti del letto.

Penuria di alloggi per studenti denunciava il manifesto shock.

Zak e Cécile ci passarono davanti indifferenti. Stavano scendendo le scale a quattro gradini per volta. Zak si teneva leggermente indietro, con la mano nella tasca della giacca che stringeva la pistola puntata sulla ricercatrice. Indicò i manifesti strappati e la vernice screpolata dei muri.

«Questi locali sono davvero immondi. È incredibile che il miglior laboratorio d'Europa sia situato in un tale tugurio».

«A me non dispiace affatto che un laboratorio di ricerca pubblico si trovi accanto alle aule in mezzo a un campus!».

Zak fece un'alzata di spalle. Arrivati in fondo ai cinque piani fermò Cécile mettendole una mano sulla spalla.

«Sono arrivati».

«Chi?».

Zak arretrò con discrezione tirando la ricercatrice contro il muro tappezzato di poster più o meno interi.

«Il tipo che sta davanti alla porta è un Nefilim».

«Da che lo capisce?».

«Le sembra che abbia l'aria dello studente?».

Cécile osservò l'uomo di una trentina d'anni in jeans e giubbotto di pelle. Uno studente fuoricorso. Non era certo il primo che vedeva...

«Lei è pazzo».

«È uno degli assassini. Ieri notte era al museo d'Aquitania».

«Va bene, va bene, si risparmi il discorsetto delle due ipotesi. Sono una persona razionale, punto sul male minore. Il tipo è un assassino. Ma che pericolo può rappresentare in pieno giorno e in mezzo alla gente?».

«Una carneficina, come in Armenia. Anche loro sanno come sono fatto, grazie a Internet e a quella maledetta telecamera di sorveglianza».

«Ma lei avrà sicuramente un piano, Indiana...».

«Sì, fare dietrofront! C'è un'altra uscita?».

«No».

«Non dica cazzate, c'è per forza un'uscita d'emergenza».

Infastidita, Cécile esitò. Alcuni studenti passarono loro davanti. L'uomo in giubbotto di pelle aspettava immobile davanti alla porta limitandosi a guardare le gambe delle ragazze. Cécile trovò che avesse l'aria impacciata di quello che è stato appena piantato in asso da una più bella e più giovane di lui.

«L'unica uscita d'emergenza è dietro l'aula 300» sussurrò all'orecchio di Zak. «Ma non possiamo passare da lì».

«E perché mai?».

«C'è lezione!».

Incredulo, Zak aggrottò le sopracciglia.

«Si barricano dentro quando fanno lezione?».

«No, ma...».

Zak non la ascoltava più. Alzò gli occhi: sulla parete era indicata la direzione dell'aula 300. Controllò che l'uomo appostato non guardasse verso di loro e trascinò Cécile.

«Andiamo».

Si infilarono tra gli studenti che ciondolavano in corridoio con in mano un bicchierino di caffè o delle fotocopie. Dopo cinquanta metri arrivarono davanti alla porta dell'aula 300.

Una grande porta rossa a doppia anta.

«Entri, presto».

«Sta scherzando? C'è un mio collega che fa lezione. Non posso attraversare l'anfiteatro così, davanti a lui e agli alunni con lei che mi sta incollato dietro. Sono direttrice di ricerca al CNRS e...».

Zak le dette un'energica spinta. La porta si aprì di colpo. Cécile si ritrovò sulla soglia dell'aula anfiteatro. Zak entrò dietro di lei.

Cento paia d'occhi si puntarono su Cécile.

Più un paio dal palco.

«Buongiorno, Hubert. Ehm, ti presento... Piotr, un collega, ehm, polacco. Una... una macchina con autista lo sta aspettando davanti all'uscita d'emergenza. Rischia di perdere l'aereo. Scusa».

Sulle gradinate esplosero le risate. Seguiti dagli occhi sbigottiti del professore, Cécile e Zak uscirono dalla porta d'emergenza sull'altro lato del palco.

«Questa me la paga» sibilò Cécile appena furono fuori.

Zak, tutti i sensi all'erta, non rispose. Altri assassini si aggiravano con tutta probabilità nel campus. Percorsero una ventina di metri.

La Volvo del professor Parella li aspettava in fondo al viale seminascosta da una siepe di carpini, come previsto. La canna della pistola nella tasca di Zak premette la parte bassa della schiena di Cécile, che grondava sudore, paura e furore.

Zak aprì la portiera.

«Salga davanti».

Lui salì dietro continuando a scrutare i dintorni del campus.

«Parta, professore».

«Dove andiamo?».

«Lei guidi, esca dal campus».

La Volvo si immise nel viale del castello di Le Mirail, situato nel parco che circondava l'ateneo. Le strade erano semideserte. Pochi secondi dopo raggiunsero la tangenziale e persero di vista gli edifici universitari.

«Dove vado?».

«Tutto a nord. Poi le dico».

Cécile Serval, asciugandosi il collo col colletto del soprabito, si voltò beffarda.

«Tutto a nord fino al prossimo commissariato. Lei è proprio stupido! Arsène ha avuto tutto il tempo di avvertire la polizia».

Le mani del professore tremarono sul volante.

Zak sorrise.

«Al suo posto non ne sarei così sicuro».

Cécile guardò Parella.

«Arsène, non mi dica che ha ragione lui! Aveva tutto il tempo. Poteva farsi prestare il telefonino da un qualunque studente...».

Gli occhi imbarazzati del professore fissavano la macchina davanti a sé.

«Ma, Cécile» balbettò, «lei era in ostaggio di questo pazzo...».

La ricercatrice si lasciò andare sullo schienale. Stanca, esasperata, con lo sguardo perso nel nulla. Zak trovò che avesse un profilo grazioso.

La tangenziale di Tolosa scorreva monotona. Superarono il canale del Midi.

«Andiamo lontano?» grugnì Cécile.

Zak si sporse verso di lei.

«Perché?».

«Non ho più l'iPhone né il portatile. Tanto per darle un'idea, a cose normali ricevo dieci mail al minuto, tutte urgenti e importanti. Si rende conto del ritardo che sto accumulando?».

«Le ho...».

«Lo so, mi ha salvato la vita, sono un'ingrata a lamentarmi! Senza di lei a quest'ora sarei immersa nel mio stesso sangue al quinto piano di Le Mirail, sgozzata nel mio laboratorio dai perfidi Nefilim».

Fece una risatina. A Zak piaceva un sacco quando la ricercatrice si arrabbiava.

«Andiamo lontano?» ripeté Cécile.

«Sì... Qualche centinaio di chilometri. Siamo diretti in Alvernia, in particolare nella valle del Dore, tra il Forez e il Livradois. Stiamo andando a trovare un vecchio amico. Una persona interessante, vedrete. È anche lui una specie di cercatore dell'arca, ma in un modo tutto suo, con una teoria molto personale sul diluvio universale e i prodotti derivati...».

Arsène e Cécile non dissero più una parola durante il viaggio. Zak si voltava spesso per assicurarsi che nessuna macchina li seguisse. Oltrepassarono le gole del Viaur all'altezza di Tanus.

Pochi minuti dopo, sulla stessa nazionale deserta, l'Opel Vivaro grigia passava a sua volta la valle del Viaur. Dietro i vetri oscurati due mercenari dormivano. Un altro giocava online col telefonino. Solo Morad e il guidatore fissavano la strada con attenzione.

«Piano, Andrei» disse Morad. «Non c'è bisogno di correre. Inutile riacchiapparli subito, visto che sappiamo dove vanno».

23
Parlamento mondiale delle religioni, Melbourne, Australia

Nell'anfiteatro del Parlamento mondiale delle religioni il silenzio era turbato solo dal rumore ossessivo delle pagine sfogliate. Il rapporto RS2A-2014 veniva studiato da tutti come se si trattasse di un testo di magia nera, un libro diabolico in grado di seminare il terrore in tutte le religioni.

Discreta, Padma attendeva di lato con le braccia conserte sul tailleur blu scuro. Osservò l'assemblea. Le piaceva l'ambiente, quel miscuglio incredibile di uomini di fede provenienti dai luoghi più disparati, alveare spirituale in cui si parlavano tutte le lingue della terra. Si concentrò e guardò fratello Mosavi che voltava con cura le pagine del rapporto RS2A-2014. Strinse la piccola busta azzurra tra le dita fresche di manicure. Era una freccia incoccata che al momento giusto avrebbe colpito il bersaglio.

Sulla tribuna Viorel Hunor si avvicinò al microfono.

«Immagino che la maggior parte di voi abbia letto il dossier».

Spiegò che l'espressione "anomalia dell'Ararat" era nata in seguito alle osservazioni aeree dell'US Air Force nel 1949. Sulle foto si vedeva una macchia scura di forma ovale, lunga un centinaio di metri, sulla cima del monte Ararat, come intrappolata tra i ghiacci. Le pellicole del 1949 erano state classificate top secret dalla CIA per più di cinquant'anni, ma ulteriori foto dell'anomalia dell'Ararat erano state prese da altre missioni aeree nel 1956, 1973, 1976, 1990 e 1992, quasi tutte scattate d'estate, quando lo scioglimento delle nevi è al massimo. Da una ventina d'anni l'anomalia dell'Ararat poteva essere visualizzata in tempo reale dalle immagini satellitari. A differenza delle scoperte di Fernand Navarra e della spedizione di Hong Kong del 2007, che si erano svolte nella gola di Ahora, sul fianco nordoccidentale della montagna, fra i 3900 e i 4300 metri di altitudine, l'anomalia dell'Ararat era localizzata in prossimità della vetta, sull'altopiano occidentale, a più di cinquemila metri di quota.

Senza smettere di parlare, Hunor alzò gli occhi su Padma. Era il segnale.

«Come avrete capito, esistono quindi due diverse teorie. La principale è quella di Ahora, cioè quella di Navarra, di Roskovitsky, di Knight, di Greene, di Nouri, del pastore Résit, del soldato Hagopian e, dal 2007, della delegazione avventista di Hong Kong. Un nutrito gruppo di testimonianze che è tuttavia in contrasto con la teoria dell'anomalia dell'Ararat, cioè di una massa catturata tra i ghiacci della vetta. Ci troviamo dunque di fronte a due cumuli di prove, entrambi abbastanza convincenti, ma in contraddizione fra loro...». Un ampio sorriso si aprì nella barba del metropolita, che non resisté alla tentazione di guardare William Creek. «Due arche di Noè significa che almeno una è di troppo, anche gli adepti dell'interpretazione più letterale della Bibbia ne converranno».

Nell'emiciclo si udì qualche risatina sommessa. L'avventista, che aveva gradito fino a un certo punto la battuta del metropolita, si agitò sulla sedia.

Padma sgattaiolò tra le file.

«Per tornare all'anomalia dell'Ararat» continuò Viorel Hunor, «vari esperti in telerilevamento hanno dimostrato che la macchia scura può avere molte altre spiegazioni oltre a quella di una nave intrappolata nelle nevi eterne: può trattarsi di una differenza di spessore fra strati di ghiaccio, rocce affioranti, ombre che creano un'illusione ottica... tutte teorie che sono esposte in dettaglio nel dossier che avete davanti, da pagina 12 a pagina 25, e tuttavia non bastano a convincere i cercatori dell'arca di Noè! Nel 2004 l'anomalia dell'Ararat è finita sulle prime pagine dei giornali. Dopo aver comprato immagini satellitari originali della regione e averle fatte sottoporre a trattamenti specifici, l'uomo d'affari hawaiano Daniel McGivern ha annunciato ai media di tutto il mondo che una massa scura dalla forma teorica dell'arca aspettava tra i ghiacci che qualcuno andasse a liberarla. E siccome Daniel McGivern era miliardario ha stanziato un milione di dollari per organizzare una spedizione e incaricato gli esperti di cominciare seriamente a capire come sgomberare la cima della montagna da ottocentomila metri cubi di ghiaccio. Sennonché...».

Padma posò la busta azzurra sul tavolinetto di mogano di fratello Mosavi e con lo stesso movimento etereo si eclissò. Nello stesso momento qualche fila più in basso una voce sorprese i convenuti. Veniva da pensare che il seguito fosse stato sapientemente preparato tra i due uomini, Viorel Hunor e un religioso di nazionalità curda.

«Signor presidente» disse l'ecclesiastico curdo. «Nel 2004 ero a Van e in prima fila, se così si può dire. Il progetto McGivern non è fallito per mancanza di soldi, convinzione o sostegno popolare, ma solo perché le autorità turche hanno categoricamente vietato l'accesso alla cima della montagna».

Il metropolita prese la palla al balzo.

«Esatto. E nelle settimane successive la CIA, poi la National Geographic Society, hanno accusato McGivern di aver truccato le immagini. Il progetto folle del miliardario, sbarazzare dai ghiacci l'Ararat a colpi di dollari, era definitivamente tramontato. Ma...».

Per fratello Mosavi lesse stupito il mennonita. Aprì la busta e tirò fuori il biglietto.

«Ma qualche anno dopo» stava continuando Hunor, «è sopravvenuto un nuovo elemento che nessuno aveva previsto quando il progetto McGivern è stato screditato. È l'elemento che ci troviamo ad affrontare oggi». Tossicchiò prima di proseguire. «Stando al rapporto RS2A-2014 del DIRS di Tolosa lo spessore del ghiaccio in cima all'Ararat è calato del dieci percento in due anni. In altri termini, la natura si sta incaricando di provvedere gratuitamente a ciò che il miliardario di Honolulu voleva fare investendo milioni di dollari... e noi non ci possiamo fare proprio niente!».

Nell'anfiteatro scese uno strano silenzio fatto di preoccupazione, tensione e incomprensione.

«Cerchiamo di vedere il lato positivo delle cose» fece William Creek col tono di un commensale che tenta di rompere il ghiaccio con una battuta. «Se non altro, sarà un motivo in più per convincere i potenti del pianeta a battersi contro il riscaldamento globale!».

Nell'anfiteatro risuonò qualche risatina imbarazzata.

Le parole ballavano davanti agli occhi di Mosavi.

Caro fratello,

si fidi di me. Rimanga in silenzio. Lasci che oggi si esprimano quelli che hanno la giusta conoscenza. Incontriamoci domani all'alba a Saint Kilda Beach, da soli. Le dirò tutto, sempre che davvero desideri portare sulle spalle un segreto così pesante da scuotere le convinzioni che fino a oggi hanno guidato le sue azioni.

Sinceramente. Viorel Hunor

L'esponente mennonita si passò una mano umida sulla fronte senza sapere bene cosa pensare. A quanto pareva la maggior parte dei religiosi presenti conosceva la vera natura della forma intrappolata tra i ghiacci dell'Ararat, una verità che Viorel Hunor affermava di volergli rivelare...

Nell'emiciclo il cardinale alzò un dito con determinazione.

«Quanto tempo abbiamo, Viorel?».

«Dipende, Lorenzo. Il rapporto RS2A sostiene che...».

«Quel dannato rapporto sono pagine e pagine di equazioni! Dimmelo tu...».

Il verdetto calò come una mannaia.

«Vent'anni, se il riscaldamento globale continua a questi ritmi. Forse quaranta, se la comunità internazionale reagisce».

Fu come se un'immensa ventata di freddo avesse di colpo spazzato l'anfiteatro.

«E... esiste un piano?» chiese ancora il cardinale.

«Un piano?».

L'ayatollah seduto alla destra del cardinale prese la parola.

«Credo che la domanda del cardinale Sordi sia la stessa che tutti abbiamo sulle labbra: esiste un piano per preparare l'opinione pubblica mondiale?».

Altre mani si alzarono con vigore. Non molte, giusto quelle disperse dei rappresentanti scintoista, rastafariano e voodoo. Non quella di Mosavi.

«Calma, signori» fece Viorel Hunor.

Era il momento in cui il metropolita aveva bisogno del sostegno coordinato dei rappresentanti delle principali religioni monoteiste, quindi dell'intervento di qualche iniziato. Come convenuto, il cardinale Sordi si alzò. Subito il microfono davanti a lui si accese.

«Cari fratelli, propongo di dare carta bianca all'esecutivo del nostro parlamento. Cioè a lei, Viorel. La posta in gioco riguarda i tre quarti dei credenti nel mondo».

La spia rossa dei microfoni che indicava l'ordine degli interventi eseguì una danza sincronizzata. L'imam sunnita confermò. Anche l'ayatollah.

Si fidi di me rilesse Mosavi.

Il gran rabbino parlò con voce calma.

«Viorel, siamo tutti consapevoli che non dobbiamo farci

prendere dal panico, anche se il tempo gioca contro di noi. Il tempo lungo, ossia lo scioglimento dei ghiacci dell'Ararat, ma anche il tempo breve: qualche settimana fa alcuni poveri fedeli sono stati assassinati nella cattedrale Santa Echmiadzin, e pochi giorni fa due uomini sono stati uccisi al museo d'Aquitania di Bordeaux per rubare un frammento d'arca di Fernand Navarra. Non può essere una coincidenza».

Gli fece eco la voce dell'avventista William Creek.

«Sono totalmente d'accordo con il rabbino Ullmann. C'è di sicuro un legame tra la diffusione di questo rapporto confidenziale e i successivi massacri. Abbiamo nuove informazioni sui quei fanatici, i Nefilim?».

«Nessuna. Sappiamo solo quello che vogliono far sapere di se stessi sul loro sito Internet. I nostri servizi di sicurezza stanno lavorando in stretta collaborazione con l'Interpol. Per il momento sappiamo soltanto che i Nefilim proteggono il segreto dell'arca, il carattere inviolabile del monte Ararat sulla falsariga delle profezie di san Giacobbe, senza trascurare qualche riferimento al Libro di Enoch...». Nella sala si levò qualche mormorio. «...E che hanno per simbolo un unicorno. Si tratta di un gruppuscolo di fanatici terroristi? Di una setta segreta? Di un'organizzazione criminale che nasconde i suoi traffici dietro una patina di esoterismo? Non conosciamo le loro motivazioni né quanti siano e di quali forze dispongano, tuttavia al momento niente ci permette di affermare che dietro i recenti delitti ci siano i Nefilim...».

L'imam sunnita Muslim Al-Bukhari riprese la parola.

«Ci risparmi i particolari, Viorel. Siamo tutti fiduciosi che prenderà le decisioni giuste. Mi auguro che in questo senso il Parlamento voti all'unanimità».

Un brusio di approvazione sottolineò le parole del rappresentante musulmano.

In quel momento Viorel Hunor si chiese per la prima volta se fosse degno della loro fiducia e se disponesse di un minimo margine di manovra. Tutto si stava accelerando ai quattro angoli del mondo: Nefilim inafferrabili, omicidi atroci e qualcuno da qualche parte che stava mettendo insieme i pezzi dell'arca. Per quale misteriosa ragione?

Il tempo giocava contro di loro.

Pensò di nuovo alle conclusioni del rapporto RS2A-2014. Il conto alla rovescia era cominciato. Un giorno non lontano, ormai era una certezza, la verità sarebbe esplosa agli occhi del mondo, una verità che avrebbe spazzato via la ragione di vita di miliardi di credenti di tutte le religioni.

Lui non aveva il potere di impedire ai ghiacci dell'Ararat di sciogliersi.

Ma aveva quello di far tacere gli uomini, prima che...

Si toccò la croce riflettendo sul fulmine che essa era in grado di scatenare.

E aveva il potere di far tacere fratello Mosavi.

L'indomani mattina.

24
Aeroporto di Kaliningrad, Russia

La Mercedes 190 procedeva verso l'aeroporto di Kaliningrad scortata dalle Suzuki. Il convoglio stava superando un lento flusso quasi ininterrotto di camion. Nouri, l'autista, abbassò il volume dell'autoradio che stava trasmettendo un notiziario in polacco.

«Pronto, Morad? Sono Cortés. Dove siete?».

La risposta arrivò dopo qualche secondo.

«A Espalion, un buco di paese. Non ci crederai, ma qui ci sono deserti peggio che in Kirghizistan».

«E il DIRS, a Tolosa?».

«Siamo arrivati tardi. Di poco, ma troppo tardi. Abbiamo trovato solo un computer sfasciato».

Cortés imprecò. La risata di Morad risuonò nell'apparecchio.

«Tranquillo, Cortés, è questione di poche ore. Abbiamo la situazione sotto controllo. Li stiamo seguendo a distanza».

«Lo spero, Morad, lo spero. È già il secondo pezzo del puzzle che ti fai sfuggire. Prima il reperto di Navarra, poi il rapporto RS2A-2014...».

Il giovane mercenario rispose con voce sicura di sé, quasi allegro.

«Due pezzi perduti, ma forse il più importante di tutti ritrovato... E a portata di mano!».

«Spiegati meglio» si spazientì Cortés.

«In Vaticano è successo un casino, i nostri informatori qui non parlano d'altro... Qualcuno è entrato nell'inferno, da solo.

E con una graziosa macchina fotografica miniaturizzata in tasca!».

«Zak Ikabi?».

«Sicuramente. Tutte le testimonianze corrispondono».

La voce di Cortés si fece ancora più incalzante.

«Trovalo, Morad. Trova il libro. Senza il racconto di Enoch mettere insieme i frammenti dell'arca non servirà a niente...».

«Fidati di me, Cortés. Quel pazzo di Ikabi ha fatto il lavoro più difficile. Per noi! Appena sistemata la faccenda vi raggiungiamo a Ishak Pascià, in Naxçivan, con tutti i pezzi. Senza lasciarci testimoni alle spalle, tranquillo».

L'adolescente scoppiò di nuovo a ridere.

«Morad?».

«Sì?».

«Stai attento».

«Okay, non ti preoccupare».

Riattaccarono. Cortés si sporse verso il mercenario seduto davanti accanto all'autista.

«Ahmet, chiamami Hong Kong. È lì che faremo la prossima mossa».

Monte Ararat, 4371 a.C., inverno

L'ultimo nato sarebbe morto, non c'erano dubbi.

Alum non piangeva più.

Con i seni vuoti, Majka non poteva fare niente a parte cullare il povero corpicino freddo che della terra avrebbe visto soltanto quella grotta buia, che non avrebbe vissuto abbastanza lune da conoscere i fiori e le foglie sugli alberi, che non avrebbe mai saputo dell'esistenza di un sole bollente oltre le pareti grigie della caverna.

Majka posò il neonato sul suolo freddo della grotta, accanto al fuoco. Doveva occuparsi anche di Bilik, l'altro figlio. Bilik doveva vivere. Era giovane e forte, solo lui poteva sostituire Otek nella caccia, uscire dalla grotta, trovare legna sulla montagna, seguire le tracce degli animali. Solo lui poteva proteggerli.

Si alzò e con la punta di un lungo bastone piegato avvicinò la brace alla pelle nuda di Bilik. Il ragazzo stava continuando a sanguinare. Per potersi avvicinare all'orso ucciso dal padre aveva dovuto scacciare i lupi con l'aiuto di una torcia, e per uscire dalla grotta aveva dovuto aspettare che smettesse di nevicare, quindi erano trascorsi vari giorni e varie notti prima di poter seguire i rami messi a croce per lui. Quando era arrivato, guidato da Leka che gli trottava davanti, i lupi avevano già divorato il corpo di Otek.

Meglio così, aveva pensato Bilik.

Per sopravvivere preferiva dover mangiare la carne dell'orso che quella di suo padre. I lupi gli avevano morso il braccio e la gamba, ma alla fine il fuoco agitato davanti alle loro zanne li aveva fatti indietreggiare.

Le ferite non gli facevano quasi più male, ormai. Majka le aveva curate con erbe della montagna, benefici capelli di dèi che coglieva dalla terra e faceva seccare per varie lune. Certe volte, mischiate alla neve sciolta, le faceva bere ai figli. Per giorni aveva avvicinato il dito spalmato di erbe alle labbra di Alum, finché la minuscola e livida bocca del bambino non aveva più avuto la forza di succhiare.

Majka accarezzava i capelli di Bilik strofinandogli il ghiaccio sulla pelle per farla richiudere come una bocca che non ha più fame. Doveva solo aspettare.

Bilik sapeva che sarebbe dovuto uscire di nuovo prima che la neve sparisse sottoterra. I pezzi di carne d'orso che aveva strappato ai lupi non sarebbero bastati a superare l'inverno. Ormai toccava a lui nutrire la famiglia, cioè la madre Majka, la sorella Gana, il fratellino Alum e il nonno Avo. Avo era troppo vecchio per andare a caccia; da varie lune restava rannicchiato in silenzio a guardare le ombre che danzavano sulle pareti della grotta.

La sorella Gana era troppo giovane e fragile, non faceva altro che stare abbracciata alla folta pelliccia di Leka, che dal canto suo, da quando era tornata senza Otek, non si era più allontanata dalle braccia di Gana tranne che per accompagnare Bilik a caccia o, di quando in quando, per appostarsi all'entrata della caverna, come se aspettasse di veder spuntare in mezzo alla pianura bianca l'alta figura di Otek.

Povera Leka, pensò Majka. Con la mano destra continuava a passare un pezzo di ghiaccio sulle ferite del figlio, con la sinistra girava attentamente sul fuoco la carne dell'orso. Sapeva che Bilik non sarebbe potuto andare a caccia ancora per un bel po'. Aveva parlato a lungo con Otek prima che lui uscisse a sfidare la montagna per l'ultima volta: se fosse tornato a mani vuote non avrebbero avuto scelta, avrebbero dovuto uccidere Leka per mangiarla. Era ciò che presto sarebbe stata costretta a fare se le stelle fredde non la smettevano di cadere sulla terra. Dovrà farlo, e la figlia Gana morirà di dolore.

Majka era incerta sul da farsi. Le mancava Otek. Non sapeva più quali fossero le decisioni giuste da prendere. Lasciare che il figlio ferito andasse da solo nella montagna, come Otek? Mangiare Leka? Si chinò sul piccolo e lo avvicinò al fuoco perché avesse meno freddo. Il corpicino respirava appena. La sua pelle, quando la toccava, era dura come quella di un uccello morto.

Prima di andare in cielo Otek le aveva parlato della pianura. Le aveva giurato che esisteva un luogo in cui le foglie non cadevano mai dai rami, in cui l'acqua era così calda che ci si poteva entrare senza che il freddo ti attanagliasse, in cui le stelle restavano per sempre attaccate al cielo. Le aveva promesso che sarebbero scesi tutti insieme appena i capelli degli dèi sarebbero rispuntati dalla terra, e che mai più avrebbero aspettato nella grotta abbandonando la montagna agli orsi e ai lupi.

Majka voleva mantenere la promessa di Otek. Dovevano resistere ancora qualche luna. Poi, se erano ancora vivi, sarebbero andati a raggiungere gli altri uomini, quelli di cui le aveva raccontato Otek, quelli che vivevano nella pianura.

Terza corsa
Il diluvio universale

25
Mulino di Nouara, Ambert, Francia

I cinquanta pensionati attraversavano la provinciale con una disinvoltura da manifestanti che si divertano a rompere i coglioni agli automobilisti bloccati. Il millepiedi dai capelli argentati si estraeva con lentezza dal pullman che occupava metà della carreggiata per ricompattarsi dall'altra parte della strada davanti alla biglietteria del mulino Richard de Bas. *Museo storico della carta* annunciavano grandi pannelli di legno.

La Volvo blu aspettava che la via fosse libera. Arsène Parella tamburellava nervosamente sul volante. Zak Ikabi, sul sedile posteriore, guardava in lontananza le curve arrotondate delle due creste: i monti del Forez a destra e quelli del Livradois a sinistra. Un oceano di foreste.

Non avrò altre opportunità, pensò Cécile. Ikabi aveva detto che dopo quell'ultimo paese sarebbero giunti a destinazione. Le dita della ricercatrice afferrarono la maniglia della portiera dal lato del passeggero e tirarono.

Bloccata!

Cécile imprecò dentro di sé. Per quale maledetto motivo Arsène Parella aveva attivato il blocco di sicurezza delle porte? Per quanto ne sapeva, il professore emerito non era tipo da fare l'autista a ipotetici nipotini...

La Volvo aspettò che passasse l'ultima coppia di anziani e si incamminò di nuovo sugli stretti tornanti della strada di montagna rosicchiata sulla destra dai rami verdi e neri dei pini.

Sulla sinistra, da un centinaio di metri stavano costeggiando una proprietà chiusa da una doppia cancellata elettrificata alta due metri.

«Ci siamo» disse Zak Ikabi in tono brioso.

Meno di un minuto dopo il grande cancello elettrico che difendeva l'accesso al mulino di Nouara si chiuse alle spalle della Volvo blu.

Intrappolati, pensò la ricercatrice.

Mentre guardava gli alti muri di granito ricoperti dall'edera Cécile cercò di fare il punto della situazione. Zak Ikabi aveva passato l'ultima parte del tragitto a estasiarsi sui sontuosi paesaggi di vulcani spenti che stavano attraversando nonché a far loro un ritratto particolareggiato dell'amico iconoclasta a casa del quale li stava invitando... con la pistola puntata.

Noel Archer.

Un nome falso... «Logico, per un banchiere» aveva scherzato Zak. Stando alle sue parole, Noel Archer era un ex broker della City che un bel giorno aveva deciso di mollare tutto per trasferirsi in Alvernia, nella valle di Lagat, un luogo remoto a cento chilometri dalla prefettura più vicina... «Cioè, mollare tutto è troppo dire, ma vedrete con i vostri occhi» aveva concluso. Quell'Ikabi sembrava incapace di dare un'informazione senza accompagnarla con un sottinteso. Stremante!

«Continui dritto».

Arsène Parella ubbidì. La Volvo blu imboccò un sentiero di ghiaia che saliva in ripida pendenza tra un muro di pietra e la facciata screpolata dell'edificio. Qualche decina di metri più avanti la macchina si fermò in un cortile fiancheggiato dalle due lunghe facciate di legno scuro dell'ex mulino per la carta.

Un uomo giovane e corpulento li aspettava sulla soglia con una maglietta bianca e nera del WWF troppo stretta per lui. Del resto gli occhialini tondi e scuri, in contrasto con la pelle lattiginosa, gli davano un aspetto da panda grassottello.

«Allora, Zak» scherzò appena i nuovi venuti furono scesi

dalla Volvo, «ho letto la cronaca, a quanto pare hai alle calcagna sia la polizia francese che i Nefilim. Vai forte!».

«Le notizie volano» sorrise Zak. «Chiedo asilo per me e i miei amici. A dire la verità, loro sono d'accordo fino a un certo punto».

Il panda dette loro la mano.

«Sono Noel Archer. Benvenuti al mulino di Nouara, autentico mulino per la carta del Quattrocento. Abbandonato per due secoli, dopo la guerra è stato rimesso in sesto da un esercito di volontari per farne una colonia di vacanze destinata ai bambini di città. Un gioiellino! Poi i bambini hanno smesso di venire, e tre anni fa l'ho ricomprato io per farne il mio quartier generale. O la mia arca di Noè, se preferite».

E Noel Archer rivolse a Cécile e Arsène un sorriso da adolescente.

«Non abbiate paura di Zak» continuò. «In un primo momento sembra un po' strambo, ma non è pericoloso. Con tutta probabilità siete ancora vivi grazie a lui, e la prova migliore della sua buona fede, qualora ne vogliate una, è che vi ha portato a Nouara, nel mio bunker. Qui nessuno entra senza il mio permesso».

«E nessuno esce» replicò seccamente Cécile. «È al corrente che il suo amico ci ha preso in ostaggio, presumo!».

Zak incassò. Noel non batté ciglio.

«Ne riparleremo, ma ostaggio mi sembra una parola un po' grossa. Vi assicuro che Zak ha ragione almeno su un punto: i Nefilim sono tipi molto poco raccomandabili. Volete visitare la proprietà?».

Cécile fece spallucce e guardò rassegnata Arsène Parella. Noel Archer li precedette facendo la guida entusiasta.

«Cominceremo dalle cantine a volta. Poi andremo a mangiare di sopra, nella sala della ruota. Avrete fame, immagino».

Noel Archer si esprimeva con la loquacità di un eremita che si fosse imbattuto in una carovana.

«Immagino che Zak vi abbia raccontato la mia storia. Fino a tre anni fa ero ancora un operatore di borsa: cravatta, City, stress, sapete com'è... valzer da milioni di dollari. Poi, vai a sapere perché, un bel giorno ho mandato tutto al diavolo. Attacco di pazzia, colpo di genio, chiamatelo come vi pare...».

Noel gestì l'effetto della rivelazione. Passarono accanto a un imponente pick-up blu metallizzato fermo nel senso della discesa.

«Sono diventato biotrader».

Cécile si fermò di colpo. Il vento intrappolato nel cortile si riversava negli stenditoi di legno aperti sotto i tetti di ardesia. Arsène Parella osservava la magnifica architettura del luogo come un parigino alla ricerca di una seconda casa un po' speciale.

«Biotrader?» ripeté Cécile.

Il panda gonfiò il petto.

«Sì. È un concetto che ho inventato io. Sono l'unico biotrader al mondo, credo. Ma entrate, prego...» disse salendo tre scalini.

Entrarono in una stanza a volta che ricordava la cappella di un castello e si bloccarono sbalorditi. La parete di fronte era ricoperta da un immenso affresco dipinto direttamente sulla pietra.

Una visione spaventosa.

Decine di animali con gli occhi iniettati di sangue lottavano, affogavano, si divoravano fra loro. Zanne, artigli e corna appuntite erano altrettante armi inutili contro il diluvio universale raffigurato da strisce di vernice scura lanciata sulla parete.

Tutti destinati a morte certa.

«L'ha... l'ha dipinto lei?» balbettò Arsène.

Il panda diventò rosa.

«Ebbene sì. L'ho fatto tra la carriera di broker e quella di biotrader. Mi annoiavo un po'. Diciamo che stavo cercando me stesso, e l'affresco mi ha messo sulla strada giusta. Mi sono ispirato alla Cappella Sistina di Michelangelo, e al posto degli esseri umani ho messo gli animali...».

Cécile sentì crescere il proprio malessere di fronte a quelle decine di occhi fuori dalle orbite che sembravano fissarla come altrettanti laser. A coronare il tutto, un insopportabile odore di cadavere appestava la stanza. La bile che le saliva dentro le bruciava la gola.

Noel Archer non sembrava notare il suo disagio.

«Il concetto di biotrader si basa su un principio di una semplicità geniale, come avrete modo di constatare. Tutti sanno che la biodiversità sta andando a farsi fottere. Tra flora e fauna, ogni anno scompaiono dal nostro pianeta tra le diciassette e le centomila specie, il che significa il dieci percento in meno ogni dieci anni di bestioline e piante diverse! In altre parole, per dirla con un linguaggio da banchiere, l'offerta diminuisce vertiginosamente. E che fa il bravo trader quando l'offerta diminuisce?».

«Si affretta a comprare» rispose Zak. «Prima che l'offerta scenda ancora e i prezzi vadano alle stelle».

«Esatto! Avete capito tutto, non c'è altro da aggiungere...».

«Aspetti» intervenne Arsène. «Che intende dire? Lei cosa fa, compra animali rari?».

Archer raddrizzò la schiena, fiero come un bambino il giorno della consegna dei premi.

«Dipende. Acquisto specie, le faccio catturare, le curo, le affido a riserve, musei, giardini zoologici... Certe volte rivendo, altre investo, a seconda di com'è il corso degli animali in via di estinzione, capisce?».

«Cose da pazzi!» commentò Cécile.

Zak guardò l'amico con espressione desolata, ma Archer non se l'era presa.

«Ma no, signorina, proprio il contrario, è un business molto serio. Non solo questi animali mi consentono di guadagnare una fortuna, ma in più salvo il pianeta! Facendo il broker nella City, l'unica cosa che non ti puoi comprare con i milioni che ti passano per le mani è una coscienza. Le sembrerà un sassolino in una scarpa Vuitton, ma mi creda, dài e dài questo schifo di coscienza finisce per toglierti il gusto dei piaceri. Mentre io...».

Cécile non stette ad ascoltare la fine del discorso. Si avvicinò al suo direttore e gli sussurrò all'orecchio:

«Siamo capitati in un covo di matti. Questo mi sembra ancora più suonato dell'altro...».

Arsène Parella fece una via di mezzo tra un sorriso e una smorfia.

«Passiamo alla stanza accanto?» li invitò Noel Archer.

Chinarono la testa per entrare nell'altra cantina, quella da cui proveniva l'odore di putrefazione.

Appena rialzata la testa Cécile si portò la mano alla bocca.

Covo di matti?

Era molto peggio di quanto potesse immaginare.

26
Hong Kong Island

Hu Chi si alzò all'alba come milioni di altri abitanti di Hong Kong. Hu Chi viveva in una casa-gabbia come centomila altri cinesi in città.

Molto più gabbia che casa, in realtà.

In quei tuguri destinati ai più poveri tra i poveri i letti erano messi l'uno sull'altro a undici per stanza, dato che la legge cinese imponeva norme sanitarie più restrittive a partire da dodici. Ogni letto era circondato da una griglia metallica destinata a proteggere le misere proprietà di ciascuno. Gli abitanti uscivano dai letti attraverso uno sportello ritagliato nel metallo, che poi richiudevano. I più fortunati possedevano un lucchetto.

Hu Chi era uno di loro. Ogni volta che usciva nascondeva i suoi beni sotto la coperta e metteva il lucchetto al cancellino della gabbia. Beni che si riducevano a quattro dizionari comprati cinque anni prima al Jade Market, uno di portoghese, uno di spagnolo, uno di francese e uno di hindi. Hu Chi parlava già mandarino e inglese, come tutti gli abitanti di Hong Kong. Parlava anche turco, il che era più originale anche se non gli serviva a molto.

Tranne che per quella missione.

Quando la casa-gabbia non si trasformava in bisca, bordello o ricovero di agonizzanti, Hu Chi dedicava ogni minuto libero a studiare i quattro dizionari. Il mondo si stava aprendo a Hong Kong. Il futuro sarebbe stato di quelli che avrebbero saputo districarsi meglio nel viavai di turisti, commercianti o rifugiati. Lì o altrove.

Prima o poi gli si sarebbe presentata l'occasione.

Il resto delle sue proprietà gli stava in tasca o sulla schiena: uno zainetto, un coltello e un telefonino. Anche nella più profonda miseria, chi può sopravvivere senza cellulare al giorno d'oggi? Per i più poveri il telefonino non è un lusso, ma l'assicurazione di una solidarietà comunitaria, permanente e illimitata tra i reietti delle megalopoli. È la rivincita dei dimenticati.

Hu Chi sedette sul letto di una sporcizia ripugnante, visto che, essendo la seconda dal basso, la sua gabbia raccoglieva il sudiciume dei tre letti al di sopra. Guardò un'altra volta il dépliant sgualcito del parco di divertimenti di Ma Wan, il Noah's Ark. Come tutti gli abitanti di Hong Kong ne aveva sentito parlare per dieci anni, prima che aprisse i battenti. I cinesi ci avevano pensato a lungo prima di acconsentire a far costruire un parco tematico interamente organizzato intorno al mito dell'arca di Noè... anche se alla città non costava niente, dato che il progetto era finanziato al cento percento da miliardari evangelici. Le autorità cinesi avevano però preteso che il parco restasse un luogo di distrazione destinato ai bambini, e non un centro di indottrinamento religioso.

Ipocrisia bella e buona, pensò Hu Chi. Pubblicizzare una disneyland ecologica e urbana erano solo chiacchiere. Tutti sapevano che il parco era finanziato da ricconi cristiani. I giochi per bambini, gli animali di plastica e i discorsi sulla pace nel mondo e il pianeta da salvare non cambiavano le cose: i fondatori di Ma Wan Park avevano solo due obiettivi, vendere le loro idiozie creazioniste e fare più soldi possibile con i biglietti.

Hu Chi chiuse gli occhi e si sforzò di memorizzare tutti i luoghi del parco illustrati sulla mappa del dépliant. Non ci aveva mai messo piede, ma doveva riuscire a imparare a memoria ogni sentiero dell'isoletta.

Era pronto.

Chiuse il cancellino col lucchetto, si mise la chiave intorno al collo e prese lo zainetto di tela.

Yun Ping Road era incredibilmente rumorosa. Per quanto Hu Chi ci fosse abituato si sentiva schiacciato dagli edifici e dai grattacieli tutto intorno, come un topolino tra i mobili di una casa. L'immagine lo fece sorridere. Si toccò lo zaino per assicurarsi che l'arma segreta fosse sempre al suo posto. Alzò gli occhi verso i grattacieli più alti, l'International Commerce Center, le Two Towers, la Bank of China. Un giorno sarebbe passato dal letto a castello agli uffici sovrapposti, avrebbe dato via la gabbia di ferro per una gabbia di vetro.

Tutto in cima.

Il nuovo mondo cominciava lì, nel punto d'incontro tra la civiltà cinese e quella occidentale.

Saltò su un tram a due piani che risaliva l'interminabile Nathan Road fendendo la folla dei pedoni. Hu Chi era ogni giorno più stupito dal contrasto tra la modernità spinta della metropoli e l'attaccamento a tradizioni anacronistiche, dai lussuosi centri commerciali che sorgevano accanto ai mercati tradizionali, da quel vecchio tram a due piani... Probabilmente conservavano quei ricordi fuori moda solo per gli inglesi nostalgici del periodo coloniale.

Il tram lo lasciò allo Star Ferry, proprio di fronte all'isola Ma Wan. Di nuovo tradizione e modernità, visto quanto le imponenti dimensioni del traghetto che assicurava la traversata in pochi minuti contrastavano con la fragilità delle giunche sparpagliate sul mar della Cina.

La sirena spaventò una coppia di pellicani che prese il volo davanti a lui. Hu Chi spiccò la corsa e salì sullo Star Ferry subito prima che si staccasse dal molo. Il traghetto passò sotto l'elegante ponte autostradale Tsing Ma. Hu Chi vedeva la gigantesca arca di legno farsi sempre più grande man mano che si avvicinavano all'isola Ma Wan. Era impossibile non vederla:

l'arca di Noè era la principale attrazione del parco, ricostruita nelle esatte dimensioni descritte dalla Bibbia: quattrocentocinquanta piedi! Con l'unica differenza che era stata fatta per diventare un hotel di lusso.

Mentre il traghetto accostava a Noah's Ark si ripeté mentalmente il piano, sempre che di piano si potesse parlare... Per quella missione gli avevano promesso una fortuna.

Perché avevano scelto lui? Perché era uno che ci sapeva fare? Perché teneva il becco chiuso? Perché era musulmano come chi gli aveva affidato l'incarico? O perché parlava turco grazie al nonno, partito da Istanbul cinquant'anni prima per andare a costruire dighe in Cina?

Cinquecento dollari all'ordine, soldi che Hu Chi aveva affidato allo zio, proprietario di un ristorante nei Nuovi Territori.

Altri cinquemila alla consegna, se ci fosse riuscito.

C'era di che comprarsi una gabbia nuova. Con le sbarre d'oro.

Entrò nel parco. I suoi ideatori avevano vinto la scommessa, Noah's Ark attirava una gran quantità di gente! Centinaia di famiglie affollavano le varie attrazioni, Adventureland, Heritage Center, i negozi della Rainbow Gallery... e naturalmente l'Ark Garden, con il suo spiegamento barocco di animali di plastica a grandezza naturale: giraffe, elefanti, leoni, ippopotami... tutti doverosamente in coppia.

Disgustoso!

I numerosi pannelli informativi non lo spingevano a cambiare opinione: quella scenografia di cartapesta serviva solo a imbottire il cervello dei bambini.

Andò avanti indifferente agli occhi dolci delle due gazzelle impietrite lungo il sentiero. Dopo tutto non erano problemi suoi... Il suo problema era un'equazione da cinquemila dollari: trovare il modo di far uscire dalla grande sala dell'Ark Expo il pezzo di trave dell'arca, quello di cui parlavano tutti da quando c'era stata la conferenza stampa degli avventisti cinesi nel 2010.

27
Mulino di Nouara, Ambert, Francia

Noel Archer avanzò nella cantina a volta seguito da Cécile e Arsène. Zak chiudeva la fila. La stanza sembrava concepita perché tutti i sensi dei visitatori provassero una repulsione immediata: odore di decomposizione, calore opprimente soffiato da tubi di alluminio, luce livida diffusa da neon aggressivi... e visione da incubo delle lunghe teche allineate davanti a loro. Nella prima una decina di enormi ragni gialli e neri si accalcavano contro il vetro in un mostruoso grappolo brulicante.

«I miei heteropoda» spiegò Noel con entusiasmo. «Ormai vivono soltanto in poche zone della Malesia. I poverini vengono sterminati nell'indifferenza generale, ma mi rendo conto che su una maglietta del WWF sarebbero meno graziosi di un panda! Volete sapere una cosa? Per dar loro una possibilità di sopravvivere gli scienziati hanno ribattezzato l'heteropoda "ragno David Bowie"! Simpatici, no? Il valore commerciale dei miei ragni è aumentato del trecento percento da quando sono diventati rockstar!».

Cécile aveva la pelle d'oca.

«E quelli?» chiese Arsène un po' preoccupato indicando timidamente la teca successiva.

Alcuni serpenti bianchi e grigi impigrivano nel contenitore rettangolare.

«Crotali dell'Ontario, gli unici serpenti velenosi del Canada! Per quanto siano annoverati tra i più pericolosi del mondo non hanno storia contro i cacciatori canadesi, che continuano a massacrarli malgrado la legge lo vieti. Ormai sono ufficialmente riconosciuti come quasi estinti. Così io investo. Ne tengo qui una decina per puro capriccio, ma ne ho un grosso allevamento a Chicoutimi. Un giorno o l'altro il governo canadese mi offrirà una fortuna per rimettere in libertà questi graziosi serpenti a sonagli».

Davanti ai rettili dall'aria viscida arrotolati gli uni sugli altri Cécile fu presa da una voglia furiosa di grattarsi a sangue la pelle dai peli già irti o scappare di corsa per andare a vomitare l'anima. Stavolta Noel Archer se ne accorse.

«Okay, andiamo. Si tranquillizzi, signorina, non ospito soltanto mostri. Nel mio portafoglio ho anche bestiole più carine. A Bali, in una laguna chiusa, conservo diciassette delfini dell'Irrawaddy. Ufficialmente ne restavano al mondo meno di settanta esemplari nel 2008, ma otto sono morti nelle reti da pesca nel 2009».

Noel abbassò la testa per uscire di nuovo in cortile.

«Per ogni delfino dell'Irrawaddy che muore il valore di ognuno dei miei aumenta almeno del trenta percento. Tre mesi fa ne ho venduto una coppia al giardino zoologico di Orlando, in Florida: centocinquantamila dollari l'uno...».

Ritrovando l'aria fresca dell'esterno Cécile respirò. Non riusciva a capire se quel tizio con l'aria da adolescente invecchiato si crogiolasse in un puro delirio o se fosse davvero un plurimiliardario convinto di salvare il patrimonio faunistico dell'umanità. Arsène non si poneva la domanda, e ascoltava affascinato le spiegazioni di Noel Archer.

«Non starò a farvi l'elenco del mio patrimonio azionario, sarebbe troppo lungo, ma, tanto per darvi un'idea, degli ultimi sessanta rinoceronti di Giava censiti sul pianeta io ne mantengo otto in un parco faunistico del Kalimantan. Ho anche un debole per i miei tre gorilla schiena d'argento del Congo, per non parlare delle mie due coppie di tigri siberiane. Con il riscaldamento globale la tigre siberiana non fa che aumentare di valore. Non tanto quanto l'orso polare, ma quasi...».

Stavolta fu Zak a togliere la parola all'amico.

«Come vedete, Arsène e Cécile, Noè esiste! Fa il biotrader in Alvernia e questo mulino è la sua arca...».

Arsène sorrise. Cécile neppure ci provò. Si guardava intorno nella speranza di individuare una via d'uscita.

Un modo qualsiasi per fuggire da quel covo di squilibrati.

Il suo sguardo si fermò sulle pale tarlate della ruota del mulino mossa dalla forza del torrente di montagna che attraversava la proprietà.

«La ruota è originale?» domandò.

«No, l'ho cambiata» rispose Noel. «Ma la gora risale al XII secolo».

«E il torrente dove va a finire?».

«Scende dritto fino ad Ambert, sottoprefettura di Puy-de-Dôme, a poco più di cinque chilometri da qui».

«Ma non si faccia illusioni, Cécile» la ammonì Zak. «Il torrente ha una griglia. Solo l'acqua di montagna è autorizzata a uscire da qui!».

La ricercatrice si chinò e lanciò con rabbia trattenuta un sassolino nell'acqua corrente.

«Capisco... Quanto tempo contate di trattenerci qui prima che la polizia ci localizzi?».

«Almeno il tempo di un pranzetto» fece Noel Archer. «Su, andiamo a tavola».

Attraversarono il cortile in lieve pendenza diretti alla scala di pietra che conduceva al mulino. Erbe selvatiche crescevano tra i blocchi di granito. Noel Archer colse uno stelo, se lo mise in bocca e si rivolse alla ricercatrice.

«Ha l'aria di considerarmi uno spostato, Cécile, eppure è una donna di scienza, saprà certamente che non sono l'unico a rifare la scena dell'arca di Noè. Non mi dica che non ha mai sentito parlare dell'arca vegetale del mar Glaciale Artico, nell'arcipelago delle Svalbard, in Norvegia».

«Vagamente...».

«Vagamente? Ma si rende conto? Quasi trecentomila campioni di semi e vegetali sono conservati a più di cento metri sotto il livello del mare in cassoni di cemento in grado di resistere a terremoti ed esplosioni nucleari! L'arca di Noè del XXI secolo non galleggia sull'acqua, ma riposa sotto i ghiacci a un tiro di schioppo dal Polo Nord».

«Siamo d'accordo, signor Archer» intervenne Arsène. «Ma per quello che so del progetto si tratta di un'operazione da miliardi di euro finanziata dagli organismi internazionali e supervisionata da un esercito di scienziati...».

Cécile colse la palla al balzo.

«Ben diverso da un esaltato che conserva bestie infernali nel suo mulino aiutato dall'amico serial killer! Vada fino in fondo, Noel, chi le ha affidato la missione di salvare il pianeta, Dio? Angeli scesi dal cielo? Si ritiene un intermediario fra loro e gli uomini, la maglia di una catena che con l'occasione si ritaglia un margine di profitto? Quanto costerà il biglietto per i pochi privilegiati che saliranno sulla sua arca con i loro animali da compagnia?».

Noel Archer sputò il filo d'erba.

«Forte la tua amichetta, Zak...».

«Non è la mia amichetta!». E un gran sorriso gli si allargò sulla faccia. «Ma non so perché, non mi dispiace affatto quel suo lato un po' psicorigido». Cécile schiumò di rabbia. «E poi pare che sia bravissima nel suo campo, la glaciologia tramite telerilevamento. Vero, Arsène?».

«La migliore» confermò cordiale il professor Parella. «Ma non si era detto "Andiamo a tavola"?».

Di fronte alla disinvoltura del suo direttore Cécile fu sul punto di cedere a una crisi di nervi!

Poco dopo, afflitta, osservava le granaglie bollite nel suo piatto. Mentre Arsène, Noel Archer e Zak mangiavano di buon grado la pietanza bio riscaldata qualche minuto al microonde, la ricercatrice non l'aveva toccata.

Rare piante peruviane ad alto contenuto nutritivo, aveva detto Archer. Lei aveva invece l'impressione di essere rinchiusa in un'arca da quaranta giorni e di avere davanti a sé le ultime razioni di sopravvivenza.

Dietro i commensali, sulla parete di fronte al caminetto, erano allineati sei schermi televisivi che mandavano di continuo le immagini riprese dalle telecamere di sorveglianza posizionate nel parco. Diffidente, Noel Archer le guardava spesso.

«Signor Archer» chiese Arsène tra un boccone e l'altro, «come ha conosciuto la nostra devota guardia del corpo Zak Ikabi?».

«Passione... Abbiamo una passione comune, come può immaginare».

«L'arca di Noè?».

Noel Archer quasi si strozzò dal ridere.

«L'arca di Noè?» replicò sputacchiando granaglie. «Sta scherzando, professore? Chi vuole che creda a quella favola?».

L'osservazione colse Cécile di sorpresa. Zak alzò la forchetta, pronto a discutere, ma Noel Archer continuò.

«Siamo seri. Ho passato notti intere a parlare con Zak dell'anomalia dell'Ararat e tutto il resto. So che sulla questione avete stilato un rapporto per l'ONU dei preti, lo scioglimento dei ghiacci e compagnia bella. Voi che siete scienziati, provate a spiegare a Zak che si possono trovare un bel po' di cose su una vetta di cinquemila metri, ma non una nave! Giusto, professore?».

Mentre Arsène Parella annuiva Zak prese dalla tasca un pezzo di stoffa bianca e lo aprì. Dentro c'era una scheggia di legno di una decina di centimetri.

Vedendola, Cécile si irrigidì. La prova schiacciante! Era di sicuro il frammento d'arca di Fernand Navarra, quello esposto al museo d'Aquitania, quello per rubare il quale erano stati uccisi due guardiani.

«E questo frammento cos'è, uno stuzzicadenti?» ribatté

Zak. «Fallo analizzare e vedrai, Noel. È *Quercus robur*, quercia vecchia cinquemila anni trovata tra i ghiacci dell'Ararat!».

Il trader scoppiò di nuovo a ridere.

«Una trave dell'arca di Noè? Ma quando mai! Navarra era un mitomane scaltro che è diventato famoso con un colpaccio ben riuscito. Basta leggere il suo libro per capirlo. Puzza di messinscena lontano un miglio: la scoperta insieme al figlio tredicenne, il passaggio con la trave oltre il confine in barba ai soldati turchi, il ritorno sull'Ararat anni dopo con tonnellate di equipaggiamento e chilometri di pellicola...».

Zak sospirò. Cécile si stava talmente divertendo che con la punta del coltello prese un seme e lo assaggiò.

«Se non è l'arca, qual è la passione che vi accomuna?» insisté Arsène.

«Il diluvio» quasi urlò Noel. «Il diluvio universale! Badi, non mi riferisco alla superstizione, stavolta, ma alla scienza».

Cécile inghiottì con difficoltà il suo vegetale tiepido dal sapore disperatamente scipito. Il professor Parella si sprofondò sulla sedia.

«Continui, Archer, continui. Queste storie del diluvio risvegliano il vecchio sedimentologo che sonnecchia dentro di me».

Cécile spinse indietro il piatto disgustata e si alzò.

«Posso almeno andare in bagno?».

«Seconda porta a destra» fece distrattamente Noel.

«Ci sono telecamere?».

«No, ma neanche finestre» rispose Zak.

Cécile si allontanò con un'alzata di spalle. Quando aprì la porta Noel Archer si era già imbarcato in un lungo monologo sulla reale esistenza di un diluvio planetario di cui la memoria degli uomini avrebbe conservato traccia.

Almeno su quello, Zak non aveva mentito: in bagno non c'erano telecamere né finestre.

Cécile salì sul gabinetto e si mise sulla punta dei piedi. L'unica uscita era una bocchetta d'areazione rotonda di dieci centimetri di diametro protetta da una grata di plastica bianca.

Imprecò. Doveva trovare una soluzione, una qualsiasi. Agire. Almeno avvertire la polizia, se non poteva scappare. Inutile fare affidamento su quell'irresponsabile di Arsène Parella, che aveva tutta l'aria di non rendersi conto della gravità della situazione.

Tese l'orecchio. Dalla bocchetta d'areazione sentiva distintamente il torrente che scorreva lungo il mulino, dall'altra parte del muro. Studiò a lungo la stanza chiusa, poi si decise.

Le era venuta un'idea completamente folle!

Prese in tasca una moneta e, sempre issata sulla punta dei piedi, cominciò a svitare la protezione di plastica. Ci mise meno di un minuto. Quando la grata cadde riuscì a dare un'occhiata: come previsto, il torrente passava proprio sotto l'apertura.

La fortuna le sorrideva.

Saltò per terra e prese il deodorante posato sulla mensola, una bottiglietta di plastica che svitò e di cui versò nervosamente il contenuto nel gabinetto.

Si domandò se le sue manovre non stessero prendendo troppo tempo, se Zak o Noel non sarebbero venuti a bussarle alla porta. Nel qual caso aveva pronta la scusa: avrebbe detto che quelle maledette granaglie bio avevano litigato con il suo intestino!

Il flacone era vuoto. Lo posò sul pavimento, si prese in tasca l'agendina alla quale era fissato un piccolo pennarello, strappò un foglio con gesto secco e scrisse il messaggio a stampatello.

SOS
ASSASSINO MUSEO D'AQUITANIA QUI
MULINO DI NOUARA
PRESA IN OSTAGGIO
AVVERTIRE POLIZIA

Lo rilesse in fretta, perplessa, poi osservò la bottiglietta di plastica storcendo il naso.

Troppo tardi per fare marcia indietro...

Si mise in ginocchio e prese il flacone. Le sue unghie grattarono l'etichetta con una furia da arpia. La carta si sfilacciò. Cécile strinse le labbra e immerse la bottiglia nel gabinetto. Lo fece una, due volte, poi la strofinò con la carta igienica, e dopo qualche secondo il flacone del deodorante fu trasparente. La ricercatrice vi infilò la pagina dell'agendina consapevole delle scarsissime probabilità di successo del suo piano: chiudere la bottiglia, tirarla nel torrente, augurarsi che scendesse fino a una casa, a un borgo, ad Ambert, alla sottoprefettura e sperare che qualcuno si desse la pena di raccattarla.

Più ci pensava e più si rendeva conto di quanto tutta la sua strategia fosse ridicola. Chi mai si sarebbe preso la briga di chinarsi per raccogliere un rifiuto in un fiume?

Nessuno!

Cécile si morse le labbra.

Al diavolo!

Senza starci troppo a pensare si tolse l'orologio e lo infilò nel flacone: gliel'aveva regalato anni prima un cretino di cui a stento ricordava il nome, doveva ancora valere un bel po'. Dopo un attimo di esitazione si portò le mani dietro al collo e si staccò il pendente, un sole d'oro, un regalo del padre, l'unico che le avesse mai fatto, ma non era il momento dei sentimentalismi. Anche la catenina passò attraverso il collo della bottiglia. Cécile riavvitò il tappo. Non doveva più indugiare, né tantomeno cercare di valutare razionalmente le probabilità di successo. Risalì sulla tazza, ricontrollò la distanza dal torrente, infilò la bottiglia nella bocchetta d'areazione e con un movimento secco la spinse giù.

Per qualche istante la seguì con gli occhi, sballottata di pietra in pietra dalla corrente.

Poi non la vide più.

*

Il flacone continuò la sua corsa nella valle di Lagat. Giunto al ponte che scavalcava la provinciale nella frazione di Valeyre, a meno di quattro chilometri da Ambert, si incagliò a lungo, in equilibrio instabile, contro l'argine friabile, finché il vento e la corrente gli fecero riprendere il suo viaggio e passò sotto l'arco di pietra.

Pochi minuti dopo una Opel Vivaro grigia, dopo aver costeggiato il torrente per un centinaio di metri, varcava il ponte di Valeyre. A bordo cinque uomini armati si stiracchiavano con una voglia matta di sgranchirsi le gambe.

28
Isola di Ma Wan, Hong Kong

Entrato nell'Ark Expo, Hu Chi rimase impressionato. Centinaia di famiglie formavano una rumorosa folla in movimento, composta da tutte le generazioni, che si accalcava intorno alle numerose animazioni pedagogiche destinate ai più giovani: presentazione multimediale della storia dell'arca di Noè e della sua morale per il mondo di oggi e del futuro, cinema in 3D che raccontava una giornata di diluvio, laboratori interattivi sulle meteoriti, sugli animali microscopici e sulle piante più strane. Niente di minaccioso, in fondo, se non fosse stato per lo sponsor il cui logo appariva su ogni pannello: The Media Evangelism Ltd.

A Hu Chi non importava. Si avvicinò alla mostra temporanea del gruppo Noah's Ark Ministries International. Aveva superato senza intoppi il primo ostacolo: all'entrata l'avevano controllato molto sommariamente, gli avevano soltanto fatto aprire un po' lo zaino. Come sperava, il salone era popolato soprattutto da mamme e bimbi. Fino a quel momento tutto stava andando come aveva immaginato.

Il frammento d'arca era lì davanti a lui dietro una sottile parete di vetro.

Hu Chi sapeva della famosa spedizione del 2007, i giornali ne avevano parlato a profusione. Una squadra di quattordici esploratori e scienziati, fra cinesi e turchi, era salita sull'Ararat. In quanto sino-turco, Hu Chi aveva seguito l'avventura con attenzione divertita. La spedizione aveva girato un filmato che documentava tra l'altro come avessero trovato travi di legno tra i ghiacci della montagna nello stesso punto in cui un francese aveva fatto la stessa scoperta cinquant'anni prima. La conferenza stampa del 26 aprile 2010 a Hong Kong aveva fatto molto rumore: l'associazione Noah's Ark Ministries International sosteneva che dopo aver sottoposto i frammenti all'esame del carbonio 14 il legno risultava avere un'età di quattromilaottocento anni, cioè la stessa dei frammenti trovati dal francese. Il portavoce cinese era arrivato fino a dichiarare di fronte a tutte le televisioni: «Non siamo sicuri al cento percento che si tratti dell'arca di Noè, ma pensiamo di sì al novantanove virgola nove». La faccenda aveva fatto infuriare il ministro della Cultura turco, indispettito che vestigia rinvenute sul suo territorio potessero ritrovarsi in Cina senza il permesso delle autorità locali. Aveva perfino chiesto all'Unesco l'iscrizione del sito nel patrimonio mondiale dell'umanità onde evitare saccheggi futuri...

Quella polemica non lo riguardava. L'unica cosa che interessava a Hu Chi era il frammento che aveva davanti, un pezzo di legno di venti centimetri per dieci. Si guardò intorno. Il salone era sorvegliato da una decina di agenti di guardia di cui uno, proprio lì accanto, quasi non staccava gli occhi dalla vetrina.

Non era il momento di avere dubbi.

Hu Chi si rendeva conto che il suo piano era tutt'altro che perfetto, ma era l'unico che avesse trovato... alla sua portata. Prese dallo zainetto una specie di döner kebab al tonno e passò tra la gente stando ben attento a lasciarsi dietro una scia di briciole, pezzetti di pesce e brandelli di insalata. Una madre di famiglia lo guardò disgustata.

Allo stesso tempo non doveva farsi notare troppo.

Andò fino alla rotonda centrale, un giardino giapponese composto da cubi di legno, rami d'ulivo e colombe di plastica. Deliziosamente kitsch, pensò facendo cadere a terra il resto del panino. Poi controllò che nessuno facesse caso a lui, aprì lo zaino... e attese.

Il topo ci mise pochi secondi a uscire dalla tasca interna. Barcollante. Non molto in forma. Non era difficile trovare un topo in quella città, soprattutto abitando in una casa-gabbia. Hu Chi doveva fare in fretta. Si allontanò lasciando il roditore a rosicchiare i resti di tonno.

Stava davanti alla vetrina da meno di un minuto quando risuonò l'urlo della donna. Quel primo grido fu seguito da una decina di altri strilli. Tutti si voltarono, guardie comprese.

Ora!

Il pugno di Hu Chi avvolto in una sciarpa di lana trapassò violentemente la parete di vetro e con lo stesso gesto afferrò il pezzo di legno.

Subito si scatenò l'allarme provocando un ulteriore movimento di panico nel salone. Prima che gli agenti riuscissero a fare la distinzione tra le urla di panico dei turisti e la vetrina spaccata Hu Chi aveva nascosto nello zaino il frammento rubato e si era mimetizzato tra la folla.

Le porte del salone si chiusero automaticamente.

«Che nessuno esca!» gridò una guardia.

Altri tre agenti constatarono inebetiti il vetro rotto e la vetrina vuota.

Hu Chi sapeva che non avrebbero fatto uscire nessuno senza prima averlo perquisito meticolosamente, ma sapeva anche che ci avrebbero messo parecchio tempo a passare al setaccio centinaia di famiglie... Guardò gli agenti che si precipitavano a esaminare ogni minimo angolo del salone, dai laboratori ludici alle toilette. Altri si appostavano davanti a ogni uscita.

L'ululato della sirena finalmente cessò.

La voce agli altoparlanti spiegò che i turisti dovevano mettersi in fila davanti alle varie porte e che li avrebbero fatti uscire uno alla volta dopo una perquisizione completa. L'annuncio provocò un coro di vibrate proteste. Quelli che avevano fretta si affrettarono per essere fuori di lì il prima possibile. Altri la prendevano con filosofia.

Arrivarono rinforzi. Un vecchio poliziotto calvo tentava di dare ordini a un'armata di tizi impassibili con grossi occhiali da sole occidentali. Hu Chi aspettò ancora un quarto d'ora prima di dirigersi verso le toilette. Sapeva di dover agire in fretta.

La grande scommessa!

Come previsto non c'erano altre uscite nelle toilette e nessun agente aveva ritenuto utile restare lì di guardia, visto che il luogo era già stato perquisito. Hu Chi tirò il chiavistello, posò il pezzetto di trave sulla tavoletta del cesso, prese il coltello, incise il legno e senza difficoltà staccò un frammento di quattro centimetri.

Gli bastava. Le istruzioni erano state chiare, il suo committente non ne voleva di più. Poi, con pochi gesti precisi, fece quello che gli avevano ordinato: aprì col piede la pattumiera di metallo, vi gettò il pezzo di legno, prese dallo zaino la bottiglietta d'acqua minerale piena di alcol, ce la rovesciò dentro, accese un fiammifero e uscì dalle toilette mentre la pattumiera ardeva come un braciere.

Quanto ci avrebbe messo il pezzo di trave a consumarsi? Un quarto d'ora? Di più?

Hu Chi strinse in mano il frammento andando verso la gente in coda. Tutte le file sembravano bloccate in un'interminabile attesa. Con calma si tolse la catenina che aveva al collo, quella a cui era attaccata la chiave della casa-gabbia. Oltre alla chiave vi era appeso un piccolo morsetto di ferro, le cui ganasce si chiusero sul frammento di legno. Poi si rimise il tutto intorno al collo.

Come si sa, il nascondiglio migliore è quello sotto gli occhi di tutti. Chi avrebbe potuto sospettare di un giovane cinese con la chiave della casa-gabbia al collo?

Dopo lunghi minuti di fila uscì nell'Ark Garden senza che le guardie gli facessero il minimo problema. Il resto del pezzo di trave doveva ormai essersi consumato. Hu Chi si appoggiò alla gamba di un elefante di plastica, respirò di sollievo e si domandò perché il committente gli avesse chiesto soltanto una scheggia, e soprattutto perché avesse tanto insistito che il resto del pezzo doveva essere distrutto. Spremendosi le meningi probabilmente Hu Chi avrebbe escogitato un modo per far uscire un pezzo più grosso dell'arca di Noè. Un pezzo più grosso doveva valere di più. Almeno, a lui sembrava logico. A quanto pareva il suo committente calcolava le cose in maniera diversa.

E comunque se ne fregava.

In quel momento l'unica cosa che gli importava era farsi pagare. A pensarci bene non sapeva niente di quel tipo che parlava turco e doveva incontrare due giorni dopo a Langham Place. A meno che Hu Chi non lo chiamasse prima. Il tipo gli aveva lasciato il numero di cellulare, e Hu Chi non vedeva l'ora di riscuotere i cinquemila dollari in cambio di quello stuzzicadenti.

Passò la mano sulla proboscide rugosa e fredda dell'elefante. Chissà se anche il topo ne era uscito sano e salvo, si sorprese a domandarsi senza smettere di accarezzare il pachiderma.

Tre metri dietro di lui, nascosto dietro i corpi tondeggianti della coppia di ippopotami, l'uomo controllò che nei paraggi non ci fossero poliziotti. Poi prese la pistola, verificò la sicura e se la rimise in tasca. Non doveva fare altro che seguire con discrezione quell'astuto ragazzo cinese, aspettare che si trovasse in un angolo tranquillo e puntargli alla nuca la canna della rivoltella.

29
Mulino di Nouara, Ambert, Francia

Cécile, docilmente seduta a tavola, fissava di fronte a sé il pulviscolo grigio sullo schermo della telecamera di sorveglianza puntata verso il fiumiciattolo.

Una bottiglietta di plastica alla deriva.

Speranza irrisoria.

Da venti minuti Noel Archer, inesauribile, stava parlando della teoria del diluvio universale. Nella mente stanca della ricercatrice il flusso dell'acqua di montagna che serpeggiava di pietra in pietra si mischiava al fiotto di parole del broker.

«Seicento!» si accalorò Archer. «Più di seicento leggende nel mondo raccontano la stessa storia. Identica! Non soltanto il diluvio, ma addirittura gli stessi particolari. Gli dèi decidono di punire gli uomini disubbidienti e immorali a eccezione di un piccolo nucleo di privilegiati, una famiglia di iniziati che costruisce un'imbarcazione per salvare tutte le specie animali conosciute. Secondo più della metà di queste storie la nave si posa sulla cima di una montagna e la famiglia sopravvive per garantire la riconciliazione con gli dèi che segue al cataclisma. Non mi credete? Volete degli esempi?».

Zak ascoltava con attenzione, ma era soprattutto Arsène Parella a sgranare occhi affascinati. Noel Archer riprese fiato.

«Nel Mahābhārata, poema epico che raccoglie i racconti primigeni dell'India, Manu e sette compagni sfuggono al diluvio grazie al dio-pesce Vishnu e approdano sulla cima dell'Himavet, cioè l'Himalaya. Secondo la tradizione persiana Yima e mille coppie sopravvivono all'inondazione. Nell'Irlanda precristiana la regina Cesair e la sua famiglia sopravvivono per sette anni e mezzo a una piena oceanica. E, giunti nel Nuovo Mondo, i conquistadores spagnoli si stupiscono di trovare indigeni che raccontano la storia di Noè! L'arca è di volta in volta una canoa, un tronco d'albero, un kayak... Nella leggenda degli Uroni un nonno mette la sua famiglia e gli animali su una zattera coperta, e gli animali si lamentano talmente della promiscuità che, tornati sulla terraferma, vengono privati della parola. Per i Navajo l'arca si ferma sul picco di San Francisco. Nella leggenda inca un lama parlante predice il diluvio. Nella tradizione azteca l'imbarcazione viene costruita in cipresso, corrispondente al gofer della Bibbia, e Coxcox, il Noè locale, non fa uscire una colomba, ma un colibrì che torna indietro con una foglia d'albero... Ne volete ancora? Altro continente, stessa leggenda! Per gli aborigeni australiani il diluvio è provocato da un dio ranocchia che, dopo aver bevuto le acque della terra, le rigurgita di colpo. Per i cinesi Noè si chiama Fuxi e gli uomini vengono puniti per essersi ribellati agli dèi, il tutto in un disordine cosmico che scatena un immenso tsunami. E in Africa, presso i Masai, la fine del diluvio è annunciata da quattro arcobaleni!».

Esaltato, di fronte a un pubblico rapito, Archer non si fermava più.

«Non vi basta? Aspettate, ne ho una strabiliante, non vi ho ancora detto dell'inglese George Smith, un archeologo dilettante che nel 1872, in barba a tutti gli scienziati, ha decifrato le tavolette assire di Ninive. Sapete cosa raccontavano quelle tavolette, che sono considerate la più antica narrazione dell'umanità?». Non permise a nessuno di rispondere. «L'epopea di Gilgamesh, una storia sumera paragonabile in tutto e per tutto a quella di Noè, in cui si ritrovano quasi al dettaglio gli episodi biblici: la nave adagiata sulla montagna, il lancio della colomba, il ramo d'ulivo... e tutto ciò vari millenni prima che fosse scritto il racconto di Noè!».

Arsène Parella mangiò tre semi e riuscì finalmente a interrompere il biotrader.

«Qualsiasi persona istruita oggi sa che la Bibbia ha attinto da varie tradizioni scritte e orali. Di sicuro la storia ebraica di Noè è stata ispirata dalla precedente storia sumerica, quella di Gilgamesh...».

«Appunto!» replicò Noel Archer. «La storia di Noè è ispirata dalla tradizione sumera, ma anche dalle tradizioni cinese, africana, peruviana, indiana... Come spiegare l'inspiegabile? Vogliamo pensare che queste leggende siano nate da semplici inondazioni in Mesopotamia e che il loro racconto si sia in seguito diffuso... in Australia o in Alaska? È scientificamente impossibile, giusto? Allora rimane una seconda ipotesi, l'unica verosimile: le leggende dei vari continenti sono la memoria di un cataclisma universale! Le piste scientifiche credibili non mancano di certo, si va dal meteorite al cambio di orbita della Terra all'eruzione solare con conseguente riscaldamento e scioglimento dei ghiacci. Tutto ciò non vi ricorda niente?».

Zak Ikabi sorrise prima di rispondere.

«Diluvio, cataclisma, inondazioni... Tutto quello che dici, Noel, non fa che portare acqua alla mia arca!».

«Siamo seri! Posso accettare, al limite, che un diluvio universale abbia inghiottito un'isola. Chiamatela Atlantide, se volete!». Il biotrader era sempre più eccitato. «Ma da lì a sollevare una barca a più di cinquemila metri ce ne vuole... Come potranno confermare i nostri ospiti glaciologi qui presenti, se anche tutti i ghiacci del pianeta si sciogliessero il livello del mare salirebbe al massimo di qualche decina di metri. No, l'aspetto importante nei racconti antichi del diluvio non è la zuppa mistica che ne hanno tratto le varie religioni del mondo, ma il valore esemplare della storia: l'incoscienza degli uomini, la terra che si vendica, la condanna dell'umanità con l'eccezione di pochi giusti. Capite bene che...».

Cécile sembrò svegliarsi di colpo. La voce della ricercatrice fece sobbalzare i tre uomini.

«Il diluvio, l'acqua che dilaga, il trauma delle popolazioni locali: sia pure, ammettiamo che ci sia stato un cambiamento climatico che ha fatto sorgere dappertutto lo stesso tipo di racconti mitici, perché no. Quello che non sta in piedi è la storia di un pugno di uomini che salvano gli animali imbarcandoli su un guscio di noce, la stessa storia dalla Cina al Sudamerica! Perché selezionare gli animali per salvarne alcuni? È stupido!».

«È quel che faccio io» si difese Archer.

«No! Lei li alleva, li moltiplica. Nelle leggende diluviane che ci ha raccontato succede esattamente il contrario. Gli animali vengono sterminati, deliberatamente sacrificati da dèi incolleriti, tutti tranne qualcuno. Perché? Non ha senso. Quello è l'enigma, secondo me».

Zak guardò la ricercatrice colpito e turbato, come se avesse toccato un punto dolente. Lì per lì Cécile ebbe l'impressione che Zak stesse recitando, che tutta quella ricerca leggendaria fosse solo una cortina di fumo per mascherare qualcos'altro, una verità molto più prosaica, che Zak ne sapesse molto di più su quelle questioni leggendarie e che solo per caso lei avesse colpito nel segno. Sciocchezze, pensò l'istante dopo. Una sola cosa contava: andarsene da lì, mettere una bella distanza tra lei e quei matti.

«Ecco...» farfugliò Zak, «non tutti gli animali sono stati salvati. Non dimentichi gli unicorni. Gli unicorni non sono saliti sull'arca, sono scomparsi con il diluvio».

Cortina di fumo, pensò ancora Cécile. Chiacchiere. Aggira la questione con gli unicorni.

«Purtroppo...» fece Noel Archer con un sorriso divertito. «Scoprire un unicorno vivo sarebbe il sogno di qualsiasi biotrader». Si alzò. «Nel frattempo scusate, ma per i miei crotali è ora di pranzo...».

«C'è connessione Internet nel suo bunker?» gli domandò Cécile prima che uscisse.

«Certo. Al giorno d'oggi non si può salvare il mondo senza Internet».

La ricercatrice si voltò verso Zak, si tolse gli occhiali e si scompigliò i capelli. Provocante.

«Se il nostro rapitore permette vorrei collegarmi a un motore di ricerca per controllare alcune sue affermazioni, non ultima quella che riguarda la cosiddetta setta contro cui ci starebbe proteggendo, gli invisibili Nefilim».

Tre uomini con i guanti, armati di tronchese, stavano tagliando con attenzione una striscia di circa un metro di rete sormontata da filo spinato. Sembrava che non si fossero accorti della telecamera collocata nel sottotetto del mulino.

L'errore avrebbe potuto costare molto caro ai tre uomini, visto che erano in diretta su uno dei sei schermi della sala della ruota.

Fortunatamente per loro nessuno li stava guardando.

Zak, Arsène e Cécile, con gli occhi puntati sul computer di Noel Archer, davano infatti le spalle agli schermi di controllo.

30
Aeroporto di Baku, Azerbaijan

Il Tupolev Tu-204 aveva cominciato la discesa verso Baku. In aereo Cortés digitava nervoso sul cellulare. Seduto accanto a lui dalla parte dell'oblò, perso nei suoi pensieri, Zeytin piegava la testa per osservare le coste del mar Caspio attraverso la coltre di nubi delle raffinerie della zona portuale. L'apparecchio aveva appena sorvolato la Georgia e una folla di brutti ricordi sembrava ancora aleggiare nell'aria. Zeytin si toccò la cicatrice. Ricordi di una ventina d'anni prima. All'epoca comandava un piccolo gruppo d'assalto cosmopolita in Ossezia del Sud che collaborava con l'esercito georgiano. Un classico! Avevano carta bianca per raffreddare gli ardori indipendentisti... Tra gli osseti c'erano stati migliaia di morti, nel 1991. Il suo commando era intervenuto in un villaggio i cui uomini erano già fuggiti sul Caucaso. Lo stupro delle donne faceva parte dei benefici in natura... Le caucasiche erano belle, fiere ed eleganti, ma lui aveva scelto l'unica che l'avesse sfidato con lo sguardo, una matrona di oltre cento chili trincerata in cucina dietro i suoi otto figli, con un vestito da contadina aperto su due seni giganteschi.

Una bella donna. Forte e selvaggia, come piacevano a lui.

I suoi uomini avevano allontanato i bambini e lui se l'era fatta sul tavolo della cucina. Routine...

Sennonché quella volta qualcosa era andato storto. Mentre le stava sopra con tutto il suo peso e i pantaloni calati fino alle caviglie la donna aveva trovato il modo di morderlo. Gli aveva piantato i denti sulla fronte strappandogli via un lembo di carne grosso come una fettina. Zeytin era crollato urlando sul pavimento di terra battuta della cucina e la donna aveva continuato a colpirlo con tutto quello che aveva sottomano, pentole, piastre di ferro, brocche di rame. I suoi uomini erano intervenuti appena prima che gli tagliasse la gola con una mezzaluna.

Ridendo come matti, ovviamente: il loro capitano picchiato a morte da una matrona con le poppe grosse, come un volgare marito che torna a casa dopo aver bevuto un bicchiere di troppo...

Era stato ricucito a Tbilisi da dei cani di medici georgiani. Certi turchi del suo commando l'avevano soprannominato Zeytin, che in turco significa "ulivo", perché secondo quegli stronzi il segno dei punti di sutura che aveva sulla faccia somigliava a un ramoscello. Zeytin... Ulivo... Era il colmo! Il simbolo della pace, lo stesso che figurava sulla bandiera dell'ONU!

Accanto a lui Cortés continuava a innervosirsi col cellulare.

All'epoca Zeytin non avrebbe mai immaginato che qualche anno dopo si sarebbe ritrovato agli ordini di un tizio la cui ossessione era in rapporto diretto col ramoscello d'ulivo riportato dalla colomba, un tizio convinto che ci fosse da fare una montagna di soldi occupandosi dell'arca di Noè!

«Il tuo prende?» domandò Cortés spazientito.

Zeytin accese il cellulare.

«No, ancora no».

Cortés represse una bestemmia. Zeytin esitò un attimo. Per quanto conoscesse Cortés diffidava delle sue reazioni incontrollate.

«Fra un quarto d'ora saremo a Baku, e due ore dopo in Naxçivan» finì per dire. «Tornare nel palazzo di Ishak Pascià farà bene a tutti».

Cortés guardò sdegnato il suo luogotenente. Zeytin poteva vantarsi di essere uno dei pochi a conoscere nei minimi dettagli le espressioni del viso perennemente coperto di Cortés, per esempio le sfumature che distinguevano fastidio, collera e furia.

Un privilegio di cui avrebbe volentieri fatto a meno!

«Bene?» insisté Cortés. «Ci farà bene se tutto va come previsto in Francia e a Hong Kong. Ancora nessuna notizia di Morad?».

Zeytin scosse la testa.

«Stiamo atterrando. Presto lo sapremo».

«Ho un brutto presentimento. Non avrei dovuto mandare Morad da solo. Avrei dovuto mandare te».

«Morad è bravo. Sta seguendo le tracce di Ikabi, Serval e Parella. Farà quello che c'è da fare».

Le luci nella fusoliera lampeggiarono, segno che dovevano allacciarsi le cinture.

«E da Hong Kong abbiamo notizie?» chiese ancora Cortés.

«Neppure. Bechir ha la situazione sotto controllo. A quanto pare ha trovato un ragazzo sveglio, che per di più parla turco. Appena gli avrà procurato il pezzetto di trave lo farà fuori».

La faccia di Cortés quasi si illuminò in un sorriso. Zeytin poteva anche vantarsi di essere l'unico a conoscere le espressioni di Cortés quando sorrideva, un privilegio ancora più raro.

Raro ed effimero.

L'espressione di Cortés era tornata chiusa.

«Le storie di Nefilim rendono gli avventisti cinesi molto nervosi. Speriamo che stavolta nessun granello di sabbia venga a infilarsi nei nostri ingranaggi». Fece una breve pausa prima di continuare. «Nel frattempo non staremo con le mani in mano. Ora sappiamo chi dobbiamo cercare, il rapporto Roskovitsky descrive perfettamente quei pastori curdi... i confidenti diretti del vecchio Enoch! Alti, molto alti, con lunghi capelli neri e occhi stranamente grigi. Non dovrebbe essere difficile reperirne qualcuno...».

31
Isola di Ma Wan, Hong Kong

Dieci motovedette della polizia a sirene spiegate avevano accostato in piena allerta alla spiaggia di Tung Wan. Hu Chi si allontanò dall'imbarcadero del Noah's Ark Park. Aveva tempo, il traghetto non sarebbe partito prima di un quarto d'ora abbondante. Quell'agitazione lo divertiva, ormai non temeva più niente. Passò davanti alla Windmill Station, col tetto sormontato da due pale eoliche. Ogni attrazione del Noah's Ark ci teneva a essere un modello di ecologia, per educare le generazioni future. Era vietato fumare perfino all'esterno. Un po' più avanti alcune capanne intorno all'Heritage Center rendevano omaggio ai popoli primitivi.

Che stronzate! A parte il santuario di Ma Wan, tutte le altre isole di Hong Kong erano tra i luoghi più inquinati del mondo.

Hu Chi aveva deciso. Non gli andava di aspettare due giorni, avrebbe telefonato al suo contatto turco, gli avrebbe dato il frammento d'arca, si sarebbe intascato i cinquemila dollari e avrebbe messo una pietra sopra a tutta quella storia.

Aveva registrato il numero nella rubrica del telefonino. Cercò un angolo tranquillo. Sopra di lui, nel parco Adventureland, alcuni ragazzini facevano le acrobazie in grandi reti di corda e ferro tese tra pali di legno. Quell'attrazione doveva costare una fortuna. Hu Chi pensò che appena avesse avuto soldi l'ultima cosa che avrebbe fatto sarebbe stata chiudersi in quel modo in una gabbia sospesa.

Soldi... Per un attimo si domandò se gli convenisse alzare la posta, ma scartò subito l'idea di giocare a chi era il più furbo.

Se i committenti fossero stati soddisfatti forse gli avrebbero affidato altre missioni.

Camminò all'ombra del Rainbow Wall. Sette affreschi dai colori molto accesi dell'arcobaleno proponevano visioni pacifiste del mondo con una grafica neo-manga piuttosto atroce. Hu Chi pensò che i soldi di quegli evangelici sarebbero stati spesi meglio distribuendoli ai poveri di Hong Kong che non fabbricando un finto mondo ideale.

Andò verso la Gathering Plaza in fondo al parco per isolarsi sotto un boschetto di alberi artificiali dipinti di bianco. Forse a seconda della stagione li pitturavano di un colore diverso, o magari ci attaccavano foglie di plastica...

Non gliene importava niente. Era solo.

Occupato a cercare il numero di telefono sullo schermo rigato del cellulare non vide l'ombra che gli si avvicinava alle spalle. Tutto andò troppo in fretta perché potesse reagire. Una mano possente lo afferrò e lo sbatté per terra dietro il boschetto alabastrino, al riparo da sguardi indiscreti. La canna di una pistola gli si appiccicò alla tempia. La mano gli strappò senza tanti complimenti la catenina che aveva al collo e se la ficcò in tasca.

Un poliziotto?

Impossibile.

I suoi committenti?

L'aggressore, un tipo biondo e muscoloso come un tennista svedese, fisicamente non aveva niente a che vedere con quello che gli aveva dato i cinquecento dollari.

«Capisci il turco?» fece lo sconosciuto.

«Sì» soffiò Hu Chi.

«Sai come si chiama quello che hai fatto?».

«N... no».

«Profanazione. Nel Medioevo i profanatori venivano bruciati vivi».

Hu Chi tremava, incapace del minimo gesto.

«Non leggi i giornali? I massacri in giro per il mondo? Non hai sentito parlare della maledizione di quelli che si avvicinano al segreto dell'arca di Noè?».

«No...».

«E i Nefilim? Mai sentito parlare dei Nefilim? Non sai in che vespaio ti sei cacciato, ragazzo!».

«Io... non so niente...».

«Ma intuisci, perché sei furbo. Secondo te qual è l'unico modo per essere sicuri che non lo farai più?».

«Non... non...».

Hu Chi respirava a fatica. L'uomo gli pesava sulla gabbia toracica. La canna della pistola gli premeva la pelle.

«Indovina!».

«U... uccidermi...».

«Bravo! È la cosa più semplice, no? Dopo tutto te lo sei meritato».

Hu Chi chiuse gli occhi. Aveva appena capito che stava per morire.

32
Mulino di Nouara, Ambert, Francia

Appena Zak accese il computer di Noel Archer una finestra bianca si aprì in alto a sinistra dello schermo.

Worldometers. Statistiche mondiali in tempo reale.

Davanti agli occhi sgranati di Zak, Cécile e Arsène sfilarono una cinquantina di righe piene di numeri: nascite e morti nel mondo dall'inizio della giornata e tutta una serie di altre informazioni politiche, sociali e ambientali. Chi aveva concepito il sito non aveva fatto altro che mettere insieme statistiche già note di crescita o decrescita, ma la genialità consisteva nel mostrarle in tempo reale. Il risultato era sbalorditivo. L'internauta osservava il pianeta popolarsi di nuovi individui ogni secondo, consumare migliaia di prodotti, distruggere ettari di territori vergini...

«Incredibile questo sito» osservò Arsène.

«Completamente fuori di testa» fu il sobrio commento di Cécile. «Allora, questi Nefilim?».

«Ora ci arriviamo» rispose Zak smettendo di guardare Worldometers.

Fece scorrere il mouse e in pochi clic aprì una pagina personale. Ancora una volta il nome del dominio fece sobbalzare Cécile.

www.CIARCEL.net

Senza darle il tempo di reagire Zak digitò la password per entrare nel proprio blog, una decina di caratteri. Cécile si accontentò di memorizzare l'indirizzo Internet ripromettendosi, appena avesse avuto un po' di tempo, di ragionarci sopra e capire il senso nascosto dietro quelle lettere.

In un minuto, nell'angolo in alto a sinistra dello schermo la riserva di petrolio rimanente nel mondo era diminuita di ottantamila barili, l'energia impiegata per far girare il pianeta era aumentata di centoventimila megawatt e altre cinquecentocinquanta persone sulla terra non avevano più accesso a un punto di acqua potabile.

«Ho trasferito su questo sito tutto ciò che sono riuscito a trovare sui Nefilim: forum, blog, reti...».

Arsène e Cécile guardarono, e subito Cécile fu colta da una sensazione di intenso disagio. Si trovava di fronte al più settario dei siti creazionisti. Le parole le ballavano davanti agli occhi. Critica del darwinismo, copie di manuali scolastici cancellati, foto di graffiti violentissimi su muri di università.

Quando Zak aprì la pagina successiva a Cécile venne la nausea. Le nuove fotografie mostravano corpi mutilati, croci di fuoco, cerimonie di incappucciati. Quasi sempre tornava la parola "Nefilim" su cartelli portati da fanatici mascherati o scritta in lettere di sangue in occasione di scene macabre.

Cécile sollevò lo sguardo.

Un altro minuto era trascorso nel mondo.

Nove milioni di sigarette fumate, quaranta ettari di foresta distrutti, centosettantamila dollari spesi ai videogiochi.

«Si è convinta?» domandò Zak. «Guardiamo un'altra pagina?».

Passarono ai forum. Gli internauti si firmavano con vari pseudonimi: Noè, Enoch, Uriele, Japhet... Blogger anonimi si presentavano come Nefilim e facevano a gara nel minacciare le autorità religiose corrotte, gli scienziati che spiegavano l'origine dell'universo e gli uomini politici che tessevano le lodi della laicità. Alle minacce di morte facevano eco rivendicazioni di attentati, delitti e torture in Asia, in Russia, in Messico...

Un immenso calore si irradiava sulla nuca di Cécile ogni volta che leggeva nuove affermazioni di fanatici. Era incredula. Quegli scambi virtuali erano talmente eccessivi da apparire quasi irreali.

Diluvio universale, CIARCEL, unicorni.

E ora i Nefilim.

Continuava ad avere la netta sensazione di trovarsi di fronte a una cortina fumogena, a una mascherata, a una manipolazione. Era a tal punto psicorigida da rifiutare l'evidenza che aveva davanti agli occhi? O dubitare e pretendere sempre più prove era una deformazione professionale da ricercatrice? No, non c'entrava niente, solo che qualcosa non quadrava su quelle pagine dedicate ai Nefilim... anche se non capiva esattamente cosa. Imprecò interiormente contro la propria caparbietà. In fondo erano solo slogan... Con tutta probabilità i Nefilim erano soltanto una banda di reazionari che si sfogavano su Internet, non degli assassini.

Si impose di non dare retta ai deliri di Zak.

Pensare ad altro.

Un altro minuto trascorso nel mondo.

Quaranta milioni di messaggini inviati, seimila cellulari venduti, cinquantatré bambini morti di fame.

«Le basta?» fece Zak.

Arsène, affascinato, continuava a leggere.

«No!» gridò Cécile.

Da brava ricercatrice voleva ancora approfondire, studiare, confrontare le immagini, i forum.

«Chi sono i Nefilim?» domandò.

«Chi lo sa...» rispose Zak. «Potrebbero essere il braccio armato di una qualche Chiesa, un'organizzazione criminale che si nasconde dietro un bla-bla mitico-religioso, un pugno di irriducibili sbucati dalla notte dei tempi... Difficile dirlo».

Zak cliccò ancora. Apparvero fotografie di corpi nudi. Tutti i Nefilim del mondo si riconoscevano da un particolare: avevano un unicorno tatuato sulla spalla. Cécile lesse costernata i commenti.

«Come si può essere così oscurantisti?» esplose poi. «Credere al mondo creato in sei giorni e a Dio che il settimo si riposa sull'amaca! Adamo ed Eva, poi Noè, i suoi figli che escono dall'arca e si disperdono per il mondo dando origine alle razze, generando i buoni e i cattivi, i popoli eletti e quelli schiavizzati...».

Arsène le rispose calmissimo.

«C'è una bella differenza tra il ridicolo e odioso creazionismo integralista di questi siti Nefilim e, come fanno Zak e Noel, osservare nella memoria degli uomini fatti convergenti e sconcertanti, cercare quanto c'è di mito e quanto di realtà».

«Fatti convergenti? Tanto per cominciare vorrei che qualcuno mi spiegasse che c'entrano gli unicorni. E anche tutti quei riferimenti incomprensibili. Tipo il Libro di Enoch, che su quei forum torna fuori ogni tre righe...».

Zak si contorse sulla sedia.

«Non ha mai sentito parlare del Libro di Enoch?» si stupì sinceramente Parella.

«No, Arsène. Mi dispiace. Sono la povera figlia di un maestro elementare e di un'impiegata delle poste, ho frequentato la scuola pubblica laica, non so cosa sia il Libro di Enoch...».

Arsène Parella e Zak Ikabi si scambiarono uno sguardo venato di una quasi complicità.

«Dopo di lei» disse il professore.

«Bene» cominciò Zak in tono erudito. «Il Libro di Enoch è la chiave di tutto, Cécile. Può essere considerato il...».

Zak non poté pronunciare una parola di più.

Un fracasso di vetri rotti coprì la sua voce, seguito da un urlo che impietrì tutti dallo spavento.

33
Isola di Ma Wan, Hong Kong

La pressione sul torace di Hu Chi si allentò.

«Vieni» gli disse l'uomo. «Cammina un metro davanti a me. Se cerchi di fare qualcosa ti stendo».

Hu Chi non tentò nulla, gli sembrava già un miracolo che l'altro non avesse premuto il grilletto e abbandonato il suo cadavere nel boschetto di alberi bianchi.

Arrivarono al Beach Commercial Complex. Un po' più avanti, tra i negozi allineati sul lungomare e il molo del traghetto, i poliziotti continuavano a essere in piena attività. Non c'era da sperare in un aiuto da parte loro. Farsi notare significava suicidarsi. Lo sconosciuto gli indicò una minuscola giunca.

«Sali!».

Hu Chi ubbidì. Pochi minuti dopo navigavano sullo stretto del mar della Cina. C'era una dolce brezza sul mare liscio come l'olio punteggiato da migliaia di vele colorate. La barchetta era lunga appena cinque metri. Al centro del ponte, pezzi di carbone arroventato bruciavano in un braciere.

Hu Chi si spostò a prua, il più lontano possibile dal fuoco.

«Vedi, ragazzo» fece l'uomo al timone, «non sei mica l'unico a saper accendere un fuoco. Hai bruciato una reliquia, ti rendi conto? Un pezzo dell'arca di Noè! Tutti le corrono dietro da cinquemila anni e tu la riduci in cenere!».

«Io non... Mi hanno ordinato di...».

«Troppo tardi per i rimorsi, ragazzo. Su, togliti la camicia».

Hu Chi lo guardò stupito. L'uomo si era infilato la pistola nella cintura.

«Non sto scherzando, scopriti la spalla».

Hu Chi non aveva altra scelta che ubbidire. Si sbottonò. Il sorriso sadico dell'uomo non lo tranquillizzò affatto.

«Sei fortunato, ragazzo. Molto fortunato».

E il suo cinismo nemmeno.

L'uomo bloccò col piede la corda che teneva tesa la vela e si tolse a sua volta la camicia.

Sulla spalla destra aveva il tatuaggio di un unicorno!

«Vedi, è il segno di riconoscimento dei Nefilim, o se preferisci dei guardiani dell'arca di Noè. I Nefilim possono diventare pericolosi, molto pericolosi, se qualcuno si interessa troppo da vicino a certi segreti. Se sopravvivi dai un'occhiata su Internet, ti farai un'idea...».

L'uomo fece un passo avanti e infilò nel braciere un ferro per marchiare. Hu Chi fece in tempo a vedere la forma del marchio: un unicorno.

«È solo un brutto momento, ragazzo, ma passa presto. Sei coraggioso, non morirai. Avvicinati».

Hu Chi non si mosse. Lo sconosciuto sollevò il ferro rovente con la destra e si accarezzò la rivoltella nella cintura con la sinistra.

«Temo che tu non abbia scelta, ragazzo».

Hu Chi cacciò un urlo. Per vari secondi ebbe la sensazione di un morso interminabile che gli lacerava la pelle come se avesse aperto le saracinesche a una colata di lava incandescente. Cadde in ginocchio sul ponte della giunca respirando a stento.

L'unicorno nero marchiava ormai la sua pelle per sempre.

L'uomo posò il ferro di lato.

«Grida, ragazzo, grida. Nessuno può sentirti. Tranquillo, la traversata non sarà lunga. Si vede già la riva dell'isola di Hong Kong».

Hu Chi tremava come una foglia.

«Vedi, la regola dei Nefilim è molto semplice. Sta tutta in

una frase. Nessun uomo al mondo avrà mai due tatuaggi di questo unicorno sulla spalla. Sai che vuol dire?».

«N... no».

«Ormai sei legato all'arca per sempre. Da oggi in poi se le manchi di rispetto profanandola, saccheggiandola o commettendo sacrilegio, e un altro Nefilim lo scopre tra uno, dieci o cinquant'anni... ti chiederà di aprirti la camicia e ti ammazzerà. Hai una possibilità, capito? Non due».

«Allora... anche lei è un Nefilim».

L'uomo sorrise dirigendo la giunca verso una caletta di sabbia grigia quasi deserta. Fra pochi istanti avrebbero toccato terra.

«A quanto pare... Oppure sono come te: qualcuno che un giorno si è imbattuto in uno di loro. Nefilim si diventa, che tu lo scelga o no. Il tatuaggio dell'unicorno è come il morso del vampiro, ragazzo».

Il fondo della giunca raschiò la sabbia.

«Vattene, adesso. E ricorda, i Nefilim sono dappertutto!».

Hu Chi saltò in acqua. Il mare gli arrivava alla vita. Fece una smorfia aspergendosi d'acqua salata la pelle piena di vesciche. Fece qualche passo verso la spiaggia, poi si fermò. Stupito, l'uomo lo vide voltarsi e tornare verso la giunca.

«Mi scusi, può almeno...» esitò, «...può ridarmi la chiave?».

Lo sconosciuto lo squadrò.

«Hai fegato, ragazzo. Che apre questa chiave?».

«La mia gabbia. Tutto quello che ho, tutta la mia vita».

«E cos'è tutta la tua vita?».

«Un materasso puzzolente e quattro dizionari».

L'uomo rivolse al sino-turco un sorriso genuino. Poi si frugò in tasca e gli tirò la chiave.

«Vai! E segui il mio consiglio: prendi i tuoi dizionari e cambia la serratura. Anzi meglio, cambia gabbia! Quelli che ti hanno promesso cinquemila dollari non si limiteranno a bruciacchiarti un po' la pelle...».

Hu Chi si bagnò di nuovo la ferita.

«Giuro che lo seguirò. Ma lei chi è? Non ha un accento turco. Casomai francese».

«Sei sveglio. Pure troppo. Stai attento a te» rispose l'uomo puntando la giunca verso il largo. Poi scoppiò a ridere. «Se qualcuno ti chiede chi sono di' che mi chiamo Victor Peyre».

Arrivato sulla spiaggia Hu Chi corse a perdifiato in mezzo ai detriti accumulati sul bagnasciuga. Chi era quella gente che parlava turco? Anche il suo primo committente era un Nefilim? Si era imbattuto in due bande rivali che cercavano l'arca? O era la stessa che aveva messo su quella commedia per non pagarlo? O...

Si infilò nel parco alle spalle della spiaggia.

Aveva guadagnato cinquecento dollari ed era vivo. Marchiato a fuoco, ma vivo. Non poteva cambiare vita, ma avrebbe cambiato gabbia.

34
Mulino di Nouara, Ambert, Francia

L'eco dei passi affrettati sul parquet risuonava per tutto il mulino risvegliando le tavole del vecchio edificio come il battito cardiaco di un vecchio costretto a un improvviso sforzo fisico.

«Il serpentario» disse Zak. «Il rumore di vetri rotti può provenire solo dal serpentario, in cantina».

Zak, Arsène e Cécile fecero di corsa i corridoi del mulino e aprirono la porta d'ingresso senza rallentare. Il cortile era deserto e silenzioso. Scesero a quattro per volta i gradini della scala di pietra grigia.

«Noel!» gridò Zak. «Noel! Tutto bene?».

Nessuna risposta. Solo il rumore del torrente in lontananza e il vento della montagna che si infilava negli stenditoi sotto i tetti. Qualche secondo dopo entravano nella cantina a volta. Gli animali dipinti sull'affresco del diluvio universale della prima stanza sembravano più spaventati che mai. Cécile abbassò la testa e accennò a entrare nella seconda stanza.

«Nooo!» urlò Zak.

Con un riflesso fulmineo afferrò la spalla della ricercatrice e la tirò indietro. Cécile stava per protestare arrabbiata quando vide due pupille di fronte a sé.

Le si fermò il respiro.

A meno di due metri dalle sue gambe un crotalo immobile, arrotolato su se stesso, la fissava con due occhi come fessure.

Un brivido gelido la percorse dalle dita dei piedi alla nuca. Era paralizzata, incapace di muovere un muscolo.

Zak la tirò delicatamente indietro.

Gli anelli sulla coda del rettile producevano un cigolio stridulo a ogni minima contrazione dell'animale.

Ammutoliti, sollevarono lo sguardo. Il vetro della teca che conteneva i crotali era in frantumi sul pavimento di pietra. Altri tre serpenti a sonagli, liberi, strisciavano nell'ombra. Un quinto si dondolava in equilibrio su ciò che restava della sua gabbia. Gli altri sembravano a stento rendersi conto che i muri trasparenti davanti a loro erano scoppiati. Nella teca più vicina i ragni David Bowie si agitavano freneticamente accalcati uno sull'altro contro il vetro come un mostro proteiforme coperto di peli gialli e neri.

Terrorizzati, Zak, Cécile e Arsène indietreggiarono con infinita precauzione.

A terra, in mezzo ai serpenti, giaceva il corpo di Noel Archer.

«Puttana miseria» mormorò Zak.

La lingua biforcuta di un crotalo avvolto intorno al braccio del biotrader si insinuava tra le dita contratte della sua mano.

«Togliamoci di qui» disse Arsène Parella in un soffio.

Prese la mano di Cécile e indietreggiò di un altro passo.

«Cazzo» fece Zak con voce atona. «Non sono stati i serpenti».

«Come no. Andiamocene...».

«Non sono stati i crotali. Guardate».

Sgorgando dal buco che c'era al posto dell'orecchio destro, il sangue formava un laghetto sotto il cranio di Noel.

Cécile fu sul punto di svenire. Arsène la riacchiappò per un pelo.

«Che diavolo...».

«È stato ucciso» disse meccanicamente Zak. «E gli stessi spari hanno rotto i vetri delle teche».

«Andiamo via, andiamo via» fece di nuovo Arsène.

Attraversarono la prima cantina senza degnare di uno

sguardo l'affresco del diluvio e si diressero verso la porta ad arco. Cécile tratteneva a stento una risalita di bile. Andò avanti per prima. Non vedeva l'ora di uscire.

Crollare. Piangere. Urlare.

Di nuovo Zak la trattenne con mano ferma.

«Non lo faccia!».

«Mi lasci...».

«No! Guardi sul muro».

Impietrita nell'ombra della volta, Cécile guardò il muro di granito davanti a sé, sul quale due puntini rossi danzavano al sole.

Il laser dei cecchini.

«Ci sono i Nefilim...» gemé Zak.

Stavolta le sue parole non suscitarono nessuna ironia da parte di Cécile, solo una fifa da farsela sotto.

«Ci hanno fatto entrare qui per metterci in trappola come topi» commentò Arsène. «Queste cantine non hanno altre uscite».

Studiarono la situazione. I mercenari non si erano nemmeno presi la briga di nascondersi. Erano in cinque disposti a stella nel parco: uno in cima alla scala del giardino, uno contro il muro del mulino, uno all'ultimo piano dell'antistante edificio delle farine, uno sopra la tettoia accanto e l'ultimo appollaiato sulla pergola del granaio.

Dietro le finestre del mulino Zak riconobbe i capelli biondi del ragazzo che sembrava essere al comando del gruppo. Con gesti precisi della mano l'adolescente assassino dava ai suoi uomini indicazioni per il posizionamento.

«Impossibile barricarci» imprecò Zak. «La cantina non ha più la porta da anni».

«Ikabi, è il momento!» ordinò Cécile. «Lei è armato!».

Zak, con qualche contorsione, si tolse la rivoltella dalla tasca e la dette alla ricercatrice con aria mogia.

«Non ci sono proiettili... Non so neanche se funziona. Gliel'ho detto e ridetto, non sono un assassino».

Tra sgomento e rabbia, gli occhi scuri di Cécile divennero neri come il carbone.

«Dopo» disse Arsène. «Dopo».

Col piede fece rotolare un sasso sulla polvere dell'esterno. Quasi subito una detonazione soffocata attraversò il cortile e un impatto fece saltare la terra secca nel punto esatto in cui il sasso si era fermato.

«Dio del cielo» ansimò Arsène. «Sono cinque, tutti professionisti. Siamo sotto tiro incrociato, non abbiamo scampo».

Il professore prese la mano di Cécile e la strinse con forza. Anche Zak si avvicinò. Guardò la ricercatrice come se si aspettasse delle scuse, un perdono, un po' di affetto.

A che pro?

«Che facciamo?» gridò Cécile sull'orlo della crisi isterica.

Per contrasto, la risposta di Zak suonò molto calma.

«Aspettiamo...».

«Ma è stupido! È un suicidio!».

«Preferisce i crotali?».

Lei non rispose. Per un po' nessuno disse niente. Non parlarono neanche quando videro due degli assassini venire verso di loro. Il primo, fucile in pugno, scendeva con cautela la scala di granito. Il secondo, coperto dalle armi dei compagni, avanzava lungo il muro. Tra meno di cinquanta metri li avrebbero avuti di fronte.

Nessuna via d'uscita. Morte annunciata.

Cécile ripensò in un flash ai delitti di cui l'aveva informata Internet, gli omicidi nella cattedrale di Echmiadzin in Armenia e dei guardiani del museo di Bordeaux, e anche ai vari sacrifici, omicidi e torture rivendicati dai Nefilim sui siti raccolti da Zak.

Perché aveva commesso la sciocchezza di non fidarsi di Zak Ikabi? Era troppo fiera, troppo imbevuta di certezze? Troppo idiota, semmai! Ma ormai era tardi per rimpiangere qualcosa.

Strinse ancora più forte la mano del professore, un modo

pudico per fargli capire che in quegli anni era stato tutta la sua famiglia, il padre spirituale che aveva sostituito il suo.

Il primo Nefilim era arrivato al gradino più alto della scala. Il secondo, che si era staccato dal muro e stava di fronte all'apertura ad arco, abbassò la canna dell'arma.

«È finita» disse Zak.

Cécile chiuse gli occhi per non piangere.

35
Parlamento mondiale delle religioni, Melbourne, Australia

«C'è William Creek al telefono, presidente. Glielo passo?».

Padma era in piedi sulla porta dell'ufficio e tendeva a Viorel Hunor un cellulare minuscolo. Bassina, vestita con un elegante tailleur grigio-turchese, la donna trasmetteva una grande serenità comunicativa.

Viorel Hunor esitò.

Essere presidente del Parlamento mondiale delle religioni significava ritrovarsi alla testa di un gigantesco apparato burocratico. Era arrivato a un punto che se Dio in persona avesse chiesto di parlare con lui gli avrebbe detto di chiamare la segretaria e prendere appuntamento... E da qualche giorno alla normale burocrazia si era aggiunta l'urgenza, il panico causato da quella spaventosa serie di delitti concernenti le reliquie dell'arca di Noè... per non parlare della spada di Damocle che gravava sopra le loro teste, il conto alla rovescia dello scioglimento dei ghiacci dell'Ararat. Il fatto che il rappresentante della chiesa avventista desiderasse parlargli non era certo una buona notizia.

Si preannunciava una carrettata di rogne.

Prese il telefono dalle mani di Padma. Quella ragazza era un vero e proprio punto fermo nella tempesta della quotidianità. Segretaria, collaboratrice, confidente. Viorel coprì il microfono con la mano. William Creek avrebbe ben potuto aspettare trenta secondi.

«E lei, Padma, che ne pensa di tutte queste storie?».

«Quali storie, presidente?».

«Il diluvio universale, la leggenda, le predizioni...».

L'occhio di Padma luccicò, effetto di un'unica lacrima completamente isolata.

«Nel mio paese, il Bangladesh, centocinquanta milioni di persone vivono in case costruite a meno di dieci metri sul livello del mare... Se il livello degli oceani salisse anche di un solo metro più della metà delle terre sarebbero inondate. Del resto è quel che succede durante i cinque mesi di monsone, che ogni anno provoca centinaia di morti nell'indifferenza generale del mondo. In tutta franchezza, presidente, se il diluvio è un flagello mandato da un Dio arrabbiato per vendicarsi degli uomini, con noi bengalesi questo Dio è un po', come dire... umorale».

Viorel Hunor adorava la sincerità della sua segretaria.

«Grazie, Padma».

La ragazza uscì. Il metropolita chiuse a chiave la porta dell'ufficio.

«Pronto, William?».

«Viorel, finalmente! Scusa se ti disturbo, ma immagino che tu sia al corrente di quel che è successo a Hong Kong».

Sotto la pianeta nera il cuore di Hunor trasalì tanto da fargli saltare la croce di legno.

«Non ancora».

«Poche ore fa, al parco dell'isola di Ma Wan, è stato rubato il frammento d'arca della spedizione sino-turca» disse il pastore avventista.

«Rubato?».

«Rubato! E bruciato pochi minuti dopo! Quei maledetti hanno lasciato solo la cenere».

«Hanno bruciato tutto il pezzo o...?».

«Questo lo sanno soltanto loro!».

«Quanti morti?».

«Stavolta nessuno».

Viorel Hunor respirò di sollievo riandando brevemente col pensiero alle uccisioni di Echmiadzin e Bordeaux, e anche a quella dei due bibliotecari di Kaliningrad.

«Meglio così, William. Meglio così».

«Posso chiederti una cosa, Viorel? Perché il Parlamento non interviene? Perché non colpisce al cuore? I nostri informatori hanno raccolto abbastanza elementi concomitanti sulla milizia dell'individuo che si fa chiamare Cortés, una specie di gangster azero. Abbiamo individuato da un pezzo il loro covo, l'ex caravanserraglio di Ishak Pascià, in Naxçivan».

«Non è così semplice...».

«Chiacchiere! Siamo capaci di intervenire in Iraq e bombardare nell'indifferenza generale i più antichi siti babilonesi... e non siamo in grado di liquidare una manciata di mercenari?».

«Finora non ci sono prove che quella milizia sia legata ai Nefilim. Sono prudenti. Ufficialmente agiscono solo per denaro. Il Parlamento mondiale delle religioni non può prendersela con tutte le organizzazioni criminali del mondo».

«Santo Dio, Viorel, stanno collezionando i frammenti dell'arca di Noè!».

Viorel Hunor ebbe un attimo di esitazione, poi si lasciò cadere su una poltrona di velluto rosso.

«Non... non è il più importante dei miei pensieri in questo momento».

«Come, scusa?».

«Sei il primo rappresentante a cui ne parlo, William, a parte il cardinale Sordi. Abbiamo tutte le ragioni di credere che un uomo si sia introdotto nella biblioteca vaticana». Fece una pausa. «Nell'inferno».

La voce dell'avventista slittò come un violino a cui sia saltata una corda.

«E... che ha rubato?».

«Niente, ma dopo un'attenta analisi delle tracce che ha lasciato siamo quasi sicuri che abbia letto il Libro di Enoch. Mi riferisco alla versione integrale dei frammenti di Qumran, ovviamente. A dire la verità, che l'abbia letto sarebbe il male minore, sennonché è rimasto nell'inferno vari minuti, ha avuto tutto il tempo di fotografare il manoscritto».

«L'avete identificato?».

«Sì. L'uomo si fa chiamare Zak Ikabi. Gli addetti alle pulizie l'hanno riconosciuto senza ombra di dubbio. E il giorno dopo si trovava al museo d'Aquitania di Bordeaux nel momento in cui il frammento d'arca di Navarra spariva e due guardiani venivano uccisi».

«Un Nefilim?» domandò William Creek.

«Non è detto. Altri elementi non coincidono. Forse si trovava soltanto nel posto sbagliato al momento sbagliato. Comunque non può essere allo stesso tempo a Roma, Bordeaux, Kaliningrad e Hong Kong...».

«Che pensi di fare?».

«Per il momento niente. Forse ci facilita il lavoro. Forse, se è un Nefilim, il suo scopo è eliminare tutti gli ultimi testimoni del segreto di Enoch e restarne l'unico guardiano...».

L'avventista non sembrava convinto.

«L'unico guardiano... Sai cosa significa se un solo uomo riesce ad avere nelle sue mani il Libro di Enoch, il rapporto RS2A e i frammenti dell'arca, Viorel?».

«Sì, lo so. È proprio per fronteggiare questo rischio che sono stato nominato presidente. Abbiamo un protocollo ben preciso nel caso si configurasse l'eventualità, anche se prego ogni giorno di non doverlo mettere in atto». Il metropolita fece una pausa. «Ma nell'immediato abbiamo un altro problema: il tizio che va in giro con il segreto più protetto del Vaticano in tasca è anche il fuggiasco più ricercato di Francia».

36
Mulino di Nouara, Ambert, Francia

Lo sparò rimbalzò tra i vari edifici, come se la detonazione fosse rimasta intrappolata tra i muri del mulino, quelli delle cantine a volta e le tavole tarlate della pergola del granaio. In un primo momento Zak, Arsène e Cécile, terrorizzati, pensarono che uno dei Nefilim avesse fatto fuoco.

Poi non capirono più niente.

In mezzo al cortile il mercenario che si accingeva ad abbatterli crollò a terra urlando, colpito alla coscia. L'altro assassino allo scoperto saltò dalla scala in una grande vasca di granito nella quale pianticelle smunte stavano tentando di crescere. La voce risuonò come uscita dall'oltretomba.

«Gendarmeria nazionale! Deponete le armi!».

Per tutta risposta i Nefilim aprirono il fuoco.

Zak, Cécile e Arsène stavano acquattati in un angolo dell'apertura ad arco della cantina.

«Ha avvertito la polizia?» chiese Zak stupefatto voltandosi verso Cécile.

Un sorriso trionfante si disegnò sul volto della ricercatrice.

«Spero che non vorrà rimproverarmelo!».

Zak ci pensò un attimo.

«Bella mossa, Cécile. È il momento!».

«Il momento di che?».

«Di salvare la pelle».

«Ma c'è la polizia...».

«Durerà poco, temo».

Alzò gli occhi verso il cortile. Da dieci secondi non si sentiva uno sparo.

«Meno di venti metri davanti a noi. È la nostra chance».

Cécile sperò di non aver capito.

«Cosa davanti a noi? Non c'è niente!».

Pia illusione.

«Il pick-up di Noel Archer. È il nostro biglietto di uscita. L'unico».

Arsène Parella, muto, stava rintanato nell'ombra.

«Lei è pazzo» mormorò Cécile.

«Preparatevi» disse Zak. «Non avremo un'altra occasione».

«Ultimo avvertimento!» martellò nel silenzio la voce amplificata. In cima al sentiero che portava al cancello alcune figure blu procedevano al riparo del muro. Una nuova sparatoria lacerò la polvere del parco. Volò qualche scheggia di muro. Sottili ed effimere scintille si accesero sul granito.

«Ora!» ordinò Zak.

Si precipitò in cortile con la determinazione di un ranger che salti giù da una chiatta a Omaha Beach. Cécile si sentì trascinare dalla mano di Arsène e non ebbe il coraggio di fare resistenza. Abbassò la testa e, rassegnata, corse al ritmo del suo professore, convinta che il secondo dopo una pallottola le avrebbe trapassato il petto.

Zak, arrivato al pick-up, si riparò dietro la carrozzeria e aprì la portiera.

«Presto!».

Sentirono le pallottole fischiare prima di colpire il suolo davanti a loro. Altri spari risposero più lontano, probabilmente quelli dei gendarmi.

Si tuffarono nella macchina. Zak si rannicchiò tra il volante e il sedile del guidatore, Cécile e Arsène si accovacciarono sul lato del passeggero.

«Restate giù!» intimò Zak.

Il cuore di Cécile batteva all'impazzata. Spaventata, sentì un liquido caldo colarle sul braccio. Sangue! Eppure non aveva dolore da nessuna parte, come se... Arsène non parlava già da un po'! Il corpo del professore le gravava addosso con tutto il suo peso.

Santo cielo!

La manica della camicia di Arsène era imbevuta di sangue. Aveva perso i sensi? Cécile stava per chiamarlo quando un altro proiettile colpì la carrozzeria. Che cavolo stava facendo Zak? Perché il pick-up non si muoveva?

«Cazzo, Ikabi, parta!».

La risposta cadde come la lama di una ghigliottina.

«Non ho le chiavi».

Decapitata ogni speranza. Solo la testa furiosa urlava ancora.

«Non ha le chiavi? Ma è scemo?».

Gli impatti sulla carrozzeria della macchina li fecero trasalire. Arsène tossì. Se non altro era vivo! Nella sua posizione Cécile non era in grado di valutare la gravità della ferita. Sentì che stava per cedere, era a un passo dal crollo.

«Moriremo tutti perché...».

«Allunghi la mano» la interruppe Zak seccamente. «Due centimetri sulla destra. Abbassi il freno a mano!».

Cécile ubbidì senza starci a pensare. Il pick-up rimase immobile per qualche secondo, poi cominciò a muoversi piano piano.

«Forse ce la facciamo» fece Zak. «Il vialetto d'accesso è in discesa. Il pick-up prenderà velocità».

Incastrato tra il sedile e il volante cercava di dirigere la macchina alla cieca.

«E il cancello elettrico?» domandò Cécile nel panico.

«Lo sfonderemo!».

«Sta scherzando? È di quercia massiccia!».

Il finestrino di destra andò in frantumi provocando una pioggia di vetri. Con un riflesso suicida Cécile alzò la testa. A lato del pick-up che scendeva in silenzio vide un gendarme ripararsi dietro una vasca di granito e un altro a terra dietro di lui, stravolto, che si premeva la mano sulla spalla insanguinata.

Un massacro!

Zak sterzò a sinistra alla cieca. Trascinato dalla forza di gravità, il pick-up accelerava. Imboccarono il vialetto di ghiaia tra due muri. Tutto in fondo, il cancello era chiuso.

«Dannazione, è chiuso» imprecò la ricercatrice. «Ci schianteremo. I Nefilim non dovranno fare altro che venirci a raccogliere per darci il colpo di grazia».

Zak non rispose, non fece altro che mantenere dritto il volante. Incapace di aspettare senza far niente che la macchina colpisse la barriera, Cécile sollevò di nuovo la testa a dispetto di ogni prudenza. Terrorizzata, in un primo momento le sembrò di vedere il minaccioso pallino rosso dei cecchini volarle davanti. Era confusa. La luce rossa di fronte a sé non si muoveva. Era più grande del pallino rosso di un puntatore laser, e non era il lampeggiante di una macchina della polizia. Che diavolo...

Zak continuava ad avere le mani contratte sul volante.

Fuori fioccavano le pallottole.

Arsène le pesava addosso inerte, forse abbattuto come un cane.

Di fronte, un cancello di legno massiccio.

Cécile pensò al miracolo quando lo vide muoversi!

Come per magia la barriera scorreva sulla rotaia man mano che il pick-up lanciato a tutta velocità le finiva addosso. Potevano farcela! Il cancello si apriva a una velocità che sembrava calcolata con precisione su quella della macchina. Cécile incrociò le dita rinunciando a capire il prodigio che si stava compiendo sotto i loro occhi.

«Sopra il cruscotto c'è un rilevatore» le spiegò Zak. «L'apertura del cancello è comandata automaticamente quando il pick-up si avvicina».

Superarono l'ingresso senza rallentare e si ritrovarono di

colpo sull'asfalto della provinciale. Zak si raddrizzò e sterzò bruscamente a sinistra.

«E ora?» urlò Cécile.

«La strada scende per sei chilometri fino ad Ambert».

Anche la ricercatrice si raddrizzò, ancora incredula che fossero sfuggiti agli assassini.

«L'apertura del cancello è stato un colpo di fortuna o l'aveva calcolato?».

«Dica pure un colpo di genio, signorina Serval!».

«Il colpo di genio è stato avvertire la polizia» replicò secca Cécile. «Sennò sarebbe morto!».

«E noi con lui» aggiunse la voce flebile di Arsène.

Il pick-up azzurro filava ormai a tutta velocità sui tornanti deserti della provinciale. Zak si sprofondò sul sedile.

«Arsène, lei è ferito!» gridò Cécile.

«Credo che quei farabutti mi abbiano colpito».

Lei si chinò angosciata e cercò di far risalire il corpo fiacco del professore sul sedile. Parella storceva la bocca dal dolore. Una volta sistemato meglio, la ricercatrice gli esaminò la ferita.

«Ma non ha niente!» esclamò.

«Come, niente? Perdo sangue come un maiale!».

«Solo un graffio sulla spalla. La pallottola l'ha appena sfiorata!».

Gli porse distrattamente un kleenex e senza più occuparsi di lui si voltò verso Zak.

«Qual è il piano, adesso? Scendere a ruota libera fino alla prima gendarmeria?».

«Scappare!» rispose Zak. «Sia dai Nefilim che dalla polizia».

«Può contare sulla mia testimonianza, Zak Ikabi. Riconosco che è molto probabile che siano stati quegli stessi bastardi a uccidere le guardie del museo di Bordeaux. Il che, ai miei occhi, la assolve al novanta percento».

Zak non raccolse l'ironia.

«Non ho tempo di ammuffire in una cella» borbottò.

«Ah già, dimenticavo, deve salvare il pianeta, come il povero Noel Archer. E anche scoprire il segreto del monte Ararat... Non si riposa mai, Indiana?».

«No».

«Santo cielo, e ora che diavolo fa?».

Zak aveva bruscamente cambiato direzione. Invece di seguire la provinciale aveva imboccato una stradina in salita che si addentrava nel bosco proprio sull'entrata della curva. Il pick-up traballò per qualche decina di metri sul sentiero accidentato e si infilò tra gli alberi rallentando gradualmente fino a fermarsi del tutto. Zak tirò il freno a mano e controllò nello specchietto retrovisore che la macchina non potesse essere vista dalla strada.

«Cambiamo mezzo?» domandò Cécile. «Questo è troppo vistoso?».

«Esatto. Non sono affatto sicuro di avere un buon vantaggio sui Nefilim».

«E lei è in grado di mettere in moto una macchina senza chiavi?».

«Credo di sì. Un apriporta e false chiavi elettroniche si comprano su Internet per meno di duemila euro, e stanno comodamente in una tasca».

«Capisco. Quanto a me, cosa mi impedisce di togliere il disturbo?».

«Con quegli assassini alle costole?».

«Gli assassini cercano lei, Ikabi...».

«Non ne sarei così sicuro. L'hanno vista in faccia, e lei ha visto in faccia loro...».

Questo è vero, pensò la ricercatrice ragionando sulle implicazioni di quella nuova situazione.

«Ha un altro kleenex?» gemé Arsène.

Cécile non gli rispose neppure.

«Se vengo con lei qual è la prossima tappa?» domandò invece.

«Andare a trovare un vero scienziato» rispose Zak. «Qualcuno che la convincerà. Del resto sono quasi sicuro che il professor Parella lo conosca, almeno di fama. È uno dei migliori specialisti di civiltà sumera al mondo».

«Anche lui innamorato dell'arca? Con un debole per Gilgamesh?».

«Non proprio...».

«Un amico?».

«Uno che conosco».

«Ne conosce molti così?».

«Diciamo che siamo alcuni. Lo specialista di società antidiluviane più famoso e appassionante è di gran lunga Parastou Khan. Sull'argomento è sicuramente quello che ne sa di più e che possiede la più grande collezione al mondo. Dovrebbe proprio conoscerlo, ma non esce mai dal suo palazzo di Ishak Pascià, in Naxçivan. Nell'immediato, per convincerla della serietà della mia ricerca mi accontenterò di presentarle Jean-Bernard Patte».

«Jean-Bernard Patte? Nientemeno!» si stupì Arsène Parella.

Zak scrutava con prudenza nello specchietto il piccolo nastro d'asfalto della provinciale.

«Lo conosce, Arsène?» domandò Cécile sorpresa.

«Non di persona, ma ho capito dove il signor Ikabi intende portarci: a Parigi, in pieno Quartiere latino. Jean-Bernard Patte è il maggior specialista di lingue mesopotamiche antiche, insegna all'Inalco[2]».

«In marcia, allora» concluse Cécile. «Dove pensa di rubarla, la macchina? C'è un paesino proprio qui sotto».

Aprendo la portiera, Zak guardò con la coda dell'occhio la ricercatrice. Non aveva più niente dell'intellettuale chiusa che aveva conosciuto quella mattina nel campus di Le Mirail. Era

[2] Istituto nazionale di lingue e civiltà orientali.

al contrario una donna solida come una roccia, con un incredibile senso pratico... e diventava sempre più desiderabile ogni volta che il suo esile corpicino sfiorava la morte, come se, respirando il pericolo, la sua pelle emanasse ormoni sessuali.

Zak si alzò e prese dalla giacca il materiale necessario al furto dell'automobile: una calcolatrice a forma di chiavetta elettronica e un modulo vergine per la messa in moto.

«Lei è un individuo losco, l'ho capito subito» commentò Cécile.

«L'uomo canaglia e la donna intellettuale» scherzò Zak. «È un grande classico. Non si starà mica innamorando?».

«Non si faccia illusioni, Ikabi! Le leggende di unicorni con annesse metafore falliche potranno far colpo sulle sue solite troiette, ma con me non funzionano...».

La portiera sbatté.

«Stia attenta, Cécile, non ho ancora giocato tutte le mie carte...».

Sulla provinciale gli pneumatici di una Opel Vivaro grigia stridettero affrontando un tornante senza quasi rallentare.

Nord della Mesopotamia, 4371 a.C., primavera

Leka correva in mezzo all'erba alta. Solo le orecchie spuntavano. Ogni tanto si fermava per aspettare Bilik e soprattutto Gana. Il giovane riusciva a stare al passo dell'animale, mentre la sorella stentava. Le spighe le arrivavano sopra al ginocchio facendole il solletico sulle cosce.

«Vieni, Gana, sbrigati...» gridò Bilik.

La ragazza rivolse al fratello un ampio sorriso. Non era mai stata così felice. Quando la madre Majka aveva annunciato che lasciavano la montagna, Gana non aveva detto niente, ma aveva avuto una paura terribile. Paura degli uomini, paura degli altri dèi, paura per Leka.

Si sbagliava. Tutto era straordinario nella pianura. Niente più grotte, ma case di rami e terra. Acqua dappertutto in fiumi rettilinei che ubbidivano all'uomo. Molti altri uomini, donne e bambini, anche se lei non ci parlava molto. A Gana non piaceva parlare. A Majka sì. La madre trascorreva ormai le giornate con le altre donne a cuocere la carne, cucire le pelli e fabbricare oggetti incredibili con una terra che seccava al sole, oggetti per bere e mangiare, ma anche da portare intorno al collo con i peli intrecciati: non aveva mai visto niente di così carino! Come la madre, anche il nonno Avo passava il tempo a parlare con gli anziani e a osservare la montagna.

Bilik si fermò.

«Guarda, Gana».

«Che?».

Gana non vedeva niente, solo vegetazione all'infinito nella pianura.

«Guarda bene...».

Di colpo la ragazza capì e si portò una mano alla bocca. Che razza di prodigio era? Tutte le piante erano allineate in file precise, come se avessero ubbidito a un ordine. Era impossibile! Sebbene la gente della pianura le avesse spiegato che le piante spuntate dalla terra non erano i capelli degli dèi, lei sapeva che non camminano, non si muovono. Un filo d'erba non è un animale come Leka, non ubbidisce quando gli si ordina di venire, sedersi o coricarsi.

Quale dio poteva essere così potente da comandare alle piante, ai fiori, agli alberi?

Il fratello staccò una spiga e se la posò sulla mano aperta. Conteneva piccole palline verdi simili a quelle che la madre cucinava o pestava in uno di quegli oggetti di terra rossa.

«Guarda» disse Bilik. «Sai cos'è?».

«Certo, è una cosa che si mangia».

«Ben detto, si mangia. Sono semi. Quando le piante diventano vecchie si curvano, come Avo, e queste palline verdi cadono a terra dove dormono a lungo, molto a lungo, e alla fine si aprono come la pancia di una donna che fa un figlio, e nello stesso punto crescono altre piante più alte e più forti».

A Gana piaceva molto quel che le raccontava il fratello. Le piante potevano rivivere... Quindi doveva essere così anche per gli uomini, per il padre Otek divorato dai lupi e per il fratellino Alum sepolto nella grotta...

«Ora ascoltami, Gana. Immagina di non aspettare che muoiano, ma di strapparle prima, cogliere manciate e manciate di palline verdi e gettarle in terra da un'altra parte, dove ti pare».

La ragazza stava guardando Leka. Era la stessa cosa anche per gli animali? Anche Leka sarebbe potuta rivivere se fosse morta? Non aveva capito bene cosa avesse detto Bilik, forse non era stata abbastanza attenta.

«E perché? Perché buttare a terra semi che si mangiano?».

«Perché così non soffriremo mai più la fame, Gana! Capisci?

Potremo fare crescere le piante accanto alla nostra capanna quando e dove vogliamo noi! Potremo mangiarne una parte e usare l'altra per far crescere nuove piante, capisci? Non sono capelli degli dèi! Adesso siamo noi gli dèi, e loro ci ubbidiscono!».

Gana stava cominciando a capire. "Siamo gli dèi". Le piacevano le parole del fratello, mentre non le era mai piaciuta la caccia, quando gli uomini partivano per andare a uccidere altri animali portandosi dietro Leka. L'idea di nutrirsi semplicemente cogliendo piante che crescevano davanti alla loro capanna le sembrava straordinaria. Perfino troppo facile. Cercò di ragionarci sopra.

«E le altre piante?» si preoccupò. «Gli alberi, i rovi... Non possono ubbidirci tutte, sono troppe. Ognuna è al suo posto, come gli uomini. Per nutrire tutta la gente della pianura ci vorrà uno spazio enorme in cui far crescere le palline verdi, uno spazio che non esiste».

«C'è il fuoco. Il fuoco è capace di divorare gli alberi. Ma c'è qualcosa di ancora meglio...».

Bilik guardò Leka, poi la collina in lontananza sulla quale le capre brucavano bacche e foglie verdi dei cespugli. A Gana non piacevano le capre, le trovava stupide e paurose. Preferiva Leka. Leka era tutta un'altra cosa.

«Che c'è di meglio del fuoco?» domandò stupita.

«Le capre! Anche le capre divorano tutto».

L'idea le sembrò stupida.

«Le capre non ubbidiscono! Non mangeranno mai i rovi che vuoi tu».

«Non c'è bisogno che ci ubbidiscano, Gana. Basta ammazzare gli animali che ammazzano le capre: lupi, volpi, orsi... Tutto andrà molto in fretta, allora. Le capre diventeranno sempre più numerose, dovranno mangiare e divoreranno la foresta, i rovi, la sterpaglia, niente le fermerà. A quel punto non dovremo fare altro che scacciare le capre e piantare i semi. Gli uomini sono

più forti degli animali, questo è l'importante. Siamo noi gli dèi!».

Gana abbracciò Leka e le accarezzò la pelliccia.

«Non ascoltarlo...». Poi guardò il fratello con aria accigliata. «È un'idea che mi fa paura, Bilik, è tutto troppo veloce». Accarezzò Leka ancora a lungo e domandò: «Chi ti ha insegnato queste cose?».

QUARTA CORSA
Gli unicorni

37
Provinciale 943, a nord di Montluçon, Francia

Gli abeti tutti identici si susseguivano davanti ai fari della macchina come prigionieri allineati sotto il riflettore di una torretta. Da un centinaio di chilometri Zak, Cécile e Arsène erano a bordo di una Renault Clio. Zak, dopo aver "preso in prestito" una Peugeot 206 nel paesino vicino ad Ambert, aveva voluto cambiare automobile nella periferia di Montluçon. Dopo la sparatoria al mulino di Nouara era sicuro che la gendarmeria sarebbe intervenuta in forze per intercettare i fuggitivi. Circolare a lungo nella stessa macchina rubata nei dintorni del mulino sarebbe stato il modo migliore di farsi individuare.

La foresta sembrava interminabile. Per sicurezza percorrevano solo strade provinciali. Avrebbero dovuto guidare tutta la notte per raggiungere Parigi. Arsène era riuscito a convincere Cécile che era meglio rimanere tutti e tre insieme almeno fino a Parigi e all'incontro con il professor Jean-Bernard Patte, poi avrebbero deciso il da farsi.

Era quasi l'una di notte. Zak guidava. Accanto a lui Arsène sonnecchiava. Sul sedile posteriore Cécile, con gli occhi spalancati, guardava senza vederli gli alberi che sfilavano alla luce bianca dei fari.

Il contraccolpo. Un uomo era stato ucciso quasi sotto i suoi occhi. Lei stessa aveva sfiorato la morte.

A un certo punto Zak rallentò e si fermò di lato.

«Che succede?» domandò Cécile con voce stanca.

«Dopo la curva c'è un posto di blocco. Ho fatto appena in tempo a vedere la luce del lampeggiante».

Arsène si strofinò gli occhi.

«Che facciamo?».

«Torniamo indietro... sperando che non ci abbiano notato!».

Zak cominciò a fare manovra.

«Troppo tardi!» annunciò Cécile in tono più leggero, quasi allegro.

Un'auto della gendarmeria si stava avvicinando al rallentatore.

Beccati!

Nel buio della notte i fari delle poche macchine che passavano dovevano essere visibili a chilometri di distanza.

«Qual è il piano, adesso?» continuò Cécile con fare birichino. «Dirà che si è fatto prestare la macchina da un amico o scodellerà il discorsetto sull'arca di Noè? Non dimentichi che è una star, Zak Ikabi, il suo poster è attaccato in tutte le gendarmerie di Francia».

Sul volante, le mani di Zak tremavano leggermente. Arsène, ormai con gli occhi ben aperti, non diceva niente.

L'auto della gendarmeria si fermò cinque metri davanti a loro lasciando acceso il lampeggiante. Ne uscirono due uomini in borghese, due specie di armadi, come scolpiti negli abeti che li circondavano. Veniva da pensare che da quelle parti reclutassero i gendarmi scegliendoli tra le seconde linee della locale squadra di rugby.

Si avvicinarono strizzando gli occhi e mettendosi le mani a visiera, abbagliati dai fari della Clio.

«Cazzo!» urlò Zak senza preavviso.

E contemporaneamente schiacciò l'acceleratore. Ubbidiente, vivace, la Renault scattò verso gli agenti come una palla da bowling lanciata sugli ultimi due birilli rimasti in piedi.

«No!» gridò Cécile.

Arsène chiuse gli occhi. Cécile li spalancò nel panico.

Zak Ikabi stava intenzionalmente per falciare i due poliziotti davanti a loro.

38
Aeroporto di Baku, Azerbaijan

La piccola sala d'imbarco per il Naxçivan, in disparte rispetto agli altri edifici dell'aeroporto internazionale Heydar Aliyev di Baku, sembrava una corte dei miracoli. Nonostante mancasse ancora un'ora alla partenza era già stipata di un centinaio di passeggeri con i bagagli più eterogenei.

Per gli abitanti della repubblica autonoma del Naxçivan l'aereo non era un lusso, ma l'unico mezzo di trasporto che collegava l'enclave alla capitale dell'Azerbaijan, visto che le frontiere con l'Armenia erano chiuse. Gli azeri prendevano quel volo interno come altri prendono l'autobus. I cinque voli quotidiani erano quasi sempre al completo. Il biglietto costava solo venti dollari per i quattrocentomila abitanti del Naxçivan... e dieci volte tanto per gli stranieri. I viaggiatori che aspettavano all'aeroporto sembravano una folla in attesa di un taxi collettivo sul marciapiede: commercianti che trasportavano prodotti artigianali come pagnotte, dolci o cestini, malati venuti a cercare cure migliori nella capitale, liceali rumorosi che tornavano a casa...

Bambini urlanti, sospiri dolenti, pigolii di volatili in gabbia: Cortés non ne poteva più. A un certo punto esplose.

«Zeytin, liberami di tutta questa gente».

L'altro lo guardò senza capire.

«Mandali via. Non ho intenzione di aspettare un'ora in mezzo a questo bordello, e ancora meno di imbarcarmi con loro!».

«Ma...».

«Prenderanno il Tupolev dopo, non ne moriranno di certo. Pagherò l'aeroporto. Ho più soldi io da solo che tutta la popolazione del paese messa insieme».

Zeytin, senza battere ciglio, fece segno ai suoi uomini di prendere posizione.

Accanto a loro c'era una coppia. La donna accudiva un neonato in carrozzina: era chiaramente andata a partorire a Baku. Osservarono il movimento dei miliziani senza capire, guardarono Cortés, strano gigante con la faccia completamente nascosta nell'ombra del cappuccio.

«Sono a casa mia qui, lo capite?» urlò Cortés. «Quindi lasciatemi in pace e levatevi dai piedi...».

I mercenari non ebbero neanche bisogno di tirare fuori le armi. Rassegnati, i passeggeri uscirono.

Rimasero Cortés, Zeytin e la ventina di miliziani.

«L'hanno capita, finalmente!» disse Cortés. «Ora possiamo fare il punto della situazione. Sarebbe stato un peccato non tenervi al corrente, no? Morad, in Francia, si è fatto fregare da tre dilettanti, ha giocato all'assedio di Fort Alamo con la polizia francese e adesso è irraggiungibile! E come se non bastasse anche Bechir ha fallito a Hong Kong. Il pezzo di trave dell'arca degli avventisti cinesi si è volatilizzato».

«Bechir non riesce a capire» fece Zeytin con calma. «Il ragazzo che aveva ingaggiato è sparito, la sua casa-gabbia è vuota e...».

Cortés afferrò una palina d'alluminio che serviva a delimitare le file d'attesa e, usandola come una mazza, ridusse in frantumi il vetro del distributore di bevande calde. Zeytin si massaggiò la fronte stempiata. Quando sudava troppo la cicatrice gli faceva male.

«Bechir ha fatto qualche indagine» continuò. «Gli hanno parlato di un tizio con l'accento francese che si aggirava sull'isola di Ma Wan. Dalla descrizione sembra...». Zeytin esitò.

«...Sembra il tipo della cattedrale di Echmiadzin, quello che si fa chiamare Victor Peyre».

Cortés si accanì. La barra di metallo distrusse il percolatore e i contenitori di caffè, cacao e minestrine varie, le cui polveri si mischiarono a terra in una melma collosa d'acqua calda. Poi scagliò la palina contro un vetro.

Sfogato.

Si voltò verso il suo luogotenente.

«Capisci Zeytin? Dobbiamo mettere insieme tutti i tasselli. Tutti! Sveleranno il loro segreto solo quando saranno riuniti come i tre angoli di un triangolo: i pezzi di trave dell'arca, il Libro di Enoch che la chiesa protegge gelosamente e il recente rapporto sullo scioglimento dei ghiacci dell'Ararat... E mentre aspettiamo le prove che quella banda di incapaci non riesce a radunare agiremo qui. Punteremo al cuore del bersaglio, Zeytin, ai piedi dell'Ararat! Chiuderemo il cerchio, stringeremo il nodo scorsoio... Troveremo quel cazzo di posto in cui si nascondono...».

«Ma il Parlamento mondiale delle...» tentò di obiettare Zeytin.

«Chi se ne frega di quei burocrati in sottana! Imam o preti che siano, non oseranno fare niente. Tantomeno in Kurdistan. Chi abbiamo sul posto?».

«Halif. È a Iğdir, tra l'Ararat e il confine armeno».

Cortés, disgustato, abbassò gli occhi sulla fanghiglia di polveri liofilizzate per assicurarsi che neanche una goccia gli avesse sporcato le scarpe.

«Perfetto. Ho del lavoro per lui. Mi è venuta un'idea che ci farà guadagnare tempo, ci aiuterà a trovare pastori curdi con gli occhi grigi e i capelli corvini e li motiverà a rivelarci il loro segreto».

39
Provinciale 943, a nord di Montluçon, Francia

I due poliziotti si tuffarono nel fossato, ognuno da un lato diverso della strada, come se si aspettassero che la Clio li avrebbe caricati.

Zak sterzò di colpo evitando per un pelo la macchina della polizia ferma davanti a loro, senza staccare il piede dall'acceleratore, approfittando di un breve rettilineo per far prendere velocità alla Renault.

Cécile si aggrappava con la mano sinistra alla maniglia della portiera mentre con la destra stretta a pugno tamburellava sul sedile di Zak in preda a rabbia e paura.

«Lei è completamente mat...».

«Sono Nefilim!» disse Zak.

«Eh?».

La strada faceva una leggera curva, ma non per questo la Clio rallentò. Alle loro spalle il lampeggiante era già scomparso dietro il buio degli alberi.

«Nefilim!» ripeté Zak calmo, concentrato sulla guida. «Li ho riconosciuti, erano a Bordeaux e anche al mulino di Nouara...».

Cécile si mise a colpire il sedile di fronte con entrambi i pugni.

«Delirio! Pura paranoia! Non possono essere dappertutto. Lei sta...».

Arsène posò con delicatezza la mano sul polso di Cécile, che a quel semplice contatto si immobilizzò.

«Almeno in questo, il signor Ikabi ha ragione. L'uomo di

destra era quello che stava sul tetto del mulino, mentre quello di sinistra era appostato sulla pergola del granaio. Erano due assassini, non due poliziotti».

Cécile si lasciò cadere all'indietro, silenziosa.

La Clio procedeva ormai a centoventi all'ora tagliando le curve di strade deserte. Più che stringere il volante, le dita di Zak sembravano accarezzarlo.

«Ma stavolta li abbiamo seminati» mormorò.

Trascorse qualche minuto. Arsène aveva aperto una mappa sulle ginocchia e segnalava a Zak le strade più strette e appartate. Per un'ora ebbero la sensazione di smarrirsi, morti d'angoscia a ogni incrocio. Poco a poco presero coraggio e decisero di seguire una rotta più diretta. Cécile non faceva altro che scrutare il buio dal lunotto posteriore.

Erano appena usciti da Saint-Désiré, l'ennesimo paesino deserto, quando la ricercatrice cacciò un grido.

Due fari erano apparsi quattrocento metri dietro di loro.

«Niente panico» borbottò Zak. «Non c'è motivo di...».

Tacque di colpo. I fari si avvicinavano come missili. La macchina dietro di loro stava attraversando Saint-Désiré a più di cento all'ora. Pochi lampioni illuminavano l'unica strada del paese. Quando il bolide passò sotto i neon Cécile sgranò gli occhi e urlò con tutto il fiato che aveva in corpo.

«Sono loro!».

Anche Zak aveva riconosciuto nello specchietto la monovolume grigia metallizzata con il lampeggiante ancora attaccato sul tetto.

«Cazzo...».

La Clio schizzò come una gazzella inseguita da una belva. La lancetta del tachimetro si impennò. Centoventi, centotrenta, centoquaranta.

Il nastro d'asfalto sfilava irreale alla luce degli abbaglianti.

«Guadagnano terreno» annunciò Cécile in un soffio.

Le mani di Arsène si contrassero sulla carta stradale. A ogni gobba della strada la Clio si sollevava. A ogni curva Zak era costretto a rallentare e a dare bruschi colpi di sterzo per evitare che la macchina si cappottasse.

«Cento metri» disse Cécile. «Sono a meno di cento metri da noi».

Forse la monovolume aveva un motore più potente. O una migliore tenuta di strada. O il guidatore era un professionista. O...

«Non riusciremo mai a distanziarli» ansimò Zak senza nascondere il panico. «Arsène, c'è niente sulla cartina?».

Attraversarono come una bomba un altro paesino addormentato, Charmusseau.

«La prima città è Bourges, a più di settanta chilometri».

«Maledizione... Non possiamo neanche fermarci a chiedere aiuto. Ci metterebbero due secondi a piombare su di noi e crivellarci di pallottole».

Zak tentò ancora di accelerare.

«Ottanta metri» comunicò Cécile con voce spenta.

Stavano affrontando un rettilineo di un chilometro in piena campagna. Sentirono uno sparo seguito da un impatto sull'asfalto alla loro destra.

«Stanno mirando alle ruote» gridò Zak. «Non resisteremo a lungo».

Un nuovo tornante fece provvisoriamente uscire la Clio dalla linea di tiro. La strada procedeva a zigzag nella foresta di Thoux. Nessun aiuto provvidenziale sembrava poter arrivare da quel deserto addormentato.

«Lassù» fece Zak a un certo punto.

«Lassù cosa?».

«Mi è parso di vedere una cosa verde al di sopra degli alberi».

«Una cosa verde?».

Cécile aguzzò la vista. I fari della monovolume illuminavano gli alberi davanti a loro con un fantasmagorico effetto stroboscopico.

«È un laser» disse la ricercatrice.

«Un laser?» si stupì Arsène.

«Forse abbiamo una speranza» urlò Zak. «L'unica in questa campagna deserta».

La Clio prese la curva a più di cento all'ora, derapò sul bordo strada e riprese a correre guadagnando qualche metro sulla più prudente monovolume.

«Guidatemi verso il laser» ordinò Zak. «Occhi sul laser. Non perdetelo di vista».

«Ci... ci può spiegare?» balbettò Arsène.

Zak sterzò bruscamente a sinistra. La Clio si sollevò su due ruote.

«In questi luoghi sperduti i raggi laser indicano che c'è una discoteca» rispose Zak senza riprendere fiato, «quindi vita notturna!».

«Tutto dritto» disse Cécile, convinta. «Oltre la foresta».

La Clio accelerò ancora. Ciò nonostante la monovolume si avvicinava inesorabilmente. Su un breve rettilineo sentirono un rumore metallico a sinistra. Una pallottola si era infilata nella carrozzeria.

«Dove cazzo sta quest'accidente di discoteca?» mormorò Cécile a denti stretti.

La frazione di Malleray filò via in un lampo. Imboccarono il tornante successivo con la monovolume quasi incollata al tubo di scappamento. La Clio riguadagnò qualche metro affrontando la curva.

Non abbastanza. Non ce l'avrebbero mai fatta a raggiungere la sorgente del laser. Cécile aprì il finestrino con una forma scura tra le mani, e quando gli inseguitori si avvicinarono di nuovo la lanciò sulla strada.

«Che gli ha tirato?» chiese Zak.

«Il poggiatesta!».

La monovolume fece una sbandata. Qualche decina di metri guadagnata.

Pochi.

40
Mercato di Iğdir, Turchia

Aman era alta per la sua età. A dieci anni era già un metro e cinquanta. Eppure più guardava le cinque gigantesche spade e più si sentiva minuscola. La madre le aveva spiegato cosa significavano quelle armi immense puntate verso il cielo con parole che lei non aveva capito bene: era il monumento che commemorava «il genocidio turco perpetrato dagli armeni». Erano alte quarantaquattro metri per essere visibili oltre il confine, fino a Erevan.

«Più la bugia è grossa e più viene accettata» aveva anche detto la madre. «Un giorno i turchi faranno un monumento perché i nipoti credano ai massacri di turchi commessi dai curdi». Quello Aman l'aveva capito. Da quando aveva l'età di ricordare non aveva mai visto un curdo prendersela con un poliziotto o un militare turco, mentre il contrario... Lo zio Dabbas, il nonno Devran, la cugina Fatma erano tutti finiti in prigione, torturati, scomparsi. Forse morti, diceva la madre. Aman riconosceva i turchi solo quando erano in divisa. Quanto agli altri, le donne, i bambini, i vecchi, i poveri, non vedeva nessuna differenza con loro.

Si voltò verso est, verso il monte Ararat. Le grandi spade le sembrarono misere rispetto alla montagna.

La sua montagna!

Solo quando scendeva in città, non spesso, due o tre volte all'anno per il mercato, Aman si rendeva conto di quanto amasse il suo tetto del mondo. Lassù si sentiva libera come un'aquila. Abbassò gli occhi grigi sulle interminabili file di edifici della periferia di Iğdir, tutti uguali, come schiacciati dalla montagna.

Piuttosto che vivere lì un solo giorno, chiusa in uno di quei cubi grigi, avrebbe preferito morire. La sua tenda lassù era la libertà, centinaia di chilometri quadrati di montagna tutti per lei. Per lei e la sua famiglia, i suoi amici, la sua tribù, il suo gregge, i suoi...

Perfino in cuor suo non osava impiegare la parola vietata.

Le sue capre! Ecco la parola a cui doveva pensare, insisteva sempre la madre prima che scendessero a Iğdir.

Le sue capre!

E la sua preferita, la sua cocca, Leka.

Aman saltellò un momento sul posto, poi corse verso il mercato.

Il mercato era l'unica cosa che le piaceva di Iğdir, l'unica che sulla montagna non c'era. Agli occhi della bambina decenne figlia di pastori curdi il mercato di Iğdir era un concentrato di tutte le ricchezze del mondo. Odori, colori e grida come lassù non sentiva mai. Spezie, tappeti, sculture, animali in gabbia, carne rossa, alcol, pentole di ferro, vestiti di lana, di pelle, di seta... una vera caverna dei tesori!

Aman camminava tra i banchi del mercato. Aveva il permesso, purché stesse attenta. La madre non poteva muoversi, stava dietro il tavolo a vendere i suoi formaggi e tenere sulle ginocchia Miran, il figlio di un anno. All'inizio della giornata Aman le dava una mano, ma dopo un po' la madre si innervosiva e le diceva che non ne poteva più di averla tra i piedi.

Era passata già più volte davanti allo scultore di animaletti di legno. Erano statuette troppo graziose. Raffiguravano animali che conosceva, certo, ma non aveva mai visto. Elefanti, giraffe, delfini e addirittura... Il suo sguardo passò rapidamente oltre.

Un piccolo unicorno.

Aman sapeva che non doveva dire niente. Alla minima indiscrezione la madre non l'avrebbe più portata al mercato. Doveva proteggere il segreto, era grande ormai. Ed era anche prudente, si era nascosta la collana sotto la camicia, la collana con la croce, quella che mamma le aveva regalato per il suo ultimo compleanno. Il grande segreto.

Corse di nuovo tra i banchi, odorò le spezie, assaggiò un formaggio. Tutti le dicevano che era carina. Aveva gli stessi occhi grigi della madre e capelli neri lunghi come una criniera, ma più sottili. Anche per quello le piaceva il mercato di Iğdir.

Senza farlo apposta si ritrovò di nuovo davanti allo scultore di animaletti di legno. L'artigiano, un uomo alto con grandi baffi, stava parlando con il mercante accanto e non l'aveva vista. Aman ne approfittò per guardarli più da vicino. Il piccolo unicorno era bellissimo. Non molto somigliante, ma bellissimo.

Baffone si girò. Lei indietreggiò, fece come se si stesse interessando ad altro. Comunque sapeva quello che doveva dire o non dire. E poteva anche guardare il piccolo unicorno, non c'era niente di male. Se ne andò. In fondo alla corsia una donna grassa vendeva carne puzzolente piena di mosche che le svolazzavano intorno. Un orrore!

Passò un'ora, forse di più.

Il mercato andava avanti per tutto il giorno. Alla fine era stancante. Ormai c'era meno luce. L'ombra del monte Ararat ricopriva tutta la città, comprese le spade giganti.

Meglio così!

I commercianti stavano cominciando a riporre la mercanzia. La madre era indaffaratissima, Miran non la smetteva di piangere, forse ne aveva abbastanza di quei formaggi che cominciavano ad avere un cattivo odore. Aman non resisteva, voleva fare un ultimo passaggio senza rallentare, solo per vedere il bell'unicorno.

Quando si avvicinò, Baffone stava mettendo via gli animaletti di legno.

Le sorrise. Aveva i denti gialli.

«Ancora tu! Come ti chiami, piccola?».

«A... Aman».

«Ciao, Aman. Io sono Halif».

Il commerciante la guardò.

«Hai occhi molto belli, Aman. Occhi rari, da principessa...».

Prese l'unicorno con le grosse dita pelose e lo posò sul banco proprio davanti alla bambina.

«Bello, vero?».

Aman si bloccò. Non disse niente, ma gli occhi parlarono al posto suo. Per un attimo pensò che stava facendo proprio ciò che la madre le aveva vietato, che sarebbe dovuta tornare da lei correndo come un fulmine.

Tuttavia non riuscì a impedire alle sue dita di accarezzare il dorso della figurina di legno.

Se era una trappola, era troppo tardi...

41
Provinciale 943, a nord di Montluçon, Francia

Lanciata a tutta velocità, la Clio superò un ultimo tornante, sfiorò il fossato a bordo strada e partì in un'interminabile sbandata a dispetto di eventuali veicoli che avrebbero potuto sopraggiungere in senso opposto.

La luce cruda li abbagliò.

La gigantesca insegna al neon verde annunciava che si trovavano all'Aquarius.

Decine di persone fumavano davanti alla discoteca illuminata come una via pedonale a Natale. Una freccia rossa intermittente indicava il parcheggio sulla destra.

La Clio inchiodò. Due energumeni in camicia bianca, gilet fluorescente e walkie-talkie all'orecchio si precipitarono verso di loro guardandoli male.

«Calma, ragazzi. Niente rodeo da queste parti, chiaro?».

«Chiaro» rispose Zak, conciliante.

Entrarono nell'immenso parcheggio a velocità normale. Nello specchietto retrovisore Zak vide la monovolume degli assassini rallentare, procedere quasi a passo d'uomo, poi passare oltre l'entrata della discoteca. Parcheggiarono seguendo le istruzioni di un altro tipo in gilet fluorescente.

«C'è un'altra uscita?» domandò Zak.

«No» rispose l'uomo, un po' stupito. «Siamo in un campo circondato da filo spinato. L'unica entrata è quella».

Zak spense il motore e tirò un sospiro di sollievo.

«Finalmente un attimo di requie» disse Arsène. «Non oseranno attaccarci qui, c'è troppa gente, ma ci aspettano fuori».

«Ma noi abbiamo qui Zak Ikabi!» ironizzò Cécile, sull'orlo della crisi di nervi. «Allora, qual è il piano? Andiamo a ballare e all'alba, se i Nefilim non sono diventati buoni e ci fanno secchi, ci saremo almeno goduti la nostra ultima serata?».

«Cerchi di essere positiva, Cécile. Siamo più protetti qui che su una piazza pubblica in pieno giorno. Qui ci sono guardie, buttafuori...».

Davanti alla Clio passarono cinque ragazze in bikini.

«...Bagnini...».

Tacquero, nervosi e sfiniti. Un assordante ritmo techno arrivava fino alla macchina.

«Davvero i giovani ascoltano questa roba?» si preoccupò Parella.

Cécile lo guardò sconfortata.

«Ma per la miseria, Arsène, là fuori ci sono gli assassini e lei pensa alla techno?».

«Potendo scegliere la colonna sonora avrei preferito essere ammazzato con la terza sinfonia di Brahms...».

L'occhiataccia che gli rivolse Cécile valse da risposta.

«Abbiamo tergiversato anche troppo» disse alla fine. «Basta stronzate. Chiamiamo la polizia».

«Ma è una fissazione, la sua!» ribatté Zak. «E poi per andarcene basta cambiare automobile».

«Ah, bella idea! Rubare una macchina nel parcheggio di una discoteca con decina di guardie in giro!».

Zak uscì dalla Clio. Intorno al gigantesco capannone trasformato in discoteca un fuoco d'artificio di neon multicolori lampeggiava al ritmo della musica elettronica.

«Arsène, può farmi un piacere? Vada all'entrata e si faccia dare un etilometro. In posti del genere adorano distribuire questi gadget».

Stremato, Arsène ubbidì senza farsi domande. Zak si chinò su Cécile crollata sul sedile posteriore.

«La stupirò di nuovo».

«In tutta franchezza, Zak, se fin dall'inizio lo scopo di tutto questo casino è stupirmi, ci stiamo rovinando la vita per un malinteso...».

Zak si limitò a sorridere. Accompagnata da due uomini, con un vestitino superaderente che la rendeva sexy fino alla punta dei piedi, passò una ragazza più o meno della stessa altezza e corporatura di Cécile. Zak la seguì con gli occhi, poi riportò lo sguardo sulla ricercatrice.

«La avverto, non faccia commenti sul modo in cui mi vesto!» sibilò Cécile.

Rumore di passi sulla ghiaia. Parella stava tornando con l'etilometro.

«Arsène, mi ridia speranza» fece Cécile, «mi dica che ha chiamato la polizia!».

«Non credo che sia una buona idea, Cécile».

Lei sospirò rassegnata.

«Allora fidiamoci di Indiana Jones...».

«Venite con me e state a guardare...».

Zak girò per il parcheggio finché non individuò un giovane davanti a una macchina che stentava a infilare la chiave.

«Buonasera» disse Zak porgendogli l'etilometro.

«Buonasera» rispose l'altro continuando a cercare il buco della serratura.

«Devo chiederle di sottoporsi all'alcoltest».

«Eh?».

Zak manteneva una tranquilla sicurezza di sé.

«Deve soffiare nell'etilometro per vedere se è nelle condizioni di mettersi al volante».

«E lei chi è?».

«Associazione Farfalle notturne. Lavoriamo con le discoteche e la sicurezza stradale».

L'altro sospirò.

«Capisco. Mi dispiace, ma domani lavoro e ora vado a casa. Nella trombetta ci soffio un'altra volta».

Zak non si fece smontare.

«È obbligatorio».

«Ma vaffanculo!».

Il tipo girò la chiave nella serratura. Cécile osservava, divertita nonostante tutto dalla faccia di bronzo di Zak.

«In caso di rifiuto sono tenuto a prenderle il numero di targa e trasmetterlo alla polizia» continuò Zak nello stesso tono monocorde. «Di solito sono appostati a un centinaio di metri dalla discoteca».

Il giovane lo guardò.

«No, ma fate schifo!».

«Si può dire così, ma si può dire anche che salviamo vite umane. Speravo di risparmiarle il discorsetto sulle statistiche dei giovani della sua età in sedia a rotelle, ma se ci tiene a saperlo...».

«Che rottura di cazzo! Va bene, mi dia quel coso».

Soffiò e restituì l'etilometro a Zak, sempre altrettanto zen.

«Mi dispiace, è positivo. Se lo immaginava, no?».

«Okay okay, le firmo uno scarico di responsabilità e me ne vado, d'accordo?».

«No. Torniamo al punto di partenza. Se va via sono tenuto a chiamare la polizia, e stavolta chiaramente le sequestrano la vettura e lei finisce la notte in guardina».

Il tipo dette un pugno sul cofano della macchina.

«E che palle!».

Zak stava per parlare, ma l'altro continuò.

«Va bene, va bene, mi risparmi altre chiacchiere, che è per la mia sicurezza e bla-bla-bla. Allora che faccio, dormo in macchina?».

«Non ha qualche amico in discoteca? Se me ne porta uno sobrio che mi fa vedere un documento e mi assicura che può riportarla a casa la lascio in pace. Conosce qualcuno?».

«Sì...».

«Sobrio?».

«Forse lo trovo. Vado e torno».

Fece un passo. Zak lo trattenne e tese la mano.

«Ah-ha, le chiavi!».

«Cosa? Pure le chiavi della macchina?».

«Ci sono più di mille auto in questo parcheggio, e noi farfalle notturne siamo solo tre. Ho un po' d'esperienza, appena mi giro il suo primo impulso sarà di mettere in moto e andarsene...».

Il tipo fece un'alzata di spalle e consegnò le chiavi a Zak.

«Viviamo in una cazzo di società di merda!» fece allontanandosi.

Zak aspettò di vederlo sparire.

«Presto, tagliamo la corda!» disse poi, trionfante.

«State giù» disse Zak quando la Toyota Corolla da lui guidata uscì dal parcheggio dell'Aquarius.

Lui stesso guardò da un'altra parte e si alzò il colletto della giacca. La monovolume grigia era ferma un centinaio di metri più avanti. Aspettò che altre due macchine lasciassero la discoteca e si accodò a loro sulla provinciale.

Per una decina di chilometri nessuno disse niente.

«Bella mossa» finì per concedere Cécile.

«Grazie. Gliel'avevo detto».

«Chi è lei, Zak Ikabi?».

«In che senso?».

«Mi fa paura. Mentire con una tale faccia tosta... Rubare una macchina con una tale sicurezza... Mi fa venire la pelle d'oca!».

«Meno degli assassini, voglio sperare» commentò Arsène.

La Corolla si immise nell'autostrada A71.

«Il programma è sempre lo stesso, presumo» sbadigliò Cécile. «Direzione Parigi per andare a trovare il famoso Jean-Bernard Patte».

«Esatto» rispose Zak. «Cerchi di dormire un po'. Non arriveremo prima dell'alba».

Non si dissero più una parola. L'autostrada si faceva sempre più monotona man mano che il paesaggio diventava piatto. Cécile non riusciva a prendere sonno. Troppa angoscia, troppe domande. Chi era Zak? Perché Arsène si ostinava a non voler chiamare la polizia? Perché i Nefilim li seguivano come se conoscessero in anticipo la loro prossima destinazione? Che c'entravano il diluvio universale, l'arca di Noè e gli unicorni in tutta quella follia? Dov'era la soluzione? Ripensò alla parola usata da Zak.

CIARCEL.

Forse rigirare quelle sette lettere in tutti i sensi l'avrebbe aiutata ad addormentarsi.

42
Mercato di Iğdir, Turchia

Estêre si voltò verso Jino. La vicina stava mettendo via i panieri di vimini. In tutta la giornata ne aveva venduti sì e no cinque.

«Hai visto Aman?».

«No...».

Estêre si guardò intorno. I vari mercanti stavano imballando la mercanzia per poi stiparla su carri di fortuna o vecchi furgoni sovraccarichi. Mise Miran in braccio a Jino.

«Puoi tenermelo un attimo? Non so che stia combinando Aman, ha sempre la testa fra le nuvole, è mezz'ora che non la vedo».

Risalì a passi rapidi la strada sporca alla ricerca della figlia. Il mercato si svolgeva lungo Evren Paşa Caddesi, una larga via fiancheggiata da edifici scalcinati. Non c'erano quasi più clienti, solo venditori stanchi. Si fermò davanti a una canalina di scolo fangosa dove un vecchio piegato in due sceglieva verdure buttate via. In fondo alla strada Estêre sentiva già i motori delle spazzatrici meccaniche della nettezza urbana della città.

«Zinar, hai visto Aman?».

«Sì, correva dappertutto, come se non avesse abbastanza occhi per vedere ogni cosa. Forse faceva provvista di immagini per i prossimi sei mesi in montagna».

«Uhm, è proprio la mia sognatrice! Quando l'hai vista l'ultima volta?».

«Non ci ho fatto caso, è ripassata spesso. L'ho vista prima».

«Fai uno sforzo, per piacere!».

Zinar brontolò. Si portò un porro all'altezza della bocca, ci pensò un attimo con aria da assaggiatore di vini, poi lo ficcò nel cestino.

«Era attratta dallo scultore in fondo alla strada. Uno nuovo, non l'avevo mai visto prima. Se n'è andato abbastanza presto...».

«E... e che scolpisce?».

«Oggettini di legno. Piccoli giocattoli, animaletti, hai capito, no?».

«No, non ho capito!».

Zinar raccattò una manciata di fagioli marci, ne tenne qualcuno e ributtò a terra gli altri.

«C'erano delfini, piccole giraffe, mi pare anche elefanti...». Davanti all'espressione sconfortata di Estêre si sforzò di concentrarsi di più. «Ah sì, c'era anche un piccolo unicorno».

Estêre ebbe la sensazione che le avessero mozzato le gambe.

«E Aman...» balbettò, «Aman guardava l'unicorno?».

«Mi pare di sì...».

Davanti a loro quattro immense spazzatrici venivano avanti lentamente in Evren Paşa Caddesi. Sembravano un convoglio di carri armati fatti scendere in un viale per disperdere gli ultimi irriducibili di una manifestazione. L'obiettivo era lo stesso, in fondo: pulire tutto all'ora stabilita senza preoccuparsi che i commercianti avessero o non avessero avuto il tempo di mettere via le loro povere cose. L'acqua schiumosa era già un ruscello che correva lungo i marciapiedi. Zinar rinunciò a raccogliere altra verdura e si allontanò con i piedi bagnati.

«Aspetta, Estêre, ora che me lo dici... È vero, Aman fingeva di non essere interessata, ma si vedeva che era affascinata da quell'unicorno».

Estêre impallidì. Le gambe non la ressero più.

«Stai male?».

La pastora curda crollò a terra rovesciando il cestino di verdure guaste. Zinar neanche le guardò. Trascinò alla meno peggio il corpo di Estêre di lato. Le spazzatrici passarono innaffiando i due curdi come volgare spazzatura abbandonata a bordo strada.

Estêre riprese i sensi con una decina d'occhi che la fissavano: Zinar con i denti marci, Jino che aveva sempre in braccio il piccolo Miran dalle pupille grosse come agate e due altri pastori curdi della sua tribù, Erdelan e Ferhad.

«Che succede, Estêre?».

Lei fece segno ai due pastori di avvicinarsi e mormorò con voce tremante:

«Aman, hanno rapito mia figlia Aman. Stava... giocando con un unicorno di legno».

Erdelan, il pastore con la barba, si morse le labbra.

«Sai cosa significa, Estêre. Se l'hanno individuata tramite l'unicorno... vorranno farla parlare».

«Aman è coraggiosa, non dirà niente».

«Lo so, è una bambina coraggiosa, pure troppo. È per questo che sono preoccupato. La tortureranno, e alla fine parlerà...».

Le lacrime colavano dagli occhi segnati di Estêre. Ferhad la aiutò a mettersi seduta.

«Devi andare a trovare il francese» disse Erdelan. «È tornato. Possiamo fidarci di lui, comunque più che dei turchi, più di chiunque altro. Vai a trovarlo, Estêre, lui solo può proteggerci». Erdelan pronunciò le ultime cinque parole nella barba, quasi per se stesso. «Se siamo ancora in tempo».

43
Cattedrale di Chartres, Francia

Cécile aveva freddo. Zak non era affidabile, e quella ne era un'ulteriore conferma. «Tutto dritto fino a Parigi» aveva detto, ma la mattina riaprendo gli occhi la ricercatrice aveva riconosciuto i panorami della Beuce, il sole che sorgeva sui campi di grano e la sagoma solitaria della cattedrale di Chartres che sembrava svettare in mezzo alle coltivazioni.

«Solo una tappa» si era giustificato Zak. «Non possiamo saltarla».

E così si ritrovavano tutti e tre su una panca gelida della cattedrale gotica di fronte alle più belle vetrate del mondo, almeno su quello Cécile era d'accordo.

«È una vera e propria storia a fumetti» si estasiava Zak. «Il più grande insieme di vetrate che si possa trovare in un edificio. Centosettantasei vetri, un capolavoro unico al mondo!». Si alzò e puntò un dito. «La vetrata si legge dal basso verso l'alto e da sinistra a destra. La storia di Noè è descritta in trentanove pannelli, è il più completo racconto della Genesi».

Passando attraverso i vetri colorati il sole nascente inondava la navata di tinte magiche. Cécile era troppo stanca per apprezzarlo. Arsène sbadigliò. L'energia di Zak invece sembrava inesauribile.

«Non crediate che queste magnifiche vetrate siano state commissionate da un re, un principe o un papa. Niente affatto: sono state pagate dal popolo! Da carpentieri, bottai e fabbricanti di carri, tutti lavoratori del legno, tutti antenati di Noè in quanto costruttore dell'arca».

Cécile si sforzò di guardare lo straordinario affresco di vetro colorato.

«Non ci capisco niente» sospirò. «È troppo complicato per me. Non conosco la Bibbia, confondo tutti i simboli, la colomba, il ramo d'ulivo, l'arcobaleno, il legno di gofer, i figli di Noè...».

«Non c'è niente di complicato, Cécile. È una storia facile. La cosa migliore è cominciare dal principio. Mi aspetti qui».

Zak fece qualche passo nella navata, oltrepassò il famoso labirinto ed entrò in una delle quattro campate. Quando tornò aveva in mano un grosso libro con la copertina rossa.

«La Bibbia! Dopo tutto non c'è fonte migliore». Dette il libro a Cécile. «La Genesi, dal capitolo sei al capitolo nove. Sono cinque pagine, lette le quali possiederà esattamente lo stesso livello di conoscenza sul mito dell'arca di Noè di qualunque altro cristiano del pianeta».

Cécile esitò. Era la prima volta che teneva in mano una Bibbia. Le tornò in mente il padre, un anticlericale convinto che credeva solo nell'uomo, nella scienza e nel progresso.

Come lei, del resto.

Ma poteva ancora credere in qualcosa, dopo le ventiquattr'ore che aveva appena passato?

Aprì il volume e si immerse nel racconto biblico, saltando i passaggi più oscuri e concentrandosi su quello che capiva.

Genesi, capitolo 6

Quando gli uomini cominciarono a moltiplicarsi sulla faccia della terra e furono loro nate delle figlie, avvenne che i figli di Dio videro che le figlie degli uomini erano belle e presero per mogli quelle che si scelsero fra tutte... In quel tempo c'erano sulla terra i Nefilim, quando i figli di Dio si unirono alle figlie degli uomini, ed ebbero da loro dei figli. Questi sono gli uomini potenti dei tempi antichi.

Dio vide che la malvagità degli uomini era grande sulla

terra... Disse a Noè: «Nei miei decreti, la fine di ogni essere vivente è giunta poiché la terra, a causa degli uomini, è piena di violenza; ecco, io li distruggerò, insieme con la terra. Fatti un'arca di legno resinoso; falla a stanze, e spalmala di pece di dentro e di fuori...

«Ecco, io sto per far venire il diluvio delle acque sulla terra, per distruggere sotto il cielo ogni essere in cui è alito di vita; tutto quello che è sulla terra perirà. Ma io stabilirò il mio patto con te; tu entrerai nell'arca: tu e i tuoi figli, tua moglie e le mogli dei tuoi figli con te. Di tutto ciò che vive, di ogni essere vivente, fanne entrare nell'arca due di ogni specie, per conservarli in vita con te; e siano maschio e femmina...

Capitolo 7

...Noè aveva seicento anni quando il diluvio delle acque inondò la terra.

Noè, con i suoi figli, con sua moglie e con le mogli dei suoi figli, entrò nell'arca per scampare alle acque del diluvio. Degli animali puri e degli animali impuri, degli uccelli e di tutto quello che striscia sulla terra, vennero delle coppie, maschio e femmina, a Noè nell'arca, come Dio aveva comandato a Noè. Trascorsi i sette giorni, le acque del diluvio vennero sulla terra... Quel giorno tutte le fonti del grande abisso eruppero e le cateratte del cielo si aprirono. Piovve sulla terra quaranta giorni e quaranta notti...

...Le acque crebbero e sollevarono l'arca, che fu elevata in alto al di sopra della terra. E le acque ingrossarono e crebbero grandemente sopra la terra, e l'arca galleggiava sulla superficie delle acque... e tutte le alte montagne che erano sotto tutti i cieli furono coperte... Tutti gli esseri che erano sulla faccia della terra furono sterminati: dall'uomo fino al bestiame, ai rettili, e agli uccelli del cielo; furono sterminati sulla terra; solo Noè scampò con quelli che erano con lui nell'arca. E le acque rimasero alte sopra la terra per centocinquanta giorni.

Capitolo 8

...Le acque andarono via via ritirandosi sulla terra... e nel settimo mese, il diciassettesimo giorno del mese, l'arca si fermò sulle montagne dell'Ararat. Le acque andarono diminuendo fino al decimo mese. Nel decimo mese, il primo giorno del mese, apparvero le vette dei monti.

Dopo quaranta giorni, Noè aprì la finestra che aveva fatta nell'arca e mandò fuori il corvo, il quale uscì, andando e tornando, finché le acque furono prosciugate sulla terra... Aspettò altri sette giorni, poi mandò di nuovo la colomba fuori dell'arca. E la colomba tornò da lui verso sera; ed ecco, aveva nel becco una foglia fresca d'ulivo. Così Noè capì che le acque erano diminuite sopra la terra...

Dio parlò allora a Noè dicendo: «Esci dall'arca tu, tua moglie, i tuoi figli e le mogli dei tuoi figli con te. Tutti gli animali che sono con te, di ogni specie, volatili, bestiame e tutti i rettili che strisciano sulla terra, falli uscire con te, perché possano disseminarsi sulla terra, siano fecondi e si moltiplichino su di essa».

Capitolo 9

...Dio parlò a Noè e ai suoi figli... «Nessun essere vivente sarà più sterminato dalle acque del diluvio e non ci sarà più diluvio per distruggere la terra»... «Ecco il segno del patto che io faccio tra me e voi e tutti gli esseri viventi che sono con voi, per tutte le generazioni future. Io pongo il mio arco nella nuvola e servirà da segno del patto fra me e la terra».

...Noè visse, dopo il diluvio, trecentocinquant'anni... Poi morì.

Cécile posò la Bibbia sull'inginocchiatoio. Arsène si era assopito. Zak camminava nel deambulatorio.

La ricercatrice aveva letto in fretta, saltando parole e frasi, più che mai convinta che quella di Noè fosse una storia inverosimile, una meravigliosa favola per bambini, non diversamente da Cenerentola, Babbo Natale o Star Wars... Anche un racconto mostruoso, a quanto ne sapeva, visto che quello stesso mito giustificava la schiavitù dei discendenti di Cam, i neri... Com'era possibile che miliardi di esseri umani, in tutta serietà, avessero creduto a quelle scempiaggini? Che fossero arrivati a uccidere in nome di quelle frottole?

Rabbrividì. Nella cattedrale faceva un freddo cane. Il sole dietro le vetrate non riscaldava, si limitava ad attraversare il vetro per far piovere su lei e Arsène uno spettacolare arcobaleno.

Sollevò gli occhi per ammirare la prodigiosa architettura dell'edificio. La sceneggiatura della Bibbia non valeva un accidente, ma doveva ammettere che i produttori non avevano badato a spese per il lancio!

44
Saint Kilda Beach, Melbourne, Australia

Fratello Mosavi fissava l'orizzonte. Si stava facendo pigramente giorno sulla spiaggia di Saint Kilda. Non era bel tempo, ma il cielo grigio non dissuadeva alcuni jogger mattutini dal correre lungo la baia, energici come se volessero fare il giro dell'Australia. Sul mare, il vento sostenuto rendeva felici le decine di persone che praticavano il kitesurf.

Viorel Hunor, al suo fianco, stava zitto. Aveva detto tutto. Un lungo monologo perfettamente collaudato che gli aveva preso una mezz'ora.

Mosavi abbassò gli occhi. Pochi metri davanti a sé un castello di sabbia che qualche bambino doveva aver costruito e poi abbandonato il giorno prima resisteva alla marea che stava rosicchiando gradualmente la spiaggia. Chissà perché quel castello gli ricordava il convento di Santa Teresa, vicino a Potosí, nel sud della Bolivia. Stessi muri screpolati, stesso colore ocra, stessa forma da pseudo-fortezza con le torri precarie e i bastioni da operetta.

Viorel Hunor era immobile con la cartella sottobraccio. La maledetta verità!

Un'onda un po' più ardita arrivò a lambire il castello di sabbia e si ritirò lasciando una bava schiumosa. Un muro si crepò e crollò lentamente, come una casa dalle fondamenta marce. Come il convento di Santa Teresa, pensò Mosavi, attaccato dalla giunta militare quando gli indios che lavoravano nelle miniere d'argento vi si erano rifugiati. Prima erano morti tutti i minatori che lo difendevano. Poi erano state giustiziate le religiose.

Le parole di Viorel Hunor gli riecheggiavano nella testa.

Fratello Mosavi non aveva motivo di dubitare delle rivelazioni del metropolita. La dimostrazione era cristallina, le prove schiaccianti.

In pochi minuti la sua fede era precipitata nel vuoto.

Avrebbe preferito non sapere.

L'acqua circondava ormai le mura del castello di sabbia. La zolla feudale compressa accuratamente con la paletta scivolava senza scampo nelle pozzanghere di oceano. Ora Mosavi capiva le manovre del Parlamento mondiale delle religioni, la preoccupazione per i delitti dei Nefilim e il terrore per lo scioglimento dei ghiacci dell'Ararat.

Accanto a lui il metropolita rimaneva fermo, forse pregava. Non si era accorto di avere l'orlo della sottana già immerso nella marea crescente, oppure se ne infischiava.

Di colpo le ultime mura del castello crollarono. L'attimo dopo era solo un rudere diluito nel fango. Erano bastate un paio d'onde. Altre due o tre finirono il lavoro, l'acqua tornò limpida e la spiaggia liscia. Più nessuno si sarebbe ricordato che lì una volta era esistito un castello. Se fossero tornati i bambini che l'avevano costruito avrebbero cercato invano il punto esatto, non essendoci più rovine che potessero fornire un indizio.

Viorel Hunor si allontanò senza dire una parola, nero come un corvo, come un messaggero di morte che porti notizie di lutto. Fratello Mosavi sentì gli occhi riempirsi di lacrime.

Che gli restava, ormai?

Il suo sguardo si perse nell'infinita distesa dell'oceano Indiano.

Che gli restava, ormai?

La fede negli uomini?

45
Place Paul-Painlevé, Parigi, Francia

«Dove siamo?» domandò Cécile sfregandosi gli occhi. Davanti a lei c'era la vetrina di un negozio di libri antichi.

«Si è svegliata?» fece Zak. «Capolinea. Siamo a Parigi, V arrondissement, in pieno Quartiere latino, il tempio della conoscenza! Place Paul-Painlevé».

«C'è tutta la mia giovinezza, qui!» commentò Arsène stiracchiandosi. Poi indicò i due grandi edifici affiancati alle loro spalle. «Il Collège de France e l'École des Chartes, due luoghi intorno ai quali mi sono aggirato per anni».

«La lascia così?» domandò Cécile riferendosi alla Toyota Corolla ferma per metà sul marciapiede.

«Sono i vantaggi del circolare su una macchina a noleggio» scherzò Zak.

Scesero. L'aria fresca li ritemprò.

«Abita da queste parti il suo amico Jean-René?» domandò Cécile.

«Jean-Bernard. Sì, non lontano da qui».

«In che senso, non lontano?».

«Nel VI arrondissement, dietro il giardino del Lussemburgo. Ci aspetta alle undici. Abbiamo tutto il tempo».

«Di fare cosa?».

Zak sospirò. Arsène si torceva il collo a osservare la prospettiva delle strade che costeggiavano place Paul-Painlevé: stava attingendo ai suoi ricordi da studente o, ancora traumatizzato, spiava con angoscia l'eventuale arrivo degli assassini in monovolume?

«Di spiegarvi certe cose» rispose Zak. «Come del resto mi ha chiesto ieri il professor Parella».

Cécile guardò la bella piazza e capì. L'antiquario di fronte aveva chiamato il suo negozio "L'unicorno di Cluny" e sopra la vetrina aveva dipinto il mitico animale in oro su fondo porpora. Si voltò. Lungo la strada alle loro spalle correva un muro di pietra merlato che celava un palazzo al quale le torrette conferivano un aspetto vagamente gotico. Sull'arco d'entrata era appeso un gonfalone con la scritta *Museo nazionale del Medioevo – Terme e palazzo di Cluny* illustrato da un disegno che non poteva essere più esplicito: un unicorno!

«Non ci posso credere» gemé Cécile. «Invece di sederci a un tavolino con caffè e cornetti vuole ancora propinarci i suoi deliri! Ma non si stanca mai, Zak?».

«Ci metteremo pochi minuti, e...».

«Mi dispiace» lo interruppe la ricercatrice. «Riconosca però che sono ubbidiente. A Chartres ho letto la Genesi, dal capitolo sei al capitolo nove, e non c'è traccia di unicorni».

«Le dimostrerò il contrario, venga...».

Quel traditore di Arsène si era già avviato.

«E se la riconoscono?».

Zak si sollevò il colletto della giacca. Ispido, con la barba non fatta, Cécile gli trovò una forza selvaggia che non aveva notato prima.

«Correrò il rischio».

Prima di entrare nel palazzo di Cluny la ricercatrice dette un'ultima occhiata a place Paul-Painlevé.

Avevano definitivamente seminato gli assassini?

Si portò all'altezza di Zak.

«A cosa vuole farci giocare ancora, Zak Ikabi?».

«Al mio solo desiderio».

Arsène rivolse a Zak una strizzatina d'occhio ammirata,

gesto che fece subito innervosire Cécile. Di nuovo quei loro sottintesi che non capiva! Inspiegabilmente il suo professore e quel pazzo si comportavano come vecchi complici.

Arsène Parella notò i pugni stretti della collega e la abbracciò facendo segno a Zak di stare zitto.

«Calma, Cécile, siamo tutti stanchi. Non c'è nessun segreto. Il museo nazionale del Medioevo in cui ci sta portando Zak Ikabi è organizzato intorno a un pezzo da collezione unico, l'emblema del palazzo di Cluny: i sei famosi arazzi della dama con l'unicorno, uno dei capolavori più enigmatici del mondo. Su ogni arazzo la giovane gentildonna è raffigurata con un unicorno bianco come principale animale da compagnia, un mistero su cui sono stati scritti centinaia di libri. Ho notato che questi stessi arazzi ornano addirittura la sala comune di Grifondoro nei film di Harry Potter...».

A quell'ultima osservazione Cécile guardò costernata il professor Parella. Dietro di loro stava passando una classe di bambini di una decina d'anni. Il maestro chiudeva la marcia.

«È un magnifico lavoro della fine del Quattrocento» continuò Arsène. «Cinque arazzi rappresentano i cinque sensi: il gusto quando la dama mangia un dolce, l'udito quando suona l'organo, la vista quando l'unicorno si guarda nello specchio tenuto dalla dama, l'olfatto quando la dama intreccia una corona di fiori e il tatto quando posa la mano sul corno della creatura fantastica...».

Cécile fischiò tra i denti.

«Molto suggestivo! E li fanno vedere ai bambini?».

«Il sesto lo è ancora di più! È quello che da oltre un secolo alimenta il mistero. Raffigura gli stessi personaggi, ma sull'arazzo c'è una strana scritta: *Al mio solo desiderio*».

La classe stava entrando rumorosamente nel museo. Dietro i bambini erano in fila alcuni turisti giapponesi.

«Un mistero in più» commentò Cécile. «Stiamo facendo i sopralluoghi per le riprese di un prossimo *Codice da Vinci*?».

Intervenne Zak.

«Mi dispiace, quello è un enigma che ci teniamo magari per la prossima avventura».

«Allora che facciamo qui?».

«Capirà una volta dentro».

«Se spera di farmi credere alle leggende degli unicorni...».

«Nessuna leggenda, le parlerò solo di fatti scientifici».

Cécile sbuffò stizzita e guardò il professore augurandosi con non facesse un altro occhiolino complice all'avventuriero.

Al museo si entrava e usciva attraverso il bookshop, vecchio trucco commerciale. Il luogo valeva tuttavia un'occhiata. Vi si trovavano in vendita doverose opere serie ed erudite sulle cattedrali, sulla vita quotidiana nella Francia feudale e sull'araldica, ma buona parte degli scaffali era dedicata ai misteri del Medioevo: segreti dei templari, bestiari di animali fantastici, manuali di magia. Gli altoparlanti mandavano senza interruzione una ripetitiva musica per liuto che avrebbe dovuto immergere il visitatore in un'atmosfera medievale.

La cosa più originale del negozio era comunque la notevole collezione di unicorni. Il mitico animale era raffigurato in tutti i possibili prodotti: puzzle, segnalibri, penne, sottobicchieri, foulard, cravatte, statuine di plastica, ombrelli, tovaglie, spille...

Entrarono nel museo vero e proprio. La sala in cui erano esposti i sei arazzi della dama con l'unicorno era strategicamente situata alla fine del percorso di visita. Le stanze si susseguivano con il loro guazzabuglio di sculture, bassorilievi, arazzi, armature, stemmi e blasoni.

Ovunque le frecce indicavano l'attrazione principale, la dama con l'unicorno. Superarono la scolaresca elementare e il gruppo dei giapponesi. Tanto per i piccoli francesi quel museo polveroso rappresentava il massimo della noia, tanto per gli stranieri appariva come un'irripetibile scenografia da cinema che evocava potentemente il cozzo delle armi e il complotto religioso. Fu la cosa che colpì Cécile durante la visita: la religione era sempre mischiata al potere, in ogni particolare. Dalla vita quotidiana dei contadini al fasto del re, l'intero ordine sociale poggiava sui simboli religiosi pazientemente coltivati nell'immaginario collettivo da duemila anni.

Superarono un'ultima stanza dedicata alle cattedrali e finalmente raggiunsero la meta.

L'entrata era coperta da una tenda nera.

Sala 13, la dama con l'unicorno.

46
Palazzo di Ishak Pascià, Naxçivan

Dalla cima del minareto del palazzo di Ishak Pascià la vista spaziava su tre imperi.

Cortés adorava quel luogo.

Lì aveva nutrito i primi sogni di fare fortuna quand'era ancora un bambino di strada che lavava i cessi del palazzo. Lì tornava sempre dopo essere stato in giro per il mondo, così come Hernán Cortés dopo ogni spedizione amava ritemprarsi nel suo nido d'aquila del castello di Medellín, nel sud della Spagna.

Dall'alto del minareto dominava l'orizzonte per un raggio di cinquanta chilometri. In basso scorreva l'Aras, un fiumiciattolo che riusciva nell'impresa di segnare il confine tra Iran e Azerbaijan e tra Turchia e Armenia, un corso d'acqua che nei secoli aveva dovuto trasportare più sangue che fango. A meno di cinque chilometri a sud Cortés vedeva il filo spinato e le mitragliatrici dell'esercito iraniano. Per fare la guardia a cosa? Nessun azero, neanche musulmano, sarebbe voluto andare a vivere con quei fanatici di Dio!

Girò su se stesso. Tutto a nord, venti chilometri in linea d'aria, sulle montagne del Nagorno Karabakh, si rintanavano quei cani di armeni. Per fortuna quando c'era stata la rivoluzione erano stati tutti buttati fuori dal Naxçivan. Un quarto di giro a destra, e a portata di mano c'erano il mar Caspio, Baku, la Russia, il petrolio... la grana! Un'ultima rotazione, la migliore, che Cortés si teneva per la fine: la Turchia dominata dal signore dei luoghi, il monte Ararat. Era a cinquanta chilometri da lì, eppure sembrava che bastasse allungare la mano per toccarlo.

In cima a quel minareto Cortés si sentiva invulnerabile. Il Naxçivan si situava nell'angolo morto di quegli imperi, una specie di zona neutra tra odi religiosi millenari, periferia di tutti e centro di niente...

Strizzò gli occhi verso i ghiacci eterni dell'Ararat.

Così credevano loro! Presto lui, Cortés, avrebbe sbattuto la verità in faccia al mondo, avrebbe sbriciolato con le sue mani i decadenti imperi russo, iraniano e ottomano, il loro passato e il loro futuro sarebbero finiti in polvere davanti alla prova evidente della gigantesca menzogna e avrebbero reso grotteschi e vergognosi i genocidi commessi nel corso dei secoli in nome delle loro miserabili credenze religiose.

Guardò il cellulare.

In senso più prosaico, la cima del minareto era il punto in cui il telefonino aveva più campo.

«Pronto, Cortés?».

«Halif, finalmente! Che notizie da Iğdir?».

«Abbiamo una bambina. La tua idea dell'esca è stata ottima, capo, un po' come la mela di Biancaneve o la casetta di marzapane. La piccola non staccava gli occhi grigi dall'unicorno».

«Portala a Zeytin! È a Van, sta organizzando un convoglio speciale diretto a Ishak Pascià».

«Fra un'ora sarò lì, se i militari turchi non ci rompono i coglioni. I curdi rischiano di sollevare un bel casino...».

«Non corri pericolo in quel senso, Halif. Vai di corsa. Lasciate che la bambina giochi con l'unicorno di legno e state attenti che non parli troppo con le altre passeggere».

Cortés riattaccò eccitato dalla certezza che di lì a poche ore avrebbe avuto nelle sue segrete una bambina che aveva la chiave per aprire le porte dell'Ararat. Avrebbe avuto tutto il tempo di occuparsi di lei fino a che non gli avesse rivelato l'anello mancante della catena. Fissò i ghiacci dell'Ararat: era l'unico ad aver capito, l'unico ad aver collegato fra loro indizi millenari che pure balzavano agli occhi.

Cortés si portò di nuovo il telefono all'orecchio. Zeytin aveva la missione di procurargli un'eccitazione di tipo diverso, ma altrettanto intensa.

«Zeytin? Sei arrivato a Van?».

«Da poco. Sto reclutando per te... pezzi di prima scelta. Sei davvero sicuro, capo? Devo prendere solo ragazze con gli occhi verdi?».

«Non ti scordare il teorema di Cortés, Zeytin, è l'unica regola che valga! I tesori degli esploratori non sono soltanto oro e pietre preziose, sono anche fatti di carne e ossa, di animali selvaggi, di bellezze rare della natura... Perché credi che i conquistadores acconsentissero a mesi di astinenza sui loro velieri? Per una sola ragione, per il piacere inedito di scopare le indigene, creature diverse da tutto ciò che i marinai conoscevano, altra pelle, altri occhi, altri capelli... Pensaci. Chi può conoscere un'estasi del genere al giorno d'oggi? Scopare donne diverse? Chi può concedersi il lusso di una donna unica, come un gioiello di cui esista un solo esemplare al mondo?».

Zeytin non trovò niente da rispondere.

«Io» concluse Cortés. «Io lo farò, con il tuo aiuto».

47
Palazzo di Cluny, museo del Medioevo, Parigi, Francia

I cinque grandi arazzi erano disposti a semicerchio. Cécile si lasciò andare sulla panca di fronte al sesto.

Al mio solo desiderio.

Zak prese posto accanto alla ricercatrice. Arsène era rimasto in piedi e scrutava ogni arazzo nei minimi dettagli.

«Bene» fece Cécile. «Visto che è inevitabile, procediamo. Mi scodelli la sua storia sugli unicorni e l'arca di Noè».

«La stupirò. E comincio con un aneddoto personale. Quand'ero piccolo, diciamo fino a sei anni, mi portavo sempre dietro un unicorno di peluche che mi aveva regalato mio padre. Ovviamente credevo che gli unicorni esistessero come esistevano gli altri peluche, gli orsacchiotti o i coniglietti. Quando mi hanno detto che tutti gli animali erano reali meno l'unicorno non ci ho voluto credere!».

Le spalle di Zak e Cécile quasi si toccavano. La ricercatrice, stanchissima, sentiva il proprio corpo cedere e appoggiarsi a quello del vicino.

«Molto commovente, Zak. Carino come tutto il resto, ma non mi chiarisce il legame che dovrebbe esserci tra gli unicorni e l'arca di Noè».

«Legami ce ne sono parecchi, non dubiti. Dice la leggenda che l'unicorno sia stato l'animale più vicino all'uomo, una creatura intelligente, ma anche selvatica e ribelle. Pare che non abbia voluto salire sull'arca o che, spensierato, stesse giocando e si sia preoccupato troppo tardi di unirsi agli altri. Come che sia, è scomparso col diluvio, anche se un'altra leggenda sostiene che si sia rifugiato sull'Ararat e sia ancora lì...».

«Fantastico».

Cécile appoggiò la testa sulla spalla di Zak e osservò l'arazzo davanti a sé. L'unicorno immacolato sollevava la tenda principesca con la zampa destra.

«Zak, l'unicorno è un'invenzione medievale, no? Il simbolo della Madonna o qualcosa del genere... Almeno fino a quando gli psicanalisti hanno fatto notare che quella rappresentazione metaforica della purezza nascondeva un evidente simbolo fallico!».

Zak le mise un braccio intorno alle spalle. Arsène si voltò, ma capì che non era il momento di fare lo chaperon, così si limitò ad ascoltare la conversazione a distanza.

«Lei è una scienziata, Cécile, non può accontentarsi di tali stereotipi. Se non le dispiace cominciamo da un fatto innegabile: in natura esistono una quantità di animali con un corno solo, non fosse altro che tra gli animali preistorici. Lo Tsintaosauro per esempio viveva in Asia sessanta milioni di anni fa e aveva un unico corno di quasi un metro! E tra i ghiacci della Siberia hanno scoperto mammiferi neri giganti con un solo corno in mezzo alla fronte, animali che vivevano due milioni di anni fa, ma si sarebbero estinti solo da diecimila anni... Più vicino a noi, lo storico greco Erodoto cita gli Ibex e li descrive come stambecchi neri con un solo corno venerati dappertutto sull'Himalaya e in Cina. Recenti ricerche archeologiche in Alaska e in antiche vie di penetrazione tra l'India e la Cina hanno portato alla luce vari graffiti arcaici che raffigurano Ibex maschi. Mi creda, non c'è dubbio che tutte le raffigurazioni leggendarie e sacre dell'unicorno provengano in realtà da lontane testimonianze di uomini che hanno visto animali con un solo corno in carne e ossa. Del resto anche Marco Polo nel *Milione* racconta di aver visto un unicorno in Asia».

«Quello era un rinoceronte» non poté far a meno di dire Arsène alle sue spalle.

«Forse sì e forse no...».

Cécile si era abbandonata contro la spalla di Zak. Stava bene in quel museo calmo, come se tutta la follia del giorno prima fosse stata solo un brutto sogno.

«Mi sta bene che siano esistiti animali preistorici con un solo corno» disse piano. «Dopotutto non c'è niente di straordinario...».

Zak respirava il suo odore, un misto di profumo raffinato e sudore angosciato freddo.

«La cosa straordinaria è che l'immagine dell'unicorno torna in tutte le leggende del mondo» ribatté Zak. «Su ogni continente!».

«Come il diluvio universale?».

Cécile non poté evitare il fugace pensiero del cadavere di Noel Archer in mezzo ai crotali.

«Esatto!» continuò Zak, inarrestabile. «Universale quanto il mito di Noè. L'unicorno sacro è presente in tutti i testi religiosi dell'umanità. È citato otto volte nella Bibbia, ma lo troviamo anche nel Talmud, nel Mahābhārata e nei Veda bramanici, ed è perfino, si tenga forte, un personaggio dell'epopea sumera di Gilgamesh! Nell'antichità l'unicorno è citato da corinti, egizi, mesopotamici, giapponesi, celti, ma anche dagli eschimesi dell'Alaska, dai pellerossa della Florida e dalle tribù africane. È conosciuto in Cina da più di cinquemila anni con il nome di Qilin, simbolo della mescolanza tra maschile e femminile, e nei paesi arabi con il nome di Wahid el Karn. In Tibet decora il balcone del Dalai Lama e la facciata di vari monasteri, e prima dell'invasione cinese stava perfino sulle banconote. Deve riconoscere che mio padre mi ha mentito quando avevo sei anni: non c'è animale più universale dell'unicorno. Molto tempo fa l'unicorno esisteva dappertutto, e gli uomini se ne ricordano...».

Cécile non riusciva più a staccare gli occhi dalla strana coppia tessuta sull'arazzo davanti a sé: la misteriosa donna pallida e il fedele unicorno ai suoi piedi. Doveva riconoscere che le storie di Zak avevano qualcosa di ammaliante. Quell'uomo aveva una voce che ti toglieva la voglia di protestare, di chiedergli perché l'unicorno sarebbe scomparso, visto che abitava ai quattro angoli del pianeta... o al contrario, se era una specie endogena e minacciata che viveva in una contrada isolata, come avesse fatto il suo mito ad attraversare gli oceani...

Misteri affascinanti.

«Quindi capisce, Cécile, in Europa, nel Medioevo, i cristiani hanno solo reso popolare una realtà antica» continuava Zak, appassionato. «Gli storici hanno dimostrato che, nel periodo carolingio, denti di narvalo pescati nell'Artico sono stati venduti sui mercati occidentali come autentici corni di unicorno. Quei cosiddetti corni sacri lunghi due metri resero perplessi gli artisti, che gradualmente cominciarono a dipingere gli unicorni come cavalli, mentre agli albori dell'era cristiana, ad esempio sulle icone bizantine, l'unicorno veniva raffigurato come capra, in conformità alle descrizioni antiche. Del resto "capra divina" è più o meno la traduzione del nome cinese dell'unicorno».

Zak le prese la mano e indicò l'arazzo.

«Guardi, Cécile. Osservi le proporzioni tra la dama bianca e l'unicorno. L'unicorno non ha affatto la statura di un cavallo, tutt'al più quella di un grosso cane, di una pecora... o appunto di una capra. Guardi i dettagli».

La ricercatrice doveva arrendersi all'evidenza: il misterioso artista che aveva tessuto il più famoso arazzo del mondo aveva dotato l'unicorno di barbetta, coda arruffata e zoccoli da caprone.

«Una capra!» ripeté Arsène dietro di loro, ilare.

«Proprio così, professore. Misteriosamente, quest'immagine dell'unicorno è più vicina alle realtà antiche che alle raffigurazioni moderne. D'altronde il legame tra capra e unicorno è affascinante. Sapete che c'è una minima percentuale di capre che nascono con un corno solo? Un'anomalia della natura che annovera tuttavia qualche decina di ruminanti monocorni nel mondo, localizzati soprattutto in Mongolia. Gli zoologi ritengono che i bruschi cambi di temperatura e l'alternanza di secco e umido favorirebbero la comparsa di corna saldate insieme nelle giovani capre... Quando il miracolo si produce gli animali con un corno solo vengono venerati dai nomadi delle steppe. Lo stesso fenomeno si è verificato di recente in Dordogna in un allevamento di capre orientali...».

Felicemente avviluppata dal calore della sala, Cécile chiuse gli occhi.

«Formidabile» mormorò.

Zak, con una pressione della spalla, si incollò ancora di più a lei.

«E non è tutto» continuò. «Presso certe tribù di pastori esiste una pratica corrente, una tradizione che consiste nel torcere le corna ancora tenere di capretti, capre d'angora o antilopi e intrecciarle in modo che crescano formando una specie di unico corno attorcigliato. Questi unicorni fatti a mano, se così si può dire, si trovano soprattutto in regioni montane come l'Himalaya, le Ande o l'Etiopia... La cosa stupefacente è che non si tratta soltanto di un rito religioso, ma anche di un'efficace tecnica di pastorizia: gli unicorni artificiali, armati di una lancia frontale, prenderebbero coscienza di disporre di una forza superiore a quella dei propri simili e diventerebbero più adatti a prendere il comando delle grandi greggi sugli alpeggi, essendo per esempio in grado di infilzare un predatore o un rivale. Incredibile, no? I fenomeni sono stati osservati e addirittura riprodotti da numerosi scienziati. Si possono vedere esemplari del genere in vari musei del mondo... Fino all'Ottocento un famoso unicorno artificiale era esposto nella bottega di un farmacista di Parigi vicino a Notre-Dame, in una via, poi demolita, che per questa ragione si chiamava rue de la Licorne».

«Mi sarebbe piaciuto vederlo» mormorò Cécile acciambellandosi sempre di più.

Stava per addormentarsi lì, tra le sue braccia. Cosa che a Zak non sarebbe dispiaciuta affatto.

«È una verità scientifica, gli unicorni esistono!» continuò trionfante. «Animali preistorici estinti, rare anomalie della natura o fabbricati artigianalmente dai pastori: ha solo l'imbarazzo della scelta... Allora, l'ho convinta?».

«In pieno. Gli unicorni sono capre atipiche che vengono mostrate nei baracconi delle fiere... Ciò rimette in discussione l'intera storia dell'umanità...».

Una peste, quella donna!

Zak si trattenne a stento dal posare la bocca sulle sue labbra. Visto che la ragazza se la cercava, aveva ancora qualche carta da giocare.

«Ammetto che tutte queste spiegazioni siano un po' noiose, ma ho anche qualche particolare piccante. L'unicorno è prima di tutto la raffigurazione metaforica del passaggio dall'estasi divina all'amore carnale tra gli esseri umani».

Zak non le aveva lasciato la mano. Le loro dieci dita si avventuravano in una timida danza.

«Sarebbe a dire?».

«Sarebbe a dire che è il più universale dei simboli sessuali! Rappresenta allo stesso tempo la verginità e la fecondazione...».

Zak fece una pressione sulla spalla di Cécile perché entrambi si voltassero verso l'arazzo del tatto: la nobile e casta dama accarezzava con le sue dita sottili il corno dritto dell'unicorno, che aveva la testa all'altezza della sua coscia. L'intenzione dell'artista sembrava inequivocabile.

Il lieve turbamento di Cécile gli strappò un sorriso.

«È un tema su cui i pittori cristiani si sono sbizzarriti, addirittura all'interno della fortezza papale di Castel Sant'Angelo, i cui muri sono ricoperti di unicorni che convivono con donne nude... Mi creda, Cécile, tutto è buono nell'unicorno! I ciarlatani ne vendevano il corno fin dalla notte dei tempi per la sua presunta fertilità, e carne, sangue e cuore servivano a preparare pozioni di ogni tipo dalle pretese virtù afrodisiache... Più seriamente, i paleontologi che hanno studiato lo Tsintaosauro ritengono che le cavità ossee sotto il corno servissero da casse di risonanza per amplificare il grido d'amore del dinosauro che aveva fretta di accoppiarsi...».

Le dita di Zak catturarono quelle di Cécile. Sentì un brivido sulla mano della donna quando le accarezzò la pelle con la punta delle falangi.

Arsène Parella si allontanò con discrezione.

La guancia di Zak si incollò a quella della ricercatrice. Bollenti entrambe. In un unico movimento si voltarono verso l'arazzo principale, come se la scritta fosse un messaggio per loro.

Al mio solo desiderio.

L'attimo dopo trenta bambini urlanti fecero irruzione nella sala circolare.

Uscirono in direzione di boulevard Saint-Germain. Zak guardò l'orologio: 10.05.

«Venite» disse, «abbiamo ancora il tempo di un'ultima visita prima di andare da Jean-Bernard Patte».

«Lontano?» chiese Cécile, ancora turbata da ciò che aveva appena vissuto.

«Due passi! I suoi commenti mi hanno offeso. Voglio dimostrarle che il collegamento tra l'arca di Noè e gli unicorni è molto reale».

Prese la donna per mano e si diressero verso rue de la Montagne-Sainte-Geneviève. Era la prima volta che Cécile metteva piede in quell'angolo di Parigi. Fu colpita dal fascino che emanava la piccola via in pendenza: ristoranti all'antica, balconi fioriti, un labirinto di vicoli lastricati... Sembrava di essere in un paesino medievale di montagna posato in piena Parigi. Il massimo del romanticismo!

Arsène Parella li seguiva spalancando gli occhi.

«Mi sta facendo fare un vero e proprio pellegrinaggio» disse. «Quella lì davanti era la mia scuola, il liceo Henri-IV». Avanzò verso la spianata del Panthéon. «E quello il posto in cui andavamo a sederci, gli scalini di place des Grands-Hommes...».

Zak lasciò la mano di Cécile per affiancare il professore.

«Eppure sono sicuro che non si è mai preoccupato di salirli ed entrare nella chiesa di Saint-Étienne-du-Mont, e ancora meno di soffermarsi davanti a una certa vetrata...».

Arsène gli rivolse uno strano sguardo ironico, che stavolta Cécile non notò.

Si era fermata di colpo davanti a un'edicola, attirata dal titolo di un quotidiano.

Scempio a Kaliningrad.

Lesse metà dell'articolo in prima pagina. Il giornalista raccontava la scomparsa in un incendio di una certa quantità di opere inestimabili della biblioteca di Kaliningrad, più colpito dalla perdita dei libri che dal contemporaneo omicidio dei due bibliotecari. Un autodafé degno della più cupa Inquisizione, specificava l'articolo.

Cécile ebbe un attimo di incertezza. Zak e Arsène camminavano cinque metri davanti a lei, le davano le spalle... Avrebbe potuto correre fino al primo posto di polizia e consegnare loro Zak Ikabi su un vassoio d'argento.

Piccola scema! pensò. Stupida gazzella senza cervello.

Anche lei era caduta nella trappola.

Accelerò il passo per raggiungere i due uomini.

Una decina di turisti si aggiravano nella vecchia chiesa di Saint-Étienne-du-Mont. Zak trascinò di nuovo Cécile per la mano. Arsène li seguiva un po' a distanza, forse perso nei ricordi dell'adolescenza con cui stava ripopolando il quartiere. L'espansivo stile gotico fiammeggiante del coro, della tribuna trasversale e della navata conferiva all'edificio un misto di intimità e pretenziosità. Zak si diresse verso la galleria del chiostro e alzò gli occhi verso le volte.

«Guardi in alto, Cécile».

E puntò il dito senza fare commenti.

Da principio la ricercatrice non ci trovò niente di strano. La vetrata raffigurava una classica scena dell'arca di Noè, con la solita folla di animali stipati su una nave mentre nel cielo gli angeli soffiavano nuvoloni grigi.

«Dentro l'arca, in secondo piano» specificò Zak.

Cécile alzò ulteriormente lo sguardo ed emise un'esclamazione di sorpresa.

L'aveva visto, era chiarissimo.

Nell'arca, insieme agli altri animali, l'artista vetraio aveva messo un unicorno. Non c'era dubbio, la sagoma bianca dell'animale e il suo lungo corno spiccavano sul legno scuro dell'imbarcazione.

A Cécile tremò la voce.

«E... ce ne sono molte, nelle chiese, di raffigurazioni dell'arca di Noè che salva un unicorno dal diluvio?».

«Che io sappia è l'unica al mondo...».

Nord della Mesopotamia, 4371 a.C., estate

Bilik spinse la porta di giunchi e osservò la capanna. Stentava a credere che solo poche lune prima vivevano ancora intirizziti in una grotta della montagna, come animali braccati. Seduta di fronte a lui su vari strati di pelliccia di capra la madre Majka era intenta a cucire pellami. Con una pietra affilata tagliava lunghe strisce di pelle e gettava i pezzi inutili insieme all'altra immondizia nell'acqua del piccolo canale di scarico che avevano scavato nella terra rossa e che più avanti si riversava nella palude.

Bilik posò il vestito bianco sul tavolo di legno.

«Majka, Gana, è per voi».

La madre sollevò lo sguardo. Anche la sorella, ancora più veloce. La ragazza non aveva mai visto niente di così bello. Era un semplice vestito di lana, ma tessuto con una finezza che non avrebbe creduto possibile, più leggero e aereo di una piuma d'aquila.

«Dove l'hai trovato?» chiese Majka con severità.

Bilik sorrideva, più fiero che se fosse tornato all'accampamento portando sulle spalle un bufalo ucciso.

«Sono venute delle donne che abitano in un altro villaggio più lontano, tra due fiumi...».

«E... te l'hanno regalato?».

La sorella non aveva il coraggio di toccare quel tessuto così fine.

«Ma no, figurati» rispose Bilik posando tre dischetti di rame sulla stoffa. «L'ho guadagnato grazie alla più straordinaria inven-

zione degli dèi. In cambio di questi pezzi di rame puoi avere tutto, stoffe, carne, attrezzi, armi... Anche ragazze o uomini».

«Idiota!» tuonò una voce dall'angolo della capanna.

Il nonno Avo tossì e si alzò con difficoltà. Il vecchio, che nella grotta era stato sul punto di morire per il gelo, da quando era sceso in pianura non era mai stato così bene. Era ingrassato più in quelle due lune che nel corso di tutta la sua vita. Bilik si irrigidì.

«Perché idiota?».

Avo avvicinò il proprio corpo curvo.

«Non devi fidarti degli dèi. È un'invenzione cattiva!».

«Perché cattiva? Tu sei in grado di cucire, costruire una casa, cuocere polvere di semi, uccidere un orso, curare il dolore, far crescere le radici?».

«No...». Avo afferrò le monete di rame e le buttò con gesto rabbioso nel canale sporco che attraversava la stanza. «No, Bilik, ma non saranno questi oggetti ad aiutarci. In una famiglia la donna sa cucire e curare, l'uomo sa cacciare, i bambini sanno cogliere le bacche. È così da sempre, ed è in questo modo che le famiglie e le tribù sopravvivono. Il più debole prepara da mangiare, il più forte protegge il più debole, i più vecchi consigliano i più giovani perché sanno e ricordano. E le cose funzionano perché stiamo insieme e ci dedichiamo gli uni agli altri, non grazie a un pezzo di rame».

Bilik fece un'alzata di spalle. Le tre monete scomparvero nel fango rosso.

«Non è forse grazie agli dèi che sei diventato uno dei saggi della tribù?».

«Infatti. Questa è la realtà giusta, non l'altra... È per questo che gli uomini della tribù hanno designato me, per tenere d'occhio gli dèi e starci attenti come bisogna stare attenti ai lupi, ai serpenti e ai tafani, e perché con l'età si impara a fidarsi solo della propria famiglia e della propria tribù, non degli dèi né dei loro sassi di rame».

Bilik indietreggiò e fissò la porta di giunchi come temendo che le parole del nonno volassero fuori o galleggiassero sull'acqua fino al centro del villaggio.

«Stare attenti agli dèi? Paragonarli ai lupi e ai serpenti? Hai perso la ragione, Avo. Avresti fatto meglio a restare sulla montagna. Il tuo posto è lassù, non qui».

«Il mio posto è qui a dare consigli a un bambino abbagliato che si accinge a diventarne schiavo».

«Non bestemmiare, sentono tutto...».

Continuarono a gridare, come quasi sempre da una luna a quella parte. La sorella Gana non li ascoltava più, non capiva niente di quello che dicevano, si accontentava di ammirare affascinata il vestito di lana bianca, la finezza del tessuto, i riflessi quasi dorati che si mischiavano alla lanugine e avevano la stessa brillantezza di quei favolosi tondi di rame che si spegnevano sul fondo della canalina come le stelle al mattino.

La madre Majka, che dall'inizio della discussione non aveva detto una parola, finalmente aprì bocca.

«Devi dare retta al nonno, Bilik, diffidare degli dèi. E io non ho bisogno di vestiti».

Bilik non rispose. Si limitò a stringere forte il pugno, così forte che gli sembrava di poter spezzare il quarto tondo di rame che nascondeva, il regalo degli dèi.

Prima corsa, Armenia, Vaticano: l'arca di Noè
Seconda corsa, Kaliningrad, Bordeaux, Tolosa, Melbourne: il teorema di Cortés
Terza corsa, Ambert, Hong Kong: il diluvio universale
Quarta corsa, Chartres, Iğdir, Parigi: gli unicorni
Quinta corsa, Parigi, Naxçivan: il balzo avanti dell'umanità
Sesta corsa, Monreale, Naxçivan: il Libro di Enoch
Settima corsa, Ishak Pascià: i Nefilim
Ottava corsa, Ishak Pascià, Bazargan, Doğubeyazit: il protocollo AHORA
Nona corsa, Grande Ararat: l'anomalia dell'Ararat

Quinta corsa
Il balzo avanti dell'umanità

48
Iğdir, Turchia

Il pullman arrugginito attraversava Iğdir. Dai vetri sporchi Idil guardava sfilare gli edifici lungo l'ampia Evren Paşa Caddesi.

La sua lugubre scenografia quotidiana.

La bruttezza di tutto ciò che lo circondava era in contrasto con la bellezza irreale dei passeggeri della scalcinata corriera. Certo, Idil non stava pensando al guidatore: l'orribile cicatrice ramificata sui tre quarti del cranio di quest'ultimo le davano l'impressione che gli avessero ricucito la testa dopo avergli rimesso dentro il cervello a casaccio. No, Idil era affascinata dalle quattro ragazze sedute, forse le più belle del Kurdistan, riunite come per incanto in quel ferrovecchio che non aveva niente di una carrozza.

Tempi duri per Cenerentola, pensò ricordando come si fosse ritrovata lì: a Van un tipo reclutava le ragazze più belle per conto di un magnate del petrolio del Naxçivan, Parastou Khan. Per rendere più succoso il casting il miliardario esigeva che le ragazze avessero gli occhi verdi, cosa piuttosto rara in Kurdistan, anzi rarissima. Idil aveva gli occhi verdi, e anche le altre quattro. Lo sfregiato era stato chiaro: si trattava di un concorso, alla fine una sola ragazza sarebbe stata assunta. A Idil era rimasto in mente il compenso astronomico promesso alla vincitrice, più che i particolari del lavoro da svolgere: fungere da decorazione? Fare l'accompagnatrice di lusso? Diventare l'odalisca di un serraglio? Idil non era stupida, sapeva bene che non le facevano certo andare lì per la loro cultura generale... ma se ne infischiava, non aveva paura, era ben decisa a non lasciarsi sfuggire l'occasione.

La corriera stava uscendo da Iğdir. Idil guardò le cinque spade giganti. Le spade della vergogna, le chiamavano gli armeni. Idil studiava a Van da due anni. O meglio, da due anni trascinava la sua graziosa silhouette all'università di Van. Là i curdi venivano abbastanza lasciati in pace, ma ogni volta che Idil si avvicinava alla frontiera armena le tornava il ricordo dei genitori perseguitati, le provocazioni dei turchi durante tutta la sua infanzia, i controlli militari, il divieto di parlare curdo, di vestirsi curdo... Era partita per Van a tentare la sorte, mentre il fratello maggiore si era autoesiliato a Istanbul dove si stava rovinando la salute a sabbiare jeans per un salario da fame.

Idil aveva capito fin da piccola che il suo corpo era un dono del cielo, l'unica carta che aveva in mano per sottrarsi a tutta quella miseria. Ma che carta! All'università gli uomini la mangiavano con gli occhi, sia studenti che professori, sia turchi che curdi, tutti sbirciavano la sua pelle olivastra, i suoi occhi verdi a mandorla, gli zigomi sporgenti, la figura slanciata, il sedere fasciato dai jeans.

La corriera percorreva la pianura sollevando una nuvola di polvere. Magre pecore che brucavano erba ingiallita si voltavano al loro passaggio.

Era la più bella, doveva convincersene. Quel concorso era l'occasione della sua vita!

Si voltò. Aveva voglia di farlo fin da quando erano partiti. L'atmosfera sulla corriera era resa strana dalla presenza di un'altra persona, una bambina di una decina d'anni seduta dietro da sola, murata nel silenzio, raggomitolata intorno a un oggettino di legno che stringeva tra le mani.

L'istinto le raccomandò prudenza.

"Fatti gli affari tuoi, bella!".

Ogni passeggera doveva restare al proprio posto. Oltre al guidatore sfregiato c'erano altri due uomini sul sedile di fondo, tipo guardie del corpo taciturne con l'incarico di proteggere le donne e allo stesso tempo tenerle d'occhio, guardiani dell'harem bruni e barbuti. Tendenzialmente eunuchi, pensò Idil per tranquillizzarsi.

Si sprofondò nel sedile sfondato ed esaminò la concorrenza. Tre file più avanti era seduta una ragazza con la carnagione color latte, bella come una bambola di porcellana, ma secondo Idil troppo giovane: doveva avere al massimo diciassette anni. La ragazza accanto a lei era, come dire, più formosa, probabilmente con seno e fianchi troppo abbondanti se si fosse trattato di un casting di moda... ma come sapere che tipo di donna andava cercando il vecchio e perverso miliardario azero? In prima fila, la ragazza dietro il guidatore era tutto il contrario, aveva una figura da top model anoressica, un tipo da pubblicità di profumi pronta per essere esposta in formato gigante, con un viso perfettamente ovale, ciglia lunghe, bocca a cuore, unghie interminabili. L'ultima, qualche fila indietro, era più vecchia di lei, aveva almeno una trentina d'anni, ma che classe! Con un'aria da cavallo selvaggio indomabile e lunghi capelli neri che le ricadevano sulle spalle nude. La più pericolosa, scommise Idil. Avrebbe dovuto marcarla stretta.

La bambina in fondo alla corriera si era messa a piangere.

Idil si costrinse a non pensarci, a non fare l'accostamento con le lacrime di sua sorella minore quando lei era partita per Van. Il pullman rallentò. Stavano arrivando al confine. La strada che si addentrava nella pianura aveva qualcosa d'irreale: cento metri a nord, le anse dell'Aras fiancheggiate da un alto filo spinato segnavano la frontiera armena; cento metri a sud, gli ultimi versanti della montagna pelata facevano parte dell'Iran; dritto davanti, in fondo al corridoio, si raggiungeva il passaggio fra la Turchia e il Naxçivan.

Non si era mai avventurata così lontano: era la prima volta che vedeva il famoso ponte della speranza costruito sull'Aras. Camion e macchine turche facevano un chilometro di fila per passare il confine e andare a fare benzina in Naxçivan, dove costava la metà. I veicoli che procedevano in senso inverso erano carichi di un bazar inimmaginabile: sabbia, cemento, patate, cocomeri, ferraglia, mobili vecchi... Il ponte della speranza con la Turchia era l'unico legame terrestre tra l'enclave della repubblica autonoma e il resto del mondo: da lì passava tutto ciò che non trovava posto nelle stive degli aerei.

La corriera avanzava un metro per volta, più lenta dei rami trasportati dalle acque dell'Aras... A Idil tornò in mente il giovane professore di storia di Van, uno a cui bastava guardarle la scollatura per eccitarsi in piena lezione. A parte quello, aveva insegnato loro che la strada che attraversava il Naxçivan, passava per Iğdir e continuava in Turchia era stata da sempre la grande rotta commerciale del Medio Oriente, la via dei caravanserragli, della seta, del petrolio, degli schiavi, delle prostitute... Tutti i commerci tra persiani, ottomani e slavi passavano da lì, e fin dalla notte dei tempi vi gravitavano orde di banditi, come gli sciacalli che seguono le carovane.

In fondo alla corriera i singhiozzi erano raddoppiati. Forse per il fatto di aver superato il confine turco? Stavolta Idil non ci pensò due volte: si alzò e senza degnare di un'occhiata le guardie andò a sedersi accanto alla bambina.

Nessuno reagì.

«Come ti chiami?» mormorò Idil.

La bambina era stranamente alta rispetto al suo viso infantile. Capelli nerissimi e lunghi le sbarravano occhi grigi, quasi translucidi, come Idil non aveva mai visto.

Non ottenne risposta. La bambina stringeva sempre il suo oggettino tra le mani, un piccolo unicorno scolpito nel legno.

Idil le sorrise e decise di rimanere seduta accanto a lei. Le altre ragazze, con gli auricolari dell'MP3 nelle orecchie, sembravano non aver neanche notato la piccola.

Un'ora dopo percorrevano l'unica strada del Naxçivan, una lunga striscia d'asfalto tra due montagne aride. Alle guardie di frontiera erano letteralmente usciti gli occhi dalle orbite vedendo le occupanti del pullman, ma non avevano chiesto documenti a nessuno. *Bakshish*, è chiaro...

Man mano che si addentravano in quel paese sconosciuto Idil sentiva salirle dentro un'angoscia incontrollabile. Senza pensarci, con naturalezza, prese la mano della bambina. In fondo era terrorizzata quanto lei! Notò che l'unicorno di legno era un po' sciupato. La piccola l'aveva morso e rosicchiato al punto da lasciarci il segno dei denti e minime tracce di sangue.

Idil la osservò di nuovo. Difficile darle un'età. La sua alta statura, in contrasto con la faccia infantile, continuava a turbarla.

«Ti piacciono gli unicorni?».

Ancora nessuna risposta.

«Non aver paura, non sei sola. Ci sono io».

Le accarezzò la mano. La bambina la lasciò fare. Poi, dopo qualche chilometro, si abbandonò contro il suo seno, forse un po' tranquillizzata.

Rimasero in quel modo per un po'.

«Come ti chiami?» ripeté Idil.

«Aman».

La bambina aveva parlato troppo forte, ed era stata la prima a sorprendersi. Dietro di lei, i due eunuchi la guardarono con severità. Idil si sentiva quasi oppressa con la bambina appoggiata su di lei e dovette combattere contro la voglia egoista di respingerla.

Doveva trovare qualcos'altro da dirle.

«E il tuo unicorno come si chiama?».

Stavolta Aman sussurrò, come se fosse stato il più gran segreto del mondo.

«Leka!».

La donna rabbrividì per l'intensità con cui la piccola aveva risposto.

Dopo una curva apparve il palazzo di Ishak Pascià. Pura meraviglia! Più bello di tutto ciò che Idil potesse immaginare. Mentre parcheggiava, il guidatore sfregiato spiegò loro che il palazzo del miliardario azero Parastou Khan era la copia esatta di un altro palazzo che si trovava in Turchia, vicino a Doğubeyazit, abbandonato da secoli.

«Trecentosessantasei stanze» specificò. «Ventiquattro solo per il serraglio».

Tutto un programma...

Lo sfregiato fece un cenno ai due eunuchi, che si alzarono, e Idil capì che le avrebbero separate.

Strinse forte la mano della bambina e mormorò:

«Non ti preoccupare, Aman. Guarda che bel palazzo. Siamo due principesse...».

Un tizio con la barba e lo sguardo cupo le stava dietro. Idil aveva la pelle d'oca su tutto il corpo, come se fosse stata colpita da migliaia di frecce acide, altrettante buone ragioni per ubbidire senza pensare e senza farsi domande.

Di che si immischiava? Le altre ragazze, docili, erano già scese. Voleva forse sciupare l'occasione della sua vita?

Eppure non lasciò subito la mano di Aman, aspettò qualche secondo, tanto per indispettire l'energumeno alle sue spalle. Tanto per alleggerirsi la coscienza.

Posò un bacio sulla guancia della bambina.

«A prestissimo, piccola. È vero che ci sono trecentosessantasei stanze nel palazzo, ma magari ci mettono vicine».

Aman non rispose, si limitò ad abbracciarla un'ultima volta e di nascosto, senza che l'eunuco dietro di loro se ne accorgesse, mise nella mano di Idil la collana che si era sfilata dal collo.

Era una semplicissima stringa di cuoio a cui era attaccato un disco di rame con sopra incisa una croce inclinata, un tratto lungo e uno corto che si incrociavano.

Idil strinse il pugno, e con un nodo alla gola guardò Aman

col suo unicorno di legno fra le dita allontanarsi scortata dai due uomini.

Poi, ammirata suo malgrado, seguì le altre ragazze. Osservò piena di meraviglia i labirinti di muri gialli, gli atri lavorati, la foresta di tetti porpora a cupola o a piramide, l'alto minareto rosso mattone e ocra che dominava la pianura.

Un palazzo da *Mille e una notte*! Tenne a freno un'eccitazione da ragazzina che sognava già un destino da Sheherazade.

Una decina di guardie armate, immobili, stazionava davanti all'entrata. Le cinque ragazze vennero condotte attraverso un dedalo di corridoi fino a una stanza vasta come il cortile interno di un caravanserraglio. La luce filtrava da finestre lunghe e strette. Le giovani rimasero in attesa senza battere ciglio. Idil lasciò vagare uno sguardo curioso nell'ambiente. Sembrava di essere in un museo.

Un museo ben strano!

La stanza rigurgitava di oggetti d'arte, quadri, sculture, e soprattutto interi scaffali di libri tutti sullo stesso argomento: l'arca di Noè. Libri in francese, inglese, turco, tedesco, russo... Idil si stupì vedendo su una parete un poster in inglese e cinese che annunciava l'apertura a Hong Kong di un parco dei divertimenti tematico interamente dedicato all'arca di Noè. Idil era cresciuta ai piedi dell'Ararat, ma non ne aveva mai sentito parlare.

Camminò con lentezza lungo le pareti.

Un libro con la copertina rossa attirò la sua attenzione: era in un espositore, dietro una teca di vetro, come un libro sacro in una chiesa. Si avvicinò. Il titolo era in tedesco, capì solo il nome dell'autore, Immanuel Kant. Un filosofo: almeno quello l'aveva imparato, all'università. A quanto pareva Parastou Khan non collezionava soltanto ragazze dagli occhi verdi... Cosa voleva dalla ragazza che avrebbe scelto? Farne la hostess del palazzo? La sua ambasciatrice? La sua favorita? Idil era conquistata, le andavano bene tutti i ruoli.

Tornò l'uomo con la cicatrice accompagnato da due guardie.

«Preparate le vostre cose. Ora vi portiamo al serraglio, dove potrete cambiarvi. Il casting comincerà tra un'ora».

Idil strinse nella mano la collana di cuoio e rame e ripensò alla piccola Aman, ai suoi occhi grigi imbevuti di lacrime, all'unicorno mangiucchiato.

Che ci faceva la bambina nel palazzo? In quale delle trecentosessantasei stanze l'avevano portata? Per quale strana ragione?

Idil si costrinse a reagire osservando le altre quattro ragazze dagli occhi verdi.

Sexy. Magnifiche. Conquistatrici.

Lo sfregiato aveva dato loro un'ora di tempo! Doveva dimenticare in fretta quella bambina e prepararsi.

Le restavano meno di sessanta minuti per diventare la più bella!

49
Rue de Vaugirard, Parigi, Francia

«È qui?».

«Sì».

Cécile osservò il lussuoso stabile a tre piani protetto da un cancello e da un alto muro. Di solito tendeva a detestare quel genere di residenze blindate che nella periferia di Tolosa sorgevano un po' dappertutto, ma in quel momento non le dispiaceva un eccesso di sicurezza. L'immobile comprendeva una ventina di appartamenti ognuno dei quali doveva valere il proprio peso in oro, a giudicare dalle comodità offerte: piscina condominiale ai piedi dell'edificio, giardino d'inverno in serra e parcheggio privato.

Zak controllò i nomi sul citofono.

«Arsène» domandò Cécile, «lei mi conferma che questo Jean-Bernard Patte non è l'ennesimo matto?».

«Assolutamente sì. Quand'ero all'Istituto universitario di Francia lui era già membro junior. Poi è diventato direttore di ricerca al CNRS e professore a Lingue Orientali. Patte è la massima autorità su Babilonia e Sumer...».

«Un genio» aggiunse Zak. «Lo adorerà. Due sono le persone che vorrei farle conoscere per convincerla, Cécile. Una è Jean-Bernard Patte. L'altra il suo mecenate, il miliardario Parastou Khan».

«Il suo mecenate?».

«Sì. Parastou Khan è un uomo d'affari azero che ha fatto fortuna col petrolio sulle rive del mar Caspio e ha reinvestito i suoi soldi nella protezione del patrimonio culturale in Medio Oriente e Asia centrale...».

A Cécile brillarono gli occhi.

«Un mafioso?».

«Sta scherzando?» protestò Zak. «È un uomo di pace e di cultura. Finanzia ricerche ovunque nel mondo, possiede collezioni favolose nel suo palazzo di Ishak Pascià in Naxçivan, è una personalità pubblica, è...».

«Va bene, va bene» lo interruppe Cécile. «Volevo solo essere sicura che non ci stesse portando un'altra volta nelle fauci del lupo».

Zak suonò e si presentò. Jean-Bernard Patte abitava al terzo piano.

Pochi secondi dopo il cancello si aprì.

A centocinquanta metri da lì gli occupanti della Opel Vivaro grigia ferma davanti alla chiesetta di Notre-Dame-de-la-Visitation osservavano Zak, Arsène e Cécile entrare nella residenza protetta. Morad, sul sedile del passeggero, rivolse un ampio sorriso all'uomo seduto al volante.

«Che ti avevo detto, Andrei? Non avevo ragione a venirli ad aspettare qui? Sono troppo prevedibili, la caccia non è neanche più divertente».

«Che facciamo?».

«Aspettiamo istruzioni».

Cortés rispose quasi subito.

«Li abbiamo ritrovati» si limitò ad annunciare Morad. «Sono da Patte, lo storico delle civiltà».

«Com'è la situazione?».

«Una residenza protetta, ma niente a che vedere con quelle di Mosca. Non c'è neppure una guardia armata all'ingresso».

«Bene. Abbiamo perso già abbastanza tempo. Entrate... Poi affrettatevi a tornare se volete essere a Ishak Pascià prima che lanciamo l'attacco all'Ararat. Qua le cose si stanno delineando, non c'è più da tergiversare...».

Morad si torse le dita come un ragazzino impaziente.

«Ti prego, Cortés, aspettaci...».

«Non avresti dovuto fallire a Bordeaux e a Tolosa, ragazzo... E credimi, rimpiangerai doppiamente il tuo ritardo».

«Spiegati».

«Primo perché abbiamo una bambina dagli occhi grigi che ha una montagna di segreti sull'arca da raccontarci, come se glieli avesse rivelati ieri il vecchio Enoch. E poi perché qui ci sono ragazze, bellezze mozzafiato dagli occhi verdi...».

«Maledetto!».

Cortés scoppiò a ridere.

«Mi dispiace ragazzo, lo stock è limitato. E poi capisci, da un punto di vista puramente matematico il principio dell'harem è incompatibile con il teorema di Cortés... Sbrigati, Morad. Non lasciarti testimoni dietro e torna da noi vivo».

Jean-Bernard Patte era un uomo di una cinquantina d'anni che si viveva con classe un po' altera la sua agiatezza materiale e la sua spigliatezza intellettuale. Accolse Arsène, Zak e Cécile con un impeccabile completo grigio, neanche si fosse svegliato indossando già giacca e cravatta. Cécile si sentì subito rassicurata dalla distinzione di Patte, dai libri allineati in biblioteca, dalle pile di tesi sulla scrivania e dalle fotografie di congressi in cui l'etnologo era ritratto con eminenti colleghi che la ricercatrice riconobbe.

Zak e Jean-Bernard si scambiarono lunghi e calorosi saluti. Tutti sedettero sui grandi divani ad angolo del luminoso salotto mentre una giovane, il cui grembiule bianco spiccava sulla bella pelle meticcia, serviva loro caffè e brioches.

«Devo avvertirti che siamo ricercati dalla polizia, Jean-Bernard» disse Zak. «Non vorrei causarti fastidi...».

«Veramente il ricercato è lei» specificò Cécile, perfida.

Jean-Bernard Patte sollevò la tazzina di caffè e soffiò con eleganza prima di rispondere.

«Qui siete al sicuro. Abbiamo bisogno di calma e riposo, se vogliamo parlare». Guardò Cécile. «Signorina Serval, credo di poterla mettere al corrente di un certo numero di elementi. Da parte mia, mi piacerebbe saperne di più sul suo famoso rapporto RS2A-2014».

«Chieda a Zak» sibilò Cécile.

Jean-Bernard Patte sorrise.

«Non c'è fretta. Finiamo di fare colazione».

Se la presero comoda.

Cécile stava bevendo il secondo caffè quando Arsène Parella, dopo una serie di sbadigli incontrollati, crollò sul fianco fra tre morbidi cuscini.

«Abbiamo avuto una notte movimentata» lo giustificò Cécile.

La ricercatrice non aveva voglia di dormire, voleva saperne di più. Quel Patte era la chiave. Osservò divertita gli occhi di Zak che a loro volta si chiudevano, vinti dalla comodità del divano, dal sole attraverso i vetri e dalla tranquillità del salotto.

Zak si riscosse.

«Jean-Bernard, hai notizie di Parastou Khan?».

«Non recenti. È una vita che non vado in Naxçivan. Ho nostalgia della sua ospitalità...».

«Anch'io».

Qualche secondo dopo la testa di Zak cadeva in avanti come quella di un congressista emerito all'ora della siesta. Cécile lo spiò con la coda dell'occhio aspettando che scivolasse definitivamente nel sonno.

«Mi tranquillizzi, professor Patte» disse poi. «Non crederà anche lei alle storie dell'arca di Noè e degli unicorni».

Patte aggrottò le sopracciglia.

«Per niente. Non ho opinioni personali in merito. La mia competenza si limita alla Mesopotamia di cinque o seimila anni fa, il periodo che viene comunemente chiamato il balzo avanti dell'umanità...».

E si mise a specificare con dettagli piuttosto noiosi il suo campo di ricerca. Un improvviso russare indicò a Cécile che stavolta Zak era decollato per il mondo dei sogni. La ricercatrice si alzò.

«Posso fare una telefonata, professore?».

«A chi, signorina?».

«Alla polizia. Ne avevo avuto l'occasione anche prima, ma quel manipolatore di Ikabi è riuscito, come dire, ad alterare la mia percezione della situazione. Ora è passata. Abbiamo degli assassini alle costole! Mi dispiace dirglielo, ma il suo amico Zak Ikabi è pazzo, o quanto meno incosciente. Non mi spiego come uno scienziato di chiara fama come lei possa proteggerlo».

«Ho con lui un rapporto di vecchia data, diciamo un rapporto antico e fedele».

«Desolata, devo chiamare la polizia».

«Non lo faccia, la prego».

«Perché? Mi dia una buona ragione per non farlo».

«Si sieda. Credo che la sorprenderò. Zak Ikabi non è un avventuriero esaltato. Ho un rapporto particolare con lui perché... perché è stato un mio studente. Per l'esattezza un mio dottorando. Uno studente molto brillante, dotato di un'immaginazione e un intuito prodigiosi».

Al secondo piano del numero 15 di rue de Vaugirard, proprio sotto l'appartamento di Jean-Bernard Patte, suonò il citofono.

«Bérénice, sono Gildas, ci apri?».

«Come no... Ehi, tutto bene?».

«Sì... perché?».

«Non lo so, hai una voce strana».

Gildas non rispose. Bérénice azionò l'apertura del cancello e tornò in cucina.

«Stanno arrivando» disse al marito intento a stappare una

bottiglia di vino. Poi controllò d'istinto la tavola apparecchiata, le posate, i fiori. «Gildas aveva una voce strana al citofono».

«Avrà litigato con Nicole. Bel pranzetto a quattro ci aspetta...».

Bérénice allisciò una piega sulla tovaglia.

«È trent'anni che litigano...».

Gildas andò con la Mercedes fino al parcheggio dietro l'edificio. Nello specchietto retrovisore vide l'uomo sul sedile posteriore avvitare una specie di tappo sulla canna della pistola. Capì che era un silenziatore. Tremava in tutto il corpo, come se fosse immerso in un lago gelido. Non voleva guardare in faccia la realtà, ammettere che l'uomo con l'accento russo stesse per...

Accanto a lui Nicole era bianca come il grande mazzo di gigli comprato per Bérénice che teneva in mano. I petali tremavano al punto da staccarsi dai gambi.

«Che volete fare?» gemé Gildas. «Io... noi...».

Gli assassini non si disturbarono a rispondere. I loro gesti erano meticolosi. Gildas non sapeva che fare. Aveva sessantatré anni, l'asma, la sciatica. Stranamente l'unica cosa che pensò in quel momento fu che se ne fregava di tutto, meno che di Nicole. Posò la mano sul ginocchio della moglie. La mano di Nicole si posò sulla sua. Si guardarono. Da quanto tempo non si erano più guardati in quel modo? Almeno trent'anni.

L'estremità del silenziatore gli toccò la nuca. Gildas sentì solo una breve sensazione di freddo, poi il collo gli si spezzò in due e il sangue zampillò. Nell'abitacolo della Mercedes, Nicole ebbe appena il tempo di urlare e contrarre la mano su quella del marito. Il silenziatore si voltò verso di lei e la pallottola le attraversò l'occhio destro.

Cécile si lasciò cadere sul divano.

«Zak un uomo di scienza?».

Non riusciva a crederci.

«In tutto e per tutto, signorina Serval. La sua tesi verteva sulle mitologie connesse all'arca di Noè fin dalla notte dei tempi. Non si trattava affatto di deliri creazionisti, ma di un vero e proprio lavoro da benedettino svolto su un corpus documentale che copre un arco di cinquemila anni. Un lavoro eccellente che gli ha valso lode e bacio accademico... È perfino stato ingaggiato da un istituto di ricerca italiano. Ma sa com'è il mondo universitario: più insisteva con la storia dell'arca di Noè e più diventava lo zimbello della comunità scientifica. Alla fine ha mollato tutti e ha continuato da solo. Un altro caffè?».

«Volentieri».

Mentre Cécile sorseggiava il terzo caffè Jean-Bernard Patte prese una mappa dal cassetto della scrivania e la aprì davanti alla ricercatrice.

«Guardi i luoghi che vi ha fatto visitare. Sta cercando di convincere lei e il professor Parella, tenta con voi quello che non è mai riuscito a fare con i miei colleghi ad eccezione del suo ex professore, ovvero il sottoscritto».

Cécile osservò la carta d'Europa. I punti cerchiati in rosso corrispondevano a raffigurazioni importanti dell'arca di Noè: Saint-Étienne-du-Mont, Chartres, Ambert, Saint-Lazare d'Autun, ma anche Venezia, Palermo...

«Il mecenate azero Parastou Khan è l'unico che l'abbia sostenuto finanziariamente. È un collezionista d'arte che gode di un'ottima reputazione. Credo che Zak voglia andare da lui in Naxçivan, nel suo palazzo ricostruito nel deserto ai piedi del monte Ararat».

«Che c'entriamo io e Parella? E che c'entra il nostro laboratorio, il DIRS?».

«È per via dell'incarico che avete ricevuto dal Parlamento mondiale delle religioni, il famoso rapporto RS2A-2014. Lei e Arsène siete due ottimi specialisti di paleoambienti montani, avete studiato a fondo il massiccio dell'Ararat. Zak ha bisogno di portarvi sul posto, e per riuscirci deve prima convincervi».

«E i Nefilim, in tutto ciò?».

Jean-Bernard Patte osservò con tenerezza Zak e Arsène sul divano.

«Probabilmente il tour operator non li aveva previsti. L'arca di Noè è un mito che fa correre parecchia gente: creazionisti, archeologi pazzi, cacciatori visionari di tesori, collezionisti venali...».

Cécile stava cominciando ad avere qualche difficoltà a mettere ordine in tutte quelle informazioni nuove. Il caffè le manteneva il cervello attivo in uno stato automatico di veglia.

«Le dice qualcosa la parola CIARCEL?» domandò.

«Dovrebbe?».

«È un codice, qualcosa del genere...».

Jean-Bernard Patte ci pensò qualche secondo.

«No, assolutamente niente».

«Pazienza, prima o poi lo scoprirò. E lei non ha paura dei Nefilim, professore?».

Patte stava ripiegando la carta dell'Europa.

«Come le ho detto non mi occupo né dell'arca né di miti religiosi. Sono storico delle civiltà, in particolare della civiltà sumera».

«Quella dell'epopea di Gilgamesh?».

«Gilgamesh è solo un particolare dell'affascinante civiltà di Sumer...».

Zak stava russando.

«Mi racconti, professore!».

Sabine posò la spesa per terra alla rinfusa e si dette della stupida: si era di nuovo scordata il codice d'accesso e doveva cercare le chiavi nella borsa. Si scordava sempre tutto: di prendere la sporta prima di andare al supermercato, di memorizzare il codice... Non era adatta alla città moderna. Sul vetro dell'ingresso dette uno sguardo di sfuggita al riflesso della propria graziosa silhouette di studentessa in arti applicate, alla gonna che le svolazzava sulle gambe abbronzate. La chiave si rifiutava di entrare! Era quella giusta, almeno? Sabine maledisse di nuovo la società ossessionata dalla sicurezza, le tre dannate porte da varcare per tornare a casa, cancello, portone e porta del suo appartamento... Odiava quelle residenze protette, e ancora di più il sistema grazie al quale gli unici appartamenti disponibili sul mercato erano affittati con piscina, giardino e triplo sbarramento. Per sopravvivere, la società si inventava ogni giorno nuovi desideri e nuove paure.

La Mercedes parcheggiò dietro di lei.

Ne scesero due uomini che Sabine non aveva mai visto. Per giunta entravano cani e porci! Guardò nel vetro il riflesso dei due uomini. Avevano un'aria da killer, come nelle serie televisive sulla mafia russa. Le sembrò buffo.

«Scusate» disse imbarazzata spostando da terra scatole di conserva e bottiglie di latte. «Ho dimenticato il codice». Ma i due tipi non sembravano in vena di comicità. «Però ho le chiavi» aggiunse trionfante.

Miracolo, il portone si aprì! Sabine spostò ancora un po' la spesa col piede per lasciar passare gli uomini, che entrando la sfiorarono. La giacca del primo si aprì leggermente.

Aveva una pistola alla cintura!

Pensò che era la prima volta che vedeva un uomo armato, a parte i poliziotti e i militari nelle stazioni. Esperienza nuova. Si armò di coraggio e si chinò per raccogliere la spesa. Fece appena in tempo a sentire un clic e sollevare la testa.

Quando vide la canna della pistola puntata su di lei aprì la bocca per urlare, ma non le uscì alcun suono. La canna della pistola ne approfittò per infilarsi nella sua gola.

La sua graziosa testolina sventata non avrebbe dimenticato mai più niente.

Il professor Patte era sprofondato in una grande poltrona con i braccioli. Cécile lo ascoltava interessata. Regnava una calma profonda nell'appartamento cullato dai respiri regolari di Zak e Arsène.

«La cosa da capire, Cécile, è che per centinaia di migliaia di anni gli uomini sono cacciatori e raccoglitori, formano piccoli nuclei isolati in cui vivono, si riproducono e muoiono tra loro... Bene che vada, piantano qualche seme e fabbricano qualche oggetto in terracotta. Poi, fra quattro e tremila anni prima di Cristo, le cose subiscono un'accelerata! Tutto comincia a Karahunge, in Armenia, il più antico sito archeologico del mondo, dove grandi blocchi di basalto allineati sono rivolti verso il cielo e forati al centro. Per quanto strano possa sembrare quei monoliti dimostrano che chi li ha eretti conosceva già l'astronomia, la forma e la rotazione della terra, e adorava gli dèi del sole e delle stelle. La civiltà di Sumer nascerà a pochi chilometri da lì. I sumeri inventano la scrittura, la matematica, i mattoni con cui costruiscono le città e i primi monumenti religiosi, i governi, l'amministrazione pubblica. Sono anche i primi a sviluppare la scuola, il denaro, il commercio, lo schiavismo, la navigazione sull'acqua, la cultura del vino... Di tutto e di più! Accantonati allo stadio animale dalla notte dei tempi, gli uomini si svegliano di colpo. Poche centinaia d'anni dopo sorgeranno società evolute un po' dappertutto nel mondo, l'Egitto delle grandi piramidi, verso il 3000 a.C., ma anche altre civiltà in Grecia, in Messico, in Cina. La cosa più stupefacente di questo balzo avanti dell'umanità è che succede all'improvviso e si diffonde nel mondo a gran velocità».

Cécile si rannicchiò sul divano.

«Come lo spiega?».

«È giustappunto la grande domanda...».

«L'evoluzione sarebbe contemporanea alle testimonianze...». Cécile esitò. «...Del diluvio universale?».

Jean-Bernard Patte sorrise.

«Vedo che Zak Ikabi l'ha informata bene... Sì, i racconti del diluvio universale, così come quelli dell'epopea di Gilgamesh che ha ispirato la Bibbia, corrispondono al periodo del balzo avanti. A livello globale, seimila anni fa. Non è facile dire se i progressi siano antecedenti o successivi al diluvio. Anzi, è un autentico pomo della discordia scientifico...».

«Una controversia?».

«Esatto. Tanto affascinante quanto segreta. A parte me e lui, il mondo se ne infischia dei sumeri! Le faccio un esempio: quando gli americani sono andati a fare la guerra in Iraq quante voci ha sentito levarsi per ricordare che si stava andando a combattere sulle terre di Sumer, che si stava mandando un esercito a calpestare la culla dell'umanità?».

Cécile sgranò gli occhi.

«Mi sta dicendo che gli Stati Uniti non stavano cercando armi di distruzione di massa, ma tracce dell'origine dell'umanità?».

«Piano, signorina, cerchi di non estrapolare. Personalmente non credo alla tesi di un complotto mondiale, sto solo cercando di capire come l'uomo si sia tirato fuori dal regno animale inventando una società... Ma neanche possiamo negare l'evidenza: gli americani hanno bombardato senza nessuna precauzione i siti di Babilonia, Ur e Ninive. Archeologi di tutte le confessioni hanno sollevato veementi proteste... nell'indifferenza generale».

«Davvero?».

«Proprio così. Si parla di più di ottocento bombardamenti su siti sumeri del tutto disabitati, terre che ho percorso per anni, delle quali era stato scavato sì e no un decimo, e che non riveleranno mai più i loro segreti... E non sto a dirle dei saccheggi, di tutte le tavole in caratteri cuneiformi non ancora decifrate che sono state rubate al Museo nazionale di Baghdad...».

«Me ne parli, invece...».

Un grido di donna li fece sobbalzare.

Zak e Arsène si svegliarono di soprassalto.

«Là» urlava isterica la donna che aveva servito loro il caffè.

Stava indicando il giardino col dito che le tremava. Cécile si precipitò al balcone e vide la scena irreale di un uomo in tuta da lavoro che tirava il corpo di una giovane donna da dietro il locale delle pattumiere. Il giardiniere si grattò la testa sbalordito, poi andò verso il muro dell'edificio e ruppe col pugno il vetro di una piccola cassetta rossa. Subito l'allarme risuonò nei corridoi.

Zak e Arsène erano già in piedi.

«I Nefilim!» gridò Zak. «Sono entrati, sono sulle scale».

Jean-Bernard Patte si precipitò a mettere il catenaccio alla porta d'ingresso.

«L'allarme dovrebbe farli scappare!».

«Prima o dopo averci ammazzato?» rispose Zak afferrando lo zaino.

Cécile era nel pallone. Quella follia non sarebbe dunque mai finita?

«Presto» fece Zak. «Sul balcone!».

Istintivamente Cécile prese la mano che le porgeva. Arsène era in piedi in mezzo al salotto, inebetito. Jean-Bernard Patte cercò di non farsi prendere dal panico.

«Se i Nefilim sono sulle scale la cosa migliore è barricarsi dentro e aspettare la polizia. Siamo a rue de Vaugirard, in pieno centro di Parigi, sarà questione di minuti».

Zak non lo ascoltava più.

«Venga, Arsène. Vogliono noi, noi tre! Siamo gli unici ad averli visti in faccia. E non ci metteranno molto a entrare».

Erano tutti e tre sul balcone. La sirena continuava a ululare. Cécile si aspettava di vedere la porta dell'appartamento volare in frantumi da un momento all'altro, di sentire gli spari.

«Dobbiamo saltare, è la nostra unica possibilità» disse Zak in un soffio.

«Dal... dal terzo piano?» balbettò Arsène. «È una fol...».

«Non abbiamo scelta» lo interruppe Zak.

Jean-Bernard Patte si avvicinò a passi rapidi, dette un breve abbraccio a Zak e gli mise in mano un mazzo di chiavi.

«Sono della Twingo rossa in rue Littré. C'è un'uscita sul retro».

Zak mormorò un grazie, poi afferrò saldamente Cécile alla vita.

«Ora!».

Cécile posò il piede sulla ringhiera.

L'attimo dopo volava nel vuoto.

Arsène Parella sgranò gli occhi spaventato. Il balcone era a dieci metri d'altezza, Cécile doveva essersi rotta l'osso del collo.

«Tocca a lei, Arsène» disse Zak.

Il professore si avvicinò tremante alla ringhiera. Saltare significava morte certa. Zak era un pazzo, li stava...

Smise di colpo di pensare.

Dieci metri più in basso Cécile stava già nuotando verso la scaletta! La piscina era stata costruita proprio sotto gli appartamenti, bastava buttarsi.

«Presto» lo spronò Zak.

Arsène chiuse gli occhi, fece leva sulle gambe molli e saltò. Zak guardò un'ultima volta Jean-Bernard Patte. In piedi in salotto, il professore stava abbracciando la meticcia terrorizzata. Zak tirò prima lo zainetto.

Poi si tuffò.

50
Palazzo di Ishak Pascià, Naxçivan

Idil aveva optato per una gonna bianca quasi trasparente con vaghi riflessi rosa, il colore che metteva più in risalto la sua pelle ambrata. I seni erano tenuti solo da una lunga fascia abilmente annodata e fissata con cinghiette sottili. Alcune frange bianche e rosa appese a un piccolo sole di madreperla intorno alla gola le accarezzavano la pancia piatta, nuda e abbronzata alla perfezione.

In piedi accanto a lei, dritte, fiere, con le braccia conserte e le gambe appena divaricate, anche le altre quattro ragazze avevano scelto vestiti da danzatrici orientali. Le lunghe gonne colorate, ornate di catene, monete d'oro e paillettes, scintillavano alla luce dorata del lampadario d'ottone.

Belle, bellissime, Idil era costretta a riconoscerlo.

L'arredamento sobrio contrastava con la raffinatezza delle candidate in lizza. La stanza sembrava una sala di danza, con parquet e boiserie in mogano. Le porte a entrambe le estremità erano controllate da un uomo armato. Lo sfregiato entrò da quella di destra, e stavolta si presentò: aveva lo strano nome di Zeytin. Spiegò, un po' come il presentatore di un gioco televisivo, ma molto meno bello, che una sola di loro sarebbe rimasta, e indicò la boiserie della parete di fronte su cui una tavola aveva due fori a mezza altezza.

«Sono qui solo per trasmettervi gli ordini del padrone» specificò Zeytin. «Sta dietro la parete, vi sta osservando già da vari minuti. Sarà lui a designare la favorita eliminando di volta in volta quelle che giudicherà meno desiderabili. Non dovrete mai guardarlo in faccia né conoscere il suo nome. Quella di voi che rimarrà dovrà chiamarlo Cortés».

Idil osservava con intensità i due buchi neri sulla parete di fronte, attraverso i quali giungevano scoppi di voci attutiti, come se là dietro quel Cortés stesse discutendo violentemente con qualcuno. Forse stava solo parlando al telefono.

Non ti distrarre, bella! pensò Idil.

Fin dall'inizio della mattinata si sforzava di non pensare alla piccola Aman, al suo unicorno, ai suoi occhi grigi e tristi. Aveva accuratamente nascosto nella fodera della borsa il pendente che le aveva dato di nascosto la bambina, anche se per un attimo era stata tentata di buttarlo nel gabinetto o nella pattumiera più vicina.

Quella collana puzzava di grane in arrivo!

Dopo, ci avrebbe pensato dopo. Una volta terminato il casting avrebbe preso una decisione riguardo alla collana, alla bambina e a tutte le cose losche che stava scoprendo in quel palazzo in capo al mondo.

Per il momento doveva avere un unico obiettivo, quello che era sempre riuscita a raggiungere senza neanche dover forzare il proprio talento, un dono che talvolta era un fardello e quel giorno era l'occasione della sua vita: che un uomo morisse di desiderio solo guardandola!

Se al miliardario piaceva la fantasia di guardarle senza rivelarsi, sarebbe stato servito. Allargò un po' le gambe, si inarcò, strizzò gli occhi a mandorla e fissò i due fori con un ardore da far prendere fuoco alle tavole. Ogni ragazza assumeva una posa diversa, tutte più che provocanti. Accettavano senza ritegno le regole imposte dal guardone invisibile. La cosa andò avanti un paio di minuti, poi Zeytin si avvicinò alla parete e incollò l'orecchio ai buchi. Quando si alzò si diresse verso la ragazza più vecchia, quella che sulla corriera Idil aveva giudicato la rivale più temibile.

A torto!

Una volta seminuda, la donna con lo sguardo di folgore non reggeva il confronto con i corpi più giovani delle altre quattro. Evidentemente la sua criniera da cavallo ribelle non era bastata a sedurre Cortés... Buona perdente, fece spallucce con un sorriso divertito, come a dire che non era poi così importante. Zeytin le fece segno di uscire dalla porta di destra. La ragazza fece qualche metro. I suoi piedi sembravano danzare sul parquet. Cortés sbagliava, pensò Idil, quella ragazza era la grazia incarnata. La guardia si fece da parte. Il corpo belluino della ragazza, provocante, sfiorò la divisa dell'uomo, poi la sua mano si posò sulla maniglia dorata della porta.

Senza voltarsi.

Il seguito durò meno di tre secondi. Zeytin si mise la mano nella tasca della giacca, tirò fuori un sottile revolver a canna lunga, mirò la nuca della ragazza e premette il grilletto.

La ragazza crollò in un lago di sangue ai piedi della guardia impassibile.

Non avrebbe mai capito perché era morta.

Era la più fortunata delle cinque.

Idil bloccò l'urlo in gola. D'istinto le altre tre fecero come lei, come se di colpo avessero capito l'inimmaginabile, come se in un lampo avessero preso coscienza delle vere regole del gioco.

Un gioco mortale.

In che razza di covo di pazzi era capitata? In quale mostruosa trappola si era fatta prendere?

Zeytin si rimise in tasca la pistola e batté le mani per indicare che la partita ricominciava.

«Le regole sono sempre le stesse, signorine» disse con la sua voce da diavolo ossequioso. «Una sola resterà. A voi giocare. Cortés apprezza le donne eccezionali».

Tutto precipitava nella testa di Idil. "Sopravvivere" era l'unica parola che le veniva in mente. Cortés apprezzava le donne eccezionali. Doveva fare in modo che il proprio corpo traspirasse seduzione, ogni minima particella, senza alcun ritegno, senza tabù.

Il minuto successivo le parve interminabile.

Zeytin incollò l'orecchio al buco, poi si voltò. Solo uno sguardo.

La più giovane, quella col viso da bambola di porcellana, anticipò il verdetto. Rapida come un fulmine, scattò prima che Zeytin si raddrizzasse completamente, afferrò il braccio dell'uomo di guardia con una forza da tigre e lo gettò a terra, poi gli calpestò la faccia col piede nudo mentre girava la maniglia della porta. Zeytin, colto di sorpresa, non aveva avuto neanche il tempo di mettersi la mano in tasca. La ragazza aveva già aperto la porta.

La pallottola le si infilò tra le scapole.

La bambola di porcellana, ancora issata sulla punta dei piedi, si inarcò un'ultima volta, come un birillo che non voglia cadere, poi crollò all'indietro. Sbattendo sul parquet la sua testa fece un atroce rumore di noce schiacciata.

La seconda guardia, che aveva avuto tutto il tempo di prendere di mira la fuggiasca, riportò con cura l'AK-47 lungo la gamba.

Idil era travolta dal panico, come se quella stanza quadrata fosse un cubo a chiusura stagna che si andava inesorabilmente riempiendo d'acqua. Si sforzò di mantenere inalterato il respiro. Doveva riflettere, fare ricorso all'istinto di sopravvivenza. Aveva ancora una possibilità. La più bella sarebbe sopravvissuta, era la regola. Non aveva nessuna voglia di capire le ragioni che spingevano quegli squilibrati a uccidere le perdenti, ragazze magnifiche, anziché stuprarle o farle diventare puttane di lusso. Andava contro ogni logica.

Erano rimaste in tre. Osservò le altre due ed esaminò le proprie possibilità. La più bella era senz'altro la ragazza magra con la faccia da top model, l'altra era meno carina, meno proporzionata, anche meno bella di lei, pensò Idil. Ancora un po' di tregua... La ragazza formosa sarebbe stata la prossima sulla lista macabra, l'avevano capito tutte e tre. Le donne sentono queste cose fra loro, sanno d'istinto chi è la più seducente del branco, come gli uomini intuiscono chi è il più forte prima ancora di battersi.

La condannata fece un passo avanti e si piantò davanti ai fori della parete. La sua pancia appena pronunciata si mise a ondeggiare, dapprima piano, poi sempre più veloce. La ragazza aveva movenze feline. Danzò e danzò. Animate dalle torsioni del corpo flessuoso, le monete d'oro della gonna e del reggiseno luccicavano con mille riflessi nella gabbia di mogano.

Continuò vibrante, gonfiando il petto. Idil era incapace del minimo gesto. Le braccia della danzatrice si agitavano aggraziate come ali di libellula. Quasi senza fermare la loro corsa le scivolarono dietro la schiena e il reggiseno cadde a terra con un rumore da moneta che rotola. La ragazza cominciò a girare su se stessa e i suoi magnifici seni si sollevarono, danzarono, esposti di volta in volta alle due guardie, a Zeytin e all'invisibile Cortés.

Poco a poco la trottola rallentò e si fermò. La ragazza rimase immobile di fronte a Cortés come se la parete non esistesse, offrendogli i suoi seni virginei.

Fedele all'atroce rituale Zeytin si avvicinò alla bocca che si intuiva dietro il buco con un sorriso sadico sulle labbra. La danzatrice stava piangendo, un torrente di lacrime inondava i suoi occhi col trucco d'oro, le rigava di scie dorate le guance, il collo, il seno nudo.

Bella, intensamente bella.

Commovente.

Tragica.

Lì per lì Idil pensò che nessun uomo potesse rimanere insensibile a tanta sensualità.

Zeytin sollevò piano la pistola.

La ragazza dagli occhi d'oro non si mosse. Solo le lacrime continuavano a scenderle. Chiuse gli occhi un'ultima volta.

La pallottola le attraversò il cuore.

Idil aveva avuto il tempo di ragionare. Erano rimaste in due, e una cosa le risultava chiara: l'altra era più bella. Non perché fosse fatta meglio, non perché fosse più sexy, ma la sua faccia angelica non temeva paragoni. Nessun uomo poteva resistere al desiderio di vedere un volto del genere acceso dal piacere, trasfigurato dall'orgasmo che lui stesso avrebbe provocato.

Idil avrebbe perso. Idil sarebbe morta.

Era questione di secondi.

Agì d'istinto, senza riflettere, senza averlo pensato prima, come un animale preso in trappola. Cacciò un urlo e si gettò sul viso angelico sfoderando le unghie come pugnali. Non aspettandosi che il pericolo potesse provenire da lei, l'altra ragazza non ebbe il tempo di proteggersi.

Le unghie si infilarono nella carne e ararono quel viso perfetto dalla fronte alle guance. Il tutto durò meno di cinque secondi. Quando Idil si ritrasse la ragazza crollò in ginocchio con le mani aperte sulla faccia insanguinata.

Erano ferite lievi, niente affatto gravi, graffi superficiali che nel giro di qualche giorno, forse poche settimane, sarebbero scomparse restituendo a quel volto il suo fascino angelico.

Ma il destino non aveva tutta quella pazienza, e Idil l'aveva capito.

Zeytin impugnò di nuovo la pistola. La ragazza si teneva il viso tra le mani rifiutando di farlo vedere agli assassini. Zeytin si avvicinò, abbassò la rivoltella e sparò come si fa per dare il colpo di grazia a una bestia ferita. Il corpo magro della ragazza si accasciò sul parquet.

Poi lo sfregiato guardò Idil con un sorriso diabolico sulle labbra.

«Bella mossa, furbastra. Hai imbrogliato, ma dopo tutto non era vietato... Avvicinati...».

Lei esitò.

«Avvicinati, accosta l'orecchio. Cortés vuole dirti qualcosa».

Mentre le guardie portavano via i cadaveri delle quattro ragazze Idil, sull'orlo della crisi di nervi, appoggiò l'orecchio alla parete.

La voce bassa e strascicata di Cortés si insinuò nel più profondo dei suoi pensieri.

«Congratulazioni, Idil. Sei l'eletta. Più di quanto tu creda... Non puoi renderti conto dell'opportunità che ti sto regalando, è normale, sei sotto shock, ne prenderai coscienza fra qualche ora o qualche giorno. Ormai non sei più soltanto una bella ragazza, Idil, sei un gioiello inestimabile, un pezzo unico. Stai cominciando a capire? Ti racconterò la storia del teorema di Cortés...».

51
Strada nazionale 1, a nord di Parigi, Francia

La Twingo rossa era uscita da Parigi dalla nazionale 1. Il traffico della tarda mattinata era particolarmente intenso all'altezza di Sarcelles.

Zak era al volante, e mentre guidava una pozzanghera si ingrandiva ai suoi piedi allagando gradualmente la moquette verde della macchina. Dalle maniche della camicia l'acqua gli colava sui gomiti e sulle mani.

Indifferente alle gocce che gli imperlavano le estremità dei capelli, Arsène aveva l'orecchio incollato al telefonino.

«Sono sani e salvi» annunciò respirando di sollievo. «I Nefilim se ne sono andati prima che arrivasse la polizia, non hanno avuto il tempo di entrare in casa di Jean-Bernard...».

«Avremmo potuto evitare il tuffo» commentò Cécile dal sedile posteriore.

«Ma non i poliziotti» rispose Zak dando un'occhiata allo specchietto retrovisore.

Cécile aveva abbandonato nel bagagliaio il cupo soprabito scuro imbevuto d'acqua e indossava soltanto la camicia giallo paglierino abbottonata fino al collo. Il raso, in genere castigato, da bagnato diventava indecente, le disegnava una seconda pelle, mentre i capelli liberati dallo chignon le ricadevano sciolti su guance e spalle finendo per sgocciolarle tra i seni. Zak, via specchietto, non poté evitare di indugiare con lo sguardo su camicetta e reggiseno trasparenti. Adorò l'occhiataccia che Cécile gli rivolse in cambio, e tuttavia la ricercatrice non fece niente per spostarsi di lato o coprirsi.

Complessata forse, ma non pudica, pensò Zak.

«Dove andiamo adesso?» chiese Arsène con voce stanca. «Ha un'idea di quando questa giostra infernale smetterà di girare, Zak?».

Cécile si sporse in avanti e guardò il GPS fissato al cruscotto.

«A Beauvais» annunciò. «Stiamo andando dritti verso l'aeroporto di Beauvais, e una volta lì avremo solo l'imbarazzo della scelta, ci si apriranno le porte di tutte le capitali europee. Dove ci trascinerà stavolta il signor Ikabi? Quale nuova raffigurazione dell'arca di Noè ci farà ammirare? La basilica di San Marco a Venezia? La Cappella Sistina a Roma?». Si raddrizzò. «Lei è un ragazzino cocciuto e irresponsabile con la sua caccia al tesoro, Zak. Perché si stupisce che i Nefilim ci ritrovino ogni volta?».

Zak strinse le mani umide sul volante, senza peraltro staccare gli occhi dai graziosi capezzoli inturgiditi della ricercatrice. Represse una reazione incollerita e si limitò a sorridere rivolgendosi ad Arsène.

«Ora la capisco meglio, professore. La sua allieva è piuttosto carina quando si arrabbia...».

«Questo non è un gioco, Zak» replicò secco il professor Parella. «Non possiamo continuare a scappare. Ci serve un obiettivo».

«Io ce l'ho, un obiettivo».

Cécile infilò la testa tra i due uomini.

«Può anche fare a meno di spiegarcelo, Zak, l'abbiamo capito. Sta sognando di metterci in valigia e portarci in Naxçivan, ai piedi dell'Ararat, dove avremo vitto e alloggio assicurati a Ishak Pascià, il palazzo del misterioso uomo d'affari miliardario Parastou Khan». Storse la bocca indispettita. «Come dire, intelligentone, che si sta cacciando ancora una volta tra le fauci del lupo... Quei Nefilim che ci stanno dietro sembrano russi, turchi o qualcosa del genere...».

Il professor Parella stava per dire qualcosa quando Zak indicò un punto sul GPS.

«Siamo a meno di dieci chilometri da Écouen!».

«E allora?».

«La cittadina di Écouen ospita nel suo castello il Museo nazionale del Rinascimento, l'equivalente di quello del palazzo di Cluny. Potremmo...».

«No!» fecero in coro Cécile e Arsène.

«Fatemi finire, almeno» insisté Zak. «C'è uno straordinario trittico del diluvio universale di Masséot Abaquesne, il famoso ceramista di Rouen...».

«Non se ne parla!» ribadì Cécile mandandosi indietro i capelli bagnati.

La Twingo procedeva a velocità sostenuta. Zak osservava sul GPS l'uscita di Écouen in avvicinamento. Non si arrese.

«Sul primo pannello della magnifica maiolica, chiamato "L'imbarco", si distinguono chiaramente alcuni frivoli unicorni che giocano con gli uomini. Negli altri due pannelli, mistero, sono spariti dalla faccia della terra... Oltre al quadro di Theodoros Poulakis esposto all'Istituto ellenico di Venezia, questa è l'unica opera rinascimentale in cui gli unicorni siano associati all'arca di Noè...».

«Ma basta con questi unicorni!» gridò Cécile esasperata. «Non capisce che con tutta probabilità i Nefilim ci stanno già aspettando al parcheggio del museo? Lei è talmente prevedibile! Ecco, siamo prevedibili, proprio questo è il problema!». Fece una pausa e continuò più calma. «Forse in fondo Beauvais è l'idea migliore per seminarli. A condizione che scegliamo una destinazione a caso: Stoccolma, Roma, Siviglia, Colonia...».

«Palermo» disse Zak. «Andremo a Palermo a vedere il mosaico del duomo di Monreale. Sarà l'ultima tappa».

«Prima di che?».

«Prima del Naxçivan...».

«Senza di me» fece Cécile. «Senza di noi».

Nell'abitacolo scese un silenzio prolungato rotto soltanto

dalle gocce che cadevano dal volante a intervalli regolari. Zak imboccò l'autostrada A16. Superarono Beaumont-sur-Oise.

Cécile fu la prima a parlare di nuovo.

«Così lei è uno scienziato?».

Arsène si voltò stupefatto. Zak non rispose, si limitò ad asciugarsi le mani bagnate sui pantaloni bagnati.

«Uno studioso decaduto» insisté Cécile. «Un ricercatore brillante, ma incompreso. Lo zimbello di tutti a causa degli unicorni e dell'arca di Noè...».

Zak rispose senza muovere la testa, fissando il camion davanti a sé.

«Vedo che Jean-Bernard le ha raccontato tutto. Ora capirà, spero...».

«No» disse Cécile a mezza voce, «non ancora. C'è qualcos'altro di lei che non mi è chiaro... anche se non riesco esattamente a capire cosa». Un brivido la percorse. «Zak, visto che siamo in vena di confidenze, mi dice che significa CIARCEL?».

«Ora è lei a essere troppo curiosa. Sono sicuro che ragionando un po' ci può arrivare. Basta pensare all'arca di Noè...».

Percorsero una decina di chilometri. Cécile, che tremava dal freddo, ruppe di nuovo il silenzio.

«Zak, per piacere, possiamo fermarci a Beauvais a comprare dei vestiti asciutti?».

Lasciarono la Twingo vicino all'aeroporto di Beauvais in un parcheggio immenso che sembrava un campo recintato in fretta e furia in occasione di un rave party in aperta campagna. Cécile aveva sostituito i vestiti bagnati con blue jeans attillati e una maglietta Calvin Klein color ciliegia. Zak aveva optato per pantaloni di tela e camicia ampia. Arsène era rimasto fedele a un sobrio completo grigio trovato in un negozio Marks & Spencer. Superarono un terrapieno mal illuminato diretti all'atrio delle partenze. Arsène, sfinito, si trascinava qualche metro dietro gli altri due.

«Non ha senso, non passerà mai i controlli» osservò Cécile. «È ricercato dalla polizia».

«Oh» fece Zak con un'alzata di spalle, «hanno solo una foto sfocata presa da una telecamera di sorveglianza, non la collegheranno mai a un onesto cittadino italiano in viaggio».

«Italiano?» ripeté lei sorpresa.

«Zaccaria Coppia» si presentò Zak con uno spiccato accento romano. «Le confesserò che, per ragioni troppo difficili da spiegare, per un certo tempo ho dovuto viaggiare in Italia con una falsa identità...».

Cécile storse il naso.

«Potrei denunciarla alle guardie di frontiera».

«Non lo farà».

«Perché non dovrei? Lei attira gli assassini e io ci tengo alla pelle».

«Perché è una scienziata, Cécile, tanto quanto me, ed è presa all'amo. Ci ha messo un po' più tempo del professor Parella, ma ormai anche lei ha voglia di conoscere il seguito della storia, i mosaici di Monreale, la favolosa collezione di Parastou Khan, e soprattutto...».

«Soprattutto?» ripeté lei maliziosa mentre facevano il loro ingresso nel terminal.

«Soprattutto vedere l'Ararat, non fosse altro che per dimostrarmi, da ricercatrice ottusa qual è, che gli unicorni non esistono, così come non esiste l'arca di Noè sotto i ghiacci».

Cécile guardò il giovane e lo trovò elegante con i vestiti nuovi, sicuro di sé, del tutto diverso dagli accademici che conosceva.

«La trovo un po' pretenzioso, Zaccaria Coppia».

«E perché? C'è forse un altro motivo per cui non se la sente di denunciarmi alla polizia? Un motivo meno confessabile?».

Zak abbassò gli occhi su di lei e le rivolse uno sguardo torrido che nelle sue intenzioni avrebbe dovuto sedurla.

«No no» rispose lei, «è molto confessabile. Non la denuncio perché mi fa pena. Lei è patetico, Zak Ikabi».

52
Palazzo di Ishak Pascià, Naxçivan

Idil fu condotta al serraglio, dove molte donne si presero cura di lei. Alcune le fecero il bagno, altre la cosparsero d'olio e di profumo alla magnolia, altre ancora la pettinarono a lungo con pettini di corno. Il fratello le aveva raccontato del serraglio di Topkapi, a Istanbul. Lei non l'aveva mai visitato, ma stentava a credere che fosse più lussuoso di quello di Ishak Pascià, rutilante di maioliche variopinte, sete e specchi.

Più passavano le ore e più Idil riusciva a convincersi che fosse stato tutto un brutto sogno.

Tacere. Dimenticare. Sopravvivere.

Il messaggio di Cortés era stato chiaro.

Era la favorita. Doveva darsi al misterioso individuo che l'aveva scelta. Cortés aveva ragione, ormai era l'unica. Tra le esperte mani delle donne dell'harem le era stato facile respingere la vocina che le sussurrava come, graffiando la ragazza dalla faccia angelica, in realtà fosse stata lei a spararle in testa. Preferiva fantasticare sul destino di Roxelana, la figlia di schiavi slavi ortodossi diventata la favorita di Solimano il Magnifico.

Lasciando il serraglio per recarsi negli appartamenti, tuttavia, non poté fare a meno di pensare alla piccola Aman.

Dov'era stata portata la bambina che aveva incontrato sulla corriera? L'avevano uccisa come le altre donne? L'avevano torturata per farle confessare un misterioso segreto?

O stava giocando tranquillamente col suo unicorno in una di quelle camere con decine di bambinaie ai suoi ordini?

Doveva dimenticarsi anche di lei. Almeno per il momento.

*

Indossò il vestito che le avevano preparato, una sontuosa *takchita* di taffetà rosso con ricami d'oro stretta in vita da un'alta cintura tempestata di pietre preziose, con una scollatura di impalpabile merletto. Mai, neanche nei più romantici sogni da principessa, aveva sperato di infilare il proprio corpo in una tale opera d'arte.

Tocco finale, Idil si mise intorno al collo la collana di rame con la croce, quella che le aveva affidato Aman, come se quel talismano bastasse da solo a esorcizzare i suoi scrupoli.

In fondo, pensò di nuovo, era la regina, l'unica. Forse la sua prima buona azione da favorita imperiale, dopo aver sfinito Cortés di piacere, sarebbe stata ritrovare la bambina fra le trecentosessantasei stanze del palazzo, perorare la sua causa e restituirle il sorriso.

Salvarla.

Attese. Zeytin venne a prenderla un'ora dopo e, quando la vide in piedi, per la prima volta indugiò con lo sguardo su di lei. In quel momento Idil si sentì invulnerabile.

«Gli piacerai» commentò con sobrietà lo sfregiato.

«Gli sono già piaciuta» replicò lei, secca.

Aveva capito che quel tipo era solo un tirapiedi.

Zeytin la fece entrare in camera da letto. La stanza era quasi tutta occupata da un grande letto a baldacchino le cui colonnine erano fissate a imponenti globi d'ottone.

«Una sola è la regola da rispettare, Idil: mai guardare in faccia Cortés. Se la rispetterai resterai la sua favorita e lui ti coprirà d'oro... come la Malinche[3]...». Zeytin posò la mano sul piumino. «Aspettalo qui. Quando si avvicinerà, Cortés solleverà lo spioncino della porta per osservarti. È il segnale. Poi toccherà a te sedurlo, fargli capire che lo stai aspettando assu-

[3] Leggendaria amante azteca di Hernán Cortés.

mendo una posizione in cui lui possa amarti senza che tu lo veda in faccia. Allora entrerà e ti possiederà».

Idil annuì. Attese per lunghi minuti. Anche se cercava di non farsi troppe domande sulle ragioni dello strano rituale imposto da Cortés, nella sua testa si accavallavano le ipotesi.

Infermità fisica? Vecchio disgustato dalla propria immagine? Fantasie perverse? Persona famosa che desiderava mantenere l'anonimato? Dopo tutto perché no, scherzò fra sé: scopata in un palazzo da una star della televisione!

Osservò le pareti dipinte, più che altro affreschi orientalistici che raffiguravano visioni occidentali e fantasiose degli harem: donne nude, lascive e grasse che passavano le giornate tra il serraglio e l'hammam come grosse gatte pigre.

Era quella la vita delle cortigiane? Scacciò di nuovo dalla mente l'immagine dei cadaveri delle ragazze che tornava a ossessionarla appena chiudeva gli occhi. Cortés era un criminale, un assassino senza scrupoli, e allora? Idil aveva visto al cinema *Casinò*, in cui anche Robert De Niro era un assassino, eppure Sharon Stone, la sua amante preferita, lo comandava a bacchetta. Era una storia vera, succedeva a Las Vegas e...

Un cigolio.

Lo spioncino si aprì.

Subito Idil si girò. Si era ripassata mentalmente la scena più volte. Licenziosa, se la prese comoda.

Era l'unica, ormai. Non aveva più concorrenza! L'avrebbe fatto soffrire. Per vari minuti giocò ad avvolgersi intorno alle colonnine d'ottone del baldacchino. I suoi occhi a mandorla truccati con l'henné passarono senza mai fermarsi sullo spioncino.

Al di sopra o al di sotto.

Goditeli, Cortés, goditi i miei occhi verdi...

Idil aveva fatto spesso l'amore, quasi sempre uscendo dai locali notturni. Poteva individuare il ragazzo che le piaceva e andarsene con lui scegliendolo come in un supermercato dov'era tutto gratis, ma in quel momento era la prima a stupirsi della propria torrida sensualità. Era dovuta al fatto di aver sfiorato la morte? Cortés era a tal punto scaltro e perverso?

Centimetro dopo centimetro la *takchita* scivolò verso il basso. Idil la accompagnava ondeggiando col bacino. Quando il vestito fu a terra rimase nuda per una frazione di secondo, poi prese il lenzuolo bianco di seta e vi si avvolse. La luce attenuata faceva risaltare la grana della sua pelle olivastra.

Vestita soltanto del drappo di seta abbracciò di nuovo la barra d'ottone. Il contatto con il metallo la fece rabbrividire. Si strusciò contro il tubo freddo sentendo già il piacere montarle dentro. Il lenzuolo scendeva e risaliva in un sapiente gioco a rimpiattino.

A un certo punto fece cadere la seta e si gettò sul letto allungando le braccia come se nuotasse sui morbidi piumini, poi, stesa sulla pancia, allargò le gambe.

Attese con il cuore che le batteva all'impazzata.

La porta si aprì.

Idil sprofondò la faccia nel cuscino.

Non voleva correre rischi.

Sentì dietro di sé una cintura che cadeva, un fruscio di tessuto, pochi passi, una minima corrente d'aria.

Il cazzo la penetrò. Improvviso. Violento.

Idil si aggrappò alle lenzuola, morse il cuscino. Cortés andava e veniva dentro di lei senza ritegno. Sentì due mani muscolose afferrarle i fianchi. Cortés era una bestia furiosa, Idil non aveva mai provato una cosa del genere. Inarcò la schiena, sollevò la testa dal cuscino, senza fiato, fissando il muro davanti a sé.

Era fondamentale che non si voltasse!

Le mancava l'aria tanto era travolta dal dolore e dal piacere. Impotente. Viva, vivissima. Due ombre danzavano sul globo d'ottone, quelle di due corpi all'unisono.

Chi era quell'uomo? Ecco una domanda che Idil non doveva mai porsi.

Fissò la palla d'ottone del baldacchino. Nella sfera metallica vedeva il proprio viso deformato e intuiva il corpo dell'uomo su di lei, ansimante. Era bella.

L'unica...

Il piacere le confondeva la mente.

Si contemplò ancora, poi sollevò la testa. Doveva smettere di guardare quella palla d'ottone, quello specchio messo come una trappola all'altezza dei suoi occhi!

A ogni costo!

No, Idil.

Oddio...

Per una frazione di secondo vide la faccia di Cortés nel riflesso dell'ottone e capì all'istante il motivo di quelle diaboliche precauzioni, seppe il gravoso segreto che nascondeva l'uomo e perché non doveva guardarlo.

Si affrettò a riportare gli occhi sul piumino.

Cortés, preso dal piacere, non si era accorto di niente. Idil forzò un po' il respiro, ansimò, emise rantoli in un crescendo calcolato. Cortés accelerò il movimento. Era il miglior amante che lei avesse mai conosciuto. Ormai sentiva il proprio piacere crescere inesorabilmente. Le mani dell'uomo le accarezzarono la schiena, le scivolarono sui seni, salirono un po', si contrassero sulle sue spalle.

Idil gridò.

Qualcosa non stava andando per il verso giusto. Le si accese un allarme interno che il suo cervello, proteso verso il piacere, si rifiutò di ascoltare.

Di colpo le mani di Cortés si chiusero sulla collana che aveva al collo, quella della piccola Aman.

Cortés era più forte di lei, le pesava sulla schiena con quasi tutto il corpo. Mentre continuava a fare avanti e indietro dentro di lei le sue mani le serrarono il laccetto di cuoio sulla gola. Idil non riusciva più a respirare, il suo cervello non era più irrigato, la sua mente volava via, stava perdendo i sensi.

Guardò un'ultima volta il proprio destino nella sfera d'ottone.

Cortés contrasse le dita stringendole la trachea con il cordoncino mortale fino a spezzarla, e con gesto brusco, nel momento in cui sentì che la vita aveva abbandonato la ragazza, strappò la collana.

Nord della Mesopotamia, 4371 a.C., autunno

Per piacere, Gana, spogliati» insisté Bilik.

Il giovane guardò a lungo la sorella. La trovò bella. Indossava il vestito bianco di lana fine, trasparente come una ragnatela imperlata da goccioline di rugiada. Nessuno aveva mai portato vestiti più leggeri, il tessuto le accarezzava l'epidermide con la delicatezza di un fiore d'albicocco, niente a che vedere con le pesanti pelli d'animale a cui la sorella era abituata fin dalla nascita.

Gli dèi avrebbero apprezzato.

«Togliti il vestito, Gana».

La ragazza esitava. Guardò preoccupata il sito, la cascata, il torrente, le pietre umide, le liane annodate fra gli alberi.

«Gli dèi mi stanno guardando?».

«Sì, Gana, ti stanno guardando. Vedono tutto, te lo assicuro».

«Perché desiderano vedermi nuda?».

«È una prova. Ti osserveranno e decideranno se sei di loro gusto...».

«E se lo sono?» domandò lei arricciando le labbra.

«Allora, se gli dèi vogliono, forse gli piacerò anch'io. Io e la mia famiglia. È la nostra occasione. È importante piacere agli dèi».

Timorosa, Gana non si muoveva. Il fratello l'aveva portata lontano dal villaggio, avevano risalito il fiume fin dal sorgere del sole. Da molte lune non si era allontanata così tanto dalla tribù.

«Non lo so... Avo dice che bisogna diffidare degli dèi».

«Nonno è vecchio, non capisce niente, è geloso degli dèi».

Bilik tacque. Di fronte a loro un raggio di sole attraversava la cascata creando un piccolo arcobaleno davanti all'acqua che cadeva scintillante come una pioggia d'oro.

«Guarda i colori che danzano nell'acqua, Gana... Guarda le stelle della cascata, sono quelle del cielo, le stesse che ricoprivano il suolo della montagna, le stelle fredde, ti ricordi? Spogliati, sorella, tra quelle stelle brillano gli occhi di nostro padre. Ti vedrà e sarà fiero. Anche lui è un dio, ormai...».

Bilik aveva uno strano sorriso sulla faccia. Gana aveva difficoltà a seguire i suoi discorsi. Com'era più semplice la vita sulla montagna! Il suo sguardo si perse nell'arcobaleno tremulo davanti alla cascata che si frazionava in mille riflessi.

Ci mise un bel po' a decidersi. Chi era lei per rifiutare di mostrarsi agli dèi? Chi era lei per rifiutare di mostrarsi a suo padre?

Il vestito di lana fine cadde a terra. Sulla sua pelle rimase soltanto la collana che le aveva regalato il fratello.

La collana degli dèi, aveva detto lui.

Un semplice dischetto di metallo su cui erano incisi due tratti incrociati come quelli che il padre faceva con due rami o tracciava sulle pietre per non smarrirsi nella montagna.

Il segno degli dèi, le aveva mormorato Bilik. Non doveva perderlo mai.

Gana rimase a lungo sotto l'acqua della cascata. Le piacque. Si accarezzò i lunghi capelli che le arrivavano fino alla vita, il folto pelo del pube. Adorava sentirsi peli e capelli lisci e brillanti come petali dopo un acquazzone.

«Vieni» le disse Bilik. «Non rivestirti e seguimi».

Prese la sorella per mano e la condusse a una capanna nascosta nella foresta un po' più in basso rispetto alla cascata, una capanna di rami con un tetto di felci.

«Gli dèi ti hanno preparato un regalo».

Gana osservò sorpresa la brocca d'argilla posata sul pavimento coperto di pelli.

«È la bevanda degli dèi» le spiegò il fratello. «Dopo aver addomesticato le piante gli dèi ne hanno penetrato il mistero. Dà forza e calore. Bevi, Gana, bevi...».

Gana aveva sentito parlare di quella bevanda. Aveva visto uomini cogliere quei frutti rossi che crescevano in grossi grappoli, spremerne il succo e chiuderlo in cortecce di legno unite fra loro. Aveva creduto che fosse una bevanda riservata agli dèi e che gli uomini non dovessero berla per nessun motivo. Era anche ciò che diceva Avo. Il nonno sosteneva che quel liquido fosse un'astuzia degli dèi per ridurre gli uomini in schiavitù.

Bilik le avvicinò la brocca.

«Bevi, Gana, fidati di me. Gli dèi ti stanno guardando. Se a loro piaci, ti vorranno bene».

Quando si svegliò, Gana non ricordava più niente. Era nuda, stesa sulle pelli nella capanna vuota.

Quanto tempo poteva essere passato da quando aveva immerso le labbra nella bevanda degli dèi?

Aveva la sensazione che la testa le scoppiasse, come se un temporale si fosse scatenato all'interno del suo cranio e dopo ore tuonasse ancora. Tracce scure e appiccicose le sporcavano collo e petto: si era vomitata addosso.

Ammutolita dal terrore si rannicchiò.

Ad agitarla non era il mal di testa, non era la sporcizia, non era il raccapriccio. Era qualcosa di mostruoso e terrificante.

Perdeva sangue tra le cosce.

Perdeva sangue senza avere segni di ferite.

Sesta corsa
Il Libro di Enoch

53
Duomo di Monreale, Palermo, Sicilia

La prima cosa che venne in mente a Cécile entrando nel duomo di Monreale fu che una pioggia d'oro fosse appena caduta sull'immensa chiesa attaccandosi ai muri e ai soffitti come una neve collosa, uno strato di fiocchi dorati.

Sulla macchina a noleggio, mentre andavano dall'aeroporto di Palermo alla collina che domina la capitale siciliana, ricordava il grosso delle informazioni ricevute da Zak: l'interno del duomo di Monreale era tappezzato da quasi diecimila metri quadrati di mosaico! Si trattava non soltanto di una delle più vaste superfici di mosaico al mondo, ma anche di una delle più ricche: così come la Cappella Sistina per la pittura o la cattedrale di Chartres per le vetrate, le scene illustrate sulle pareti del duomo potevano essere considerate capolavori dell'arte figurativa... In altre parole, aveva specificato Zak, erano illustrazioni della Bibbia destinate a istruire, affascinare e guidare il popolo.

Cécile si torceva il collo per guardare in alto.

Affascinare il popolo, certo... a condizione che il popolo si mettesse steso sul pavimento! Sebbene i mosaici ricoprissero ogni centimetro quadrato di muri, colonne e volte, il ciclo dell'Antico Testamento cominciava nella navata centrale all'altezza del magnifico soffitto in cui si intersecavano le travi azzurro e oro.

È così che sopravvivono i miti millenari, pensò Cécile: tramite immagini edificanti che cavalcano i secoli, come quel gigantesco racconto a fumetti ordinato novecento anni prima da Guglielmo II il Buono, all'epoca re normanno di Sicilia.

Si alzò sulla punta dei piedi. La storia di Noè occupava il posto più importante della prodigiosa epopea. Era raccontata in cinque mosaici, dall'imbarco all'arcobaleno...

«Guardate il terzo mosaico» disse Zak, «quello dello sbarco...».

Arsène e Cécile indietreggiarono per avere un maggior angolo visivo.

«Secondo voi di che specie è l'animale che sta scendendo dall'arca? Cavallo? Capra? Unicorno?».

«Cavallo no di sicuro» fece Arsène.

«Capra o unicorno, allora» continuò Zak. «Il dubbio sussiste da secoli...».

«O tutti e due insieme» propose Cécile massaggiandosi il collo.

La ricercatrice avanzò verso l'abside centrale attratta dalla monumentale figura del Cristo pantocratore, il cui mosaico ricopriva l'insieme della curva interna della cupola. Era turbata. A quanto pareva Zak aveva fatto attraversare loro l'Europa solo per discettare su un particolare di un mosaico situato a cinquanta metri sopra le loro teste.

Capra o unicorno?

Un capriccio infantile. Un ghiribizzo da pazzo non pericoloso.

Eppure...

Era inebriata dall'atmosfera magica della chiesa, naïf e allo stesso tempo lussureggiante.

Ed era costretta a riconoscere, almeno con se stessa, che non rimpiangeva affatto di averlo seguito. Nonostante la paura e nonostante gli assassini che li stavano cercando. La folla dei turisti intorno a sé la tranquillizzava un po', anche se ormai aveva capito che i Nefilim erano capaci di far fuoco in pubblico. Quante probabilità c'erano che gli assassini li avessero seguiti in Sicilia, che avessero di nuovo previsto le loro mosse come se leggessero nella testa di Zak?

Padre Paolo Angelo indietreggiò verso la porta sul lato sinistro del duomo. Aveva riconosciuto l'uomo con i pantaloni di tela e la camicia beige.

Da principio aveva avuto un dubbio, ma quando l'aveva visto piegare la testa per osservare i mosaici dell'arca di Noè, e solo quelli, aveva capito che non si sbagliava. Era Zak Ikabi, il fuggiasco ricercato dalla polizia francese e soprattutto, al di là dei confini, dagli occhi del Parlamento mondiale delle religioni.

I guardiani...

Padre Paolo Angelo era da tempo immemorabile uno di loro. Sacerdote al duomo di Monreale da quasi quarant'anni, era sempre stato convinto che Palermo avrebbe meritato molto più di Melbourne di ospitare la sede del Parlamento mondiale delle religioni. Lo pensava non per sciovinismo siculo, ma perché era lì, sotto i re normanni, che per la prima volta avevano convissuto le tre grandi religioni monoteiste. Per oltre un secolo ebrei, cristiani e musulmani erano stati uniti nella stessa corte di Palermo e avevano costruito favolosi monumenti arabo-bizantini mescolando il meglio di ogni arte, mentre studiosi di tutte le confessioni condividevano scoperte scientifiche...

Quello era il significato del duomo di Monreale, ed era per quello che padre Paolo Angelo ci teneva tanto al proprio ruolo di guardiano del Parlamento mondiale delle religioni, un guardiano vigile che aveva memorizzato la foto dell'uomo, diffusa da tutti i canali clericali, che viaggiava in compagnia dei due scienziati francesi Arsène Parella e Cécile Serval.

Il religioso spinse la porta bronzea, osservò la piazzetta davanti al duomo e si asciugò la fronte.

La faccenda si complicava.

Le tre Mercedes ferme sotto le palme erano state raggiunte da altre due. Padre Paolo Angelo non aveva mai visto gli individui che uscivano dalle prime macchine: sembravano slavi, ad eccezione del loro capo, un adolescente biondo che sembrava pronto per la comunione senza passare dalla confessione... e che però dava ordini a tutti gli altri.

Il prete si appoggiò alla porta con le gambe che gli tremavano, perché invece conosceva bene gli occupanti della quarta e quinta Mercedes: erano i giovani Rutelli accompagnati da alcuni membri dei Maletra, le due famiglie che regnavano sui quartieri sud di Palermo.

La mafia in tutta la sua potenza.

54
Duomo di Monreale, Palermo, Sicilia

Don Paolo Angelo si tamponò la fronte, incerto sul da farsi. Gli uomini ronzavano intorno alle Mercedes come api. O meglio come calabroni, pensò il prete, uno sciame mortale di calabroni. Quella gente non era lì per caso... Probabilmente gli assassini alle costole di Zak Ikabi e dei suoi compagni di fuga avevano chiesto una mano alla mafia locale, e non avevano lesinato sulle risorse: tra tutti erano almeno una ventina. Che valore poteva avere quello Zak Ikabi per essere braccato non soltanto dall'Interpol e dal Parlamento mondiale delle religioni, ma anche da criminali pronti a colpire in pieno giorno in un luogo sacro?

Don Paolo Angelo si passò di nuovo il fazzoletto bagnato sul cranio. Aveva già mandato un SMS al Parlamento, direttamente al presidente Viorel Hunor, ma se si trovava in Australia... Febbrili, le sue grosse dita digitarono un altro messaggio identico, un'urgente richiesta d'aiuto. A quell'ora il duomo di Monreale era pieno di turisti e, benché non conoscesse i farabutti slavi, conosceva abbastanza i picciotti locali da sapere che, se ben pagati, non avrebbero esitato a sparare tra la folla.

Che fare?

Aspettare?

Aspettare che? Gli assassini si allontanarono dalle macchine per disporsi a semicerchio intorno alla chiesa. Monreale era un vero e proprio vicolo cieco.

La rete si stava stringendo.

Lui solo poteva ancora impedire il massacro.

Presto, pensò il prete. Attraversò la navata con tutta la velocità che gli consentivano i suoi centoventi chili. Ikabi era sempre davanti ai mosaici dell'arca con Parella e la Serval.

Un bersaglio ideale.

Don Paolo Angelo travolse senza tanti riguardi un turista che, come gli altri, guardava il soffitto. Posò le dita grassocce sulla spalla di Ikabi. Fu il più stringato possibile, non poteva permettersi di perdere un secondo.

«Venite con me, tutti e tre...». E davanti ai francesi stupefatti continuò con lo stesso tono d'urgenza. «La porta di destra, presto. Dà sul chiostro. Forse lì non vi cercheranno...».

I tre fuggiaschi non fecero domande, seguirono il prete che tornò verso l'abside rovesciando al passaggio le sedie di legno allineate sul pavimento di marmo. Passando sotto le colonne corinzie tirò fuori una grossa chiave di ferro.

«A quest'ora il chiostro è ancora chiuso» disse ansimante. «Abbiamo una possibilità...».

Si fermò di colpo davanti all'imponente porta di bronzo precedendo di un metro Zak, Cécile e Arsène. Con gesto sicuro, malgrado il panico che lo scuoteva, infilò la chiave e la girò nella toppa scatenando un rumore di grossi ingranaggi.

«Presto. Questo è l'unico accesso al chiostro. Chiuderò appena sarete passati. Ancora un metro e sarete in salvo...».

I tre esitarono.

Soltanto un secondo.

«Dopo di voi, signori» gracchiò una voce alle loro spalle.

Don Paolo Angelo si bloccò, pallidissimo. Ludo Rutelli e Gino Maletra, due delinquenti della peggior specie, si erano incollati ai fuggiaschi come volgari turisti che volessero attaccare discorso, ma con le pistole puntate all'altezza della pancia. Due assassini slavi si avvicinarono tagliando ogni via di fuga verso la navata: l'adolescente biondo col sorriso da Gesù Cristo e un tizio con i baffi.

«Ottima idea, padre» disse Rutelli. «Andiamo tutti nel chiostro, staremo molto più tranquilli...».

L'ultimo assassino si chiuse alle spalle la porta di bronzo, a chiave. I mercenari non avevano lasciato niente al caso: a parte due uomini rimasti nella chiesa a fare il palo, gli altri diciotto erano entrati nel chiostro. Diciotto killer armati, esperti e determinati contro quattro bersagli in un cortile quadrato senza uscite.

Non era certo una partita ad armi pari.

L'assassino biondo si avvicinò a Zak, Cécile, Arsène e don Paolo Angelo. Un demonio dal viso paffutello. Osservò il chiostro con un prolungato sguardo circolare.

«Bel posto per morire, no?» disse in inglese.

Il sole del mattino inondava di luce il cortile interno. Il chiostro di Monreale era un cortile quadrato di una cinquantina di metri per lato il cui deambulatorio, miracolosamente conservato, era sostenuto da più di duecento colonnine decorate con motivi bizantini, arabi e normanni.

«Non ci venivo dalla prima comunione» ridacchiò Gino Maletra in un inglese incerto. «Ma siete fortunati, se dovessi scegliere un posto in cui tirare le cuoia sceglierei questo».

Il chiostro era stato concepito come un'oasi di frescura. Maletra indicò le piante mediterranee al centro del giardino e la grande fontana in un angolo.

«La fontana della giovinezza» disse rivolto all'assassino biondo. «Pare che dia la vita eterna» ridacchiò di nuovo. «Potremmo affogarceli dentro, tanto per vedere se è vero».

«Facciamola finita» tagliò corto Morad.

Esaminò i tre prigionieri. Don Paolo Angelo si teneva in disparte aggrappato alla croce che aveva sul petto come fosse stata un salvagente durante il diluvio universale. La voce di Morad risuonò nell'aria con un timbro cristallino da voce bianca.

«Ikabi, professor Parella, signorina Serval... Finalmente ci incontriamo... I primi ordini erano di catturarvi vivi e torturarvi per entrare in possesso di alcuni pezzi importanti, il rapporto RS2A-2014 e i frammenti dell'arca di Noè, ma purtroppo gli ordini sono cambiati. Non c'è più tempo. Abbiamo tergiversato troppo, il mio capo brontola, voi capite... Dobbiamo soltanto eliminarvi». Fece un passo e prese lo zainetto che Zak aveva in mano, rovistò alla cieca e continuò: «Siete talmente prevedibili... Magari avete con voi quello che stiamo cercando!».

Zak non batté ciglio. Morad alzò la testa e ordinò:

«Puntate!».

Nove pistole e otto fucili a canne mozze si spianarono su di loro.

Era la fine!

«Mi dispiace» mormorò Zak cercando con la mano destra la mano di Cécile.

La ricercatrice la accettò, incapace del minimo pensiero coerente. Tutto sarebbe terminato lì, nel modo più stupido. L'ultima cosa che vide la stupì: Zak teneva anche la mano di Arsène Parella.

Davanti a loro Morad si portò il cellulare all'orecchio.

«Solo un secondo, sto telefonando a una persona che adorerà sentire gli spari».

55

Strada nazionale Iğdir-Doğubeyazit, Turchia

Dietro il filo spinato la pecora nera guardava incuriosita il tenente di polizia Mahir Bey. Il poliziotto distolse lo sguardo per primo e si abbassò il cappello da cowboy sulla fronte. Il giochino avrebbe potuto andare avanti per ore, quella stupida pecora non aveva nient'altro da fare per tutto il giorno e la compagnia era abbastanza rara in pieno deserto.

Del resto, un appuntamento discreto era ciò che il tenente voleva. Si fidava fino a un certo punto di quel capobranco azero che si faceva chiamare Cortés e rifiutava di mostrare la faccia in pubblico... anche se il tipo poteva contare su un'importante rete di amicizie in Kurdistan, disponeva di un rubinetto inesauribile di lire turche e aveva la capacità di varcare frontiere di paesi nemici come altri attraversano la strada. Gli avevano detto che Cortés voleva vederlo, e la cosa stava bene anche a lui.

Era stato Mahir Bey a fissare il luogo dell'appuntamento a metà strada della nazionale Iğdir-Doğubeyazit, un interminabile rettilineo asfaltato che sembrava essere stato srotolato in mezzo alla pianura da un gigante. Magre pecore brucavano l'erba gialla. Qualche asino affamato cercava l'ombra dei pali elettrici. Il paesaggio era slavato, spento, come appassito per essere stato troppo a lungo dimenticato dagli uomini.

Neanche una capanna di pastori in un raggio di vari chilometri.

Nessun testimone.

Nemmeno sulla luna sarebbero stati così tranquilli.

In Kurdistan i poliziotti si spostavano su mezzi blindati. Due Condor, così si chiamavano i veicoli, aspettavano a una cinquantina di metri dal tenente. Mahir Bey dette un tiro alla sigaretta contemplando l'Ararat. Naturalmente Cortés era in ritardo. Far marinare il capo della polizia del Kurdistan doveva fare parte del gioco. Eppure Mahir Bey era occupatissimo, e non per modo di dire.

Far regnare l'ordine era la sua missione, per la quale poteva contare su ottantasei uomini e una quindicina di Condor, oltre ai due carbonizzati che decoravano il parcheggio del commissariato di Van. Per una persona pragmatica come Mahir Bey far regnare l'ordine significava trovarsi di fronte a disposizioni contraddittorie.

Ufficialmente l'amministrazione turca stava negoziando con i rappresentanti curdi. Nessuna provocazione. La Turchia doveva farsi vedere pulita dall'Unione europea. I curdi parcheggiati nelle catapecchie di città venivano invitati a tornare a crepare nei loro villaggi natii sollevando meno onde possibile, cosa non facile nel paese del diluvio universale... Ufficiosamente, per evitare il rifiorire del terrorismo sulle pendici dell'Ararat ci si aspettava da lui una politica di fermezza, ad esempio avvelenando la vita dei curdi con sbarramenti e perquisizioni continue. Rientrava nei suoi compiti anche evitare che le frontiere fossero aperte a traffici di ogni genere e la corruzione dilagasse. Nientemeno!

Dette un'altra boccata. Una nuvola di polvere apparve all'orizzonte, verso l'Iran, nel punto in cui la strada sembrava sprofondare nella terra.

Per giunta quella settimana la situazione era particolarmente tesa: fra pochi giorni ci sarebbero state le elezioni amministrative, in Kurdistan come nel resto del paese. Voto libero e pacifico! Ormai da un secolo le elezioni erano la principale vetrina democratica della repubblica turca. Grande pressione sulle spalle e un bel casino in prospettiva.

La nuvola si avvicinava. Doveva essere Cortés.

Mahir Bey gettò via la cicca con una schicchera e la schiacciò con la suola dello stivale. Gli piacque il gesto, l'atmosfera da grandi spazi. Forse aveva visto troppi western da piccolo. I colleghi lo prendevano in giro per lo Stetson che portava sulla testa.

Al tenente piacevano le responsabilità.

In compenso sentiva che non gli sarebbe piaciuto il tipo che stava per incontrare.

La BMW si fermò in mezzo alla strada senza neanche accostare di lato. Cortés scese e camminò verso il tenente. Un ampio turbante nero gli nascondeva la faccia lasciando visibili soltanto gli occhi.

Malattia della pelle o criminale schedato?

L'uomo era alto. Dietro di lui si allungava un'ombra lunga e sottile come quella dei pali della luce.

Gli tese la mano.

«Era un pezzo che desideravo incontrarla, tenente Bey».

«Le confesso che stavo per dire la stessa cosa».

Il tenente Bey aveva solo sospetti, nessuna prova, e Cortés lo sapeva. Il giorno prima avevano ripescato nell'Aras cinque cadaveri di ragazze col volto devastato dal vetriolo, impossibile identificarle senza fare indagini approfondite... Sennonché due giorni prima era stata denunciata la scomparsa di cinque giovani curde che, stando alle testimonianze di parenti e amici, avevano accettato di partecipare a una specie di casting organizzato dal miliardario azero Parastou Khan. Avrebbero dovuto recarsi nel suo palazzo di Ishak Pascià, in Naxçivan, sotto la protezione di Cortés...

Cortés fece il finto tonto di fronte alle foto che gli mostrò Mahir Bey.

«Che schianto, tenente!» fischiò ammirato. «Capisco che abbiano lasciato mamma e papà per tentare l'avventura in un posto diverso da questo buco di culo del mondo. Tutte e cinque sparite? Non le ho mai viste, purtroppo per me, ma se sono scappate insieme in Russia non credo che i russi saranno tanto propensi a ridarvele...».

Mahir Bey incassò.

C'era anche la storia della ragazzina rapita al mercato di Iğdir. La madre e alcuni uomini del suo accampamento si erano presentati in commissariato, la madre in preda a una crisi isterica. Anche lei stranamente accusava gli azeri del Naxçivan. Il resto era incomprensibile. La curda aveva parlato di torture e di un segreto che non aveva voluto rivelare.

Alla fine Mahir Bey l'aveva mandata via.

Cortés osservò la fotografia della piccola Aman con molta meno attenzione.

«Carina anche lei, in un altro senso. Non so che dirle, tenente. Quale segreto potrebbe mai nascondere una pastorella curda, così misterioso da richiedere addirittura la tortura?». Cortés guardò sprezzante il cappello da cowboy del poliziotto. «A quanto mi risulta, quando l'esercito rapisce civili curdi, li mette in prigione e li interroga, in particolare quelli che vivono sull'Ararat, non è certo per fargli confessare dove si trovi l'arca di Noè...» disse con una risatina un po' forzata, «ma per colpirli al cuore! I pastori curdi proteggono i terroristi, li nutrono, li ospitano, li armano. I terroristi colpiscono nelle città in pianura e si rifugiano sulle montagne, è una tecnica di guerriglia vecchia quanto il mondo...».

Prima di continuare, Cortés restituì la foto al tenente.

«Se non si riesce a catturare i terroristi bisogna far pagare chi li protegge» disse poi. «È un metodo che ha dato i suoi frutti. Ma immagino che lei abbia di meglio da fare a tre giorni dalle elezioni».

Mahir Bey mise via la fotografia e prese un'altra sigaretta dal pacchetto.

«Ci muoviamo nello stesso campo, tenente» disse ancora Cortés. «Ci sono cose che può fare la polizia, ci sono cose che può fare l'esercito turco e ci sono cose che possono fare milizie private come la mia».

Mahir Bey espirò, e per un attimo il fumo della sigaretta coprì la cima dell'Ararat. Il poliziotto non era stupido, quel tipo lo stava prendendo in giro, ma era protetto, intoccabile. Negli anni Mahir Bey aveva imparato a tenere la bocca chiusa, fumare in silenzio e nascondere i pensieri cupi sotto lo Stetson.

«Se sente qualcosa in giro...» disse tanto per la forma.

Il cellulare di Cortés suonò.

«Mi scusi, tenente. Una telefonata importante che stavo aspettando». Controllò sul display. «Mi stanno chiamando dall'Italia. Incredibile, vero? Per l'esattezza da Palermo».

56
Chiostro del duomo di Monreale, Palermo, Sicilia

Morad attivò il vivavoce del telefonino.

Scoppiò in una risata da bambino burlone pensando che Cortés, non potendo assistere al successo completo della missione, l'avrebbe ascoltato in diretta. Associarsi con i mafiosi siciliani era stata un'idea geniale, conoscevano i luoghi nei minimi particolari. È sempre saggio far lavorare gli artigiani locali.

I diciassette assassini aspettavano solo il suo segnale per aprire il fuoco. Arsène e Cécile chiusero gli occhi, Zak no. Don Paolo Angelo mormorava preghiere.

Morad sollevò più che poté il telefonino.

Una specie di sfrigolio lo infastidiva, un'interferenza, qualcosa nel cielo che disturbava la comunicazione.

Non ci si poteva fidare nemmeno della tecnologia.

Pazienza...

«Fuoco!».

La prima pallottola attraversò la fronte di Gino Maletra. Le successive tre, quasi simultanee, fecero esplodere come meloni troppo maturi il cranio di tre mercenari. I tiratori erano appostati sul tetto del chiostro.

Zak, Arsène e Cécile si buttarono a terra. Don Paolo Angelo fece la stessa cosa con un secondo di ritardo e lo sguardo rivolto al cielo, come per ringraziare gli angeli sterminatori.

Gli altri assassini si rifugiarono d'istinto dietro la doppia fila di colonnine bizantine. Le raffiche di mitra rimbalzarono contro la pietra facendo saltare i motivi decorativi medievali in una pioggia colorata di minuscole forme geometriche.

Altri quattro mercenari caddero, falciati in corsa. Ludo Rutelli si fermò quando sentì dietro di sé il rantolo del fratello Matteo. Si voltò. La pallottola lo colpì poco sotto la tempia. Gli altri miliziani cercarono riparo sotto il tetto sul quale erano appostati i tiratori.

A un certo punto le foglie della palma al centro del giardino vibrarono al soffio di un tornado invisibile. L'elicottero spuntò da dietro la cupola e si abbassò rapidamente sul chiostro diventato ormai una trappola in cui i mercenari correvano senza alcuna speranza di scampo. Due tiratori scelti, fuori portata sull'elicottero e armati di fucili di precisione a più lunga gittata delle pistole e dei mitra, eliminarono gli uomini rimasti uno per uno.

I sopravvissuti sbattevano sui muri come topi isterici rinchiusi in una cassa. La folgore cadeva spietata dal cielo scegliendo con precisione i bersagli.

Il mercenario baffuto batté alla porta bronzea che immetteva nel duomo biascicando parole confuse in un misto di francese e italiano. Quattro pallottole lo inchiodarono sul posto con le braccia spalancate.

Morad si nascose per un paio di secondi dietro una colonnina rossa e oro, sparò a casaccio una raffica verso il cielo e corse verso la fontana sull'angolo opposto, unico ridicolo riparo, stringendo sempre il telefonino con la sinistra.

«Morad!» urlò una voce dall'altro capo del mondo. «Morad, che succede?».

L'adolescente si buttò lungo disteso sotto la vasca della fontana e svuotò il caricatore puntando alla cieca i cecchini. Poi si rialzò in un ultimo slancio con gli occhi pieni di lacrime, ridotto ormai a un bambino punito.

Per sempre.

Tre pallottole lo colpirono al cuore con precisione chirurgica. La sua testa dalla faccia d'angelo cadde nella fontana dell'eterna giovinezza.

La leggenda era dunque vera: mai il giovane Nefilim sarebbe invecchiato.

«Morad!» continuava a gridare la voce nel cellulare. «Morad, rispondimi!».

Il braccio moscio del ragazzo restò in equilibrio sul bordo della vasca. Dopo qualche secondo le dita contratte del cadavere si allentarono.

«Morad, maledizione!».

Il telefonino scivolò nell'acqua limpida.

La sacrestia del duomo di Monreale non aveva il lustro dei mosaici d'oro della chiesa o dei motivi decorativi bizantini del chiostro. Pareti e volte erano dipinti in normalissimo bianco, il contrario della decorazione, ma Arsène, Zak e Cécile se ne infischiavano.

«Dovete accendere un cero a don Paolo Angelo» disse un uomo che non aveva avuto neanche il tempo di togliersi il giubbotto antiproiettile. «Se non ci avesse avvertito in tempo...».

«Chi siete?» domandò Cécile, ancora inebetita. «Una brigata antiterrorismo?».

«Non proprio» rispose l'uomo.

Era bello come un dio, con occhi straordinariamente chiari. Cécile si chiese se tutti i salvatori, pompieri, bagnini o preti sterminatori, fossero anche angeli dalla corporatura atletica.

«Da un punto di vista tecnico facciamo parte di un reggimento di guardie svizzere» spiegò il capo del commando, «ma il nostro campo d'azione va molto oltre il territorio vaticano e la protezione del pontefice. Dal 1999, anno in cui sono state estese le competenze del Parlamento mondiale delle religioni, siamo passati sotto la direzione unica del presidente dell'assemblea».

«Viorel Hunor?» si stupì Arsène.

«Lo conoscete?».

«Abbiamo lavorato per lui».

«Bella cazzata, infatti...» bofonchiò Cécile.

Da una finestra a vasistas semiaperta si sentiva l'agitazione crescente dell'esterno. Sirene delle ambulanze, della polizia... Zak, che dalla fine della sparatoria non aveva aperto bocca, si decise a parlare.

«Immagino che il passo successivo sia consegnarci alla polizia».

«È così. Se non abbiamo capito male, siete ricercati dalla polizia francese... Consideratevi fortunati che vi consegniamo vivi».

«Alla buon'ora» mormorò Cécile.

Zak si alzò di scatto dalla panca di legno su cui era seduto.

«L'operazione era coordinata da Viorel Hunor?» domandò.

«Sì, via radio. È a Melbourne e...».

«Me lo passi!».

Gli occhi azzurri della guardia svizzera lo guardarono perplessi.

«Come?».

«Lo chiami. Vorrei parlarci personalmente».

57
Sacrestia del duomo di Monreale, Palermo, Sicilia

Zak Ikabi?».

La voce del metropolita aveva un timbro grave, profondo, calmo.

«Grazie per il vostro intervento, presidente Hunor. L'ho trovato, come dire, molto efficace per un'amministrazione come la vostra, troppo spesso tacciata di essere eccessivamente burocratica».

«Era il minimo che potessimo fare. L'importante è essere dalla parte dei buoni, no?».

«Non mi consegni alla polizia».

«Scusi?».

«Non mi consegni alla polizia. Non ora. Mi rilasceranno, lo sa anche lei, ma ci vorranno settimane. È un tempo che non posso permettermi di perdere».

«Cerchiamo di capirci, Ikabi. Il Parlamento mondiale delle religioni non esercita una giustizia parallela, le cose non funzionano così. Lavoriamo in stretta collaborazione con polizia, giudici e procuratori. Quello che mi sta chiedendo è impossibile, e d'altronde immotivato».

Zak contrasse il pugno sul tavolo. Fuori, il rumore delle sirene aumentava.

«Giochiamo a carte scoperte, Viorel. Lei è un uomo ben informato, dispone di mezzi investigativi che non hanno niente da invidiare alla CIA o all'SVR russo. Sa quindi che sono io l'uomo che è entrato nell'inferno del Vaticano qualche settimana fa, quello che ha tenuto in mano il Libro di Enoch».

La voce del metropolita scese un altro scalino verso il profondo.

«Continui...».

«Come immagina, non ho corso questi rischi per niente... Ho un set completo di fotografie dei frammenti di Qumran. Stanno in un file zippato di qualche migliaio di megabyte che in questo stesso momento è allegato a una mailing list di varie centinaia di indirizzi di giornalisti, scienziati, esperti e uomini politici. Posso inviarlo da un qualsiasi computer, e qualunque amico può farlo al posto mio se a me viene impedito, cioè se sparisco, muoio o vengo messo in prigione».

Un altro scalino. Le cantine del Vaticano.

«Sta bluffando!».

«Niente affatto, e lei lo sa. Sono in possesso della versione integrale del Libro di Enoch. Ci pensi, presidente. Lei sa esattamente le carte che ho in mano. È lei che sta bluffando, non io. Devo essere più preciso? Davanti a testimoni? La verità è che lei non ha altra scelta che soddisfare le mie richieste e pregare che io non scivoli sul marciapiede...».

«Cosa vuole?».

«La libertà per me, Cécile Serval e Arsène Parella. E un aereo privato».

«Per dove?».

«Naxçivan!».

La voce scese tre gradini in un colpo solo. Qualcuno aveva spento la luce della scala della cantina e lei si era spaccata la faccia.

«Per l'amor del cielo, a che gioco sta giocando, Ikabi?».

«A nessuno. Ho solo bisogno di un appartamento con balcone affacciato sull'Ararat».

«Non capisco...».

«Eppure è chiaro. Sto facendo il vostro lavoro, quello che il vostro Parlamento non è in grado di fare...».

«Dopo quello che è successo oggi non mi pare che possa lamentarsi del nostro operato».

«È vero. Sono esigente».

«Esigente e pretenzioso. La fortuna non sarà sempre dalla sua».

«Perché no? Basta essere dalla parte dei buoni, giusto?».

Viorel Hunor tossicchiò all'altro capo del filo.

«D'accordo, Ikabi. Stavolta vince la mano. Mi dia due ore. Un taxi passerà a prendervi a Monreale. Il jet vi aspetterà all'aeroporto di Palermo».

Zak riattaccò.

La guardia svizzera con gli occhi chiari lo guardò sbigottito. Cécile gli fece l'occhiolino con aria desolata, poi si rivolse a Zak.

«E se io non avessi voglia di andare in Naxçivan, eh? Se me ne fregassi del balcone sull'Ararat? Se me ne strafregassi del suo amico Parastou Khan che dev'essere ancora più sciroccato di lei? E poi, cazzo, si può sapere che razza di scoop contiene questo Libro di Enoch?».

58
Doğubeyazit, Turchia

I centomila abitanti della cittadina turca di Doğubeyazit si sentivano un po' dimenticati. Ankara era a più di mille chilometri, laddove il confine con l'Iran era a trenta ed Erevan a quaranta.

Doğubeyazit aveva la reputazione di vivere di traffici di ogni genere. Eppure era difficile da credere. Consisteva praticamente in una strada chiusa alle due estremità da una decina di carri armati, con i Condor della polizia che pattugliavano in continuazione. I curdi badavano alle proprie occupazioni come se non si accorgessero neanche più dello stato di guerra permanente imposto alla loro città. Doğubeyazit era rumorosa, le moto cinesi circolavano tra i camion e i carri tirati da asini, metà della strada era occupata dalle bancarelle, donne velate riempivano di provviste buste di plastica, gli uomini avevano baffi, cappello e tenevano le mani nascoste nel giubbotto. Il clima era rude, la città sorgeva a quasi duemila metri di altitudine. Doğubeyazit era una banale città d'appoggio alle truppe, dovevano pensare il visitatore smarrito, il camionista che attraversava l'Eurasia da nord a sud e il militare di stanza lì...

Eppure Doğubeyazit era anche il centro del mondo.

Il trampolino per l'Ararat.

L'arca di Noè era dappertutto: sulle pareti di alberghi e ristoranti, nei cortili delle scuole con a bordo Topolino e Minni che si salvano dal diluvio, scolpita sulla porta del centro culturale, dipinta sullo stemma del municipio.

Doğubeyazit era il punto di partenza di tutte le ascensioni

sul massiccio dell'Ararat. Certo, non era ancora Chamonix, turisti, alpinisti e cercatori dell'arca erano a stento un migliaio all'anno e l'ufficio del turismo faticava a sopravvivere. Per molti anni, durante la guerra con il PKK, l'ascensione sulla montagna era stata vietata. Solo nel 2000 l'accesso all'Ararat era stato dichiarato obiettivo militare di seconda classe e da allora severamente regolamentato per gli stranieri, ma autorizzato. Poco a poco i curiosi stavano tornando. Nei loro programmi di trekking estremo in giro per il mondo alcuni tour operator proponevano l'arrampicata sull'Ararat. Nella stagione più calda, quando i ghiacci si scioglievano, le scaltre guide locali vendevano la speranza di scorgere un pezzo di trave dell'arca e gli alberghi cominciavano a riempirsi. L'hotel Tehran era uno di quelli. Sull'insegna gialla e rossa si stagliavano fiere le sagome del Piccolo e Grande Ararat.

Estêre attraversò la strada diretta all'hotel Tehran proprio nel momento in cui passava un blindato della polizia. L'aveva fatto apposta, solo per il misero piacere di costringere i poliziotti a inchiodare. Non avrebbero certo travolto una madre di famiglia a due giorni dalle elezioni!

Voltandosi riconobbe l'uomo accanto all'autista del Condor: era Mahir Bey, quel cretino di tenente col cappello da cowboy che il giorno prima l'aveva buttata fuori, uno stronzo che non avrebbe mosso un dito per cercare Aman. Estêre lo guardò dritto negli occhi e sollevò senza mezzi termini il dito medio.

«Vaffanculo».

Mahir Bey, stoico, continuò a mordicchiare la sigaretta.

Lavoro del cazzo. Pressione del cazzo.

La cosa più semplice sarebbe stata liquidare tutti, sia i curdi delle montagne che i trafficanti dall'altra parte del confine.

Il blindato continuò per la sua strada.

El condor pasa.

A ogni provocazione curda contro l'autorità turca Mahir Bey fischiettava nella sua testa l'aria della canzone peruviana. E anche le parole.

I'd rather be a hammer than a nail[4].

Estêre salì le scale dell'hotel Tehran. «Al primo» le aveva detto il portiere. Bussando alla porta fece cadere alcune scaglie di vernice.

«Avanti» fece in curdo una voce maschile. «È aperto».

Yalin era steso a torso nudo sul letto sporco. Ai piedi del letto c'era una valigia aperta, come se fosse di passaggio, appena arrivato e pronto a ripartire. Estêre lo trovò stanco. Eppure quell'uomo, che tutti sulle montagne curde dell'Ararat chiamavano "il francese", era la sua unica speranza.

Estêre entrò nella stanza tormentando tra le dita il biglietto del dolmuş, il minibus con cui da Iğdir era venuta a Doğubeyazit.

«Devi aiutarci, Yalin».

«Evita di chiamarmi per nome, Estêre! Le cose si stanno facendo complicate. Sono ricercato. Sono...».

«Hanno rapito Aman. Al mercato di Iğdir. Stava guardando un unicorno giocattolo».

«L'ho saputo. Sono furbi, hanno accumulato indizi, ormai sanno cosa cercano e si stanno avvicinando. Non ci posso fare niente».

«Il camion del mercante che ha rapito Aman aveva la targa del Naxçivan. Non si nascondono neanche più, l'hanno portata a Ishak Pascià».

Yalin si alzò. Le ombre giocavano sui muscoli guizzanti del suo torace. Aprì la finestra alla polvere della strada e contemplò l'Ararat. Quanti uomini avevano dormito a Doğu-

[4] Dalla versione di Simon & Garfunkel: "Preferisco essere un martello che un chiodo". [N.d.T.]

beyazit in una camera d'albergo come la sua prima di intraprendere l'ascensione ossessionati dalla montagna, sognando di essere i primi a scendere con la prova in mano?

«Che ti aspetti da me, Estêre? Sono solo, sono sfinito. Vado avanti e indietro per il pianeta, ero a Hong Kong, ero in Armenia... Non posso essere dappertutto, non posso chiudere tutte le brecce da solo. Loro sono tanti, organizzati, informati».

«Tortureranno Aman per farla parlare».

«E lei parlerà. E prima lo farà, meglio sarà per lei. Forse la risparmieranno, avranno bisogno di lei per farsi guidare sulla montagna».

«Che ne sarà di noi?».

«Siete gli ultimi testimoni, dovete fuggire. Tutta la tribù deve fuggire, cambiare posto, la montagna è grande...».

«Sai bene che è impossibile».

Yalin rovesciò la testa all'indietro facendo scrocchiare le cervicali.

«Vorresti che andassi da solo all'attacco di Ishak Pascià?».

«Pare che siano impazziti, Yalin. Hanno rapito anche delle ragazze, le più belle della regione, e i loro cadaveri sono stati ripescati nell'Aras. Saccheggiano reliquie, distruggono le cose di valore...».

«Lo so. Ho fatto quel che ho potuto, li ho attaccati a sorpresa dove non se l'aspettavano, ma il danno che ho procurato loro è quello del tafano che punge un elefante...».

Estêre crollò sul letto. Era dunque quella la loro ultima speranza? Un uomo braccato, stanco, isolato? Gli occhi grigi le si riempirono di lacrime.

«Ti prego, Yalin. Fallo per me...».

L'uomo continuava a guardare la montagna. Affioravano i ricordi. All'epoca aveva tredici anni, Estêre doveva averne meno di trenta e lui la trovava straordinariamente bella con quegli occhi color basalto e i capelli neri che le scendevano fino al sedere. Certe volte sul bordo del ghiacciaio Estêre si lavava nuda senza il minimo pudore, passandosi manciate di neve sulla pelle gelata. Era stata la sua prima fantasia erotica. Quante volte nelle grotte di Ahora, di fronte al Piccolo Ararat, si era accarezzato pensando a lei? Impossibile ormai confessarlo a quella donna alta e forte, quasi cavallina, con i lineamenti scavati da quaranta inverni...

Si voltò.

I grandi occhi grigi della donna, in compenso, non avevano perso il potere di sedurre. Yalin si sforzò di evitarli per non lasciarsi intenerire.

«Mi dispiace, Estêre» disse. «Conoscevi le regole di prudenza, e le conosceva pure Aman. È una crudele realtà, ma il segreto che tutti stiamo proteggendo è più importante della vita di tua figlia».

Tra le dita di Estêre il biglietto del dolmuş si lacerò.

«Come puoi dire una cosa simile, Yalin?».

59
Sopra l'Europa

Il Falcon 2000 sorvolava l'Europa a quasi ottocento chilometri all'ora. Zak, Cécile e Arsène erano soli sull'aereo privato, a parte il pilota. Avevano consumato una cena frugale, ma abusato dello champagne che quel gran signore di Viorel Hunor aveva lasciato per loro nel frigo del jet, a meno che non fosse compreso nel forfait del noleggio superlusso. L'aereo offriva tutte le comodità, compresa una doccia, una cucina e un computer con accesso a Internet. Quando Zak propose di stappare un'altra bottiglia di Moët & Chandon il professor Parella si ritirò.

«Senza di me, ragazzi. Approfitterò del volo per rimettermi dalle emozioni. Le poltrone si trasformano in cuccette, e ho l'impressione che debbano essere particolarmente comode».

Arsène tirò la sottile parete scorrevole di legno che permetteva di isolare una camera nel retro dell'apparecchio. Cécile invece brindò col bicchiere vuoto contro quello di Zak.

Un secondo tappo saltò.

La ricercatrice era discretamente brilla, ma se ne infischiava. Si alzò con una certa difficoltà dalle morbide poltrone di pelle color crema e fece due passi fino all'ampio divano collocato lungo un lato della carlinga, poi batté con la mano su un cuscino.

«Venga anche lei, Zak. Si sieda accanto a me. Non la mangio mica, voglio solo parlare...».

Un po' imbarazzato e un po' sedotto Zak la raggiunse sul divano girandosi di tre quarti per guardarla in faccia. Le loro ginocchia quasi si toccavano. Cécile allungò la coppa, che aveva svuotato d'un fiato, per farsela riempire di nuovo.

«Zak, cos'è il Libro di Enoch?» domandò a bruciapelo.

«Eh?».

«Il Libro di Enoch, quello di cui ha fotografato l'originale in Vaticano, la sua arma letale contro i preti... Ho lavorato molto con Viorel Hunor per il rapporto RS2A-2014, posso testimoniare che non è certo un angioletto, eppure con lei è stato docile come un agnellino! Cosa rappresenta di così pericoloso per la Chiesa, quel libro?».

Zak bevve un sorso e non rispose.

«Amico mio, vuole che collabori? Che mi metta gli scarponi quando arriviamo all'Ararat? Allora dovrà dirmi qualcosa di più».

Con un elegante gesto del piede Cécile fece volare le scarpe contro un oblò, poi, con più delicatezza, posò gli occhiali sul tavolino di mogano. I suoi occhi assunsero una posa leggermente strabica che Zak non aveva mai notato. Effetto dello champagne o no, gli piaceva un sacco quello sguardo da gatta posato su di lui.

«Sta cercando di sedurmi, Cécile?».

«Attento a non scambiare i suoi desideri per realtà...» lo ammonì lei svuotando la coppa. «Su, parliamo del buon vecchio Enoch...».

«È cocciuta, lei».

«Detto da lei è un complimento».

Zak sorrise e si alzò. Andò al computer e in pochi clic si collegò al proprio sito.

www.ciarcel.net

Poi digitò la password per aprire una nuova pagina.

«Tanto per cominciare, Cécile, deve sapere che il Libro di Enoch è il libro apocrifo più famoso del mondo. Si tratta di un racconto che da un punto di vista storico ha esattamente lo stesso valore degli altri racconti contenuti nella Bibbia, di cui è coevo. In ebraico la parola "hénok" significa "iniziato" o "iniziante". La Chiesa lo ha espunto dalla Bibbia solo nel IV secolo, e mi riferisco alla versione ufficiale, non ai frammenti censurati dei manoscritti ritrovati a Qumran nel 1947...».

«Va bene, va bene» lo interruppe Cécile, impaziente. «Mi risparmi i preliminari. Che racconta il racconto?».

«È una storia abbastanza lunga, più di un centinaio di pagine. Le faccio un breve riassunto. Per prima cosa Enoch racconta come alcuni angeli scesi dal cielo abbiano istruito gli uomini».

«Nientemeno!».

Zak si spostò per fare posto alla ricercatrice davanti allo schermo.

«Legga in tutta fiducia, non sono i frammenti segreti del Libro di Enoch, ma estratti che può trovare su un qualunque sito Internet».

Cécile fece uno sforzo di concentrazione. Lo champagne le faceva girare la testa. Le righe le ballavano davanti agli occhi.

Gli angeli insegnarono loro le droghe, la stregoneria, gli incantesimi e le proprietà delle radici e degli alberi. Baraqiel insegnò loro l'astrologia, Kokabiel i segni delle stelle, Arataqif i segni della terra, Shamsiel i segni del sole, e tutti si misero a rivelare misteri alle loro donne. Il nome dell'ultimo è Tenemue: insegnò loro la scrittura e l'uso della carta e dell'inchiostro. Questi strumenti passarono dalle sue mani a quelle degli abitanti della terra e vi rimasero per sempre.

Un dubbio terribile colse Cécile. Gli effetti congiunti dello champagne e della lettura di quello strano testo esumato dall'alba dell'umanità stavano suscitando in lei una sorta di effetto ipnotico. Zak, sorridente, si avvicinò e le accarezzò il braccio.

«In seguito la storia si fa piccante» disse. «Enoch narra come gli angeli scesi dal cielo si siano accoppiati con le donne degli umani. È la stessa cosa che viene raccontata nella Bibbia, ma più in dettaglio».

Cécile ebbe un brivido, e il suo turbamento aumentò man mano che leggeva brani di testo.

In quei giorni, quando gli umani si furono moltiplicati, accadde che nacquero loro figlie eleganti e belle. E quando gli angeli, figli del cielo, le videro, se ne innamorarono. Si dissero l'un l'altro: scegliamoci donne della razza degli uomini e facciamo figli con loro. Non contenti di giacere con belle dame in carne e ossa, gli angeli le fecero accedere a una conoscenza proibita.

Vampate di calore percorrevano la ricercatrice. Eppure il racconto non era affatto terminato.

«La storia d'amore tra gli angeli scesi dal cielo e le umane finisce male» continuò Zak. «In fondo era prevedibile, no? Altri dèi più potenti si arrabbiano... A quanto pare non apprezzano che gli angeli abbiano rivelato certi loro segreti agli uomini né che si scopino senza ritegno le abitanti più carine della terra. E qui si arriva all'episodio del diluvio provocato dagli dèi. Con qualche variante, il racconto è molto simile alla storia di Noè...».

Cécile leggeva mormorando meccanicamente le parole, come se recitasse una preghiera.

Dall'unione di angeli e donne nacque una progenie scomoda. Quelle donne dettero alla luce giganti alti trecento cubiti. Il Signore, furioso, decise di punire gli angeli decaduti e distruggere gli uomini scatenando il diluvio.

Alzai di nuovo gli occhi al cielo e vidi una grande volta, e sopra di essa sette cateratte che riversavano torrenti di pioggia. Ed ecco che l'altezza dell'acqua superava l'altezza di tutti i villaggi. Tutti i tori, gli elefanti, i cammelli, gli asini e le greggi furono sommersi e perirono nelle acque. Ma la nave galleggiava su quelle stesse acque.

Cécile si alzò barcollando per riempirsi la coppa di champagne.

«Tanto ormai...».

«E questo è niente, Cécile! Ora arriviamo alla parte più strana del racconto di Enoch, la più strana e la più conosciuta: Enoch dice di essere stato preso dagli angeli, guidati da Uriele, e portato nelle stelle. Fornisce una lunga e meticolosa descrizione del suo viaggio celeste. Alcuni specialisti lo ritengono un trattato di astronomia di una precisione inverosimile per l'epoca».

Bere, pensò Cécile. Bere, leggere e non credere a niente.

Così fui portato in cielo, e presto arrivai a un muro costruito con pietre di cristallo. Fiamme in movimento avvolgevano i contorni di un palazzo grandioso. I tetti erano formati da stelle filanti e lampi di luce.

Lo guardai con attenzione e vidi che c'era un trono elevato. Da quel trono potente sgorgavano torrenti di fiamme. Su quel trono di gloria era seduto qualcuno con un vestito più brillante del sole e più bianco della neve. Vidi sette stelle incatenate le une alle altre come grandi montagne, come fuochi ardenti. E vedendo ciò gridai: Per quale delitto quelle stelle sono state incatenate, perché sono state relegate in questo luogo? Allora Uriele, uno dei santi angeli che era con me e mi faceva da guida, rispose: quelle stelle hanno trasgredito il comando dell'Altissimo, e per espiare il loro crimine sono state incatenate in questo luogo per un numero infinito di secoli. Questa è la prigione degli angeli, aggiunse, e qui saranno rinchiusi per sempre!

"Prigione degli angeli. Stelle incatenate. Fiamme in movimento". I deliri di Enoch si rincorrevano nel cervello di Cécile.

«Enoch conclude il racconto parlando della sua discendenza» continuò Zak sempre più eccitato. «Qui le cose si mischiano un po', ma legga, Cécile, legga solo questo pezzetto in cui è descritta la nascita del pronipote di Enoch, Noè. Se le piace la fantascienza, apprezzerà».

Cécile svuotò il bicchiere prima di dedicarsi alle ultime righe.

Rimasta incinta, ella mise al mondo un figlio con la pelle bianca come la neve e rossa come una rosa, con i capelli bianchi e lunghi come lana e occhi di eccelsa bellezza, luminosi come il sole, che appena aperti inondarono di luce tutta la casa. Allora Lamech, pieno di stupore, disse che aveva un figlio che non somigliava per niente agli altri bambini. Non è un uomo, disse, è un angelo del cielo, di sicuro non è della nostra specie. Si chiama Noè perché vi sopravvivrà.

Cécile vacillò. Zak la sorresse col braccio.

«Impressionante, no? Ora capisce perché la Chiesa non ci tiene a fare troppa pubblicità alla storia di Enoch. Per la cronaca, questi famosi giganti nati dall'accoppiamento degli dèi con gli umani, o se preferisce questi angeli decaduti, sia nel Libro di Enoch che nella Bibbia, sono comunemente chiamati... Nefilim».

Mentre Zak chiudeva con cura le pagine del computer Cécile tornò verso il divano reggendosi con precauzione a ogni poltrona, senza capire se a far beccheggiare il salotto fosse l'aereo o il suo cervello annebbiato. Tutte le certezze da ricercatrice razionale le scoppiavano nella mente in bollicine di champagne. Si sdraiò sui cuscini e fissò Zak con insistenza.

«Adesso... adesso sa tutto» mormorò Zak, «e potrà trarne le conclusioni che crede...».

I piedi nudi di Cécile accarezzavano delicatamente il cuoio.

«A dire il vero ho qualche problema a fare una selezione... Angeli scesi dal cielo che insegnano i loro segreti agli uomini... Dovrebbe dirmi qualcosa di più, Zak».

Anche Zak si sprofondò sul divano, e la sua mano accarezzò i jeans di Cécile.

«Angeli fornicatori, che scelgono le donne più belle e le possiedono».

Cécile rabbrividì. La mano di Zak risalì lungo la gamba. Lei lo lasciò fare. L'alcol anestetizzava ogni resistenza e ogni coerenza nella concatenazione dei pensieri.

«Vedo dove vuole arrivare, dottor Ikabi».

La voce di Zak divenne un sussurro, la sua mano calda si infilò sotto la maglietta della donna.

«No, lei non vede niente. Se avessimo avuto tempo le avrei parlato dei testi sumeri che descrivono l'influenza dell'incredibile pianeta Nibiru, la cui orbita incrocia quella della terra ogni tremilaseicento anni... e dei testi maya e degli indiani Hopi, che raccontano esattamente la stessa storia, ma poi penserebbe che mi spingo troppo oltre».

La mano si posò sul seno di Cécile. Due dita abili separarono le sottili coppe di pizzo.

Cécile sentì il proprio corpo abbandonarsi. Si allungò sul divano e sussurrò:

«Si spinga oltre, dottor Ikabi, la prego. Le sue esplorazioni sono vecchie come il mondo... Pensi al popolo del cielo...».

L'altra mano raggiunse la prima e insieme strisciarono sulla pelle chiara, risalirono e andarono a chiudersi sui piccoli seni, mentre la bocca di Zak le divorava la pancia.

«Vecchie come il mondo?» mormorò Zak tra un bacio e l'altro. «Diffidi degli amalgami troppo semplicistici, Cécile. Che io sappia, nessuno ha mai capito il vero significato del racconto di Noè».

Cécile smaniava dal desiderio mentre le dita esperte di Zak le titillavano i capezzoli. Gli prese la mano e la guidò verso il proprio inguine.

«Ardo dal desiderio di conoscerlo, dottor Ikabi...».

Le dita di Zak fecero saltare tre bottoni della patta e si infilarono sotto l'elastico teso delle mutandine.

«Tutti si sbagliano sul mito dell'arca, Cécile. Sia i fanatici creazionisti che gli ufologi. Finora nessuno ha intravisto una verità lampante. Eppure è semplice, basta confrontare i racconti dei sumeri e quelli della Bibbia».

«Confronti, dottore» ansimò la ricercatrice. «Confronti...».

E si contorse fino a far scendere i jeans a mezza gamba, aiutata dal palmo di Zak tra le cosce che le imprigionava la sua intimità umida.

«La verità è scritta in negativo... è in ciò che la Bibbia non dice, in ciò che i suoi silenzi insinuano...».

«Insinui, dottor Ikabi... Si insinui».

Il dito medio di Zak si isolò dalle altre dita e scivolò dentro di lei.

Il piacere esplose intenso, irresistibile.

Cécile si morse le labbra per non svegliare Arsène.

60
Iğdir, Turchia

Mahir Bey crollò a sedere davanti al computer del suo ufficio nel commissariato di Iğdir. Aveva chiuso la finestra e acceso il ventilatore. Lo Stetson era appeso a un chiodo dietro la porta. Mentre il vecchio IBM 2000 si attivava con un rumore da aviogetto il tenente appoggiò gli stivali sul bordo della scrivania e si massaggiò a lungo il collo. Ormai da mesi trascorreva le giornate sul campo e la sera doveva rispondere alle e-mail giunte al commissariato durante il giorno...

Un incubo! Svogliato, fece sfilare le decine di informazioni amministrative inutili, deciso a soffermarsi solo sulle cose importanti.

E tale gli apparve il messaggio dell'ufficio centrale nazionale dell'Interpol ad Ankara. La mail era breve, si limitava a comunicare che era stato spiccato un mandato di cattura internazionale nei confronti di un criminale francese sospettato di omicidio, sequestro di persona e partecipazione a varie sparatorie in luoghi pubblici.

Zak Ikabi.

Il poliziotto fece spallucce, non si sarebbe messo certo a correre dietro a tutti i tipi in fuga del pianeta. Con la mano sul mouse, Mahir Bey si accingeva a trascinare il messaggio nel cestino... quando il seguito del testo lo inchiodò alla poltrona.

Stando alle informazioni in possesso dell'Interpol il ricercato si stava dirigendo verso il Naxçivan insieme a due ostaggi con l'obiettivo di entrare in Turchia per raggiungere l'Ararat.

«*Sik!*[5]» imprecò.

Sebbene l'Azerbaijan, come quasi tutti gli stati del mondo, fosse membro dell'Interpol, c'erano ben poche probabilità che la polizia locale muovesse un dito per intercettare i fuggitivi, soprattutto se disponevano di protezioni locali. Come al solito sarebbe toccato a lui tendere la rete...

Mahir Bey imprecò di nuovo. Mentre l'aria del ventilatore gli rinfrescava la nuca si ripassò mentalmente la lista delle cose a cui doveva pensare in quei giorni: oltre alle rogne quotidiane doveva garantire la sicurezza delle elezioni amministrative nel Kurdistan turco senza perdere di vista le mafie straniere, la cui attività sembrava raddoppiata. A tutto ciò si aggiungeva il pazzo in fuga, probabilmente uno di quei fanatici che prendeva l'Ararat per una specie di santuario in cui i delitti acquistavano un sapore rituale unico... Come se non bastassero i terroristi curdi nascosti sulla montagna doveva pure occuparsi dei turisti matti che affluivano dal mondo intero.

Cliccò sulla scheda allegata. Apparve la foto di Zak Ikabi a tutto schermo. Piuttosto giovane, sulla trentina.

Come titolo del poster c'era la scritta ARANAN[6] in lettere maiuscole rosse giganti.

Wanted, pensò Mahir Bey.

Dead or alive.

Quel sentore di western gli fece tornare il sorriso. Un po' di novità, rispetto alle solite scartoffie. Avrebbe fatto attaccare quell'avviso in tutto il Kurdistan.

Inutilmente, pensò. Con un po' di fortuna i mafiosi azeri avrebbero fatto il lavoro prima di lui...

[5] In turco, "cazzo" (come imprecazione).
[6] In turco, "ricercato".

61
Sopra l'Europa

Il freddo dell'aria condizionata le accapponava la pelle. Cécile rabbrividì e alla cieca, in una specie di dormiveglia, cercò una coperta che non c'era. Poi si svegliò.

Era completamente nuda, incollata contro il petto di Zak, mentre i vestiti di entrambi giacevano sulla folta moquette del Falcon 2000. Zak era immerso nel sonno, anche lui nudo a parte la camicia aperta sul torace muscoloso.

Si alzò con infinite precauzioni e guardò ammirata l'amante addormentato in una posizione deliziosamente impudica. Sulla pancia in fiamme le passò una folata calda che contrastava con la climatizzazione dell'aereo. Si infilò la maglietta Calvin Klein, che le arrivava fino a metà sedere. Non riusciva a capire cosa le stesse accadendo. In soli due giorni aveva sfiorato la morte una mezza dozzina di volte, aveva attraversato l'Europa da nord a sud e poi da ovest a est, si era ubriacata di champagne millesimato nel salotto superlusso di un jet privato e aveva fatto l'amore con un semisconosciuto che mentre la faceva godere le rivelava i segreti mistici della nascita dell'umanità.

E l'avventura era appena cominciata... Ancora non si era avvicinata all'Ararat.

Zak, sempre addormentato, sembrò cercare d'istinto la sua presenza. Si girò sul fianco, poi ricadde in un sonno profondo. La camicia gli scivolò di qualche centimetro sulla spalla.

Teneramente, Cécile si avvicinò a passi felpati pensando al modo più carino di svegliare l'amante, se strusciandosi delicatamente sulla pelle ruvida del suo viso non rasato o giocando con le labbra sui suoi addominali e scendere con dolcezza fino al membro flaccido.

Si chinò.

Da principio non ci credette.

Poi si morse le labbra e gli occhi le si riempirono di lacrime. In una frazione di secondo tutto crollava, la diga cedeva, ciò che aveva vissuto da due giorni a quella parte precipitava in un baratro senza fondo, e lei pure.

Sulla spalla destra di Zak era tatuato un unicorno.

Il segno dei Nefilim.

Cécile indietreggiò vacillando. I postumi della sbornia si dissiparono di colpo. Rivedeva gli avvenimenti recenti sotto un'altra luce, una luce atroce e delirante.

Il segno dei Nefilim. Zak era uno di loro!

Vista in quell'ottica, la verità balzava agli occhi. La facilità con cui i Nefilim li avevano sempre ritrovati, addirittura anticipati, come se leggessero nel pensiero di Zak, era tutta una messinscena, un rituale simbolico, un giocare al gatto e al topo. L'obiettivo del commando non era mai stato ucciderli tutti e tre, ma eliminare soltanto lei e Arsène. Zak si era impadronito del rapporto RS2A-2014 come in precedenza si era impadronito del Libro di Enoch e del frammento d'arca di Navarra. L'unico scopo della loro odissea era far sparire uno per uno i testimoni, i cosiddetti amici di Zak: Noel Archer, Jean-Bernard Patte... Lei e Arsène era state solo esche, pedine. Se al chiostro di Monreale non fosse intervenuta la guardia svizzera sarebbero stati abbattuti a sangue freddo e Zak si sarebbe riunito al commando di Nefilim in tutta tranquillità.

Cécile osservò terrorizzata Zak Ikabi addormentato, il suo sorriso da angioletto, i capelli spettinati... Quindi la sua aria da sognatore eccentrico era solo una trappola! L'aveva capito d'istinto quando lui aveva fatto irruzione al DIRS di Tolosa, ma il diavolo è furbo, e poco a poco si era lasciata sedurre. Che cretina! Zak doveva essere una specie di creazionista integralista.

Come diavolo le era venuto in mente di farsi coinvolgere da quel suo delirio esoterico fatto di unicorni, diluvio universale e Libro di Enoch? Guardò disgustata le bottiglie vuote di champagne che rotolavano sulla moquette.

Doveva averne la certezza!

Zitta zitta infilò la mano nella giacca di Zak e tirò fuori un portafoglio piuttosto gonfio, poi si spostò verso la parte anteriore dell'aereo per esaminarne il contenuto. Carta d'identità, tessera sanitaria, passaporto e patente erano a nome di Zaccaria Coppia, prova ulteriore della sua doppiezza, ma a Cécile non bastava.

Frugò con metodo pieghe e tasche nascoste del portafoglio finché le sue dita sentirono un leggero rigonfiamento. Le infilò nella taschina, tirò ed estrasse quattro fotografie! Con la mano che le tremava le spizzò lentamente, come un giocatore di poker alle prime armi che esita a scoprire le carte.

Sulla prima riconobbe Zak: doveva avere cinque o sei anni e stringeva tra le braccia un grande unicorno azzurro di peluche. Almeno su quello non aveva mentito. Al suo fianco c'era un altro bambino di un paio d'anni più grande mascherato da moschettiere. Forse il fratello, pensò Cécile. Erano entrambi in piedi davanti a un normale villino di periferia. La seconda foto raffigurava un paesaggio di montagna un po' sfocato, come se fosse stata scattata sotto la neve, ma si intuivano tre sagome, una alta e due più basse e sottili, forse due adolescenti. Imbacuccati com'erano in cappotti e passamontagna, era impossibile identificarli di più. In piedi sul ghiaccio, tutti e tre esibivano fierissimi una lunga trave di legno. L'Ararat! pensò subito Cécile. E quello era un pezzo dell'arca?

Guardò le altre due foto e per poco non gridò dalla sorpresa.

Sulla prima c'era lei! All'epoca non aveva neanche venticinque anni, aveva appena cominciato il suo secondo anno di dottorato. La foto era stata scattata sul ghiacciaio del

Maniisoq, nel sud della Groenlandia, il suo terreno di studi di allora. Chi diavolo aveva potuto fotografarla a centinaia di chilometri dalla prima terra abitata? Era impossibile. E come aveva fatto quella foto fantasma ad atterrare nel portafoglio del pazzo?

L'ultima mostrava Arsène Parella, un Arsène che Cécile era troppo giovane per aver conosciuto. Doveva avere una trentina d'anni ed era in posa in un paesaggio lunare, una specie di deserto di sabbia e sassi che lei non riconobbe. Quella foto la turbò almeno quanto le altre. Nella sua testa il professor Parella era sempre stato un mentore saggio e brizzolato. Nel suo cervello in ebollizione affluivano le domande. Che significavano quelle foto? Da dove venivano? Perché Zak Ikabi, o Zaccaria Coppia che fosse, le teneva nel portafoglio? Al momento non le fornivano alcuna risposta. Le rimise al loro posto e tornò nel salotto del Falcon.

Zak stava ancora dormendo.

Lo sguardo della ricercatrice passò in rassegna la carlinga e si fermò sul computer portatile. Stava per andare a svegliare Arsène Parella quando le venne in mente una parola.

CIARCEL.

La password! Le serviva la password per entrare nel sito di Zak. Se doveva spremersi le meningi per trovarla, quello era il momento di farlo. Si piegò verso l'oblò più vicino al computer: era coperto da un sottile strato di vapore, probabilmente effetto degli abbracci con quel mostro, pensò nauseata. Febbrile, scrisse a stampatello sul vetro.

CIARCEL.

Zak aveva affermato di aver creato una password infantile. «Basta pensare all'arca di Noè» aveva detto. A velocità supersonica si fece scorrere in testa le parole che le venivano in mente: diluvio, arca, Ararat, coppia, colomba, arcobaleno, ulivo...

Le ripeté più volte, come un mantra.

Sull'oblò le lettere stavano sgocciolando, ormai quasi illeggibili.

La soluzione le apparve di colpo, come un sole celato da nuvole che si spostino.

Cécile si lasciò andare sulla poltrona più vicina. Il cuoio freddo le congelò le natiche.

Arc-en-ciel[7]!

Ma certo, era chiaro! Sull'oblò mise due trattini tra le lettere.

CI-ARC-EL

Così isolata, la parola ARC si trovava tra le due sillabe CI ed EL. Foneticamente poteva dunque essere letta come ARC *en* CIEL, cioè ARC dentro CIEL, un rebus degno di un bambino di dieci anni!

Seccata per averci messo così tanto a trovare la chiave, accese il computer avendo cura di coprire l'altoparlante con la mano. Precauzione inutile: quel subdolo serpente di Zak stava ancora dormendo come un bambino, sfinito dopo aver fatto sesso con lei.

www.ciarcel.net

utente: ciarcel

password: arc-en-ciel

Bingo!

Era entrata.

Cécile se la cavava piuttosto bene con Internet e l'informatica in generale. Aveva creato e teneva aggiornato lei stessa il sito del DIRS. Con pochi clic ritrovò le pagine che Zak aveva mostrato loro a casa di Noel Archer. Ikabi sosteneva di averle scaricate, create partendo da link, compilate centralizzando tutte le pagine sui Nefilim che aveva trovato in rete. Cosa che lei avrebbe controllato!

[7] In francese, "arcobaleno". [N.d.T.]

Grazie alla password ebbe accesso a tutti i diritti dell'amministratore. Scrisse qualche riga di script e arrivò alle fonti del sito www.ciarcel.net, di cui poté leggere lo storico. Tutta la memoria del sito da quando era stato creato.

Parola dopo parola la verità si impose!

Il cuoio della poltrona le congelava il sedere, le si incollava all'inguine. Le scappava la pipì.

Dopo...

Zak Ikabi non aveva scaricato una sola riga! Le pagine dedicate ai Nefilim non stabilivano affatto link con altri siti, tutt'altro. Il sito www.ciarcel.net era il sito originario dei Nefilim, l'unico accesso a quell'informazione demoniaca, a quella propaganda fanatica, a quei forum di terroristi che si scambiavano impressioni su delitti e torture da loro commessi. Per giunta lo storico del sito non dava adito a dubbi: Zak ne era il webmaster!

Sotto la maglietta il cuore di Cécile batteva all'impazzata. Ebbe l'impressione che l'aereo si inclinasse, a meno che non fosse la sua mente a capovolgersi. Non solo Zak Ikabi faceva parte dei Nefilim, ma era un membro influente della setta, l'anello della catena che tramite quel sito assicurava il collegamento tra criminali esaltati in tutto il mondo!

Il loro ideologo!

Forse la loro guida.

Per un attimo rimase interdetta col dito a mezz'aria, tremando dalla nuca al coccige. Ormai tutto le era chiaro. Il Naxçivan era l'epicentro di quel movimento settario, il palazzo di Ishak Pascià il suo covo, il miliardario azero Parastou Khan il suo cervello.

Stavano filando dritti nella tana del lupo!

A più di ottocento chilometri all'ora, in un Falcon 2000!

Nel cockpit il pilota la guardò divertito.

«Fare dietrofront, signorina?».

Abbassò lo sguardo. Cécile, imbarazzata, si tirò più che poté la maglietta per coprirsi il pube.

Ma il pilota aveva già distolto lo sguardo. Da anni ai comandi di un Falcon 2000 noleggiato da clienti facoltosi, ne aveva viste di cotte e di crude.

Senza smettere di masticare la gomma mormorò:

«Più che altro sarà bene che si rivesta e chiami gli altri, signorina. Abbiamo già cominciato la discesa sul Naxçivan, fra meno di dieci minuti atterriamo».

Nord della Mesopotamia, 4370 a.C., inverno

Gana non aveva mai visto così tanta gente. A dire il vero la giovane non sapeva nemmeno che esistessero così tanti esseri umani al mondo. Bilik le aveva raccontato che fra i due fiumi gli uomini avevano costruito villaggi immensi con case di mattoni rossi attaccate l'una all'altra ed edifici tanto alti da sfidare il cielo e gli dèi.

Gli uomini erano diventati troppo vanitosi, aveva detto il fratello, per questo gli dèi erano in collera.

La pianura intorno al villaggio era ormai un immenso campo di uomini, donne, vecchi e bambini in piedi, allineati come se qualcuno avesse piantato semi di esseri umani in solchi ben dritti. Si diceva che alcuni si fossero messi in marcia varie lune prima per essere lì e rispondere alla chiamata degli dèi. Anche Gana stava nello stesso punto da quando il sole era sorto, tra la madre Majka che le dava la mano e la fedele Leka accucciata ai suoi piedi. Era sfinita.

Gli dèi si erano piazzati in alto, sulla collina che dominava la pianura. Alcuni loro servitori, armati di lance di rame, impedivano alla folla di spingersi più avanti. Una precauzione ridicola, nessuno sarebbe stato tanto pazzo da avventurarsi sulla collina. Quelli che avevano osato bestemmiare erano stati puniti. Dodici di loro, ognuno attaccato a un tronco d'abete, sarebbero morti per servire da esempio agli altri.

Nonno Avo era il settimo.

I carnefici a torso nudo erano vestiti di pelli e avevano la faccia coperta da musi di belve. Anche quello era ridicolo, pensò

Gana. I carnefici vivevano in mezzo a loro, erano gente del villaggio. Sapeva benissimo che Bilik era uno di loro. Forse era stato lui stesso a denunciare il nonno così come aveva offerto lei agli dèi nella capanna accanto alla cascata, per compiacere i suoi padroni. Il fratello era molto cambiato da quando era al servizio degli dèi.

Un carnefice, quello con la testa d'orso, accese una torcia, la gettò a terra e fece un balzo indietro. Alte fiamme si alzarono.

L'acqua che brucia! sussurrò Gana alla madre. L'acqua che brucia era un'altra invenzione degli dèi. Permetteva di riscaldarsi senza legna, di illuminare il villaggio per tutta la notte senza le torce, semplicemente dando fuoco a un vaso. Il nonno si era infuriato quando aveva scoperto che Bilik l'aveva portata da loro. Avo aveva gettato il vaso d'acqua ardente nel canale che scorreva in mezzo alla casa... e l'intero fiume si era messo a bruciare! Il fratello aveva ragione, non serviva a niente combattere contro gli dèi.

Le fiamme illuminavano la cresta della collina come una cortina di alberi rossi spazzati dal vento. I carnefici slegarono il primo dei dodici prigionieri e lo spinsero nel fuoco. Gana chiuse gli occhi mentre la folla intorno a lei urlava di gioia al sacrificio degli eretici, eccitata come uno sciame d'api prima del temporale.

Avo fu il settimo a essere gettato vivo tra le fiamme. Majka quasi stritolò la mano della figlia. Gana non capiva più niente della follia degli uomini. Intorno a loro la folla gridava parole a gloria degli dèi. Le fiamme erano diventate azzurre, nessuno aveva mai visto niente di simile.

L'ultimo prigioniero fu sacrificato.

Gana crollò ai piedi di Leka. Era circondata da una foresta di gambe, non vedeva e non sentiva più niente. Gli dèi avevano cominciato a parlare e gradualmente l'eccitazione della folla si stava trasformando in sorpresa. Gana non aveva bisogno di ascoltare per capire. Le parole degli dèi circolavano tra le file, riferite e commentate da mille voci incredule. Gli dèi stavano parlando della loro collera contro gli umani, della loro infinita pazienza ormai agli sgoccioli, del vizio delle donne, dell'ingratitudine e vanità degli uomini, di punizione esemplare...

A un certo punto un mormorio di stupore percorse la folla. La foresta di gambe indietreggiò come in preda al panico. Gana dovette alzarsi per non venire calpestata e constatò l'orrore con i propri occhi. Altri cinque servitori apparvero sulla cresta della collina vestiti di pelli di serpente cucite fra loro. Ogni uomo-serpente aveva in braccio un neonato, bambini di pochi mesi, ma con i capelli già straordinariamente neri e lunghi. La scena fu breve. I servitori si inchinarono agli dèi, sputarono per terra e gettarono i piccoli nelle fiamme azzurre.

La folla ammutolì.

Gana si portò le mani alla pancia. Un dolore fulminante le lacerò le viscere. Si lasciò andare tra le braccia della madre.

Quando riaprì gli occhi vide per prima cosa Leka coricata accanto a lei che la riscaldava con la folta pelliccia. Il suo primo riflesso fu toccarsi la pancia.

«Tuo figlio sta bene» fece una voce alle sue spalle. «Non ti preoccupare, vivrà».

Gana lanciò un'occhiata spaventata. Aveva riconosciuto Bilik, il fratello complice degli dèi assassini...

Lui posò una mano rassicurante sulla spalla della sorella.

«Stai tranquilla, sei al sicuro, almeno per il momento. Gli dèi non sanno del bambino».

Gana si guardò intorno. Non riconosceva il luogo in cui era stesa. Era una specie di grotta che le ricordava quella in cui viveva sulla montagna, in un'altra vita che le sembrava lontanissima.

«Nessuno verrà a cercarti qui» continuò Bilik. «Tu e mamma siete al sicuro. Mi sono sbagliato, Gana. Gli dèi non sono buoni. Vogliono ucciderci tutti. Presto le acque sommergeranno la pia-

nura. Sarà la punizione inflitta agli uomini. In meno di una luna ogni forma di vita sparirà. Dovete fuggire in montagna. Siete le sole a conoscere la montagna, potrete sopravvivere.

Gana continuava a tenersi le mani sulla pancia. L'immagine del fuoco sulla collina non smetteva di ossessionarla. Da che parte stava il fratello?

«E... e tu, Bilik?» domandò Majka con voce tremante.

«Io devo trattenerli qui... Gli dèi si fidano di me, non so per quanto tempo ancora. Hanno bisogno dei servitori. Mi hanno affidato una missione. Devo... devo saccheggiare per conto loro... Se non lo faccio diventeranno diffidenti... Ma voi scappate finché siete ancora in tempo».

Majka abbracciò a lungo il figlio. Gana, frastornata, alzò gli occhi verso le cime innevate dell'immensa montagna.

«Scappate» ripeté Bilik. «Fuggite prima che gli dèi capiscano».

«Che capiscano cosa?» si preoccupò Gana.

Il dito di Bilik si posò sul medaglione che la sorella aveva al collo, il medaglione degli dèi, quello con i due tratti incisi, uno lungo e uno corto.

«Prima che capiscano che porti in grembo un figlio loro».

Prima corsa, Armenia, Vaticano: l'arca di Noè

Seconda corsa, Kaliningrad, Bordeaux, Tolosa, Melbourne: il teorema di Cortés

Terza corsa, Ambert, Hong Kong: il diluvio universale

Quarta corsa, Chartres, Iğdir, Parigi: gli unicorni

Quinta corsa, Parigi, Naxçivan: il balzo avanti dell'umanità

Sesta corsa, Monreale, Naxçivan: il Libro di Enoch

Settima corsa, Ishak Pascià: i Nefilim

Ottava corsa, Ishak Pascià, Bazargan, Doğubeyazit: il protocollo AHORA

Nona corsa, Grande Ararat: l'anomalia dell'Ararat

Settima corsa
I Nefilim

62
Aeroporto del Naxçivan

Una folata calda avvolse Cécile, Arsène e Zak appena uscirono dal Falcon 2000. La pista scura sembrava bruciata dal sole del mattino, come una lunga colata di lava. Cécile sollevò lo sguardo. Finalmente vedeva l'Ararat. Ebbe la sensazione di incontrare per la prima volta uno sconosciuto che aveva a lungo corteggiato dallo schermo di un computer. Sebbene ci fosse preparata rimase impressionata. La montagna schiacciava l'orizzonte con la sua massa. Schiacciava gli uomini. Schiacciava lei. Era una lotta impari.

La Mercedes Classe S500 era ferma in fondo alla pista d'atterraggio. Appoggiato alla carrozzeria, l'autista li aspettava fumando una sigaretta.

«Che lusso atterrare direttamente in Naxçivan col jet privato ed essere attesi dal taxi senza neanche passare i controlli!» esclamò Zak, allegro. «L'ultima volta che sono andato a trovare Parastou Khan sono rimasto bloccato due giorni a Baku prima di trovare un posto libero in un aereo per il Naxçivan...».

Scendendo la scaletta Zak cercò la mano di Cécile. Semplice galanteria, agli occhi di Arsène. Premure da amante riservato, per Zak. Tentativo di ammanettarla, pensò lei.

Cécile ritrasse la sua. Non aveva avuto il tempo di isolarsi con Arsène Parella, di rivelargli che Zak era un Nefilim, che si stavano infilando in una trappola, che stavano andando incontro alla morte. Il jet privato, l'assenza di scalo a Baku, il taxi che li aspettava ai piedi del Falcon: tutto quel lusso aveva l'unico scopo di tenerli elegantemente sotto stretto controllo, di condurli nell'antro di Parastou Khan senza che avessero mai a che fare con la polizia, la dogana o i militari, tagliando loro ogni possibilità di fuga.

L'autista venne avanti. La pancia tonda teneva in tensione il bottone della giacca chiusa. Una grande cicatrice gli attraversava il cranio pelato.

«Zeytin Feyrad» si presentò. «Benvenuti in Naxçivan! Sono stato incaricato da Parastou Khan di portarvi a Ishak Pascià».

Cécile pensò fra sé che aveva una faccia da sicario. La giacca troppo stretta era deformata sotto l'ascella dal rigonfiamento della pistola.

Si misero tutti e tre sul sedile di dietro. Sebbene lo spazio non mancasse, Zak si incollò a lei con la scusa di cercare la cintura di sicurezza, le passò la mano sul collo, poi sotto la maglietta per stringerla alla vita, accarezzarla. Cécile si sentiva persa come una bambina in un mondo di adulti di cui non capiva le menzogne. Le dita di Zak sulla sua pelle la turbavano, come se il corpo producesse repliche di piacere suo malgrado. Il suo era un cervello saturo di domande che si accavallavano. Chi era Zak Ikabi? Chi erano i Nefilim per disporre di tali complicità? Fanatici religiosi? Briganti senza scrupoli? Come aveva potuto Zak recitare la commedia fino a quel punto?

Un'altra carezza la fece rabbrividire in tutto il corpo.

Zeytin guidava a velocità folle commentando il paesaggio.

«In realtà il Naxçivan è solo una lunga strada tra la montagna e il fiume Aras» disse voltandosi sorridente verso i passeggeri con l'aria di disinteressarsi completamente alle curve. «A parte trattori e camion le strade sono deserte, così tutti guidano come pazzi...».

Cécile aveva la testa incollata al finestrino, incerta se abbandonarsi alle carezze di Zak o strappargli gli occhi. Il paesaggio sfilava a tutta velocità, arido e povero. Nella stretta pianura in cui correva la strada erano al lavoro alcuni contadini. Il verde dei campi contrastava con il panorama desertico tutto intorno. Si capiva che da generazioni era stato fatto un paziente lavoro di canalizzazione per portare l'acqua alle coltivazioni.

In meno di venti chilometri Zeytin evitò per un pelo un autocarro che trasportava bestiame, una Lada che procedeva a passo d'uomo e un carico di meloni. Poi, all'uscita di una curva, apparve lo strabiliante palazzo di Ishak Pascià.

«Parastou Khan non vede l'ora di incontrarvi» dichiarò Zeytin precedendoli nel dedalo di stanze colorate e corridoi bui.

Arsène sgranava gli occhi esclamando «Che splendore!» a ogni nuova sala d'oro e di vetro, a ogni drappeggio, a ogni volta in aggetto sotto la quale abbassavano la testa. Cécile camminava come un automa. Per lei quel palazzo orientale era solo una subdola prigione su cui regnava un tiranno malefico.

«Parastou Khan vi aspetta nella sala degli angeli» disse a un certo punto Zeytin facendosi da parte.

Cécile ebbe l'impressione che la loro guida sarebbe scomparsa all'improvviso da una porta nascosta. Entrarono con prudenza nella stanza.

Una donna!

Fu la prima cosa che vide Cécile. Parastou Khan era dunque quella donna dal viso secco e screpolato come il versante di una montagna dell'Asia centrale?

Poi abbassò gli occhi e capì.

Il miliardario azero era un uomo, un uomo che non corrispondeva a niente di ciò che si era immaginata.

63
Palazzo di Ishak Pascià, Naxçivan

La sala degli angeli era vasta e chiara, illuminata da una luce che andava dal celeste all'ocra per l'effetto congiunto delle vetrate alle finestre e del vetro azzurro dei lampadari. Parastou Khan li aspettava seduto al centro della stanza.

Immobile.

Il miliardario era costretto su una sedia a rotelle.

Per evitare che scivolasse era legato alla sedia come un bambino piccolo, con cinghie di pelle che gli passavano sotto le braccia e intorno alla pancia. Ciò nonostante il suo magro corpo sfuggiva dalle cinture e stava piegato di lato come un burattino disarticolato.

Un vecchio.

Cécile non credeva ai suoi occhi. Parastou Khan, il signore dei Nefilim, il cervello che aveva concepito quella sanguinosa e criminale ricerca dei frammenti dell'arca... era solo un inerme ottuagenario.

L'infermo sollevò la testa.

«Zak! Professor Parella! Signorina Serval! È per me un grande onore ricevervi a casa mia, ai confini del mondo!». Tossicchiò per schiarirsi la gola. «Nelle mie lettere, caro Zak, temo di averti un po' nascosto quanto le forze mi stiano abbandonando... Ricordo che quando sei venuto a trovarmi, ormai una decina d'anni fa, siamo saliti insieme in cima al minareto». Fu scosso da un singulto, probabilmente un tentativo di ridere. «Come vedi, oggi non ne sarei in grado. Da mesi la fedele

Fatima mi serve da gambe... mentre io servo a lei da deambulatore!».

Altro singulto.

Passato l'effetto della sorpresa, Cécile si concentrò sul viso di Parastou Khan, in particolare sugli occhi. Vibravano di un azzurro profondo e, diversamente dal corpo mummificato, conservavano una notevole vivacità.

«Ma state tranquilli, Ishak Pascià non ha perso il suo senso dell'ospitalità, e le collezioni possiedono ancora il loro fulgore. Avremo tutto il tempo di ammirarle insieme. Non so quanto tempo mi resti da vivere, ma nel dubbio sono diventato impaziente come un bambino viziato. Accresco la mia collezione ogni settimana, ogni mese. In questo mondo amnesico che corre verso la rovina sarò almeno riuscito a rendere questo luogo un santuario, un tempio di ciò che il patrimonio culturale dell'umanità possiede di unico».

Parastou cercò di raddrizzarsi facendo leva sulle braccia scheletriche, ma riuscì solo a impastoiarsi di più nelle cinghie che gli segavano le spalle.

«Ma non voglio annoiarvi con la mia morale da vecchio idealista» continuò il miliardario. «Sarete stanchi dopo un viaggio così lungo. Le camere sono pronte. Mettetevi a vostro agio, ci rivediamo fra un'ora per il pranzo». Sollevò lo sguardo verso la donna che teneva la sedia a rotelle. «Fatima è logorata dalla vita tanto quanto me, ma da qui all'Ararat non troverete cuoca migliore».

Gli occhi di Parastou frizzavano maliziosi.

Occhi da saggio, pensò Cécile. Occhi dolci da vecchio umanista che voleva bene al mondo, non occhi subdoli e doppi da seviziatore. Si stava facendo commuovere dalla sua infermità? Stava di nuovo cadendo nella trappola? No, si costrinse a reagire, non stavolta! Doveva rimanere lucida e cosciente della situazione.

Era in una fossa di serpenti.

Zeytin li accompagnò nel palazzo. Cécile avrebbe desiderato molto disporre di qualche minuto per parlare con Arsène, ma non c'era niente da fare, il piano di Zak e dei suoi complici era congegnato alla perfezione. Mai le dettero la possibilità di ritrovarsi sola con il suo professore. Zeytin lasciò Zak e Arsène in due camere del primo piano e specificò che gli appartamenti delle donne erano situati nell'ala sudest di Ishak Pascià.

Il serraglio...

Zak rivolse a Cécile uno sguardo intenerito per comunicarle quanto gli dispiacesse che le loro camere fossero separate da un intrico di corridoi! Cécile fu sul punto di urlare. Non sopportava più quella commedia.

Seguì Zeytin una sala dopo l'altra, incapace di orientarsi. Nella parte di palazzo in cui stavano procedendo, le tinte delle pareti erano più vivaci, gli specchi avevano cornici lavorate d'oro e argento e le tende alle finestre sembravano di seta.

«Siamo nel serraglio» disse Zeytin.

«Parastou Khan ha ancora un harem?» domandò Cécile.

Zeytin sembrò divertito dalla domanda.

«No... Parastou Khan ha conservato il piacere di contemplare la bellezza... in tutte le sue forme...». Il mercenario cercava le parole giuste. «Ma da vari anni non ha più, come dire, la possibilità di appagare i desideri. Le ragazze che abitano nel palazzo fanno le pulizie, cucinano, curano il giardino... Prenda la vecchia Fatima, la sua favorita: le sembra un'odalisca?».

Soddisfatto della risposta Zeytin indugiò con lo sguardo su Cécile, come se fosse solo un po' di carne fresca recapitata da Falcon Express per ripopolare l'harem di Ishak Pascià. Cécile fu colta da una voglia improvvisa di strappargli la pistola che portava sotto la giacca e scaricargli addosso il caricatore a bruciapelo.

Si limitò a seguirlo.

Pochi metri più avanti l'uomo si fermò.

«La sua camera, signorina Serval».

Cécile rimase un attimo sulla porta, sbigottita. La stanza sembrava l'alcova di una principessa delle *Mille e una notte*. Guardò il grande letto a baldacchino con le colonnine sostenute da quattro rutilanti sfere d'ottone, i quadri erotici e saffici di donne nell'hammam, e solo in un secondo tempo notò le sbarre alle finestre. Era una prigione. Una prigione dorata!

Represse con difficoltà una risata nervosa. La situazione era quasi comica. Proprio lei, rinomata ricercatrice e insegnante severa che aveva fatto rimangiare parole sessiste a decine di colleghi, si ritrovava prigioniera in un serraglio! Febbrile, si precipitò ad aprire armadi, guardaroba, cassetti. Naturalmente era tutto previsto.

Osservò i lunghi vestiti scollati, i gioielli, i profumi. Stese il tutto sul letto, i monili di vetro colorato (non osava pensare che si trattasse di rubini, smeraldi o zaffiri veri), le monete d'oro, le paillettes che brillavano nel riflesso dell'ottone. Fu a lungo incerta di fronte al vestito più bello, una magnifica *takchita* di taffetà rosso, pizzo e bordi d'oro. La toccò con la punta delle dita come una brava bambina di fronte a un piacere proibito.

Alla fine si decise. Dopo tutto indossare quel vestito non era il peggiore dei supplizi, se tale era l'ultimo desiderio del carnefice... un vecchio malato con occhi angelici.

64
Docklands, Melbourne, Australia

La pioggia australiana cadeva a gocce sottili sulla faccia di Viorel Hunor. Da quando era uscito dalle galere di Ceauşescu, più di vent'anni prima, non era passato giorno senza che il metropolita si facesse la sua mezz'ora di corsa. A sessantacinque anni le gambe lo portavano ancora per una decina abbondante di chilometri. Nella bruma dei docks di Melbourne sentiva battergli il cuore, e gli piaceva quell'esultanza del corpo. Non c'era cattedrale in cui si sentisse più vicino a Dio di quel momento.

Mentre correva pregava. Non soltanto con la mente, era il suo intero corpo a entrare in contatto con Dio.

Non però quel giorno.

Ripensava alla carneficina nel chiostro del duomo di Monreale, al ricatto a cui era stato costretto a piegarsi. Zak Ikabi doveva ormai essere atterrato in Naxçivan. Perché aveva espresso il desiderio di andare lì? Per avvicinarsi all'Ararat, certo, ma perché voleva entrarci dall'Azerbaijan?

La croce di legno, unico segno esteriore di spiritualità in quel jogger vestito di nero, gli rimbalzava a ritmo contro il petto.

Aveva messo sotto pressione i servizi segreti del Parlamento mondiale delle religioni. Perfino i rappresentati sciita e sunnita riconoscevano che gli uomini del grande rabbino Ullmann, infiltrati nel Mossad, erano i più efficienti in quel genere di missioni. Sapevano ormai che il sito dei Nefilim, www.ciarcel.net, era opera di un solo individuo, Zak Ikabi.

Ancora quell'uomo. Il saperlo tuttavia non diceva loro niente di più sui Nefilim... Nessuna informazione ufficiale, neanche confidenziale, resiste a lungo a una collaborazione sincera tra uomini di fede. Il dovere di riservatezza non regge di fronte alla collera divina. Fonti affidabili e verificate avevano confermato che negli attentati in Armenia, a Kaliningrad e a Bordeaux erano coinvolte milizie azere, e dopo la sparatoria a Monreale la mafia siciliana aveva ammesso di essere stata contattata da gang dell'Asia centrale.

Zak Ikabi aveva voluto a sua volta andare in Naxçivan, tutto faceva quindi pensare che facesse parte di quelle stesse organizzazioni criminali, che corresse a rifugiarsi a casa sua. Ma allora perché le milizie azere avevano cercato di farlo fuori? Regolamento di conti interno tra bande rivali?

No, qualcosa non tornava.

Il metropolita imprecò saltando da una pozzanghera all'altra sul molo d'asfalto. Finché Zak Ikabi era in possesso dei frammenti del Libro di Enoch non poteva fare altro che attendere. Per tranquillizzarsi si toccò la croce di legno. Attendere e sperare di non essere mai costretto a scatenare la folgore di Ahora. A pensarci bene, forse avrebbe fatto meglio a lasciare che uccidessero Ikabi a Monreale.

65
Palazzo di Ishak Pascià, Naxçivan

Fatima si divertiva a cucinare immaginando ogni volta che fosse l'ultimo pasto di Parastou Khan. Le piaceva superare se stessa, sorprendere Parastou con un sapore nuovo ogni giorno, e al dessert sentir sussurrare il miliardario che nessun pezzo della sua collezione valeva quanto il capolavoro appena gustato. Parastou amava ripetere che le cucine azera e francese erano le più raffinate del mondo, ed ecco che invitava a pranzo dei francesi! Fatima aveva tenuto d'occhio gli spiedini di pesce del Caspio, il *kuku sabzi*, i *baklava* e le altre prelibatezze come una lupa cova la sua nidiata. E in quel momento, sulla porta, era preoccupata e delusa: il francese più giovane aveva a stento toccato il suo piatto.

Zak sfiorava con le labbra i *šašlyk* e con gli occhi... Cécile. La ricercatrice aveva espressamente evitato di sedersi accanto a lui: gli stava di fronte, tra Arsène a sinistra e Parastou Khan a destra. Più passavano le ore e più Zak era sbigottito dalla sua metamorfosi: la creatura che aveva davanti, vestita di un ammaliante abito orientale dal profondo décolleté su cui brillava un fiume di rubini, non aveva più niente a che vedere con la zitellina curva per il peso della cartella che aveva visto nell'atrio dell'università di Tolosa-Le Mirail. Un pettine d'avorio le tratteneva i capelli quel poco che bastava a farli scendere a cascata sulle spalle nude. "Al mio solo desiderio" disse in cuor suo. Eppure, dopo la notte sul Falcon, Cécile era diversa.

Distante. Diffidente.

Parastou Khan, legato davanti al tavolo come un bebè e visibilmente contento della colta compagnia straniera, monopolizzava la conversazione.

«Signorina Serval, professore, dovete sapere che il nome del nostro paese, Naxçivan o Naxuana, come lo chiamavano gli antichi, è un termine armeno la cui traduzione letterale è "luogo della discesa". In altre parole il Naxçivan è esplicitamente "il paese di Noè", quello su cui Noè posò il piede dopo che l'arca si era fermata sull'Ararat. La sua presunta tomba è tuttora oggetto di culto nella nostra repubblica. E la capitale, quella brutta città rasa al suolo e ricostruita dai sovietici che avete attraversato dopo l'aeroporto, è la più antica città del mondo, perché è il posto in cui è andato ad abitare Noè dopo il diluvio...».

Perso nei suoi pensieri, Zak lo ascoltava in maniera intermittente. Dieci anni prima, l'ultima volta che aveva visto il miliardario azero, Parastou Khan aveva già più di settant'anni, ma gli era sembrato di un vigore eccezionale, niente a che vedere con l'anziano malato che aveva davanti agli occhi in quel momento.

«*Kuku sabzi*» annunciò Fatima portando una frittata pantagruelica.

Il banchetto era tanto abbondante quanto raffinato. Zak si domandava in base a quale miracolo i piatti arrivassero a tavola caldi, vista l'infinita lentezza con cui la donna si spostava tra la cucina e la sala da pranzo. Parastou Khan continuava il suo monologo destinato più che altro ad Arsène Parella, il commensale più attento. La bella Cécile sembrava distratta quanto Zak.

«Ho la fortuna di essere molto ricco in un paese molto povero, professore. Ma sa come sono riuscito a captare le ricchezze che mi passano sotto i piedi, il petrolio e il resto, e a fare di questo vecchio caravanserraglio dimenticato un'oasi di cultura e di pace?».

Zak notò che Cécile impallidiva a ogni parola pronunciata dal miliardario. Arsène scosse la testa a mo' di risposta e allo stesso tempo si infilò in bocca un enorme boccone di frittata.

«Ho capito che dovevo superare gli odi ancestrali. Per quanto inconsueto possa apparire in un angolo di mondo famoso per i genocidi, sono riuscito negli affari per amore. Sì, professore: amore sincero per i miei vicini. Voglio bene agli iraniani, popolo pieno di cultura, perché sono sciiti come noi. Voglio bene agli azeri, parliamo la stessa lingua. Voglio bene ai russi che ci comprano il petrolio, ma anche ai turchi che ci comprano tutto il resto tramite il ponte della speranza sull'Aras. Credo perfino di apprezzare gli armeni, quindi lei capisce...».

La faccia di Cécile era diventata color marmo. Zak ne osservava le mani contrarsi sulle posate d'argento ogni volta che Parastou Khan parlava di pace, amore o perdono, parole che la ricercatrice sentiva come insulti che il vecchio le sputava in faccia. Nei suoi occhi neri sottolineati dall'henné come quelli di una principessa guerriera Zak leggeva l'odio, odio per Parastou Khan e odio per lui...

Nella bocca di Zak il raffinato *kuku sabzi* era diventato una poltiglia fredda. Cercò di nuovo di intercettare lo sguardo della donna, invano. Poi ebbe l'illuminazione, e anche la sua mano si contrasse sul coltello: chissà come, Cécile aveva capito il suo gioco, aveva capito che lui le mentiva fin dall'inizio su tutto, in particolare sui Nefilim. Anzi peggio, che era spontaneamente andata a letto con uno di loro!

Indifferente al turbamento dei suoi ospiti, Parastou Khan continuava a conversare con Arsène.

«In fondo credo che sia per questo che amo la leggenda di Noè. La storia è sempre la stessa, che uno sia sciita, sunnita, cattolico, ortodosso o yazdanita... Il monte Ararat è il padre di tutti, professore. Quando Noè è sceso in Naxçivan il mondo era uno solo. Le religioni, le lingue, i popoli in guerra l'uno contro l'altro è tutta roba venuta dopo, quando i figli di Noè si sono separati... La terra del Naxçivan ha questa pesante responsabilità, e io, con i miei umili mezzi, sto cercando di porvi riparo...».

Zak non lo ascoltava più. Stava reprimendo una voglia furiosa di alzarsi, abbracciare Cécile, scuoterla. La ricercatrice sembrava sempre più sull'orlo della crisi di nervi. Si guardava intorno disperata, con l'aria di una che sta per tagliarsi le vene.

«Le confesserò il mio sogno più grande» continuò Parastou Khan, inesauribile. «Che la Turchia diventi europea. Non c'è aria che ciò accada, lo ammetto, neanche se i turchi votassero domani». Altro singulto. «Se l'Europa accogliesse la Turchia, l'Unione Europea comincerebbe alla mia porta, al ponte della speranza. Incredibile, no? Quel piccolo ponte sull'Aras alla cui costruzione ho contribuito diventerebbe un corridoio tra l'Unione Europea e l'Iran, l'Iraq, l'Armenia. L'amore, professore... Bisogna sempre credere nell'a...».

Il rumore di vetro rotto coprì le ultime parole del miliardario.

Cécile era in piedi con gli occhi pieni di lacrime.

Isterica, rovesciò col braccio i piatti d'argento che aveva davanti. Le leccornie di Fatima divennero una poltiglia collosa sul pavimento di marmo.

«Basta con la commedia!» urlò. «Giù le maschere!».

66
Palazzo di Ishak Pascià, Naxçivan

Fatima stava portando un grande vassoio con un assortimento di dolcetti al miele, *baklava*, *shekerbura* e *hava*. Quando vide il suo pranzo per terra si bloccò sulla soglia con lo stupore di un pittore che trovi una delle sue tele tagliata in due.

Arsène Parella, imbarazzatissimo, guardava ora Parastou Khan ora Cécile balbettando scuse incomprensibili. Il miliardario, senza perdere la calma, sorrideva indulgente.

Cécile non ascoltava. Battendo i piedi, piangendo, rovesciò in faccia a Zak tutto ciò che aveva scoperto sull'aereo: l'unicorno tatuato sulla spalla, le fotografie nel suo portafoglio, il sito Internet dei Nefilim, CIARCEL e la prova che era il creatore e il webmaster di quella compilation di atrocità perpetrate nel mondo... in nome dell'arca!

L'elegante *takchita* era coperta di macchie ocra. Agitandosi, i piedi nudi smaltati di rosso erano finiti a calpestare una pappa fatta di frittata, pesce e salsa al limone.

«Ecco ciò che i francesi chiamano mettere i piedi nel piatto» fece Zak con un ampio sorriso.

A quelle parole Parastou Khan si mise a ridere scivolando pericolosamente sulla sedia a rotelle.

«Per un attimo avevo temuto di averla delusa come amante» continuò Zak con lo stesso tono.

Arsène quasi si strozzò. Cécile gli lanciò un'occhiata furiosa. Zak si alzò con calma.

«Le devo delle scuse, Cécile, anche se non ho niente a che

vedere con il terrorista fondamentalista che si è immaginata lei» disse abbozzando un sorriso. «Visto che mi ha smascherato, confesso di aver mentito fin dall'inizio a lei e al professor Parella. Non siamo mai stati inseguiti dai Nefilim. I criminali che ci stanno alle costole non c'entrano niente col sito ciarcel.net. Diciamo che ve l'ho fatto pensare solo per convincervi del pericolo. Avevo... avevo fretta di essere credibile».

Cécile aveva afferrato un coltello d'argento a punta tonda, un'arma ridicola che teneva puntata davanti a sé. Zak alzò le mani in segno di pace e continuò.

«Provo a spiegarglielo con semplicità. Da quando mi interesso al mito dell'arca e all'archeologia ho capito che esistevano collezionisti integri, protettori, mecenati come Parastou Khan, ma anche predatori, conquistadores moderni, se preferisce... Tanto per continuare su questa metafora, ai tempi delle grandi scoperte il Nuovo Mondo fu conquistato da navigatori senza scrupoli che rubavano e saccheggiavano per riempirsi le stive e diventare ricchi, ma fra loro c'erano anche onesti esploratori che portavano con sé studiosi e filosofi con l'obiettivo di far incontrare i popoli...».

Cécile strinse il pugno sul coltello d'argento.

«La smetta con le sue frottole, Ikabi, non le capisco!».

«Mi dia il tempo, Cécile. I Nefilim sono soltanto soldati che proteggono un patrimonio culturale vecchio cinquemila anni, un esercito il cui unico scopo è combattere quelli che saccheggiano, quelli che sono pronti a tutto pur di arricchirsi con il commercio di opere d'arte e reliquie, e in particolare col mistero più grande di tutti, l'arca di Noè. Ci rifletta. Il sito Internet col suo delirio creazionista è solo una vetrina tesa a fare paura. Uno spaventapasseri, nient'altro che uno spaventapasseri. È un trucco vecchio come il mondo: da sempre, per proteggere i sarcofagi dei faraoni, i templi inca o le terre sacre degli indiani vengono messe in giro voci di maledizioni... Internet è la versione moderna della stessa cosa!».

«Vuole spaventare gli assassini che ci danno la caccia con un sito Internet? Mi sta prendendo in giro?».

Zak fece un passo avanti. Era più alto della ricercatrice di una testa.

«Non solo gli assassini. Esistono altre minacce. Ogni anno sono ormai centinaia i turisti che si arrampicano sull'Ararat. Da quando l'accesso alla montagna è stato di nuovo autorizzato il numero degli esploratori si è centuplicato. E vedrà che succede se la Turchia entra nell'Unione Europea e aprono le frontiere: sarà il massacro del luogo, Disneyland ai piedi dell'Ararat, con tanto di funivia per salire in vetta senza stancarsi! E la grande tombola per attirare le folle: chi troverà pezzi di trave, ossa di animali in coppia? Chi scoverà la prova definitiva?».

Colta di sorpresa da quelle argomentazioni, Cécile abbassò un po' il coltello.

«Ammettiamo che sia così. Chi sono i Nefilim? A parte lei, intendo».

«Li ho conosciuti mentre lavoravo alla tesi. Un po' ovunque in Kurdistan, poi altrove nel mondo. I Nefilim non sono soltanto i guardiani del sito dell'arca, proteggono anche i popoli che abitano qui, le loro tradizioni, le loro religioni, il culto degli angeli. Nel corso del tempo pochi popoli hanno sofferto quanto il popolo curdo. Mi hanno convinto. Mi hanno convinto perché ho visto i predatori in azione, li ho visti distruggere in nome della ragion di Stato turca, in nome della religione monoteista, sia cristiana che musulmana, distruggere per far salire il valore del loro bottino... secondo un principio che loro chiamano con cinismo "il teorema di Cortés". Prima ho accennato all'epoca delle grandi scoperte: ecco, credo che mi sarebbe piaciuto battermi a fianco degli incas, degli aztechi o degli indiani contro quelli della mia stessa razza».

«Ora non esageri!».

Anche se Cécile non voleva farlo vedere, la sincerità delle

parole di Zak stava cominciando a fare breccia. Lui aprì le mani come per darle testimonianza della propria innocenza.

«Sono uno scienziato, Cécile, proprio come lei. E anche lei ha visto gli assassini all'opera. Potevo rimanere indifferente? I Nefilim non sono un movimento integralista, sono un esercito di giusti composto da curdi, poveri abitanti del Kurdistan uniti in una tradizione plurisecolare di protezione dell'arca. Al loro fianco militano turchi, iraniani, armeni...».

«Anche azeri?» domandò Cécile voltandosi verso Parastou Khan. «Anche lei è un Nefilim?».

All'anziano miliardario saggio luccicarono gli occhi.

«No... Non ne ho avuto il coraggio allora e non ne ho più la forza oggi, ma approvo il loro operato e li aiuto più che posso. Loro sono i guardiani, io il conservatore. Tratto oggetti nel mondo intero non con lo scopo di arricchirmi, ma perché siano al sicuro qui da me. Per proteggere i miei beni stipendio vari uomini, quelli che le malelingue definiscono milizia privata o esercito personale, ma la regione non è affatto sicura. Questi stessi uomini sono anche pagati per individuare nel mondo capolavori minacciati, tesori dell'umanità che ammuffiscono nei tuguri, pezzi unici che gli uomini distruggono per negligenza o gusto del guadagno. L'archeologia preventiva come la praticate in Francia, cara signorina, quella che conferisce più diritti agli storici che agli immobiliaristi, è un lusso che pochi paesi nel mondo possono permettersi!».

Cécile non sapeva più che pensare. Il vecchio Parastou la scrutava col suo sguardo malizioso. Zak la implorava di perdonargli la bugia. D'istinto si sentiva portata a dar loro fiducia, le loro spiegazioni erano credibili...

«Bene, l'incidente è chiuso» stabilì Arsène Parella. «La prego di accettare tutte le nostre scuse per queste insinuazioni fuori luogo rivolte a un anfitrione tanto ospitale».

«Non è successo niente» dichiarò Parastou. «A noi piacciono le donne vivaci e libere. La Francia è anche questo, no? Torniamo alle cose pratiche. Fatima pulirà tutto e ci porterà tè e pasticcini. Muoio dalla voglia di farvi vedere le mie collezioni...».

A parte Parastou Khan sulla sedia a rotelle, gli altri tre presero posto su poltroncine di pelle disposte a triangolo davanti a tavoli bassi sui quali Fatima aveva posato vassoi di pasticcini e un servizio da tè d'argento. Arsène non faceva che mangiare a quattro palmenti marmellate di mele cotogne, noci o fichi che spalmava su dolcetti al miele. Almeno uno che sa fare onore all'ospitalità azera, pensò Cécile osservandolo che si leccava le dita, un po' offesa di essersi fatta riprendere dal suo professore come una bambina maleducata.

Parastou Khan, che sembrava aver già dimenticato l'incidente, descriveva con entusiasmo alcuni pezzi della sua collezione esposti in vetrina. Si trattava principalmente di reperti del bacino mediterraneo: una ceramica di Tell Brak, un mosaico di Volubilis, una tavoletta d'argilla di Tărtăria... Arsène, affascinato, beveva il tè bollente a piccoli sorsi. Ognuno di quei pezzi aveva un valore inestimabile, eppure Cécile non riusciva a interessarsi. Zak nel frattempo cercava goffamente di avvicinare la propria sedia alla sua.

Il miliardario, lanciato nel racconto del mistero delle tavolette di Tărtăria, fece una pausa e ordinò a Fatima di portare *arak* e *buza*.

«Vodka e birra locali» spiegò agli ospiti.

Fatima stava andando quando Parastou Khan la richiamò.

«Prima vai a prendermi l'ultimo pezzo arrivato, per piacere, quello con la copertina rossa esposto sul leggio.

Fatima sorrise e partì alla velocità della lumaca.

Quando la governante tornò il tè si era raffreddato e Arsène si era spazzolato un vassoio di *shekerbura.* La donna affidò il libro alle mani esperte di Parastou Khan e tornò in cucina a prendere gli alcolici.

«La mia ultima acquisizione» disse il miliardario mangiandosi l'opera con gli occhi. «Guardi, signorina Serval, forse questo la convincerà. Guardi il titolo, l'autore, la data».

Cécile lesse.

Immanuel Kant
Critica della ragion pura
1787

In un flash rivide il titolo allarmante del giornale del mattino esposto davanti all'edicola di rue de la Montagne-Sainte-Geneviève a Parigi: *Scempio a Kaliningrad. Centinaia di opere scientifiche della biblioteca andate in fumo. Due bibliotecari bruciati vivi...* Intorno a lei tutto cominciò a girare come una scala senza fine che sprofondi negli abissi. Quei mostri continuavano a prendersi gioco di lei...

«Impressionante, vero?» insisté il miliardario fraintendendo il turbamento di Cécile. «È l'ultimo esemplare dell'edizione originale. Dormiva a Kaliningrad, dimenticato in una biblioteca polverosa. Ho speso una fortuna perché i miei uomini potessero metterci le mani sopra. Loro sono il mio cuore, i miei occhi e le mie orecchie ovunque nel mondo. Guardi, appena in tempo, la costola è un po' annerita. Quei pazzi di russi sarebbero stati capaci di bruciarlo».

Oggesù!

Parastou Khan non era soltanto un mostro a sangue freddo, ma anche un attore prodigioso. Quel vecchio infermo che si estasiava davanti all'opera di Kant aveva ordinato il più efferato dei delitti per entrarne in possesso. Tutto quel palazzo, quei lussi, quell'accoglienza ossequiosa non erano altro che un gioco di specchi e di menzogne. Li aveva attirati lì e li teneva in pugno, giocava con loro come un bambino con i propri giocattoli. A un certo punto avrebbe schioccato le dita e i suoi mercenari sarebbero venuti a eliminarli.

A eliminare lei e Arsène.

E Zak?

Era finito come loro nell'antro dell'orco o era il suo allievo più dotato, un demonio sornione dal potere ipnotico come Parastou Khan?

67
Palazzo di Ishak Pascià, Naxçivan

Cécile fissava la porta di legno con i quattro quadrati di vetro colorato. Scappare urlando era l'unica cosa sensata da fare. Uscire a bomba da quella stanza, correre nel labirinto di sale e corridoi, trovare un'uscita, poi perdersi nel deserto, nella montagna...

Da sola...

E Arsène che continuava a rimpinzarsi di *baklava* e bere tè senza un briciolo di diffidenza! E Zak che ammirava il libro rosso di Kant come se il sangue versato non colasse anche sulle sue mani!

La porta. Non doveva staccare gli occhi dalla porta.

Qualcuno bussò.

Un'ombra altissima si disegnò dietro i vetri.

«Ah bene» fece Parastou Khan. «Avanti...».

L'ombra aprì la porta.

Cécile accennò a indietreggiare. La faccia del nuovo arrivato era interamente coperta dal cappuccio scuro del mantello, neanche fosse un monaco o un guerriero sith...

Il boia?

«Entra» continuò Parastou Khan. «Siediti, bevi qualcosa con noi». Poi si rivolse agli ospiti. «Vi presento l'uomo che dovrebbe essere definito il mio braccio destro, sennonché, date le mie condizioni, capirete che è molto di più: è anche il sinistro, nonché le mie orecchie, gli occhi e il naso...». Si voltò a fatica verso Zak. «Tanto per dirne una, è stato lui a scovare questo rarissimo volume di Kant. Il denaro che gli do da investire da solo non basta, ci vuole fiuto, cultura e senso degli affari».

L'ombra rimaneva in piedi immobile, muta e quasi minacciosa nonostante l'entusiastica presentazione del miliardario.

«Prendi una sedia» insisté Parastou Khan. «E togliti quel cappuccio da beduino, per piacere». Poi si contorse per guardare Cécile, e il pallore della donna gli strappò un sorriso. «Riconosco che l'aspetto del mio socio può risultare un po' spaventoso, ma siate indulgenti, solo poche settimane fa ha rischiato di perdere la vita, un camionista l'ha investito in Armenia... Una brutta storia. Abbiamo tutti creduto che sarebbe morto, ma ha una volontà di ferro, e alla fine è rimasto in ospedale appena qualche giorno. La sua faccia però ne serberà le conseguenze per sempre...».

L'uomo ruotò verso Parastou e con lentezza si fece scivolare indietro il cappuccio. Cécile represse un moto di disgusto, Zak si morse le labbra, Arsène rimase col tè bloccato in gola.

L'uomo aveva soltanto mezza faccia.

La parte destra era una poltiglia rossa di carne macinata su cui si distinguevano appena l'orbita dell'occhio e il padiglione dell'orecchio, ridotti a crateri ed escrescenze di un'epidermide arata come terra fresca.

Un mostro da baraccone!

Parastou Khan ruppe il ghiaccio che era calato sulla stanza.

«Non restare in piedi, Kyrill, prenditi un bicchiere...».

Kyrill declinò l'invito. Silenziosa, apparve Fatima col vassoio delle bevande e dalla porta guardò Kyrill con gli occhi benevoli che una madre rivolge al figlio disabile.

«Kyrill Eker è un figlio del Naxçivan» continuò Parastou, «un bambino di strada, senza genitori, come da queste parti abbondano. È cresciuto da solo nel labirinto del palazzo, e aiutato da Fatima l'ho preso sotto la mia protezione appena ne ho intuito le eccezionali caratteristiche fisiche e mentali. Il giovane

Kyrill ha imparato in fretta, molto in fretta, e ha saputo rendersi indispensabile. Oggi è il più qualificato a succedermi... vero, Kyrill? Siediti e stai un po' qui a conversare con i nostri ospiti».

Da principio sembrò che Kyrill non avesse sentito. Impiegò un tempo infinito a girarsi. Ogni volta che strizzava l'occhio o muoveva la bocca le smagliature della faccia si deformavano in atroci crepacci. La sua voce profonda gelò l'atmosfera.

«Conversare, Parastou? Volentieri, sono venuto apposta. È... è tanto che aspetto questo momento, il momento in cui siamo tutti riuniti. È una bella occasione, Parastou. Conversiamo...».

Aleggiò l'imbarazzo. Parastou Khan tossì. Gli stava sfuggendo qualcosa.

«Parliamo» continuò Kyrill, «ma una volta tanto non sarai l'unico a fare conversazione, dovrai aprire bene le orecchie... Ne sei capace?».

Fatima era rimasta immobile col vassoio in mano. Parastou si contorse sulla sedia a rotelle.

«Per piacere, Kyrill...».

L'altro non lo degnò di uno sguardo, si rivolse alla governante.

«Mi dispiace, Fatima, ma la conversazione non ti riguarda».

Fatima non si mosse.

«E poi non ti piacerebbero le brutte cose che verranno dette» aggiunse Kyrill.

Il seguito si svolse al rallentatore, ma nessun testimone ebbe la presenza di spirito di intervenire, tanto la scena li colse di sorpresa. Kyrill scostò un lembo del soprabito, prese la Makarov PM che portava alla cintura e la puntò su Fatima.

Poi premette il grilletto.

Lo sparo riecheggiò nel salotto.

L'anziana governante crollò a terra. Il vassoio d'argento girò a lungo come una trottola sul pavimento di marmo con un frastuono violento come l'eco interminabile dei piatti dell'orchestra.

68
Palazzo di Ishak Pascià, Naxçivan

La stessa pozzanghera di birra e vodka locali bagnava sia le ruote della sedia del miliardario che le zampe delle poltrone su cui erano seduti Cécile, Zak e Arsène.

Impietriti.

«Povera vecchia Fatima» commentò Kyrill con ironia crudele.

Ogni suo sorriso cinico si trasformava in una smorfia spaventosa. L'assassino non degnò di uno sguardo in più la donna che giaceva in un lago di sangue.

«In mancanza di una madre ho dovuto uccidere la mia balia. Le ho fatto un piacere, in fondo, le ho restituito la libertà. E tu come farai senza la schiava che ti spinge la carrozzella, ti rimbocca e ti lava, Parastou?». Si voltò puntando la Makarov PM davanti a sé. «Tranquillo, sarà un calvario di breve durata, il tuo».

«Ma... Kyrill...» balbettò il miliardario.

«Ti chiedo solo un piacere. Non chiamarmi più Kyrill. Kyrill Eker, il bastardo di Ishak Pascià, è morto in Armenia davanti alla cattedrale di Echmiadzin. Chiamami Cortés, come tutti quelli che mi temono...».

L'uomo incollò la Makarov PM sotto il naso di Zak.

«Zak Ikabi! Gentile da parte sua essere venuto a trovarci. Buffi scherzi fa il destino, eh? La inseguiamo per mezzo mondo con un dispendio gigantesco d'energia e lei ci sguscia ogni volta tra le dita... quando fin dall'inizio bastava aspettarla qui sorseggiando raki».

Parastou Khan si agitava sulla sedia a rotelle con il vigore di un burattino improvvisamente dotato di vita che cerchi di spezzare i fili.

«Calma, Parastou, calma... Come dici sempre, sono diventato i tuoi occhi, le tue orecchie, il tuo naso... L'arrivo dei nostri amici presenta l'importante vantaggio di farli parlare prima di ridurli definitivamente al silenzio, ma purtroppo presenta anche un notevole inconveniente: mi obbliga a far cadere la comoda copertura di essere l'uomo di fiducia di Parastou Khan, personaggio amato da tutti».

L'anziano si stava segando le braccia a forza di dimenarsi tra le cinghie.

«Kyrill...».

«Cortés. Non te lo scordare, Parastou: Cortés! Su, senza rimpianti, dovevo pur confessarmi prima o poi. Perfino tu avresti finito per venire a sapere la verità... Povero Parastou, da più di vent'anni vivi in un minareto dorato, chiuso nel tuo palazzo, circondato da oggetti preziosi. Hai lasciato che il tuo uomo di fiducia si occupasse degli affari, e me ne sono occupato bene, no? Non puoi certo lamentarti dei miei servigi». Una contrazione da spettro gli deformò il viso. «Il tuo nome mi ha aperto molte porte da entrambi i lati del confine, davvero! Ma temo che ormai tu non mi sia più di nessuna utilità».

«Aiuto!» urlò Parastou con tutta la forza che gli consentivano i polmoni.

Cortés scoppiò a ridere. Con un movimento circolare della pistola fece passare a Zak, Arsène e Cécile la voglia di tentare qualcosa.

«E chi vorresti chiamare? Da anni ho sostituito la tua milizia con uomini reclutati personalmente da me, fedelissimi molto ben pagati... con i tuoi soldi. Il palazzo di Ishak Pascià è vasto e comodo. Ci si possono anche portare ragazze, divertirsi con loro finché non siano troppo sciupate e poi buttarle nell'Aras senza che tu ti accorga di niente...».

«Sei un... sei un...» gemé l'infermo.

«Giù la maschera, Parastou» lo interruppe Cortés. «Non venirmi a fare l'anziano senile o l'eremita tagliato fuori dalla furia del mondo. Abiti da solo in un palazzo di trecentosessantasei stanze quando tutti i bambini azeri muoiono di fame e di freddo alla tua porta. Ami talmente i tuoi vicini che li armi gli uni contro gli altri per far salire il prezzo del tuo petrolio o perché il tasso d'interesse dei tuoi prestiti schizzi in alto a ogni conflitto. Quanto alle tue opere, le tue famose collezioni, non hai mai voluto sapere come ce le procurassimo. Comodo, vero, tagliarsi fuori dal mondo, non guardare Internet, non aprire un giornale, lasciare che siano gli altri a fare il lavoro sporco? Sei come i re di un tempo, seduti sul trono con le mani pulite, che mandavano i conquistatori a massacrare all'altro capo del mondo per accrescere il prestigio e la ricchezza di una civiltà sulla quale regnavano paludati nei loro princìpi umanitari. Il mondo è cambiato, Parastou. Per i conquistadores moderni non c'è più niente da scoprire, il loro lavoro si riduce ormai a una scelta binaria: conservare o distruggere. In altre parole, applicare con discernimento il teorema di Cortés».

La canna della Makarov puntò Zak, Cécile e Arsène.

«Forse quando dico che non c'è più niente da scoprire esagero un po', vero?».

Parastou Khan lanciò un altro grido selvaggio, come se non riuscisse a credere che il proprio regno gli stesse scappando di mano, che nessuno sarebbe venuto ad aiutarlo. Proprio lì. A casa sua.

«Ora chiudi il becco!» tuonò Cortés.

Prese la tovaglietta ricamata da sotto la teiera e imbavagliò il miliardario.

«Con lui ho quasi finito. Mi resta solo da fargli sputare alcuni numeri di conto corrente in Liechtenstein. Per il resto, cari ospiti, è con voi che ho da fare».

Lo sguardo di Cortés si spostò verso la finestra. Immancabile in lontananza, l'immensa sagoma del monte Ararat dominava l'orizzonte. Arsène, Zak e Cécile vedevano del mercenario soltanto il profilo devastato.

Visione apocalittica.

«Cominciamo da lei, dottor Ikabi» stridé la voce di Cortés. «La faccia visibile dei famosi Nefilim. Il loro addetto stampa, potremmo dire. Temo di avere qualche conto da regolare con loro. Devo il mio incantevole lifting a uno di loro che si fa chiamare Victor Peyre, un fantasma che ha avuto la delicatezza di lasciarmi sul palmo della mano un piccolo unicorno d'argento... e la faccia tosta di rompermi le uova nel paniere a Hong Kong. Quanto a lei, Zak Ikabi, la ritengo personalmente responsabile del massacro di Palermo. Ho perso dodici uomini, di cui alcuni mi erano molto cari. Un po' tanti, non le pare? Ho qualche domanda da farle. Quanti siete? Chi sono i suoi complici? Dove si nascondono?».

Zak deglutì. Gocce di sudore gli colavano lungo le tempie, ma continuava a fissare il capo dei mercenari senza battere ciglio. Cortés si produsse in un altro sorriso tagliato col bisturi.

«Finora me l'ha fatta, Ikabi. Impossibile infiltrarsi nella vostra rete di Nefilim. Ma abbiamo tempo. Mi creda, parlerà...».

La canna della Makarov PM si diresse alternativamente su Cécile e Arsène.

«Professor Parella, dottoressa Serval, non starò a farvi gli stessi onori che vi ha riservato Parastou, ma sono sinceramente contento della vostra visita. Ci tenevo molto a procurarmi il famoso rapporto RS2A-2014, ma visto che siete qui potrete parlarmi con dovizia di particolari delle conclusioni, quelle ufficiali che avete fornito ai burocrati del Parlamento mondiale delle religioni e quelle ufficiose... Ho alcune domande molto precise da farvi in quanto specialisti di glaciologia...».

«Ma che va cercando, Dio santo?» ruggì Cécile a scapito di ogni prudenza.

Cortés le avvicinò la pistola a pochi centimetri dalla fronte.

«Calma, signorina, non abusi della mia pazienza. Con tutta probabilità è la meno preziosa dei miei ospiti».

Il mercenario sfidò Zak e Arsène con lo sguardo, poi appoggiò la canna fredda sulla fronte della ricercatrice. Cécile chiuse gli occhi. Zak e Arsène si trattennero dal tentare qualcosa, consapevoli che intervenire avrebbe significato scatenare un massacro.

L'indice di Cortés si contrasse sul grilletto.

I secondi scorsero interminabili.

Nel momento preciso in cui Zak, disperato, stava per scattare, il dito del mercenario si rilassò. Cécile emise un lungo sospiro. Cortés fece un passo indietro e scoppiò a ridere.

«Ma che carini! Se non altro il test è stato utile. Dottoressa Serval, ho una buona notizia da darle: Ikabi ci tiene proprio tanto a lei. Per il momento è salva, almeno fino al prossimo passo».

«Che sarà?» sibilò Cécile.

«Mettere questo cocciuto di Zak Ikabi di fronte a un interessante dilemma: scegliere fra lei e i suoi fratelli Nefilim».

Cécile lo fulminò con gli occhi e ribatté senza ritegno:

«Tutta questa violenza per l'arca di Noè! Una chimera, una favola per bambini! Si rende conto di quanto sia grottesco?».

Cortés fu sul punto di darle uno schiaffo, ma si trattenne e la guardò con pietà, come un genitore guarderebbe un bambino che non prende sul serio i suoi consigli.

«Dottoressa Serval, a quanto pare è la sola in questa stanza a non capire quale sia la vera posta in gioco. I Nefilim stanno cercando di proteggere il più antico segreto dell'umanità. Io, con pazienza, ho messo insieme un esercito, ho raccolto uno a uno indizi e prove da tutto il mondo. Per quanto stupefacente, la verità non è più in dubbio, e apre orizzonti che sfidano l'immaginazione... Il vecchio mondo non si risolleverà. Mi mancano solo alcuni piccoli particolari... E per non correre rischi voglio annientare una volta per tutte i Nefilim!».

Come per sottolineare le sue parole si infilò due dita in

bocca e fece un fischio che attraversò la stanza. L'attimo dopo entrarono cinque uomini armati.

Divertito, Zeytin osservò Parastou Khan, legato sulla sedia a rotelle come un bambino piccolo, soffocare in torrenti di saliva nella tovaglietta appiccicosa. Si fermò davanti a Cortés.

«Zeytin, ti dispiace accompagnare i nostri ospiti nei loro nuovi alloggi?».

69
Palazzo di Ishak Pascià, Naxçivan

Scortati da cinque uomini armati di kalashnikov Zak, Cécile e Arsène percorsero un labirinto di corridoi e sale. Un mercenario spingeva la sedia a rotelle di Parastou Khan, sempre imbavagliato. Alla fine di un lungo corridoio arrivarono a una massiccia porta di legno che si apriva su una stretta scala di pietra.

«La visita continua» annunciò Zeytin. «Avrete il privilegio di vedere le famose segrete di Ishak Pascià».

Il mercenario spinse un interruttore e una debole luce illuminò i muri. Zeytin guardò con disprezzo la sedia a rotelle del miliardario.

«Bogdan, temo che Parastou debba salutare la sua carrozzina».

Bogdan prese il coltello che portava alla cintura e con una serie di gesti precisi recise le cinghie, poi si issò il miliardario sulla spalla come fosse un sacco di cemento e con un calcio mandò la sedia a rotelle a sbattere contro il muro opposto. Sotto il bavaglio Parastou Khan emetteva grugniti da animale braccato.

Imboccarono la scala.

Man mano che scendevano, la frescura dei muri si sostituiva al caldo dell'esterno. Cécile, con la leggera *takchita*, tremava dal freddo. Le loro ombre danzavano lungo la spirale della scala a chiocciola.

Sbucarono in un lungo corridoio lastricato. Da una parte e dall'altra grossi cancelli di ferro non davano adito a dubbi: l'unica funzione della cantina era ospitare le celle. Spinti dalle canne dei kalashnikov i prigionieri avanzavano nella penombra. Poco dopo, sulla destra, la successione di celle lasciò il posto a un'ampia sala a volta dipinta di bianco la cui violenta illuminazione era in netto contrasto con quella delle celle.

«Questo è il laboratorio di Zafer» disse Zeytin. «Tranquilli, farete presto la sua conoscenza. Zafer è, come dire, il medico di Ishak Pascià. Un autentico professionista! Da piccolo sognava di diventare chirurgo e salvare vite. Un bravo ragazzo, come vedete, ma nel suo villaggio natale del Kazakistan la più vicina facoltà di medicina si trovava a più di millecinquecento chilometri di distanza, così si è arruolato nell'esercito e si è formato sul campo».

Zeytin dette ai prigionieri il tempo di osservare la stanza. I neon inondavano di luce le mattonelle di una pulizia ospedaliera, il lungo tavolo da macellaio in acciaio inox e i bisturi appesi alle pareti.

«Zafer è un virtuoso, credetemi» continuò Zeytin. «Ha fatto gli studi giusti. Libri di anatomia la sera e lavoro pratico durante il giorno! Tanto per farvi capire, nelle varie formazioni in cui ha militato era soprannominato Skalpell». Si avvicinò. Dall'espressione serena che aveva alla luce cruda della stanza sembrava che stesse loro confidando un segreto in nome di una vecchia amicizia. «Devo confessarvi che Skalpell è piuttosto impaziente di incontrarvi. Ha ricevuto ordini precisi. Cortés non ve l'ha detto prima per pudore, ma a Palermo non ha perso soltanto dodici uomini, ha perso il figlio adottivo, quello in cui aveva riposto tutto il suo affetto».

L'adolescente biondo, pensò Cécile, il Piccolo Principe del crimine alla testa del commando, il mostro abbattuto davanti alla fontana della giovinezza...

«Cortés ci ha reclutato personalmente» continuò Zeytin. «I più navigati consigliano i più giovani...».

«Una grande famiglia» commentò Cécile, sdegnata. «Commovente...».

Arsène le rivolse un'occhiataccia per farle capire che non era il momento di essere insolenti. Zeytin si limitò a sorridere.

«Esatto, dottoressa Serval, una grande famiglia. Composta da uomini, solo da uomini». Squadrò Cécile. «Le donne sono rare a Ishak Pascià. Cortés tiene per sé le più belle, gli uomini non le toccano. Quanto alle altre...».

Zeytin fece scendere lo sguardo fino alle caviglie della ricercatrice, lo fece risalire lungo le pieghe della *takchita*, si soffermò a lungo sui seni bianchi di cui si intuiva la curva sotto il pizzo della scollatura, poi la fissò di nuovo negli occhi.

«Quanto alle altre, dicevo, le donne qualsiasi... gli uomini possono servirsene a piacimento». Le labbra del miliziano si schiusero su due file di denti gialli. «Una francese sarà una gradita novità rispetto alle puttane armene».

Nel suo vestito da operetta, Cécile inorridì. Sentì la mano di Zak che cercava la sua, e stavolta non la rifiutò, la strinse. Forte.

Dopo la stanza della tortura il corridoio continuava con un'altra serie di celle. Quelle segrete sembravano inutilizzate da anni, eppure a un certo punto sentirono distintamente piangere da una cella sulla sinistra. Erano implorazioni soffocate, incomprensibili, bagnate di lacrime, emesse da una vocina fievole, sembravano pigolii di un passerotto caduto dal nido.

Insopportabili.

Una bambina stava supplicando.

I miliziani sembrarono non sentirla neppure. Zeytin si fermò davanti alla cella successiva e aprì il pesante cancello d'acciaio. L'unica forma di illuminazione era la luce di una lampadina fioca in corridoio.

«Siamo arrivati» annunciò ai prigionieri.

Bogdan scaricò Parastou sull'unico mobile della cella, un misero materasso su un letto di ferro arrugginito.

Il cancello si richiuse.

«Non dovrete aspettare molto» aggiunse Zeytin. «Skalpell è preciso, meticoloso... e puntuale».

70
Doğubeyazit, Turchia

Nella via più trafficata di Doğubeyazit, accanto ai manifesti dei tre candidati sindaci, Meric Konstantin attaccò con cura quello del ricercato e, soddisfatto, indietreggiò. La grande scritta ARANAN in lettere maiuscole rosse si vedeva anche dal marciapiede di fronte. Quel cowboy del suo capo sarebbe stato contento.

«Chi è?» chiese qualcuno alle sue spalle.

Il poliziotto turco si voltò. Se non altro, l'avviso suscitava curiosità. Pensò che l'interlocutore dovesse essere turco, non curdo. Parlava con l'accento di Istanbul ed era vestito all'occidentale, genere negozio chic di Galata. Probabilmente un funzionario trasferito o in missione per qualche giorno.

«Non certo un quarto candidato sindaco!» rispose Meric Konstantin ridendo. «È uno straniero ricercato dall'Interpol. Da Ankara ci dicono di stare con gli occhi aperti, pare che sia diretto all'Ararat».

L'uomo di fronte a lui guardò la montagna, poi gli fece un occhiolino complice. Quel tipo aveva capito tutto: di sicuro non era del luogo!

«Sono d'accordo con lei» continuò il poliziotto. «Un altro di quei matti che vengono qui a rompere i coglioni con la storia dell'arca di Noè, fanno gli amichetti dei terroristi curdi e poi se ne vanno con le nostre reliquie. Per anni sono stati gli americani, poco tempo fa i cinesi, ora i francesi...».

«Cinesi?» fece l'uomo, stupito.

«Sì, di Hong Kong! Chi poteva immaginare che milioni di cinesi credessero in Gesù Cristo e nell'arca di Noè! Come se non bastassero queste elezioni del cazzo. Il novantanove percento dei curdi vota per candidati curdi, quindi me lo dice a che serve tutto questo casino?».

«Non... non lo so...».

Meric Konstantin appoggiò la mano a taglio sul manifesto per appiattire le bolle prodotte dalla colla e continuò.

«Detto fra noi, è possibile che qui i francesi non ci arrivino proprio, visto che hanno avuto la brillante idea di cercare di entrare in Turchia dal Naxçivan». Scoppiò a ridere. «Tutti sanno che in questo momento le milizie azere stanno facendo il lavoro sporco per noi, il che vuol dire liquidare i terroristi curdi sulle montagne, mettere sotto pressione i sindaci curdi democraticamente eletti...». Scoppiò di nuovo a ridere. «...E occuparsi di questi cazzo di cercatori dell'arca che vengono a farci girare le palle!».

L'uomo annuì come se le parole del poliziotto meritassero una profonda meditazione, poi si allontanò lentamente.

I pensieri si accavallavano nella mente di Yalin. Da tempo aveva imparato a mimetizzarsi con la popolazione locale e, a seconda dei casi, a esprimersi in un perfetto turco della capitale piuttosto che in curdo, azero o persiano.

A captare informazioni.

Quelle che aveva appena ottenuto dal poliziotto turco coglione non potevano essere peggiori.

La foto di Zak attaccata per strada a Doğubeyazit! Il suo arrivo annunciato dal Naxçivan... con tappa obbligata a Ishak Pascià.

Pensieroso, mosse qualche passo. Che fare? Attaccare da solo i mercenari di Cortés nel loro covo come gli aveva chiesto Estêre il giorno prima per salvare la piccola Aman? Ridicolo. Tanto valeva consegnarsi a Cortés con le manette ai polsi e la camicia aperta sul petto perché al mercenario non restasse che sparare.

Era un comportamento da Zak, non da lui!

Svoltò in direzione dell'hotel Tehran. Doveva radunare le sue cose al più presto. Un piano stava cominciando a prendere forma nel cervello. Aveva bisogno di documenti, una macchina, vestiti... Sì, più ci pensava e più l'unica opzione che gli sembrava ragionevole era... aspettare.

Aspettare e basta.

Nel posto giusto!

Incrociando le dita nella speranza di avere ancora una possibilità, un'infima possibilità.

71
Segrete del palazzo di Ishak Pascià, Naxçivan

Poco a poco gli occhi di Cécile si andavano abituando alla penombra. La lampadina del corridoio illuminava a stento il cancello e pochi metri quadrati di cella. La ricercatrice camminava avanti e indietro cercando di farsi scendere la tensione. Parastou Khan era ancora prostrato sul materasso nella stessa posizione fetale in cui l'avevano depositato i mercenari. Arsène gli aveva tolto il bavaglio e si era seduto accanto a lui, ma il loquace miliardario sembrava ormai incapace di pronunciare parola, come se l'impero che aveva pazientemente costruito si fosse chiuso a morsa sul suo gracile corpo frantumando in un attimo tutte le illusioni.

Zak era accovacciato con la schiena contro il muro.

Le guardie andavano e venivano nel corridoio. Certe volte rallentavano, e Cécile moriva di paura. Se il cancello si fosse aperto, uno di loro sarebbe stato portato nella stanza della tortura.

«Zak» disse voltandosi di colpo, e la sua voce rimbombò tra i muri della prigione, «le dispiace dirmi a che ora il suo esercito di Nefilim dovrebbe dare l'assalto al palazzo di Ishak Pascià e tirarci fuori da qui?».

Lui non rispose. Lei insisté.

«Sarebbe opportuno che intervenissero prima che questi bruti mi violentino...».

«I Nefilim non verranno» mormorò Zak. «Nessuno verrà a tirarci fuori da qui. Il palazzo di Ishak Pascià è presidiato da un centinaio di uomini, tutti professionisti. È inespugnabile.

Decine di Nefilim perderebbero la vita se mai tentassero di attaccarlo».

Cécile meditò in silenzio. Le dita di Zak giocherellavano con la polvere del pavimento di pietra. La ricercatrice fece un'altra dozzina di volte il giro della cella prima di esplodere.

«La sua stupidità è al di là dell'immaginabile, Zak! Poteva dirigersi dappertutto. Poteva portarci in qualunque luogo del pianeta. Ed è venuto a cacciarsi proprio qui! Nel covo degli assassini che ci stanno dando la caccia!».

Le dita di Zak continuavano a scivolare sul pavimento. Arsène era chiuso nel silenzio, Parastou Khan immobile sul letto come un animale morto.

Le tenebre invadevano la mente stanca di Parastou Khan. Migliaia di pensieri si affollavano nella sua testa, tutti gli istanti del film della sua vita. Una vita rubata. Come aveva potuto essere così stupido, così ingenuo, così cieco?

Ma non era il momento di lamentarsi della propria sorte. Era solo un vecchio invalido vicino alla morte e, che morisse sul materasso di una cella o sul letto di camera sua, in fondo faceva poca differenza. Una sola domanda ormai contava, per lui.

Come rimediare?

Come bloccare l'orrido progetto di Kyrill? Come soffocare quella serpe che aveva nutrito in seno?

L'oscurità si faceva strada nei meandri dei suoi pensieri.

Dopo essere stato così potente, in quel momento non valeva più nulla.

Che speranze poteva avere un vecchio invalido da solo contro un esercito?

72
Segrete del palazzo di Ishak Pascià, Naxçivan

Il cancello si aprì con un cigolio sinistro. Entrò Zeytin seguito da tre uomini con i kalashnikov spianati.

«È il momento» dichiarò il miliziano con decisione. «Da chi cominciamo?».

Puntò la torcia a turno sui prigionieri. Il cono di luce illuminò per primo Arsène Parella, poi Zak, che si portò la mano a visiera sugli occhi e sostenne sbattendo le ciglia lo sguardo dell'aguzzino, invisibile in controluce.

«Allora, nessun volontario?» scherzò Zeytin.

Il fascio luminoso ondeggiò nella cella fino a fermarsi su Cécile. Il cono della torcia risalì lungo il corpo della ricercatrice come un riflettore impudico da cabaret sulle curve di una ballerina esotica. Una ballerina immobile. Cécile tentava di limitare il tremito di ogni piega del vestito e stringeva le braccia al petto nel goffo tentativo di nascondere l'attaccatura dei seni.

«Ci facciamo uno champagne?» ridacchiò Zeytin rivolto ai suoi uomini. «Ahmet, Hakki, Kerim, che ne dite di una leccornia parigina?».

Risate grasse nell'ombra. Le gambe di Cécile non la sostenevano più. Stava per crollare, ormai preda rassegnata.

«Io» fece una voce debole.

Tutti tacquero. Nella cella scese un silenzio da chiesa.

«Io» ripeté la voce.

La torcia di Zeytin illuminò il letto.

Parastou Khan era sempre rannicchiato sul sudicio materasso, incapace del minimo gesto. Solo le labbra si muovevano.

«Non puoi rifiutarmelo, Zeytin» continuò il miliardario sbavando. «L'ospitalità azera è sacra, no? Tocca a me precedere i miei ospiti tra le mani di Skalpell».

«Povero pazzo» mormorò Zeytin.

C'era quasi affetto nel commento del mercenario, forse una forma di ammirazione.

Due uomini afferrarono l'infermo, ognuno per un braccio, e lo trascinarono senza tanti riguardi fuori dalla cella.

Parastou Khan era stato portato via dai mercenari da più di un'ora. Zak e Arsène sedevano immobili. Si sentivano in lontananza suoni ovattati, ma era impossibile capire se si trattasse di grida di dolore del miliardario o fosse solo il prodotto della loro macabra immaginazione. Cécile, incapace di stare ferma, sondava i muri della cella metro per metro. Il rumore regolare del suo pugno contro la pietra fredda risuonava come l'ossessionante bilanciere di una pendola.

«È inutile, Cécile. Le segrete sono costruite sottoterra, non c'è nessuna uscita» sospirò Zak.

Senza rispondere, lei continuò l'esplorazione allo stesso ritmo. Issandosi sulla punta dei piedi per cercare di colpire il soffitto a volta il vestito le risaliva un po' mettendo allo scoperto i muscoli delle gambe tesi per lo sforzo. Zak, a due metri da lei, le rivolse uno sguardo desolato.

«Bravo, non si imbarazzi» esplose Cécile, «guardi, guardi pure! Ne approfitti...». Riposò a terra le piante dei piedi, poi con gesto stizzito strappò il fiume di rubini che aveva al collo. «Che follia...».

Le palline rosse si sparpagliarono per tutta la cella.

Era sull'orlo della crisi di nervi, pronta a scoppiare in lacrime, ma si trattenne e continuò a esplorare il muro di fronte a lei.

«Si muove» gridò a un certo punto.

Zak e Arsène la guardarono stupiti.

Cécile era riuscita a rimuovere una pietra fissata male. Una sola.

«Un buco per topi» commentò Arsène, «ma comunque un inizio...».

«È la parete che confina con la cella accanto» fece Zak in tono laconico. «Vuole ingrandire il loft?».

Cécile fece un'alzata di spalle e incollò l'orecchio al buco.

Sentiva piangere!

Accostò l'occhio da varie angolazioni per cercare di distinguere qualcosa, ma continuava a vedere solo un buco nero.

«C'è... c'è qualcuno?» chiese con la voce più gentile che riuscì ad assumere.

Sentì tirare su col naso più volte, poi una voce tremante le rispose, un sussurro acuto appena percepibile. Una bambina pronunciò lentamente una serie di parole incomprensibili.

«Zak, cerchi di rendersi utile» fece Cécile. «Parla turco? Allora traduca: piccola, come ti chiami?».

Zak si alzò e si accostò a sua volta al buco. Una voce angelica giunse loro attraverso le tenebre.

«A... Aman».

«Continui» gli ordinò Cécile. «Da quanto tempo sei qui?».

«È curda» disse calmo Zak.

«Che ne sa?».

«Aman è un nome curdo, non turco».

«E lei non parla curdo?».

«Sì sì...».

Cécile incassò impressionata, ma non lasciò trapelare niente.

«Okay, allora continui: ti hanno fatto del male?».

Zak traduceva domande e risposte. La piccola Aman si esprimeva con frasi brevissime, due o tre parole. Sembrava smarrita, traumatizzata, timorosa che fosse un'altra trappola.

«Perché ti tengono prigioniera?» insisté Cécile. «Che vogliono da te?».

«Vogliono...».

Invece della risposta sentirono sfregare sulla pietra, come se la bambina stesse cercando di far passare qualcosa attraverso il buco. Cécile infilò la mano e sentì per prima cosa quella calda di Aman, che accarezzò a lungo con infinita tenerezza. Dal modo in cui la bambina ansimava capì che per raggiungere il buco doveva essersi messa sulla punta dei piedi, in una posizione probabilmente molto scomoda. A malincuore le lasciò la mano, tastò e le sue dita si posarono su un oggetto di legno che tirò a sé.

Soffocò un'imprecazione.

Aveva in mano un piccolo unicorno scolpito.

«Che... che vogliono da te?» ripeté turbata.

Zak tradusse parola per parola la risposta di Aman.

«Vogliono... vogliono che faccia vedere loro gli unicorni...».

Una voce urlò nella testa di Cécile. La ricercatrice avrebbe voluto ostruirsi i timpani. Era a bordo di un treno fantasma, e ogni curva era un nuovo delirio! I Nefilim, l'arca di Noè, il Libro di Enoch, gli angeli decaduti, gli unicorni... Nel suo cervello i neuroni sembravano sostituiti da immense ragnatele sempre più fitte, più buie, annodate all'infinito.

Cécile si era persa in un incubo.

Doveva svegliarsi.

Per vari minuti continuarono a parlare con Aman attraverso la pietra rimossa senza scoprire niente di più, ma cercando come meglio potevano di tranquillizzare la bambina terrorizzata.

«Noi ci siamo» mormorò Cécile. «Fidati. Non ti abbandoneremo, Aman».

Parole di speranza pronunciate sia per la piccola che per se stessa. Sentirono dei passi in corridoio e rimisero a posto la pietra prima che il cancello si aprisse. Due mercenari mollarono Parastou Khan sul letto senza tanti riguardi. La sua camicia bianca era intrisa di sangue all'altezza dell'addome.

«Non ti rallegrare troppo, Parastou» sibilò Zeytin dall'entrata della cella. «Stai soffrendo, ma non morirai. Abbiamo tempo, molto tempo. La prossima volta parlerai...».

Il cancello si richiuse. Arsène, Zak e Cécile si precipitarono dal miliardario. Parella gli aprì la camicia: Zeytin non aveva mentito, Skalpell aveva lavorato da esperto! La ferita incideva la carne flaccida dell'invalido per vari centimetri fino alla parete addominale. Il taglio chirurgico doveva far soffrire Parastou Khan come un martire impedendogli qualsiasi movimento, ma non era mortale.

«State indietro» mormorò il miliardario con un filo di voce. «Allontanatevi tutti meno il professor Parella».

I tre prigionieri si guardarono interdetti.

«Vorrei parlare con il professor Parella» insisté Parastou. «Da solo».

Zak e Cécile indietreggiarono fino all'estremità della cella. Arsène Parella si inginocchiò accanto al letto, come un confessore al capezzale di un moribondo. I due uomini parlarono per alcuni minuti, poi Parella si rialzò.

Pallidissimo.

Al professore tremavano le mani. Ruotò su se stesso come una trottola stanca, come se cercasse un oggetto che non esisteva. Aveva gli occhi stralunati, come se avesse visto uno spettro.

Trovò il coraggio di rivolgersi a Zak.

«Mi aiuti».

«A fare che?».

«A staccare una molla dal letto».

«Come, scusi?».

Per la prima volta in vita sua Cécile vide il professor Parella innervosirsi.

«Staccare una molla dal letto, perdio!» tuonò. «È sordo?».

«Ma... per farne cosa?» insisté Zak.

«Pulirmici i denti!». E davanti all'aria sbigottita di Zak precisò con lo stesso tono rabbioso: «Per fabbricare un'arma, idiota. Vede qualcos'altro in questa stanza che possa essere trasformato in arma mortale?».

Incredulo, Zak continuava a rimanere fermo.

«Vuole... conta di uccidere una guardia con una molla arrugginita?».

Il timbro del professore calò di parecchie ottave.

«Chi ha detto che voglio uccidere una guardia?».

73
Palazzo di Ishak Pascià, Naxçivan

L'angelo sembrava un supereroe, aveva muscoli guizzanti, ali da aquila, teneva in mano una lunga spada lucente ed era circonfuso da una luce abbagliante.

Zeytin si avvicinò in silenzio senza osar disturbare Cortés, che vedeva perso nei suoi pensieri di fronte a quella strana immagine dell'angelo sterminatore a tutto schermo. Tuttavia il mercenario non era stato abbastanza silenzioso e Cortés fece ruotare la sedia da ufficio verso di lui.

«Oh, Zeytin, capiti a proposito. Sei pratico di curdi?».

«Curdi?» esitò Zeytin. «Sì... diciamo tanto quanto un cacciatore canadese è pratico di grizzly».

Cortés scoppiò a ridere. Zeytin si inorgoglì, fiero della sua battuta.

«E di religioni curde?».

«Non sono tutti musulmani?».

Cortés fece un'alzata di spalle.

«Caro Zeytin, fortunatamente non ti ho preso come braccio destro per la tua cultura generale! Almeno un terzo dei curdi non è musulmano... Ascoltami due minuti, ho bisogno di parlare con qualcuno adesso che Parastou è fuori gioco. Inoltre fra poche ore ti ritroverai in prima linea sulle pendici dell'Ararat, non ti farà male un breve corso d'istruzione accelerato...». Cortés fece scivolare la freccetta del puntatore lungo le ali dell'angelo sullo schermo. «Devi sapere che il Kurdistan ha un rapporto molto particolare con le religioni. Ebraismo, cristianesimo e islam, le tre grandi religioni monoteiste, sono tutte originarie del Kurdistan. Curioso, vero? Una volta questa terra arida era soprannominata la Mezzaluna fertile, patria di Abramo e dei primi profeti, e anche di Adamo ed Eva, se vogliamo andare indietro nel tempo... La culla dell'umanità, insomma. Il paradiso terrestre doveva essere situato in zona, da qualche parte fra il Tigri e l'Eufrate. E non è tutto... Millenni prima dei racconti della Bibbia, sempre in Kurdistan sono nate le più antiche religioni del mondo, lo yarsanesimo, l'alevismo, lo yazdismo...».

Zeytin fece un'espressione con la bocca a significare che non ne aveva mai sentito parlare. Cortés continuò.

«Nonostante secoli di persecuzioni da parte di cristiani e musulmani, centinaia di migliaia di curdi continuano a praticare quelle religioni primitive. Ma la cosa importante, Zeytin, è che tutti i vecchi culti curdi hanno un punto in comune, uno stranissimo punto in comune. Non credono in un dio unico...». Cortés fece una pausa calcolata. «Venerano gli angeli!».

Zeytin digerì l'informazione. Non essendo in grado di fare un commento pertinente tentò un accostamento con l'immagine del desktop.

«È un angelo curdo, quello?».

Cortés scoppiò a ridere.

«Non proprio... Quello è Uriele».

La sedia da ufficio riprese il suo posto davanti al computer. Cortés aprì un'altra finestra. Sfilarono una serie di pagine. Il capo dei mercenari era euforico, Zeytin non l'aveva mai visto così contento.

«Vieni qui, Zeytin, voglio farti vedere una cosa pazzesca. Nella fodera dello zaino di Zak Ikabi ho trovato una chiavetta usb con otto giga di file dal contenuto inimmaginabile! Tanto per cominciare Ikabi ha copiato sulla chiavetta metà computer di Cécile Serval, ivi compreso l'intero rapporto RS2A-2014, ma c'è qualcosa di ancora più straordinario... Viene davvero da pensare che quel tipo ci sia stato mandato dalla provvidenza...». Cortés cliccò di nuovo. «Sai cosa ti sta scorrendo davanti agli occhi, Zeytin?».

Zeytin si chinò, vide fotografie abbastanza sfocate di frammenti di pergamena zeppi di simboli cabalistici impossibili da decifrare e rimase in silenzio ad aspettare le spiegazioni del capo. Il volto sfigurato di Cortés era irradiato da un'estasi dimostrativa. Un mostro da baraccone innamorato.

«Da principio non credevo ai miei occhi. Hai davanti a te le foto di quasi tutto il Libro di Enoch, Zeytin, la versione censurata dalla Chiesa, quella che il Vaticano tiene nascosta dalla notte dei tempi. Ora capisco perché Ikabi ha in pugno il Parlamento mondiale delle religioni... Tanto per aiutarti a mettere insieme i pezzi del puzzle ti informo che i personaggi del Libro di Enoch sono i famosi Nefilim o, se preferisci, gli angeli decaduti... E fra loro quello che Enoch cita più spesso è Uriele».

Con un clic Cortés chiuse la finestra attiva perché Zeytin potesse di nuovo osservare l'arcangelo vendicatore.

«Uriele» spiegò Cortés, «è il quarto arcangelo oltre a Michele, Raffaele e Gabriele, che corrisponde al Jibril dei musulmani. In origine Uriele era addirittura il più popolare di loro. Gli arcangeli erano quattro, come i punti cardinali, le stagioni o gli elementi. Nel quartetto divino Uriele rappresentava il sud, l'estate, la folgore... Era l'arcangelo che simboleggiava l'iniziazione, le scienze alchemiche, l'astronomia: in poche parole, quello che ha rivelato agli uomini i segreti degli dèi». Cortés passò il dito sullo schermo, quasi volesse bruciarlo al sole che splendeva come un'aureola intorno all'arcangelo. «Un altro pezzo importante del puzzle è che, stando alla tradizione biblica, Uriele sarebbe l'arcangelo che ha avvertito Noè della minaccia del diluvio e gli ha consigliato di costruire l'arca».

Zeytin annuì. In quell'arcangelo bellicoso vedeva solo una specie di cavaliere della fede che collezionava sulla punta della spada le teste decapitate di nemici eretici.

«Quand'ero piccolo gli imam ci facevano una capoccia così

con l'arcangelo Jibril, quello che è apparso a Maometto, ma di Uriele non avevo mai sentito parlare...».

«È logico, Zeytin. Il seguito della storia di Uriele è piuttosto sorprendente... Nel 745 la Chiesa cristiana ha deciso senza mezzi termini di proibire il culto di Uriele. L'arcangelo è stato espunto da tutti i testi liturgici ed è stata vietata ogni sua riproduzione in quadri, sculture o icone. Le opere che lo raffigurano sono tutte anteriori a quella data, anche se il culto di Uriele è rimasto importante in Oriente fino al XVII secolo. Che ne pensi? Secondo te che minaccia poteva rappresentare quell'angelo chiacchierone per i dogmi della Chiesa? Evidentemente una minaccia tale da degradarlo e relegarlo nell'oblio».

«Forse aveva le mani troppo sporche di sangue. Sembra un angelo custode quanto io un monaco buddhista...».

Cortés si limitò a sorridere.

«Non solo per quello, Zeytin. Diciamo soltanto che alla Chiesa non piacciono gli angeli che rivelano agli uomini i segretucci degli dèi. Del resto Uriele non è l'unico a essere incorso nelle forbici della censura. Tutti gli angeli ci sono passati, finendo addirittura per rimetterci il sesso!».

Zeytin sgranò gli occhi.

«Nei primi testi biblici» continuò Cortés, «gli angeli sono sempre descritti come esseri sessuati, fatti di carne e ossa, che apprezzano le belle donne e ci vanno a letto, come è scritto nero su bianco nella Bibbia... Poi nel 787 il secondo concilio di Nicea riscrive la storia, come del resto l'Islam più o meno nello stesso periodo: inutile discutere del sesso degli angeli, visto che non ce l'hanno! A partire da quella data sostenere il contrario, dipingerlo o scriverlo sarà considerato eresia... Da allora gli angeli saranno soltanto spiriti asessuati ed eterei...».

A Zeytin luccicarono gli occhi.

«Peccato» osservò. «La versione antica mi avrebbe spinto a frequentare un po' di più la moschea...».

Cortés, decisamente di buonumore, fece un'altra risata.

«Non sai quanto hai ragione, Zeytin. Ma tranquillo, fra poche ore, ai piedi dell'Ararat, avrai tutte le spiegazioni che desideri». Indicò con gli occhi una scatola di fiammiferi accanto al mouse. «E, ciliegina sulla torta delle buone notizie, guarda cos'ho trovato in tasca a Ikabi!».

Stavolta Zeytin capì subito.

«Il frammento d'arca di Navarra? Quello del museo d'Aquitania?».

«Proprio lui!» rispose Cortés giocherellando con la scatola. «E con questo abbiamo riunito i tre lati del triangolo: il rapporto RS2A-2014, il Libro di Enoch e il pezzetto d'arca... senza dimenticare la bambina dagli occhi grigi che ci condurrà dritti all'obiettivo! Ma basta parlare del sesso degli angeli, dammi anche tu qualche bella notizia. Parastou ha confessato gli ultimi numeri dei suoi conti bancari?».

Zeytin fece un'espressione contrita.

«No. Ha fegato, il vecchio. Skalpell l'ha tagliuzzato per un'ora, ma è rimasto muto come un pesce».

Cortés storse il naso.

«Spero che non l'abbiate sciupato troppo... È vero che ho la firma sulla maggior parte dei conti ufficiali, ma è anche vero che il grosso del patrimonio di quel volpone sonnecchia nei paradisi fiscali».

«Non reggerà a lungo. Skalpell sa il fatto suo. Un'ora di dolore non è niente in confronto a quanto gli farà male la bella ferita aperta che gli ha disegnato sulla pancia. Il dolore lo cuocerà a fuoco lento, e non ci sarà pericolo che muoia, anche malandato com'è».

«Speriamo».

«E...» esitò Zeytin. «E gli altri?».

Cortés sbatté il suo unico occhio valido.

«Capisci in fretta, tu». Fece di nuovo scorrere i file sullo schermo del computer. «Hai ragione, il postino è già passato. Ikabi, Parella e la Serval non ci servono più. E la piccola Aman sembra disposta a portarci nell'antro dei Nefilim... In poche parole, credo che abbiamo in mano tutte le carte».

Zeytin stava già girando i tacchi.

«Piano» lo trattenne Cortés. «Non avere troppa fretta di tagliare la gola agli ospiti prima di partire per la crociata. Oggi è giornata d'elezioni in ogni villaggio della Turchia. I turchi hanno un solo difetto, sono molto suscettibili con la loro democrazia. Meglio non correre rischi. Prima di andare all'attacco dell'Ararat aspetteremo che le loro attenzioni siano rivolte ad Ankara e allo spoglio delle urne».

«Il che significa?».

«Il che significa, vecchio mio, che hai ventiquattr'ore di tempo per divertirti con i nostri ospiti».

«Compresa la ragazza?» domandò Zeytin leccandosi i baffi come un gatto.

«Compresa la ragazza!».

«Gli uomini saranno conten...».

Un rumore di passi affrettati in corridoio interruppe il mercenario.

«Zeytin! Cortés! Presto! C'è un problema» urlava una voce col fiato corto.

«Che succede?».

«Il vecchio» gridò Skalpell spalancando la porta. «Parastou Khan sta crepando».

Cortés lanciò un'occhiataccia a Zeytin e si alzò di scatto.

74
Segrete del palazzo di Ishak Pascià, Naxçivan

Il topo nero era incerto se leccare le chiazze di sangue in corridoio o avventurarsi nell'altra stanza, dietro il cancello, da cui proveniva un appetitoso odore di carne avariata. Il rumore di stivali a passo di corsa gli evitò di starci a pensare oltre. Rassegnato, sparì nell'ombra. Sarebbe tornato dopo. Per fortuna nelle segrete di Ishak Pascià il cibo non mancava.

Dieci uomini irruppero nella cella e spianarono i kalashnikov sui prigionieri intimando loro di addossarsi alla parete opposta. Zeytin puntò la torcia sul letto. Il cono di luce tremò.

Il materasso era intriso di sangue che sgocciolava sotto la brandina formando una pozzanghera appiccicosa. Cortés, che era andato avanti fino al letto, si voltò furioso verso Skalpell.

«Non avevi detto che la ferita aperta l'avrebbe fatto soffrire a fuoco lento senza pericolo che morisse?».

Il mercenario balbettò scuse incomprensibili.

«Sistemeremo dopo la faccenda» tagliò corto Cortés. «Che ne pensi?».

Skalpell si chinò a esaminare il miliardario. Aveva dita stranamente sottili. Zeytin gli faceva luce meglio che poteva.

«Troppo tardi» diagnosticò rialzandosi. «La ferita ha perforato la parete addominale. Il vecchio deve avere un'emorragia digestiva e urinaria, cioè sangue nel fegato e nell'urina, ma senza radiodiagnostica è impossibile saperne di più. Dovremmo portarlo in ospedale e fargli almeno un'anestesia locale per...».

«Quanto gli resta?» lo interruppe Cortés.

«Poche ore. Forse meno».

«Cazzo».

Skalpell indietreggiò d'istinto. In un attacco di rabbia Cortés sarebbe stato capace di ucciderlo per quell'inconveniente. Era il suo primo passo falso in una seduta di tortura. Eppure non aveva commesso errori, non capiva perché le condizioni del vecchio si fossero aggravate di colpo.

Nel breve silenzio che scese sulla cella si intrufolò una voce flebile.

«Avvicinati, Kyrill».

Cortés abbassò gli occhi stupefatto.

«Avvicinati» mormorò ancora Parastou. «Siediti sul letto, piccolo Kyrill. Posare il culo nel sangue non dovrebbe darti troppo fastidio».

Cortés ubbidì. Il letto cigolò.

Due miliziani, diffidenti, puntarono i mitra sul vecchio.

«I tuoi uomini sono dei macellai, Kyrill, ma non ce l'ho con loro. Voglio anzi proporti un accordo».

«Cortés. Mi chiamo Cortés, ormai».

«L'ho capito, piccolo Kyrill. Sono invalido, non senile. Ma se mi interrompi in continuazione rischio di non arrivare a concludere la trattativa con te. Sai come sono queste cose, ci vuole tempo...».

«Okay, Parastou, spara».

Parastou Khan storse la bocca dal dolore, fu scosso da uno spasmo, poi continuò.

«Ti propongo un accordo equo. Ti do quello che vuoi, i numeri del conto in Liechtenstein, ma in cambio tu farai qualcosa per me».

«Ovvero?» domandò Cortés, sospettoso.

Alimentata dal materasso, premuto come una spugna scarlatta, la chiazza di sangue si allargava.

«Una cerimonia funebre musulmana. Desidero che i tuoi tirapiedi non gettino il mio corpo ai topi o nell'Aras».

Cortés sbuffò tranquillizzato, quasi divertito dalla richiesta del miliardario.

«Una vera conversione! Il laico Parastou Khan si rivolge a Dio nel momento fatale!».

«Ci penserai anche tu quando sarà la tua ora, piccolo Kyrill, te lo assicuro. Che io sappia, la laicità non è d'ostacolo a una fede sincera. Per quanto riguarda il mio posto nel Jannah ero quasi sicuro che mi fosse riservato, prima di sapere che avevo allevato sotto il mio tetto un serpente della tua risma...».

Cortés scoppiò a ridere.

«Ti rimpiangerò, Parastou. Vada per il rito funebre, hai la mia parola. Ora sta a te rispettare la tua parte di contratto».

Parastou tossì, fu scosso da un nuovo spasmo, ma subito dopo si sforzò di sorridere.

«Ti prego, piccolo Kyrill, te l'ho già detto, non sono ancora rimbambito. Quanto al funerale, voglio che il mio corpo sia sepolto nel mausoleo in cui riposa mia moglie Arina da quasi trent'anni, sotto la cupola a nordest del palazzo...».

«Concesso!» lo interruppe Cortés, sollevato.

«Non è tutto. Voglio che il mio corpo sia rivolto verso la Mecca, che sia lavato tre volte da mani maschili e avvolto in un sudario bianco. E, come da tradizione sciita in Azerbaijan, voglio anche che i miei amici pratichino il rito tèziyè e il pasto rituale, nonché i canti tradizionali...».

Cortés sospirò.

«Concesso, Parastou, concesso» fece in tono disinvolto. «Nel momento dell'agonia ti farò io stesso bere il bicchiere d'acqua rituale e ti poserò il cucchiaio di miele nella bocca prima di...».

Parastou Khan emise un sofferente suono gutturale.

«Ti sei scordato il Corano, Kyrill! I riti devono essere eseguiti da parenti o amici del defunto. Persone fedeli e giuste! Su questo non transigo. Nessuno dei tuoi uomini dovrà toccare il mio corpo. Gli unici a praticare i riti per la salvezza dell'anima mia saranno Zak Ikabi, Arsène Parella e Cécile Serval».

«Se ci tieni tanto, d'accordo» fece Cortés con un'espressione sprezzante per le precauzioni superstiziose del miliardario.

«Bene, in questo caso concludiamo l'affare. Io dirò i numeri del conto al professor Parella. Quando non sarò più di questo mondo e tu avrai rispettato il tuo impegno lui te li comunicherà».

La risata di Cortés esplose nel silenzio.

«Mi stai imbrogliando, Parastou!».

Il vecchio era calmo e determinato.

«Sarà la mia unica offerta, piccolo Kyrill. Non perdiamo tempo inutilmente, sappiamo entrambi che se non prendo delle precauzioni tu non manterrai il tuo impegno».

«Potrei rigirarti il complimento. Chi mi garantisce che tu manterrai il tuo?».

«Nessuno, Kyrill, nessuno, ma morirò comunque. Quale altra decisione puoi prendere, a parte fidarti di me? Il professor Parella è un uomo d'onore. Se gli dico di comunicarti i numeri del conto lo farà».

Parastou Khan si sforzò di alzare il tono di voce.

«Professor Parella, le chiedo solennemente di rispettare la parola data, quindi rispettare il mio impegno se Kyrill Eker rispetta il suo».

Zeytin puntò la torcia su Arsène Parella in piedi contro il muro di pietra, spaventato come se la sua esecuzione fosse prevista per il minuto successivo.

«Farò... farò secondo la sua volontà» balbettò Arsène.

Cortés proruppe in una risata forzata. Posò sul materasso le mani aperte, che affondarono in una spugna intrisa di emoglobina.

«Sei furbo come una vecchia scimmia, Parastou, ma dopo tutto hai ragione, non ho niente da perdere. Se ti sei preso gioco di me giuro che disperderò il tuo cadavere e lo scheletro della tua cara Arina ai quattro angoli del Naxçivan, in tutte le direzioni meno che verso la Mecca...».

Si alzò, si asciugò le mani sul muro più vicino lasciando grandi strisciate di sangue e gridò a Zeytin:

«Appena crepa fai portare il cadavere nel mausoleo dai prigionieri. Voglio dieci uomini armati che non li perdano mai di vista».

75
Mausoleo del palazzo di Ishak Pascià, Naxçivan

Il corpo di Parastou Khan riposava nel mausoleo su una lastra di marmo, coricato sul fianco destro con i piedi a nordovest, la testa a sudest, il gomito adagiato lungo il corpo e l'indice puntato verso il cielo.

Appena i mercenari erano usciti dalla cella il miliardario aveva chiuso gli occhi e senza dire una parola aveva lasciato che la vita abbandonasse lentamente il suo corpo. Ci aveva messo meno di mezz'ora. Arsène si era seduto accanto a lui, aveva sentito il respiro del miliardario accelerarsi, poi rallentare debolmente fino a fermarsi del tutto.

Era morto.

Come da disposizioni di Cortés, dieci uomini avevano accompagnato Zak e Arsène quando, seguiti da Cécile, avevano portato nel mausoleo il corpo senza vita incredibilmente leggero di Parastou Khan. In ottemperanza al rito funerario azero Cortés aveva fatto preparare alcune vasche d'acqua per lavare il corpo, un lungo sudario di cotone bianco in cui avvolgerlo e libri di preghiere tèziyè.

Tre mercenari armati stavano dietro di loro, rigidi come statue. Altri sette erano di guardia alla porta del corridoio.

Zak svolse il lungo lenzuolo bianco.

«Adesso uscite» disse rivolto ai miliziani.

Si era espresso in azero. I mercenari rimasero immobili.

«Siete tutti musulmani» continuò Zak con la determinazione di un imam sdegnato. «A tutti sarà capitato di seppellire un parente. C'erano uomini armati nella stanza durante il rito?».

I tre miliziani non sapevano come comportarsi con quel cristiano che impartiva lezioni di morale nella loro lingua.

«Guardatevi intorno!» ordinò Zak.

Il mausoleo era una piccola cripta circolare in pietra di cinque metri di diametro scavata nel sottosuolo, senza finestre e senza altra uscita che la porta. Zak insisté puntando il dito verso ogni angolo della stanzetta tonda.

«Non ce ne andremo certo sulle ali di Munkar e Nakīr».

Le tre guardie si consultarono brevemente, ispezionarono con cura ogni pietra e ogni recesso della camera mortuaria, poi acconsentirono a uscire chiudendosi la porta alle spalle.

Cécile si trattenne dall'urlare di gioia. Zak lasciò cadere per terra il sudario.

«Non c'è un secondo da perdere» mormorò al professore. «Dobbiamo sollevare la pietra tombale».

Arsène Parella ci mise qualche secondo a reagire. Suo malgrado non riusciva a togliersi dalla mente l'immagine che lo ossessionava.

Meno di un'ora prima aveva ucciso un essere umano con le sue stesse mani.

Aveva infilato la punta di ferro di una molla arrugginita nella pancia di un uomo che gliel'aveva chiesto per favore, come sua ultima volontà. «Caro professore» aveva avuto la forza di mormorargli Parastou Khan all'orecchio, «la salvezza della mia anima non verrà dal rispetto di ridicole superstizioni, ma dalla mia capacità di riparare al male che ho generato. E per riparare devo aiutarvi a fuggire dal palazzo. Ci ho pensato a lungo, e l'unico piano che ho trovato per darvi una possibilità di sfuggire agli uomini di Kyrill presuppone che io muoia...».

«La lapide, presto» incalzò Zak.

Arsène Parella si riscosse. Anche Cécile si chinò sulla grossa lastra di marmo e, mentre faceva forza sui muscoli delle braccia, lesse l'epitaffio.

Arina Khan
1931-1983
A mia moglie, anima di Ishak Pascià
Possa il tuo spirito volare oltre le frontiere
E stabilirsi con gli angeli sopra l'Ararat

La lastra doveva pesare varie centinaia di chili. Con sforzi immani riuscirono a farla scivolare per qualche decina di centimetri.

«Spingiamola verso l'entrata» bisbigliò Zak. «Se riusciamo a metterla tra la porta e la base della tomba nessuno potrà entrare!».

Ripresero fiato, poi continuarono a spingere. Mentre i muscoli di Arsène Parella agivano, la sua mente tendeva a perdersi. Risentiva il mormorio di Parastou Khan, le sue parole serene: «Mi ascolti bene, professore. In Naxçivan c'è tutto un reticolo di antichi canali d'irrigazione sotterranei. Qui li chiamiamo chaheriz. Sono stati scavati a mano per portare l'acqua dalle montagne alla pianura, ma con i moderni sistemi di canalizzazione sono stati gradualmente abbandonati e poi dimenticati. Negli ultimi anni ho finanziato vari programmi di restauro. Non è il momento di fare bilanci, ma posso dire con fierezza che i miei soldi sono serviti a ripristinare antichi chaheriz grazie ai quali circa cinquanta villaggi della nostra repubblica sono riforniti d'acqua...».

La lastra di marmo continuava a scivolare centimetro dopo centimetro. Zak aveva steso a terra il sudario bianco per cercare di attutire il rumore.

«Cécile, è inutile che spinga, non ci è di nessun aiuto! Provi invece a coprire il rumore cantando preghiere tèziyè. Nei funerali azeri sono le donne a condurre i canti».

«Questa poi! E chi le conosce?» protestò lei raddoppiando gli sforzi per tentare di muovere la lapide.

«Intoni una litania, allora! Legga foneticamente i libri di preghiere e reciti! Più forte che può!».

La ricercatrice fece un'alzata di spalle, ma ubbidì. Si posizionò vicinò alla porta e cominciò a gridare con pronuncia incerta preghiere azere che sceglieva a caso, sentendosi sia ridicola che sacrilega. Zak e Arsène, sfiniti, univano le loro forze spronati dalla speranza contenuta nelle ultime rivelazioni di Parastou Khan.

«Mi ascolti, professore» aveva detto il vecchio, «come pressoché tutti i caravanserragli della regione Ishak Pascià è stato costruito sopra uno chaheriz. Credo di essere l'unico a ricordare ancora la sua posizione precisa». La voce del miliardario aveva tremato per l'emozione. «Trent'anni fa, quando il cuore di Arina ha cessato di battere, ho deciso di erigere il mausoleo di mia moglie nel luogo che mi sembrava più significativo, il punto d'arrivo dello chaheriz dimenticato. Arina era più superstiziosa di me, credeva che in questo modo il corpo sarebbe rimasto protetto nella cripta, ma che l'anima avrebbe potuto fuggire più facilmente se nella tomba c'era un'apertura, o che gli angeli avrebbero potuto circolare più agevolmente tra lei e il paradiso».

«E... dove sbuca lo chaheriz?» aveva domandato Arsène Parella, incredulo.

«Non lo so esattamente. Passa il confine sotto l'Aras, poi sale all'interno delle montagne dell'Iran seguendo la pendenza obbligata. L'imbocco dovrebbe trovarsi da qualche parte al di sopra della gola di Maku, nel deserto iraniano».

La lastra di marmo scivolò sul sudario fino a fermarsi contro la porta. Zak, madido di sudore, crollò a sedere.

«Almeno gli uomini di Cortés non possono più entrare» mormorò. «A meno di non sfondare la porta, ma ci metteranno un sacco di tempo...».

«Ora non ci rimane che uscire» disse Arsène.

Non dovendo più coprire il rumore della lapide spostata Cécile aveva smesso di cantilenare litanie azere. Si affacciò sulla tomba aperta e riuscì a stento a trattenere un grido.

«Oddio!...» esclamò portandosi una mano alla bocca.

«Cazzo!» reagì Zak avvicinandosi a sua volta.

Il pavimento della fossa era costituito da tavolette di pietra fissate con sabbia e calce.

Adagiato su un lenzuolo bianco, lo scheletro di Arina Khan riposava tranquillo.

«Non... non possiamo passare da lì...» balbettò Cécile.

«Non credo che abbiamo molta scelta» replicò Zak saltando a piedi uniti nella fossa pavimentata.

Una suola atterrò su una falange sbriciolandola in una sottile polvere bianca. Cécile sgranò gli occhi. Piccoli steli verdi crescevano sotto le pietre e si infilavano nelle aperture del sudario bucato correndo come nervature lungo le ossa bianche dello scheletro di Arina Khan. Fili d'erba più grandi uscivano dalle orbite nere del cranio strisciando verso l'osso nasale e il mascellare. La ricercatrice aveva l'impressione che il cadavere si trasformasse in qualcosa di vivo, uno scheletro mezzo umano e mezzo vegetale marmorizzato da vene verdi irrigate di linfa.

Con la punta del piede Zak allontanò la scapola della defunta e si chinò per scavare la sabbia tra le pietre. Di fronte all'espressione inorridita di Cécile si rivolse alle spoglie.

«Mi scusi se la disturbo, Arina, ma è per una buona causa. Dovrebbe farsi un po' più in là» aggiunse spostando una tibia. «Vogliamo solo passare...».

Zak grattò la terra sotto il lenzuolo e strappò qualche filo d'erba.

«Buon segno! Le piante indicano che c'è umidità. L'entrata dello chaheriz dev'essere subito qua sotto».

Scavò più a fondo. Per una gomitata involontaria il cranio di Arina si staccò e rotolò di lato. Cécile chiuse gli occhi inorridita. Arsène, dietro di lei, le posò una mano amichevole sulla spalla.

«Era la volontà di Parastou Khan, Cécile. Il suo desiderio era che riuscissimo a salvarci, anche profanando la tomba della moglie».

«Lo so...».

«Eccola!» esclamò Zak.

Gettò alcune pietre di lato liberando sotto la tomba un'apertura di una cinquantina di centimetri.

«Parastou aveva ragione» mormorò Arsène. «Presto, adesso...».

Zak continuò a ingrandire l'apertura finché non raggiunse la larghezza di un metro. Arsène strinse la mano di Cécile e saltarono insieme nella fossa.

Zak si stava già infilando nel buco. Cécile era ancora esitante. Non riusciva a non pensare alla piccola Aman, sola nella sua cella. «Non ti abbandoneremo» le aveva detto poche ore prima. Aman si era fidata, e loro erano fuggiti senza di lei. Ma che altra soluzione avevano? Sperò che sarebbero tornati in tempo per liberarla, poi si sentì ipocrita per averlo pensato. Gli eventi le sfuggivano di mano... Non c'era nessuna decisione giusta da prendere, solo cercare di sopravvivere.

«Le do un consiglio, Cécile» disse Zak. «Prenda il lenzuolo e se lo avvolga intorno alle gambe».

«Il sudario sul quale il cadavere di Arina si è putrefatto per trent'anni? Sta scherzando?».

«Per niente. Con le gambe nude sotto il vestito non reggerebbe cento metri a strisciare in questo cunicolo».

Cécile fece un'espressione disgustata.

«Secondo lei quant'è lunga la canalizzazione?».

«Vai a sapere. Diciamo tra i cinque e i dieci chilometri. Ma più che con la distanza dovremo vedercela con il dislivello, lo chaheriz deve salire a più di mille metri. E un altro consiglio: non smetta di pregare».

«Perché?».

«Perché non si metta a piovere mentre strisciamo come lombrichi in questo budello!».

Nord della Mesopotamia, 4370 a.C., primavera

Gana rimase a lungo immobile a osservare la carcassa. Mai aveva visto un animale del genere. Era più grande di tutto ciò che conosceva, alto come tre orsi, grosso come dieci bufali. Aveva una pelle grigia e rugosa che somigliava alle croste di terreno screpolate dal sole e orecchie che gli pendevano molli come foglie di palma... ma la cosa più incredibile era il muso lungo e sottile che arrivava fino a terra e le due corna bianche ricurve. Anche Leka osservava diffidente il mostro annusandone l'odore spaventoso.

Il bestione era morto. I servitori degli dèi gli avevano infilato numerose lance di rame in mezzo agli occhi. Gana pensò inorridita che molto probabilmente il fratello Bilik faceva parte dell'orda di carnefici incaricati del massacro. Il cadavere del mostro era stato abbandonato sul posto, in mezzo al villaggio, vicino alle altre carcasse animali: migliaia di carcasse a perdita d'occhio, dagli animali più inoffensivi alle belve più pericolose. Capre, galline, lupi, volpi, bufali, topi, cinghiali, martore, cervi... tutti ammazzati.

Molti uccelli erano stati abbattuti con l'arco e le frecce. Centinaia di pesci erano stati pescati dal fiume grazie alle reti di liane inventate dagli dèi e abbandonati sulla riva. I canali che passavano sotto le case erano pieni di peli, penne, artigli, zanne, squame...

La madre Majka la tirò per la spalla. Aveva ragione, non dovevano attardarsi né voltarsi, dovevano continuare a salire per il sentiero che conduceva in montagna, anche se a ogni curva ave-

vano di nuovo la visione spaventosa del villaggio a ferro e fuoco. Leka trotterellava davanti, poi si fermava per aspettare Gana. La ragazza, sfinita, reggendosi il pancione con entrambe le mani, procedeva più lenta del resto del gruppo.

Camminavano ormai da un bel po'. Il sole stava cominciando a scendere dietro la più bassa delle due vette. Erano in tutto una quindicina tra uomini, donne e bambini. Dopo le rivelazioni del figlio, Majka aveva convinto quattro famiglie vicine ad andare con loro. Erano scappati nella notte. Quanto agli altri, quasi nessuno credeva che gli dèi rappresentassero una minaccia. Dopo tutto, nonostante la quantità di invenzioni, gli dèi erano poco più di una manciata, protetti solo da alcuni servitori, quasi sempre ragazzi che portavano un'arma per la prima volta. Che minaccia costituivano, in realtà? Avevano sbagliato a rivelare i loro segreti agli uomini. Che potere restava loro, ormai?

Majka non aveva neanche cercato di convincerli a cambiare opinione, non aveva tempo da perdere. Bilik aveva detto che sui fiumi tra la pianura e la montagna gli dèi avevano costruito sbarramenti che lasciavano passare appena qualche rigagnolo, quel che bastava per lavarsi e far crescere le piante.

«Ma le barriere cederanno» le aveva assicurato il figlio. «Gli dèi vogliono pulire tutto prima di andarsene».

Majka si lasciò distanziare dal gruppo per aspettare la figlia. Le passò il braccio intorno alla vita con tenerezza e si guardò intorno alla ricerca di un bastone abbastanza lungo e rigido da fornire un appoggio a Gana.

Sebbene fosse sicura di aver preso la decisione giusta abbandonando il villaggio si chiedeva come avrebbero reagito gli dèi: non quelli della pianura, quelli dell'Ararat! Ricordava il mostro dalle lingue di ghiaccio, gli spiriti delle grotte e quelli che sputavano il fuoco da sottoterra, in fondo ad abissi neri. Potendo scegliere preferiva quegli dèi schivi, anche se non inventavano niente per loro, anche se la loro collera poteva essere altrettanto mortale. Col tempo, aiutati dalla memoria dei genitori e degli avi, si imparava a conoscere le reazioni degli dèi della montagna, la terra che tossisce, la lingua di ghiaccio che sbava, la roccia che fuma. In fondo Majka era contenta di tornare su quelle montagne dove aveva sempre vissuto. Là abitava il suo uomo, Otek. Non c'era posto in cui si sentisse più vicina al cielo e alle stelle, più vicina agli occhi di Otek che avrebbero sorvegliato per lei gli umori degli spiriti della montagna. Aveva ragione Avo: non bisognava fidarsi degli dèi che non si conoscevano. Per questo Avo era morto tra le fiamme azzurre.

Gana inciampava su ogni ciottolo. L'ascensione sarebbe stata lunga e difficile. La figlia era coraggiosa, ma quello che preoccupava Majka era il bambino che portava in pancia, solo il bambino. Alla montagna non piacevano i bambini troppo piccoli. Suo figlio Alum ci era morto. Per quello erano scesi e si erano uniti agli altri uomini. Il suo sguardo si perse verso la pianura ormai minuscola. Spesse volute di fumo salivano dal villaggio, si sentiva come un'eco sorda di urla umane miste a gridi animali.

Majka respirò di sollievo. Erano partiti in tempo, nella stagione giusta. Fiori azzurri e rossi ricoprivano i fianchi della montagna, il bambino sarebbe nato sotto il sole.

Il figlio degli dèi, aveva detto Bilik. Nella capanna vicino alla cascata aveva offerto la sorella agli dèi, guadagnando così la loro fiducia.

Ma, che fosse o meno un semidio, era pur sempre un bambino.

Avrebbe avuto il tempo di crescere e acquistare forze sufficienti prima che la pioggia di stelle fredde ricoprisse di nuovo la montagna e loro fossero costretti a rifugiarsi in una grotta come animali.

Majka rabbrividì.

Era ciò che sarebbero tornati a essere: animali impauriti, ma vivi.

Prima corsa, Armenia, Vaticano: l'arca di Noè
Seconda corsa, Kaliningrad, Bordeaux, Tolosa, Melbourne: il teorema di Cortés
Terza corsa, Ambert, Hong Kong: il diluvio universale
Quarta corsa, Chartres, Iğdir, Parigi: gli unicorni
Quinta corsa, Parigi, Naxçivan: il balzo avanti dell'umanità
Sesta corsa, Monreale, Naxçivan: il Libro di Enoch
Settima corsa, Ishak Pascià: i Nefilim
Ottava corsa, Ishak Pascià, Bazargan, Doğubeyazit: il protocollo AHORA
Nona corsa, Grande Ararat: l'anomalia dell'Ararat

Ottava corsa
Il protocollo AHORA

76
Sottoterra tra il Naxçivan e l'Iran

Buio pesto.

Da vari minuti Zak, Cécile e Arsène procedevano alla cieca nello chaheriz. Zak apriva la marcia, Cécile lo seguiva e Arsène chiudeva la colonna. Il cunicolo oscuro era largo circa un metro, certe volte meno, mai di più, e scavato in uno strato di terreno argilloso. A differenza di quanto aveva temuto Zak non si sbucciavano la pelle di mani e ginocchia contro la roccia, ma avanzavano in una specie di fango colloso continuo.

Ed era peggio.

La creta appiccicosa impediva loro di scivolare o strisciare e li costringeva a sollevare mani e ginocchia un passo dopo l'altro. Avanzavano a quattro zampe come animali scavatori, lentamente, col fango che si attaccava alla pelle e si induriva come un carapace rendendo ancora più difficile ogni movimento. Dovevano continuamente staccarsi di dosso quella crosta con le dita, a loro volta trasformate in agglomerati d'argilla.

A un certo punto si resero conto che lo chaheriz era in discesa, come uno scivolo naturale.

«Stiamo passando sotto l'Aras» annunciò Zak.

Sentirono dapprima un po' d'acqua su gomiti e piedi, poi scesero ancora di un metro e si ritrovarono sul bordo di un tunnel quasi interamente allagato. L'acqua stagnante filtrava dalle pareti permeabili. Zak andò avanti, si immerse fino al collo.

«Dobbiamo farcela» gridò nel buio. «Ci sono una trentina di centimetri tra il soffitto del cunicolo e la superficie dell'acqua».

Avanzarono disgustati nell'acqua torbida con la testa piegata contro il soffitto appiccicoso del budello, pensando già di dover scegliere tra il continuare sott'acqua in apnea o tornare indietro verso il mausoleo del palazzo di Ishak Pascià.

«Risalirà» grugniva Zak tentando di catturare un po' di ossigeno. «Andiamo avanti, deve risalire per forza».

L'acqua era tiepida. La parete veniva via in zolle appena la toccavano. Da qualche metro stavano nuotando, più che strisciando. I vestiti erano ridotti a sudari zuppi. Presto rimasero sì e no dieci centimetri tra la superficie dell'acqua e il soffitto del budello. Procedevano sulla schiena torcendo il collo e stringendo le labbra per evitare di bere melma.

Impossibile spingersi oltre, pensò Cécile.

Fregati.

Potevano solo tornare indietro...

«Lo chaheriz risale!» gridò Zak. «Due metri più avanti il livello dell'acqua si abbassa. Credo che da lì il tunnel salga in verticale dentro la montagna».

Cécile trattenne il respiro. Si scostò il fango dal viso col rovescio della manica e si immerse per l'ultimo metro nel sotterraneo allagato. La canalizzazione era ormai asciutta, ma non per questo la marcia si era fatta più agevole. Tutt'altro. Nel cunicolo in ripida salita, per ogni passo che facevano avevano l'impressione di scenderne due, come se la minima perdita d'equilibrio potesse farli ricadere, dopo una scivolata interminabile, nelle acque stagnanti sotto l'Aras.

Asciugandosi, camicie, pantaloni e vestito si trasformavano in armature di terra, costringendoli a fatiche supplementari per rompere le pieghe di tessuto solidificate, ma un metro dopo l'altro salivano.

Ogni reptazione li allontanava da Ishak Pascià.

Dagli assassini.

«Secondo lei a che velocità stiamo andando?» domandò Cécile.

La voce ovattata di Zak risuonò nel cunicolo.

«Ci stavo ragionando anch'io. Direi che facciamo circa venti metri al minuto...».

«Confermo» mormorò Arsène Parella dietro di loro. «Facciamo un passo ogni due o tre secondi».

«Se riusciamo a tenere questo ritmo dovremmo essere in grado di coprire un chilometro in meno di un'ora...».

«E se lo chaheriz è lungo dieci chilometri?» chiese Cécile.

«Al massimo!» rispose Zak in tono incoraggiante. «Su su, saremo in Iran per colazione!».

Nell'entusiasmo mise un piede in fallo e scivolò indietro per due metri schiacciando la mano di Cécile che, colta di sorpresa, lo mandò al diavolo.

«Mi dispiace» farfugliò Zak.

«Piano» intervenne Arsène con calma. «Dobbiamo trovare il ritmo giusto, quello al quale i nostri muscoli sono disposti ad abituarsi.

Ripresero ad avanzare senza aprire bocca, accovacciandosi quando il canale si allargava o la pendenza diminuiva e strisciando come vermi quando il dislivello aumentava o il budello si restringeva. Trascorsero lunghi minuti, forse ore. Fu di nuovo Cécile a rompere il silenzio.

«Che succede se sulla montagna si mette a piovere?».

Le rispose solo l'ansimare sempre più sordo di Arsène alle sue spalle.

«Se proprio ci tiene a saperlo» finì per risponderle Zak, «l'acqua scorrerà nel canale fino a ristagnare sul fondo, poi il livello comincerà a montare...».

«A quel punto chi se ne importa se monta» commentò Cécile. «Se la pioggia scorre nel cunicolo non avremo niente a cui aggrapparci, come dire che in pochi secondi rifaremo in discesa tutti i metri che abbiamo impiegato un'eternità a salire...».

«E dovremo cercare di farci piacere la scivolata, perché sarà l'ultima cosa che faremo prima di affogare» commentò Zak.

«Che... che diceva il meteo?» si preoccupò Arsène tra un sospiro e l'altro.

«Cielo azzurro!» rispose Zak. «Con possibilità di temporali...».

Ancora un lungo silenzio.

«È uno scherzo?» sibilò Cécile.

«Se devo dire la verità, a Ishak Pascià non ho avuto molto l'occasione di parlare del tempo che avrebbe fatto nei prossimi giorni...».

Altro silenzio. Si sentiva solo lo strusciare dei corpi nella terra.

«La glaciologa è lei» le fece notare Zak. «È lei che dovrebbe avere qualche nozione di climatologia».

«Secondo la classificazione di Köppen ci troviamo in un clima semiarido» rispose Cécile. «Il che vuol dire che piove fra i trenta e i quaranta giorni all'anno, non di più...».

«Quindi abbiamo appena un dieci percento di probabilità di morire affogati» ansimò Arsène.

Buio, sempre buio.

«Dieci percento?» esclamò Zak, allegro. «Finalmente una buona notizia! Negli ultimi due giorni non abbiamo mai avuto percentuali di sopravvivenza così elevate!».

Ancora ore a strisciare in quella montagna che sembrava non finire mai, come minatori smarriti in gallerie senza fine, come insetti brulicanti nelle viscere della terra a mangiare, masticare e risputare fango, come creature di profondità dagli occhi bianchi e ciechi.

«Secondo voi quanto vantaggio abbiamo sugli uomini di Cortés che con tutta probabilità stanno strisciando dietro di noi?» chiese Cécile con voce stanca.

Davanti a lei, Zak rallentò.

«Ne ha ancora molte di domande del genere per tirarci su il morale?».

«Scusi tanto se ho un po' di senso pratico...».

«Almeno un'ora» intervenne Arsène. «Devono averci messo un po' a rendersi conto che siamo scappati, poi il tempo di sfondare la porta, di organizzarsi... Non credo che possano procedere più in fretta di noi in un budello del genere».

«Se lo dice lei...» concluse Cécile con le orecchie tese, pronta a cogliere il minimo rumore alle loro spalle.

Da più di cinque ore si contorcevano nello chaheriz, almeno così aveva calcolato Cécile. La speranza le dava energia. Ormai in qualunque momento le tenebre avrebbero potuto aprirsi all'improvviso, i loro occhi avrebbero potuto scorgere la luce dell'uscita... Fra pochi metri... o pochi chilometri.

«Non si passa più!» annunciò Zak nel panico.

«Cosa?».

«Davanti non si passa più, è crollato».

Un silenzio di tomba cadde sui tre fuggiaschi.

Tutta quella fatica per niente, solo per scegliere se morire soffocati nel cunicolo o tornare indietro e finire tra le grinfie degli uomini di Cortés...

E, a seguire, tortura, stupro, morte.

«Che... che facciamo?» balbettò Cécile.

La risposta di Zak suonò quasi militare.

«Come le talpe. Scaviamo!».

Nessuno fece domande. Pressati l'uno contro l'altro nel budello come un mostro a sei braccia, si misero a togliere freneticamente la terra scavando di lato, sotto i loro corpi, e spingendola indietro con i piedi.

«E se è così per cento metri?» pigolò Cécile sull'orlo della crisi.

«Impossibile» obiettò Arsène. «Stiamo respirando senza difficoltà da ore, dev'esserci per forza un passaggio d'aria tra la galleria e l'esterno. Il tappo di terra ci blocca, ma non ostruisce completamente il canale...».

«Grazie, Arsène!» esclamò Zak. «Fa piacere non essere l'unico a tenere alto il morale della truppa».

E si rimise a scavare con impegno facendo volare un paio di zolle sulla faccia di Cécile.

«Ecco, bravo, mi seppellisca viva!».

«Mi scusi».

«Ci vuole ritmo» li placò Arsène. «Ritmo e coesione».

Scavarono per più di tre metri. A un certo punto il braccio di Zak passò dall'altra parte.

«Ce l'abbiamo fatta!» esultò.

Cécile crollò nel letto di fango.

«Presto» fece Arsène. «Continuiamo. Abbiamo già perso abbastanza tempo...». Poi smise di parlare, come se riflettesse. «Abbiamo creato un tumulo dietro di noi!» disse poi. «Aiutatemi, tutti e due. Stendetevi sulla schiena e continuate a spingere giù terra con i piedi».

«Perderemo tempo prezioso» gemé Cécile.

Toccò ad Arsène assumere un tono autoritario.

«Molto meno di quanto ci metteranno gli uomini di Cortés a scavare il tappo!».

«Lei è un genio» approvò Zak. Poi si girò sulla schiena appiccicandosi a Cécile. «Creeremo ostacoli alle nostre spalle, diciamo, ogni mezz'ora... Questo rallenterà definitivamente i nostri inseguitori».

Cécile sospirò alla prospettiva di quell'ulteriore esborso di energia. Si sentiva sporca, sfinita, allo stremo delle forze e dei nervi.

«In marcia!» risuonò quasi allegra la voce di Zak. «Siamo come minimo a metà strada».

Lui sì che sapeva tenere alto il morale della truppa...

77
Yarra River, Melbourne, Australia

Su Melbourne pioveva senza soluzione di continuità, ma come ogni mattina Viorel Hunor ci aveva tenuto a fare la sua corsa in città. Quella mattina più del solito. Aveva bisogno di pensare, anche di isolarsi. La pioggia raddoppiò di intensità.

Il metropolita fece una pausa lungo lo Yarra River, sotto un chiosco degli Alexandra Gardens. Dopo un'ultima ansa nell'immenso parco di East Melbourne il fiume si inoltrava in una foresta di grattacieli. Un misto di pioggia e sudore gli colava sulla fronte rugosa. Dal giorno prima non riusciva a togliersi di mente quella parola: Nefilim... Il nome utilizzato da Zak Ikabi sul suo sito. Non a caso, ovviamente.

Perché quel nome?

Viorel Hunor si asciugò fronte e mani col tessuto spugnoso della tuta da jogging e prese la piccola Bibbia che si era messo in tasca prima di uscire. La aprì alle primissime pagine: Genesi, capitolo 6.

C'erano sulla terra i Nefilim a quei tempi, quando i figli di Dio si univano alle figlie degli uomini e queste partorivano loro dei figli: sono questi gli eroi dell'antichità.

I Nefilim erano citati tre volte nella Bibbia. Nella grande maggioranza delle edizioni il termine era tradotto con "gigante", ma nello stesso capitolo anche la parola "Anak" era sinonimo di "uomo di alta statura". Il pleonasmo aveva incuriosito generazioni di traduttori, che nelle edizioni più recenti della Bibbia esploravano altri significati per qualificare il termine "Nefilim". La Concordanza di Strong proponeva di tradurre Nefilim con "tiranno". Si spingeva anche oltre, proponeva tutta una gamma di sfumature: oppressore, persecutore, usurpatore...

L'acquazzone scemava e si andava trasformando in pioggerella sottile. Gradualmente gli ampi viali degli Alexandra Gardens furono di nuovo frequentati dagli sportivi mattutini. Il metropolita si trattenne a leggere un altro versetto della Bibbia.

Quando gli uomini cominciarono a moltiplicarsi sulla terra e nacquero loro figlie, i figli di Dio videro che le figlie degli uomini erano belle e ne presero per mogli quante ne vollero.

"Giganti" o "tiranni"? si domandò Viorel Hunor. Una sfumatura che interessava solo una manciata di specialisti nel mondo, eppure...

E se tutta la storia dell'umanità stesse proprio in quella sfumatura?

Abbassò di nuovo gli occhi. La terza citazione biblica del termine "Nefilim" era incompleta: si limitava alla sua radice primaria "Naphal" applicata, nel capitolo 4 della Genesi, alla cacciata di Caino da parte di Dio. Tutti i dizionari traducevano "Naphal" con "abbattere", "rovesciare", "cadere".

Un terzo significato, mormorò Viorel fra sé... Seguendo quel filone interpretativo "Nefilim" poteva allora essere tradotto con "tiranno decaduto", "re bandito", "sovrano in disgrazia"...

Era quello il senso che gli dava Ikabi?

Viorel ripose la Bibbia contro il cuore e riprese la sua corsetta in Alexandra Avenue.

No, Ikabi si spingeva oltre. La sua definizione di Nefilim era necessariamente collegata a quella del Libro di Enoch... I Nefilim erano gli autentici protagonisti del racconto apocrifo, dove erano descritti in dettaglio dalla prima all'ultima riga. Era chiaro che per Enoch il significato di "Nefilim" comprendeva tutte le sfumature bibliche: gigante, tiranno, messo al bando...

Viorel Hunor accelerò l'andatura. Le sue scarpe mordevano la ghiaia bagnata.

Certo, tutte le sfumature, ma aggiungendovi una dimensione supplementare fondamentale: i Nefilim erano giganti, tiranni, entità bandite... che venivano dal cielo! Nel Libro di Enoch la definizione del termine "Nefilim" non poteva essere più chiara: angeli decaduti!

Viorel forzò il ritmo della corsa, come per mettere alla prova il suo vecchio organismo. Nelle galere di Ceauşescu era capace di girare in tondo nella cella per ore.

Angeli decaduti!

Zak Ikabi ne sapeva troppo, decisamente troppo.

La sua speranza era che Ikabi, troppo sicuro di sé, si fosse alleato col diavolo... C'era anche la possibilità che a sistemare le cose provvedessero gli assassini azeri. In quel caso sarebbero stati sacrificati anche Arsène Parella e Cécile Serval, danno collaterale inevitabile, ma tre morti erano comunque meglio di un'intera umanità alla deriva. Stavolta Victor Hunor non sarebbe intervenuto. Non avrebbe commesso due volte lo stesso errore, sapeva ormai quanto potere fosse concentrato nelle mani di Zak Ikabi.

Sbuffò passando sotto l'elegante ponte di Swan Street. Un solo motivo avrebbe potuto scatenare un nuovo intervento del braccio armato del Parlamento mondiale delle religioni: che qualcuno si avvicinasse all'anomalia dell'Ararat.

Non vista dal satellite, come avevano chiesto al DIRS, non fra qualche decennio, quando i ghiacci si sarebbero sciolti, non descritta in maniera allegorica, come nel racconto di Enoch.

No, fin da subito.

Avvicinarsi concretamente.

Avere a portata di mano prove materiali empie.

Allora tutto era previsto.

Viorel si fece il segno della croce passando davanti alla Government House immersa nel verde al centro dei Royal Botanic Gardens. La croce di legno intorno al collo gli pesava una tonnellata. Così come nessun capo di Stato di una potenza nucleare si augura di dover dare un giorno l'ordine di sganciare la bomba atomica, Viorel Hunor si augurava di non avere mai la responsabilità di scatenare il protocollo AHORA.

78
Sopra Maku, Iran

Le prime a capire furono le narici.

A un certo punto captarono una zaffata d'aria più fresca, e fu come l'acqua di un'oasi nella gola di un uomo perso da ore nel deserto.

Come se il loro cervello fosse di nuovo irrigato.

I loro occhi si prepararono a vedere.

Da principio distinsero un puntino luminoso, come una stella solitaria in un cielo notturno.

Una stella cadente.

Un meteorite che puntava dritto su di loro.

Il punto luminoso diventava più grande man mano che strisciavano verso di lui con movimenti ormai scomposti. L'unica cosa che contava era raggiungere quella luna.

E di colpo il cerchio chiaro oscillò, si sdoppiò.

Apparve un cielo azzurro slavato.

La luce del giorno!

Benché fossero ancora a una cinquantina di metri dall'uscita erano già fuori, euforici, come drogati dall'aria troppo pura. Se ne fregavano, respiravano a pieni polmoni.

I loro corpi ricominciavano a vivere.

Pochi secondi dopo si issavano sul bordo dello chaheriz. Una volta in piedi, sbigottiti, scoprirono nel mattino nascente un paesaggio desertico infinito. Si trovavano sul versante scosceso di una montagna grigia, su un terreno sassoso e polveroso.

Erano circondati da roccia a perdita d'occhio, muraglioni

striati alti decine di metri. Cécile aveva l'impressione di essere un'astronauta sbarcata sulla luna o su un altro pianeta disabitato, o forse sulla Terra dopo un'esplosione nucleare, e che insieme a insetti, serpenti e scorpioni fossero tre sopravvissuti che rivedevano la luce del sole dopo secoli passati sottoterra.

Ogni forma di vita era scomparsa.

Nella bruma in lontananza l'orizzonte era dominato dalle sagome del Piccolo e del Grande Ararat.

«Datemi una mano a far rotolare le pietre fino all'imbocco del canale» fece Arsène Parella, la cui resistenza fisica continuava a sbalordire Cécile. «Dobbiamo bloccarlo».

Guardandosi intorno Cécile constatò che avevano solo l'imbarazzo della scelta. Decine di rocce che dovevano pesare tonnellate aspettavano soltanto di essere spinte per precipitarsi giù a valanga. Si arrampicarono per qualche metro a monte dell'apertura e si impegnarono a far scivolare nel cunicolo il maggior numero possibile di grosse pietre. Dopo pochi minuti lo chaheriz fu completamente ostruito e impossibile da liberare dall'interno. Cécile provò una gioia sadica all'idea che, come loro, gli uomini di Cortés avrebbero strisciato per ore nel budello... e alla fine si sarebbero ritrovati intrappolati come topi!

«Bene» fece la ricercatrice fissando l'orizzonte. «Dove siamo?».

«Di sicuro in Iran» rispose Zak.

«In Iran! Senza documenti, senza visto, con nient'altro che montagne di sassi a perdita d'occhio... Zak, crede che avremo il tempo di fare un po' di turismo prima che i Nefilim vengano a prenderci in elicottero? O magari scendano da una nuvola...».

«Non c'è un attimo di tregua, con lei» ribatté Zak.

«A me lo dice? A quest'ora dovrei essere nel mio laboratorio di Tolosa a leggere le e-mail!».

«E avrebbe la gola tagliata! In due giorni le ho salvato la vita una decina di volte...».

«Chissà come avrò fatto a sopravvivere prima di conoscerla!».

«Calma, ragazzi» intervenne Arsène. «Zak, conosce un po' la regione? Che distanza potrebbe esserci fino al villaggio più vicino?».

Zak si grattò la testa.

«Non troveremo villaggi sulla montagna. Per quanto ne so la vita si concentra nella valle. Là sotto c'è una grossa città iraniana, Maku. Consiste in una strada che si snoda per più di dieci chilometri».

«Che vuol dire là sotto?».

«Maku è una città di frontiera situata a una quindicina scarsa di chilometri dal confine turco, attraverso la valle, e a una quarantina dal confine col Naxçivan attraverso la montagna».

«Il che vuol dire trenta chilometri abbondanti prima di ritrovare la civiltà» calcolò Arsène. «Ma in discesa... Anche dopo una notte in bianco dovremmo farcela!».

Lo sguardo di Cécile si perse nell'immensità della steppa.

«E una volta là sotto che facciamo? Conosce un buon ristorante iraniano? Sa leggere un menu in persiano?».

«È possibile» rispose Zak. «Ma non si preoccupi, a Maku come in tutta questa parte dell'Iran si parla il turco azero. O il curdo, naturalmente... In questa regione si trovano tanto monumenti armeni quanto musulmani. Sa, i confini...».

«Sì, sto cominciando a capire: si varcano da sopra, da sotto... Ci si arrangia, insomma».

Arsène osservava il cielo con una certa inquietudine, come temendo che gli uomini di Cortés disponessero di un mezzo aereo per individuarli. Per esempio un elicottero.

«Sbrighiamoci, adesso. Faremo una pausa lungo la strada, al coperto».

Cominciarono a scendere.

Camminavano da due ore abbondanti seguendo il percorso di un ghiaione i cui ciottoli scivolavano sotto i loro piedi come un tapis roulant. Avanzavano in fretta. Il rischio di storcersi una caviglia o scorticarsi una mano appoggiandosi a una pietra sembrava irrisorio in confronto a quello che avevano patito nello chaheriz.

A disturbarli era solo la sete.

«Là!» esclamò Zak indicando un bacino naturale a qualche metro di distanza dal letto asciutto del torrente che stavano costeggiando.

La conca rocciosa di tre metri per due era piena d'acqua dolce.

«Sarà profonda almeno un metro» stimò Zak. «Ero sicuro che avremmo trovato dell'acqua. La regione è semidesertica, ma siamo a quasi milletrecento metri di quota e abbiamo sotto i piedi un bello strato di argilla impermeabile...».

Cécile aveva smesso di ascoltarlo. China sul bordo della piscina naturale lappava l'acqua dolce come un animale. Zak e Arsène fecero altrettanto. Si dissetarono rumorosamente, allegri come bambini, schizzandosi il viso.

A un certo punto la superficie liscia del bacino montano si increspò. Zak e Arsène alzarono gli occhi: Cécile aveva infilato un piede nell'acqua.

«Un po' fredda» commentò con un brivido, «ma credo di non aver mai desiderato tanto un bagno in vita mia». Davanti ai due uomini sbigottiti stese su una roccia il sudario bianco di Arina Khan che fino a quel momento aveva portato avvolto intorno alla vita. «Vi lascio l'asciugamano della morta!».

L'attimo dopo con tre agili movimenti Cécile si era fatta scivolare sulla pelle terrosa la *takchita* intrisa di fango. La scollatura dell'abito orientale non permetteva di portare un reggiseno. Cécile si ritrovò completamente nuda con l'eccezione delle mutandine quasi trasparenti di pizzo rosso. Senza uno sguardo per i due uomini si immerse nell'acqua.

Zak e Arsène erano esitanti.

Zak non fece neanche lo sforzo di distogliere lo sguardo dall'argilla ocra che si scioglieva sulla schiena di Cécile, dalle mani della ricercatrice che si strofinavano la pelle irrigidita dall'acqua gelida, che si sfregavano fianchi, seni e cosce come per far uscire la terra da ogni poro. Rivolse un grande sorriso ad Arsène.

«Mi sa che ha ragione la dottoressa Serval...».

Anche lui si spogliò in un batter d'occhio. Rimasto a torso nudo sulla roccia, si tolse i boxer neri di fango. Natiche e pene erano dello stesso colore scuro del resto del corpo.

Come un minatore riemerso dal buco.

Allargò le gambe, apprezzò il bacio del sole nascente sui muscoli liberati e si immerse a sua volta.

Si lavarono a lungo. Zak e Cécile mantenevano una distanza fisica in netto contrasto con il loro gioco di sguardi. Alla fine si unì a loro anche Arsène, nudo come un verme, non senza prima aver accuratamente messo via il vestito.

Le abluzioni andarono avanti per un pezzo. Più volte il corpo di Zak sfiorò quello di Cécile. Il livello dell'acqua arrivava all'altezza dell'ombelico della ricercatrice, ma riusciva a stento a coprire le cosce di Zak e a lambirgli la metà inferiore dei testicoli.

La ricercatrice offrì il profilo all'Ararat, con i capezzoli dritti per l'effetto dell'acqua fredda che sembravano sfidare le nevi eterne della montagna sacra. Quando Zak si accorse che il suo membro si stava accingendo a emergere dall'acqua si affrettò a uscire dalla conca, evitando tuttavia di asciugarsi col sudario di Arina Khan.

79
Sopra Maku, Iran

Fecero il bucato, poi si rimisero addosso i vestiti fradici. Non c'era un filo di vento. Avrebbe provveduto il sole ad asciugarli in poche ore. Sarebbero arrivati a Maku abbastanza presentabili.

Il campo di pietre sembrava interminabile. Camminavano senza sforzo, lasciandosi trasportare dalla discesa. C'era uno strano contrasto tra i loro vestiti sgocciolanti e la montagna grigia e arida all'infinito, senza altra vegetazione che rari arbusti rattrappiti come insetti morti.

Le gocce scivolavano sulla pelle di Cécile piacevoli e fresche. Cécile apprezzava. Ripensava al bagno improvvisato, al bel corpo muscoloso di Zak: tutt'altra storia rispetto ai corpi allampanati o panciuti degli accademici che le capitava di incrociare nelle piscine degli alberghi in occasione di convegni internazionali. L'acqua limpida non aveva nascosto niente dell'anatomia di Zak, permettendo a Cécile di farsene un'idea oggettiva, molto più che durante la famosa notte in volo. Sensazioni inedite le scuotevano il corpo, come se ogni particella si risvegliasse dopo una lunga ibernazione. Non sentiva più il male ai piedi né la fitta al fianco, ma solo il delizioso ricordo delle dita di Zak dentro di lei, della sua bocca che le mordicchiava i capezzoli sussurrandole il segreto di Enoch, della sua voce sensuale e ammaliante.

«Finora nessuno ha intravisto una verità lampante» le aveva mormorato sul Falcon 2000. «Eppure è semplice, basta confrontare i racconti dei sumeri e quelli della Bibbia». «Confronti, dottore, confronti» aveva ansimato lei. «La verità è scritta in negativo... è in ciò che la Bibbia non dice, in ciò che i suoi silenzi insinuano...».

E, senza dire una parola di più, Zak Ikabi si era insinuato.

La voce di Cécile lacerò il silenzio facendo sobbalzare le pietre.

«Zak, forse è il momento giusto per continuare la conversazione interrotta, visto che abbiamo due minuti di tregua. Ci eravamo fermati alla terza bottiglia di champagne, mi pare. In che consiste esattamente questo confronto fondamentale fra le storie dei sumeri e quelle della Bibbia?».

Dalla sorpresa Arsène inciampò su un sasso.

«Dobbiamo risparmiare il fiato» rispose Zak, asciutto.

«Sciocchezze!».

Dritto davanti a loro, al di là delle frontiere, l'orizzonte era delimitato dalla doppia vetta del Piccolo e del Grande Ararat. Cécile insisté.

«Se vuole che le mie povere gambe mi portino in cima alla montagna sacra sarà bene motivarle...».

Zak sospirò.

«Mi crederà?».

«Diciamo che accetto di ascoltare quello che ha da dire».

«Troppo gentile...».

Zak non rallentò l'andatura, ma scandì il racconto come un marciatore intona una canzone, per cadenzare il passo.

«Come le ho detto la Bibbia ha ripreso punto per punto il più vecchio racconto del mondo di cui abbiamo traccia scritta, l'epopea sumera di Gilgamesh rinvenuta su tavolette d'argilla risalenti a venticinque secoli prima di Cristo. Il diluvio, l'arca che galleggia sulle acque, la colomba... La parentela con la storia di Noè è innegabile, ma quelle che interessano noi sono le differenze fra i due racconti, non le rassomiglianze. Perché la Bibbia non ha mantenuto certi elementi del racconto sumero? Per esempio nell'epopea di Gilgamesh la punizione tramite cataclisma non viene decisa da un Dio unico e onnipotente, ma da un'assemblea di divinità dopo lunghe discussioni. Sarò più preciso. Secondo lei, Cécile, qual è la parola con cui nella Bibbia si indica Dio?».

«Elohim» rispose spontaneamente Arsène Parella.

«Elohim! Esatto, professor Parella. Elohim è il plurale di Eloha, che in ebraico significa "colui che viene dal cielo". Nella Genesi, quindi, il potere divino è molto esplicitamente indicato con l'espressione "coloro che vengono dal cielo". Non trova dannatamente strano che il termine originale Elohim, molto vicino al racconto di Gilgamesh, sia stato tradotto con "Dio" al singolare?».

Le pietre rotolavano sotto i loro passi. Le parole di Zak la turbavano. Ancora una volta l'ironia le parve la sola difesa adeguata.

«Va bene, Zak, ci troviamo di fronte a un problema di traduzione. Lo scriba sumero che ha inciso la tavoletta di argilla si è dimenticato di accordare un plurale. Non poteva immaginare che una parola scritta male avrebbe innescato superstizioni deliranti cinquemila anni dopo. Ottimo esempio, dottor Ikabi, me ne servirò per far capire ai miei studenti le conseguenze potenziali di un'ortografia approssimativa».

Zak sospirò. Arsène si lasciò sfuggire una risatina. Cécile si allisciò all'indietro i capelli ancora umidi.

«Ha qualcosa di più convincente, dottor Ikabi?».

«Ce l'ho! Nel racconto sumero gli dèi trattano gli uomini da schiavi. Anzi, per essere esatti, c'è una discussione tra quelli che li trattano da schiavi e quelli che ne hanno un po' pietà. Viceversa, al contrario della Bibbia, mai gli uomini vengono descritti come creati a immagine di Dio».

Le parole danzavano nell'aria. Cécile ripensava a quelle che avevano preceduto le loro effusioni sul Falcon 2000. I brani del Libro di Enoch le frizzavano nel cervello come altrettante bollicine di champagne.

«Mi ricordo. Il vecchio Enoch ce li ha presentati. Alcuni dèi insegnavano le scienze agli uomini, altri si accoppiavano con le loro donne... e altri ancora trovavano vergognose tali pratiche...».

«Esatto... Ora concentriamoci sul tema del diluvio. Nel racconto di Gilgamesh gli dèi, ma possiamo chiamarli angeli o Nefilim, condannano gli uomini a essere distrutti perché non ubbidiscono più, addirittura hanno cominciato a ribellarsi alla loro autorità. Tuttavia tra gli dèi c'è discordanza. La decisione viene presa con la massima urgenza. L'unico obiettivo degli dèi è sterminare la razza umana e non, come nella Genesi, farla cambiare. In altre parole non c'è nessuna morale nel racconto sumero, al contrario della Bibbia che ci dice esplicitamente: Dio ama gli uomini e li salva da se stessi punendoli».

Avevano imboccato un sentiero che serpeggiava tra blocchi calcarei su una discesa ripida e polverosa. La valle di Maku, che fino a pochi minuti prima era una cicatrice nel deserto, si rivelava un po' di più a ogni tornante: un'oasi agognata in fondo a un arido canyon che Cécile guardava con occhi increduli.

«Va bene, Zak, fin qui la seguo. Nel ricordo degli uomini, col tempo gli dèi cattivi sono diventati più buoni. Ma non capisco perché questa sfumatura sia così importante».

«Non importante, Cécile, fondamentale! Gli autori dei primi undici capitoli della Bibbia hanno conservato gli eventi dei racconti sumeri che ritenevano storici limitandosi ad adattarli a una credenza monoteista. Non sono io a dirlo, tutti gli esegeti sono d'accordo con me su questo punto! Ma dove ci conduce il ragionamento se lo portiamo fino in fondo?».

Altro tornante. Riflessi verdi sfilacciavano l'oceano grigio. Zak si faceva le domande e si dava le risposte.

«A un'evidenza storica: le religioni monoteiste sono state create con l'unico scopo di mascherare una verità precedente!».

La risata di Cécile suonò falsa.

«Però, che scoop! Le religioni non sarebbero altro che menzogne! E io che stavo per convertirmi...».

Zak corrugò la fronte percorrendo con lo sguardo la valle iraniana fino a superare i confini e perdersi in Turchia, nei contrafforti del massiccio dell'Ararat.

«Uhm, proverò a farglielo capire in maniera diversa. Cosa vuol dire adottare una religione, Cécile? Vuol dire sottomettersi a una potenza superiore, giusto? Rispettarla e adorarla, che sia uno o più dèi. Esiste un termine per questo: venerare. È d'accordo?».

Cécile annuì. Senza rendersene conto acceleravano il passo. Arsène arrancava qualche metro dietro di loro.

«Sa cosa significa "venerare"?».

«Be'...».

«Be', "venerare" non significa "adorare", ma "lavorare". In senso stretto "venerare" vuol dire "essere sottomesso"».

«Sarà pure, ma...».

Zak era sempre più eccitato.

«Pensi al guru di una setta, Cécile. Che fa? Si fa passare per un dio, inventa una superstizione per schiavizzare i creduloni! È uno stratagemma vecchio quanto il mondo».

«Dio ci obbliga a lavorare per lui? Non capisco».

«Doppio errore di grammatica, cara Cécile. Innanzi tutto di tempo verbale: Dio non ci obbliga, ci ha obbligato prima del diluvio. E poi di soggetto: gli dèi, al plurale, non un dio...».

Zak tacque. Cécile non trovò niente da rispondere.

Era sorpresa.

Anche un po' offesa. Non le era piaciuta la fine, il tono dottorale di Zak quando aveva detto «doppio errore di grammatica». Chi si credeva di essere?

Rallentò per consentire ad Arsène, sempre silenzioso, di raggiungerli. Zak era un incorreggibile esaltato. Dopo tutto, pensò, probabilmente era proprio quella vena di follia a rendere affascinante l'uomo che camminava a passo cadenzato due metri davanti a lei. La vena di follia... e il suo bel culo.

Continuarono senza dirsi altro.

Poco a poco la discesa si faceva meno ripida. I campi di pietre lasciarono il posto a una steppa arida, poi a distese di erbacce. In fondo alla gola si cominciava a vedere Maku sotto forma di una moltitudine di tetti piatti, bianchi e quadrati. Visti dalla montagna facevano l'effetto di un gigantesco sentiero lastricato costruito nel giardino di un gigante.

Allungarono il passo quasi senza pensare che non avevano un piano né una strategia da seguire. Scorsero i primi segni di vita, una specie di abitato trogloditico sul fianco della montagna, poi qualche palo elettrico, poi all'improvviso un immenso campo di girasoli. A Cécile, le migliaia di fiori gialli rivolti verso la Turchia scaldarono il cuore.

Era il primo colore degno di questo nome da quasi quindici ore!

Maku sembrava addormentata. La città di frontiera, acciambellata contro le montagne intorno come fossero grossi cuscini, sonnecchiava pigramente sotto il sole. Nell'ultimo tratto passarono davanti a qualche casa isolata, semplici cubi ocra uno sull'altro, fino a quattro piani.

«Posto tranquillo...» osservò Cécile.

«Aspetti a vedere la strada» rispose Zak. «In Iran la vita si concentra lungo la strada. La benzina costa pochissimo, autobus non ce ne sono, c'è solo un flusso perpetuo di macchine piene all'inverosimile».

Zak diceva la verità. Se la città poltriva, la nazionale brulicava di camion, automobili rabberciate e taxi gialli Saipa che sfrecciavano rasentando i venditori di verdure, cocomeri e pezzi di ricambio a bordo strada.

Seguirono una fila di alberi su una specie di marciapiede

invaso dalle erbacce. Dall'altra parte della strada due donne velate guardarono Cécile sbigottite. D'istinto la ricercatrice incrociò le braccia sul merletto della *takchita* rossa. Si sentiva più che ridicola.

«Mi segua» ordinò Zak.

«Non mi dica che ha di nuovo un piano!» esclamò Cécile. «Vestita così non farò dieci metri di più. Io ce l'ho un piano, ed è molto semplice: ci presentiamo alle autorità iraniane, ci facciamo riconoscere, loro ci accuseranno di spionaggio e, hop, ci spediscono a Teheran all'ambasciata francese...».

Zak sollevò lo sguardo.

«Troppo tardi, Cécile. Dobbiamo andare fino in fondo. La Turchia è a quindici chilometri e l'Ararat a meno di cinquanta. Abbiamo il dovere di arrivare là sopra prima di Cortés. Inoltre...».

Alcuni uomini affaccendati a riparare una macchina a bordo strada si voltarono interdetti a guardare la ricercatrice vestita da principessa. Lei allungò il passo, sempre più imbarazzata.

«...Inoltre, a Ishak Pascià, l'ha promesso a una bambina di dieci anni».

Cécile sentiva volatilizzarsi gli ultimi residui di ragione. Non c'era via d'uscita a quella storia da pazzi. Una storia di cui lei stessa era attrice. E non la meno strampalata! Era scappata da un serraglio vestita da Sheherazade e si ritrovava mezza nuda nella strada di uno sperduto paese iraniano per mantenere una promessa fatta a una bambina torturata in una cella...

Trovare gli unicorni!

Demenziale...

«Come pensa di passare il confine, se non sono indiscreta?».

«Non ne ho idea. Servirebbe una spintarella del destino...».

Ah, fantastico!

Zak guardò verso una specie di giardinetto pubblico sul

lato della strada. Su tre grosse pietre rotonde alte tre metri erano stati scolpiti grandi personaggi in tenuta da scalatori.

«Una spintarella del destino» ripeté Zak. «O dei Nefilim...».

Si era illuminato in viso come se avesse visto gli angeli scendere dalla montagna. Anche Cécile guardò verso il giardinetto e sbigottita vide un uomo di una trentina d'anni, con gli occhiali da sole e una sigaretta rollata tra le labbra, appoggiato a un vecchio pick-up.

Era una scena irreale: l'iraniano faceva grandi sorrisi e agitava la mano verso di loro.

Come se li aspettasse.

Ma non era quella la cosa più sbalorditiva.

Il tipo e Zak Ikabi si somigliavano come due gocce d'acqua.

80
Sopra Maku, Iran

Bechir controllò sullo schermo retroilluminato di avere campo e digitò con un certo timore il numero di Cortés. Si aspettava una sfuriata. Eppure lui non c'entrava niente, aveva fatto tutto il possibile in quello spaventoso cunicolo di fango. Zeytin ci aveva mandato cinque uomini, guardandosi bene dall'offrirsi personalmente: troppo grosso, sarebbe rimasto incastrato nello chaheriz.

«Pronto, Cortés?».

«Allora?».

«Niente, ci sono sfuggiti... Avevano troppo vantaggio, hanno fatto crollare una parte di galleria dietro di loro. Non abbiamo potuto farci niente...».

Bechir temeva una doccia fredda, invece Cortés rimase calmo.

«Dove siete?».

«Alla fine del cunicolo, almeno così crediamo. Hanno tappato l'uscita con le pietre, impossibile andare avanti senza attrezzi».

«Maledetti...» sibilò Cortés. «Non insistete, tornate indietro».

Alla sola idea di farsi di nuovo varie ore di sotterraneo fangoso Berchir rabbrividì raccapricciato. Avrebbe dovuto comunicarlo agli altri quattro.

«Sbrigatevi» insisté Cortés. «Abbiamo bisogno di voi qui».

Pure!

«Li prenderemo» continuò Cortés. «Ma inseguirli non è un

buon metodo. Molto meglio aspettarli nel posto giusto e coglierli come fiorellini».

«E qual è il posto giusto?».

«Il confine tra Iran e Turchia. Possono passarlo solo a Bazargan».

81
Maku, Iran

Lì per lì tutti rimasero immobili come effimere riproduzioni in miniatura dei colossi di pietra dai colori sbiaditi che sorvegliavano l'entrata di Maku. L'attimo dopo Zak corse incontro al suo sosia. L'uomo buttò la sigaretta, si sollevò gli occhiali sulla fronte e lo abbracciò a lungo.

Cécile stava a tre metri dall'improbabile duo. Anche Arsène sembrava colpito, forse addirittura commosso. Dondolava da un piede all'altro come se non sapesse bene che comportamento adottare.

«Non manchi mai quando serve» esclamò Zak dando una pacca contenta sulla schiena dello sconosciuto.

«Anticipare, vecchio mio, anticipare... E tu, sempre pronto a gettarti nelle fauci del lupo, eh?».

«Ecco...».

Cécile interruppe seccamente la rimpatriata.

«Le dispiacerebbe fare le presentazioni?».

Zak si voltò allegro come un ragazzino.

«Cécile Serval... Arsène Parella... Yalin...».

Yalin si fece avanti per salutarla.

«La nostra guida di Avventure nel Mondo, immagino!» fece Cécile stringendogli la mano. «Un trekking fa-vo-lo-so, soprattutto la notte del lombrico... Davvero molto originale...».

Un sorriso divertito illuminò il viso dello sconosciuto.

«Yalin Ikabi» specificò. «Sono il fratello maggiore di Zak».

Cécile avrebbe voluto una panchina, una pietra, una cosa

qualsiasi su cui sedersi, ma c'era solo il pick-up di Yalin. Anche Arsène mostrava qualche difficoltà a restare in piedi.

Una storia di famiglia: ci mancava solo quella!

«Sempre che non sia un segreto» domandò Cécile, «è anche lei un...?».

«Un Nefilim» confermò Yalin accendendosi un'altra sigaretta.

«Wow, un vero Nefilim! Si sente che ci stiamo avvicinando all'Ararat...».

Yalin la aiutò a salire sul predellino.

«Per servirla. Su, sbrighiamoci, entri nel furgone».

Cécile si issò. Yalin afferrò la mano di Zak e commentò con aria ironica:

«Bugiardello che non sei altro, hai mentito al tuo fratellone...».

Zak salì a bordo guardandolo stupito, ma Yalin si era già voltato verso Cécile e le sbirciava senza ritegno le curve incollate all'abito umido di sudore.

«Sa una cosa, Cécile? Non corrisponde affatto alla descrizione che Zak mi aveva fatto di lei per SMS. Mi aveva parlato di una scorbutica, una via di mezzo tra un'intellettuale complessata e un pitbull, mentre scopro che è una principessa delle favole orientali».

Cécile non seppe se prenderlo come un complimento. Fulminò Zak con lo sguardo.

«Ehm ehm» farfugliò Zak, «questo era prima che ehm...».

Yalin rivolse a Cécile un'occhiata complice. Pazzo come il fratello, diagnosticò la ricercatrice, forse un po' più divertente...

«Mi farete rimpiangere la mia strategia» sospirò Yalin mettendo in moto. «Professor Parella, nel retro troverà frutta e kebab, e anche alcuni sacchi di tela. Contengono vestiti iraniani, ce ne sono per tutti e tre. Soprattutto per lei, Cécile. Non avrebbe la minima possibilità di passare il confine agghindata in quel modo. Mi dispiace guastare il piacere degli occhi del mio fratellino, ma dovrà mettersi un vestito più casto e coprirsi il viso con un fazzoletto».

«Anche così conciati dubito che ci facciano passare in Turchia senza documenti né visto» osservò lei.

Il pick-up stava uscendo da Maku. Yalin, ilare, guardò il fratello.

«Intellettuale complessata neanche troppo... ma quanto a pitbull devo riconoscere che avevi ragione. È sempre così?».

«Sì...».

«Fa-vo-lo-so!» fece Yalin suonando il clacson a un camion che occupava tutta la strada.

Cécile evitò di commentare. A pensarci bene forse il fratello iraniano era il più matto dei due. E non poi così buffo...

Yalin lasciò il volante per prendere un'altra sigaretta.

«Professor Parella, sotto il sedile, accanto ai vestiti, c'è una grande busta. Ci troverà tutto quel che serve: badge, documenti timbrati, autorizzazioni varie... Tutti i documenti hanno l'intestazione dell'Organizzazione della cooperazione islamica».

«Nientemeno!».

«Nientemeno» confermò fiero Yalin cercando di superare un altro camion sul rettilineo che attraversava la steppa arida. «Il che equivale a un lasciapassare ufficiale... Da stamattina in Turchia si vota dappertutto per le elezioni amministrative. La Turchia brulica di osservatori internazionali: ONU, Unione Europea, Human Rights Watch... È pronta a tutto pur di comprarsi una verginità democratica. Prima che aprano le urne e a urne chiuse si può fare di tutto, ma non durante le elezioni! E se ci sono osservatori internazionali che non rifiuterà di certo sono quelli dell'Organizzazione della cooperazione islamica!».

«Le spiace tradurre?» chiese Cécile mentre cercava di infilarsi nel verso giusto il lungo vestito iraniano, un'ampia tunica scura che doveva coprirla dal collo ai piedi.

«L'Organizzazione della cooperazione islamica è una venerabile istituzione che raggruppa quasi sessanta stati musulmani nel mondo e di cui Iran e Turchia sono membri fondatori. È l'unica organizzazione intergovernativa musulmana. Ha addirittura una sua delegazione ufficiale all'ONU».

Arsène tirò fuori badge e manifesti dell'OCI in varie lingue. Tutto sembrava rigorosamente ufficiale.

«Lei è davvero osservatore elettorale per l'OCI?» domandò.

Yalin guardava a bordo strada, come se si chiedesse se superare gli autotreni tagliando direttamente per la pianura.

«Macché, è tutto falso! Ma sul posto ci sarà qualche migliaio di osservatori, quindi non avranno tempo di controllare, tantomeno al confine Gürbulak-Bazargan. Vi assicuro che nessuna guardia di frontiera iraniana si prenderà la briga di fare storie a osservatori elettorali inviati da Teheran. Non si scherza con queste cose...».

«Furbo mio fratello, no?» commentò Zak.

Cécile pensava esattamente il contrario: i fratelli Ikabi dovevano avere una tendenza genetica a elaborare piani sballati.

«E dal lato turco?» domandò.

Il pick-up procedeva ormai a velocità sostenuta sulla strada a quattro corsie impeccabilmente asfaltata che puntava verso le cime innevate del Grande e Piccolo Ararat.

«Scommetto che saranno felici di accogliere osservatori musulmani, tanto per dimostrare che la democrazia non è più un lusso riservato alla cristianità.

Entrarono a tutta velocità dentro Bazargan. In un primo momento il paese di frontiera iraniano sembrava uguale a qualunque altro villaggio senz'anima sorto ai lati della strada, divorato dalla polvere e raggomitolato tra due montagne di sassi grigi, ma quasi subito Cécile si lasciò sfuggire un'imprecazione: davanti a loro si allungava un'interminabile fila di camion, una colonna di mezzi lunga vari chilometri che sembrava ferma, come un convoglio di container variopinti bloccato in mezzo alla strada.

«È sempre così?» domandò Arsène Parella.

«Certe volte anche peggio... È l'unica strada che c'è fra Teheran e il mar Nero».

Cécile si era finalmente infilata il vestito.

«Domani saremo ancora qui» sospirò.

Yalin fischiettava.

«Sta dimenticando che siamo inviati di Teheran».

Fermò il pick-up su un vasto parcheggio occupato da una cinquantina di camion i cui autisti chiacchieravano fumando una sigaretta o bevendo il tè, come se attendessero lì la fine del mondo. O il diluvio universale.

La frenata brusca sollevò una nuvola di polvere rossa.

Il tono di Yalin si fece di colpo più serio.

«Prima di entrare nel Kurdistan turco credo tuttavia che sia necessario prendere qualche precauzione...».

82
Confine fra Armenia e Turchia

Tenente Mahir Bey? Sono Cortés. Si ricorda di me?».
Come dimenticare quel tipo vestito da razziatore con la faccia coperta da un turbante? Il poliziotto premette il cellulare sull'orecchio.

«Sì, Cortés, mi ricordo» rispose con un sospiro fermando il Condor sotto i due minareti della moschea di Doğubeyazit. Le torri bianche con le cime nere sembravano due razzi puntati verso il cielo. «Che posso fare per lei?».

«Semmai il contrario, tenente. Sono io che posso fare qualcosa per lei. Le dice niente il nome Zak Ikabi?».

Sik! Imprecò Mahir Bey. Non oggi!

Spense a malincuore l'autoradio in cui stava girando una vecchia cassetta dei Beach Boys.

«Mi dice, mi dice... Ho consumato litri di colla per far attaccare il suo ritratto in tutto il Kurdistan».

«Ho motivo di pensare che Ikabi stia per passare il confine, tenente».

Mahir Bey storse il naso. Era andata bene che quel cacciatore di taglie non l'avesse chiamato "sceriffo" invece di "tenente".

«Al ponte della speranza? Grazie della soffiata, ma lì ho già dieci uomini...».

«Ci sono anch'io, tenente» lo interruppe Cortés. «Le sto telefonando dal confine col Naxçivan. Ma non passeranno da qui, passeranno dall'Iran».

«Da Gürbulak-Bazargan... Cosa glielo fa pensare?».

«Si fidi».

Neanche morto, pensò Mahir.

«Cortés, la frontiera di Gürbulak è controllata dall'esercito! Smontano i camion pezzo per pezzo, lo sa meglio di me. E hanno la foto di quel tizio».

Nella voce di Cortés si percepiva un fastidio crescente. Parlava a scatti, come se telefonasse da un veicolo che percorreva una pista di terra.

«Non lo sottovaluti! Ikabi è molto scaltro, e appena in Kurdistan sarà aiutato dalla popolazione locale. Io sto venendo a Doğubeyazit. Il tempo di aggirare il Piccolo Ararat e fra meno di due ore sarò lì. Nel frattempo tenga gli occhi aperti...».

Neanche il prefetto di Van gli si rivolgeva con un tono così sprezzante... Mahir Bey fece lo sforzo di controllarsi, appoggiò gli stivali sul cruscotto.

El condor pasa...

Mantenere la calma in ogni circostanza.

«Stia tranquillo, li terremo ben aperti... Lei è al corrente che qui ci sono le elezioni? Le strade non sono mai state così piene di poliziotti e militari, e sì che a cose normali siamo già un uomo in divisa per ogni quattro o cinque abitanti! Se per miracolo il fantasma di Ikabi passasse attraverso le maglie delle guardie doganali, dei militari e della polizia ce ne occuperemo domani. Mi sembra di capire che si interessi all'arca di Noè o qualcosa del genere. L'arca è lassù da cinquemila anni, non credo che volerà via stasera!».

Destro a segno!

«Lei è adulto e vaccinato, tenente, ha passato da un pezzo l'età per credere alle arche e agli unicorni. Zak Ikabi è un criminale internazionale! Le cazzate sull'arca di Noè sono polvere negli occhi. Il suo vero obiettivo è creare il collegamento con i terroristi curdi sull'Ararat. Lei deve impedire che ci riesca».

Uppercut...

«Noi dobbiamo impedire che ci riesca» si corresse Cortés.

Doppio uppercut.

83
Bazargan, confine fra Iran e Turchia

La fila dei camion formava uno spesso muro di lamiera che isolava il parcheggio dalla strada. Un autista pisciava, un altro stava rovesciando rifiuti su un gigantesco mucchio di immondizia. Yalin aveva l'aria di apprezzare la discrezione del luogo. Fece segno ai suoi passeggeri di affrettarsi.

«Non perdiamo tempo, signore e signori! Mangiate e finite di vestirvi da iraniani. Mi dispiace, Cécile, temo che mio fratello la troverà molto meno sexy, ma deve annodarsi questo fazzoletto sulla testa, è fondamentale».

«Non se ne parla!» protestò lei. «Mettermi quel coso sulla testa è l'ultima cosa che...».

«Basta così!» la bloccò Yalin. «In un'altra occasione andrà all'Università di Teheran e terrà una conferenza sulla teoria dei generi, ma per il momento si metta il fazzoletto».

Cécile, di malavoglia, si avvolse i capelli nella stoffa scura.

«Se mi avessero detto che un giorno...» brontolò.

Yalin le posò un dito sulla bocca.

«Shhh. Abbiamo poco tempo. Con tutto il rispetto, il fazzoletto è solo un dettaglio, una superstizione inventata dagli uomini con la copertura della religione, siamo d'accordo». Prese Cécile per le spalle. «Deve capire che non è un gioco, siamo lanciati in una corsa spietata, gli uomini di Cortés contro i Nefilim, cioè noi... Vedo che nonostante il Libro di Enoch, le vetrate, gli arazzi e i mosaici non vuole credere a Zak... Provo anch'io a convincerla: il nostro successo è più importante di qualunque cosa lei possa immaginare, non solo per il Kurdistan, ma per... per l'intero equilibrio del mondo!». Il suo tono si era fatto solenne. «Questo è il vero obiettivo dei Nefilim, Cécile: proteggere un segreto che fa tenere il mondo in equilibrio. È come una chiave di volta: se toglie quella pietra crolla tutto...».

La ricercatrice lo ascoltava con tanto d'occhi.

"Proteggere un segreto che fa tenere il mondo in equilibrio"...

C'era poco da fare: Yalin era matto almeno quanto il fratello.

«Okay, mi tengo il velo» fece rassegnata, «ma mi risparmi la storiella del diluvio che solleva l'arca di Noè a più di cinquemila metri di quota, degli unicorni che ne escono per andare a sgambettare sulla montagna e dei cattivi angeli fornicatori che dall'alto dei cieli scrutano le belle umane col binocolo... escluse quelle col chador, ovviamente, che si vestono così per farli schiattare di rabbia».

Zak stava per dire qualcosa, ma Yalin lo fermò.

«Come vuole, Cécile. Non le chiedo di credere a noi, solo di fidarsi». Frugò nel vano portaoggetti e prese una mappa della regione. Il suo dito scivolò sulla carta lucida. «Questo è il monte Ararat, un massiccio di duecentocinquanta chilometri di circonferenza. Abbastanza grande per perdersi, no?». Guardò a lungo la ricercatrice e il professor Parella. «Ascoltatemi bene entrambi, vi chiedo solo una cosa: ricordate le coordinate geografiche che sto per darvi, memorizzatele bene, ma non scrivetele mai! Se per qualche motivo veniamo separati, saranno il nostro punto di ritrovo...».

Yalin controllò che nessuno degli autisti presenti nel parcheggio potesse sentirli e pronunciò distintamente varie volte:

«39° 45' 41.96" N

44° 18' 36.54" E».

Cécile si concentrò.

«Le giuro che ce la metto tutta, ma come vuole che riusciamo a memorizzare una tale serie di cifre?».

«Proviamoci» disse calmo Arsène. «Proviamoci, Cécile... Yalin Ikabi ha ragione, dobbiamo fidarci di loro».

«Grazie, professore» approvò Yalin. «Abbiamo... tutte le ragioni di pensare che Cortés stia per ottenere queste stesse informazioni. Il nostro destino si deciderà là sopra».

Rovistò di nuovo nel vano portaoggetti e dette a Cécile un curioso astuccio di plastica di un centimetro per cinque.

«Prenda questo, è un Inforad K1, l'ultimo grido dei GPS in miniatura. Deve solo inserire le coordinate geografiche, funzionerà anche sulle pendici dell'Ararat».

Cécile soppesò il GPS ultraleggero. Una domanda la tormentava.

Perché le dava quell'apparecchio? E perché solo a lei?

«E Arsène?» chiese.

La risposta di Yalin cadde come una mannaia.

«Arsène resterà con lei».

Yalin balzò in piedi mentre Zak gli porgeva le strisce adesive con il logo dell'OCI, una mezzaluna rossa in un tondo bianco su fondo verde, poi sulle portiere e sul cofano del pick-up incollarono il nome dell'organizzazione intergovernativa in varie lingue.

منظمة المؤتمر الإسلمنظمة التعاون الإسلاميامي

İslam İşbirliği Teşkilati

Organizzazione della cooperazione islamica

Osservarono il risultato, poi si passarono intorno al collo i badge con il logo. Cécile e Arsène fecero la stessa cosa. Yalin partì col pick-up mentre davanti a loro la fila dei camion si era allungata ancora, cosa che non sembrò disturbarlo particolarmente.

«I camionisti iraniani ci malediranno» disse, «ma con questi marchi sulla macchina ne supereremo cento in un minuto!».

Can Muhsim, il comandante del posto di frontiera turco, bagnò le labbra nel bicchierino del caffè, guardò svogliato l'interminabile fila di camion attraverso i vetri polverosi dell'ufficio e dette una foto a Sami, il suo vice.

«Ha telefonato il tenente Bey» spiegò Muhsim. «Insiste, e di brutto. Dobbiamo stare con gli occhi aperti».

Sami prese il foglio a colori appena uscito dalla stampante.

«L'ha mandato l'Interpol» specificò Muhsim. «Si chiama Zak Ikabi, è un francese...».

Sami, allisciandosi i lunghi baffi, guardò la foto segnaletica per memorizzarla.

«Non può sfuggirci, se passa da qui».

«Già... Mahir Bey sembrava piuttosto nervoso. Non è da lui...».

«Fregatene... È per le elezioni, domani gli sarà passata».

Can Muhsim svuotò il bicchierino di cartone e lo appallottolò con mano villosa.

«Nel frattempo fai girare la foto tra gli uomini».

84

Bazargan, confine fra Iran e Turchia

Il pick-up superava il serpentone addormentato dei camion. Container metallici di tutti i colori, vecchi teloni bucati, camionette stracariche perse tra gli autoarticolati.

Cinquanta all'ora sul tachimetro.

Gli autisti, con il braccio abbronzato fuori dal finestrino e la faccia non rasata, osservavano con rassegnazione navigata la macchina dell'OCI che li sorpassava.

Il posto di frontiera di Bazargan chiudeva un valico di una decina di metri. Sulla destra, in cima alla collina, le bandiere iraniana e turca sventolavano allo stesso vento. Benché fossero piantate da una parte e dall'altra del filo spinato, la stoffa rossa e quella tricolore sembravano quasi formare un unico stendardo.

Il confine iraniano consisteva in un lungo cancello scorrevole sormontato da due gigantografie di ayatollah con turbante nero e barba bianca.

«Io parlo un po' di persiano» mormorò Yalin. «Lasciate a me la parte dell'autista e fate i dignitari alteri e silenziosi».

Nella sua testa aveva immaginato una delegazione eterogenea di osservatori elettorali. Cécile, col viso nascosto da un velo nero, incarnava la docente di scienze politiche di Teheran. Arsène ostentava invece un completo grigio da deputato in cui solo le cuciture d'oro ricordavano l'origine iraniana. Zak indossava un austero abito nero da imam.

Un doganiere iraniano in tuta mimetica e turbante nero andò loro incontro ed esaminò imbarazzato i documenti che gli porgeva l'autista, come conteso tra il suo dovere e il timore di irritare i prestigiosi inviati di Teheran che andavano palesemente di fretta.

«Si trattengono in Turchia poche ore» spiegò Yalin. «Solo il tempo di osservare una decina di seggi elettorali dall'altra parte della frontiera».

Il militare decise di non insistere. Il cancello scivolò sul binario per far passare il pick-up. Nel frattempo la colonna dei camion non si era mossa di un centimetro.

Percorsero una decina di metri. Il cancello d'acciaio turco era simile a quello iraniano, con la differenza di tre parole di benvenuto, *Gürbulak sinir kapisi*, e, invece dei ritratti degli ayatollah, una statua di bronzo di Atatürk in abito occidentale sulla destra.

Yalin avanzò col pick-up fino alla garitta col tetto rosso a punta che la faceva sembrare un chiosco. Al di là del cancello un lungo rettilineo si addentrava in Turchia puntando dritto verso l'Ararat, la cui massiccia sagoma delimitava l'orizzonte.

Un militare turco si avvicinò osservando stupito il logo dell'OCI sulle portiere della macchina ferma davanti a lui, poi sfogliò i documenti che gli porgeva Yalin e non poté fare a meno di sorridere.

«Fanno bene al turismo, le elezioni». Si attorcigliò un baffo, poi si voltò e chiamò: «Can, c'è una delegazione ufficiale qui!».

La mano di Yalin si contrasse sul volante.

Can Muhsim, il comandante del posto di frontiera turco, venne fuori senza fretta, con tre bottoni della camicia kaki aperti sul petto villoso.

«Benvenuti in Turchia» disse distrattamente agli occupanti del pick-up.

Dette un rapido sguardo ai fogli pieni di timbri, poi sollevò gli occhi ed esaminò con attenzione ogni singolo passeggero. Scrutò prima Cécile, che sotto il velo nero abbassò timidamente lo sguardo, poi Arsène, che ostentava l'aria un po' innervosita dell'uomo politico poco abituato a sottostare agli ordini della polizia, infine fissò Zak.

A lungo.

Troppo a lungo.

Can Muhsim aggrottò le sopracciglia cespugliose come se il suo cervello cercasse un collegamento. O esitasse sulla decisione da prendere.

Yalin si concentrò per evitare ogni segno esteriore di panico, ma gli sudava la nuca. Ripensava al manifesto con la foto di Zak affisso un po' ovunque in Kurdistan. Dovevano averlo visto tutti: poliziotti, militari, guardie di frontiera...

Quel tipo stava per gridare l'ordine di arrestarli! Yalin posò il piede sull'acceleratore.

Era stata una follia tentare la sorte in quel modo...

Il militare turco fissava Zak in maniera sempre più insistente. Da un momento all'altro poteva estrarre la Yavuz dalla fondina appesa alla cintura.

ARANAN diceva l'avviso dell'Interpol.

Zak Ikabi ricercato, vivo o morto.

Senza il minimo preavviso quell'uomo poteva spedire una pallottola in fronte a suo fratello.

Il piede di Yalin si contrasse sul pedale.

Si guardò intorno. Sei carri armati Altay T1 erano fermi a meno di dieci metri da lì con i cannoncini puntati sulla strada. Lungo il filo spinato, tre torrette di controllo sovrastavano il cancello armate di lanciarazzi TOROS-230. Forzare il blocco sarebbe stata una pazzia. Un razzo avrebbe fatto saltare in aria il pick-up prima che avesse percorso venti metri.

85
Gürbulak, confine fra Iran e Turchia

Il tempo sembrava essersi fermato al posto di frontiera di Gürbulak, come se il destino esitasse a decidersi. Can Muhsim alzò gli occhi verso le torrette. Un giovane militare dal cranio rasato stava sbadigliando dietro al lanciarazzi, un altro aveva la testa che gli cascava in avanti dal sonno.

Il doganiere respirava con lentezza, forse incerto se sbottonarsi un quarto bottone della camicia. Studiò di nuovo le autorizzazioni dell'OCI, fece un passo avanti e restituì i documenti a Yalin posando l'altra mano sul calcio della Yavuz.

Trappola?

Dette un'ultima occhiata a Zak prima di dire:

«Bene. Circolare!».

Yalin schiacciò l'acceleratore. Il pick-up sollevò una nuvola di polvere e imboccò la strada deserta, fatta eccezione per le decine di camion fermi sui parcheggi non asfaltati.

«Yeah!» urlò Yalin appena si furono allontanati. «Lo sapevo che saremmo passati!». Alzò gli occhi verso le nevi nel cielo. «L'Ararat ci protegge».

La strada era un lungo rettilineo che attraversava una steppa d'erba rasa e gialla.

«Siamo a meno di quaranta chilometri da Doğubeyazit» disse ancora Yalin in tono trionfante. «Là saremo al sicuro e troveremo tutto l'equipaggiamento per salire sull'Ararat».

Zak, sul sedile posteriore, gli posò una mano sulla spalla.

«Ben fatto, fratello. Ora che abbiamo passato il confine posso togliermi questa robaccia».

Yalin lo osservò nello specchietto retrovisore. Zak si stava togliendo la barba nera da imam che gli mangiava metà del viso, le cespugliose sopracciglia posticce, i grossi occhiali da vista e la parrucca bruna.

«Non te lo consiglio, fratellino. Non vorrei allarmarti, ma c'è il tuo avviso di ricerca affisso in tutta la regione e fai gola ai cacciatori di taglie...».

Zak sospirò tentando di rincollarsi sul mento un ciuffo di peli recalcitrante.

«Io invece in Turchia sono in incognito!» fece Cécile togliendosi il fazzoletto e lasciandolo sventolare come un'attrice hollywoodiana sulla decappottabile. «Le iraniane vanno in Turchia per liberarsi, no? Sono una politologa iraniana liberata!».

Yalin ci pensò un attimo, poi sorrise e la lasciò fare. Il pick-up procedeva a più di cento all'ora, nel giro di mezz'ora sarebbero arrivati a Doğubeyazit.

Benvenuti in Turchia!

Di fronte a loro, sul fianco della collina più vicina, contadini o militari avevano composto la parola TURKIYE con gigantesche pietre bianche.

Ancora Hollywood, con le risorse del luogo...

Le tre Jeep correvano a tavoletta sugli stretti tornanti delle pendici del Piccolo Ararat. Spesso dall'alto cadevano sassi che i guidatori evitavano con brusche sterzate.

«Pronto Zeytin? Sono Cortés. Stiamo costeggiando il confine turco-iraniano dalla parte della montagna. Saremo a Doğubeyazit fra meno di un'ora. Tu dove sei?».

Zeytin si schiarì la gola.

«Siamo già in posizione sulla nazionale tra Gürbulak e Doğubeyazit».

«Non possono sfuggirti, allora! C'è un'unica strada in mezzo a una pianura pietrosa».

«Lo so, Cortés. È stato il primo ordine che hai dato quando quei maledetti sono scappati dallo chaheriz. Mentre Bechir tagliava loro la ritirata nella galleria mi hai mandato all'uscita dalla parte turca. Far caricare la cavalleria, giusto?».

«Giustissimo, Zeytin, mentre io radunavo la fanteria. Ikabi e i suoi complici devono per forza passarvi davanti. Non possono aver avuto il tempo di arrivare a Doğubeyazit».

«E la polizia?».

«È avvertita. Per loro Ikabi è un pericoloso terrorista armato...». Cortés si lasciò andare a una risata grassa. «Ma sai come sono i poliziotti turchi, hanno l'ordine di sparare sempre il primo colpo in aria».

A Zeytin piaceva un sacco quando Cortés era così, cinico e sicuro di sé anche se non aveva completamente in pugno la situazione.

«Le istruzioni per noi?».

«Metti gli uomini a bordo strada e, appena li vedi, dai l'ordine di sparare...».

Cortés dette un'occhiata nello specchietto retrovisore alla piccola Aman stesa sul sedile posteriore, imbavagliata, con le mani legate, vagamente nascosta da una coperta polverosa, e rise di nuovo.

«Sparare per uccidere» concluse.

86
Strada nazionale Gürbulak-Doğubeyazit, Turchia

Yalin accelerò ancora. Il pick-up rimbalzava su ogni buca. All'uscita di una curva un cartello blu indicava *Doğubeyazit 25 km*.

«Guardate sulla sinistra» gridò a un certo punto Yalin. «L'arca di Noè! Quella vera!».

Tutti voltarono la testa meno Zak e videro una strana forma rocciosa, allungata, leggermente inclinata.

Dalla strada sembrava di osservare l'impronta fossile di un immenso vascello!

«Il sito di Durupinar!» spiegò Yalin. «Le guide della regione ci portano i turisti. Qualche chilometro in pullman è meno faticoso che salire sull'Ararat, no? Il luogo si chiama così in onore del capitano Durupinar, che l'ha scoperto nel 1959 durante una missione cartografica della NATO dopo che alcune scosse sismiche e smottamenti di fango l'avevano portato alla luce. Naturalmente la scoperta ha attirato gli americani, tra cui due cercatori dell'arca di area protestante con tendenza al fondamentalismo. Nell'occasione sono stati aiutati addirittura dall'astronauta James B. Irwin».

«James Irwin?» commentò Cécile. «Caspita!».

Zak, indifferente al sito di Durupinar, si divertiva a seguire i pazienti sforzi del fratello per convincere la ricercatrice.

«I cercatori non si sono limitati a scoprire che le dimensioni dell'impronta fossile corrispondevano esattamente a quelle citate dalla Bibbia, trecento cubiti di lunghezza per cinquanta di larghezza, ma in trent'anni hanno coordinato una decina di missioni scientifiche che hanno rivelato una presenza di carbonio maggiore rispetto ai terreni circostanti, cosa che attesterebbe l'esistenza di legno marcito e decomposto nel terreno, quindi un antico manufatto umano! Un sondaggio effettuato con lo scanner ha perfino evidenziato tracce di ferro che si intersecano secondo linee regolari interpretabili come i resti dei chiodi utilizzati per fissare le travi, o forse i segni delle sbarre delle gabbie».

Cécile scoppiò a ridere.

«Non mi dica che Noè è stato così zelante da fabbricare le gabbie!».

Yalin sollevò il piede dall'acceleratore.

«Chiodi, gabbie o catene non ha importanza, ma è innegabile che sotto questa forma fossile ci siano tracce di un manufatto umano. E non è tutto. Nel 1991 uno scavo ha portato alla luce un'ancora di pietra forata, e un sondaggio in prossimità del presunto relitto ha individuato tracce di vita animale, ossa e peli».

«Resti di animali morti nella terra» rise Cécile. «Sai che ritrovamento!».

Stavolta Yalin si innervosì. Il pick-up perse velocità, come se stesse per fermarsi in panne a bordo strada.

«Ancora incredula, eh? Incrollabile nei suoi stivali imbottiti da glaciologa! Mio fratello non esagerava, la sua incapacità a mettere in discussione le sue certezze è costernante! Sappia comunque che, a parte le missioni finanziate dai fondamentalisti americani, il governo turco ha mandato sul posto la propria squadra di archeologi e il luogo è ormai vincolato in quanto parco nazionale, riconosciuto ufficialmente come il sito dell'arca di Noè».

Per niente offesa, Cécile faceva volare i capelli al vento.

«Fantastico, Yalin! Sono convintissima, invece: i peli, il legno decomposto, il parco nazionale... Un'arca a portata di mano è decisamente più pratica. Ciò che mi lascia di stucco è la vostra convinzione di famiglia». Alzò gli occhi verso le cime innevate. «Se l'arca di Noè dormicchia qui, perché diavolo i fratelli Ikabi si ostinano a volersi mettere i ramponi per salire in vetta all'Ararat?».

E, fierissima della sua risposta, scoppiò a ridere. Yalin strinse le mani sul volante, mentre Zak aveva un sorriso beffardo stampato sulla faccia. Arsène decise che era il momento di intervenire.

«Ci fermiamo?» propose.

«Non c'è tempo» ribatté Yalin spingendo di nuovo l'acceleratore.

Il pick-up scattò in avanti. Pochi secondi dopo passavano un piccolo ponte di ferro sul letto asciutto di un fiume.

Avevano percorso una decina di chilometri quando Yalin parlò di nuovo.

«Aprite gli occhi. Fra poco, sempre sulla sinistra, sullo sperone in mezzo alle rocce vedrete il vecchio palazzo di Ishak Pascià, l'ex caravanserraglio sulla via della seta di cui Parastou Khan ha fatto costruire una replica esatta in Naxçivan. Oggi le rovine sono abbandonate, ma è un'altra tappa obbligata per i turisti che visitano la regione».

Piuttosto mi cavo gli occhi, pensò Cécile. Le attorcigliava le budella l'idea di passare davanti a un luogo che le avrebbe ricordato le segrete di Cortés, la stanza della tortura e il serraglio.

Poi il palazzo apparve: strano nido d'aquila perso nel deserto, mura ocra sovrastate da un minareto e una profusione di cupole, rifugio dei carovanieri per secoli.

Magnifico. Quasi irreale. Insolito.

Doğubeyazit 11 km indicava un altro cartello blu.

«Siamo quasi arrivati» sbuffò Yalin.

87
Strada nazionale Gürbulak-Doğubeyazit, Turchia

Jalil, con gli occhi incollati al binocolo, vide dapprima la nuvola di polvere del bolide che veniva verso di loro, poi, quando la nuvola si dissipò, distinse il logo dell'OCI sulle portiere: mezzaluna rossa, tondo bianco, fondo verde.

«Falso allarme» disse a Zeytin. «È una macchina dell'OCI. Di sicuro ancora per queste cazzo di elezioni».

Zeytin sputò per terra.

I dodici uomini ai suoi ordini erano appostati lì da due ore a studiare ogni veicolo che appariva in fondo al rettilineo.

«L'OCI turca?» domandò Zeytin per scrupolo.

Murat regolò il binocolo.

«Non mi pare... Leggo *İslam İşbirliği Teşkilati...* ma sul cofano è scritto anche in persiano».

Iraniani, pensò Zeytin. Logico.

«E i passeggeri?».

«Da qui non si vedono bene... Direi che sono quattro. Un tipo tutto nero, di sicuro un imam. Un altro in giacca e cravatta...».

Zeytin sputò di nuovo.

Ancora niente.

Poi vide a occhio nudo il pick-up che veniva verso di loro a cento all'ora circondato da un alone di calore. L'attimo dopo gli passava davanti in una nuvola di polvere.

Murat aveva visto giusto.

Era una macchina dell'OCI con quattro passeggeri a bordo: l'autista, un imam, un tizio in grigio e un'iraniana con i capelli al vento.

Capelli al vento...

Un'iraniana con i capelli al vento?

«Cazzo!» urlò. «Sono loro!».

Il pick-up aveva un centinaio di metri abbondante di vantaggio. Accompagnate da un ticchettio di kalashnikov le tre Jeep dei mercenari si lanciarono ruggendo sul nastro d'asfalto.

«Era quello spostato di Zeytin!» urlò Cécile. «Ci hanno visto! Acceleri, dannazione!».

Yalin stava quasi in piedi sul pedale dell'acceleratore. Il pick-up sobbalzava sulla strada sfondata.

«Mancano meno di quattro chilometri a Doğubeyazit!» gridò Yalin. «Dobbiamo farcela, non potranno inseguirci nelle strade della città».

«Sta scherzando?» esplose Cécile voltandosi. «Quegli assassini non ci molleranno!». Furiosa, guardò Zak. «La facoltà di dare appuntamento agli assassini è una sindrome genetica nella famiglia Ikabi?».

Zak non rispose. Le Jeep degli uomini di Zeytin si stavano avvicinando. Tre bolidi neri che si ingrandivano divorando la strada.

Impossibile capire a che distanza fossero. Cécile non aveva idea di che gittata avesse un kalashnikov... e non ci teneva a saperlo.

Arsène si aggrappava con mano febbrile alla barra di ferro del pick-up. Zak guardava dritto davanti a sé nella speranza di vedere le prime case di Doğubeyazit. A un certo punto Yalin si rivolse al fratello.

«Reggimi il volante!».

Zak allungò il braccio per afferrare lo sterzo.

«Siete completamente pazzi!» esplose Cécile.

Le Jeep dei mercenari avevano ancora ridotto la distanza, come tre frecce avviate a raggiungere un bersaglio troppo lento.

Con la mano destra Yalin prese il telefonino dalla tasca e...
Stava mandando un messaggio!
Cécile si sentì mancare.
Il pick-up stava deviando e rallentando.
Doğubeyazit 3 km.

«Mahir Bey, sono ancora Cortés. Non c'è tempo per i convenevoli. Abbiamo individuato Ikabi e i tre complici. Stanno venendo verso di lei a bordo di un pick-up con i colori dell'OCI. Sono a meno di tre chilometri da Doğubeyazit. I miei uomini gli stanno alle costole. Posizioni i suoi all'entrata della città e sparate, cazzo, sparate senza cercare di fermarli!».

88
Doğubeyazit, Turchia

Quattro Condor sbarravano l'ingresso a Doğubeyazit. Davanti ai blindati Mahir Bey aveva posizionato venti uomini.

Se Cortés l'aveva preso in giro...

Il tenente scorse il pick-up in fondo alla strada, a circa un chilometro.

«Sono loro» confermò il poliziotto che guardava col binocolo.

Sparare su una macchina dell'OCI... Mahir Bey si stava prendendo una grossa responsabilità. In due balzi salì sul tetto del Condor più vicino con in mano una bandiera rossa che si mise ad agitare freneticamente.

«In posizione!» ordinò agli uomini.

Venti poliziotti si misero in ginocchio, allineati su tutta la larghezza della strada, puntando i fucili d'assalto Mehmetçik sul bolide lanciato verso di loro.

Bey si schiarì la gola.

«Da lì devono già vedere la bandiera rossa. Se non rallentano, appena sono a portata di tiro fate fuoco!».

Il pick-up continuava a correre nella loro direzione. Era ormai a meno di cinquecento metri, il tenente ne vedeva gli occupanti. Agitò la bandiera del tutto inutilmente. La macchina sembrò accelerare ancora di più.

«Non mirate alle ruote, mirate alle teste» disse con voce piatta. «Sono killer, non ci faranno sconti».

Meno di duecento metri. Una bomba catapultata su di loro.

Collisione imminente!

Le sicure dei Mehmetçik saltarono con un ticchettio all'unisono. Mahir Bey impugnò la Zigana M16, che preferiva alla tradizionale Yavuz.

Cento metri. Mahir Bey stava per urlare "Fuoco!".

Ma il grido gli rimase bloccato in gola.

Dalle strade deserte di Doğubeyazit, o forse dal nulla, sbucarono decine di curdi che invasero la strada accerchiando poliziotti e Condor.

La maggior parte brandiva telefonini. Altri, vecchi o bambini, esibivano manifesti elettorali. Una manifestazione improvvisa, pacifica, incontenibile. Mahir Bey notò subito la foresta di braccia tese che puntavano sui poliziotti i loro cellulari, dai modelli più preistorici alle tecnologie più avanzate. Alcuni curdi probabilmente si accontentavano di chiamare in diretta un cugino ad Ankara o all'altro capo del mondo, altri registravano la scena, i più ricchi la filmavano.

Tutti scandivano come una preghiera:

«*Dünyanın gözleri! Dünyanın gözleri!*[8]».

«Fermi tutti!» ordinò il tenente ai tiratori accerchiati dalla folla. Abbassate le armi e che nessuno spari, avete capito? Che nessuno spari!».

Il pick-up inchiodò davanti alla manifestazione popolare. Come per incanto la gente si fece da parte per lasciarlo passare. Il pick-up percorse una ventina di metri sul marciapiede, poi voltò a destra e riprese velocità fino a una piazzetta, dove si aprì un cancello. Yalin entrò e si fermò in cortile.

"Scuola Beyoğlu Cihangir" indicava un'insegna, accanto alla quale un cartello specificava: *Seggio elettorale n.7.*

Tutti e quattro scesero precipitosamente dalla macchina.

«Da dove è uscito quel comitato d'accoglienza miracoloso?» gridò Cécile.

[8] "Agli occhi del mondo".

«Non faccio per vantarmi» rispose Yalin ansimando, «ma sono abbastanza popolare nella zona. Una specie di eroe locale, si potrebbe dire. Presto, dentro la scuola!».

Cécile ubbidì senza farsi altre domande, seguita da Arsène e Zak. Si infilarono sotto il portico in direzione di una porta illuminata, a testa bassa. Sui muri di cemento i bambini avevano dipinto a colori vivaci un grande arcobaleno che sovrastava il monte Ararat, da cui scendevano coppie di animali: due elefanti, due cavalli, due pecore, Topolino e Minni... e due unicorni!

89
Scuola Beyoğlu Cihangir, Doğubeyazit, Turchia

Una calma religiosa regnava nel seggio elettorale n.7 di Doğubeyazit. Un rifugio inviolabile, pensò Cécile. Niente da dire, Yalin Ikabi era furbo come una volpe...

Nell'aula scolastica trasformata per l'occasione c'erano grandi urne di legno chiaro, posate su piccoli tavoli contrassegnati dal nome di un alunno, e cabine montate lungo la libreria. Una decina di persone circolava in permanenza nella grande stanza: il presidente del seggio, quattro assessori, alcuni elettori turchi e una strana delegazione dell'OCI.

Loro!

Yalin scostò una tenda e guardò da una finestra.

«Non attaccheranno prima che chiuda. Non possono permettersi di fare irruzione armi in pugno in un seggio elettorale».

Cécile si avvicinò al vetro.

«E a che ora chiude il seggio?».

«Alle cinque di pomeriggio...».

Sì, furbo, Yalin Ikabi... ma quel seggio stava cominciando a emanare un inquietante puzzo di Fort Alamo.

«E poi?» si informò la ricercatrice.

«Qualcosa ci inventeremo».

Cécile annuì.

«Nel frattempo qual è il programma?».

«L'ospitalità curda la sorprenderà, signorina Serval. Potrà riposarsi, mangiare ed equipaggiarsi. Non vorrà salire sull'Ararat vestita così?».

A Cécile sarebbe piaciuto che quel demonio sentisse le proteste di ogni cellula del suo corpo: “Chi ha detto che voglio salire lassù?”, ma si accontentò di replicare con un sorriso malizioso:

«Non dimentichi che sono qui in quanto docente universitaria e rappresentante dell'OCI con l'incarico di verificare il corretto svolgimento delle elezioni amministrative curde».

Cécile camminava su e giù nell'aula scolastica. Aveva dormito due ore, poi avevano dato loro da mangiare: pesce marinato, melone, spiedini d'agnello, kebab, riso e raki per gli uomini.

Un autentico banchetto!

Gli elettori continuavano ad avvicendarsi alle cabine anche durante l'ora di pranzo. Cécile si era fatta spiegare in un inglese approssimativo le procedure di voto dal presidente del seggio, un curdo di una quarantina d'anni visibilmente colpito dal fascino esotico di una francese che indossava una castigata tunica iraniana.

Cécile lo ascoltava distrattamente cercando Zak con gli occhi senza trovarlo. Sembrava scomparso con Yalin in un annesso della scuola. Incapace di restare inattiva ad aspettare che il seggio chiudesse andò da Arsène. Il professore, sveglio da pochi minuti, stava tranquillamente seduto dietro un'urna a conversare con due assessori che distribuivano buste viola. Sembrava proprio che i bravi curdi apprezzassero l'interesse che il professor Parella dimostrava loro.

«Prima di subire cinque secoli di guerra» si lamentava un vecchio sdentato, «il Kurdistan era la regione più ricca dell'Asia occidentale. Forse troppo ricca. Petrolio, acqua, vallate e coltivazioni che hanno scatenato le bramosie dei vicini. È per questo che hanno diviso il Kurdistan fra quattro stati diversi! Con la complicità di Francia e Inghilterra, non ce lo scordiamo, professore...».

Arsène annuì.

«Da un punto di vista storico sono assolutamente d'accordo con lei».

Felice, il vecchio saggio continuò.

«È stato l'inizio della nostra tragedia. Churchill ci ha fatto la guerra con i gas fin dal 1920! Saddam Hussein ha sterminato centinaia di migliaia di curdi nel 1987 servendosi di armi chimiche. Da parte sua il governo turco ha già raso al suolo quasi tremila villaggi curdi e sta accelerando ancora la distruzione del nostro patrimonio culturale... Strade, sbarramenti, cantieri, ogni scusa è buona! Per non parlare della guerra ai confini, la spirale degli attentati, i bombardamenti...».

Arsène stava per rispondere quando sentì dei passi alle sue spalle. Yalin e Zak, spuntati dal nulla, stavano davanti alle cabine.

«Ma dal 2001 almeno un progresso c'è stato» esclamò Yalin allegro. «Possiamo di nuovo salire sull'Ararat senza farci sparare addosso dall'esercito turco, dal PKK o da tutti e due. I turisti stanno tornando. Per la città di Doğubeyazit i cercatori dell'arca sono oro, no?».

Cécile si stupì dell'ironia mordace di Yalin, che si esprimeva in un misto di curdo, francese e inglese. Era un'ironia che calzava male con i valori teoricamente promossi dai Nefilim.

Ai piedi di Zak e Yalin erano accatastati zaini, corde, maglioni e jeans.

«Non avete sentito la campana?» continuò Yalin. «Cécile, Arsène, l'ora è suonata. Il tempo di fare il punto della situazione e partiamo per una sgambata sull'Ararat...».

Rilassatissimo, con lo sguardo malizioso, Zak sorrideva alle parole del fratello. Entrambi sembravano aver dimenticato che la scuola era circondata da decine di uomini armati, che di lì a meno di mezz'ora sarebbero stati attaccati, che quindi erano in trappola... e che tuttavia appariva evidente come quell'avventura si sarebbe conclusa soltanto lassù, tra i ghiacci dell'Ararat.

Un'evidenza tanto ingenua quanto ridicola.

Stringendo in tasca il GPS in miniatura Cécile si ripeteva mentalmente le coordinate geografiche che le aveva dato Yalin.

"Concentrati, Cécile, concentrati. Sei una scienziata, sei perfettamente in grado di ricordare una sequenza di sedici cifre!"

90
Doğubeyazit, Turchia

Cortés inchiodò nervosamente in mezzo alla strada davanti alla scuola Beyoğlu Cihangir. Cinque Jeep frenarono dietro di lui.

Il mercenario lasciò vari uomini a guardia delle macchine e andò dritto verso Mahir Bey, il cui Stetson si vedeva da lontano. Agli ordini del tenente quattro Condor, sei Kanunis[9] e trenta poliziotti circondavano la scuola lasciando solo un corridoio di tre metri per consentire agli elettori di passare. Cortés indossava un turbante rosso porpora che gli copriva tutta la faccia tranne gli occhi, nascosti dai Ray-Ban.

Furente, si fermò davanti all'ufficiale.

«Tenente Bey! Voi... li avete lasciati passare!».

Mahir Bey dette un tiro alla sigaretta.

«Si calmi, Cortés».

«Che aspetta ad attaccare?» insisté Cortés.

Il tenente valutò la situazione. Nel cortile della scuola una cinquantina di curdi mangiavano e parlavano appoggiati ai montanti arrugginiti delle altalene o seduti sul muretto del quadrato di sabbia. Accanto a loro erano esposti ben in evidenza i manifesti elettorali. Tutti avevano in mano il telefonino.

Mahir Bey si voltò lentamente verso Cortés.

Mantenere il sangue freddo era il suo lavoro. Gli affidavano incarichi di responsabilità proprio per gestire situazioni estreme come quella.

[9] Importante marca turca di motociclette.

«Mi ascolti bene, Cortés. Se vuole continuare a godere dell'impunità da queste parti bisogna che si dia una calmata col suo esercito di mercenari, chiaro? Non so se si rende conto cosa significhi una sparatoria in un seggio elettorale curdo il giorno delle elezioni!». Mahir Bey contemplò il proprio riflesso nei Ray-Ban di Cortés. «In una scuola, per giunta! Questa non è la Cecenia, e neppure siamo in Guinea o in chissà quale giungla. Questo è un paese democratico, okay?».

Cortés non l'aveva ascoltato. Vene azzurre gli striavano il collo, unica parte visibile di pelle.

«Sono terroristi, tenente! Si assuma le sue responsabilità, cazzo! Non ci sono osservatori internazionali nei paraggi».

«No, nessuno... solo decine di civili curdi con i cellulari puntati su di noi. Vuole andare in diretta sulla CNN o Al Jazeera? Si accomodi, entri in quella scuola e spari a tutto ciò che si muove!».

Cortés imprecò e indicò il pick-up ancora parcheggiato presso il portico.

«Ikabi è entrato in Turchia con un falso automezzo dell'OCI! Non può restare con le mani in mano, tenente Bey. Ho una certa influenza, posso farle perdere il posto...».

«Okay, Cortés, okay, metta in moto le sue conoscenze, mi faccia destituire».

Mahir Bey era invece convinto del contrario, era convinto che il posto l'avrebbe rischiato se qualcosa avesse turbato quelle elezioni. Davanti a loro, nel cortile della scuola, il sindaco curdo di Doğubeyazit si pavoneggiava tra la sua cittadinanza con l'Ay Yildiz[10] a mo' di sciarpa che gli ricadeva sul petto.

Un eletto della Repubblica!

Intoccabile, almeno per quel giorno.

«Abbia pazienza, Cortés» fece Mahir Bey in tono sereno.

[10] Nome della bandiera turca.

«Dovranno uscire per forza. La tregua delle elezioni è effimera, molto effimera. Ma non abbiamo scelta, fino alle diciassette dobbiamo permettere a questa brava gente di votare!».

«Ne riparleremo, tenente».

Cortés guardò l'orologio.

16.35.

Fece segno ai suoi uomini di circondare a loro volta la scuola.

91
Scuola Beyoğlu Cihangir, Doğubeyazit, Turchia

Zak, disinvolto, si era seduto su uno zaino e guardava con aria sfuggente ora Cécile ora Arsène. Yalin invece era rimasto in piedi, e i suoi gesti teatrali monopolizzavano l'attenzione dell'intero seggio elettorale. Teneva in mano una piccozza da alpinista come se fosse un microfono. Il suo monologo sembrava ben collaudato, probabilmente l'aveva già provato su un certo numero di turisti persi in quell'angolo di mondo.

«Credetemi, sarò salito un centinaio di volte in cima all'Ararat. A Doğubeyazit siamo solo in tre a possedere un'esperienza del genere: io, Fox e Paracadute. Abbiamo accompagnato decine di escursionisti fin da prima del 2001, con o senza autorizzazione». Alcuni vecchi rugosi annuivano ricordando quei tempi gloriosi. «Ma ormai è tutto finito... Cosa è diventato l'Ararat con i suoi 5165 metri di quota? Il Fujiyama? L'Olimpo? Più o meno un'escursione domenicale, a sentire le agenzie di viaggio. A Doğubeyazit ne nasce una nuova ogni giorno, trecento euro a cliente... I ragazzini vanno a scovare i turisti per strada, negli alberghi, addirittura a Istanbul. Parrot si starà rivoltando nella tomba!».

Gli elettori che entravano si fermavano ad ascoltare Yalin. Cécile, per evitare di pensare, si ripeteva in testa le coordinate geografiche come una litania.

39° 45' 41.96" N, 44° 18' 36.54" E, 39° 45' 41.96" N, 44° 18' 36.54" E...

Yalin continuava a impugnare la piccozza. Si rivolgeva a

Cécile e Arsène, ma anche e soprattutto agli abitanti della città. Non aveva mentito, era l'eroe locale, una testa matta che i curdi apprezzavano e avevano adottato.

«Cercate di immaginare Doğubeyazit d'inverno. Qui siamo già a duemila metri, l'inverno vuol dire quattro mesi di neve con temperature che scendono a meno venti».

Solo all'idea gli ascoltatori curdi tremavano dal freddo.

«Usciti dalla città, con un buon fuoristrada si può salire un po' seguendo le piste, ma da un certo punto in poi bisogna andare a piedi. Con l'aiuto di un mulo, se ve lo potete permettere, o con l'equipaggiamento sulla schiena... I tour operator propongono agli escursionisti di accamparsi fra i tremila e i tremilacinquecento metri. Attenzione: bivacco in mezzo ai pastori curdi, autentici pastori curdi!».

Larghi sorrisi del pubblico.

«...Con tanto di cane da pastore che vi corre dietro, agnello sgozzato sotto i vostri occhi e grigliato su un fuoco di sterco secco perché, vi spiegheranno, al di sopra dei tremila metri non c'è più legna. A parte le travi dell'arca, beninteso!».

Risate generali. Yalin era un ottimo narratore.

«I turisti cercano di afferrare il pezzo più cotto direttamente dalla piastra rovente, poi possono scegliere se assistere alla mungitura delle capre, ascoltare i canti curdi o sorbirsi la conferenza di geopolitica sulle disgrazie del popolo maledetto».

Le risate si fecero un po' imbarazzate. Yalin non si fermò.

«Poi il fico sul *baklava*, il tramonto sull'Ararat, le luci di Erevan in lontananza, un pensiero per gli armeni... e tutti a nanna, domattina ci si alza presto!».

Come gli altri curdi nell'aula scolastica, anche il presidente del seggio batté le mani. Sperava di rubare un'occhiata a Cécile, ma la ricercatrice, affascinata da Zak e Yalin Ikabi, gli dava le spalle.

Chi erano quei due uomini?

Zak, un brillante accademico decaduto, pazzo per l'arca...

Yalin, una gloria locale che aveva sposato la causa curda, pazzo per l'arca...

Che nascondevano?

«La mattina dopo, partenza alle quattro» continuò Yalin, inesauribile. «Restano ancora duemila metri di dislivello in lieve pendio, a parte la traversata dei nevai quando si arriva vicino alla meta. Gli ultimi passi si fanno in cordata, è la grande solidarietà. Il rischio, più che precipitare nel ghiacciaio, è perdersi nella nebbia. La vetta dell'Ararat è un altopiano di ghiaccio di vari chilometri quadrati... Io non ho mai perso qualcuno lassù, ma ogni anno ci sono alpinisti che tentano l'avventura in solitaria e non tornano giù. C'è una regola d'oro da seguire una volta in cima: mai rimanerci per più di un quarto d'ora!».

I curdi confermavano con gli occhi.

«Anche col bel tempo, anche senza vento, anche se la visuale è libera fino al mar Caspio» ribadì Yalin. «Il freddo vi intorpidisce senza che ve ne rendiate conto. Allora gli ordini sono rigidi: si pianta la bandiera, si scatta la foto ricordo, si gratta un po' il ghiaccio casomai saltasse fuori un pezzetto d'arca e si torna indietro. La discesa si fa in giornata».

Yalin piroettò verso Cécile e Arsène come se volesse salutarli.

«Formidabile, no?».

Cécile storse il naso.

Formidabile...

Lo show era terminato. Zak e Yalin si chinarono sugli zaini per controllare meticolosamente l'equipaggiamento. A pensarci bene c'era un particolare che a Cécile non tornava. Nel discorso di Yalin mancava un soggetto che peraltro le andavano ripetendo da tre giorni.

Gli unicorni...

Yalin non ne aveva fatto cenno, nemmeno per riderci sopra.

Perché? Perché privarsi di un dettaglio così carino?

Il presidente del seggio alzò gli occhi verso l'orologio al di sopra della cattedra.

16.50.

Il seggio elettorale avrebbe chiuso dieci minuti dopo.

Come indifferente al pericolo in agguato, a mercenari e polizia che circondavano la scuola, Yalin afferrò uno zaino e con il sorriso sulle labbra esclamò:

«È il momento della verità!».

92
Doğubeyazit, Turchia

La lancetta dei secondi del Rolex girava intorno alla coroncina d'argento. Cortés la fissava concentrato, come se fosse capace di accelerarne la corsa con la forza di volontà.

16.55

Zeytin teneva d'occhio il retro della scuola.

«Preparati» gli mormorò Cortés al telefonino. «I fuochi d'artificio stanno per cominciare».

Poi si avvicinò a Mahir Bey. Il tenente era sempre davanti al cortile della scuola con la sigaretta in bocca e lo Stetson leggermente sollevato.

«Molto bene» fece Cortés. «Ora basta giocare. Gli elettori hanno esercitato il loro dovere civico in tutta serenità? Possiamo passare alle cose serie?».

«Calma» rispose il tenente. «Non è così semplice».

«Che altro c'è?».

Mahir fece un gesto circolare con la testa. Da tutte le strade di Doğubeyazit centinaia di curdi soli, in coppia o con le famiglie stavano convergendo verso il seggio elettorale n.7. In tutta calma. Vestiti a festa. Cappelli, abiti femminili, completi maschili: come se andassero a messa.

«E questi che cazzo vogliono?» ringhiò Cortés.

«Vengono per lo spoglio delle schede» rispose con noncuranza un poliziotto alle loro spalle. «Le distrazioni sono poche in Kurdistan».

«Cazzo...».

La processione della gente si faceva più densa, brulicante,

allegra: nonni che spingevano nipotini su biciclette rattoppate, bambine tutte trine con le loro bambole più belle, ragazze che ridacchiavano fra loro davanti agli uomini in camicia bianca.

A Cortés non piaceva tutto ciò.

«Occhi aperti, Zeytin» disse al telefono. «Stanno preparando qualc...».

Non ebbe il tempo di finire la frase.

Il corteo si aprì di colpo come per magia, come una folla che si sposti di lato quando passa il gruppo di una corsa ciclistica. Il fuoristrada Isuzu D-Max sbucò dall'angolo morto del cortile della scuola facendo volare il telone grigio sotto il quale era parcheggiato, che atterrò pochi metri dopo sul quadrato di sabbia, e travolgendo al passaggio tre Kanunis, i cui centauri turchi caddero di lato sbigottiti.

«Fuoco, cazzo!» urlò Cortés. «Sono loro! Fuoco...».

Troppo tardi.

L'onda umana si richiuse con la stessa velocità con cui si era aperta, come una folla da fiesta che avesse appena schivato un toro lanciato al galoppo. I telefonini continuavano a filmare tutto. Curdi anonimi urtavano Cortés spingendolo verso il cancello della scuola con un'agitazione da stadio quando sta per cominciare la finale disputata dalla squadra locale.

«Zeytin, dove cazzo sei?» gridò il mercenario nel cellulare.

Gli rispose una voce ansimante.

«Incastrato in questa merda di folla... Non mi posso muovere».

Con una gomitata in piena faccia Cortés tramortì un uomo che lo pressava troppo da vicino.

«Liberati, cazzo! Apriti un varco, spara se occorre, dobbiamo ripre...».

«No!».

L'esclamazione era abbastanza forte perché la sentisse anche Zeytin. Cortés aveva la canna di una Zigana M16 incollata alla tempia.

«No» ripeté Mahir Bey con il dito sul grilletto. «Si levi dai piedi con i suoi uomini, le sue Jeep e i suoi mitra. Insegua quei tizi fino in cima all'Ararat, se le va... ma se tocca un civile nella mia giurisdizione giuro che le faccio un buco in mezzo al turbante, così vedremo una buona volta quel che c'è sotto».

Cortés lo spostò con un movimento della spalla. I suoi occhi esprimevano un insondabile disprezzo. Abituato com'era a rigirarsi tra le dita le più alte autorità turche, si ritrovava costretto a ubbidire agli ordini di un capetto di provincia.

«Salite sulle Jeep, Zeytin. Con calma» sibilò al telefono.

Poi si girò verso Mahir Bey.

«Me la pagherà, tenente. Me la pagherà molto cara...».

Bey lo teneva sempre di mira con la Zigana. Alle sue spalle, quattro agenti avevano i Mehmetçik spianati. Cortés sputò per terra e si diresse verso la Jeep più vicina zigzagando tra la folla che affluiva in senso inverso.

Era trascorso appena un minuto. Mentre le Jeep di Cortés sparivano dietro l'angolo gli ultimi cittadini curdi entravano nella scuola e si trattenevano in cortile o sotto il portico perché l'aula non poteva contenerli tutti. Le strade di Doğubeyazit erano di nuovo deserte, a parte gli uomini di Mahir Bey, improvvisamente disoccupati, che guardavano il capo con aria interrogativa.

Il tenente assaporò l'istante. Sapeva di aver appena evitato un massacro. Aspirò e buttò fuori una nuvola di fumo.

Dio com'era buona quella sigaretta...

Alzò gli occhi verso il maestoso Ararat.

Criminali, terroristi, cercatori dell'arca... Che si ammazzino fra di loro, si augurò. Pensò che avrebbe mandato in giro qualche pattuglia, senza troppa convinzione, e che avrebbe passato la notte al suo vecchio computer a scrivere il rapporto per i vari gradi della burocrazia turca.

Si meritava un'altra sigaretta.

Il silenzio, si gustò il silenzio.

Che durò un secondo, non di più.

Alle sue spalle si sentì un clamore tanto improvviso quanto intenso.

Che diavolo... pensò Mahir Bey stringendo il calcio della Zigana.

Di fronte a lui l'agente Osman fece un'espressione divertita.

«I curdi stanno festeggiando i risultati, capo... Il loro sindaco è stato rieletto... Un vero e proprio plebiscito, a quanto pare!».

93
Strada nazionale Doğubeyazit-Gürbulak, Turchia

Il fuoristrada Isuzu D-Max filava a centoventi all'ora sul lungo rettilineo che collegava Doğubeyazit al confine iraniano. Passarono di nuovo davanti ai ruderi del caravanserraglio di Ishak Pascià.

«A sinistra quando te lo dico io» gridò Zak.

«Lo so, fratellino, lo so... Sono quindici anni che bazzico nella regione».

Yalin Ikabi dette un'occhiata allo specchietto retrovisore.

Nessuno.

Tirò un respiro di sollievo. Avevano qualche minuto di vantaggio su Cortés, più di quanto servisse. Nella prateria alcune pecore nere seguivano con indifferenza il passaggio della macchina. Ogni tanto un pastore usciva da una yurta estiva e guardava il bolide come se fosse il concorrente di un rally.

Dopo neanche cinque chilometri Yalin frenò per immettersi su una pista sterrata sulla sinistra rallentando un po' l'andatura.

«Balleremo un po'» avvertì i passeggeri, «ma è la pista che ci porta più vicino al passaggio tra Piccolo e Grande Ararat».

Cécile pescò nella memoria i ricordi delle immagini satellitari che aveva studiato.

«La gola di Ahora, quella che nasconde tutti i misteri dell'Ararat, non è a nordest?» domandò. «Completamente dall'altra parte?».

«Esatto. In tempo di pace il tragitto ideale è seguire il confine armeno partendo dal posto di frontiera di Aralik, ma da

Doğubeyazit bisogna fare il giro dell'Ararat per la strada di Iğdir, cinquanta chilometri, una follia con quegli assassini alle calcagna. Non avevamo scelta, dovevamo abbandonare l'asfalto al più presto...».

Purtroppo, imprecò dentro di sé Cécile aggrappandosi con tutte le sue forze al sedile.

Il fuoristrada procedeva rimbalzando su una pista di terra grigia che saliva a tornanti fra blocchi di basalto. Attraversarono qualche piccolo borgo e passarono davanti a un paio di case basse di fronte alle quali i montanari avevano accatastato pile di paglia e sterco mischiati, l'unico combustibile di cui disponevano.

«Per una parte dell'inverno queste case sono tagliate fuori dal mondo» spiegò Yalin. «Almeno via strada...».

Cécile notò che ogni abitazione, anche la più cadente, era dotata di antenna parabolica.

Salirono ancora. Incontrarono un ragazzo che scendeva dietro un asino carico di sacchi, poi una casa diroccata, poi più niente. L'Isuzu si stava addentrando in un deserto vulcanico, un paesaggio lunare irto di conetti di cenere. A ogni curva spuntava il cappello bianco dell'Ararat in netto contrasto col grigio antracite circostante.

Yalin dette un'altra occhiata diffidente allo specchietto, poi rallentò. La pista era tracciata su un terrapieno che sovrastava di un metro un ghiaione.

«Su, sbrighiamoci. Cécile, Arsène, prendete il vostro zaino. Avete tutte le informazioni, ci vediamo al punto stabilito».

Sul sedile posteriore del fuoristrada Cécile si irrigidì stupefatta.

«È uno scherzo?».

Altra occhiata nel retrovisore. Zak cercò di essere più convincente.

«Presto, Cécile, non è un gioco. Abbiamo poco vantaggio su di loro».

«Volete...» balbettò Cécile. «Volete abbandonarci in questo deserto di pietre?».

Zak si morse le labbra. Arsène, seduto accanto a Cécile, aprì prudentemente la portiera con la macchina che ancora andava.

«Non credo che ci stiano abbandonando, Cécile» disse con dolcezza. «Credo semmai che si stiano sacrificando per noi. Gli uomini di Cortés seguiranno le tracce del fuoristrada».

Zak annuì.

«Arsène ha capito tutto. È un vecchio trucco sioux: separarsi quando sta per arrivare la cavalleria...».

Il fuoristrada procedeva ormai a passo d'uomo.

Cécile non si mosse.

Qualcosa non le tornava. Qualcosa non funzionava in quel piano. Zak guardò preoccupato il tratto di pista e gridò:

«Una volta tanto potrebbe fidarsi, Cécile!».

Neanche morta! Che motivo c'era di lasciare lì lei e Arsène? Di abbandonare su quel massiccio l'accoppiata meno adatta alla sopravvivenza?

Il fuoristrada riprese un po' di velocità per affrontare una curva. Cécile sentì un'improvvisa spinta alla schiena, scivolò sul sedile e urtò Arsène. Il professore fece per darle la mano, ma lei ricevette un'altra spinta ancora più energica, come se i fratelli Ikabi avessero unito le forze. Finì su Arsène, che aveva già le spalle fuori dall'abitacolo, e insieme precipitarono all'esterno.

Il fossato di ceneri ammortizzò la caduta.

Continuarono a scivolare per tre metri sul pendio del terrapieno prima di essere fermati da un cespuglio spelacchiato. Avevano jeans e maglioni coperti di polvere. Increduli, videro il fuoristrada fare un brusco dietrofront. Una portiera si aprì, una mano lanciò due zaini. L'attimo dopo l'Isuzu tornava indietro senza rallentare.

Piantata lì in ginocchio, con gli occhi gonfi di lacrime, Cécile sollevò lentamente lo sguardo. Davanti a lei c'era un muro infinito, un blocco di pietra alto quasi quattromila metri.

Il più grande dislivello del mondo...

Guardò il professor Parella con una furiosa voglia di sfogarsi.

«Non dica una parola, Arsène! Soprattutto non dica che hanno fatto bene! Né che hanno le loro ragioni. Siamo perduti. Non sopravvivremo una notte...».

Arsène si alzò, tentò di darsi una spolverata ai vestiti e posò una mano sulla spalla della ricercatrice.

«Dobbiamo seguire le loro istruzioni, Cécile. Fidarci di loro».

Cécile aveva voglia di crollare e mollare tutto lì dov'era.

«Che istruzioni?».

«Yalin ci ha fornito tende, viveri, acqua, vestiti caldi. Abbiamo le coordinate geografiche esatte del luogo dell'appuntamento e possediamo un GPS».

Ancora una volta l'energia del suo vecchio professore la lasciò di stucco. L'aveva sempre considerato un intellettuale incapace del minimo sforzo fisico...

Comunque aveva ragione.

Possedevano un GPS!

Si frugò nella tasca dei jeans alla ricerca dell'apparecchio in miniatura. Lo tirò fuori con difficoltà, con le mani che le tremavano, e appena lo vide cacciò un urlo da risvegliare tutti i vulcani dell'Ararat.

Il GPS era rotto.

Spaccato in due durante la caduta. Fottuto. Non si accendeva neanche più la spia. Cécile guardò Arsène disperata. Lui le porse la mano.

«Prendiamo gli zaini» disse.

Davanti a loro vedevano l'elegante curva della montagna tra il Piccolo e il Grande Ararat.

«Yalin ci ha lasciato delle mappe, Cécile. Per prima cosa dobbiamo raggiungere la gola di Ahora, sul versante opposto del massiccio. Ci sarà da camminare parecchio».

94
Parlamento mondiale delle religioni, Melbourne

Che nessuno mi disturbi, Padma!».

Viorel Hunor si chiuse alle spalle la porta del suo studio al Parlamento mondiale delle religioni. Sapeva che il gracile corpo sorridente della segretaria avrebbe tenuto alla larga i seccatori più tenaci. Per ulteriore sicurezza il metropolita tirò il chiavistello e sbuffò. Dalla finestra abbracciava con lo sguardo tutta la baia di Melbourne. Per l'ex prigioniero lo spettacolo continuo di barche a vela, kitesurf e piroscafi era una promessa di libertà eterna.

Lentamente si tolse la croce di legno scolpito che portava al collo, la soppesò nel palmo della mano, poi la introdusse nella serratura del terzo cassetto della scrivania.

Il meccanismo scattò.

Il metropolita se la rimise al collo pensando che il sistema concepito dai servizi di sicurezza era geniale: una chiave a forma di croce la cui scultura garantiva l'unicità.

Aprì il cassetto e tirò fuori una grossa cartella bianca. Sulla copertina, due sole parole:

Protocollo AHORA

Le sue dita sottili sciolsero lo spago con cui era chiuso il dossier. Non lo apriva da più di un anno. Voltò le pagine solo per ricordarsi le procedure. Sfilavano nomi, riferimenti, numeri di telefono. Tutte persone affidabili. Il protocollo AHORA era il risultato di anni di pazienti trattative tra i più alti rappresentanti dell'Islam in Turchia, i governi che si erano succeduti, i servizi segreti e l'esercito di stanza in Kurdistan.

Ognuno era al corrente di una sola parte della posta in gioco rappresentata dall'anomalia dell'Ararat. Una sola... più che sufficiente. Un pezzo del puzzle che non permetteva di ricostruire l'immagine intera. L'importante era che fossero capaci di reagire quando ce ne sarebbe stato bisogno.

Tirò fuori dalla cartella una mappa dello stato maggiore e la aprì sull'ordinatissima scrivania. Seguì con l'indice le curve di livello, marroni sulla terra e azzurre sui ghiacci.

Gli mancava ancora una cosa essenziale...

Il protocollo AHORA era un pesante meccanismo bloccato, un razzo potente e preciso... ma senza carburante.

Il suo dito scivolò sulla carta. Il massiccio dell'Ararat occupava un'area più vasta di una provincia turca. In quell'immenso deserto il bersaglio era una capocchia di spillo.

Dove stava?

Viorel Hunor lo ignorava. Il rapporto RS2A-2014 non forniva alcun nuovo indizio. Tutte le ricerche sui Nefilim conducevano a un vicolo cieco: Zak Ikabi!

Prese una matita. Gli piacevano appuntite alla perfezione. Certo, si era augurato di non dover mai scatenare il protocollo, folgore che colpiva dal cielo come un castigo divino, la punizione di Icaro, di Enoch, di Prometeo... ma se vi fosse stato costretto non avrebbe avuto esitazioni. L'avevano eletto per quello, per evitare di far precipitare le fondamenta del mondo pazientemente edificate su una frattura aperta.

Con gesto secco e preciso piantò a caso la punta della matita sulla mappa, da qualche parte sulle alture dell'Ararat.

Sì, se vi fosse stato costretto avrebbe permesso che la folgore si abbattesse sugli imprudenti.

Ovunque fossero...

Monte Ararat, 4370 a.C., estate

Davanti alle grotte si innalzava l'immensa catasta di legna. Raccoglierla era un lavoro lungo e difficile, perché vicino all'accampamento non crescevano alberi. Ci volevano giornate intere. Alcuni protestavano, soprattutto i più giovani della tribù, dicevano che non avevano lasciato il villaggio per ridursi a vivere come formiche, ma Majka era inflessibile. Sulla montagna era lei a comandare, e sapeva per esperienza che la legna da ardere per superare la stagione fredda non era mai abbastanza. Capitava che qualcuno rimpiangesse l'acqua di fuoco degli dèi della pianura, allora Majka si arrabbiava: suo padre Avo era stato gettato vivo proprio in quelle maledette fiamme.

Gana era dispensata dal lavoro. Quasi sempre il neonato dormiva in braccio alla giovane mamma. Era un bambino magnifico, ma strano. Fissava ogni minimo movimento intorno a sé con occhi grigio chiaro lucidi come un ciottolo in fondo al fiume, e i lunghi capelli neri, invece di cadergli dopo la nascita, sembravano essersi fatti più folti. Era anche più alto degli altri neonati. Non piangeva molto, ma Gana dormiva poco lo stesso perché aveva gli incubi, il figlio somigliava troppo a quelli che i servitori degli dèi della pianura avevano sacrificato nelle fiamme azzurre.

Tra i compiti affidati ai bambini il più importante era disporre nella montagna pezzi di legno a croce, come un tempo faceva Otek nella neve. Solo i membri della tribù sapevano leggere quei segni che avrebbero permesso loro di non perdersi mai. Quand'era impossibile infilare le stecche di legno nel terreno i bambini incidevano il segnale sulle pietre o all'entrata delle grotte: due tratti, uno lungo e uno corto, che si incrociavano al centro.

Ormai vivevano in pace, e la fedele Leka ne era forse il simbolo più evidente. Anche lei aspettava un figlio! Per quasi una luna era scomparsa sulla montagna, Gana l'aveva cercata, chiamata e pianta a lungo, fino allo sfinimento. Una mattina Leka era tornata, e alla luna successiva nessuno aveva più avuto dubbi: era scappata per andare a raggiungere un innamorato! Aveva solo l'imbarazzo della scelta, i suoi potenziali amanti vivevano in branco più in alto sulla montagna, dove gli uomini si avventuravano poco. Gana si ripromise di parlarne alla tribù, voleva riuscire a convincere gli uomini a salire, avvicinarsi agli animali e tentare di addomesticarli per far sentire Leka meno sola, certo, ma soprattutto perché proteggessero la tribù. Non solo Leka era la più intelligente di tutte le creature degli dèi, ma anche la più vivace. Era alta come una capra, ma Gana l'aveva vista combattere contro animali grossi il doppio di lei, predatori che avevano avuto appena il tempo di spalancare le fauci prima che Leka li infilzasse alla gola con il corno che le spuntava dritto in mezzo alla fronte, letale e rapido come una freccia tirata da un arco.

Là sopra neppure i lupi osavano attaccare il branco.

Il sole era appena tramontato e le colate di ghiaccio all'orizzonte si facevano rosse e carnose come lingue di giganti.

La sagoma apparve in lontananza, vacillante come un arbusto scosso dal vento. Da principio Majka non lo riconobbe, era dimagrito parecchio e aveva il corpo coperto di ferite. Solo quando Bilik fu ai suoi piedi gli aprì le braccia.

Il figlio si lasciò andare contro il grosso petto della madre e vi rimase a lungo tremante, incapace di articolare parola. Altre donne della tribù lo fecero stendere su alcune pelli, Majka gli preparò una bevanda di erbe, Leka gli leccò le ferite. Finalmente, dopo una notte passata a delirare, Bilik riuscì a esprimersi. Aveva ritrovato le tracce della tribù grazie ai bastoni incrociati infilati nel terreno o incisi sulle pietre...

Si tirò a sedere, poi guardò a lungo la sorella Gana, che teneva in braccio il figlioletto. Il bambino era cresciuto molto, stava già seduto fiero e dritto, aggrappato alla madre.

Bilik non riuscì a mascherare l'emozione.

«Co... come l'hai chiamato?» balbettò.

«Ancora non ha un nome...» rispose Gana.

«Bene... Meglio così».

Majka passò una mano sulla fronte del figlio. Il bambino in braccio a Gana spalancava grandi occhi grigi. La giovane si chinò sul fratello.

«Bilik, racconta, che è successo nella pianura?».

Il ragazzo respirava a fatica.

«Tranquilla, sorellina, te lo dirò. Dovrete ricordarvi di tutto e dovrete a vostra volta ripeterlo ai piccoli della tribù, soprattutto a tuo figlio, che sarà intelligente, molto intelligente. Non ti preoccupare, in pianura gli uomini sopravvivranno, almeno la maggior parte. Dimenticheranno gli dèi, ma non le loro invenzioni. Per gli uomini niente sarà più come prima, ma voi, la vostra tribù, dovrete restare qui e non dimenticare la verità che sono l'unico a conoscere. Dovrete conservarne il segreto per l'eternità...».

Majka porse al figlio la ciotola con le erbe in infusione nell'acqua calda.

«Taci, sei ferito, stai delirando. Bevi questo, domani starai meglio».

Sotto gli occhi corrucciati della madre, Gana si avvicinò ancora e con la mano spostò i capelli da davanti gli occhi del bambino.

Il fratello respinse l'infuso e sputò a terra un catarro vischioso, poi si voltò verso la sorella, che indossava sempre la collana che gli aveva regalato lui di fronte alla cascata, il disco di rame con i due tratti a croce incisi.

Il segno degli dèi.

«Inutile raccontarci bugie... Io non vivrò ancora a lungo, Gana... Mi... mi piacerebbe che il bambino portasse il mio nome».

«Bilik?» fece Majka, stupita.

«No... Vorrei che avesse il nome che mi hanno dato gli dèi della pianura».

La madre aggrottò le sopracciglia.

«Che nome?».

«Enoch».

Nessuno osò rispondere. Il lungo silenzio fu rotto da un altro attacco di tosse mista a catarro.

«Smetti di parlare, riposati...» disse ancora la madre.

Ma Gana voleva un'ultima risposta. Piantò gli occhi in quelli del fratello.

«Bilik, o Enoch che sia, come hai fatto nelle tue condizioni a salire fino a quassù?».

Il ragazzo guardò a lungo gli occhi grigi di quel bambino tanto alto e diverso, come se loro due si capissero senza bisogno di parlare, poi rispose con voce strascicata.

«Per ritrovarvi non sono salito sulla montagna. Ne sono sceso».

Prima corsa, Armenia, Vaticano: l'arca di Noè
Seconda corsa, Kaliningrad, Bordeaux, Tolosa, Melbourne: il teorema di Cortés
Terza corsa, Ambert, Hong Kong: il diluvio universale
Quarta corsa, Chartres, Iğdir, Parigi: gli unicorni
Quinta corsa, Parigi, Naxçivan: il balzo avanti dell'umanità
Sesta corsa, Monreale, Naxçivan: il Libro di Enoch
Settima corsa, Ishak Pascià: i Nefilim
Ottava corsa, Ishak Pascià, Bazargan, Doğubeyazit: il protocollo AHORA
Nona corsa, Grande Ararat: l'anomalia dell'Ararat

Nona corsa
L'anomalia dell'Ararat

95
Tra il Piccolo e il Grande Ararat, Turchia

Cécile e Arsène marciavano da quasi un'ora. Il sole del tardo pomeriggio batteva sulle pietre nere. La camminata attraverso i blocchi di basalto non era difficile in sé, l'unico vero fastidio era il caldo emanato dalle rocce. Cécile aveva la sensazione di procedere nel focolare tiepido di un caminetto gigante, come se sotto il tappo roccioso scorresse ancora la lava. Arsène si fermò e porse a Cécile la borraccia isotermica.

«Beva in tutta tranquillità, Cécile. Ne troveremo in quantità a Sardar Bourlakh, uno dei due punti d'acqua naturali del massiccio dell'Ararat. Passeremo proprio accanto alla fonte, nel valico tra il Grande e il Piccolo Ararat». Il professore consultò rapidamente la mappa. «Dritto davanti a noi» confermò.

Si stava già rimettendo lo zaino in spalla. Cécile, stupita, non si mosse.

«Come fa a sapere tutte queste cose?».

«Mah... ho guardato la mappa...».

«Ha dato appena un'occhiata, giusto per controllare!».

«Controllare cosa?».

«Appunto, non lo so».

Arsène le posò le mani sulle spalle.

«Be', è una regione che ho studiato in dettaglio per il rapporto RS2A-2014, Cécile, tanto quanto lei... Ho memorizzato, ho...».

«Sì, dalle immagini satellitari!» lo interruppe la ricercatrice abbracciando con lo sguardo il caos di basalto. «Ma una volta sul territorio la realtà è un po' diversa, no?».

Parrella ebbe l'aria di esitare un attimo, poi decise di sorridere.

«Va bene, Cécile, devo confessarle una cosa». Fece una pausa. «Ho... ho letto i libri di Navarra, l'esploratore di Bordeaux. Negli anni Cinquanta ha percorso dieci volte l'itinerario che dobbiamo seguire noi».

Cécile fece un'alzata di spalle.

«Su, in marcia» tagliò corto Arsène. «Ci restano da fare dieci chilometri per raggiungere la base della gola di Ahora. Se manteniamo questo passo possiamo arrivarci prima che faccia buio».

Cécile e Arsène si addentravano tra le due cime innevate. La linea regolare delle montagne sembrava essere stata disegnata a mano: la vetta appuntita del Piccolo Ararat si ergeva come per portarsi all'altezza di quella più smussata del Grande Ararat, mille metri più su. In seguito era come se un acquarellista li avesse colorati: praterie verdi e gialle alla base, strato basaltico appena la quota saliva, poi di nuovo steppa a più di tremilacinquecento metri mista alle nevi eterne a una quota ancora maggiore. Un prodigio della natura, Cécile doveva riconoscerlo. Bisognava affrontare la montagna per capire perché, fin dalla notte dei tempi, avesse ispirato le leggende più folli.

Arsène Parella si voltò verso di lei.

«Magnifico, vero? È un'ascensione molto più impressionante che dura! Il valico tra i due Ararat non presenta difficoltà, sale al massimo a duemilaottocento metri, fino a dove comincia la gola di Ahora, a nordest del Grande Ararat. Da lì in poi le cose si complicano. Quell'immensa crepa nella montagna sarà il punto da cui partiremo per raggiungere il luogo dell'appuntamento, situato a quasi quattromila metri. Tenga presente che è il corridoio dal quale sono passati tutti i cercatori dell'arca, da Parrot agli avventisti cinesi, il mitico corridoio in cui si concentrano le testimonianze di tutti coloro che sostengono di aver visto la nave di Noè tra i ghiacci, in un lago gelato o tra le rovine del monastero di San Giacobbe...».

Cécile aveva smesso di ascoltarlo. Le precisazioni fornite dal professore la turbavano, come se la diffidenza costante che aveva provato per Zak e poi per Yalin Ikabi si fosse spostata su Arsène. Forse che avessero tutti ragione, era solo un'intellettuale ottusa incapace di liberarsi della propria armatura? Un pitbull impermeabile a ogni spiritualità?

I ciottoli di tufo le franavano sotto i piedi. Tuttavia l'esperta glaciologa se ne strafregava della sontuosa valle glaciale incorniciata da spettacolari morene, per lei contavano solo le proprie domande esistenziali, le proprie certezze gettate ai quattro venti.

Arsène imprimeva il ritmo alla marcia. La voce del professore le parve lontana.

«Ci fermeremo a dormire tra le rovine del monastero di Koran, ai piedi della gola di Ahora».

Le parole le uscirono dalla bocca suo malgrado:

«Sempre informazioni tratte dalle memorie di Navarra?».

«Sì! Racconta anche che il luogo è infestato dalle vipere... e che il cameraman della spedizione è stato morso!».

Cécile non rispose. Seguiva il passo sicuro del suo professore. "Impossibile!" le urlava una vocina nella testa. "È impossibile che sappia orientarsi così in quest'oceano di roccia avendo come unici punti di riferimento il ricordo di immagini satellitari e la lettura di un racconto di viaggio di cinquant'anni fa!". Ogni gesto, ogni sguardo, ogni passo del suo professore le confermava una certezza che aveva dentro, una certezza che non aveva senso.

Arsène Parella era già stato sul monte Ararat.

Ne conosceva ogni minimo sasso.

96
Pendici del Grande Ararat, Turchia

Il toporagno scattò con energia disperata quando i fari gialli lo abbagliarono. Tutto intorno all'animaletto volarono sassi, il cuore quasi gli si fermò quando la ruota anteriore destra lo mancò di un soffio. Il fuoristrada non aveva rallentato, tutt'altro.

Yalin guidava come un pazzo!

Zak si aggrappava al sedile. Si stava facendo buio, la pista che costeggiava il versante dell'Ararat era ormai una lunga macchia grigia. L'oscurità gli faceva venire l'angoscia, non solo per il modo allucinante in cui guidava Yalin, ma anche e soprattutto per Cécile, sola insieme ad Arsène sulle pendici della montagna immersa nella notte. A lungo avevano discusso se non avesse dovuto essere lui, e non Arsène, a scendere dal fuoristrada e salire al luogo dell'appuntamento con Cécile.

Yalin si era categoricamente rifiutato.

«Tu e Cécile siete già una vecchia coppia» aveva scherzato. «È capace di piantarti in mezzo all'Ararat solo per sfida. Darà più retta al professore, si fida lui. Non rovinare tutto, Zak, il nostro piano si basa proprio sulla fiducia che ha in Arsène, lo sai». Lui non aveva replicato. Il fratello aveva ragione su tutta la linea.

Yalin frenò e imboccò un sentiero che sembrava un torrente di montagna, più che una pista.

«Va bene così» disse Zak. «Lasciamo la macchina. Fare il giro dell'Ararat sulle piste sta diventando troppo rischioso. Gli uomini di Cortés hanno una decina di Jeep, prima o poi ce li troveremmo davanti...».

Yalin sollevò lo sguardo. Le nevi dell'Ararat si stavano colorando di arancione e indaco.

«Di notte passeremo! Conosco il settore come le mie tasche, Zak. Nessuno è più rapido di me».

«Non hai bisogno di fare l'eroe con tuo fratello. Giorno o notte che sia, ritengo una pazzia...».

«No!».

A ogni metro l'Isuzu minacciava di cappottarsi e precipitare giù per il fianco della montagna. Yalin aveva alzato la voce.

«No, Zak! La pazzia è perdere tempo. Hanno la piccola Aman... Dobbiamo a tutti i costi arrivare lassù prima di Cortés! Il segreto è la cosa più importante. Più di noi. Più di...».

«Oh, cazzo!».

Zak aveva smesso di ascoltarlo. Un'allucinazione strabiliante si era appena materializzata davanti ai fari del fuoristrada. Yalin inchiodò.

Venti metri davanti a loro, nel bel mezzo del fianco della montagna, Zak vedeva l'arca di Noè.

Non un blocco di roccia che le assomigliava, e neanche una scultura o un disegno.

No, proprio l'arca!

Una nave immensa di legno lucido rigorosamente uguale alle raffigurazioni bibliche.

Si morse le labbra. Stava di certo sognando. Chiuse gli occhi, li riaprì.

L'arca di Noè era ancora lì, molto concreta, come scesa dal cielo per sbarrare loro la strada.

97
Gola di Ahora, Turchia

Era buio pesto quando Arsène e Cécile raggiunsero le rovine di Koran. Avevano coperto le ultime centinaia di metri alla luce delle torce elettriche. Cécile non aveva avuto il tempo di avere paura. Ancora una volta Arsène aveva scelto il percorso da seguire senza la minima esitazione.

Strano.

Superato lo strato di basalto avevano ritrovato una zona alberata. Montarono le due minuscole tende Quechua, raccolsero in fretta un po' di legna, accesero un fuoco e mangiarono una minestra liofilizzata tiepida, formaggio e frutta secca quasi senza scambiarsi una parola. Dopo cena, per la prima volta dall'inizio della giornata, Arsène Parella manifestò segni di stanchezza.

«Vado a dormire» annunciò con uno sbadiglio. «E lei dovrebbe fare lo stesso. Domattina partiremo presto. Ci aspetta un dislivello di duemila metri!».

«Promesso... Mi riscaldo ancora due minuti al fuoco».

Parella si alzò e aprì la chiusura lampo della sua tenda.

«A proposito, Cécile» fece voltandosi, «non stavo scherzando, sulle vipere. Il luogo ne è davvero infestato. Non si allontani dal fuoco, mi raccomando».

E così dicendo sparì nell'igloo di tela.

Le sue ultime parole continuarono a ronzare nella testa di Cécile.

"Il luogo è infestato dalle vipere, non sto scherzando"...

Arsène l'aveva detto come se ne fosse assolutamente certo...

ma sosteneva di aver preso l'informazione dal libro di Navarra, un libro scritto nel 1956!

Arsène mentiva!

Arsène le aveva raccomandato di non allontanarsi dal fuoco perché disponeva di informazioni precise, credibili e recenti! A tradirlo era stata la premura che aveva avuto nei suoi confronti.

La ricercatrice si raggomitolò presso il fuoco in cui si stavano consumando gli ultimi ramoscelli. A pochi metri da lei i ruderi del monastero fortificato di Koran danzavano al bagliore delle fiamme, timidi come fossero un tempio proibito che loro stavano profanando. Il romanticismo del sito era sminuito dalle tende igloo, di una modernità stridente, e dagli zaini, troppo voluminosi per entrare nelle tende.

Il suo zaino.

E quello di Arsène, a portata di mano.

Un'idea cattiva cominciò a frullarle per la testa.

Aspettò che la luce nella tenda di Arsène si fosse spenta, poi attese ancora a lungo stretta nella giacca a vento X Bionic, il top della tecnologia da alta montagna. Niente da dire, Yalin Ikabi aveva fornito loro materiali di prima qualità!

Il fuoco era quasi spento quando si alzò e si avvicinò a passi felpati allo zaino di Arsène. "Sei matta, ingrata e paranoica!" le sussurrò una vocina interna che lei fece tacere senza il minimo rimorso. Trovò quello che cercava nella terza tasca: il portafoglio del suo professore. Lo tirò fuori con cautela.

Una sensazione istintiva la tormentava, la premonizione folle che ciò che stava per scoprire le avrebbe sconvolto la vita... Dopo tutto, quando aveva conosciuto Arsène Parella all'Università di Tolosa il professore aveva già quasi cinquant'anni. Viveva solo, si diceva che fosse vedovo, con figli ormai grandi... Cécile non aveva mai cercato di saperne di più.

Stava per aprire il portafoglio con mano tremante quando un fruscio tra le pietre le fece sollevare la testa. Con i sensi all'erta, guardò allarmata verso la tenda di Arsène, poi verso le rovine. Terrorizzata, vide la forma allungata di una vipera che strisciava da un'ombra all'altra, forse aspettando che il fuoco agonizzasse. La giacca a vento X Bionic non bastava a riscaldarla, Cécile aveva freddo dall'interno, le si congelavano il cuore, il sangue, le budella. "Sei completamente fuori di testa, figlia mia" le sussurrava la coscienza. "Sola nella notte, in mezzo al nulla. Togliti di lì, rinchiuditi nella tenda, questo posto è pieno di serpenti che saranno attirati dal calore della brace".

Non si mosse.

Aveva tra le mani il rettangolo di pelle, voleva solo dargli un'occhiata e rimetterlo dov'era, poi sarebbe andata a dorm...

Nell'agitazione il portafoglio le cadde dalle mani.

Oh diavolo...

Quattro fotografie erano scivolate dal risvolto. Le guardò incredula. Riconosceva ognuna di quelle foto, le aveva già viste in circostanze analoghe, ficcando il naso nell'intimità di un uomo che credeva di amare.

Erano identiche a quelle che aveva Zak nel suo portafoglio!

Zak e Yalin bambini, uno con l'unicorno azzurro di peluche e l'altro mascherato da moschettiere, poi tre sagome nella neve che mostravano con fierezza una lunga trave di legno, poi lei stessa su un ghiacciaio della Groenlandia mentre preparava la tesi, e infine Arsène Parella giovane in posa in un deserto di pietre antracite che ormai riconosceva: lo strato basaltico dell'Ararat!

Stava impazzendo.

Era circondata da serpi, e non solo quella sera: da sempre. Il cerchio si stava chiudendo intorno a lei. Il suo professore faceva parte come gli altri del club delle creature infide che la soffocavano, che le avevano piantato nella carne le loro zanne avvelenate. La tela dell'X Bionic si era ridotta a un imballaggio isotermico su una pelle congelata.

Da dieci anni Arsène Parella non era soltanto il suo professore, era il suo mentore, il suo secondo padre...

Le vipere, innumerevoli, la spiavano dal buio.
Si avvicinavano. Cécile era in trappola.
Al più tardi all'alba, tutto sarebbe finito.

98
Pendici del Grande Ararat, Turchia

Zak si stropicciò gli occhi sperando che l'arca di Noè di fronte a loro sparisse come un sogno che si dissolve nelle brume del risveglio. Invano! La nave di legno non aveva niente del miraggio. Zak ne distingueva ogni tavola curva dello scafo, ogni oblò quadrato sotto la pendenza del tetto. Un'arca intatta. Nuova di zecca!

Yalin scoppiò a ridere.

«Eh, fratellino, si vede che è un pezzo che non vieni sull'Ararat...».

Zak doveva avere l'aria del perfetto imbecille. Yalin guidò lentamente nell'erba bassa per avvicinarsi all'arca.

«Questa non ha cinquemila anni» gli spiegò senza smettere di ridere. «È stata costruita subito prima del G8 del 2007 dai militanti di Greenpeace per protestare contro le imminenti catastrofi climatiche». Gli rivolse un occhiolino complice. «Il giorno dell'inaugurazione hanno liberato duecentootto colombe, una per ogni paese del mondo». Puntò i fari del fuoristrada sulla porta dell'arca. «Credo che nessuna sia tornata con un ramoscello d'ulivo nel becco, ma tutte portavano una fascetta con quella che hanno chiamato "la dichiarazione dell'Ararat"».

Il fascio di luce gialla illuminava una targa fissata allo scafo. Zak lesse costernato le parole incise nel legno.

Dichiarazione dell'Ararat

In nome dei popoli e delle comunità del mondo che hanno

affidato a voi, dirigenti eletti o nominati, la gestione della nostra terra e delle risorse naturali da cui dipendono la nostra vita e il nostro benessere.

Esprimiamo la nostra profonda preoccupazione di fronte agli effetti devastanti del cambiamento climatico, che provocherà siccità, crisi idriche, penuria di cibo, guerre, migrazioni di massa, innalzamento del livello del mare, fenomeni metereologici estremi e inondazioni senza precedenti da quando è stata raccontata la storia di Noè.

In qualità di leader a livello mondiale avete la responsabilità di fare il possibile per evitare questo disastro incombente...

«Nientemeno?» fischiò Zak.

«Nientemeno!» confermò Yalin. «Hanno utilizzato la storia di Noè come simbolo universale del pianeta da salvare... Dal punto di vista di un Nefilim è piuttosto buffo, no?».

«Casomai è pietoso!».

Yalin si mise a ridere e ripartì.

«Agli ecologisti dobbiamo riconoscere almeno un merito» osservò. «Non è mica un gioco da ragazzi costruire un'arca di dieci metri per quattro in mezzo alla montagna, a più di duemilacinquecento metri di quota».

Continuarono per più di un'ora nel buio quasi completo. Yalin tentava di passare a est per raggiungere la gola di Ahora il più in alto possibile. Più volte Zak gli propose di nuovo di spegnere il motore, abbandonare la macchina e proseguire a piedi. Erano equipaggiati e allenati, non avrebbero avuto difficoltà a camminare di notte, sarebbero potuti arrivare sul luogo dell'appuntamento in poche ore.

Ancora qualche metro, si intestardiva Yalin.

Stavano costeggiando un piccolo crepaccio. Il fuoristrada avanzava a venti all'ora superando i blocchi di tufo come fosse ghiaia. Fino a quel momento Yalin era riuscito a evitare le principali trappole del versante infilandosi tra i rilievi a lama di coltello come un insetto che si intrufoli tra le asperità di un muro screpolato.

«Là!» gridò Zak.

Per un istante gli era sembrato di vedere una luce nella notte. Strano... Era apparsa troppo bassa nel cielo per essere una stella dietro una nuvola e troppo alta nella montagna per indicare una presenza umana. Scrutò l'oscurità con tutti i sensi all'erta.

Niente!

Nient'altro che ombre di pietre sorprese dai loro fari epilettici.

Il fuoristrada percorse ancora dieci metri.

«Via di qua, Yalin!» urlò Zak all'improvviso. «Cazzo, spostiamoci!».

Un puntino rosso si muoveva sul cruscotto. L'attimo dopo il parabrezza esplose nella notte.

Istintivamente Yalin schiacciò l'acceleratore. L'Isuzu balzò in avanti come una bestia che avesse spezzato la catena. Altri proiettili colpirono la carrozzeria.

«I tiratori di Cortés!» fece Zak.

Yalin spense i fari. Il fuoristrada continuò la sua folle ascensione nel buio completo, come un cieco che sbatta contro tutti i mobili di una stanza ingombra. Yalin, accartocciato sul sedile, si limitava a reggere il volante contraendo le mani a ogni ostacolo che non vedeva. Un altro pallino rosso passò sul cofano per poi andare a scheggiare un blocco di basalto a due metri da loro.

Il fuoristrada non rallentò, continuò ad addentrarsi nelle tenebre. Una pietra, un albero, una scarpata, ogni ostacolo della montagna poteva in qualsiasi momento trasformarsi in trappola mortale o proteggerli dalle fucilate: l'Ararat avrebbe deciso...

Yalin tentava invano di abituare gli occhi all'oscurità. Accelerò ancora trattenendo il fiato. Da vari secondi più nessun puntino mortale era venuto a posarsi su di loro. I due fratelli si scambiarono un breve sguardo. Li avevano seminati.

L'attimo dopo tutto si catapultò.

Il fuoristrada si fermò in fondo al crepaccio dopo essersi cappottato una decina di volte. Il fracasso si perse nell'immensità della montagna come una qualunque valanga ignorata dagli uomini. Quattro o cinque secondi di rumore assordante, poi tornò a regnare il silenzio.

Zak era vivo. Riusciva a muoversi. Almeno una gamba. Una sola. La sinistra. Non sentiva più l'altra. Fece leva sulle braccia per estrarsi dalla macchina.

«Yalin?» mormorò angosciato. «Yalin, ci sei?».

«Sì, fratellino. È ancora vivo... Abbiamo avuto fortuna, siamo finiti su una morena, il più grosso airbag che la natura abbia inventato!».

Dal sollievo, il cuore gli balzò nel petto.

«Dobbiamo andarcene, Yalin. Temo che non siano lontani. Dobbiamo scappare col buio. Ho una gamba un po' malconcia, ma dovrei farcela...».

«D'accordo, Zak. Tagliamo la corda. C'è solo una cosetta da sistemare...».

Zak si era alzato e stava controllando se riusciva ad appoggiarsi sulla gamba ferita.

«Quale?».

«Ho un fuoristrada da due tonnellate che mi blocca entrambe le gambe».

99
Gola di Ahora, Turchia

Il sole mattutino stava cuocendo i blocchi di tufo dello strato basaltico. Da varie centinaia di metri non c'era più un albero che offrisse un po' d'ombra ai camminatori. A ogni passo che facevano Arsène e Cécile la pianura in basso si rimpiccioliva. I tentacoli di Erevan si allungavano a stella lungo le strade fino alle anse dell'Aras. Guardando il panorama della regione sembrava inconcepibile che il paesaggio fosse sbarrato da un confine invalicabile, era come se un pazzo si fosse divertito a lacerare in due la tela di un maestro.

Arsène e Cécile avanzavano senza forzare l'andatura. Arsène aveva svegliato Cécile poco più di un'ora prima. Il professore le aveva aperto la tenda e si era affacciato tra i due lembi di tessuto.

«In piedi, Cécile, è il grande giorno».

L'odore del caffè che bolliva nel pentolino d'alluminio le aveva piacevolmente solleticato le narici. Colta di sorpresa, le erano rimaste bloccate in gola le richieste di spiegazioni che aveva rimuginato durante la notte agitata. La sera prima aveva rimesso il portafoglio nello zaino di Arsène a eccezione delle quattro fotografie, che si era infilata nella tasca dei jeans. Poi era entrata nella tenda e aveva sognato vipere tutta la notte.

Per colazione aveva divorato un'intera confezione di una specie di polenta compressa dal valore altamente nutritivo, almeno così era scritto sul pacchetto, innaffiata da un litro di caffè bollente.

Stavano seguendo un lungo corridoio di ghiaione aperto

come due labbra scure su una bocca di ceneri. L'ascensione si era fatta difficoltosa. Sbattevano spesso le ginocchia sulla pietra lavica tagliente, si graffiavano le mani aggrappandosi a pezzi di trachite, ogni tanto ricadevano con entrambi i piedi nel fango. Man mano che salivano di quota la neve si faceva vedere con sempre maggior frequenza. Qualche centinaio di metri più a monte distinguevano la morena frontale del ghiacciaio Perrot da cui colava goccia a goccia un sottile rigagnolo d'acqua grigia.

«Per millenni la gola di Ahora è stato l'unico versante abitato del massiccio dell'Ararat» spiegò Arsène riprendendo fiato tra una parola e l'altra. «C'erano perfino le vigne, coerentemente alla leggenda secondo la quale Noè sarebbe sceso dall'arca per questa via e avrebbe piantato un ceppo di vite». Respirò lentamente posando con attenzione un piede sul bordo della breccia. «Oltre a Koran, in quota c'era il villaggio di Ahora, poco più a valle rispetto al monastero di San Giacobbe, vicino all'antica fonte. Friedrich Parrot è riuscito a scalare per primo il monte Ararat dopo aver soggiornato vari giorni tra i monaci, nel 1829. Ironia della sorte, il 20 giugno 1840 un forte terremoto seguito da un'eruzione freatica ha distrutto in poche ore ogni traccia di vita sedentaria sulla montagna arrivando addirittura a spostare la fonte di San Giacobbe. Villaggio e monastero sono scomparsi nel baratro, come se l'Ararat, offeso per essere stato violato, avesse deciso di nascondere ogni segreto nelle sue viscere per l'eternità, uomini, case e chiese».

Cécile rimaneva zitta. Sapeva che durante le lunghe ascensioni è bene parlare il meno possibile, e la loro sarebbe durata una decina di ore.

Avrebbe parlato più su.

Stavano costeggiando la breccia da vari minuti quando Arsène gridò eccitato:

«L'arca, Cécile!».

E indicò più o meno ai due terzi della montagna una prua nera che sbucava da un insieme di rocce più chiare. Cécile seguì con gli occhi la direzione verso cui puntava il dito del professore.

L'illusione ottica era perfetta! Sembrava proprio di vedere la prua di un'imbarcazione incastonata nella parete. Quando si avvicinarono, però, la prua tornò a essere un semplice sperone di roccia. Arsène non aveva abbassato l'indice.

«Per secoli i monaci armeni di Echmiadzin hanno osservato quello sperone col cannocchiale mostrandolo ai viaggiatori come prova irrefutabile che l'arca riposava effettivamente sulla montagna proibita, e che non c'era quindi bisogno di andare a disturbarla. L'illusione è perfetta, vero?».

«Anche troppo» rispose Cécile sottovoce.

Arsène tese l'orecchio.

«Troppo perfetta?».

«Tutto è troppo perfetto» mormorò Cécile tra i denti.

Per più di due ore non si dissero altro, limitandosi a passarsi la borraccia o una barretta di cereali. Arsène Parella stava continuando a salire a una cadenza regolare, dando prova di una resistenza notevole per un uomo della sua età. Solo pochi giorni prima Cécile non l'avrebbe ritenuto in grado di fare una corsetta di cento metri... Un'altra menzogna, pensò fra sé.

Aggirarono alcuni nevai. Certe volte tra i ghiacciai e la parete rocciosa colavano fanghi perforati da bolle di gas solforosi. Più avanti videro piccoli coni di cenere e terra arancione, come altrettanti vulcani in miniatura. Il paesaggio diventava via via più lunare e meno terrestre.

«Dovremmo aver superato i tremila metri» disse Arsène.

I polmoni di Cécile non avevano mai lavorato tanto, neanche quando era andata a fare le sue esplorazioni nel circolo polare. Arsène sembrava adattarsi perfettamente all'altitudine, tanto da riuscire a mantenere la cadenza del passo e commentare allo stesso tempo il paesaggio.

«Subito sopra di noi, a strapiombo dietro la parete a picco, si trova il leggendario lago di Kop».

Probabilmente il professore si aspettava che Cécile chiedesse: "Perché leggendario?", ma lei non gli dette quella soddisfazione, limitandosi a notare che due lingue di ghiaccio andavano a perdersi nel lago invisibile. Parella parlava con la scioltezza di una guida che fa il suo discorsetto a gruppi diversi di turisti ogni mezz'ora.

«Molti esploratori dell'Ararat hanno trascorso giorni e notti sui bordi della gola di Ahora a cercare il misterioso lago di Kop... Benché dal cielo la sua macchia scura sia facilmente individuabile, c'è da dire che via terra è particolarmente difficile raggiungerlo».

Cécile continuava a camminare a testa bassa.

«È il lago in cui nel 1917 l'aviatore russo Roskovitsky ha sostenuto di aver avvistato l'arca di Noè immersa a metà» continuò Arsène, «nonché quello verso il quale lo zar Nicola II ha lanciato una famosa spedizione il cui rapporto è andato smarrito durante la rivoluzione d'Ottobre».

Cécile si decise finalmente a parlare, e lo fece adottando il tono secco di chi sa quello che dice.

«Non devo certo insegnare a lei che i ghiacciai sono vivi, si spostano, scivolano un po' ogni stagione, ogni anno... Dal punto di vista geologico, voler rintracciare oggi un lago glaciale individuato un secolo fa, per giunta in un contesto tettonico così instabile, è un'aberrazione».

«La specialista è lei» fu il laconico commento di Arsène.

Prese la borraccia, bevve un lungo sorso e la porse a Cécile.

«Coraggio, ancora poche centinaia di metri di pietre e raggiungeremo un primo altopiano. Alpeggi in quota, una prateria quasi senza rocce in cui si trova la famosa fonte di San Giacobbe!».

Lassù, pensò Cécile, ci parlerò lassù, accanto alla fonte. Visto che Arsène Parella apprezza i simboli sarà un ottimo posto in cui far zampillare la verità.

100
Pendici del Grande Ararat, Turchia

Un'infaticabile colonna di formiche si ingegnava a raccogliere le briciole di cereali cadute ai piedi di Zak e Yalin. Per tutta la notte Zak aveva obbligato il fratello a bere e sgranocchiare per evitare che perdesse i sensi. Ormai le ultime ombre della notte si stavano dissipando e sopra le loro teste il rumore dei passi si faceva più nitido.

Zak strinse forte la mano del fratello.

«Sono loro» mormorò debolmente Yalin. «Scappa, Zak. Da un momento all'altro saranno qui».

Zak non rispose. Per ore aveva cercato di smuovere il fuoristrada spingendo con tutte le sue forze nonostante il dolore alla gamba ferita. Invano. Le due tonnellate di macchina infilata nel crepaccio che incastravano Yalin tra la roccia e la lamiera non si erano spostate di un millimetro.

Yalin soffriva come un cane, e tuttavia rimaneva lucido e determinato. Mille volte aveva supplicato Zak di lasciarlo lì, prendere una torcia e raggiungere il luogo dell'appuntamento.

Zak non se l'era sentita.

Voci in avvicinamento. Rumore di motore.

«Vattene, idiota» ripeté Yalin. «È inutile che ci facciamo prendere in due...».

«Forse sono i soccor...».

Non terminò la frase.

Un terrorizzante pallino rosso gli si incollò sulla fronte ghiacciandogli il sangue nelle vene.

«Non si muova, Ikabi!».

Una risata sinistra sottolineò la minaccia. Venti uomini apparvero in cima al burrone da cui era precipitato il fuoristrada. Cortés, Zeytin e i miliziani con i kalashnikov spianati scesero facendo cadere su Zak e Yalin una pioggia di ceneri.

«Stavamo cominciando a temere di avervi perso» disse Cortés. «È l'inconveniente dei proiettili Exacto, gioiellini americani che grazie al mirino a infrarossi colpiscono il bersaglio a più di milleottocento metri... Con quelli, bastano dieci uomini ben posizionati a coprire l'intera montagna... Il problema, poi, è andare a recuperare la selvaggina!».

La faccia tonda di Zeytin si allargava a ogni battuta del capo. Cortés esaminò la situazione: Yalin immobilizzato sotto il fuoristrada, Zak ferito. Si sfregò le mani: la fortuna stava finalmente girando! Si accovacciò davanti a Yalin e tolse con la punta delle dita la polvere che gli maculava il viso.

«Ricorda l'ultima volta che ci siamo visti, giovanotto?».

Zak stringeva i pugni. Zeytin gli puntava contro la Makarov PM. Cortés tracciò con l'indice una piccola croce sulla fronte di Yalin coperta di cenere, poi cominciò a srotolarsi il lungo turbante che gli nascondeva la faccia.

«Certo che la ricorda» continuò. «Si faceva chiamare Victor Peyre e io avevo la testa incastrata sotto il fuoristrada guidato da lei. Che coincidenza, eh? Vuole contemplare la sua opera?».

Il turbante rosso scendeva a terra un centimetro dopo l'altro rivelando poco a poco il volto mutilato di Cortés, come la fascia di una mummia esumata che porti alla luce il corpo putrefatto.

Col viso nelle ceneri di tufo, Yalin sbavava una saliva grigia. Un sudore sporco gli colava dalle tempie. Le gambe frantumate sotto il fuoristrada gli provocavano un dolore che trasudava da ogni poro della pelle e che lui cercava di mascherare.

Zeytin teneva sempre la pistola puntata sulla pancia di Zak. Gli altri mercenari si erano disposti a cerchio intorno a loro tranne due di vedetta, appostati a monte, che tenevano d'occhio il versante deserto dell'Ararat. Precauzione inutile. Zak non si faceva illusioni, nessuno sarebbe venuto. La voce melliflua di Cortés lo faceva impazzire di rabbia.

«A lungo mi sono chiesto come facevate a essere sempre in anticipo su di noi» stava sussurrando il mercenario all'orecchio di Yalin. «Al museo d'Aquitania di Bordeaux, al Noah's Ark di Hong Kong...».

A costo di uno sforzo immane Yalin riuscì a sollevare la testa. Subito afferrò il lembo di turbante che gli pendeva davanti al viso e tirò Cortés a sé.

Due miliziani stavano per intervenire, ma non fu necessario. Cortés non dovette fare altro che poggiare una mano sul petto di Yalin e con l'altra torcergli il polso. Yalin fece una smorfia di dolore e mollò la presa. Quando la nuca gli ricadde nella polvere nera Cortés consolidò la stretta.

«Sempre in anticipo, come stavo dicendo, e questa cosa, come dire, mi infastidiva, Zeytin ne è testimone... Poi ho capito. Mi sono ricordato del telefonino che lei mi ha rubato alla cattedrale di Echmiadzin. C'era tutto, in quel cellulare: numeri, appuntamenti, agenda...».

«Sono contento di averle complicato la vita» fece Yalin, sprezzante.

Cortés accentuò la pressione sul petto.

«Era un'arma a doppio taglio, giovanotto. Voi sapevate dove sarei andato, ma in cambio io sapevo dove lei o Zak Ikabi mi avreste aspettato».

Zak, con i muscoli tesi, moriva dalla voglia di scagliarsi sul mercenario, ben sapendo che sarebbe stato un gesto suicida: i miliziani l'avrebbero fulminato all'istante.

Più a valle, proveniente probabilmente dalle Jeep ferme sul sentiero panoramico, a Zak parve di sentire un pianto infantile.

La piccola Aman?

Tutto era dunque perduto?

«Ha avuto fortuna, giovanotto» sibilò Cortés. «Una fortuna insolente».

Poi rivolse il suo viso mostruoso verso Zak.

«Le farò un piacere, signor Ikabi» disse osservando la sua gamba ferita. «Se non ci rallenta troppo l'ascensione le concederò di rivedere per l'ultima volta i suoi amici curdi...».

Zak stringeva talmente i pugni da infilarsi le unghie nella carne. Era come un cane arrabbiato tenuto da una catena troppo corta. Cortés guardò di nuovo Yalin.

«Quanto a lei, giovanotto...». La sua enorme mano si posò sulla carrozzeria deformata dell'Isuzu. «...Temo che, con tutta la buona volontà del mondo, non abbiamo proprio tempo di spostare questo catorcio». Osservò con disprezzo le gambe prigioniere della lamiera contorta. «In Armenia, quando mi ha travolto con la macchina, ha commesso un errore, un disdicevole errore...».

Cortés ricominciò a srotolare il turbante. Giro dopo giro appariva la carne viva. Perfino i suoi uomini distolsero lo sguardo, ma non Zak: conosceva già quel viso, scorticato come se la violenza che scorreva nelle vene di Cortés avesse finito per corrodergli l'epidermide lasciando solo il magma di odio al disotto.

«Osservi, giovanotto» miagolò avvicinando la faccia a quella di Yalin. «Guardi che bel lavoretto ha fatto. Sì, in Armenia ha commesso un errore. Bisogna sempre dare il colpo di grazia alla bestia ferita...».

Zak percepì l'ombra mortifera nell'occhio di Cortés.

Senza pensarci, con un gesto improvviso fece saltare la Makarov dalla mano di Zeytin e si precipitò dritto davanti a sé.

L'attimo dopo fu violentemente colpito allo stomaco dal calcio di due kalashnikov e crollò a terra a cinquanta centimetri dal fratello.

Cortés, tutto preso dall'omelia funebre, non lo degnò di uno sguardo.

«È un errore che io non commetto mai, giovanotto. È una questione di rispetto nei confronti della preda, soprattutto quando la caccia è stata bella».

Cortés allungò la mano per farsi passare la Makarov PM da Zeytin.

«Nooo!» urlò Zak con tutto il fiato che aveva in corpo.

La sua mano strisciò, prese quella di Yalin.

Il fratello trovò ancora il coraggio di sorridere. Era bello. La faccia coperta di polvere antracite lo faceva sembrare una statua di granito. Zak vide la canna della Makarov fermarsi a dieci centimetri dalla faccia di Yalin.

I due fratelli mantennero gli occhi aperti fino all'ultimo.

Si contemplarono intensamente, ognuno specchiandosi nelle pupille dell'altro, come legati per l'eternità dall'arcobaleno delle loro iridi. Gli occhi di Yalin luccicarono per l'ultima volta mentre stringeva la mano di Zak ancora più forte.

«Addio, fratellino...».

La detonazione assordò Zak per sempre.

Il cranio di Yalin esplose come un frutto troppo maturo. Zak, pallidissimo, continuò a fissare gli occhi spenti del fratello finché l'abbondante fiotto di sangue che colava dalla fronte aperta non li ricoprì come una cascata infernale dietro la quale l'anima di Yalin volava via.

101
Fonte di San Giacobbe, gola di Ahora, Turchia

Arsène individuò la fonte di San Giacobbe grazie alla stentata rosa selvatica, l'unico arbusto presente sulla prateria che saliva in morbido pendio verso l'ombelico vallivo del ghiacciaio. Spiccò la corsa contento.

«È l'unica sorgente del massiccio» spiegò trionfante, «almeno a questa quota. Il resto sono torrenti fangosi o acque di scioglimento».

Cécile lo seguiva a pochi metri.

«Singolare fenomeno geologico» commentò osservando il rivolo d'acqua che sgorgava dalla roccia. «Le risorgive sono molto rare nelle rocce basaltiche, non mi stupisce che abbia dato origine alla leggenda dell'angelo che ha fatto zampillare la sorgente dopo aver consegnato la trave dell'arca di Noè al monaco Giacobbe».

Così dicendo le tornò in mente il massacro perpetrato dagli uomini di Cortés nella cattedrale di Echmiadzin.

«E non è tutto» aggiunse Arsène. «I curdi dicono che sia una fonte miracolosa. Prima di bere bisogna legare un nastro all'arbusto esprimendo un desiderio che verrà esaudito entro l'anno, solo dopo ci si può dissetare». E unendo il gesto alla parola posò lo zaino e tirò fuori un fazzoletto a quadri. «I pastori curdi sostengono che nel 1840 la fonte abbia smesso di dare acqua un mese prima del terremoto».

«È logico, il vulcano era al lavoro» commentò Cécile. «Oggi, con un allarme del genere avrebbero evacuato tutta la popolazione dei dintorni...».

Arsène annodò il fazzoletto a un ramo, poi si stese a pancia sotto presso la sorgente.

«Lei non beve, Cécile?».

La ricercatrice, seduta sull'erba, fece un profondo respiro e parlò a voce più alta.

«Chi è lei, professor Parella?».

Aresène si raddrizzò con la camicia bagnata e l'acqua che gli sgocciolava sulla barba non fatta.

«Prego?» fece sgranando gli occhi.

Cécile non si dette la pena di ripetere. Dalla tasca posteriore dei blue jeans tirò fuori quattro fotografie un po' stropicciate che allineò davanti a sé sull'erba gialla.

«Erano nel suo portafoglio, Arsène. E... ho trovato le stesse in quello di Zak».

Arsène Parella si tirò a sedere lentamente osservando il paesaggio tutto intorno: il ghiacciaio nero che veniva a morire ai loro piedi, le formazioni rocciose a canna d'organo sopra di loro, la pianura minuscola in lontananza. Si espresse con calma.

«Era un momento che doveva arrivare. Io l'avevo programmato più tardi, per quando saremmo stati più in quota... ma forse è meglio così».

L'acqua continuava a sgocciolargli sulla camicia. Se la tolse con attenzione e la stese sull'alpeggio, sia per farla asciugare che per rispondere alla domanda della ricercatrice.

Aveva un unicorno rugoso tatuato sulla spalla.

Andò a sedersi accanto a Cécile, di fronte alle fotografie. L'erba era un po' umida. Lei fissò il tatuaggio.

«E certo» disse.

«E certo che?».

«E certo tutto... La sua ostinazione a non voler avvertire la polizia in Francia, il suo strano interesse per queste leggende, la sua insistenza nel volermi convincere che Zak Ikabi non era pazzo... adesso che ci penso, anche le pressioni che mi ha fatto per convincermi ad accettare il contratto RS2A-2014!». Esplose. «Quanti siete? Quanti Nefilim ci sono nel mondo? Quanti agenti dormienti, quante persone in apparenza normali che lavorano per la setta? Se sono capaci di reclutare uno scienziato come lei, quanta altra gente avranno reclutato, quanta?».

«Nessuno» mormorò Arsène.

Cécile, con gli occhi pieni di lacrime, si bloccò.

«Come, nessuno?».

«Non c'è nessun altro Nefilim». Esitò a lungo, abbassò gli occhi, trovò nelle foto la forza di continuare. «Mi ascolti bene, Cécile. Al mondo ci sono solo tre uomini che hanno l'unicorno tatuato sulla spalla: io, Yalin e Zak». Si toccò la pelle avvizzita della spalla e sorrise. «Per essere precisi, da qualche giorno ce l'ha pure un giovane cinese, Hu Chi. Yalin gli ha messo addosso una paura del diavolo marchiandolo a fuoco, ma era l'unico modo per salvargli la vita».

Cécile non capiva.

«Tre... Ma che mi sta raccontando?».

A sua volta guardò le foto che il vento faceva fremere appena. Tre figure nel ghiaccio che portavano una trave, un adulto e due adolescenti. Il suo cervello rifiutava l'evidenza.

Arsène prese la fotografia e ci passò sopra il polpastrello.

«Avevo dieci anni quando mi sono imbattuto nel libro di Fernand Navarra, *J'ai trouvé l'Arche de Noé*. Me ne infischiavo delle leggende bibliche, ma ero affascinato dai racconti di scalate, valanghe, ruderi infestati da vipere e frontiere varcate in barba ai poliziotti turchi. Come tutti i ragazzi della mia età, in fondo. Non era diverso dal leggere *L'isola del tesoro*, *Moby Dick* o *Ventimila leghe sotto i mari*... Da adulto ho fatto parecchie escursioni sull'Ararat. Poi, quando i miei figli sono stati abbastanza grandi, ho ceduto alla tentazione di andarci con loro... forse influenzato da Navarra che sostiene di aver scoperto l'arca di Noè aiutato soltanto dal figlio di tredici anni...».

«Yalin e Zak sono...».

Arsène si rigirava la foto fra le dita.

«Come avrà capito, Cécile, i Nefilim non sono una setta, e meno che mai un'oscura organizzazione terrorista dalle ramificazioni internazionali... Il sito di Zak su Internet ci ha fatto molta pubblicità, ma in realtà i Nefilim sono una famiglia. Incredibile, vero? Solo un padre e due figli! Sembra una follia, invece funziona alla perfezione. Da anni i servizi segreti del Parlamento mondiale delle religioni e gli uomini di Cortés si scornano contro un'organizzazione che non riescono a penetrare... ed è logico, non è altro che una cortina fumogena, polvere negli occhi, uno spaventapasseri, come le ha spiegato Zak a casa di Parastou Khan».

«Zak e Yalin sono figli suoi?».

Arsène lasciò la foto della trave e prese quella di Zak e Yalin bambini.

«I miei due ometti... La storia ha ben poco di originale: un padre appassionato di montagna, due figli che abbracciano la sua stessa passione e vacanze passate a fare lunghe escursioni ovunque nel mondo appena raggiungono l'età di camminare. Quando la madre ci ha lasciato, dopo aver lottato per mesi contro un brutto cancro alle ovaie, avevano sei e otto anni, e la comune passione per la montagna ha rinsaldato i loro vincoli più che mai, senza più una presenza femminile a temperarli...».

Cécile aveva la sensazione che la montagna le girasse intorno.

«Abbiamo scoperto insieme la gola di Ahora, la fonte di San Giacobbe e il lago di Kop. Zak aveva undici anni e Yalin tredici. Era il 1989, e in un'altra parte del mondo era appena caduto un muro. Avevo sopravvalutato le forze dei ragazzi. Era autunno, ci siamo fatti sorprendere dagli acquazzoni e dalle loro conseguenze, colate di fango, cadute di pietre... Zak è rimasto incastrato per varie ore sul versante opposto di un ghiaione senza che noi potessimo aiutarlo. Se non l'avessero salvato i pastori curdi sarebbe morto lì. Siamo rimasti due mesi ospiti dei nostri salvatori, così come Navarra e il figlio lo erano stati anni prima». Arsène alzò gli occhi verso la cima del monte. «Così abbiamo finito per venire a sapere il loro segreto. Avevano preferito rivelarlo piuttosto che lasciar morire un ragazzo. Da allora...». Soppesò le parole. «Da allora è stato chiaro che per la nostra famiglia, così come per Fernand Navarra prima di noi, niente era più importante che proteggere quel segreto...».

«E... e io che c'entro in tutta questa storia?» balbettò Cécile.

«Da qualche anno gli eventi hanno subìto un'accelerata. Cortés e i suoi uomini si sono messi sulla pista della verità nascosta con la complicità dell'esercito turco. I Nefilim sono nati per combatterli. A ciò si aggiungeva la preoccupazione del Parlamento mondiale delle religioni per lo scioglimento dei ghiacci. Il rapporto RS2A-2014 è stato un eccellente cavallo di Troia per capire la loro strategia».

«Non mi ha risposto, Arsène. E io?».

«Ero appassionato di alta montagna, di glaciologia, di paesaggi estremi. Trent'anni fa ho fondato il DIRS. Essere uno scienziato non vieta di passare le vacanze in Turchia, anche se da una decina d'anni non ho più l'età per scarpinare a più di quattromila metri. Da due giorni sto sottoponendo le mie povere gambe alla tortura senza sapere quando mi abbandoneranno. Ormai i miei figli mi sostituiscono sul campo. Zak, l'intellettuale dei due, per mettersi al servizio del segreto dell'arca ha scelto la via accademica, sotto la guida del professor Jean-Bernard Patte. Yalin è una testa matta. A diciott'anni, dopo la nostra ultima spedizione sull'Ararat, non è voluto tornare, è rimasto in Kurdistan con il popolo che l'ha adottato a fare vari mestieri tra cui la guida d'alta montagna...». Due lacrime gli apparvero all'angolo degli occhi. «Zak e Yalin sono tutta la mia vita. Così diversi... Così complementari!».

Cécile si stava commuovendo.

Un padre. Due figli.

«E io?» ripeté. «Che c'entro nella vostra storia?».

«L'ho reclutata io, Cécile. Ricorda? Il DIRS proponeva un argomento di tesi sui ghiacciai della Groenlandia per il quale avevano fatto richiesta ben trentadue candidati titolari di master. Ho scelto il candidato che mi sembrava il più adatto ad aiutarci, quando fosse venuto il momento...». Arsène raccolse una terza fotografia, quella di Cécile scattata sul ghiacciaio di Maniisoq. «Solo il suo direttore di tesi poteva essere in possesso di questa foto!».

Cécile aggrottò le sopracciglia.

«Che intende dire con il più adatto?».

«In realtà molte cose. Molte qualità. Competenze scientifiche, ovviamente, telerilevamento, glaciologia... Volevo formare un superesperto sull'argomento, ma...».

«Ma non aveva previsto che sarebbe incappato su un pitbull cocciuto...».

Arsène rise. Ebbe un brivido, così si alzò per rimettersi la camicia.

«Non fino a questo punto, in effetti, ma sapevo fin dall'inizio che sarebbe stato difficile convincere una scienziata razionale, lei come chiunque altra, a credere agli angeli, agli unicorni e all'arca di Noè. Se devo dirle la verità, è stata proprio la sua laicità sventolata come una bandiera, la sua fierezza di ragazza modesta uscita dalla scuola repubblicana a farmi scegliere lei. Non avrei saputo che farmene di una crociata della fede!».

Cécile fece un sorriso sincero.

«Lo prendo come un complimento».

«Eccome. Se lo merita. Deve scusarci di averle mentito, almeno per omissione, e di averla imbarcata in una tale follia... Gli uomini di Cortés non erano in programma e... e lassù capirà che la posta in gioco è superiore a tutto».

Cécile sollevò per un attimo lo sguardo verso la cima del ghiacciaio.

«Giudicherò sul posto, professore» rispose guardandolo negli occhi. «Non dev'essere stato facile in questi ultimi giorni vivere con me e Zak e reagire sempre come se suo figlio fosse uno sconosciuto».

«Infatti no... Non facevamo che improvvisare. Mille volte ho temuto che ci avrebbe smascherato...».

Cécile passò il dito sulla foto di Zak e Yalin bambini. L'unicorno blu e il moschettiere.

«Perché il nome Ikabi?».

«Parella in catalano significa "coppia". Sembra quasi che fossi destinato a incrociare la strada del mito di Noè... Ikabi è la traduzione thai di "coppia", e la stessa parola ritorna in tutti i nomi di cui si servono i miei figli, Coppia in italiano, Peyre in francese... È un giochino che diverte molto Yalin e Zak».

Che stupida a non averci pensato, si disse Cécile. Arsène si chinò e infilò le braccia nelle tracolle dello zaino.

«Andiamo, adesso. Dobbiamo arrivare lassù prima di Cortés. Se ha ancora dubbi non si preoccupi, fra poche ore le saranno fornite le prove più scientifiche che ci siano. Zak era sicuro che avrebbe potuto capire solo una volta salita sulla montagna».

«39° 45' 41.96" N; 44° 18' 36.54" E. Me la ricordo bene, la formula magica?» fece Cécile andando verso la fonte.

Lì prese il velo nero che aveva usato per passare il confine iraniano, lo annodò all'arbusto e alzò gli occhi al cielo come per affidare la richiesta all'Ararat, poi si chinò per bere l'acqua limpida. Arsène annuì. Lei si rialzò con la faccia bagnata.

«Insisto a pensare che avrebbe dovuto scegliere un altro candidato... Ci vorranno un bel po' di prove per farmi credere alla leggenda dell'arca di Noè».

«Se non l'avessi scelta sarebbe stato un peccato, no?».

«Per lei?».

«No» sorrise Arsène Parella. «Per lei!».

«Per me?».

«Per lei, sì. Se non l'avessi scelta non avrebbe conosciuto Zak».

Zaino in spalla, Arsène si era già avviato. Cécile esitò un istante a seguirlo.

Era costernata.

A quanto pareva il vecchio professore non stava cercando soltanto l'arca di Noè... ma anche una nuora!

«Acceleriamo il passo, Cécile» la spronò con voce allegra. «Evocare tutti questi ricordi ha fatto sciogliere il mio cuore di papà chioccia. Ho fretta di rivedere Zak e Yalin. A quest'ora devono essere già sul luogo dell'appuntamento...».

102
Gola di Ahora, 3190 metri s.l.m., Turchia

Tremilacentonovanta metri...

Anche se le pendenze dell'Ararat erano ormai meno ripide Cécile e Arsène procedevano sempre più lentamente. Al di sopra dello strato di basalto bollente facevano seguito, oltre i tremila metri, interminabili pascoli d'alta quota in leggera salita disseminati di cardi e nontiscordardimé appassiti.

Man mano che avanzavano Cécile sentiva i muscoli acquistare sicurezza e resistenza, ma doveva adattare il suo ritmo a quello di Arsène. Nell'uomo non più giovane si faceva sentire la fatica accumulata, a cui si aggiungevano il mal di montagna e la rarefazione dell'aria. Sebbene lui non lasciasse trasparire niente, più di una volta Cécile aveva sorpreso il suo direttore di laboratorio a massaggiarsi la testa o tamponarsi le tempie.

Il sole curdo li cuoceva così come disseccava le graminacee gialle e rattrappite che calpestavano con gli scarponi. I ghiacciai sul versante nord della valle di Ahora sudavano a goccioloni, come individui pallidi e obesi stesi sotto le lampade di una sauna.

Si erano lasciati alle spalle la fonte di San Giacobbe da ormai cinque o sei ore. Risparmiavano l'acqua. Arsène Parella seguiva con precisione il loro tragitto sulla mappa. Ogni mezz'ora si fermava e passava il dito sulle curve di livello.

3120 metri, farfugliava.

3190, mezz'ora dopo.

3240...

3330...

3400...

Il luogo dell'appuntamento era a 3750 metri, aveva specificato Arsène. La cima del Piccolo Ararat a est, che culminava a quasi quattromila metri, fungeva da statimetro, anche se a causa dell'illusione ottica Cécile aveva l'impressione di averla superata già da un po'.

3470...

Arsène Parella ripiegò la carta, se la infilò nella tasca posteriore dei jeans, bevve un sorso d'acqua e abbozzò un sorriso.

«In marcia» disse poi.

3680 metri...

Erano passate più di tre ore.

Arsène Parella aveva lasciato a Cécile le ultime gocce d'acqua e aveva accelerato l'andatura, come se riconoscesse i luoghi. Procedevano su un lungo altopiano appena inclinato ricoperto di vegetazione rasa. A nord il baratro di Ahora era disseminato da una moltitudine di grotte più o meno visibili a seconda della neve.

«Là!» gridò a un certo punto Cécile puntando il braccio.

Per la prima volta da parecchie ore le forme scure che spezzavano la monotonia del paesaggio non erano semplici blocchi di pietra, ma... esseri viventi. Le ombre si muovevano!

Arsène Parella strizzò gli occhi mettendosi la mano a visiera sulla fronte.

«L'accampamento» mormorò. «Ci siamo. Se non altro il destino mi ha concesso il privilegio di tornarci».

«Sono... sono uomini?» domandò Cécile. «Sono abitanti di un villaggio?».

«No» rispose Parella con un sorriso. «Continuiamo, siamo quasi arrivati».

Andarono avanti, facendo quasi forza su se stessi per non mettersi a correre. Alcune delle ombre in lontananza erano immobili, altre si spostavano con rapidità. Erano sagome alte un metro, troppo piccole per essere figure umane.

«Non si aspetti di trovare un villaggio, Cécile» specificò Parella ansimando come un maratoneta all'ingresso nello stadio olimpico. «Non esiste più nessun habitat sedentario sull'Ararat. Ci vivono solo piccole tribù di nomadi curdi. Gli accampamenti sono costituiti da pochi pastori con le loro famiglie, venti o trenta persone al massimo che si spostano nel corso delle stagioni in una simbiosi con la montagna che funziona così da millenni».

«E lei, Arsène?».

«Io ho passato decine di mesi in quest'accampamento, con tutte le stagioni... Ho condiviso la loro vita e il mistero che difendono. La mia vera casa è qui... Fra poco capirà, Cécile».

Una cinquantina di metri più a monte, sulla linea d'orizzonte delimitata da un leggero ripiano, una delle forme si immobilizzò. Di profilo.

Cécile vacillò.

L'incubo stava di nuovo bussando alla porta della sua ragione. Ciò che stava vedendo non aveva senso. Da ore e ore saliva una scala senza fine fino alla vertigine, fino alle vette della follia.

Contro l'orizzonte si stagliava distintamente la sagoma di un unicorno.

103
Accampamento curdo sul monte Ararat, Turchia

Arsène Parella guardò Cécile con una faccia arrossata dal sole e dal vento d'altitudine che sprizzava gioia. Sopra di loro l'alpeggio saliva ancora per un centinaio di metri prima di sparire in un lungo altopiano invisibile chiuso dai ghiacciai della gola di Ahora. Il professore osservava con emozione tangibile il profilo dell'animale mitico, come qualcuno che dopo una lunga assenza ritrovi le sue bestiole domestiche. L'unicorno brucava serenamente sul bordo dell'altopiano. Arsène si frugò in tasca e porse a Cécile una manciata di briciole di barretta di cereali.

«Apra la mano. Prenda queste. Vedrà, l'unicorno si avvicinerà».

Le briciole le caddero sul palmo come una polvere d'oro.

Ipnotizzata, Cécile allungò il braccio con la mano aperta e si mise in attesa come quando da bambina, sul limitare di un campo, sperava di attirare un cavallo senza spaventarlo. L'unicorno sollevò la testa, poi scese con grazia dall'altura.

La prima cosa che colpì Cécile fu la statura dell'animale che galoppava verso di loro: meno di un metro al garrese, le dimensioni di una grossa capra. La ricercatrice ripensò a quanto le aveva detto Zak nel museo del Medioevo: che nell'iconografia antica l'unicorno era sempre raffigurato con l'aspetto di una capra.

A una decina di metri dalla sua mano la capra da un solo corno si mise a trottare. Era ricoperta di pelo bruno abbastanza corto, più simile al manto di un cavallo che alla lana di un ovino.

Fece qualche altro passo osservando diffidente la donna, poi guardò Arsène come per assicurarsi che non ci fossero pericoli, infine sporse avanti il muso, e il suo labbro superiore accarezzò la pelle della mano mentre la lingua raccoglieva avidamente le briciole.

Cécile scoppiò in una risata cristallina che riecheggiò nella gola di Ahora come un torrente che scorresse fino al Naxçivan. Le spiegazioni che le aveva dato Zak al palazzo di Cluny erano tutt'altro che anodine: «Presso certe tribù di pastori esiste una pratica corrente, una tradizione che consiste nel torcere le corna ancora tenere di capretti, capre d'angora o antilopi e intrecciarle in modo che crescano formando una specie di corno unico attorcigliato».

La storia dell'unicorno era quindi tutta una farsa! La capra che stava mangiando dalla sua mano non era un animale con un solo corno. Guardandola bene si vedeva chiaramente che le due corna erano state unite, come accade talvolta tra due tronchi d'albero troppo vicini che crescono avvinghiandosi l'un l'altro.

Cécile tirò un respiro di sollievo. La razionalità trionfava. Nessun unicorno passeggiava in libertà sull'Ararat, la leggenda derivava solo da quelle povere bestie con le corna deformate secondo un'usanza pastorale patetica e ancestrale legata evidentemente al mito dell'arca di Noè.

Accarezzò il morbido manto bruno della capra che le leccava il palmo, poi si frugò in tasca alla ricerca di un'altra leccornia ripensando alle parole di Aman, la bambina prigioniera a Ishak Pascià. «Vogliono che faccia vedere loro gli unicorni...». Finalmente capiva. Dalla notte dei tempi i figli dei nomadi badano alle capre, di qualunque razza siano: capre nane in Guinea, capre pavone in Svizzera, capre d'angora in Anatolia... e capre unicorno, per quanto artificiale, sull'Ararat.

Si voltò raggiante verso Arsène Parella. Dopo una lunga immersione in apnea nell'irrazionale la sua mente cartesiana tornava all'aria fresca. Un altro mistero risolto.

«Il resto del gregge dev'essere dietro la collina» disse il professore, «sull'altopiano intorno all'accampamento».

«Andiamoci...».

Cécile stava continuando ad accarezzare la capra, che ormai le leccava il polso strofinandole il corno intrecciato sul braccio.

Poi andò tutto molto in fretta.

Dapprima un grido disperato attraversò l'alpeggio.

«Nooo!».

Un grido acuto, a stento umano, che comunque nessun adulto sarebbe riuscito a emettere con un tale tono di terrore. Poi apparve la sagoma di una bambina di una decina d'anni o forse di più, data l'altezza. Visino angelico inorridito. Nello stesso istante risuonò uno sparo e la testa della capra dal corno solo esplose.

«Benvenuti» fece una voce da oltretomba. «Vi aspettavamo. Siete quasi gli ultimi».

Venti uomini armati di kalashnikov spuntarono sul bordo dell'altopiano. Due di loro afferrarono la bambina alla vita senza tanti riguardi.

Alla fine si mostrò Cortés. Il turbante color porpora che gli nascondeva il viso si stagliava appena sul cielo indaco. Aveva un'espressione trionfante.

«Cari amici, noterete che stavolta ho imparato la lezione. Inseguirvi è una perdita di tempo, basta aspettarvi nel posto giusto! Ma salite, vi prego» aggiunse mentre i suoi uomini li tenevano sotto mira con i mitra.

Superata la collina, Arsène e Cécile videro l'accampamento. Era situato in una conca al centro dell'altopiano, a poche centinaia di metri dalla gola di Ahora, ed era costituito da una decina di tende disposte a semicerchio, le più robuste in pelle di capra, le altre in giunchi intrecciati. Al centro erano sedute le famiglie curde: uomini, donne, vecchi e bambini controllati da una decina di miliziani armati.

Mentre si avvicinavano tenuti d'occhio dalla scorta Cécile si portò la mano alla bocca per contenere una risalita di bile. Di fronte a loro una nuvola di mosche ronzava intorno ai cadaveri di sette kangal[11]. A giudicare dal sangue fresco dovevano essere stati abbattuti meno di un'ora prima. Aman si divincolava tra le braccia dei carnefici.

«Kangy!» urlò indicando uno dei cani morti. «Kangy!».

Un miliziano sollevò il calcio del fucile, ma una donna curda lo anticipò.

«Basta, Aman!».

La bambina tacque prima che l'altro la colpisse. Cortés si mise a ridere.

«La piccola furia può tornare dalla madre. Dopo tutto se lo merita, è stata lei a condurci qui».

La bambina corse a rifugiarsi dai suoi. Cécile osservò con più attenzione l'accampamento. Stranamente i pastori curdi e le loro famiglie avevano caratteristiche comuni: erano tutti alti, comprese le donne, con i capelli neri e lisci abbastanza lunghi e incredibili occhi chiari, quasi grigi, come mai le era capitato di vedere. Dalla comunità di nomadi, anche se prigionieri, emanavano una forza e una dignità impressionanti, quasi soprannaturali.

Disperse sull'altopiano, indifferenti al dramma che si stava svolgendo, alcune capre con uno o due corna erravano alla ricerca di magri ciuffi d'erba da brucare. Cécile abbracciò la situazione con lo sguardo. Tende. Pastori. Mercenari. Alpeggi. Rocce e seracchi. Nessuna traccia di Zak e Yalin! Non tutte le speranze erano perdute, quindi. I due fratelli conoscevano la montagna come le loro tasche, non si sarebbero gettati tra le grinfie del lupo come loro, avrebbero...

[11] Cani da pastore curdi.

«Dottoressa Serval» scherzò Cortés, «se si sta preoccupando per il nostro Zeytin la tranquillizzo, non dovrebbe tardare. Portare i suoi cento chili a quattromila metri è una faticaccia, per lui. Non l'abbiamo aspettato, non volevamo perderci il vostro arrivo. Ma il bravo Zeytin è cocciuto, sarà qui fra poco... E con una sorpresa!». Rise di nuovo indicando a Cécile e Arsène di andare al centro dell'accampamento. «Professor Parella, dottoressa Serval, prendete posto. L'ospitalità dei curdi dell'Ararat è leggendaria, no?».

Si accovacciarono tra i pastori. Un nomade con i baffi e i denti marci si spostò per far loro un po' di spazio. Aman stava proprio di fronte a loro rannicchiata tra le braccia della madre, stringendo in mano il piccolo unicorno di legno.

Cortés fece segno agli uomini di allontanarsi, ma senza allentare la sorveglianza. I miliziani formarono un cerchio intorno al campo, altri si appostarono su un crinale di roccia che sovrastava la conca.

Cortés si schiarì la gola.

«Parleremo con più tranquillità. Dottoressa Serval, devo ringraziarla, il suo rapporto RS2A-2014 è stato un aiuto più che prezioso. Mi sento in dovere di ricambiare raccontandole una storia... come potrei definirla?... una storia edificante, ecco».

104
Accampamento curdo sul monte Ararat, Turchia

La luminosità stava cominciando a calare. Da vari minuti il sole si era nascosto dietro la larga sagoma dell'Ararat senza che la luna avesse ancora preso servizio. Sulla montagna era sceso un fresco improvviso che il timido fuoco al centro dell'accampamento tentava faticosamente di combattere. Alla luce delle fiamme gli occhi grigi dei nomadi curdi assumevano il riflesso rosseggiante della colata di lava che avanza in un campo di ceneri. Aman tremava in braccio a Estêre. Quasi tutti gli uomini di Cortés, prudenti e metodici, avevano acceso i sensori infrarossi dei fucili, e i pallini rossi danzavano tra i pastori seduti in cerchio e le tende come insetti notturni attirati dal calore del fuoco e dei corpi.

Solo Cortés era rimasto in piedi. Soddisfatto, si strofinò le mani sopra le fiamme.

«È giunto il momento di rivelarle il segreto dell'Ararat, dottoressa Serval. Qui lo conoscono tutti, dal più ignorante dei pastori al suo caro professore. Non sarebbe giusto che proprio lei debba essere l'unica a morire sulla montagna senza essere stata messa al corrente!».

Cécile strinse le labbra. Indifferente al suo silenzio, Cortés continuò.

«Per aiutarla a capire comincerò con una metafora. O, se preferisce, un racconto. Non è forse il modo migliore per spiegare verità scientifiche a un profano che stenterà a crederle? Voglia quindi scusarmi se l'inizio della mia storia sarà una frase che più classica non si può: c'era una volta... Ebbene, c'era una volta un giovane che sognava una vita avventurosa. Come tanti altri, mi dirà lei... Come vogliamo chiamarlo? Le propongo Hernán. Le piace Hernán?».

Silenzio di Cécile. Cortés si scaldò di nuovo le mani al fuoco.

«Hernán viveva nell'epoca cosiddetta delle grandi scoperte, un'epoca propizia agli spiriti avventurosi, un tempo in cui tutto era possibile, non trova? Hernán sogna lunghi viaggi, ricchi bottini, scoperte inverosimili... Allora mette insieme un equipaggio improbabile composto da avventurieri e malfattori pronti a tutto pur di andare lontano, ma anche da studiosi: un prete, un medico, un geografo... Una mattina partono, e per mesi navigano senza altro orientamento che quello dedotto dalla posizione delle stelle, finché un bel giorno trovano una terra! È un'isola abitata da indigeni, un autentico paradiso con una giungla rigogliosa popolata da animali che Hernán non aveva mai visto, piante sconosciute, uomini che parlano una lingua diversa. Che ha fatto Hernán, secondo lei?».

Il fuoco crepitava nel silenzio. Cortés portava a spasso la sua immensa ombra in mezzo al cerchio di luce.

«Non sia timida. Il seguito è noto, non ha niente di originale. Gli indigeni scambiano Hernán e i suoi uomini per dèi, e lui si guarda bene dallo smentire. Qualche piccola dimostrazione è più che sufficiente: il medico salva alcune vite e i mercenari ne sopprimono altre con armi che ai nativi sembrano potenti come la folgore che cade dal cielo. Gli studiosi insegnano ai selvaggi la scrittura, l'agricoltura, l'architettura, mentre le armature fanno sembrare immortali i nuovi arrivati... Per farla breve, Hernán e la sua banda diventano temuti e rispettati. Per un po' si accontentano di quella vita da sogno: anonimi a casa propria, lì sono divinità al comando di un esercito di schiavi docili e di una casta di servitori zelanti che loro hanno l'accortezza di gratificare distribuendo privilegi con parsimonia. E naturalmente hanno donne. Diverse da tutte quelle che avevano potuto conoscere in precedenza. Possono scegliersi le più giovani, le più belle, e accoppiarsi con loro. Sì, per un po' si accontentano di quell'esistenza paradisiaca, ma Hernán sa che un giorno o l'altro dovrà tornare in patria, sa che la vera gloria consiste nel tornare a casa da eroe ricco e potente, non nel regnare su una banda di selvaggi come un bulletto nel cortile di una scuola. La chiami come vuole, ambizione, noia, nostalgia, fatto sta che Hernán sente il bisogno di abbandonare quel paradiso. Tuttavia, per quanto cerchino, sull'isola non trovano oro né pietre preziose né minerali rari... La ricchezza dell'isola è la sua biodiversità; almeno, questo è il termine che si userebbe oggi per definirla. Soprattutto la fauna. Hernán capisce che sarebbe bastata quella a fare la sua fortuna. Provi a immaginare la faccia degli uomini che per primi hanno visto i pappagalli, le iguane, i giaguari, animali di cui neanche sospettavano l'esistenza... Pensi ai soldi che sarebbero stati pronti a sborsare per vederli, toccarli o perché no, possederli... Hernán è un avventuriero scaltro. In una notte mette a punto una strategia che in seguito tutti i conquistadores avrebbero chiamato il teorema di Cortés...».

Il mercenario smise di colpo di parlare. Di fronte a lui sorse un'ombra in controluce che allungò il braccio per impadronirsi di un carbone ardente e scagliarlo in faccia al capo dei miliziani. Ma il curdo non riuscì neanche a raggiungere il fuoco: un pallino rosso gli si fissò sul collo, risuonò uno sparo e lui crollò morto accompagnato dall'urlo di una donna.

«Ferhad!».

La curda si alzò. Era alta quasi quanto Cortés. La tunica maculata sul lungo corpo snello le dava un'aria da pantera. Alla luce della sera i suoi occhi mandavano bagliori infuriati.

«Sei un...».

Un lampo le attraversò la mascella. Crollò al suolo. La danza dei puntini rossi sui pastori curdi dissuase chiunque dall'accorrere in suo aiuto. Un vecchio stringeva con tutte le sue forze un bambino di sei anni agitato da un tremito epilettico. Imbevuti di lacrime, gli occhi grigi del piccolo avevano assunto un colore torbido da acqua stagnante.

Cortés non sembrava disturbato dai due corpi riversi ai suoi piedi, non più che se fosse stato sfiorato da due farfalline notturne.

«Una strategia, stavo dicendo, semplice e terribilmente funzionale. Una sera Hernán decide di riunire tutti gli indigeni sulla più grande spiaggia dell'isola. "Gli dèi sono delusi" dichiara. "Non siete degni del loro amore. Gli dèi vi hanno insegnato tutto, vi hanno svelato i segreti della conoscenza, eppure il peccato, l'orgoglio e la bramosia hanno continuato a prosperare nei vostri cuori. Gli dèi hanno quindi deciso che la loro collera si abbatterà su di voi". Le risparmio i particolari del discorso, credo che abbia colto il succo... Forse le sue parole sono state accompagnate da qualche sacrificio, tanto per fare effetto. In concreto Hernán è incerto se incendiare l'isola o sfasciare le dighe pazientemente costruite dai nativi e inondare l'insieme delle terre. Prima però convoca di nascosto la casta degli indigeni promossi al rango di servitori degli dèi. "Solo voi sarete risparmiati" promette, anche se in realtà la promessa equivale a imbarcarli come schiavi sulla sua nave per poi venderli al miglior offerente. "Voi soltanto vi salverete, ma a condizione che ci aiutiate!" dichiara».

Cortés si avvicinò al fuoco. I riflessi danzanti delle fiamme gli disegnavano motivi macabri sul turbante. La donna curda stesa ai suoi piedi agonizzava con lunghi rantoli.

«Terribilmente ingenui quegli indigeni, vero? Mi ha sempre colpito la loro totale sottomissione. L'aiuto che Hernán richiede ai traditori sta in due parole: saccheggiare l'isola! Hernán non ha lasciato praticamente mai la spiaggia sulla quale ha installato il suo trono, e nella giungla gli indigeni sono cacciatori molto migliori dei suoi compagni, anche se armati di folgore e vestiti d'acciaio».

Cortés prese con cautela un ramo infiammato e lo avvicinò alla faccia di Cécile, come se avesse intuito la collera che la ricercatrice teneva difficilmente a freno.

«Abbia pazienza, dottoressa Serval, mi permetta ancora qualche parola. Arrivo al dunque. Il professor Parella conosce già la fine della storia, ma credo che per lei la conclusione si rivelerà molto istruttiva. Insomma, Hernán si rivolge agli indigeni felloni in questi termini: "Gli dèi saranno clementi con voi se li aiuterete a salvare la vita su questa terra. Distribuitevi sull'isola prima che la collera degli dèi la devasti, cercate, cogliete, cacciate, catturate una coppia di ogni essere vivente, maschio e femmina, e portatela sulla spiaggia. Quando verrà il giorno del cataclisma li faremo salire sulla nave insieme a voi perché possano ripopolare la terra dopo che la collera degli dèi si sarà placata».

Cortés fece una lunga pausa. I pensieri si accavallavano nella mente di Cécile. Cortés portò la stoccata, come se la ricercatrice non avesse capito dove voleva arrivare.

«Indigeni creduloni come pochi, a mandare giù quella storia di redenzione divina dopo il cataclisma, non trova?». La fiamma della torcia gli illuminava il turbante rosso porpora. La voce gli usciva dal volto invisibile, come soffiata da un busto di porfido miracolosamente dotato di parola. «Ora le chiedo di fare un piccolo sforzo, dottoressa Serval, un giochino mentale molto semplice. Il segreto di Noè è tutto in un semplice cambio di scala. Ripensi alla storia, ma immaginando che le avventure di Hernán non si svolgano cinquecento anni fa, quando l'Europa scopre gli altri continenti, ma cinquemila... Immagini che il veliero di Hernán non attraversi l'oceano, ma lo spazio, che le terre da scoprire non siano isole, ma pianeti. La storia rimane la stessa, assolutamente identica, ed è quella di cui i primi uomini conservano la memoria, quella che ci raccontano la Torah, la Bibbia e il Corano, quella del sumero Gilgamesh, del Libro di Enoch e di tutte le altre leggende che ci sono nel mondo sul diluvio universale e l'arca. Non è altro che la storia di Noè!».

Cécile guardò verso Arsène Parella cercando nei suoi occhi un sostegno, un aiuto, un segnale, ma il professore restava di marmo. Cécile avrebbe voluto tapparsi le orecchie, alzarsi e mettersi a urlare a dispetto dei tiratori. Fu sul punto di farlo, tanto più che Cortés li avrebbe uccisi comunque dopo aver finito di giocare con loro.

Arsène le toccò il ginocchio.

«No, Cécile» mormorò.

«Il suo professore ha ragione» approvò Cortés. «Non sia così impulsiva, dottoressa Serval. Credo di averglielo già detto: a differenza del professor Parella, lei non mi è più di nessuna utilità».

Come scintille guizzate fuori dal fuoco, i pallini rossi dei puntatori laser danzarono un attimo di fronte a loro, poi due di essi si fermarono sul cuore di Cécile. Cortés sembrava comandarli col semplice movimento del braccio. Nel silenzio si sentì la voce di Arsène Parella.

«Come l'ha capito?».

Cortés era trionfante. Con un gesto scacciò i pallini rossi dal petto della ricercatrice.

«Grazie a un'evidenza, professore, una strana evidenza. Fin da piccolo mi sono sentito vicino a Noè, ma che rapporto poteva esserci tra quel vecchio saggio barbuto padre delle nazioni e me, teppistello azero che saccheggiava i mausolei armeni? Quale altro rapporto se non il monte Ararat che dominava l'orizzonte? Ho letto, Parella. Ho divorato le storie che mi facevano fantasticare, i conquistatori, le sanguinose colonizzazioni, gli uomini diventati dèi e l'affascinante teorema di Cortés, distruggere tutto fino a rimanere l'unico possessore di un capolavoro inestimabile. A quel punto la verità mi è apparsa in tutta la sua logica». Fece una pausa. «L'episodio del diluvio universale raccontato nella Bibbia è in realtà la storia di un saccheggio.

Noè non è né un patriarca né un giusto, non fa che applicare il teorema di Cortés, rubare le ricchezze della terra, distruggerle tutte tranne alcune e scappare col bottino. Lo scopo dell'arca non era salvare l'umanità, ma portarsi via quello che ne restava. Noè era un volgarissimo avventuriero, e se qualcuno doveva capirlo, caro professore, non potevo che essere io!».

Cortés indietreggiò verso il fuoco facendo allungare ulteriormente la sua ombra. Allontanò col piede il cadavere di Ferhad e osservò qualcosa che lampeggiava a pochi metri dall'accampamento.

«Il vecchio Enoch era un servitore dei cosiddetti dèi, un indigeno reclutato per fare da intermediario solerte, come tanti altri. La sua è la storia di come abbia tradito i suoi simili e sia stato ingaggiato dagli dèi finché gli dèi stessi hanno fallito... Ma io parlo, parlo e trascuro i miei ospiti. Credo che abbiamo visite. Il nostro bravo Zeytin è arrivato, ma non ha voluto disturbarci in piena conversazione. Prego, Zeytin, entra, rompi il cerchio!».

Zeytin venne avanti nella luce. Aveva la schiena madida di sudore. I due mercenari che venivano dietro di lui scagliarono brutalmente a terra una persona, che cadde ai piedi di Arsène e Cécile con un grido di dolore.

Zak!

Vivo. Prigioniero, ma vivo.

Vivo, ma ferito.

Cécile notò subito la ferita aperta sulla gamba. Il sangue si era rappreso intorno a un taglio di una decina di centimetri che si apriva sulla tibia. Come diavolo aveva fatto a salire fino all'accampamento curdo? A costo di quali sofferenze?

Solo l'attimo successivo pensò al peggio.

E Yalin?

Zak fissò a lungo Arsène, poi Cécile, poi di nuovo Arsène.

«Yalin?» mormorò Arsène.

Zak aprì la bocca, ma non riuscì a dire una parola. Si limitò ad abbassare le palpebre su un oceano di lacrime.

105
Accampamento curdo sul monte Ararat, Turchia

Cécile prese la mano destra di Zak, Arsène la sinistra e lo tirarono verso di loro sotto lo sguardo sprezzante di Cortés, che osservava il ferito contorcersi nella polvere come un insetto. Il capo dei mercenari li squadrò.

«Il nostro amico Zak ha dimostrato un coraggio inaudito a farsi la salita su una gamba sola. Quasi quanto Zeytin!» aggiunse con una risatina. «Ma vi confesso che era motivato: se si fosse fermato, Zeytin aveva l'ordine di abbatterlo!».

Cortés si accovacciò lentamente accanto a Zak.

«Le farò una confidenza, Ikabi. Anzi, un complimento! Devo ammettere che la sua storia dei Nefilim, con tanto di sito Internet e unicorni tatuati, ha ritardato molto la mia azione. Ho davvero creduto al mito della setta millenaria che proteggeva il segreto dell'arca! Ci ho messo un po' a capire che avevo a che fare con un vecchio strampalato e i suoi due figli che proteggevano una tribù di pastori degenerati, tre famiglie che allevano capre dalla notte dei tempi e le venerano come unicorni... Che ironia, ho passato mesi a mettere insieme un esercito per affrontare una manciata di curdi in via di estinzione!». Avvicinò la faccia a quella di Zak. Il turbante rosso porpora era madido di sudore. «Una mossa intelligente, signori, ma era una partita persa in partenza». Il mercenario guardò verso la piccola Aman stretta come una morsa dalle braccia contratte di Estêre. «Tanto più da quando questa deliziosa bambinella ha acconsentito a condurmi qui».

Cécile stringeva la mano fredda e tremante di Zak, la cui gamba stava diventando bluastra.

«Ma è una follia!» gridò la ricercatrice a dispetto di ogni prudenza. «Tutte queste uccisioni per una favoletta! È... è...».

Cortés si limitò a sorridere.

«Il suo scetticismo è stimolante, dottoressa Serval. Molesto, ma stimolante».

«E la sua arroganza è pietosa!» esplose Cécile. «Qual è la sua teoria, che gli dèi sarebbero extraterrestri con una tecnologia più avanzata della nostra? Questo racconterebbe la Bibbia leggendo tra le righe? Sai che scoperta! Basta andare su Internet, sono decine i siti che propongono questa stessa versione delirante!».

«Il che non significa che io abbia torto» rispose Cortés calmissimo. «Ha ragione, da secoli la teoria dell'origine extraterrestre degli angeli è stata argomento di varie pubblicazioni spesso censurate, ma che io sappia nessuno a parte me ha elaborato la teoria che l'arca di Noè sia la nave di un conquistatore, che le coppie di animali costituiscano il suo bottino e che il diluvio universale sia un saccheggio prima della fuga dei cosiddetti dèi... Avendo letto il Libro di Enoch non può negare che sia una teoria affascinante... Devo ricordarle gli indizi lampanti che abbiamo sotto gli occhi? La Bibbia, al capitolo 6 della Genesi, cita i Nefilim, li descrive come giganti che si accoppiano con le donne umane. Lei sa leggere, dottoressa Serval, e conosce il peso delle parole. Nell'Antico Testamento è scritto nero su bianco: *Elohim*, quelli che vengono dal cielo! La Bibbia racconta di un popolo venuto dal cielo, non di un Dio unico. Lei è una scienziata: non crede che il comportamento più irrazionale sia credere in un Dio unico, misericordioso e onnisciente? È consapevole che le religioni monoteiste abbiano messo su la più bella manovra di intossicazione collettiva degli ultimi millenni? Tanto per fare un esempio, secondo lei per quale misteriosa ragione islam e cristianesimo avrebbero condannato categoricamente ogni riferimento al sesso degli angeli? Ha conosciuto Jean-Bernard Patte, no? Lui dovrebbe averla convinta. Il balzo avanti dell'umanità, l'improvvisa nascita di nuove conoscenze, nuove tecnologie, di un nuovo ordine morale proprio qui in Kurdistan, culla delle religioni e in particolare dello yazdanesimo, il culto degli angeli decaduti, che è poi la traduzione letterale del termine Nefilim. È un caso? Una coincidenza, dottoressa Serval?».

Zak si contorceva dal dolore. Posò tuttavia la mano sul braccio di Cécile per invitarla a tacere, ma la ricercatrice non ne aveva la minima intenzione. Cortés si stava mettendo in trappola da solo, stava cercando di convincerla in quanto persona razionale, perché era una scienziata che rappresentava l'élite intellettuale laica, non corrotta dalla religione. Se non riusciva a convincere lei non sarebbe riuscito a convincere nessuno, nessuno gli avrebbe creduto. Era l'unica carta da giocare che aveva trovato Cécile. Decise di andarci giù pesante col sarcasmo.

«Mi dispiace, piccolo Kyrill, la sua eloquenza non mi basta. Ci vogliono prove, non soltanto teorie...».

Cortés strinse i pugni, ma non cedette alla provocazione.

«Vuole prove, argomentazioni concrete? Affrontiamo il problema nell'altro senso, allora. Da più di un secolo testimonianze varie ma convergenti attestano la presenza di legno antico sulle pendici dell'Ararat, ben oltre il limite della vegetazione. Vuole sapere chi? Il prelato John Joseph Nouri, il glaciologo britannico Gascoyne, il capitano russo Roskovitsky, l'aviatore George Jefferson Greene, un pastore turco di nome Résit, George Hagopian, Fernand Navarra e, pochi anni fa, la spedizione avventista cinese... Le bastano? E a Doğubeyazit, intorno al sito fossile di Durupinar, gli archeologi hanno scoperto indizi altrettanto sconcertanti: ancore di pietra, chiodi, tracce importanti di carbonio nel terreno. Che ne concludiamo? Benché non si possa ragionevolmente ammettere che una nave di legno si areni a cinquemila metri di quota, non si può neanche sostenere che tutte le testimonianze e scoperte siano frutto dell'allucinazione collettiva. Eliminarle dall'equazione non sarebbe scientificamente accettabile. Ci pensi, dottoressa Serval. Si rigiri il problema nella sua testa. C'è un'unica soluzione, in realtà».

Zak batteva i denti. Cécile se lo strinse al petto. Non riusciva a capire dove volesse andare a parare Cortés. Il mercenario quasi urlò.

«Una sola ipotesi risolve l'equazione, dottoressa Serval! Gli indizi sono stati lasciati lì apposta perché gli esploratori li trovassero, come messaggi di una caccia al tesoro preparati in anticipo. Le travi di legno antico nelle grotte del ghiacciaio Parrot, la prua di un vascello che emerge dal lago di Kop, l'ancora e i chiodi sotterrati a Durupinar sono stati collocati intenzionalmente per una ragione molto semplice: distogliere l'attenzione! I più creduloni ci vedranno la prova di un'interpretazione letterale della Bibbia. Gli altri, per esempio lei, vi troveranno conferma al loro scetticismo nei confronti del mito. In entrambi i casi l'attenzione è posta altrove. Da decenni i cercatori dell'arca seguono le tracce di Navarra, di Greene o di Irwin. Una spedizione dopo l'altra, rovistano la gola di Ahora e il sito fossile di Durupinar. Cercano legno e nient'altro, e lo cercano qui e non altrove... Nessuno o quasi si interessa al luogo sul quale dovrebbero concentrarsi tutti gli sguardi e tutti i mezzi. Avrà capito che mi riferisco alla vetta, dove innegabile e inebriante risiede l'unica prova che non ha potuto essere costruita dall'uomo: l'anomalia dell'Ararat! Non trova strano che per secoli l'accesso alla cima del monte Ararat sia stato vietato sia agli armeni che agli ottomani, ma che appena Parrot ha raggiunto la vetta si siano moltiplicate le scoperte di reliquie dell'arca di Noè in tutti gli altri luoghi del massiccio dell'Ararat? Viene da pensare che tutte quelle prove siano state fabbricate e collocate ad arte da una tribù curda locale o da alcuni occidentali che ne condividono il segreto. Possiamo chiamarli i Nefilim, tanto per fare un esempio: sessant'anni fa i Navarra, oggi i Parella... Mi ascolti bene, dottoressa, ho studiato con cura la storia della conquista dell'Ararat: tutte le prove scoperte dai cercatori dell'arca fin dal 1850 erano inganni, trappole disseminate al solo scopo di nascondere una verità troppo evidente. Non dimentichi che secoli prima gli stessi monaci di Echmiadzin avevano inventato la leggenda di san Giacobbe e mostravano col cannocchiale uno sperone di roccia nella gola di Ahora che somigliava incredibilmente a una nave imprigionata fra gli strati rocciosi. Ma cos'è più credibile, dottoressa Serval, che la natura abbia plasmato una roccia a forma di nave guarda caso sull'Ararat, ben visibile dal monastero in pianura, o che sia un'abile illusione scolpita dagli uomini che hanno dichiarato maledetta la montagna in un'epoca in cui i ghiacci non ne ricoprivano ancora del tutto la cima?».

«L'anomalia dell'Ararat» mormorò Cécile. «Allora è questa la sua spiegazione. Tutto il resto è polvere negli occhi. I ghiacci nascondono una nave posata sulla cima della montagna. Ma se non si tratta di una nave che galleggiava sull'acqua, bensì di una nave aliena o qualcosa del genere, perché si sarebbe incagliata lassù?».

Cortés sorrise.

«La verità è scritta molto chiaramente nel Libro di Enoch. Si rilegga certi brani. Gli dèi sono in disaccordo fra loro. Alcuni rimproverano ad altri i soprusi verso le popolazioni locali, gli stupri, i sacrifici; altri invece vengono condannati perché rivelano troppi segreti agli uomini. Quando alcuni dèi decidono il diluvio, altri vi si oppongono per una questione di coscienza. Vuole che le finisca la storia di Hernán, dottoressa Serval? È a lieto fine, almeno per gli indigeni. Dopo aver radunato nelle sue stive una coppia di ogni animale dell'isola e un numero sufficiente di servitori indigeni Hernán fa rompere tutte le dighe dell'isola per allagarla e molla gli ormeggi... Non sa però che da mesi è sorvegliato dalle autorità del suo paese natio, uno di quei regni cosiddetti civili che si spartiscono il mondo conosciuto dandosi la missione suprema di colonizzarlo con ordine, metodo e sani princìpi... e tenendo d'occhio avventurieri e pirati che attentano alla loro autorità. Hernán naviga sì e no un'ora prima di essere intercettato dalla flotta reale. Il combattimento è breve e impari. La nave di Hernán si arena sulla spiaggia. La maggior parte degli indigeni si salva, come pure la flora e la fauna dell'isola. Gli indigeni conserveranno il ricordo mitizzato di una colonizzazione abortita, e scritti e leggende racconteranno per sempre la storia di quegli dèi volubili arrivati e ripartiti».

Le argomentazioni di Cortés si facevano strada tra le maglie di certezze di cui era fatta l'armatura di Cécile, tuttavia la ricercatrice sapeva di non dover cambiare tattica. Doveva dubitare, dubitare per far parlare Cortés, dubitare per guadagnare tempo.

«Lei ha molta immaginazione, Kyrill. L'arca di Noè sarebbe quindi una nave spaziale che decolla portandosi dietro il bottino e che, intercettata dalla polizia intergalattica, fa un atterraggio d'emergenza sulla cima dell'Ararat...».

«Un vasto altopiano che cinquemila anni fa era quasi privo di ghiaccio... Ripensi a cosa ha raccontato Enoch nella notte dei tempi: "Così fui portato in cielo, e presto arrivai a un muro costruito con pietre di cristallo. Fiamme in movimento ne avvolgevano i contorni". Cos'è, se non la descrizione immaginifica di un missile che decolla?».

«Ridicolo» commentò Cécile.

«Non abusi della mia pazienza» sibilò Cortés. «Può essere che Noè non sia stato fermato dalla polizia intergalattica, può essere che abbia avuto un'avaria o che a bordo ci sia stato un ammutinamento, chi può saperlo? Dopo tutto certi conquistatori hanno visto il proprio trealberi colato a picco dalle piroghe indigene o sono finiti divorati da tribù di cannibali».

«E il diluvio universale? Che si è inventato Noè il predone? Sopprimere la vita su un intero pianeta è un po' più difficile che allagare l'isola del suo Hernán».

«Stiamo parlando di tecnologie di cui ignoriamo la potenza, dottoressa Serval. Probabilmente avevano modo di modificare le condizioni metereologiche, o magari hanno solo sganciato una bomba. Alcuni scienziati spiegano il diluvio universale con un leggero spostamento dell'asse terrestre provocato da un impatto eccezionale sulla superficie del pianeta. È ragionevole pensare che non sia un'impresa così difficile per esseri in possesso di un'energia capace di farli volare nello spazio, non più difficile di quanto sia stato per Pizarro o Cortés usare la polvere da sparo per far saltare in aria i templi precolombiani...».

Cécile accarezzò il torace di Zak, che ormai faticava a tenere gli occhi aperti. Gli tamponò le gocce di sudore che gli imperlavano la fronte bollente. La ferita aperta aveva ripreso a trasudare. Sull'accampamento era ormai sceso il buio. Per qualche minuto ancora gli ultimi bagliori rossastri del cielo accarezzarono le curve dell'Ararat, poi scomparvero anche loro. Sull'alpeggio si distinguevano solo le forme scure delle capre che, indifferenti, brucavano in lontananza.

«Lei è pazzo...» disse Cécile.

«Forse sì, forse no» rispose Cortés in tutta calma. «Dopo tutto la mia ipotesi è valida quanto un'altra, e non sarà certo lei a contraddirmi, dottoressa Serval. C'è un solo modo per confermarla o confutarla: andare sul terreno e verificare di persona! Il suo rapporto RS2A-2014 mi è stato molto utile. Del resto ragioni: se la cima dell'Ararat non avesse un'importanza strategica perché mai il Parlamento mondiale delle religioni vi avrebbe richiesto quello studio? I testi sacri hanno abilmente sviato la memoria dell'umanità. Le grandi religioni si sono spartite il pianeta sulla base di una menzogna millenaria, un equilibrio delicatissimo per far crollare il quale basterebbe svelare al mondo il segreto dell'anomalia dell'Ararat, fornire anche una sola prova dell'origine extraterrestre di tutto ciò che conosciamo».

«Lei... lei...».

«E la prova è là sopra, dottoressa Serval, a portata di mano. La prova definitiva che le varie religioni non sono altro che una grande presa per il culo...». Si voltò verso l'espressione chiusa di Arsène. «Se non mi crede, chieda al professor Parella. Il suo silenzio non è forse più eloquente di tutti i discorsi?».

106
Accampamento curdo sul monte Ararat, Turchia

Stesa contro il cadavere del marito, colta da violenti spasmi a intervalli regolari, con la mascella spezzata, la povera curda stava ancora rantolando ai piedi di Cortés. Il figlio, sempre saldamente trattenuto dal nonno, aveva i muscoli tesi dalla rabbia. Cortés si disinteressò di Cécile, Zak e Arsène e rivolse la sua immensa corporatura verso il bambino.

«Bravo, piccolo, lasciati crescere l'odio dentro. L'odio ti aiuterà per tutta la vita. Nessun altro sentimento spinge così tanto a superare se stessi. È un valore che non viene mai insegnato abbastanza». Alla luce delle fiamme il quadrante del Rolex mandò un riflesso. «Ma io parlo, parlo e nessuno ha il coraggio di ricordarmi le cose importanti».

Si mise una mano in tasca e tirò fuori una collana, la collana di Aman, quella che aveva strappato dal collo di una morta con gli occhi verdi. Tenendolo per il laccetto di cuoio, fece dondolare il tondino di rame come un pendolo e si avvicinò a Estêre e Aman. Madre e figlia erano strette l'una all'altra.

«Ecco che nascondevate!» disse poi. «Il segreto che la vostra miserabile tribù ha conservato per millenni, il segreto di Enoch! L'unica cosa che i conquistatori venuti dal cielo hanno lasciato prima di ripartire: dopo aver saccheggiato la terra e violentato le indigene hanno lasciato... i loro bastardi! È scritto fin dalla notte dei tempi. Genesi, capitolo 6: "I giganti, figli di Dio, videro che le figlie degli uomini erano belle e ne presero per mogli quante ne vollero, e queste partorirono loro dei figli"».

Avvicinò il ciondolo al fuoco. La luce delle fiamme illuminò i due tratti a croce incisi nel disco di rame, uno lungo e uno corto. Aman sembrava ipnotizzata dall'oscillazione del gioiello appeso alle dita del mercenario.

«Non devo certo ricordare a lei, professor Parella, come la croce rappresenti da sempre l'unione delle forze opposte, in particolare l'uomo e la donna! La ritroviamo in quasi tutte le religioni del mondo. Gli imbecilli pensano che sia un simbolo inventato dai cristiani dopo che Gesù è stato crocifisso... invece era utilizzato da secoli e millenni prima che quel povero predicatore venisse inchiodato!».

Senza smettere di parlare Cortés si rivolgeva alternativamente verso Cécile, Arsène ed Estêre e Aman.

«Sapete perché i conquistadores, Cortés e gli altri, sono riusciti a sterminare con tanta facilità aztechi e incas?». Non aspettò la risposta. «Perché gli aztechi onoravano la croce già prima dell'arrivo degli spagnoli, piazzavano i neonati sotto la sua protezione! Incredibile, no? I conquistadores non hanno dovuto fare altro che brandire il crocifisso per essere accolti come salvatori... e dèi!».

Fece una pausa, poi si chinò all'altezza di Aman facendole dondolare il ciondolo davanti agli occhi.

«Una croce, certo... ma questa che la vostra tribù conserva gelosamente è un po' diversa, e anche stranamente vicina a quella venerata dai cristiani: un braccio lungo incrociato con uno corto!». Si avvicinò ancora di più alla bambina. «Allora, piccola, vediamo se sai rispondere a questa semplice domandina. Se la croce che protegge i figli rappresenta l'unione di uomo e donna, che rappresenta una croce asimmetrica fatta da un tratto lungo e uno corto?».

Volteggiando davanti alle fiamme la moneta di rame passava dall'ombra alla luce e dalla luce all'ombra. Cortés era trionfante.

«Ma è ovvio: l'unione di un gigante con un'umana! È evidente quando uno ci pensa! Questa croce fissata su milioni di chiese in tutto il mondo, sulle tombe, sui letti coniugali, agli angoli di strada, in realtà è un gigantesco scherzo! Anzi, è la prova stessa che non esiste un Dio, ma solo barbari un po' più evoluti di altri che ne hanno approfittato per raccontare due o tre leggende, eseguire due o tre giochi di prestigio e rubare alle razze inferiori le loro ricchezze... e le loro donne».

Il mercenario si fece una risata.

«Non ritenete gli uomini così creduloni? Allora riflettete su un dato semplicissimo: oggi in America Latina o in Africa miliardi di persone sono cristiane o musulmane solo perché qualche secolo fa un po' di missionari hanno raccontato cazzate ai loro antenati per meglio ridurli in schiavitù! Ecco, i nostri barbari evoluti, chiamateli Nefilim, angeli o extraterrestri, hanno fatto esattamente la stessa cosa con gli esseri umani al tempo in cui erano cavernicoli».

Con gesto improvviso gettò il ciondolo nel fuoco, poi lanciò uno sguardo sprezzante al corpo immobile di Zak. La mano di Cécile, posata sul suo petto, si sollevava a ogni respiro. Il mercenario si fermò di fronte ad Arsène Parella e scosse la testa.

«Ma sto parlando troppo, senza pensare che domattina dobbiamo alzarci presto». Sollevò gli occhi verso la vetta dell'Ararat immersa nella notte. «Mi dispiace, professore, ma temo di essere costretto a chiederle un piacere. Riconosco il mio errore, poche ore fa ho avuto il grilletto troppo facile, non avrei dovuto uccidere il suo figlio maggiore... Lì per lì non mi è venuto in mente, ma l'Ikabi grande è salito in vetta all'Ararat una quarantina di volte, era senza dubbio la miglior guida possibile. Certo, anche lui, andarsi a incastrare sotto un fuoristrada...».

Arsène non batté ciglio. Il suo viso di marmo non lasciava trasparire altro che un profondo disprezzo. Cortés continuò.

«Conciato com'è, non posso contare sull'Ikabi piccolo per farmi portare a più di cinquemila metri. Resta solo lei, caro

Arsène...». La stoffa del turbante si piegò sotto la spinta del sorriso da pazzo. «Mi sono informato, professore, lei non ha soltanto una conoscenza teorica del monte Ararat, l'ha scalato decine di volte! Certo, vari anni fa, ma sono cose che non si dimenticano...».

«Non se ne parla!» gridò Cécile.

Arsène Parella allungò il braccio verso la ricercatrice per calmarla, ma stavolta non riuscì a trattenere le lacrime, che si persero nel labirinto delle rughe.

«Andiamo, dottoressa Serval!» insisté Cortés. «Una bella camminata non lo ammazzerà di certo. Centinaia di turisti salgono ogni anno in cima all'Ararat, parecchi dei quali sono molto meno in forma di lui. Vuole costringermi a uccidere uno dopo l'altro questi poveri curdi per convincerlo?».

«Li ucciderà comunque!» ringhiò Cécile.

«Ma un po' dopo. E poi chissà, se lassù trovo l'oggetto dei miei desideri forse sarò clemente... avrò bisogno di testimoni credibili».

Prima che Cécile potesse replicare Arsène Parella le posò una mano affettuosa sulla spalla e parlò con voce chiara e pacata.

«Partiremo domattina alle cinque. Ogni uomo dovrà essere equipaggiato con piccozza e ramponi per superare i nevai, nonché di corde e fucili per segnalare la posizione in caso di nebbia... Una volta in cima potremo restarci al massimo quindici minuti».

Cortés si raddrizzò.

«Vede, dottoressa Serval, il professor Parella è molto più ragionevole di lei. Venti uomini saliranno con me, Arsène Parella e cinque pastori. Zeytin rimarrà all'accampamento con gli altri quindici uomini, il resto dei curdi, Zak Ikabi e lei».

107
Accampamento curdo sul monte Ararat, Turchia

Il fuoco stava morendo lentamente al centro del campo. I corpi di Ferhad e della moglie Mydia erano stati coperti con un drappo scuro. I pastori dormivano sotto grandi tende aperte che consistevano in lunghi rettangoli di peli di capra tessuti posati su tre pali di legno. Il freddo intenso mordeva ogni centimetro di pelle nuda che sbucava dalle coperte di lana. Le guardie di Cortés, kalashnikov in spalla, andavano avanti e indietro in coppia senza fermarsi mai, sia per sorvegliare i prigionieri che per riscaldarsi.

Cécile tremava. Estêre, stesa accanto a lei, le aveva offerto di condividere la coperta, ma la ricercatrice, stringendosi fieramente nella giacca a vento, aveva rifiutato.

Idiota fino all'ultimo!

Per quasi un'ora Estêre, aiutata da Aman, aveva applicato sulla ferita di Zak unguenti di erbe di montagna. Le guardie di Cortés le avevano lasciate fare con un'alzata di spalle.

«Guariscono dai morsi dei lupi» aveva scherzato Estêre.

La donna parlava un francese approssimativo imparato nel tempo grazie ad Arsène Parella e ai suoi figli.

«Deve riposare» aveva detto poi prendendo la mano di Cécile. «Non si preoccupi, non morirà. Fra un po' si sveglierà».

Arsène Parella dormiva in un'altra tenda con i cinque pastori curdi che l'indomani sarebbero saliti in vetta: i più giovani e forti, selezionati con cura da Cortés.

Cécile, congelata, si rigirò un'altra volta, incapace di prendere sonno. A tre metri da lei, all'altezza del suo sguardo, gli stivali di due guardie martellavano l'erba rasa. Più in alto, il cielo era popolato da miriadi di stelle quasi a portata di mano. Le tornarono alla memoria ricordi dell'infanzia, lunghe notti d'estate in cui il padre le insegnava a riconoscere le costellazioni. Orione, Andromeda, la Corona Australe... All'epoca non aveva neanche dieci anni. A forza di guardarle le stelle erano diventate le sue compagne. Era dal tempo dell'ultima spedizione al Polo, quindi un'eternità, che non le sentiva così vicine. Con le dita che le tremavano tracciò le linee immaginarie che collegavano gli astri per formare le costellazioni. Il Cane Maggiore, la Nave Argo, la Lira... e naturalmente l'Unicorno, all'incrocio tra l'equatore celeste e la Via Lattea. Per individuarlo bastava tracciare un triangolo fra tre delle stelle più luminose della volta celeste, Sirio, Procione e Betelgeuse, tre stelle che fin dalla notte dei tempi hanno simboleggiato la fortuna... Marinai perduti, esploratori inquieti e corteggiatori timidi ne imploravano la protezione, riponevano ogni speranza nell'appoggio che avrebbe accordato loro quel triangolo d'oro situato a migliaia di anni luce.

Un'idea ridicola, a pensarci! Ma come non essere tentati di crederci?

Come non fare affidamento su quelle costellazioni che sembravano così vicine? La terra era un'isoletta minuscola, al di là dell'oceano galattico dovevano per forza esistere altre sponde, solo gli imbecilli non riuscivano ad ammetterlo. Nella nostra galassia ci sono miliardi di stelle, e nell'universo ci sono miliardi di galassie, pensò Cécile. Diecimila stelle per ogni granello di sabbia presente sulla terra, aveva letto da qualche parte. Nell'universo dovevano esserci centinaia di migliaia di pianeti in grado di ospitare forme di vita, ormai anche gli scienziati più scettici erano d'accordo. A costituire un enigma per gli studiosi era semmai il contrario, era l'assenza di segnali di vita intelligente altrove.

Mio Dio, tremò, e se Cortés avesse ragione?...

La mano di Estêre le prese il polso.

«Ce la faremo, Estê...».

«Shhh, non si muova» mormorò la curda. «Mi ascolti e basta. Possiamo tentare qualcosa. È rischioso, ma Aman può riuscirci...».

Cortés stava a una decina di metri dall'accampamento. Zeytin, accanto a lui, spazzava l'alpeggio deserto con il fascio di una potente torcia.

«Domattina, quando io, Parella e i cinque curdi saremo partiti per l'ascensione, raduna tutti gli altri».

«Tutti i testimoni?» domandò Zeytin leccandosi i baffi.

«Tutti i testimoni. E falli fuori senza troppo chiasso».

«Anche i francesi? Ikabi e la Serval?».

«Anche loro».

Zeytin puntò la luce della torcia a casaccio e sorprese due capre dal corno solo che dormivano al riparo di un ammasso roccioso. Gli animali sbatterono occhi stupiti. Il mercenario pensò che il numero di persone al corrente del segreto dell'Ararat stava diminuendo sempre più rapidamente. Ancora quel cazzo di teorema di Cortés... come se il valore del segreto aumentasse in funzione del numero di iniziati eliminati. Non si spinse oltre nel ragionamento, era un genere di pensieri che gli faceva paura.

«Quando?» domandò.

«Lasciaci almeno due ore di vantaggio» rispose Cortés. «Tanto per assicurarci la collaborazione sincera dei pastori curdi e del professor Parella».

Zeytin cercò altre capre da svegliare con la luce, solo per il gusto di farlo, poi sbuffò doppiamente soddisfatto: prima di tutto perché non doveva salire in vetta all'Ararat e si teneva quindi lontano da quella dannata maledizione che Cortés avrebbe risvegliato, e poi perché aveva a disposizione una ventina abbondante di civili con cui trastullare le sue mani esperte.

108
Accampamento curdo sul monte Ararat, Turchia

Il corpo sottile e snello di Aman strisciò davanti alla tenda per circa due metri prima di immobilizzarsi nell'ombra. Le guardie erano appena passate e le davano le spalle. La bambina osservò per un attimo le ombre come se cercasse la presenza rassicurante delle capre dal corno solo. O almeno della sua, di Leka.

«L'abbiamo sotterrato in mezzo all'accampamento» bisbigliò Estêre all'orecchio di Cécile.

Aman stava scavando la terra morbida. Cécile tremava: le guardie sarebbero ripassate davanti alla loro tenda fra pochi minuti. Il sorriso fiducioso di Estêre la tranquillizzò. Un secondo dopo Aman sgattaiolava di nuovo sotto la tenda. Con le mani sporche di terra porse a Cécile un cellulare avvolto in un sacchetto di plastica trasparente. La ricercatrice farfugliò un grazie.

«Gli uomini di Cortés ci hanno tolto i telefonini» sussurrò Estêre. «Ma noi non siamo così stupidi. Sull'Ararat prende benissimo! Chiami qualcuno, signorina» la implorò. «Vogliono ucciderci tutti».

Chiamare qualcuno?

E chi? pensò Cécile nel panico. Chi? La polizia? L'esercito turco? Ridicolo! Non avrebbero mai acconsentito a salire a quasi quattromila metri per portare aiuto a una tribù curda fantasma basandosi su un messaggio telefonico... Zak, steso accanto a lei, fu colto da uno spasmo. Il suo dormiveglia era sempre più agitato. Cécile si sforzava di vederci un segnale positivo.

La ricercatrice si affrettò a nascondere il telefonino sotto la tela mentre Estêre e Aman si stendevano accanto a lei. L'attimo dopo due ombre armate coprirono le stelle e il cono luminoso della torcia scivolò su di loro senza fermarsi, come una goccia d'acqua su un vetro.

Il rumore dei passi si allontanò.

Cécile aveva deciso. Sotto la coperta, alla luce dello schermo, le sue dita danzarono sul touch screen. Estêre la interrogò con gli occhi.

«Il Parlamento mondiale delle religioni» bisbigliò Cécile digitando il messaggio. «Ho lavorato con loro più di sei mesi per il rapporto RS2A-2014. Ero in contatto diretto con il presidente, Viorel Hunor, un ortodosso rumeno. Ci ha già salvato una volta. Ho una buona memoria, ricordo il suo numero. Mi dispiace, Estêre, non ho niente di meglio da proporre. È la nostra unica possibilità, sempre che gli riveliamo tutto...».

Mentre scriveva, Zak grugnì qualcosa di incomprensibile di cui Cécile non riuscì a cogliere neanche una parola. Stava delirando! Gli accarezzò la fronte per calmarlo, poi rilesse il messaggio.

Cécile Serval. Arsène Parella. Monte Ararat. Accampamento curdo. Prigionieri di assassini azeri. Capito tutto. Noè = Cortés. Siamo pericolo morte.

Aggiunse la serie di cifre che aveva imparato a memoria.

39° 45' 41.96" N

44° 18' 36.54" E

Zak gemé di nuovo. Prima di massaggiargli le tempie, Cécile spinse il tasto verde e coprì col palmo il telefonino per soffocare il suono del messaggio inviato, che nel silenzio notturno immaginò potente come una sirena.

Niente si mosse.

Le guardie ripassarono più volte.

Ronda interminabile.

Cécile non dormiva.

Dopo qualche minuto, o forse qualche ora, le guardie respinsero rumorosamente col calcio dei mitra due capre che tentavano di avvicinarsi per scaldarsi alle ceneri del fuoco. Ridevano come ubriachi. La voce sorda di Zeytin li richiamò all'ordine. Nell'accampamento tornò il silenzio. Il freddo aggredì di nuovo Cécile. La mano bollente di Zak le si infilò sotto la giacca a vento, sotto il maglione polare e si fermò sul suo petto.

Si era avvinghiato a lei.

Alla fine crollò nel sonno convinta che sarebbe morta di freddo durante la notte.

109
St. Mary's Thornbury Church, Melbourne, Australia

I sei enormi seni delle tre bionde tendevano il tessuto elastico degli attillati top ogni volta che salivano di un'ottava. Roba da far saltare le cuciture.

Why should I be discouraged

And why should the shadows fall

Sotto le microscopiche minigonne le lunghe gambe nude ondeggiavano al ritmo dell'organo.

When Jesus is my portion

My constant friend is He

Da anni le tre devote parrocchiane costituivano la corale della chiesa cattolica di St. Mary Thornbury cantando il gospel a gola spiegata... nel senso letterale dell'espressione!

Viorel Hunor sospirò rassegnato. Sembravano tre sorelle, ma in realtà erano una madre e due figlie... forse vergini, ma non proprio immacolate! Del genere abbronzatura senza il segno del costume.

Il metropolita aveva cura di non assistere soltanto alle messe ortodosse organizzate dalla comunità greca di Melbourne, la più importante al mondo dopo quella di Chicago. Melbourne ci teneva a mantenere la propria reputazione ecumenica, e Viorel Hunor surfava tra i riti delle Chiese armena, apostolica, cattolica, copta e anglicana. Già da qualche settimana rimandava la messa cattolica. Alcune australiane vi assistevano praticamente in bikini. Dato che i fedeli si facevano sempre più rari, al parroco di St. Mary non passava per la testa di non farle entrare. Ancora un po' e sarebbe andato a montare l'altare sulla spiaggia di Saint Kilda.

«Scusate signorine» fece Viorel Hunor alzandosi e sfiorando con la sottana nera una fila di gambe dorate.

In tasca gli era appena vibrato il telefono.

Le tre bionde stavano continuando a urlare il karaoke liturgico quando il metropolita si chiuse alle spalle la porta della chiesa e uscì sollevato in Collins Street, dove una folla variopinta percorreva la via pedonale piena di boutique internazionali. Prese in tasca il telefono col gesto sciolto dell'uomo d'affari e lesse l'SMS.

Intorno a lui Collins Street sembrò bloccarsi.

Un messaggio di Cécile Serval.

Quella sciocchera della ricercatrice francese gli forniva su un vassoio d'argento tutte le informazioni, comprese le coordinate geografiche precise al decimo di grado dell'accampamento curdo fantasma situato da anni tra i basalti dell'Ararat, l'unico pezzo che gli mancava per mettere in moto l'ingranaggio del protocollo AHORA.

Alcuni pedoni affrettati lo urtarono, chi scusandosi e chi innervosendosi nel vederlo fermo in mezzo alla strada con l'aria trasognata.

Viorel Hunor rilesse il messaggio di Cécile Serval. Un tizio sudato che correva a torso nudo gli passò a un millimetro.

Accampamento curdo.

Prigionieri di assassini azeri.

Siamo pericolo morte.

Quante persone abitavano in quell'accampamento? Quanti bambini? Quante donne? Quante ore di preghiera gli ci sarebbero volute per espiare? Quando aveva consacrato la sua vita alla Chiesa, in un'epoca in cui Ceaușescu faceva ancora l'apprendista calzolaio, mai avrebbe immaginato che un giorno il suo dovere gli avrebbe imposto di condannare a morte degli esseri umani.

Condannarne alcuni per evitare che ne morissero a milioni.

Ripensò brevemente al ricatto di Zak Ikabi, al furto dei frammenti segreti del Libro di Enoch, alla sua minaccia di rivelarli al grosso pubblico... Se non stava bluffando, le Chiese del mondo avrebbero dovuto profondersi in smentite con la mano sul cuore, non avrebbero badato a spese per dimostrare che era solo una bufala, avrebbero acceso controfuochi per dirottare l'attenzione internazionale verso altre emergenze... Sarebbe stato molto più facile negare la veridicità di scritti millenari che neutralizzare gli effetti di una prova concreta raccolta in cima all'Ararat, una prova capace di far cadere la maschera delle religioni con estrema brutalità, come capita al bambino quando la notte della vigilia scopre che Babbo Natale è i suoi genitori. In pochi minuti sarebbero crollati secoli di lente costruzioni clericali, riti sacri, luoghi santi, controllo sociale, morale e cerimonie che accompagnano la nascita, la morte, l'amore... Sarebbe stato il caos, la disperazione per miliardi di umani.

Non doveva succedere.

Non doveva assolutamente succedere.

Per quello era stato eletto alla guida del Parlamento mondiale delle religioni.

Per la sua intransigenza.

Viorel Hunor si trovava ancora in Collins Street quando la porta della chiesa St. Mary Thornbury si aprì per lasciar uscire i fedeli vestiti a festa. Le devote più giovani e meno abbigliate si precipitarono verso le boutique di vestiti o profumi e i fast food.

Le religioni non sono altro che marche, pensò Viorel Hunor, multinazionali che si spartiscono il mondo.

Fece passare la folla e si spostò presso l'ingresso verde prato di United Colors of Benetton. Digitò il numero di telefono della linea protetta e si limitò a scrivere cinque lettere.

AHORA

110
Accampamento curdo sul monte Ararat, Turchia

Cécile si svegliò di soprassalto per un acuto dolore alla pancia.

Le prime cose che sentì e vide furono una risata demoniaca e una suola di cuoio macchiata. Zeytin sembrava divertirsi molto a svegliare i pastori curdi a colpi di stivale. Zak, Estêre e Aman subirono lo stesso trattamento.

«In piedi!» urlò il mercenario. «Non vi vergognate a dormire fino a tardi quando il vostro professore si è messo i ramponi già da due ore?».

Un sole rosso stava affrontando il terreno gelato in un duello termico mattutino. Cécile si strofinò gli occhi e osservò l'accampamento. La tenda di Arsène era vuota. Insieme a lui erano scomparsi i cinque curdi, gli zaini con i materiali, Cortés e metà dei suoi uomini.

Zak si stiracchiò e si passò le dita sulle costole dolenti. Aveva un'aria rilassata, si vedeva che aveva riposato bene. Estêre fece un occhiolino complice a Cécile...

Magiche virtù delle piante...

Zak si alzò e storse la bocca dal dolore quando cercò di spostare il peso sulla gamba sinistra.

«Piano» gli raccomandò Estêre. «Non devi mica correre in cima alla montagna dietro a quello stronzo di Cortés».

Cécile lo aiutò a reggersi in piedi. La ricercatrice si produsse in un ampio sorriso, osservò diffidente i mercenari armati di bicchierini di metallo che si dividevano il caffè fumante di un pentolino e si accostò all'orecchio di Zak.

«Ci tengono in ostaggio, sono tanti e armati... ma ci resta una debole speranza. Stanotte, mentre lei delirava, ho avvertito Viorel Hunor».

Zak si raddrizzò e la guardò con occhi inorriditi che la fecero fremere, poi la afferrò per le spalle e le parlò come se fosse una bambina imbranata.

«Cristo, Cécile, era l'ultima cosa da fare!».

Per non attirare l'attenzione dei mercenari Cécile si trattenne dallo sbattergli in faccia tutta una serie di obiezioni: che era comodo svegliarsi e criticare le iniziative degli altri, che se non ci fossero state lei ed Estêre... che probabilmente conosceva Viorel Hunor meglio di lui, che...

Estêre interruppe il corso dei suoi pensieri.

«Hanno fatto una linea...».

Accanto a lei Aman singhiozzava. Estêre ci mise un'eternità a terminare la frase.

«Una linea dritta per terra... Là, accanto alla breccia».

Tutti guardarono in quella direzione. Muti.

Durante la notte gli uomini di Cortés avevano scavato nel terreno gelato un lungo solco rettilineo di una ventina di metri. Alcuni di loro stavano asciugando le armi bagnate di rugiada e discutendo su quale fosse la posizione migliore.

Tutti i curdi pensarono la stessa cosa.

Un plotone d'esecuzione.

La voce di Zeytin gelò loro il sangue nelle vene.

«Avete scoperto la sorpresa? Carino da parte nostra, no? Ma prego, avvicinatevi, c'è posto per tutti».

Nell'accampamento erano rimasti quattro uomini piuttosto avanti con gli anni, sette donne e tredici bambini tra cui Aman. Zeytin disponeva di una quindicina di uomini armati.

«Da principio avevo pensato di bruciarvi vivi» disse il braccio destro di Cortés, «ma Cortés mi ha fatto notare che il rogo si sarebbe visto da troppo lontano. Peccato... Ci accontenteremo quindi di farvi fuori all'antica, con i kalashnikov».

Rise soddisfatto, come se in assenza di Cortés si sentisse obbligato a esprimersi con lo stesso cinismo. «Non credo proprio che l'esercito turco avrebbe avuto altrettanti riguardi».

Cécile aveva smesso di ascoltarlo. Stava cercando di fare il vuoto nella sua testa per passare in rassegna tutte le possibili strategie. Fatica sprecata. C'era un'unica strategia concepibile.

Scappare.

Correre in tutte le direzioni tutti insieme. Gli assassini li avrebbero bersagliati come conigli, ma forse due o tre si sarebbero salvati.

Magari un bambino.

Tutto pur di non lasciarsi condurre al mattatoio senza tentare qualcosa.

Il chiarore del mattino offriva una vista panoramica sulla pianura di Doğubeyazit, tremila metri più in basso: Iran, Turchia e Armenia sepolti sotto la stessa polvere ocra.

«Non perdiamo altro tempo» decise Zeytin.

I mercenari armarono i fucili mitragliatori. Nessun curdo si mosse. Solo Estêre avanzò fino al centro dell'accampamento. Giunta di fronte alla cenere fredda del fuoco si fermò e disse qualcosa con voce chiara, probabilmente in curdo o in un dialetto vicino al curdo. Né Cécile né i miliziani capirono. L'unico a reagire fu Zak, che prese Cécile per la vita e le sussurrò all'orecchio:

«Faccia come loro».

Zeytin, diffidente, non ebbe bisogno di ricorrere a mezzi coercitivi. Lentamente, quasi religiosamente, con una strana docilità, la tribù di pastori si diresse verso il solco scavato dagli uomini di Cortés. Tutti mormoravano le stesse parole incomprensibili.

Cécile pensò che recitassero una preghiera funebre.

Zak la spinse a unirsi al gruppo, lei si arrese. Quei pastori curdi si avviavano a farsi fucilare limitandosi a salmodiare la gloria di divinità sorde e incompetenti, che fossero angeli del cielo o diavoli al calduccio nelle viscere del vulcano.

Fatti fuori come conigli immobili.

E lei con loro.

Cécile si guardò intorno un'ultima volta. A parte gli uomini di Zeytin, disposti in modo da presidiare il terreno, il vasto altopiano era deserto. A osservare stupite le manovre degli umani, masticando cardi stentati, c'erano soltanto le capre dal corno solo. Anche Aman, per mano alla madre, si era messa a cantare insieme agli altri bambini curdi.

«Faccia come loro, Cécile» la supplicò Zak. «Ripeta le loro parole».

«Ma... non tentiamo niente?».

«Sì... Preghiamo...».

I pastori curdi si misero in fila. Gli uomini di Zeytin si posizionarono di fronte a loro senza fretta, indifferenti, come se stessero svolgendo un lavoro di routine. Si udì lo scatto dei caricatori. Il metallo delle canne luccicò. Cécile non poté fare a meno di alzare gli occhi al cielo sperando nel miracolo, aspettando di veder scendere qualcuno, gli angeli decaduti, Enoch, Viorel Hunor...

Ma il cielo continuava a essere disperatamente limpido.

Per coprire le preghiere dei curdi Zeytin sbraitava ordini.

111
Vetta del monte Ararat, Turchia

A seconda delle variazioni di pendenza la colonna di venticinque uomini si allungava o si accorciava sullo stretto corridoio di ghiaione come una collana elastica di perle variopinte. I colori brillanti delle giacche a vento e degli zaini creavano un netto contrasto con l'immensità del paesaggio in bianco e nero.

«Ora gli strati di nebbia si faranno più densi» avvertì Parella con voce monocorde.

Cortés, con la faccia coperta da un passamontagna nero, seguiva il professore. Dietro di loro la fila degli uomini si stiracchiava per una quarantina di metri. Cortés ritrasmise l'informazione ad Ahmet, alle sue spalle. Da quando si era svegliato, Parella forniva ai mercenari una collaborazione rassegnata che consisteva nel dare ordini con la precisione di un chirurgo navigato. Cortés si gustò il dilemma nel quale aveva intrappolato il professore, che collaborando credeva di salvare la vita ai suoi compagni... senza sapere che a quell'ora Zeytin doveva già averli giustiziati.

Un vento freddo sferzava i volti. Prima di partire Parella aveva comunicato loro la lista dei materiali da portare: calzamaglie calde, giacche a vento, cappello, guanti da sci, ramponi, corde, compresse contro il mal di montagna...

Era quello che Cortés voleva da lui. Una volta tornati l'avrebbe fatto fuori come gli altri.

L'ascensione continuava a essere agevole, anche se il cammino si restringeva e la salita si faceva più ripida. L'erba era sparita completamente. La neve si accumulava ai piedi delle rocce basaltiche, talvolta lisce come specchi e talvolta punteggiate da miriadi di alveoli. Cortés consultò l'altimetro. Erano quasi a cinquemila metri...

Il vento soffiava in maniera continua sollevando fiocchi di neve sparsi. Quasi tutti gli uomini avevano indossato occhiali da sci. Tra loro e la pianura che si estendeva a perdita d'occhio tremila metri più in basso galleggiavano strati di nebbia, come in assenza di peso.

«Non posso garantire che saremo in grado di arrivare in cima» borbottò Parella. «A questa quota la nebbia è imprevedibile».

Cortés imprecò. Che quel vecchio non si azzardasse a giocargli un brutto scherzo... Non era disposto a credere che le forze della natura fossero capaci di coalizzarsi per evitare di rivelargli il segreto dell'Ararat. Continuarono a salire in silenzio.

Vari minuti dopo Parella rallentò e prese un thermos dallo zaino.

«Anche se fa un freddo glaciale non bisogna mai smettere di idratarsi» commentò.

Il vento violento impediva che i consigli del professore fossero uditi a più di cinque metri. Cortés ordinò che si passassero l'avvertimento di uomo in uomo. I pesanti scarponi di Parella sprofondavano nel sottile strato di neve. Si era già rimesso in cammino tenendo un'andatura lenta e regolare, a quanto pareva niente affatto disturbato dalla rarefazione dell'ossigeno, probabilmente per la grande esperienza di alta montagna che aveva. Cortés invece sentiva il proprio battito cardiaco accelerare. Si sforzò di concentrarsi su ogni passo e ogni respiro per evitare che l'eccitazione prendesse il sopravvento su tutti gli altri pensieri.

La vetta era ormai a poche centinaia di metri. Il vento incessante lo inebriava. Non potendo intrufolarsi dai polsi o dalle caviglie gli avviluppava le labbra e gli occhi immergendo l'atmosfera in un'irrealtà sfocata. Quasi a sorpresa, uno strato di nebbia si aprì davanti a loro con l'eleganza di un sipario rivelando il grande nevaio.

Tutti si fermarono. Conoscevano le disposizioni. L'unica difficoltà dell'ascensione dell'Ararat, peraltro relativa, consisteva nel superare duecentotrenta metri di dislivello sui fianchi di un ghiacciaio. Anche se la pendenza non era molta, bisognava mettersi i ramponi e legarsi in cordata. Il rischio principale non era cadere, ma smarrirsi in una nebbia dai movimenti imprevedibili. Gli incidenti mortali sull'Ararat non erano mai le cadute, ma le sparizioni di turisti imprudenti che si allontanavano un attimo dal gruppo e non venivano più ritrovati.

Ancora poche decine di metri.

Ormai il ghiacciaio pelato si piegava sotto i loro passi.

«In cima c'è meno nebbia» spiegò Parella tirando la fune che lo legava al resto della cordata. «Non ci resteremo più di quindici minuti. Il vento disperde la nebbia, è vero, ma ti congela senza che te ne accorga».

Ultimi dieci metri.

Uno a uno arrivarono sulla cima e si immobilizzarono. Davanti ai loro occhi stupiti si estendevano a perdita d'occhio il Kurdistan e, molto oltre, l'Armenia, l'Iran e la Turchia.

Un mercenario russo puntò la mano verso nord.

«L'Elbrus!».

Parella guardò l'orologio. Cortés azionò il cronometro da polso con il dito inguantato e sollevò lo sguardo. Di colpo si bloccò, incapace di credere a quello che vedeva. Davanti a lui l'orizzonte era coperto da una piramide nera dalle forme geometriche perfette.

Il gigantesco triangolo ricopriva la pianura.

Cortés tremò suo malgrado. Qualcosa stava sfuggendo al suo controllo. Non capiva.

Era vittima di una monumentale allucinazione?

112
Ankara, Turchia

I flauti indiani del secondo movimento della *Sinfonia dal Nuovo Mondo* stavano coprendo già da qualche secondo le corde dei violini.

Il telefono suonò in quel momento.

5.03

Veysel Erogun, capo dei servizi segreti turchi, si addormentava sempre dopo aver programmato una compilation sinfonica di varie ore. Gli piaceva immaginare che la musica classica fosse in grado di respingere i suoi incubi peggiori.

Prese il telefonino prima che Lamia si svegliasse.

Tre clic.

Lesse il messaggio.

Cinque lettere.

Si tirò a sedere sul letto, incapace di fare altro, lasciando che le lente onde dell'adagio sommergessero i suoi pensieri.

Cinque lettere.

AHORA.

Cominciò a sudare. Non era la prima volta che si accingeva a ordinare un omicidio in nome della ragione di Stato, ma mai ne aveva scatenato uno di quell'ampiezza.

Tutti quei civili...

Accese la luce del comodino.

Lamia grugnì: la musica, la luce, il rumore...

Veysel vedeva di lei solo la schiena nuda. A quasi sessant'anni continuava ad adorare la schiena di sua moglie. Le era venuta qualche ruga, le era calato un po' il seno, la pancia le faceva qualche grinza, ma la sua schiena continuava a essere impeccabile, che fosse stesa su una spiaggia dell'Anatolia o fasciata da un abito da sera a un ricevimento ufficiale.

O incollata a lui nel letto.

Le accarezzò la colonna vertebrale dalla nuca al sedere per farle ritrovare il sonno. Lei si rigirò nelle lenzuola divisa fra incoscienza e piacere.

Con l'altra mano Veysel Erogun digitò un breve messaggio sull'iPhone.

A Faruk Yildin, ministro turco della Difesa, piaceva svegliarsi presto e leggere un'oretta. Si sprofondava in un romanzo tra le cinque e le sei, mentre nella grande villa tutti dormivano, poi, quando glieli portavano, sfogliava i giornali internazionali. Dall'inizio della settimana era immerso nelle rocambolesche avventure di Kéraban il Testardo: quel sultano da barzelletta che pur di non pagare la tassa per passare il Bosforo preferiva compiere il periplo del mar Nero lo faceva morire dal ridere!

Il telefonino posato sul tavolino basso tra il pacchetto di Marlboro e la spremuta vibrò contro il vetro del bicchiere.

Faruk Yildin arricciò il naso. Detestava essere disturbato a quell'ora benedetta. Fu sul punto di non rispondere. Diventato ministro a soli trentotto anni, i media lo consideravano un arrivista che bruciava le tappe, mentre in fondo era solo un romantico travolto dagli eventi. Finì il capitolo, lasciò controvoglia l'irascibile Kéraban sull'orlo dell'attacco isterico, dette un tiro alla sigaretta e si chinò a prendere quell'invenzione diabolica capace di raggiungerti nei luoghi più remoti per collegarti ai tumulti del mondo.

Il fumo gli si bloccò in gola. Attaccò a tossire col rischio di svegliare i sei figli.

Una sola parola.

AHORA

I dettagli di quell'accidente di protocollo erano nella cassaforte del suo studio, ma ne conosceva a memoria le modalità. Molto prima che lui diventasse ministro erano state discusse da un suo predecessore che si occupava anche di sicurezza interna e culti religiosi. Faruk Yildin si era stupito di trovare alla fine del protocollo AHORA le firme di vari imam e dei rappresentanti di alevismo, yarsanismo e yazdanesimo, ossia i culti degli angeli praticati dai curdi, insieme alla firma del presidente della repubblica! Si trattava di un vecchio accordo tra lo Stato laico e le religioni dell'area. E c'era ancora chi sosteneva che la Turchia non fosse una repubblica basata sul consenso!

Si prese la testa fra le mani per riflettere. Di quel protocollo lui era soltanto una delle cinghie di trasmissione, quella del governo. La decisione spettava al capo dei servizi segreti, Veysel Erogun, e l'applicazione allo stato maggiore dell'esercito. Quanto al resto, il numero dei morti, gli esaltati che sarebbero stati scelti per eseguire senza troppo chiasso il massacro e i motivi arcaici di un tale spiegamento di forze, preferiva non saperne niente.

Sentì un rumore al piano di sopra.

Ripensò all'attacco di tosse di poco prima.

Fregato!

Fra un attimo sarebbero scesi i bambini, gli si sarebbero arrampicati sulle ginocchia, si sarebbero trasformati in dittatori alti un soldo di cacio che pretendevano coccole, scodelle di cereali e DVD... Mise prudentemente via *Kéraban il Testardo* sotto il tavolo del salotto, prese il cellulare e andò a chiudersi nel suo studio.

Il generale Ağar cavalcava con rigidità tutta militare la snella e sportiva aiutante di campo. Ci teneva che Ajda, di trentatré anni più giovane di lui, non avesse motivo di lamentarsi per essersi scelta come amante il decano della guarnigione, e si faceva un punto d'onore a farla godere tre volte per notte, due la sera e una la mattina. A cinquantanove anni il generale Ağar poteva vantarsi di avere ancora un'erezione in grado di soddisfare l'harem del Topkapi... e non era certo il bel culo abbronzato della sua aiutante di campo che gliel'avrebbe fatta passare.

Suonò il telefono.

Ağar lo ignorò. A quattro zampe sul materasso beige, con muscoli di braccia e gambe tesi, la brunetta si aggrappava alle sbarre arrugginite del letto da campo. Ajda aveva una netta preferenza per quella posizione e Ağar non aveva niente in contrario, anche se una vocina nella testa gli diceva che la giovane amante prediligeva quella posizione perché le evitava la vista panoramica sul pancione del generale che ballonzolava al ritmo del suo su e giù.

Il telefono insisteva.

Ağar imprecò, accelerò l'andatura. Ajda reggeva la cadenza, la puledra resisteva bene. Il generale pompava. Dopo l'ultima curva, lungo rettilineo e sprint finale!

Ancora quel cazzo di telefono. Ağar si piegò in avanti e incollò il pancione molle come un sacco di biancheria sporca sulle natiche della bella per sbirciare oltre lei.

Oh cazzo!

Sul touch screen c'erano cinque lettere.

Il suo leggendario vigore si sgonfiò come un palloncino bucato.

AHORA

Ajda si voltò con l'espressione furiosa della bambina che si aspettava il dolcetto promesso. Ağar la rovesciò sul fianco.

AHORA...

Il generale sedette sul bordo del letto. La pancia gli si adagiò sulle cosce pelose.

05.11 indicava la sveglia sul comodino.

Sapeva perfettamente il macabro seguito degli eventi. Nei minuti successivi, fra i tremilacinquecento ufficiali che dirigevano l'esercito turco avrebbe dovuto trovare un uomo freddo come un serpente, furbo come un'anguilla e imbevuto di odio quanto bastava per mettersi alla testa di un commando che avrebbe fatto fuori senza battere ciglio decine di civili curdi.

Uomini, donne e bambini.

113
Vetta del monte Ararat, Turchia

Il vento violento della vetta accecava Cortés, gli ghiacciava il passamontagna, gli sollevava e sbatteva le palpebre come fossero persiane. Il mercenario si tolse gli occhiali per guardare meglio il miracoloso triangolo nero che continuava a prendersi gioco di lui, sospeso nel vuoto come una nuvola estesa chilometri disegnata da un dio col righello.

Poi capì e si mise a ridere: stava contemplando l'Ararat! La piramide era in realtà l'ombra immensa della cima che si stagliava nel vuoto abissale in proporzioni tanto smisurate quanto rettilinee. Si dette dello stupido, anche se l'illusione era effettivamente inquietante.

I venticinque uomini, sempre in cordata, erano stretti l'uno all'altro, congelati, in attesa di ordini.

«Venga» disse Cortés a Parella.

L'assassino si avvicinò al professore tirandosi con la corda e lasciando tra sé e il miliziano più vicino una distanza di due metri, più che sufficiente, col vento che soffiava nella loro direzione, perché nessuno sentisse quel che doveva dire a Parella.

«Ho studiato bene il rapporto RS2A-2014, professore. La sua analisi dello spessore dei ghiacci è implacabile. Il satellite non mente. Lei non localizza l'anomalia dell'Ararat in questo punto, ma un po' più avanti, una cinquantina di metri a sudest. E, dopo i recenti scioglimenti, quasi affiorante, a portata di mano...».

Parella sorrise.

«È meglio che mi stacchi, allora. Abbiamo poco tempo».

Cortés sembrò divertito. Un'eccitazione furiosa gli brillava nelle pupille.

«Non ci conti, professore. Credo di aver studiato il rapporto quanto basta per non perdermi nell'altopiano sommitale».

Poi si voltò e gridò controvento:

«Bechir, Ahmet, staccatevi e venite con me! Tutti gli altri rimangano in cordata. Torno fra dieci minuti».

«È una pazzia!» reagì Parella. «La nebbia può arrivare in qualsiasi momento. Appena scenderà un paio di metri verso sud si ritroverà immerso nella panna montata».

Cortés non lo stava più ascoltando. Si era incamminato a passi regolari sull'altopiano affiancato da Bechir e Ahmet. Il ghiacciaio era in lieve discesa. Dopo neanche un minuto che avanzavano già non vedevano più il gruppo.

Cortés, a testa china, consultava in continuazione il GPS che teneva nel palmo del guanto. Continuarono ancora per vari secondi, i miliziani guidati dalla voce del capo. Un vento impetuoso frustava le facce; la nebbia, fitta e gelida, impediva loro di vedere a più di due metri.

«Bechir, aspettaci qua!» ordinò Cortés.

«Ma... ha detto di non separarci» balbettò il mercenario, talmente nel panico da osar contraddire il capo.

Cortés non aveva tempo di fargli pagare quell'impertinenza.

«Rimani qui con gli occhi fissi sull'orologio! Ogni dieci secondi lancia un grido, più forte che puoi, e ogni minuto spara un colpo in aria con la Makarov, chiaro?».

«Va bene...» si rassegnò Bechir.

Cortés e Ahmet si addentrarono in una nebbia che si tagliava col coltello. Il freddo si infilava nelle scarpe, nel collo, nei guanti, come se il vento avesse sconfitto ogni strato protettivo.

Alle loro spalle risuonò uno sparo.

Già sette minuti che camminavano sulla sommità.

Cortés imprecò. Consultò un'altra volta il GPS sbattendo le palpebre sotto un nevischio pungente come schegge di vetro, camminò per qualche altro metro e si fermò.

«Tocca a te, Ahmet. Stesse consegne. Non ti muovi da qui, fai un grido ogni dieci secondi e uno sparo ogni minuto. Dipende tutto da voi, adesso. Siete i miei fari...».

«Sei sicuro di quello che fai, Cortés?».

«Sicurissimo!».

Mise la mano sulla spalla di Ahmet, gli rivolse un ultimo sorriso e scomparve nel buio bianco.

114
Accampamento curdo sul monte Ararat, Turchia

Il sole nascente faceva brillare gli occhi degli uomini di Zeytin allineati di fronte ai pastori curdi. Nell'immenso altopiano deserto i due schieramenti si fronteggiavano. Era una lotta impari. Anzi, non ci sarebbe proprio stata lotta. I mercenari armati di kalashnikov avevano davanti a sé una fila di vecchi, donne e bambini.

E un ferito.

Zak aveva difficoltà a reggersi in piedi, si appoggiava alla spalla di Cécile. La ricercatrice continuava ad alzare verso il cielo occhi imbevuti di lacrime.

«Non ci speri» gemé Zak.

«Parla di Viorel Hunor? Le sue guardie svizzere ci hanno già salvato a Palermo in una situazione analoga».

Zak abbozzò un sorriso disincantato.

«Stavolta non ci conti».

Il salmo dei curdi risuonava sull'altopiano. Estêre continuava a scandire le parole e gli altri pastori a rispondere. Il coro acquistava vigore. Tutti si davano la mano formando una lunga catena. Cécile, benché poco convinta, dette la destra a Zak e la sinistra ad Aman.

«Ripeta anche lei» le mormorò Zak. «Ripeta foneticamente le parole di Estêre».

Cécile, sull'orlo del pianto, lo osservò: così anche lui aveva perso ogni speranza.

«Il più forte possibile» insisté Zak. «Con tutto il fiato che ha in corpo».

E si mise anche lui a scandire gli incantesimi curdi. Cécile ripeteva a pappagallo, senza capire.

«*Haval, dilber. Haval, dilber. Hatin hana. Hatin hana...*».

«Chiudete il becco!» urlò Zeytin.

Il mercenario si mise la mano a visiera sulla fronte per proteggersi dal sole. I curdi, indifferenti ai suoi ordini, continuarono con rinnovata intensità. Zeytin fece un'alzata di spalle. Il sole, che tingeva di rosso l'Ararat, faceva luccicare le canne dei kalashnikov.

«Puntate!» ordinò.

I dieci mitra si posizionarono in orizzontale. Cécile chiuse gli occhi e li riaprì. Attraverso uno schermo di lacrime stentava a credere a quello che vedeva. Come in risposta alle preghiere curde, un inverosimile fenomeno si stava orchestrando alle spalle dei miliziani nel massimo silenzio.

Solo una coincidenza?

«Basta così, finiamola» disse Zeytin. «Mirate!».

Le mani si contrassero sul grilletto. Tutte tranne una. Un miliziano posò il fucile mitragliatore e si rivolse al capo.

«Zeytin?».

«Che c'è, Zako?».

«Sono iracheno, ma parlo un po' il curdo, per via di mio zio. Non stanno pregando».

Zeytin sospirò.

«Allora che blaterano?».

«*Haval* vuol dire "amici", *dilber* significa "cari miei" e... *hatin hana* si può tradurre con "venire in aiuto"».

Zeytin scoppiò a ridere.

«Stanno pregando gli angeli, Zako. È dalla notte dei tempi che questi deficienti di curdi pregano gli angeli!».

Alzò gli occhi. Dietro la montagna le ultime nuvole tinte di rosa si sfilacciavano rivelando un azzurro limpido. Zeytin si rivolse agli uomini.

«Tenete d'occhio il cielo, ragazzi. Se avvistate tizi con le ali fateli fuori!».

Scroscio di risate. Zeytin si inorgoglì. Non era poi così difficile fare i cinici nel pieno dell'azione. Cortés avrebbe apprezzato. La voce stentorea di Estêre coprì le ultime risate.

«*Kirin*!».

«*Kirin*» ripeterono i curdi, Zak e Cécile.

Immobili. Uniti sulla stessa linea. Offrendo il petto. Tenendosi per mano.

«Mirate» ripeté Zeytin. «Al cuore!».

Una mano umida gli si posò sulla spalla.

«Non stanno pregando, capo. *Kirin* in curdo significa "attaccate". Stanno organizzando qualcosa».

«Hai rotto i coglioni, Zako!».

Zeytin osservò stupidamente il cielo. La cicatrice gli faceva male, di solito era un brutto segno. Attaccate? Quei curdi erano lì in fila, inoffensivi come agnellini al mattatoio. Il grido di Estêre sembrò far tremare la montagna.

«*Kerx! Kirin kerx!*».

Zeytin interrogò Zako con lo sguardo. Il curdo iracheno tremò mentre traduceva.

«"Uccidete! Attaccate per uccidere!"».

Zeytin si passò la mano sul cranio pelato. Doveva farla finita, fucilare quei pastori e concludere lì la storia.

«*Kerx*!» gridarono venti voci all'unisono.

Cécile chiuse gli occhi. Aveva visto la minaccia radunarsi alle spalle degli assassini discreta, invisibile, organizzata, reattiva agli ordini dei suoi padroni.

I miliziani non ebbero il tempo di reagire né di accennare il minimo gesto di difesa. Nello stesso istante sentirono i tendini delle caviglie cedere con un dolore fulminante e le cosce crivellate da frecce invisibili scagliate da dietro. Caddero falciati come fili d'erba.

Inginocchiati a terra, tramortiti o solo inebetiti, furono trafitti alla schiena da decine di lance acuminate.

Il sangue sgorgava a fiotti. Alcuni cercarono di voltarsi, ma i corni li infilzarono alla pancia, al petto o al collo con la stessa facilità di coltelli affilati che tagliano una bistecca.

Ci furono solo tre spari.

Ridicoli.

Zeytin strisciò per qualche metro. Il suo corpo grassoccio lasciò sull'erba rasa una scia rossa. Quando capì che le forze lo stavano abbandonando si rannicchiò in posizione fetale, con le mani sulla faccia. Un'ombra lo sovrastò, poi il corno gli perforò la fronte con precisione chirurgica nel punto preciso in cui passava la cicatrice. Zeytin urlò inorridito. La pelle della faccia gli si divise in due, come se la cucitura dell'epidermide avesse ceduto di colpo.

Silenzio.

Si sentiva solo il rantolo di qualche mercenario agonizzante.

«*Kerx*» ripeté Estêre, implacabile.

I corni trapassarono il cuore dei sopravvissuti. Era tutto finito. L'intera carneficina non era durata più di tre minuti.

Le capre dal corno unico si radunarono davanti ai pastori curdi. Erano più di una cinquantina, vivaci, rapide. Ogni uomo di Zeytin era stato attaccato da quattro o cinque animali.

«*Raweste*» mormorò Estêre. «Basta così».

Il gregge si disperse. Le capre dal corno unico non degnarono di uno sguardo il mucchio di cadaveri che si lasciavano alle spalle. Calpestarono la pozza del sangue che scolava verso il centro dell'accampamento e tornarono alle consuete occupazioni: brucare i rari ciuffi d'erba.

La piccola Aman stringeva forte la mano della madre mentre seguiva con lo sguardo la sua unicorna Leka che si era allontanata con gli altri animali calma, serena e dolce come al solito. Cécile stava con gli occhi sgranati e la bocca aperta, quasi scordandosi di respirare. Le domande le restavano bloccate in gola.

«Ma che...? Cosa...?».

«Non possiamo restare qui» fu la risposta di Zak. «Dobbiamo scappare più veloci che possiamo. Ci rifugeremo nelle grotte di Ahora».

Poi scrutò il cielo.

«Gli angeli?» domandò Cécile.

«Peggio. E stavolta gli unicorni non ci saranno di nessun aiuto».

115
Vetta del monte Ararat, Turchia

Cortés non fece più di dieci passi, ma bastarono per sparire alla vista di Ahmet. Ogni dieci secondi sentiva il suo grido da maiale sgozzato. Ahmet era un soldato ubbidiente, ma quanto tempo avrebbe resistito prima di trasformarsi in un blocco di ghiaccio? O di darsela a gambe?

Gli scarponi di Cortés affondavano nel ghiaccio morbido, più morbido che sul resto del ghiacciaio, come indicava correttamente il rapporto RS2A-2014, una particolarità che derivava dalla complessa azione della rifrazione solare e della microgeologia, individuabile tramite telerilevamento calcolando l'albedo della neve. C'era poco da dire, Parella e la Serval erano dei genietti nel loro campo.

Febbrile, infilò la mano nello zaino per estrarne la piccozza da scalata.

Guardò l'orologio.

Nove minuti.

Il tempo scarseggiava. Sarebbe stato già il momento di tornare indietro, ripassare da Ahmet, Bechir e raggiungere il resto del gruppo. Eppure all'improvviso non aveva più freddo. Il suo corpo irradiava un calore rassicurante in osmosi con la sua mente in fusione. La piccozza colpì una prima volta il ghiaccio, poi ancora e ancora, decine di volte.

Sentì uno sparo.

Dieci minuti!

Allucinato, si gettò a terra, lasciò la piccozza e si mise a spostare con le mani il ghiaccio spezzato, come un villeggiante isterico che scavi per un castello di sabbia. Prese di nuovo la piccozza, accelerò il ritmo. Grondava sudore sotto la maglia di Thermolactyl.

Aveva già scavato un buco di un metro e continuava a vedere solo neve immacolata, migliaia di tonnellate di neve su centinaia di metri quadrati di ghiaccio. Era un naufrago nel deserto che sperava di sfuggire alla sete scavando un pozzo con le mani. Stava inseguendo una chimera.

Altro sparo.

Undici minuti.

Cortés impugnò la piccozza con l'altra mano. Non doveva farsi venire dubbi! C'era ancora tempo, non aveva freddo. La favola dei quindici minuti fatidici in vetta era stata inventata da Parella e dalle altre guide curde d'alta montagna per sviare l'attenzione dei turisti curiosi. Quindici, venti o trenta minuti: che differenza poteva fare?

La piccozza aveva aperto un cratere di più di due metri. Inginocchiato nell'avvallamento, Cortés si accaniva. La neve gli si infilava nei guanti e nelle scarpe, lo ricopriva di brina e acqua gelida, eppure lui guadagnava in precisione e ritmo. Sfondare il ghiaccio. Rimuovere i frammenti. Sfondare di nuovo.

Lo sparo risuonò nella bruma ovattata.

Dodici minuti.

Era vicinissimo all'obiettivo. A sprazzi la nebbia si dissipava, allora vedeva confusamente la sagoma di Ahmet che saltellava sul posto nella vana speranza di riscaldarsi.

Tredici minuti.

Ormai non avrebbe certo mollato. Non arrivato a quel punto. A costo di morire congelato non avrebbe rinunciato. Cortés stava perdendo lucidità. Era entrato interamente nel buco, come se stesse scavando la propria fossa.

Sedici minuti.

La scintilla gialla illuminò la neve per un'irreale frazione di secondo.

Cortés fu scosso da una specie di elettroshock, come se fra i suoi neuroni si fosse propagato un cortocircuito.

La piccozza aveva colpito qualcosa!

Scavò ancora, stavolta con la precauzione di un archeologo. Sentì la vibrazione dell'urto sulla mano e il tintinnio tipico del cozzo fra metalli.

Niente a che vedere col rumore della piccozza sulla roccia.

Aveva l'impressione che il rumore si sentisse fino al monte Elbrus. Senza più controllo, si stese sul ghiaccio e rovistò nella neve con frenesia cieca. Quasi subito i suoi guanti si chiusero su un oggetto rigido. Lo tirò a sé senza incontrare resistenza.

Con infinita precauzione se lo portò davanti agli occhi e vide che era un cilindro sottile lungo una decina di centimetri per un diametro di cinque. Affascinato, si mise in ginocchio. Sebbene a una prima occhiata potesse sembrare un pezzo di metallo, Cortés doveva arrendersi all'evidenza: l'oggetto era di un materiale che non aveva mai visto, con una grana da pietra liscia che ricordava vagamente il marmo, ma estremamente leggera, simile a una plastica molto rigida.

A dispetto di ogni prudenza si tolse un guanto. Il cilindro era tiepido. Tiepido dopo che era sepolto nella neve dalla notte dei tempi? Ne accarezzò col pollice la superficie, che sembrava liscia, ma in realtà era composta da migliaia di microfessure che ricordavano un testo inciso nella pietra o scritto in braille, ma con una finezza che nessuna mano umana avrebbe potuto raggiungere. Sembravano migliaia di croci minuscole, una diversa dall'altra, a loro volta divise in altre migliaia di croci, semplici puntini microscopici declinati all'infinito.

Lingua sconosciuta? Geroglifici da decifrare?

Cortés esitò.

In quel punto, il rapporto RS2A-2014 parlava di una forma ovale lunga centosessanta metri ricoperta dal ghiaccio. Sotto i suoi piedi, a portata di piccozza, c'era la più importante scoperta di tutti i tempi: l'arca di Noè arenata lassù. Il cilindro era un pezzetto di un insieme molto più grande, era come se avesse preso un bullone di una nave, il resto dormiva nel ghiaccio.

Uno sparo lo riscosse.

Diciassette minuti.

Si rinfilò il guanto e si alzò. Doveva mantenere la lucidità. Aveva avuto una fortuna inaudita, non era proprio il caso di sciupare tutto. A che sarebbe servita la sua scoperta se fosse morto come un idiota in cima alla montagna?

Aveva scoperto una materia sconosciuta sulla terra, aveva scoperto il primo oggetto fabbricato da un'intelligenza extraterrestre!

Ne aveva la prova!

Quell'unico campione della vera arca gli avrebbe aperto tutte le porte, gli avrebbe permesso di organizzare un'altra spedizione, di tornare. Lui solo aveva intuito la verità e in tutti quegli anni aveva creduto nella sua folle ipotesi fino in fondo. Finalmente aveva in mano il più inconfutabile corpo del reato!

Si voltò, e nella bruma mutevole vide di fronte a sé la figura impaziente di Ahmet.

Il miliziano, sgranando occhi sgomenti, osservò Cortés avvicinarsi. Baffi e folte sopracciglia erano ridotti ad altrettanti blocchi di ghiaccio.

«Hai... hai trovato qualcosa?» domandò, vagamente più tranquillo nel rivedere il capo.

Cortés non si disturbò a rispondergli.

«Torniamo indietro» disse. «Avverto gli altri, dammi la pistola».

Ahmet capì nel momento in cui l'arma cambiò di mano. Con un secondo di ritardo. La pallottola gli lacerò l'orecchio e metà della tempia.

Cortés imprecò. Le dita ghiacciate gli avevano impedito di sparare bene. Ahmet, a terra, si contorceva dal dolore. Cortés non lo degnò di uno sguardo, e senza perdere un istante camminò verso nord in direzione di Bechir, il secondo faro, di cui udiva ormai i richiami cadenzati. Far fuori Ahmet era stata la peggiore delle idiozie. Bechir doveva aver sentito due spari di seguito, era furbo, chissà come avrebbe reagito. Ahmet sarebbe morto a 5137 metri s.l.m. nel giro di qualche minuto o qualche ora, cambiava poco, ne avrebbe ritrovato il cadavere intatto fra i ghiacci in occasione della successiva ascensione.

La sagoma di Bechir stava cominciando a stagliarsi nella nebbia. Il miliziano vide venire verso di lui Cortés da solo con la pistola in pugno. Il suo istinto di sopravvivenza, decuplicato dal freddo, gli suggerì la strategia giusta.

Non fare domande!

Quando Cortés si avvicinò Bechir guardò l'orologio, tanto per darsi un contegno.

Ventidue minuti.

«Andiamo!» fece Cortés senza rallentare.

Bechir lo seguì.

Due minuti dopo raggiunsero i loro compagni in cima all'Ararat, congelati e stretti l'uno all'altro come topi in gabbia.

Due uomini giacevano nella neve staccati dalla cordata, due pastori curdi. Avevano gli occhi chiusi e la faccia bluastra. Cortés si ricordò che prima di partire dall'accampamento mancavano effettivamente due giacche a vento. Carenza organizzativa! Aveva rimproverato Zeytin sorridendo, poi aveva comunque dato ordine di far salire gli uomini con giubbotti di fortuna. Era stato attento a staccare dalla tribù gli uomini validi, anche se in fondo cambiava ben poco. Entro la fine della giornata sarebbero morti tutti.

La voce di Parella perforò il silenzio.

«Finalmente. Scendiamo».

Cortés non disse una parola. Si limitò a incrociare lo sguardo del professore affinché quest'ultimo potesse leggerci il suo trionfo, affinché capisse, senza scambiarsi una parola, che lui, Cortés, il piccolo Kyrill Eker, l'orfanello azero del Naxçivan, era in possesso della prova finale.

E che aveva quindi in mano il destino dell'umanità.

116
Guarnigione di Hakkâri, Turchia

L'acqua lattiginosa colava sui muscoli del colonnello Alim Sorgun. Il sottile rivolo della doccia fredda stentava a sciacquare il bagnoschiuma. Al colonnello piacevano solo le docce gelide, e sulla pelle non sopportava altro che il tocco rude del sapone da bucato El Kef, che stringeva in mano come un frutto appena maturo. Aveva la pelle liscia e tesa striata da decine di cicatrici, come altrettante dediche sanguinanti delle varie battaglie della sua vita.

La caccia ai greci lungo la linea verde di Cipro e nelle strade di Nicosia, le incursioni nel Kurdistan iracheno, da dieci anni il Kurdistan turco e, al momento, la noia nella città fantasma di Hakkâri, vari chilometri a sudest di Van, in cui comandava il quartier generale dell'esercito turco in Kurdistan.

Il sapone bianco cercava di scappare. Una parola rimbalzava nella mente di Sorgun, simile a una promessa.

Pulizia.

Una parola che Sorgun adorava.

Ripensava a ogni sillaba pronunciata dal generale Ağar. Lì per lì Sorgun aveva creduto a uno scherzo. Da quasi dieci anni gli abitanti dell'Anatolia vedevano i soldati della sua guarnigione più o meno come i cani randagi che infestavano la regione, li tolleravano appena. La missione più importante dei militari consisteva nel bloccare l'accesso ai siti archeologici sommersi in nome del progetto di agricoltura intensiva della Grande Anatolia e delle dighe sull'Eufrate, nel deportare la popolazione, nello sbattere in prigione per qualche giorno gli intellettuali locali che si ostinavano a raccontare in giro della distruzione dei siti e nel guardar salire il livello dell'acqua impedendo ai curdi più cocciuti di affogarsi. Un lavoro da bagnino... e neanche completo, visto che ormai affidavano quel tipo di missioni agli uomini di quel cowboy da strapazzo di Mahir Bey. Il colmo era stato raggiunto il giorno prima, quando aveva dovuto ordinare ai suoi uomini di scortare nella massima sicurezza urne zeppe di voti favorevoli ai curdi!

Noia profonda. Fino a che non l'aveva chiamato il generale Ağar...

Sorgun si accarezzò ogni cicatrice, come leggendo in braille sul corpo il racconto della propria vita. A quasi cinquant'anni gli piaceva avere i bicipiti che sprizzavano forza, gli addominali scolpiti, l'ampio trapezio senza un filo di grasso.

Il generale Ağar aveva chiamato lui, Alim Sorgun!

Se lo meritava. Nessun militare turco conosceva l'Ararat meglio di lui. Da quanto tempo aveva il sogno di pulire le pendici dell'Ararat? Ripensò alle parole del generale. Ucciderli tutti. Uomini, donne, bambini e animali. Non fare prigionieri. Non lasciare testimoni.

«Nessuno?».

«Nessuno. Che sia curdo, turco o straniero. Nessuno».

Si sentiva pervaso da un'enorme fierezza, ne aveva quasi paura. Fino al giorno prima aveva temuto che quel genere di missioni non gli sarebbe mai stato affidato. Le grandi pulizie etniche appartenevano a un'età d'oro ormai trascorsa, Armenia, Ruanda, Bosnia... Il colonnello Sorgun pensava che mai avrebbe avuto l'opportunità di assaporare l'ebbrezza di uccidere tutti i civili di un angolo di mondo ivi compresi gli intrusi, giornalisti, turisti e piantagrane vari.

Sì, "pulizia" era il termine giusto. Onore a chi l'aveva coniato. Massacrare senza pietà aveva qualcosa a che fare con la purezza assoluta.

Uscì dalla doccia. Doveva concentrarsi sulla missione. Era

un uomo efficiente. Tre elicotteri sarebbero decollati da Hakkâri e altri due da Van con a bordo trenta uomini selezionati da lui, tiratori scelti. Altri soldati sarebbero andati con i blindati fino a Emli, sopra Doğubeyazit, a quasi duemila metri, e da lì sarebbero saliti a piedi. Un centinaio di uomini in tutto. Ma sarebbero arrivati dopo, molto dopo, a cose fatte. A loro non sarebbe rimasto altro da fare che dare una ripulita, restituire all'Ararat la sua purezza.

Sorgun dette un'occhiata all'orologio posato sullo smalto scrostato del lavandino.

6.51

Non c'era tempo da perdere.

Davanti ai suoi occhi aveva già l'immagine di trenta fucili d'assalto Mehmetçik che arrivavano dal cielo per sputare morte.

117
Gola di Ahora, monte Ararat, Turchia

I sassi smossi dai piedi liberarono un torrente di pietre. Tutti, temendo la valanga, puntarono lo sguardo a monte del corridoio di morena su cui stavano procedendo. Il sentiero attraverso il quale i pastori curdi stavano cercando di raggiungere la gola di Ahora era più scivoloso di un nevaio gelato.

«Cazzo!» fece Zak mettendo un piede in fallo sul terreno instabile.

Rotolò per tre metri mentre la stampella di fortuna, un paletto da tenda in cipresso, andava a finire nella neve squagliata. Si rialzò quasi subito con una smorfia di dolore, barcollando. Per reggersi in equilibrio accettò l'aiuto di Estêre. Un filo di sangue gli segnava i pantaloni chiari all'altezza della ferita non ancora cicatrizzata.

«Andate» ordinò. «Vi sto rallentando. Vi ritroverò dopo. Conosco le grotte di Ahora come se ci fossi nato...».

Cécile raccolse il bastone.

«Non faccia il bambino, Zak. Semmai, è dicendo idiozie del genere che ci rallenta! Ci daremo il cambio, la trasporteremo di peso, se occorre, ma andremo avanti insieme. Non è difficile, bisogna solo seguire le croci incise nelle pietre dalle tribù curde antidiluviane!».

Determinata, la ricercatrice piantò il bastone nel terreno. Prima di lasciare l'accampamento Zak le aveva spiegato che la gola di Ahora era bucherellata da un inestricabile labirinto di grotte che da millenni costituivano un rifugio per i pastori curdi. Navarra le citava nel racconto della prima spedizione, quella del 1952, dichiarandosi stupito di trovare croci preistoriche incise sulle pareti rocciose.

Che ironia scoprire che si trattava di segnali ancestrali lasciati per indicare una direzione! In seguito, trasferita su un gioiello di rame, la croce era diventata il simbolo dell'unione tra uomo e donna, tra un gigante e un'umana.

Zak grugnì ma non protestò quando due curdi ultrasessantenni, Nisko e Soran, lo afferrarono sotto le ascelle.

Una capra dal corno unico, inerpicata su uno sperone di roccia, li osservava dall'alto, implorante.

La piccola Aman si fermò. La madre la tirò per la manica.

«Aman...».

La bambina aveva gli occhi pieni di lacrime. Parlava in curdo, ma Cécile la capì da come gesticolava ripetendo con insistenza una sola parola.

Leka.

Non voleva lasciarsi dietro la capra unicorno da sola.

Nessuno osò contraddirla.

Estêre alzò la mano e sorrise. Non c'era bisogno di parole tra madre e figlia. Aman saltellò sul posto dalla gioia e fece un fischio. Agile, eccitata come un cane a cui il padrone abbia dato il permesso di penetrare in un luogo vietato, la capra scese d'un balzo la scarpata.

Sullo sperone di roccia comparvero una decina di altre capre.

Cécile si strofinò gli occhi. Tutto si era svolto molto in fretta dopo il massacro all'accampamento. Ognuno aveva raccattato i suoi scarni averi, poi Cécile aveva seguito gli altri. In quel momento tuttavia non riuscì a trattenere la domanda che le bruciava sulle labbra.

«Sono... sono...».

Zak, senza smettere di camminare, accompagnò la risposta con una smorfia di dolore. Il vecchio Nisko, curvo come un arco teso, gli serviva da seconda gamba.

«Sì, Cécile... Di sicuro uno zoologo classificherebbe queste graziose caprette come unicorni. In realtà sono solo una sottospecie un po' particolare di caprini, una specie con un corno unico, un ghiribizzo della natura. Allo stesso tempo sono le discendenti dirette dell'animale che i testi antichi chiamavano unicorno, prima che le principali religioni monoteiste lo raffigurassero come un cavallo fantastico e che poco a poco la favola facesse dimenticare la realtà anteriore».

Leka, la capra a cui Aman aveva fischiato, si avvicinò a Cécile muovendosi con un'eleganza da ballerina sulle anfrattuosità della roccia, gracile e discreta guardia del corpo.

Zak riprese fiato, come se parlare gli alleviasse il dolore.

«Secondo lei, Cécile, qual è il modo migliore di nascondere una specie animale minacciata sia dai cacciatori che dai depositari delle religioni universali, che vedono in essa la prova delle loro bugie?».

«Distogliere l'attenzione?».

«Certo! I pastori curdi ricorrono a un'astuzia geniale: appena nate, torcono le corna di alcune caprette per travestirle da animali con un corno unico e far passare quella pratica per un rituale crudele e arcaico. Chi potrebbe sospettare che si tratta di uno specchietto per le allodole, che quelle poche bestiole con un corno unico, stupide e inoffensive, proteggono in realtà un gregge in apparenza simile disperso in alta montagna? Solo in apparenza, però!».

Le dita della piccola Aman si perdevano nella pelliccia di Leka, che brontolava di piacere. Zak continuò, con una voce ansimante che ritmava i suoi passi incerti.

«I curdi dicono che l'unicorno fosse l'animale preferito di Noè, il più intelligente del creato, l'unico che Noè non ha avuto il coraggio di sopprimere conservandone una sola coppia nell'arca. Un animale talmente fedele da rimanere sull'Ararat dopo che l'arca si è arenata, e per migliaia di anni!». Fece segno al vecchio Nisko di rallentare e riprese fiato. «Li ha visti all'opera, Cécile? Dubita ancora delle leggende dell'Ararat?».

La ricercatrice stava attenta a non storcersi una caviglia nei piccoli crateri di cui era costellato il sentiero a parete.

«No, Zak, no... Ora smetta di parlare, si riposi...».

Soran, un curdo tarchiato con lunghi capelli grigi, venne a dare il cambio a Nisko. Zak si morse le labbra come un bambino che non resista a svelare un segreto.

«Per dovere di onestà le farò una confidenza che non piacerà molto ai nostri amici pastori». Strizzò l'occhio ad Aman, come se si divertisse a prenderla in giro. «I curdi esagerano parecchio l'intelligenza degli unicorni! Li considerano animali sacri e li nascondono gelosamente sull'Ararat, ma io che li ho molto frequentati posso assicurarle che sono solo capre con un quoziente d'intelligenza un po' superiore alla media e con un istinto per la caccia raro tra i ruminanti».

Intelligenza superiore alla media...

Raro istinto per la caccia...

Cécile rivedeva le immagini cruente del massacro di Zeytin e dei suoi uomini.

«In realtà gli unicorni hanno suppergiù l'intelligenza dei cani. Capiranno una decina di parole al massimo: mangiare, bere, dormire, giocare...».

"Attaccare, uccidere..." completò Cécile nella sua testa.

Mentre scendeva il pendio aggrappata alla pelliccia del suo unicorno Aman rivolse una sfilza di parole in curdo a Zak, che di fronte all'espressione infuriata della bambina si mise a ridere.

«Che ha detto?» si informò Cécile.

«Niente, niente. Tutte le pastorelle dell'Ararat sono innamorate degli unicorni... Alla sua età ero come lei. Ha detto che sono un deficiente invidioso che non capisce niente della loro psicologia. Secondo lei gli unicorni sono capaci di imparare ancora più degli scimpanzé o dei delfini. Dice che amandoli nella maniera giusta...».

Zak non ebbe il tempo di finire la frase. Il piede sinistro gli era scivolato, e il povero Soran non aveva fatto in tempo a sorreggerlo. Cadde sulla gamba ferita cacciando un urlo da smuovere tutte le pietre dell'Ararat. I pastori curdi si fermarono. Soran si passò la mano tra i capelli grigi con aria dispiaciuta. Pallido e tremante, Zak non sopportò gli sguardi di compassione puntati su di lui.

«Così non ce la faremo mai!».

Misurò la distanza abissale che li separava dal baratro di Ahora, alzò gli occhi al cielo, poi li posò sulle famiglie curde parlando un po' in curdo e un po' in francese.

«Ascoltatemi tutti. Già da varie ore Cécile Serval ha mandato a Viorel Hunor, il presidente del Parlamento mondiale delle religioni, un messaggio contenente le coordinate esatte dell'accampamento nonché l'annuncio che Cortés avrebbe scoperto l'anomalia dell'Ararat. Non hanno scelta, non possono permettere che la verità si diffonda. Interverranno da un momento all'altro...». La ferita aperta sanguinava. Il tono di Zak si fece più duro. «Cécile, lei ha commesso una vera fesseria inviando quel messaggio! Eviti di commetterne un'altra obbligando il gruppo ad aspettarmi. Ci sono donne, vecchi, bambini. Scappate, o moriremo tutti sotto una pioggia di bombe».

Una vera fesseria...

Cécile apprezzò il complimento!

Non si accorse che Aman fissava Zak con occhi spenti osservandone i gesti e le grida contro l'orizzonte deserto, nessuno la vide guardare preoccupata gli unicorni sullo sperone di roccia sopra di loro.

Anche Cécile guardò verso l'alto e ascoltò il silenzio alla ricerca di indizi che preannunciassero l'imminente arrivo delle guardie svizzere di Hunor.

Niente. Tutto taceva.

Qualche migliaio di metri più in basso la pianura si estendeva a perdita d'occhio sotto un cielo disperatamente vuoto.

Cécile, offesa, si piantò davanti a Zak gonfiando il petto per la collera.

«Anch'io sarò chiara, Zak Ikabi. Sono ancora più cretina di quel che pensa. Ieri, su questa stessa montagna, ho commesso un'altra fesseria. Suo padre mi ha portato alla fonte di San Giacobbe dicendomi che prima di bere dovevo legare il fazzoletto alla rosa selvatica ed esprimere un desiderio. Secondo lei, Zak Ikabi, cosa può essere passato per la testa di una sciocca come me?».

Zak non rispose. Era in ginocchio, stava soffrendo e lottando per mantenere la lucidità. Cécile sembrava una belva infuriata. L'unicorno la osservava stupito.

«Ho espresso il desiderio idiota che lei sia quello giusto!».

Zak chiuse gli occhi. Un sudore gelido gli colava sulla fronte. La ferita gli rosicchiava la tibia, non riusciva più a concentrarsi.

«Quello giusto cosa...?» chiese.

«Quello giusto cosa?» ripeté la ricercatrice come se avesse sentito male. «Quello giusto cosa?» esplose poi. «Sono proprio una stupida! Chissà perché non ho espresso il desiderio di una cattedra a Princeton!».

Le famiglie curde aspettavano con calma, incapaci di capire il senso del torrente di parole di Cécile.

Solo Aman non li ascoltava più. In silenzio, quasi rapida quanto Leka, si era messa a scalare la parete dietro di loro per avvicinarsi agli unicorni che la aspettavano dieci metri più in alto.

Cécile riprese fiato, poi puntò il dito verso le grotte di cui era disseminata la gola.

«E ora che ci siamo concessi il lusso di ascoltare le sue geremiadi, Zak Ikabi, faremmo bene a proseguire. Si alzi e traduca i miei ordini a queste brave persone. Seguiremo queste fottute croci insieme, o giuro che la spingo nel precipizio con le mie mani!».

Nessuno sentì la risposta di Zak, che venne coperta dal grido di Estêre.

«Aman!».

La bambina si era aggrappata ai peli di Leka per superare l'ultimo dirupo che la separava dal gregge di unicorni. Si voltò, sorrise e disse qualcosa in curdo prima di sparire con Leka e gli altri animali.

Cécile chiese a Estêre di tradurre. Dovette chiederglielo più volte.

La pastora curda sembrava paralizzata. Guardava il cielo come se da un momento all'altro dovesse scenderne la folgore.

«Gli unicorni» finì per mormorare. «Non vuole lasciarli morire».

Rimase a lungo a scrutare il cielo azzurro, l'orizzonte vuoto e la parete rocciosa dietro la quale era scomparsa la figlia. Poi si voltò verso Zak, Cécile e gli altri curdi e indicò le grotte, qualche centinaio di metri più in basso, segnalate da una via di croci.

In marcia.

118
Accampamento curdo sul monte Ararat, Turchia

Le grosse suole degli scarponi di Cortés e Arsène Parella calpestavano una pozzanghera di sangue. I due uomini erano ammanettati l'uno all'altro, una precauzione presa da Cortés poco prima di raggiungere l'accampamento per evitare che Parella tentasse una fuga disperata. Aveva immaginato per il professore un'agonia molto più sofisticata di una pallottola nella schiena. Aveva atteso deliziato il momento in cui Parella avrebbe scoperto, crivellati di colpi, i cadaveri dell'altro figlio Zak, dell'amata ricercatrice Cécile e dei suoi cari pastori curdi.

Ma al destino andava di scherzare...

Ed era lui, Cortés, a trovarsi davanti ai corpi dilaniati di Zeytin e dei suoi uomini, abbandonati sullo spiazzo come resti sparpagliati da un cane randagio, come se l'accampamento fosse stato attaccato da un'orda di barbari che avevano colpito alla cieca con machete e zagaglie. Guardò l'alpeggio deserto, popolato solo da unicorni che brucavano in lontananza.

Non c'era traccia dei curdi.

Arsène Parella restava in silenzio, indifferente al truculento spettacolo, mentre gli uomini di Cortés, increduli, con gli occhi fuori dalle orbite esaminavano i cadaveri dei loro compagni. Cortés tirò la catena che lo legava al professore. Ancora una volta fu contento di avere la faccia nascosta dal turbante rosso porpora che gli evitava di dover fare la commedia, mostrarsi costernato, disperarsi di fronte agli uomini.

Cortés non aveva nessuna voglia di disperarsi...

Al contrario! Gli eventi volgevano di nuovo a suo favore. Prima o poi i testimoni dell'Ararat sarebbero diventati scomodi, Zeytin quanto gli altri, e sarebbe comunque stato costretto a liberarsene. Qualcuno aveva fatto il lavoro al posto suo!

Soppesò il piccolo cilindro che aveva in tasca. Ormai non era più soltanto il capo di una milizia come in Asia centrale ne esistevano a migliaia. Il suo destino gli imponeva di reclutare un esercito nuovo, di armare una crociata che...

Lo sguardo gli cadde sulla capra più vicina.

Aveva il corno insanguinato.

Come anticipando i suoi pensieri Parella tirò a sua volta la catena d'acciaio, si accostò al mercenario e mormorò:

«Finalmente ha capito, Kyrill. Sono loro le guardiane del segreto...».

Cortés contrasse la mano sul calcio della Makarov PM infilata nella cintura, incerto se infilare una pallottola tra gli occhi del ruminante.

«È pronto?» chiese Parella.

«Pronto a che?».

«Pronto a sapere...».

Una piccola mosca ronzava alta nel cielo azzurro.

«In realtà» continuò il professore, «poco importa che la Bibbia, il Talmud o il Corano si siano ispirati a miti umani o raccontino di una vecchia visita degli extraterrestri. La domanda di fondo non cambia».

La mosca era accompagnata da altre cinque mosche spuntate all'orizzonte. Il rumore delle pale risuonava contro la montagna. In attesa degli ordini di Cortés, le mani dei mercenari si contrassero sulle armi.

La catena tra Cortés e Parella si tese. Il professore non si mosse.

«Sì, Kyrill, la domanda di fondo è sempre la stessa. C'è un Dio dietro a tutto ciò? Esistono un paradiso e un inferno? La morte è una fine o un'altra nascita?».

«Imbracciate le armi!» ordinò Cortés.

Gli elicotteri ingrandivano a velocità vertiginosa. Passarono quasi a piombo sul gruppo di uomini.

Esplose un ciuffo d'erba, poi altri dieci, poi altri cento, tracciando una linea di morte. Sei mercenari furono falciati senza aver sparato un colpo.

Cortés volle buttarsi per terra, ma Parella fece resistenza sorridendo al panico dei miliziani persi sull'altopiano spoglio, bersagli inoffensivi per gli elicotteri che stavano descrivendo un cerchio stretto per sorvolarli di nuovo.

«Ma che credeva, che l'avrebbero lasciata fare? Lei ha aperto il vaso di Pandora, loro non faranno altro che richiuderlo. Sa, le superstizioni sono dure a morire. Cinquemila anni, si rende conto? Lei è un moscerino, Kyrill».

Cortés sentiva il cilindro pesargli nella tasca. La voce di Parella gli strideva nel cervello come quella di un rancoroso angelo custode.

«Non abbia rimpianti, Kyrill, nessuno le avrebbe creduto. Nessuno avrebbe avuto voglia di crederle. Crediamo solo in quello che ci conviene: Dio, gli angeli custodi, il paradiso...».

Gli elicotteri seminarono di nuovo la morte. Alcune granate scoppiarono ai piedi dei mercenari che provavano a ripararsi dietro i cadaveri dei compagni sparando ridicole raffiche di kalashnikov nel vuoto.

«Buttiamoci per terra, Parella, o ci lasceremo la pelle tutti e due!».

Arsène afferrò la catena con entrambe le mani. Restando in piedi.

«Si dimostri bravo giocatore, Kyrill. Come dar torto al Parlamento mondiale delle religioni? Se non ammazzano noi morirà molta più gente...».

La manetta solcò a sangue il polso di Cortés.

«Pazzo!» imprecò il mercenario.

Il professore, immobile, sfidò con lo sguardo l'elicottero

che scendeva su di lui. L'attimo dopo la mitragliatrice tracciò una linea chiara e netta.

Un tratto puro.

Dieci pallottole in fila colpirono Arsène Parella dalla pancia alla fronte.

La mente di Cortés andò nel panico.

Tirare il corpo. Prendere la chiave dalla tasca. Aprire le manette.

Fuggire...

Gli elicotteri descrissero un'ellisse prima di puntare di nuovo sull'accampamento.

A Cortés tremavano le mani. Parella pesava una tonnellata. Una palla di piombo. La palla di piombo del condannato. La catena di un fantasma.

Febbrili, le sue dita spostarono il piccolo cilindro nella tasca e afferrarono una chiave d'argento.

Liberarsi.

Tuffarsi vivo tra i cadaveri.

Aspettare un'eternità se necessario.

Cortés non vide la granata cadere alle sue spalle dritta come un frutto maturo.

Sentì solo il soffio caldo, una forza colossale che lo sollevava e gli strappava via le gambe e mezza schiena.

«Abbiamo finito, ragazzi» disse il colonnello Alim Sorgun nel microfono dell'elicottero di comando allungando le immense gambe piegate in due nell'abitacolo. «Si torna a casa! Fra un paio d'ore arriveranno i ragazzi di terra a dare una ripulita».

119
Accampamento curdo sul monte Ararat

Aman non aveva mai visto così tanti morti.

Avrebbe voluto chiudere gli occhi. E coprire quelli di Leka.

Varie decine di corpi disseminati sul suolo brullo, forse una trentina, non era facile contarli. L'esercito turco non era andato per il sottile, aveva crivellato di bombe l'altopiano trasformando l'alpeggio in terreno abbandonato.

Invece la bambina li spalancò.

Prima che gli elicotteri annerissero il cielo come un nugolo di mosche aveva avuto qualche minuto per nascondersi. Conosceva una grotta microscopica, tuttavia abbastanza larga da accogliere lei e Leka, se si stringevano. Aveva gridato agli altri unicorni un ordine che era riecheggiato sulle pareti dell'Ararat.

«Disperdetevi. Non rimanete in branco».

Gli animali erano scomparsi in un lampo.

Aman aveva avuto giusto il tempo di infilarsi nel buco, acciambellarsi contro Leka e aspettare che passasse la tempesta di fuoco.

Era finita. Una breve tregua. Aman aveva capito di non avere molto tempo. Gli elicotteri se n'erano andati, ma sarebbero arrivati i soldati turchi a piedi.

Ricordava quello che le aveva detto la madre il giorno in cui aveva compiuto dieci anni: «Adesso tocca a te proteggere il segreto della nostra tribù, il segreto della montagna e del ghiaccio, il segreto del nostro gregge».

Doveva tenere gli occhi aperti. Per se stessa, per la sua famiglia, per Leka.

Avanzò tra i corpi. Individuò Cortés con facilità. Lui la guardava con occhi spalancati. Impossibile capire se potesse ancora parlare o sentirla, visto che aveva la testa avvolta in un interminabile turbante rosso porpora.

Aman si morse le labbra per non piangere, per trovare il coraggio.

Cortés non aveva più le gambe. Era un tronco, una mummia a metà! Ed era ammanettato a un altro uomo, il francese più vecchio, Arsène, crivellato da una decina di pallottole.

La mano di Aman si contrasse sul pelo di Leka. Non provava odio, nessun desiderio di vendetta per essere stata imprigionata a Ishak Pascià né per l'uccisione di membri della sua tribù, unicorni e cani. Aveva solo voglia che tutto tornasse normale. Come prima, come sempre. E, una volta che i soldati turchi avrebbero seppellito i cadaveri, voleva che non ci fossero più morti, che la montagna fosse di nuovo un terreno di gioco immenso e silenzioso.

Cortés non poteva muoversi. Aveva il braccio posato su uno zaino sventrato, e nel palmo aperto teneva un cilindro di cinque centimetri per dieci.

Con un gesto brusco Aman lo prese dalla mano del mercenario: aveva una consistenza leggera e tiepida che la stupì.

Non aveva mai visto un oggetto del genere. Era decorato da migliaia di croci piccolissime, tutte diverse. Aman era dotata di una vista più che acuta, come quella delle aquile che sorvolavano l'Ararat, ma le sembrava che i simboli sul cilindro fossero stati incisi con una finezza che solo una mano magica, divina o angelica avrebbe potuto raggiungere.

Poi un mormorio le provocò un brivido gelido. Cortés stava cercando di parlare, ma riusciva soltanto a emettere un suono rauco e gutturale, frammenti di parole di cui Aman ricostruiva d'istinto le sillabe mancanti.

Anomalia.

Ararat.

Segreto.

Ricchezza.

Sentì un rumore in lontananza. I suoi occhi da rapace individuarono subito una colonna di formiche che avanzava sulle pendici della montagna.

I soldati turchi. Di già.

Doveva sbrigarsi.

Cortés, agonizzante, stava sputando con disperazione le sue ultime parole.

Noè.

Cortés.

Teorema.

Aman si affrettò ad andarsene. Leka trottava al suo fianco.

Avrebbe dato l'oggetto a Estêre. I pastori l'avrebbero riportato sulla vetta, tra i ghiacci, dove si può resistere solo per pochi minuti. Dove nessuno l'avrebbe ritrovato.

E tutto sarebbe tornato come prima.

Aman ebbe appena il tempo di nascondersi dietro un blocco di granito qualche centinaio di metri al di sopra della carneficina quando i primi soldati arrivarono all'accampamento bombardato.

Sentiva sul collo il fiato caldo di Leka, stesa dietro di lei.

Gli uomini, dotati di un ago, avevano il compito specifico di controllare che ogni testimone fosse morto, e nel caso dargli il colpo di grazia.

Quelli incaricati della macabra corvée procedevano con metodo, mentre altri avevano già preso la pala e si erano messi a scavare.

Vide avvicinarsi a Cortés un soldato molto giovane, doveva avere sì e no dieci anni più di lei.

Il mercenario aveva sempre gli occhi spalancati.

Il militare non si disturbò neanche a fare la prova dell'ago, appoggiò direttamente la canna della Kanuni sulla tempia dell'uomo-tronco.

Aman lo vide premere il grilletto. Attaccata a Leka, strinse forte il cilindro tra le dita.

Sentì lo sparo.

Da principio non successe niente, poi, lentamente, il turbante rosso porpora si impregnò di sangue.

120
Grotte della gola di Ahora, monte Ararat, Turchia

Il telefonino era al centro della grotta, posato su una piccola pietra piatta. Seduti in cerchio, tutti lo osservavano come se si trattasse di una venerata reliquia. Avevano preso la decisione all'unanimità. Anche Aman, che li aveva raggiunti nel frattempo.

Sebbene fossero passate già parecchie ore da quando gli elicotteri erano spariti dietro l'Ararat lasciandosi alle spalle solo l'eco di un tuono che faceva paura, le pendici della montagna continuavano a essere infestate da soldati turchi. Zak, Cécile e i curdi ne avevano parlato a lungo: avrebbero aspettato trentasei ore nelle labirintiche grotte di Ahora, poi avrebbero chiamato Amnesty International. Zak aveva insistito per quella soluzione. L'associazione per la difesa dei diritti umani avrebbe attivato un'efficace rete di giornalisti, politici indignati e lobby influenti. La diaspora curda disponeva di importanti punti d'appoggio nel mondo: una volta puntate le telecamere sull'Ararat qualunque autorità laica o religiosa che avesse voluto intraprendere un'azione militare contro di loro si sarebbe ritrovata con le mani legate. Tutti erano stati d'accordo con Zak. Da qualche ora la gamba gli faceva meno male: gli intrugli di Estêre valevano tutte le medicine del pianeta, ma si era rifiutato di farsi leccare la ferita dai due unicorni nonostante le rassicurazioni di Aman: «Il loro bacio è magico!». Sciocchezze...

Cécile, sfinita, sonnecchiava con la testa appoggiata alla spalla del vecchio Nisko, che aveva l'aria di gradire il ruolo di cuscino. Mai Zak l'aveva trovata così bella come in quel momento in cui ne vedeva solo il viso da bambola che sbucava da un lungo scialle di lana beige avvolto fino al collo, con i capelli stanchi che le ricadevano su un volto finalmente sereno. Un vulcano tranquillo fra un'eruzione e l'altra.

Zak cercava in tutti i modi di non pensare a Yalin e ad Arsène. Doveva evitare di crollare. Doveva combattere ancora per qualche ora e concentrare i suoi pensieri sul seguito delle operazioni. Era fiducioso che gli eventi si sarebbero incanalati in un ingranaggio ineluttabile. Le autorità turche avrebbero aperto un'inchiesta la cui conclusione sarebbe stata che l'esercito aveva agito per legittima difesa liquidando una milizia azera ben conosciuta per i suoi soprusi. Finalmente se n'erano liberati! La morte del professor Arsène Parella, ostaggio dei miliziani, sarebbe stata presentata come un deplorevole incidente. La Turchia avrebbe presentato alla Francia le sue scuse ufficiali e il padre di Zak avrebbe avuto diritto a un omaggio postumo da parte di una comunità scientifica che ignorava completamente la reale portata della sua opera. Avrebbero pubblicato un libro alla sua memoria, avrebbero proposto di intitolargli un anfiteatro di Le Mirail...

Zak sentì che stava per mettersi a piangere.

Quanto al resto, tutto si sarebbe sistemato.

Il governo turco, appoggiato da imam e cardinali, avrebbe approfittato dell'incidente per classificare ancora una volta le pendici del monte Ararat come sito militare protetto. Fuori i turisti e i curiosi di tutte le religioni! Avrebbero tollerato il silenzio dei curdi a condizione che si dileguassero di nuovo nella montagna. Con l'Ararat blindato, lui e Cécile non avrebbero più rappresentato una minaccia seria per il Parlamento mondiale delle religioni.

Zak sarebbe stato al gioco e avrebbe assicurato a Viorel Hunor che i frammenti segreti del Libro di Enoch non sarebbero mai stati rivelati, che tutte le prove raccolte da Cortés sarebbero state di nuovo disperse e sepolte, e che non esistevano migliori guardiani del segreto di Enoch dei suoi discendenti, inoffensivi pastori curdi che allevavano capre. Come del resto era da millenni.

Tutto si sarebbe sistemato.

In attesa dello scioglimento dei ghiacci.

Epilogo

Un anno dopo, al largo della Groenlandia

La calotta di ghiaccio, una grande piattaforma gelata di venti metri per trenta, stava andando lentamente alla deriva nel mar Glaciale Artico. Cécile era in piedi a un'estremità dell'iceberg.

«Che cavolo stai facendo?» gridò nervosa.

«Guardo se c'è segnale...».

Il guanto a manopola di Zak schiacciava cinque tasti insieme ogni volta che lo posava sulla tastiera del Samsung. Imprecò e se lo tolse con i denti. Un dito azzurrastro e rigido tentò di mettere in fila tre lettere...

Cécile fece un'alzata di spalle e si chinò sulla lunga stecca di metallo che si sforzava di girare ritmicamente. Dopo un bel po' di fatica era riuscita a infilare il succhiello nello strato di ghiaccio per una trentina di centimetri. Sfinita, si fermò per fare coraggio a Zak.

«Innamorandoti di una glaciologa, te lo potevi immaginare che il viaggio di nozze non sarebbe stato la barriera corallina...».

Zak si stava soffiando sulla mano per riscaldarla.

«D'accordo, ma se vuoi che i nostri fan abbiano la loro dose quotidiana di informazioni sul blog ci vuole il segnale! Pensa ai milioni di internauti che si pongono una sola domanda: quanti centimetri di ghiaccio in meno ci saranno oggi sulla calotta? Se non vuoi che il mondo intero smetta di girare, impietrito dall'angoscia, bisogna che troviamo una connessione...».

Cécile riprese a infilare la stecca di ferro.

«E smettila di protestare. Neanche qui puoi fare a meno di Internet?».

Zak si lasciò cadere sul ghiaccio come se gli avessero tagliato le gambe. Divertita dalla sua malafede, Cécile si voltò, pur senza smettere di lanciare gridolini ansimanti per far scendere la sonda di altri dieci centimetri.

«Di che ti lamenti, caro? Ti sto offrendo una straordinaria crociera di tre settimane! E neanche un eschimese a spiarci in un raggio di mille chilometri...».

Zak osservò Cécile imbacuccata in una giacca a vento che la faceva triplicare di volume.

«Mi piacevi di più col vestito mediorientale nella galera di Cortés».

Cécile stava consultando una specie di termometro sulla stecca di metallo.

«Molto divertente. Ora concentrati e ricordati questa cifra: 1,8542 centimetri in meno. Non è ancora il diluvio, ma...».

«Il segnale!» urlò Zak. «Butta l'ancora, non far più muovere l'iceberg di un millimetro!».

Cécile abbozzò un sorriso e lasciò Zak a combattere con Internet mentre lei continuava le operazioni di carotaggio. Pochi minuti dopo sentì alle sue spalle la presenza di Zak. Un bacio sul collo, tra il berretto e il colletto di pelliccia, le procurò un brivido.

«Guarda» disse lui mostrandole lo schermo dello smartphone. «È Aman...».

La foto era ad altissima definizione. Aman era seduta su un piccolo cratere innevato davanti al bordo della gola di Ahora. Sullo sfondo si vedevano il Piccolo Ararat e la pianura di Doğubeyazit. La bambina teneva in braccio un cucciolo di unicorno.

Con le lacrime agli occhi, Cécile lesse il messaggio che accompagnava la fotografia:

È un maschietto, il figlio di Leka! L'ho chiamato Yalin. Ancora non riesce a stare in piedi. Quando lo metto giù scivola sul ghiaccio, come Bambi. È il mio bebè, in attesa del vostro.

Zak posò la mano sulla pancia di Cécile.

«Nostro?».

«Con tutti i peluche a coppia: due giraffe, due elefanti rosa, due orsacchiotti... Ci costerà una fortuna!».

Cécile scoppiò a ridere. Passò il dito sul touch screen per far scorrere le altre foto mandate da Aman. Sulla successiva la bambina, sempre col cucciolo di unicorno in braccio, era in posa insieme a Estêre, Soran, Nisko e tutti gli altri pastori. Sopra le loro teste, come una scia lasciata da una favolosa astronave che avesse sorvolato l'Ararat, si dispiegava un immenso arcobaleno.

Cécile strinse la mano di Zak.

Felice.

Davanti a loro centinaia di altri iceberg andavano alla deriva nell'oceano rosa e bianco.

INDICE

Cara lettrice, caro lettore,

ti ringraziamo per aver comprato questo libro in un punto vendita autorizzato (e non da un rivenditore che ha violato la legge del libro vendendo con uno sconto superiore a quello consentito per legge o si è rifornito presso un circuito di distribuzione illegale).

Apprezziamo il tuo gesto perché è un atto concreto contro la pirateria che danneggia pesantemente il sistema editoriale italiano. Secondo i dati presentati al convegno dell'Associazione Italiana Editori il 22 gennaio 2020, la pirateria di libri fisici ed elettronici, ovvero il download illegale di testi in formato digitale, le fotocopie illegali, la contraffazione vera e propria di libri fisici presso tipografie non autorizzate, causa un danno economico pari a un quarto del fatturato di libri nel nostro paese, mancate entrate nell'erario per 216 milioni di euro, una perdita di 8.800 posti di lavoro considerando anche l'indotto.

Ciò che noi possiamo assicurare è che il prezzo che hai pagato per questo libro va interamente a remunerare tutte le persone che hanno contribuito a pubblicarlo e a distribuirlo (l'autore, l'editore, il traduttore, il redattore, il grafico, il tipografo, il dipendente della casa editrice, il distributore, il promotore, il libraio, ecc.). Tutte persone che svolgono il loro lavoro con onestà e impegno e che vengono letteralmente derubate a ogni atto di pirateria.

Il prezzo che hai pagato per questo libro serve a mantenere in piedi un sistema editoriale ampio e articolato, in cui i successi editoriali affiancano le migliaia di nuovi libri pubblicati ogni anno senza lo stesso successo ma che sono parimenti indispensabili per un sistema di bibliodiversità fondato sulla ricerca e sul pluralismo delle voci.

Gli editori

Finito di stampare il 24 marzo 2021
presso Arti Grafiche La Moderna di Roma